Nora Roberts

Träume einer Sternennacht

In der Glamourwelt von Manhattan

Seite 5

Die Traumfängerin

Seite 209

MIRA® TASCHENBUCH
Band 26141

1. Auflage: Juli 2018
Neuausgabe im MIRA Taschenbuch
Copyright © 2018 by MIRA Taschenbuch
in der HarperCollins Germany GmbH, Hamburg

Titel der amerikanischen Originalausgaben:
Dual Image
Copyright © 1985 by Nora Roberts
erschienen bei: Silhouette Books, Toronto

Mind over Matter
Copyright © 1987 by Nora Roberts
erschienen bei: Silhouette Books, Toronto

Published by arrangement with
HARLEQUIN ENTERPRISES II B.V./SARL

Umschlaggestaltung: büropecher, Köln
Umschlagabbildung: S_Photo/shutterstock
Lektorat: Mareike Müller
Satz: GGP Media GmbH, Pößneck
Printed in Germany
Dieses Buch wurde auf FSC®-zertifiziertem Papier gedruckt.
ISBN 978-3-95649-816-9

www.mira-taschenbuch.de

Werden Sie Fan von MIRA Taschenbuch auf Facebook!

Nora Roberts

In der Glamourwelt von Manhattan

Roman

Aus dem Amerikanischen von
M. R. Heinze

1. Kapitel

Mit einer vollen Einkaufstüte auf dem Arm betrat Amanda das Haus. Sie strahlte vor Glück. Im Freien sangen die Vögel in der Frühlingssonne. Ihr goldener Ehering leuchtete. Nach drei Monaten Ehe war es ihr noch ein Bedürfnis, Cameron mit einem ganz besonderen intimen Abendessen zu überraschen. Die aufreibende Arbeit im Krankenhaus machte es ihr oft unmöglich zu kochen, was ihr als Jungverheiratete doch so viel Freude bereitete. Da an diesem Nachmittag zwei Termine ausgefallen waren, wollte Amanda ein erlesenes und zeitraubendes Essen vorbereiten, das man nicht so schnell vergaß und das gut zu Kerzenschein und teurem Wein passte.

Fröhlich summend betrat sie die Küche, was für sie als zurückhaltende Frau eine ungewöhnliche Zurschaustellung ihrer Gefühle bedeutete. Mit einem zufriedenen Lächeln zog sie eine Flasche von Camerons Lieblings-Bordeaux aus der Tüte und erinnerte sich daran, wie sie die erste Flasche gemeinsam geleert hatten. Cameron war so aufmerksam und romantisch gewesen.

Ein Blick auf die Uhr zeigte Amanda, dass sie noch vier Stunden bis zur Rückkehr ihres Mannes hatte, genug Zeit für die Vorbereitung eines köstlichen Mahles und das Entzünden der Kerzen auf dem festlich gedeckten Tisch.

Zuerst aber wollte sie nach oben gehen und ihre Arbeitskleidung auszuziehen. Im Schlafzimmer wartete ein traumhaftes Seidenkleid in sanftem Blau auf sie. An diesem Abend würde sie keine Psychiaterin sein, sondern eine Frau, eine sehr verliebte Frau.

Das Haus war perfekt in Schuss und geschmackvoll eingerichtet. Das entsprach Amandas Natur. Als sie zu der Treppe ging, fiel ihr Blick auf eine Kristallvase, und einen Moment lang wünschte sie sich, frische Blumen besorgt zu haben. Vielleicht sollte sie den Blumenhändler anrufen und sich etwas Extravagantes schicken lassen. Ihre Hand glitt leicht über das schimmernde Geländer, während sie die Treppe hinaufstieg. Ihre sonst so ernsten und entschlossen dreinblickenden Augen nahmen einen träumerischen Ausdruck an. Sachte drückte sie die Schlafzimmertür auf.

Ihr Lächeln gefror und wich blankem Entsetzen! Alle Farbe wich aus ihren Wangen. Nur ein einziges Wort entrang sich gepresst ihrem Mund.

»Cameron!«

Das Paar im Bett löste die leidenschaftliche Umarmung. Der Mann, sehr attraktiv, mit zerzausten Haaren, starrte ungläubig. Die Frau, katzenhaft, erotisch, lächelte sehr, sehr träge. Man konnte sie fast schnurren hören.

»Vikki!« Amanda betrachtete ihre Schwester mit schmerzerfülltem Gesicht.

»Du bist aber früh nach Hause gekommen.« Die Andeutung eines Lachens, nur ein Hauch, schwang in der Stimme ihrer Schwester mit.

Cameron zog sich ein Stück von seiner Schwägerin zurück. »Amanda, ich ...«

Während Amanda das Paar im Bett nicht aus den Augen ließ, zog sie aus ihrer Jackentasche einen kleinen, tödlichen Revolver. Die Ehebrecher rührten sich nicht, blieben schweigend vor Entsetzen.

Amanda zielte eiskalt und feuerte ... Mit einem satten PLOPP! ergoss sich ein bunter Konfettiregen über das Bett.

»Alana!«

Dr. Amanda Lane Jamison, besser bekannt unter ihrem richtigen Namen Alana Kirkwood, wandte sich an ihren verstörten

Regisseur, während das Paar im Bett und das Fernsehteam in Gelächter ausbrachen.

»Tut mir leid, Neal, aber ich konnte nicht anders. Amanda ist immer das Opfer«, erklärte Alana dramatisch mit blitzenden Augen. »Stell dir doch vor, wie die Einschaltquoten hochschnellen, wenn sie nur ein einziges Mal jemanden ermordet.«

»Sieh mal, Alana ...«

»Oder wenigstens jemanden schwer verletzt«, fuhr Alana rasch fort. »Und wer«, rief sie und deutete mit einer großen Geste auf das Bett, »verdient es mehr als ihr haltloser Gatte und ihre ruchlose Schwester?«

Alana verbeugte sich vor den johlenden und applaudierenden Mitgliedern der Crew und legte zögernd ihre Waffe in die ausgestreckte Hand des Regisseurs.

Er stieß einen gequälten, tiefen Seufzer aus. »Du bist absolut irrsinnig, und das warst du schon immer, seit ich dich kenne.«

»Vielen herzlichen Dank, Neal.«

»Wir machen sofort weiter«, warnte er und versuchte, dabei nicht zu grinsen. »Mal sehen, ob wir diese Szene nicht vor dem Mittagessen abdrehen können.«

Fügsam ging Alana in die Kulisse des Erdgeschosses. Geduldig ließ sie ihr Haar und ihr Make-up in Ordnung bringen. Aus Alana wurde wieder Amanda. Amanda war stets perfekt, übergenau, ruhig, total kontrolliert – alles, was auf Alana selbst nicht zutraf. Alana spielte diese Rolle nun schon seit mehr als fünf Jahren in der beliebten, tagsüber gesendeten Seifenoper »Unser Leben, unsere Liebe«.

In diesen fünf Jahren hatte Amanda das College mit Auszeichnung geschafft, ihr Diplom als Psychiaterin gemacht und war eine anerkannte Therapeutin geworden. Ihre Ehe mit Cameron Jamison schien jüngst im Himmel geschlossen worden zu sein. Er war jedoch ein weichlicher Opportunist, der sie ihres Geldes wegen und ihrer gesellschaftlichen Stellung wegen geheiratet hatte, während es ihn nach ihrer Schwester gelüstete – und nach der Hälfte der weiblichen Bevölkerung der fiktiven Stadt Trader's Bend.

Nun wurde Amanda also mit der Wahrheit konfrontiert. Seit sechs Wochen steuerte die Handlung auf diese Enthüllung zu, und von den Zuschauern kamen körbeweise Briefe. Sowohl die Zuschauer als auch Alana waren der Meinung, dass Amanda endlich die Augen über diese Laus von einem Ehemann geöffnet werden mussten.

Alana mochte Amanda und respektierte ihre Ehrlichkeit und ihre tadellose Haltung. Sobald die Kameras liefen, verwandelte sich Alana in Amanda. Obwohl sie persönlich einen Tag in einem Vergnügungspark einem Ballettabend entschieden vorzog, verstand sie alle Nuancen der Frau, die sie darstellte.

Wenn diese Szene über den Bildschirm ging, bekamen die Zuschauer eine schlanke Frau zu sehen mit blondem Haar, das glatt zurückgekämmt und zu einem schlichten Knoten zusammengefasst war. Das Gesicht, durchscheinend wie Porzellan, atemberaubend, war von einer eisigen Schönheit, die unterschwellige Signale verhaltener Sexualität aussandte. Sie hatte Klasse, Stil.

Blaue Augen und hoch angesetzte Wangenknochen unterstrichen die rassige Eleganz. Der perfekt geformte Mund war wie geschaffen für ein ernstes Lächeln. Fein geschwungene Augenbrauen, einen Hauch dunkler als das zarte Blond ihres Haars, hoben die langen Wimpern hervor. Eine makellose Schönheit, stets beherrscht, das war Amanda!

Alana wartete auf ihr Stichwort und dachte flüchtig darüber nach, ob sie am Morgen den Kaffeekessel ausgeschaltet hatte.

Sie spielten die Szene noch einmal durch und mussten sie wiederholen, weil Vikkis trägerloser Badeanzug zum Vorschein kam, als sie sich im Bett bewegte. Dann wurden noch die Großaufnahmen mit den Reaktionen der Beteiligten gemacht. Die Kamera erfasste bildfüllend Amandas bleiches, geschocktes Gesicht und hielt diese Einstellung einige dramatische Sekunden lang.

»Mittagspause!«

Sofort löste sich das Bild auf. Die Liebenden stiegen auf verschiedenen Seiten aus dem Bett. J. T. Brown, Alanas Fernsehehemann, kam in Badehose zu ihr, hielt sie an den Schultern fest und gab ihr einen herzhaften Kuss. »Sieh mal, Süße«, sagte er, noch immer im Tonfall seiner Rolle, »ich werde dir das alles später erklären. Vertraue mir! Jetzt muss ich meinen Agenten anrufen.«

»Memme!«, schrie Alana ihm mit einem für Amanda sehr unartigen Lachen nach, ehe sie sich bei Stella Powell, ihrer Serienschwester, unterhakte. »Zieh dir etwas über den Badeanzug, Stella. Ich kann das Kantinenessen heute nicht sehen.«

Stella warf ihre wuscheligen kastanienbraunen Haare zurück. »Zahlst du?«

»Du quetschst deine Schwester immer ganz schön aus«, murmelte Alana. »Okay, ich bleche, aber beeil dich. Ich verhungere.«

Auf dem Weg zu ihrer Garderobe durchquerte Alana noch zwei weitere Sets, nämlich den fünften Stock des Doctors Hospital und das Wohnzimmer der Lanes, der führenden Familie von Trader's Bend. Sie hätte gern ihr Kostüm ausgezogen und ihr Haar gelöst, aber dann hätte sie sich nach dem Mittagessen wieder mit Garderobe und Maske herumschlagen müssen. Also griff sie nur nach ihrer viel zu großen und abgewetzten Handtasche, die wenig zu Amandas eleganter Arbeitskleidung passte. Dabei dachte sie schon an eine dicke Scheibe Baklava, vollgesogen mit Honig.

»Vorwärts, Stella!« Alana steckte ihren Kopf in die angrenzende Garderobe, in der Stella gerade den Reißverschluss ihrer Jeans schloss. »Mein Magen ist schon über die Zeit.«

»Das ist er immer«, erwiderte ihre Kollegin und schlüpfte in ein weit geschnittenes Sweatshirt. »Wohin?«

»In den griechischen Delikatessenladen an der Ecke.« Mit ihrem typisch schwingenden Gang lief Alana übereifrig den Korridor entlang, während Stella versuchte, mit ihr Schritt zu halten. Es war nicht so, dass Alana von einem Ort zum nächsten hetzte, aber sie eilte stets den Dingen entgegen, die auf sie warteten.

»Meine Diät ...«, begann Stella.

»Nimm einen Salat«, wehrte Alana gnadenlos ab. Sie wandte den Kopf und betrachtete Stella flüchtig vom Scheitel bis zur Sohle. »Weißt du, wenn du nicht immer vor der Kamera diese knapp sitzenden Sachen tragen würdest, müsstest du dich nicht zu Tode hungern.«

Stella lachte, als sie die Tür zur Straße erreichten. »Eifersüchtig?«

»Ja. Ich bin immer elegant und so was von proper. Und du hast den Spaß.« Alana trat ins Freie und atmete einen tiefen Zug von New York ein. Sie liebte die Stadt in einer Weise, die eigentlich Touristen vorbehalten war. Alana lebte seit ihrer Geburt auf der lang gestreckten Insel Manhattan, die trotzdem für sie ein Abenteuer geblieben war, die optischen Eindrücke, die Gerüche, die Geräusche.

Für Mitte April war es frisch, und Regen hing in der Luft. Der Wind war feucht und roch nach Abgasen. Straßen und Bürgersteige waren durch den Mittagsverkehr verstopft. Alle hetzten, alle hatten etwas Wichtiges zu erledigen. Ein Fußgänger schlug fluchend mit der Faust auf die Motorhaube eines Taxis, das zu nahe an den Randstein herangefahren war. Eine Frau mit orangefarbener Stachelfrisur trippelte in schwarzen Lederstiefeln vorbei. Jemand hatte auf das Plakat eines heißen Broadwaystücks etwas Ordinäres geschrieben. Aber Alana sah einen Straßenhändler, der Narzissen verkaufte.

Sie kaufte zwei Sträuße und reichte Stella einen.

»Du kannst nichts auslassen, wie?«, murmelte Stella, vergrub aber ihr Gesicht in den gelben Blüten.

»Stell dir doch vor, was mir dann alles entgehen würde«, entgegnete Alana. »Abgesehen davon haben wir Frühling.«

Stella fröstelte und blickte zu dem bleigrauen Himmel. »Aber ja, sicher doch.«

»Iss etwas.« Alana packte sie am Arm und zog sie mit sich. »Du wirst immer grantig, wenn du eine Mahlzeit überspringst.«

Der Delikatessenladen quoll über von Leuten und Düften. Gewürze und Honig. Bier und Öl. Schon immer ein sinnenbetonter Mensch, sog Alana die vermischten Gerüche ein, ehe sie sich an die Theke vorkämpfte. Sie hatte eine unbeschreibliche Art, ihr Ziel mitten durch eine Menschenmenge hindurch zu erreichen, ohne ihre Ellbogen einzusetzen oder jemandem auf die Zehen zu treten. Während sie sich durchschlängelte, beobachtete und lauschte sie. Sie wollte keinen Duft, keinen Stimmenklang oder die Farben eines Essens verpassen. Und als sie durch die Glasfront der Theke blickte, konnte sie die ausgestellten Köstlichkeiten bereits schmecken.

»Hüttenkäse, eine Scheibe Ananas und Kaffee, schwarz«, sagte Stella seufzend.

Alana warf ihr einen kurzen, mitleidvollen Blick zu. »Griechischer Salat, ein dickes Stück von dem Lamm auf Brot und eine Scheibe Baklava. Kaffee, Sahne und Zucker.«

»Du bist abstoßend«, erklärte Stella. »Du nimmst nie ein Gramm zu.«

»Ich weiß.« Alana schob sich an die Kasse. »Das ist eine Frage der geistigen Kontrolle und eines sauberen Lebens.« Sie kümmerte sich nicht um Stellas empörtes Schnauben, bezahlte und steuerte auf einen leeren Tisch zu. Sie und ein Bulle von einem Mann erreichten ihn gleichzeitig. Alana hielt das Tablett und schenkte ihm ein bezauberndes Lächeln. Der Mann straffte die Schultern, zog den Bauch ein und ließ ihr den Vortritt.

»Danke«, sagte Stella und wehrte ihn gleichzeitig mit einem kühlen Blick ab, weil sie genau wusste, dass Alana ihn sonst eingeladen hätte, ihnen Gesellschaft zu leisten. Diese Frau braucht einen Aufpasser, dachte Stella.

Alana tat alles, was eine alleinstehende Frau lieber unterlassen sollte. Sie sprach mit Fremden, ging nachts allein auf die Straße und öffnete ihre Wohnungstür, ohne vorher die Sicherheitskette vorzulegen. Sie war nicht waghalsig oder sorglos, sondern glaubte von allen Menschen das Beste. Und irgendwie war sie in ihren fünfundzwanzig Lebensjahren nie enttäuscht worden.

»Der Revolver war einer deiner besten Einfälle in dieser Saison«, bemerkte Stella, während sie in ihrem Hüttenkäse herumgrub. »Ich dachte, Neal würde einen Schreikrampf bekommen.«

»Er müsste sich etwas mehr entspannen.« Alana sprach mit vollem Mund. »Seit er mit dieser Tänzerin Schluss gemacht hat, schleifen seine Nerven offen am Boden. Wie ist das mit dir? Triffst du dich noch mit Cliff?«

»Ja.« Stella zuckte eine Schulter. »Ich weiß nicht, warum. Es führt zu nichts.«

»Wohin soll es denn führen?«, entgegnete Alana. »Wenn du ein Ziel hast, steuere es an.«

Stella begann langsam zu essen. »Nicht jeder stürzt sich so rasant ins Leben wie du, Alana. Ich habe mich schon immer gewundert, wieso du noch nie ernsthaft gebunden warst.«

»Einfach.« Alana nahm Salat auf die Gabel und kaute genüsslich. »Bisher hat noch kein Mann meine Knie zittern lassen. Wenn das einmal passiert, dann ist es passiert.«

»Einfach so?«

»Warum nicht? Das Leben ist nicht so kompliziert, wie es sich die meisten Leute machen.« Sie mahlte noch etwas Pfeffer über das Lamm.

»Liebst du Cliff?«

Stella runzelte die Stirn nicht wegen der Frage. Sie war Alanas Direktheit gewöhnt. Es war wegen der Antwort. »Ich weiß es nicht. Vielleicht.«

»Dann liebst du ihn nicht«, meinte Alana leichthin. »Liebe ist ein sehr klares Gefühl. Willst du wirklich nichts von dem Lamm?«

Stella überging die Frage. »Wenn du nie geliebt hast, woher willst du es dann wissen?«

»Ich war noch nie in der Türkei, aber ich bin mir ganz sicher, dass es dieses Land gibt.«

Lachend griff Stella nach ihrer Kaffeetasse. »Verdammt, Alana, du hast doch immer eine Antwort. Erzähl mir etwas über das Drehbuch, das man dir angeboten hat.«

»Lieber Himmel!« Alana legte die Gabel auf den Teller, stützte die Ellbogen auf den Tisch und faltete die Hände. »Das Beste, was ich je gelesen habe. Ich will diese Rolle. Und ich werde diese Rolle bekommen«, fügte sie hinzu, als stellte sie eine Tatsache fest. »Ich schwöre dir, ich habe auf die Rolle der Rae gewartet. Sie ist herzlos, vielschichtig, selbstsüchtig, kalt, unsicher. Was für eine Rolle! Und was für eine Story! Die Story ist fast so kalt und herzlos wie Rae, aber sie packt einen.«

»Fabian DeWitt«, murmelte Stella. »Man sagt, dass er als Vorbild für den Charakter der Rae seine Exfrau genommen habe.«

»Das hat er natürlich nicht an die große Glocke gehängt. Wenn er das in der Öffentlichkeit zugibt, macht sie ihm die Hölle heiß.« Alana begann wieder zu essen. »Jedenfalls ist das die beste Arbeit, die ich je in die Hand bekommen habe. In ein paar Tagen werde ich für die Rolle vorsprechen.«

»Fernsehfilm«, sagte Stella nachdenklich. »Qualitätsarbeit mit DeWitt als Autor und Marshell als Produzenten. Wenn du die Rolle bekommst, liegt dir unser eigener Produzent zu Füßen. Mann, dann schnellen die Einschaltquoten hoch!«

»Er zieht schon die Fäden.« Mit einem leichten Stirnrunzeln spießte Alana ein Stück Baklava auf die Gabel. »Er hat mir eine Einladung zu einer Party heute Abend in Marshells Wohnung besorgt. DeWitt soll auch kommen. Soviel ich weiß, hat er bei der Besetzung der Rolle das letzte Wort.«

»Man sagt, dass er immer selbst am Drücker sitzen will«, stimmte Stella zu. »Warum dieses Stirnrunzeln?«

»Ich mag dieses Fädenziehen nicht.« Doch dann schob sie den Gedanken von sich. Letztlich würde sie die Rolle aufgrund ihrer eigenen Fähigkeiten bekommen. Wenn es etwas gab, das Alana im Überfluss besaß, so war es Selbstvertrauen. Sie hatte es immer gebraucht.

Anders als die Rolle der Amanda in der Seifenoper, war Alana nicht finanziell abgesichert aufgewachsen. In ihrem Elternhaus hatte es mehr Liebe als Geld gegeben, doch das hatte sie nie bedauert.

Sie war sechzehn gewesen, als ihre Mutter starb und ihr Vater sich fast ein Jahr lang nicht von dem Schock erholte. Ganz selbstverständlich hatte sie die Verantwortung für den Haushalt und zwei jüngere Geschwister übernommen, in der Parfümerieabteilung eines Kaufhauses gearbeitet und davon ihr College bezahlt, während sie den Haushalt geführt und jede winzige Rolle angenommen hatte.

Es waren arbeitsreiche, schwierige Jahre gewesen, und vielleicht stammte ihr außergewöhnliches Übermaß an Energie und Schwung aus jener Zeit. Und die Überzeugung, dass alles getan werden konnte, was getan werden musste.

»Amanda!«

Alana blickte auf und sah eine kleine Frau mittleren Alters mit einer stark nach Knoblauch riechenden Einkaufstasche vor sich. Weil sie mit ihrem Rollennamen fast so oft wie mit ihrem eigenen angesprochen wurde, streckte sie lächelnd die Hand aus. »Hallo!«

»Ich bin Dorra Wineberger, und ich wollte Ihnen nur sagen, dass Sie wirklich so schön wie im Fernsehen sind.«

»Danke, Dorra. Gefällt Ihnen die Serie?«

»Um nichts in der Welt würde ich auch nur eine Folge versäumen.« Dorra strahlte Alana an und beugte sich zu ihr. »Sie sind wunderbar, meine Liebe, und so freundlich und geduldig. Ich meine nur, jemand sollte Ihnen sagen, dass Cameron ...

also, er ist nicht gut genug für Sie. Sie sollten ihn wegschicken, bevor er Ihr Geld in die Finger bekommt. Er hat schon Ihre Diamantohrringe versetzt. Und die da …!« Dorra spitzte die Lippen und starrte verächtlich auf Stella. »Warum Sie sich mit der da überhaupt noch abgeben, nachdem sie Ihnen so viel Ärger gemacht hat … Wenn es die da nicht gäbe, wären Sie und Griff verheiratet, wie es eigentlich sein sollte.« Sie versuchte, Stella mit Blicken zu erdolchen. »Ich weiß, dass Sie ein Auge auf den Ehemann Ihrer Schwester geworfen haben, Vikki.«

Stella kämpfte mit einem Lächeln, spielte ihre Rolle, warf den Kopf zurück und zog ihre Augen zu Schlitzen zusammen. »Männer interessieren sich eben für mich«, murmelte sie träge. »Und warum auch nicht?«

Dorra wandte sich kopfschüttelnd wieder an Alana. »Gehen Sie zu Griff zurück«, riet sie sanft. »Er liebt Sie. Er hat Sie immer geliebt.«

Alana erwiderte den raschen Händedruck. »Vielen Dank für Ihre Aufmerksamkeit.«

Die beiden Freundinnen starrten Dorra nach, ehe sie einander wieder ansahen. »Alle lieben Dr. Amanda«, sagte Stella lachend. »Sie ist für die Zuschauer praktisch eine Heilige.«

»Und alle lieben es, Vikki zu hassen.« Lächelnd trank Alana ihren Kaffee aus. »Du bist aber auch schrecklich verdorben.«

»Ach ja.« Stella seufzte zufrieden. »Ich weiß.« Sie kaute an ihrer Ananasscheibe und warf einen bedauernden Blick auf Alanas Teller. »Trotzdem berührt es mich immer seltsam, wenn mich die Leute mit Vikki verwechseln.«

»Das bedeutet nur, dass du deinen Job gut machst«, erklärte Alana. »Wenn du täglich zu den Leuten auf der Mattscheibe ins Haus kommst und bei ihnen keine Gefühle weckst, solltest du dich um eine andere Arbeit bemühen. Apropos Arbeit«, fügte sie mit einem Blick auf die Uhr hinzu.

»Ich weiß. He, isst du den Rest hier auf?«

Lachend gab Alana ihr das Baklava, als sie aufstanden.

Es war nach neun Uhr abends, als Alana das Taxi vor dem Haus in der Madison Avenue bezahlte, in dem P. B. Marshell wohnte. Sie machte sich keine Gedanken darüber, ob sie zu spät kam, weil sie kein Zeitgefühl hatte. Nie in ihrem Leben hatte sie ein Stichwort oder einen Einsatz verpasst, aber wenn es nicht direkt um ihre Arbeit ging, war Zeit etwas, das man genießen oder ignorieren sollte.

Sie gab dem Taxifahrer ein viel zu hohes Trinkgeld, steckte das Wechselgeld, ohne es zu zählen, einfach in ihre Handtasche und lief durch den leichten Nieselregen in die Eingangshalle. Für ihren Geschmack roch es hier wie in einem Beerdigungsinstitut. Zu viele Blumen, zu viel Bohnerwachs. Nachdem sie ihren Namen an dem Pult des Sicherheitsdienstes genannt hatte, betrat sie den Aufzug und drückte den Knopf für das Penthouse. Es fiel ihr gar nicht ein, nervös zu sein, nur weil sie P. B. Marshells Reich betrat. Eine Party war für Alana eine Party. Hoffentlich gab es Champagner. Dafür hatte sie eine besondere Schwäche.

Die Tür wurde von einem Mann mit steifer Haltung, steinerner Miene und dunklem Anzug geöffnet. Er fragte mit einem leichten britischen Akzent nach Alanas Namen. Als sie lächelte, drückte er ihre dargebotene Hand, ehe er sich dessen bewusst wurde. Alana ging an dem Butler vorbei und brachte ihn mit ihrer Mischung aus Vitalität und Sex für die nächsten Minuten völlig aus dem Gleichgewicht. Sie nahm ein Glas Champagner von einem Tablett, entdeckte ihre Agentin und steuerte quer durch den Raum auf sie zu.

Fabian beobachtete Alanas Auftritt. Einen Moment wurde er an seine Exfrau erinnert. Farbe und Figur stimmten. Dann verflog der Eindruck, und Fabian betrachtete eine junge Frau mit lässig gelockten Haaren, die über ihre Schultern fielen. Feine Regentropfen glitzerten darin. Bezauberndes Gesicht, fand er. Der Eindruck einer Eisgöttin verschwand in dem Moment, in dem sie laut lachte, und wurde durch Energie und Verve ersetzt.

Ungewöhnlich, dachte Fabian DeWitt, interessierte sich für sie aber ungefähr so wie für den Drink in seiner Hand. Er ließ seinen Blick über ihre Gestalt gleiten. Sehr schlank, fand er. Ungewöhnlich auch das schwarze Korsagenkleid, das Arme und Schultern freiließ und bis eine Handbreit über dem Knie eng war und erst darunter weit fiel. Über dem schwarzen Samtkleid trug sie ein zweites, genauso geschnittenes Kleid aus ganz feiner, durchsichtiger schwarzer Spitze, langärmelig und mit hohem Stehkragen. Ihre Haut schimmerte durch die Spitze. Auf den ersten Blick wirkte sie auf Femme fatale zurechtgemacht, auf den zweiten Blick dagegen sehr angezogen und damenhaft.

Oder war sie gar nicht so schlank und verbarg das nur durch das raffinierte Kleid? Soweit Fabian Frauen kannte, unterstrichen sie ihre Vorzüge und verhüllten ihre Fehler. Er hielt das für einen Teil ihrer angeborenen Unehrlichkeit. So gesehen lenkte das Kleid vielleicht von einer schlechten Figur ab.

Er warf Alana einen letzten Blick zu, als sie sich gerade auf die Zehen stellte und einen Schauspieler küsste, der soeben in einer Off-Broadway-Produktion einen Riesenerfolg hatte. Himmel, Fabian hasste diese langen Pseudopartys mit viel zu vielen Leuten!

»... wenn wir die weibliche Hauptrolle besetzen.«

Fabian wandte sich zu P. B. Marshell um und hob sein Glas. »Hmm?«

Zu sehr an Fabians häufige Geistesabwesenheit gewöhnt, um darüber noch verärgert zu sein, fing Marshell noch einmal an. »Wir können mit dem Film bestimmt bis zum Herbst fertig sein, wenn wir die weibliche Hauptrolle besetzen. Nur das hält uns noch auf.«

»Ich mache mir wegen des Herbsttermins keine Sorgen«, antwortete Fabian trocken.

»Dafür aber die Fernsehgesellschaft.«

»Pat! Wir werden die Rae besetzen, wenn wir eine Rae finden.«

Pat Marshell starrte in seinen Whisky. »Sie haben schon ein paar abgelehnt. Spitzenkräfte!«

»Ich habe drei ungeeignete Schauspielerinnen abgelehnt«, verbesserte Fabian. Er nahm aus seinem Glas einen beherrschten Schluck. »Ich werde Rae erkennen, wenn ich sie sehe.« Er lächelte kühl. »Wer könnte das besser als ich?«

Ein freies, offenes Lachen ließ Marshell quer durch den Raum blicken. Für einen Moment zogen sich seine Augen zusammen, als er sich konzentrierte. »Alana Kirkwood«, erklärte er Fabian. »Die Verantwortlichen bei der Fernsehgesellschaft möchten Sie auf diese Schauspielerin aufmerksam machen.«

»Eine Schauspielerin.« Fabian musterte Alana noch einmal. Er hätte sie nicht für eine Schauspielerin gehalten. Ihr Auftritt war ihm nur aufgefallen, weil es einfach kein Auftritt gewesen war. Sie schien überhaupt nicht auf ihre Wirkung zu achten, was eine Seltenheit in diesem Beruf war. Und sie war schon lange genug auf der Party, um sich ihm und Marshell vorstellen zu lassen, aber sie war offenbar damit zufrieden, auf der anderen Seite des Raums Champagner zu trinken und mit einem aufstrebenden Schauspieler zu flirten.

»Stellen Sie mich vor«, sagte Fabian und durchquerte den Raum.

Alana gestand Marshell einen guten Geschmack zu. Die Wohnung war stilvoll in Gold und Creme gehalten. Der Teppich war weich, die Wände waren lackiert. Hinter ihr hing eine signierte Lithografie.

Amanda hätte diese Wohnung verstanden und geschätzt. Alana jedoch hätte hier nie leben wollen, auch wenn sie gern hier zu Besuch war. Sie lachte mit Tony, als er sie daran erinnerte, wie sie gemeinsam vor ein paar Jahren dieselbe Schauspielschule besucht hatten.

»Und du hast auf einmal unterste Gossensprache verwendet, um ganz sicherzugehen, dass niemand bei den Kostproben deines Könnens schlief«, erinnerte sie ihn und zog ihn an dem Spitzbart, den er für seine momentane Rolle brauchte.

»Es hat in jedem Falle gewirkt. Für welche Sache setzt du dich denn in dieser Woche ein, Alana?«

Sie hob die Augenbrauen und nippte an ihrem Champagner. »Ich habe keine wöchentliche gute Sache.«

»Vierzehntägig«, korrigierte er sich. »Die Seehundfreunde? Rettet den Mungo! Komm schon! Wofür setzt du dich jetzt ein?«

Sie schüttelte den Kopf. »Im Moment gibt es etwas, das fast meine ganze Zeit auffrisst. Ich kann nicht darüber sprechen.«

Tonys Lächeln schwand. Er kannte diesen Ton. »Wichtig?«

»Lebenswichtig.«

»Hallo, Tony.« Marshell klopfte dem jungen Schauspieler auf den Rücken. »Freut mich, dass Sie es geschafft haben, zu meiner Party zu kommen.«

»Nett, dass Sie die Party auf meinen spielfreien Abend gelegt haben, Mr. Marshell«, antwortete Tony. »Kennen Sie Alana Kirkwood?« Er legte eine Hand auf ihre Schulter. »Wir haben uns vor Jahren kennengelernt.«

»Ich habe viel Gutes über Sie gehört.« Marshell streckte die Hand aus.

»Danke.« Alana ließ ihre Hand in der seinen liegen, während sie rasch ihre Eindrücke ordnete: erfolgreich, seiner massigen Figur nach ein Freund von gutem Essen, liebenswürdig, wenn er es sein wollte, und verschlagen. Sie mochte diese Kombination. »Sie machen großartige Filme, Mr. Marshell.«

»Danke.« Er schwieg und wartete darauf, dass sie etwas Reklame für sich machte. Als nichts dergleichen kam, wandte er sich an Fabian. »Fabian DeWitt, Alana Kirkwood und Tony Lamarre.«

»Ich habe Ihr Stück gesehen«, sagte Fabian zu Tony. »Sie beherrschen Ihre Rolle sehr gut.« Langsam ließ er seinen Blick zu Alana wandern.

Verwirrende Augen, dachte sie, so klar und grün, in einem abwesenden Gesicht. Es verriet Spuren von Hochmut und Bitterkeit und Intelligenz. Offenbar kümmerte er sich nicht um Trends und Mode. Sein dunkles, dichtes Haar war für den gegenwärtigen Geschmack etwas zu lang. Trotzdem fand sie, dass es ihm stand. Dieses Gesicht hätte in das neunzehnte Jahrhundert gepasst. Es war schmal und gelehrtenhaft, mit einem rauen und herben Zug um den Mund.

Seine Stimme klang tief und angenehm, aber er sprach ungeduldig. Das sind die Augen eines Beobachters, dachte sie. Sie wusste noch nicht, ob sie ihn mochte, aber sie bewunderte seine Arbeit.

»Mr. DeWitt.« Ihre Hände berührten sich. »›Die letzte Glocke‹ hat mir gut gefallen. Das war im letzten Jahr mein Lieblingsfilm.«

Er überging die Bemerkung. Sie strahlte Sex aus, in ihrem Duft, ihrem Aussehen. »Ich weiß nichts über Ihre Arbeit, Miss Kirkwood.«

»Alana spielt Dr. Amanda Lane Jamison in ›Unser Leben, unsere Liebe‹«, warf Tony ein.

Lieber Himmel, eine Seifenoper! dachte Fabian. Alana bemerkte die leichte Verachtung in seinem Gesicht. Sie hatte etwas anderes erwartet. »Haben Sie moralische Einwände gegen Unterhaltung, Mr. DeWitt?«, fragte sie leichthin. »Oder sind Sie bloß ein künstlerischer Snob?« Während sie sprach, lächelte sie dieses aufleuchtende, strahlende Lächeln, das ihren Worten die Spitze nahm.

Neben ihr räusperte sich Tony. »Entschuldigen Sie mich für einen Moment«, sagte er und verdrückte sich. Marshell murmelte etwas von einem neuen Drink.

Als sie allein waren, betrachtete Fabian weiterhin Alanas Gesicht. Alana lachte ihn aus. Er konnte sich nicht daran erinnern, wann das zum letzten Mal jemand gewagt hatte. Er wusste nicht, ob er sich ärgern oder bezaubert sein sollte, aber jetzt war er wenigstens nicht mehr gelangweilt.

»Ich habe keinerlei moralische Einwände gegen Seifenopern, Miss Kirkwood.«

»Ach.« Sie nippte an ihrem Champagner. Ein winziger Saphir blitzte an ihrem Finger. »Dann sind Sie also ein Snob. Nun, jeder, wie er will. Vielleicht können wir über etwas anderes sprechen. Was halten Sie von der Außenpolitik der gegenwärtigen Regierung?«

»Zweischneidig«, murmelte er. »Was für eine Rolle spielen Sie?«

»Eine edle.« Ihre Augen funkelten übermütig. »Was halten Sie vom Weltraumprogramm?«

»Ich mache mir mehr Gedanken über den Planeten, auf dem ich lebe. Wie lange arbeiten Sie schon in der Serie mit?«

»Fünf Jahre.« Sie strahlte jemanden auf der anderen Seite des Raums an und winkte.

Fabian betrachtete sie noch einmal und lächelte zum ersten Mal, seit er die Party betreten hatte. Sein Gesicht wirkte dadurch attraktiver, aber weiterhin unnahbar. »Sie möchten nicht über Ihre Arbeit sprechen?«

»Nicht unbedingt.« Alana erwiderte sein Lächeln auf ihre offene Art. »Nicht mit jemandem, der sie für Mist hält. Ihre nächste Frage wäre, ob ich schon einmal daran gedacht habe, etwas Ernsthaftes zu machen, und dann benehme ich mich vielleicht daneben. Meine Agentin hat gesagt, dass ich Sie bezaubern soll.«

Fabian fühlte unwillkürlich die von ihr ausstrahlende Freundlichkeit und misstraute ihr. »Tun Sie das?«

»Ich habe dienstfrei«, erwiderte Alana. »Außerdem sind Sie nicht der Typ, der sich bezaubern lässt.«

»Sie sind eine gute Beobachterin«, lobte Fabian. »Sind Sie auch eine gute Schauspielerin?«

»Ja, die bin ich. Es lohnt sich doch nicht, etwas zu tun,

was man nicht gut kann. Wie wäre es mit Baseball?« Sie leerte ihr Glas. »Glauben Sie, dass die Yankees in diesem Jahr eine Chance haben?«

»Wenn sie sich im Mittelfeld mehr anstrengen, ja, Alana.« Nicht der übliche Typ, dachte er. Jede andere Schauspielerin, die für eine Hauptrolle im Gespräch war, hätte ihn mit Komplimenten überschüttet und jede Rolle erwähnt, in der sie bisher vor der Kamera gestanden hatte.

Die Art, wie er ihren Namen aussprach, berührte etwas in ihr. »Also, Fabian«, begann sie und fand, dass sie einander lange genug förmlich angesprochen hatten. »Sollten wir uns nicht endlich der Tatsache zuwenden, dass wir beide wissen, dass ich in ein paar Tagen für die Rolle der Rae vorsprechen werde? Ich will die Rolle haben.«

Er nickte zustimmend. Obwohl sie erfrischend direkt war, war es mehr, als er erwartet hatte. »Dann will ich Ihnen offen sagen, dass Sie nicht der Typ sind, den ich suche.«

Sie hob eine Augenbraue, ohne eine Spur von Unsicherheit zu zeigen. »Ach? Warum?«

»Erstens sind Sie zu jung.«

Sie lachte frei und ganz unaffektiert. Er misstraute auch diesem Lachen. »Jetzt sollte ich wohl sagen, ich kann älter aussehen.«

»Möglich, aber Rae ist hart. Hart wie Stein.« Er hob sein Glas, ohne sie aus den Augen zu lassen. »Sie haben zu viele weiche Stellen. Sie zeigen sich in Ihrem Gesicht.«

»Ja, weil das jetzt ich selbst bin. Und ich muss mich ja vor einer Kamera nicht selbst spielen.« Sie stockte, ehe sie fortfuhr: »Ich würde das auch gar nicht wollen.«

»Ist eine Schauspielerin jemals sie selbst?«

Alana hielt seinem bohrenden Blick stand, obwohl er die meisten entnervt hätte. »Sie halten von unserer Zunft nicht viel, nicht wahr?«

»Nein.« Fabian fragte sich nicht nach dem Grund, warum

er sie testen wollte. Mit dem Finger hob er eine ihrer Locken an. Weich, überraschend weich. »Sie sind eine schöne Frau«, murmelte er.

Alana legte den Kopf schief, während sie ihn betrachtete. Sie hätte sich über das Kompliment gefreut, hätte sie es nicht als kühl kalkuliert erkannt. Genau deshalb fühlte sie sich enttäuscht. »Und?«

Er zog die Augenbrauen zusammen. »Was, und?«

»Auf einen solchen Satz folgt normalerweise noch ein anderer. Ich bin sicher, dass Sie als Schriftsteller etliche Sätze auf Lager haben.«

Er ließ seine Finger über ihren Hals streichen. »Welchen Satz möchten Sie hören?«

»Am liebsten einen, der Ihnen aus dem Herzen kommt«, erwiderte Alana ernst. »Da ich so etwas aber nicht zu hören bekomme, sollten wir diese ganze Geschichte überspringen. Wie haben Sie noch Phil, die Hauptfigur in Ihrem Stück, geschildert? Engstirnig, kaltblütig und ungeschliffen. Nun, ich glaube, Sie haben sich damit selbst sehr gut getroffen.« Sie fand es schade, dass er so wenig von Frauen, vielleicht sogar von Menschen überhaupt, hielt. »Gute Nacht, Fabian.«

Erst als sie schon gegangen war, begann Fabian zu lachen. In diesem Moment wurde ihm nicht bewusst, dass er zum ersten Mal seit zwei Jahren befreit auflachte. Er merkte nicht einmal, dass er über sich selbst lachte.

Nein, sie war nicht seine Rae, aber sie war gut. Sie war sehr, sehr gut. Er würde sich an Alana Kirkwood erinnern.

2. Kapitel

Fabian stand an einem Fenster von Marshells Büro hoch über New York. Er fühlte sich weit entrückt, und genau das wollte er. Engere Kontakte führten zu Bindungen.

Keine Schauspielerin in den letzten zwei Wochen hatte seinen Vorstellungen entsprochen. Er wusste, was er sich für die Rolle der Rae vorstellte. Wer sollte das besser wissen, hatte er doch ein vernichtend genaues Bild seiner Exfrau gezeichnet – Elizabeth Hunter, einer hervorragenden Schauspielerin und gefeierten Berühmtheit, aber einer Frau ohne wahre Gefühle.

Anfangs hatte er gedacht, die Rolle des Phil wäre schwer zu besetzen. In Phil hatte Fabian sich weitgehend selbst gezeichnet. Doch das war ziemlich einfach gewesen.

Die fünf Jahre seiner Ehe hatten als Wirbelwind begonnen und in einer Katastrophe geendet. Noch heute wusste Fabian nicht, ob er wütender auf Liz war, weil sie ihn ausgenutzt hatte, oder auf sich selbst, weil er sich hatte ausnutzen lassen.

Wie auch immer, er hatte aus den fünf stürmischen Jahren seiner Ehe sein bestes Drehbuch gemacht, was billiger und wirkungsvoller war als eine Therapie beim Psychiater. Und er hatte gelernt, Frauen zu misstrauen, besonders Schauspielerinnen. Als der Bruch vor zwei Jahren endgültig gewesen war, hatte er sich geschworen, sich nie wieder mit einer Frau einzulassen, die so gut Theater spielen konnte.

Seine Gedanken kehrten zu Alana zurück, vielleicht weil sie auf eine oberflächliche Weise Liz ähnelte. Was aber Benehmen, Stimmklang oder Kleidungsstil anging, gab es allerdings keine Ähnlichkeit. Der größte Kontrast schien in der Persönlichkeit zu liegen. Alana hatte überhaupt nichts getan, um ihn zu bezaubern und seine Aufmerksamkeit zu erregen. Dennoch war ihr beides gelungen. Vielleicht hatte sie nur eine neue Variation des alten Spiels angewandt.

»Ich neige noch immer zu dieser Julie Newman.« Chuck Tyler, der Regisseur, warf ein Hochglanzfoto auf Marshells Schreibtisch. »Sie ist gut vor der Kamera, und sie hat ausgezeichnet vorgesprochen.«

Mit dem Foto in der Hand lehnte sich Marshell zurück. »Und sie hat eine Menge Erfahrung.«

»Nein.« Fabian drehte sich nicht einmal um, sondern beobachtete den Verkehrsstrom tief unter sich. Er sah sich plötzlich auf seinem Segelboot auf dem Long Island Sound. »Sie ist zu wenig elegant und zu verletzlich.«

»Sie kann gut spielen, Fabian«, sagte Marshell ungeduldig.

»Sie ist nicht die Richtige.«

Marshell fasste automatisch in seine Tasche nach den Zigarren, die er vor einem Monat aufgegeben hatte, und fluchte leise. »Wir verlieren zu viel Zeit.«

Fabian zuckte gleichgültig die Schultern. Er wäre jetzt gern gesegelt, ganz allein im Sonnenschein auf dem blauen Wasser.

Das Sprechgerät auf dem Schreibtisch summte. Marshell beugte sich seufzend vor.

»Miss Kirkwood ist hier zum Vorsprechen, Mr. Marshell.«

»Schicken Sie sie herein«, brummte Marshell.

»Kirkwood?«, murmelte Chuck. »Kirkwood ... Oh ja, ich habe sie im letzten Sommer in einer Off-Broadway-Produktion von ›Endstation Sehnsucht‹ gesehen.«

Mit mäßigem Interesse blickte Fabian über seine Schulter. »Hat sie die Stella gespielt?«

»Nein, die Blanche.«

»Blanche DuBois?« Fabian drehte sich mit einem knappen Lachen ganz um. »Sie ist fünfzehn bis zwanzig Jahre zu jung für die Rolle.«

Chuck hob kurz den Blick von Alanas Unterlagen, die ihre Agentin geschickt hatte. »Sie war gut«, sagte er einfach. »Sehr gut. Ich habe auch gehört, dass sie in der Seifenoper sehr gut ist. Ich brauche Ihnen nicht zu sagen, wie viele Topstars so begonnen haben.«

»Nein, nicht nötig.« Fabian setzte sich lässig auf die Seitenlehne eines Sessels. »Aber wenn sie seit fünf Jahren an derselben Rolle klebt, ist sie entweder ungeeignet für etwas Besseres oder völlig ohne Ehrgeiz.«

»Schärfen Sie ruhig Ihren Zynismus«, meinte Marshell trocken. »Das ist gut für Sie.«

Fabian lächelte amüsiert. Alana bekam beim Betreten des Büros noch eine Spur davon mit, und sie dachte, dass er vielleicht doch fröhlichere Seiten besaß, als sie nach dem ersten Zusammentreffen vermutet hatte. »Miss Kirkwood.« Marshell stemmte seinen massigen Körper hoch und bot ihr die Hand an.

»Mr. Marshell, freut mich, Sie zu sehen.« Sie sah sich flüchtig um. »Ihr Büro ist genauso beeindruckend wie Ihre Wohnung.«

Fabian wartete, während sie Chuck vorgestellt wurde. Sie kleidet sich sehr ausgefallen, fand er beim Anblick eines kniekurzen schwarzen Korsagenkleides mit tiefem Ausschnitt und einem locker um den Hals geschlungenen schwarzen Schal, der in zwei langen Schlaufen fast bis zu ihren Knien hing. Unterhalb ihrer Brüste begann ein kardinalroter, in losen Falten fallender Rock, der eine Handbreit über dem Saum ihres Kleides endete. Eine gewagte Kombination und unglaublich wirkungsvoll, flott und elegant und sofort ins Auge springend. Das Haar trug sie wieder offen, was ihr eine Ausstrahlung von Jugend und Freiheit verlieh, die Fabian niemals mit der Rolle verbinden würde, die sie spielen wollte. Geistesabwesend steckte er sich eine Zigarette an.

»Fabian.« Alana lächelte ihm zu und warf einen Blick auf seine Zigarette. »Damit bringen Sie sich um.«

Er blies den Rauch aus. »Möglich.« Der Duft, der sie umgab, war genauso sexy wie auf der Party. Sie faszinierte, und das noch dazu mühelos. »Ich werde Ihnen die Stichworte geben.« Er griff nach einem Drehbuch. »Wir nehmen die Streitszene im dritten Akt. Sie kennen die Szene?«

Alana fühlte seine Anspannung, während sie ganz entspannt war. Sie fühlte lediglich einen leichten Druck in der Magengegend. »Ich kenne sie«, erklärte sie und nahm eine Kopie des Drehbuchs entgegen.

Fabian zog noch einmal an seiner Zigarette und drückte sie aus. »Wollen Sie eine Einführung?«

»Nein.« Jetzt waren ihre Handflächen feucht. Gut. Alana wusste genau, wie sehr ihre Fähigkeiten durch Emotionen – wie Lampenfieber – gesteigert wurden. Sie atmete tief und ruhig, während sie die entsprechende Stelle im Drehbuch suchte. Es war eine schwierige Szene, weil sie genau den Charakter der Rolle traf – selbstsüchtiger Ehrgeiz und eisiger Sex. Sie ließ sich Zeit.

Fabian beobachtete sie. Alana wirkte wie ein argloses, aufrichtiges Mädchen und nicht wie eine berechnende Intrigantin, und es tat ihm fast leid, dass es in dem Film keine Rolle für sie gab. Doch dann blickte sie auf und nagelte ihn mit einem kalten, blutleeren Lächeln fest, das ihn völlig verwirrte.

»Du warst schon immer ein Narr, Phil, aber trotzdem sehr erfolgreich und selten langweilig.«

Der Ton, die ganze Art, sogar der Gesichtsausdruck stimmten so genau, dass Fabian nicht antworten konnte. Sein Magen krampfte sich zusammen in völlig unerwarteter und bösartiger Wut. Fabian brauchte nicht in das Drehbuch zu sehen, um seinen Satz zu sagen.

»Du bist so leicht zu durchschauen, Rae. Ich staune, dass du überhaupt jemals jemanden mit deinen Lügen dazu bringen konntest, an dich zu glauben.«

Alanas Lachen war so wirkungsvoll, dass es allen drei Männern einen Schauer über den Rücken jagte. »Ich lebe von der

Lüge. Jeder Mensch möchte Illusionen, du anfangs auch. Und genau das hast du auch bekommen.«

Mit einer weit ausholenden, trägen Bewegung fuhr sie mit den Fingern durch ihr Haar und ließ es wie hell schimmerndes Gold im Sonnenlicht fallen. Es war eine von Liz Hunters berühmten Gesten. »Ich bin durch Theaterspielen dieser miesen Kleinstadt in Missouri entkommen, in der ich unglücklicherweise geboren wurde, und ich habe durch das Theater meinen Weg an die Spitze geschafft. Du warst mir dabei eine große Hilfe.« Das winzige, kühle Lächeln hing noch in ihren Mundwinkeln und in ihren Augen, als sie auf ihn zuging. Mit einer vielsagenden Geste streichelte sie ihm über die Wange. »Und du wurdest entschädigt, sogar sehr, sehr gut.«

Fabian packte ihre Hand und stieß sie zur Seite. Alana hob bei diesem Ausbruch von Gewalt lediglich die Augenbraue. »Früher oder später wirst du stolpern!«, drohte er.

Sie neigte den Kopf. »Darling«, sagte sie sehr sanft. »Ich werde nie stolpern.«

Langsam stand Fabian auf. Sein Gesichtsausdruck hätte jede Frau erbeben und eine schützende Bewegung machen lassen. Alana blickte jedoch lediglich mit dem gleichen kühl amüsierten Ausdruck zu ihm auf. Er und nicht sie musste sich zur Ruhe zwingen …

»Sehr gut. Alana Kirkwood.« Fabian schleuderte das Drehbuch von sich.

Sie lächelte breit, weil sie instinktiv wusste, dass sie gewonnen hatte. Und sie fühlte, wie Rae sie zusammen mit dem angehaltenen Atem verließ, den sie endlich ausstieß. »Danke. Es ist eine fabelhafte Rolle«, fügte sie hinzu, während sich der Knoten in ihrem Magen löste. »Wirklich eine fabelhafte Rolle.«

»Sie haben sich gut informiert«, murmelte Marshall. Er kannte Fabians Exfrau Elizabeth Hunter. Deshalb fühlte er sich nach Alanas fünfminütiger Vorstellung unbehaglich und beeindruckt. Und er kannte Fabian. Kein Zweifel für ihn, was Fabian jetzt fühlte. »Können wir Sie zurückrufen?«

»Natürlich.«

»Ich habe Sie als Blanche DuBois gesehen, Miss Kirkwood«, warf Chuck ein. »Ich war sehr beeindruckt, damals wie heute.«

Sie strahlte ihn an, obwohl sie sehr wohl merkte, dass Fabian sie noch immer anstarrte. Wenn er wirklich beeindruckt war, dann war das Vorsprechen besser gelaufen, als sie gedacht hatte. »Es war meine bisher größte Herausforderung.« Sie wollte ins Freie gehen, die Luft einatmen und den Beinahe-Sieg genießen. »Also, ich danke Ihnen.« Sie strich langsam ihr Haar von den Schultern zurück und sah die drei Männer noch einmal an. »Ich warte auf Ihren Anruf.«

Auf dem Weg zum Aufzug wagte Alana nicht, an ihren Erfolg zu glauben, und fürchtete sich davor, nicht daran zu glauben. Sie war nicht ohne Ehrgeiz, aber sie hatte die Schauspielerei aus Liebe gewählt. Und wegen der Herausforderung, die ihr dieser Beruf bot. Die Rolle der Rae würde ihr die Erfüllung ihrer Wünsche auf einem silbernen Tablett servieren.

Als sie den Aufzug betrat, waren ihre Handflächen trocken, und ihr Herz hämmerte. Sie hörte Fabian nicht kommen.

»Ich möchte mit Ihnen sprechen.« Er betrat neben ihr die Kabine und drückte den Knopf für das Erdgeschoss.

»Okay.« Mit einem langen Seufzer lehnte sie sich gegen die Seitenwand. »Himmel, bin ich froh, dass das vorbei ist. Ich verhungere. Nichts macht mich hungriger als Vorsprechen.«

Er versuchte, eine Beziehung herzustellen zwischen der Frau, die ihn mit warmen, lebendigen Augen anlächelte, und jener, mit der er vorhin einen Text gesprochen hatte. Es gelang ihm nicht. Sie war eine bessere Schauspielerin, als er ihr zugetraut hätte – und deshalb auch gefährlicher. »Das Vorsprechen war ausgezeichnet.«

Sie betrachtete ihn neugierig. »Wieso habe ich das Gefühl, dass ich soeben beleidigt wurde?«

Nachdem die Türen aufgeglitten waren, nickte Fabian. »Ich glaube, ich habe schon einmal gesagt, dass Sie eine gute Beobachterin sind.«

Ihre dünnen Absätze klickten auf den Steinplatten, während sie mit ihm die Halle durchquerte. Einige Männer und Frauen sahen ihr nach. Sie merkte es nicht oder kümmerte sich nicht darum.

»Warum arbeiten Sie für das Tagesprogramm des Fernsehens?«

Alana warf ihm einen Blick aus schmalen Augen zu, ehe sie ins Freie traten. »Weil es eine gute Rolle in einer anständig geschriebenen, unterhaltsamen Show ist. Das ist Punkt eins. Punkt zwei, es ist eine feste Arbeit. Zwischen Engagements kellnern Schauspieler für gewöhnlich, waschen Autos, verkaufen Toaster und bekommen Depressionen. Die ersten drei Dinge würden mich nicht so stören, aber ich hasse Depressionen. Haben Sie jemals die Show gesehen?«

»Nein.«

»Dann sollten Sie nicht die Nase rümpfen.« Sie blieb neben einem Straßenverkäufer stehen und sog den Duft von heißen Brezeln ein. »Möchten Sie eine?«

»Nein.« Fabian schob seine Hände in seine Taschen. Sexualität, Sinnlichkeit – beides strömte von ihr aus, wie sie da neben dem fahrbaren Brezelstand auf dem überfüllten Bürgersteig stand. Er beobachtete sie auch, als sie einen ersten herzhaften Bissen nahm.

»Dafür könnte ich sterben«, verriet sie mit vollem Mund und lachenden Augen. »Richtige Ernährung ist eine wunderbare Sache und gleichzeitig so schwierig. Meistens kümmere ich mich nicht darum, sondern esse, was mir schmeckt. Gehen wir ein Stück«, schlug sie vor. »Ich muss gehen, wenn ich angespannt bin. Was machen Sie?«

»Wann?«

»Wenn Sie angespannt sind.«

»Ich schreibe.« Fabian passte sich ihrem lässig schwingenden Gang an, während andere Fußgänger an ihnen vorbeieilten.

»Und wenn Sie nicht angespannt sind, schreiben Sie auch«, fügte Alana hinzu. »Waren Sie immer schon so ernst?«

»Es ist quasi mein Job, ernst zu sein«, entgegnete er, und sie lachte.

»Sehr schnell geschaltet. Ich dachte nicht, dass ich Sie mögen würde, aber Sie haben eine Art von vorsichtigem Humor, der nett ist.« Alana blieb bei einem anderen Straßenverkäufer stehen und kaufte ein Sträußchen Veilchen. Sie schloss die Augen und atmete tief den Duft ein. »Wunderbar«, murmelte sie. »Ich halte den Frühling immer für die beste Jahreszeit, bis der Sommer kommt. Dann bin ich in die Hitze verliebt, bis der Herbst kommt. Dann ist der Herbst das Beste, bis es der Winter wird.« Lachend sah sie ihm über die Blüten hinweg in die Augen. »Und ich schweife immer vom Thema ab, wenn ich angespannt bin.«

Als Alana die Blumen senkte, packte Fabian ihr Handgelenk, nicht mit der gleichen Gewalt wie während des Vorsprechens, wohl aber mit der gleichen Intensität. »Wer sind Sie? Wer, zum Teufel, sind Sie?«

Ihr Lächeln schwand, aber sie wich nicht zurück. »Alana Kirkwood. Ich kann eine Menge anderer Leute sein, wenn Sie mir eine Bühne oder eine Kamera geben, aber wenn es vorbei ist, dann bin ich ich. Mehr ist da nicht. Suchen Sie Komplikationen?«

»Ich brauche sie nicht zu suchen. Sie sind im Leben sowieso immer da.«

»Seltsam, ich stoße selten auf Komplikationen.« Alana betrachtete ihn. Fabian kümmerte sich nicht um das Gefühl, das ihre offenen Augen und ihre zarte Schönheit in ihm auslösten. »Kommen Sie mit«, lud sie ihn ein und nahm ihn an der Hand, ehe er protestieren konnte.

»Wohin?«

Sie warf den Kopf zurück und deutete an dem Empire State Building empor. »Da hinauf!« Lachend zog sie ihn in das Gebäude. »Bis ganz nach oben.«

Fabian sah sich ungeduldig um, während sie die Tickets für die Aussichtsplattform kaufte. »Warum?«

»Muss es für alles einen Grund geben?« Sie befestigte die Veilchen in ihrem verschlungenen Schal und hakte sich bei Fabian unter. »Ich liebe so etwas. Ellis Island, die Fähre nach Staten Island, Central Park. Wozu lebt man denn in New York, wenn man es nicht genießt? Wann waren Sie zum letzten Mal da oben auf der Spitze?« Ihre Schulter drückte sich gegen seinen Oberarm, als sie sich in den Aufzug zwängten.

»Ich glaube, ich war zehn.« Sogar zwischen den zusammengepressten Körpern und bei den verschiedenen Gerüchen konnte er ihren frischen und süßen Duft riechen.

»Oh!« Alana lachte ihm zu. »Jetzt sind Sie leider schon erwachsen. Zu schade.«

Fabian betrachtete sie schweigend. Sie schien immer zu lachen, über ihn oder über etwas, das sie nur lustig fand. War sie wirklich mit sich und ihrem Leben so im Reinen? »Werden wir nicht alle erwachsen?«, fragte er endlich.

»Natürlich nicht. Wir werden alle älter, aber alles andere liegt bei uns.« Sie wurden von der Menge von dem einen Aufzug in einen anderen geschwemmt, der sie bis an die Spitze bringen sollte.

Mit diesem Mann könnte ich meine Freude haben, dachte Alana, während sie neben Fabian stand. Sie mochte seinen ernsten, hochfliegenden Geist und seinen trockenen, verhaltenen Humor. Sie dachte auch schon erwartungsvoll an die Filmrolle. Alana musste sehr genau ihre Gefühle auf beiden Gebieten unterscheiden, aber eigentlich hatte sie nie Schwierigkeiten gehabt, die Frau, die sie privat war, und die Rolle, die sie spielte, auseinanderzuhalten.

Im Augenblick war sie hochgestimmt. Das Vorsprechen war vorbei, den Nachmittag hatte sie frei, und der Mann an ihrer Seite war faszinierend. Der Tag konnte ihr kaum mehr bieten.

Die Souvenirstände waren überlaufen. Alana beschloss, beim Gehen etwas Unsinniges zu kaufen. Sie bemerkte, wie Fabian sich mit leicht zusammengekniffenen Augen umsah. Ein Beobachter, dachte sie anerkennend. Genau wie sie, wenn auch auf eine etwas andere Weise. Er sezierte, analysierte und bewahrte die Informationen auf. Sie hatte einfach Spaß am Zuschauen.

»Kommen Sie mit nach draußen, es ist wunderbar.« Sie nahm ihn bei der Hand, stieß die schwere Tür auf und begrüßte den ersten Windstoß mit einem Lachen. Mit festem Griff zog sie Fabian bis zur Mauerbrüstung, um New York in sich aufzunehmen.

»Ich liebe Höhe.« Sie beugte sich so weit wie möglich hinaus, um die wirbelnden Windstöße zu spüren. »Wenn ich könnte, würde ich täglich hierherkommen. Das bekomme ich nie über.«

Obwohl er einer solchen Vertraulichkeit für gewöhnlich ausgewichen wäre, ließ Fabian seine Hand in der ihren liegen. Ihre Haut fühlte sich glatt und fein an. Ihr Gesicht war durch die raue Luft gerötet, ihr Haar flatterte wild. Die Augen, dachte er, die Augen sind lebendig, spiegeln ihren Erlebnishunger wider. Eine solche Frau bezauberte und ließ keinen Mann kalt. Sie forderte Gefühle heraus, und Fabian musste sich eingestehen, dass sich diesmal seine Erregung nicht so leicht unterdrücken ließ. Bewusst sah er von ihr weg und blickte in die Tiefe.

»Bei keinem anderen Gebäude hier in New York bekommt man dieses Feeling wie hier oben. Es gibt ja auch nur einen Eiffelturm, einen Grand Canyon und einen Sir Laurence Olivier.« Sie strich das Haar nicht aus ihrem Gesicht, als sie sich zu ihm lehnte. »Die alle zusammengenommen sind spektakulär und einmalig. Was mögen Sie besonders gern, Fabian?«

Eine Familie ging lachend an ihnen vorbei. Die Mutter hielt ihren Rock fest, der Vater trug ein kleines Kind auf dem Arm. Fabian beobachtete sie, scheinbar interessiert, wie sie in der Nähe stehen blieben und über die Mauer blickten. »In welcher Hinsicht?«

»In jeder Hinsicht«, erwiderte Alana. »Wenn Sie heute Ihren Vorlieben hätten nachgehen können, was hätten Sie dann am liebsten getan?«

Er erinnerte sich an den Moment in Marshells Büro, als er am Fenster stand und auf den Verkehr in New Yorks Straßen hinabgeblickt hatte. »Ich wäre auf dem Sund gesegelt.«

Interesse blitzte in ihren Augen auf. »Sie haben ein Boot?«
»Ja, aber ich habe nicht viel Zeit dafür.«

Ich nehme mir nicht viel Zeit dafür, verbesserte sie ihn stumm. »Eine Tätigkeit für einen Einzelgänger. Bewundernswert.« Sie lehnte sich mit dem Rücken gegen die Mauer. Der Wind presste das Kleid gegen ihren Körper und enthüllte ihre schlanke, elegante und doch sehr weibliche Figur. »Ich bin selten gern allein«, murmelte sie. »Ich brauche Leute, Kontakte, Gegensätze. Ich muss die Leute nicht kennen. Ich muss nur wissen, dass sie da sind.«

»Sind Sie deshalb Schauspielerin geworden?« Sie standen einander jetzt so dicht gegenüber, als wären sie Freunde. Es erschien Fabian seltsam, aber er wollte sich nicht zurückziehen. »Brauchen Sie ein Publikum?«

Ihr Gesicht wurde nachdenklich, doch dann lächelte sie wieder fröhlich. »Sie sind äußerst zynisch.«

»Das sagt man mir heute schon zum zweiten Mal.«

»Schon gut, das kommt vielleicht daher, dass Sie schreiben. Ja, ich spiele für ein Publikum«, fuhr Alana fort. »Aber ich glaube, dass ich in erster Linie für mich selbst spiele. Es ist ein wunderbarer Beruf. Wie sonst könnte man so viele verschiedene Menschen verkörpern? Eine Prinzessin, eine Landstreicherin, ein Opfer, eine Verliererin? Sie schreiben, um gelesen zu werden, aber schreiben Sie nicht in erster Linie, um sich auszudrücken?«

»Ja.« Er fühlte Merkwürdiges, fast Unbekanntes, eine Lockerung seiner Muskeln, eine Beruhigung seiner Gedanken. Einen Moment später erkannte er, dass er sich entspannte – und zog sich abrupt zurück. Wenn man sich entspannte, konnte es geschehen, dass man sich verbrannte. »Dann haben Schriftsteller mit Schauspielern vieles gemeinsam, konkurrieren womöglich miteinander?«

Alana seufzte. »Ihre Frau hat Ihnen wirklich zugesetzt, wie?«

Seine Augen blickten eisig, seine Stimme klang metallisch. »Das geht Sie nichts an.«

»Irrtum.« Obwohl es ihr leidtat, dass er sich zurückzog, fuhr sie fort: »Sollte ich Rae spielen, geht es mich sehr viel an. Fabian ...« Sie legte ihre Hand auf seinen Arm und wünschte sich, ihn so gut zu verstehen, dass sie seine Mauer und die Bitterkeit überwinden konnte. »Hätten Sie diesen Teil Ihres Lebens für sich behalten wollen, hätten Sie ihn nicht niedergeschrieben.«

»Es ist nur eine Story«, erklärte er tonlos. »Ich stelle mich nicht zur Schau.«

»In den meisten Fällen tun Sie es wohl nicht«, stimmte sie zu. »Ich habe in Ihren Büchern stets eine gewisse Distanz zu Erlebtem herausgespürt, obwohl sie immer hervorragend sind. Aber in diesem Drehbuch haben Sie etwas von Ihrem sehr privaten Leben nach außen dringen lassen. Es ist zu spät für einen Rückzieher.«

»Ich habe eine Geschichte über zwei Menschen geschrieben, die überhaupt nicht zusammenpassen. Die Geschichte hat nichts mit meinem Leben zu tun.«

»Betreten also verboten.« Alana wandte sich wieder der Aussicht zu. »Nun gut, die Grenzen sind gesteckt. Ich bin manchmal nicht diplomatisch genug. Ich würde mich für meine

Lebensart oder meine Charakterfehler niemals entschuldigen, aber ich werde mich darum bemühen, dass unsere Gespräche immer professionell bleiben.«

Mit einem tiefen Atemzug wandte sie sich ihm zu. Der Blick ihrer Augen hatte etwas von seiner Wärme verloren, und Fabian fühlte flüchtiges Bedauern.

»Ich bin eine gute Schauspielerin, und ich beherrsche mein Handwerk ausgezeichnet. Nur ein Blick in das Drehbuch genügte mir, um zu wissen, dass ich die Rae spielen kann. Und ich bin klug genug, um einschätzen zu können, wie ausgezeichnet mein Vorsprechen gelaufen ist.«

»Dumm sind Sie wirklich nicht.« Trotz seines Bedauerns fühlte sich Fabian auf dieser kühlen Ebene wohler. Jetzt verstand er Alana, die Schauspielerin auf der Jagd nach einer Hauptrolle. »Ich möchte, dass Sie noch einmal zusammen mit Jack Rohrer vorsprechen. Er spielt den Phil. Wenn es zwischen Ihnen beiden stimmt, bekommen Sie die Rolle.«

Alana holte tief Luft, in dem krampfhaften Bemühen, ruhig zu bleiben. Sie hatte soeben versprochen, die professionelle Linie einzuhalten. Wie unmöglich ihr das war, merkte sie, als die Freude sie übermannte. Aufjubelnd fiel sie Fabian um den Hals.

Alana Kirkwood, das erlebnishungrige Mädchen von der 15th Street West, das Mädchen mit den großen Träumen, sollte, am Ziel ihrer Träume, in einem Stück von Fabian DeWitt spielen, in einer P.-B.-Marshell-Produktion, zusammen mit Jack Rohrer.

Fabians Hände legten sich in einem reinen Reflex an ihre Taille, aber er ließ sie da liegen, als ihr Atem über sein Ohr strich. Glasklar wurde er an zwei Dinge erinnert: an die grenzenlose Freude seiner kleinen Nichte über das herrliche Puppenhaus, das er ihr zu Weihnachten geschenkt hatte, und daran, wie er das erste Mal eine Frau umarmt hatte. Die Sanftheit war da, diese Mischung von Stärke und Hingabe, die nur eine Frau ausstrahlte. Auch die kindliche Freude war da, gepaart mit der Unschuld, die nur die ganz Jungen besaßen.

Er hätte Alana an sich ziehen können, und er fühlte sich gedrängt, es zu tun. Und doch stand er absolut still da und drückte ihren weichen, nachgiebigen Körper nicht an seinen harten, muskulösen.

Alana nahm den Duft seiner Seife auf. Seine Stärke zog sie an, seine Zurückhaltung faszinierte sie. Er war ein Mann, der einen stützte, wenn man stolperte, aufhob, wenn man fiel. Er war ein Mann, den eine stark gefühlsbetont lebende Frau unbedingt meiden sollte. Fast schmerzlich wünschte sie sich, er würde seine Arme um sie legen.

Alana zog sich ein Stück zurück, doch ihre Gesichter waren einander so nahe, dass sie sich vorstellen konnte, wie es wäre, wenn er sie jetzt küsste. Sie war außer Atem, und ihre Augen machten kein Geheimnis daraus, wie sehr sie sich zu ihm hingezogen fühlte und wie sehr sie das überraschte.

»Tut mir leid«, sagte sie ruhig. »Ich muss immer jemanden umarmen, wenn ich mich sehr freue. Und Sie mögen das wohl nicht?«

Hatte er sich jemals so sehr gewünscht, eine Frau zu küssen? Er meinte, ihre Lippen auf seinem Mund zu fühlen, so nahe waren sich ihre Gesichter. Doch seine Stimme klang gleichmütig, seine Augen blickten abweisend. »Für alles gibt es den richtigen Ort und Zeitpunkt.«

Alana starrte ihn fassungslos an. Sie hatte diese schallende Ohrfeige selbst herausgefordert. »Sie sind ein harter Mann, Fabian DeWitt«, murmelte sie.

»Ich bin ein Realist, Alana.« Er schob sich eine Zigarette zwischen die Lippen, schützte die Flamme seines Feuerzeugs mit hohlen Händen gegen den Wind und wunderte sich darüber, dass seine Hände zitterten.

»Wie schlimm, ein Realist zu sein.« Sie entspannte sich. »Ich freue mich auf die Zusammenarbeit mit Ihnen, Fabian, obwohl das kein Picknick sein wird. Ich werde mein Bestes geben.«

Er nickte. »Ich akzeptiere nur das Beste.«

»Fein! Sie werden nicht enttäuscht sein.« Sie hätte noch gern etwas Persönliches hinzugefügt, aber eine Ohrfeige reichte ihr an diesem Tag.

»Gut«, antwortete Fabian knapp.

Lachend schüttelte sie den Kopf. »Sie sind attraktiv, Fabian. Ich habe nicht die geringste Ahnung, warum Sie das sind, weil ich Sie nicht besonders nett finde.«

Er stieß den Rauch aus. »Ich bin auch nicht nett.«

»Jedenfalls werden wir einander beruflich alles geben.«

Und weil sie selten einem Impuls widerstehen konnte, küsste sie ihn auf die Wange, bevor sie ihm den Veilchenstrauß zuwarf und davoneilte.

Fabian stand hoch über New York, vom Wind umtost, mit Frühlingsblumen in der Hand und starrte hinter Alana her.

3. Kapitel

Fabian war sich nicht ganz über sein Motiv für seinen Besuch bei den Aufnahmen zu »Unser Leben, unsere Liebe« im Klaren. Er war mit seiner Arbeit an dem Drehbuch an einen toten Punkt gekommen, und er wollte Alana wiedersehen. Vielleicht lag es an dem Veilchenduft, der ihn noch immer umwehte, wenn er zu arbeiten versuchte. Zwei Mal hatte er die Blumen wegwerfen wollen, aber dann hatte er es nicht getan. Ein Teil von ihm – ganz tief in seinem Inneren – sehnte sich nach solchen Dingen, brauchte sie auch, so ungern er es sich auch eingestand.

Er war also wegen Alana hier und sagte sich, dass er ihr bloß bei der Arbeit zusehen wollte, ehe er sie endgültig für die Rolle der Rae wählte.

Alana saß an dem Küchentisch, die nackten Füße auf einen Sessel gelegt, während Jack Shapiro, der Darsteller des Griff Martin, Amandas Collegefreund, über einer Patience brütete. In einem anderen Teil des Studios sprachen ihre Fernseheltern über die Tochter. Danach sollten Alana und Jack ihre Szene abdrehen.

»Schwarze Sechs auf die rote Sieben«, murmelte sie und handelte sich dafür von Jack einen scharfen Blick ein.

»Patience ist ein Spiel für eine Person«, erinnerte er sie.

»Patience ist ein ungeselliges Spiel.«

»Für dich sind auch Kopfhörer ungesellig.«

»Sind sie auch.« Mit einem süßen Lächeln legte sie selbst die Sechs an.

»Warum rufst du nicht die Gesellschaft zur Rettung dreibeiniger Landsäugetiere an? Vielleicht wollen sie dich bei ihrem nächsten Wohltätigkeitsbankett dabeihaben.«

Alana fand den Zeitpunkt etwas ungünstig, um Jack wegen einer Spende für die Aktion Hauskatze anzugehen, in der sie im Moment mitwirkte. »Bloß nicht rotzig werden«, sagte sie sanft. »Du bist dazu ausersehen, mich anzubeten.«

»Ich hätte meinen Kopf untersuchen lassen sollen, nachdem du mich für Cameron hast fallen lassen.«

»Es war deine eigene Schuld, weil du nicht erklärt hast, was du in diesem Hotelzimmer allein mit Vikki gemacht hast«, warf Alana ihm vor.

Jack schnaufte und drehte die nächste Karte um. »Du hättest mir vertrauen sollen. Ein Mann hat seinen Stolz.«

»Jetzt habe ich eine grässliche Ehe am Hals und bin womöglich auch noch schwanger.«

Er blickte grinsend auf. »Gut für die Einschaltquoten. Hast du sie schon für diese Woche gesehen? Wir sind um ein Prozent gestiegen.«

Sie stützte die Ellbogen auf den Tisch. »Warte ab, bis es zwischen Amanda und Griff wieder so richtig heiß wird.« Sie legte eine schwarze Zehn auf den Karobuben. »Knister, zisch, schmurgel.«

Jack schlug ihr auf die Hand. »Du bist eine große Schmurglerin.« Er konnte ein Lachen nicht unterdrücken. »Ich habe dich seit sechs Monaten nicht mehr geküsst.«

»Mein Junge, wenn du deine Chance bekommst, dann mach es bloß gut. Amanda lässt sich nicht so leicht umhauen.« Sie stand auf und verließ ihn, um ihr Make-up noch einmal zu prüfen.

Die Krankenhauskulisse war schon für das kurze, aber heftige Zusammentreffen des ehemaligen Liebespaares Amanda und Griff vorbereitet. Dunkle Schatten unter Alanas Augen sollten eine schlaflose Nacht andeuten. Das Make-up machte sie blass.

Als die Kameras zu laufen begannen, saß Amanda in ihrem Büro, scheinbar ruhig, und bearbeitete eine Krankengeschichte.

Plötzlich warf sie die Akte in den Schrank und sprang auf. In der sendefertigen Fassung würde an dieser Stelle eine Rückblende eingefügt, wie Amanda ihren Mann und ihre Schwester in ihrem eigenen Ehebett überrascht hatte.

Amanda nahm eine Tasse, die auf ihrem Schreibtisch stand, und schleuderte sie gegen die Wand. Die Hand auf den Mund gepresst, starrte sie auf die Bruchstücke. Es klopfte. Sie ballte die Fäuste und kämpfte sichtlich um Selbstkontrolle, ging um ihren Schreibtisch herum und setzte sich.

»Herein!«

Die Kamera richtete sich auf Jack in der Rolle des Dr. Griff Martin, Amandas ersten und einzigen Liebhaber vor ihrer Ehe.

Alana wusste bereits, dass Amandas Reaktion später in einer Großaufnahme gedreht werden sollte. Jetzt aber, wo die Kamera sich allein auf Jack konzentrierte, zog Alana eine Fratze und streckte die Zunge heraus, während Jack ihr einen seiner rollentypischen feurigen Blicke zuwarf, der Frauenherzen sofort zum Flattern brachte.

»Amanda, hast du einen Moment Zeit?«

Als sich die Kamera wieder auf Alana richtete, hatte sie ihr Gesicht vollständig unter Kontrolle. »Natürlich, Griff.« Um unterschwellig Nervosität anzudeuten, verschränkte sie ihre Hände auf der Tischplatte.

»Ich habe einen Fall von Gattenmisshandlung«, begann er in der knappen, schneidigen Sprechweise seiner Rolle. Amanda und einige Millionen weiblicher Zuschauer hatten diesen ungeschliffenen Stil unwiderstehlich gefunden. »Ich brauche deine Hilfe.«

Sie spielten die Szene durch, die den Grundstock für ihre erneute Annäherung und die sexuelle Spannung innerhalb der nächsten Wochen legte. Als die Kamera Jack von hinten erfasste, schielte er Alana an und fletschte die Zähne. Und sie nahm ihren Weg zu der Patientenkartei mitten über seinen Fuß. Und dabei verlor keiner der beiden den Rhythmus der Szene.

»Du siehst müde aus.« Jack in der Rolle als Griff wollte ihre Schulter berühren, hielt sich jedoch zurück. Frustration spiegelte sich in seinen Augen. »Ist alles in Ordnung?«

Alana in der Rolle als Amanda blickte ihm seelenvoll in die Augen. Sie öffnete und schloss bebend die Lippen. Langsam wandte sie sich wieder dem Aktenschrank zu. »Alles bestens. Ich habe im Moment viel zu tun. Und ich habe in ein paar Minuten einen Patienten.«

»Dann gehe ich jetzt.« Er ging an die Tür. Die Hand am Türgriff, sah er sie noch einmal an. »Amanda ...«

Amanda wandte ihm weiterhin den Rücken zu. Eine Großaufnahme zeigte, wie sie die Augen schloss und um Selbstbeherrschung rang. »Ich sehe mir morgen deine Patientin an, Griff.« Ihre Stimme schwankte andeutungsweise.

Er wartete fünf spannungsgeladene Sekunden. »In Ordnung.«

Als sich hinter ihr die Tür schloss, schlug Amanda die Hände vor das Gesicht.

»Schnitt!«

»Dafür wirst du bezahlen!«, rief Jack, als er die Tür in der Kulisse wieder aufstieß. »Ich glaube, du hast mir eine Zehe gebrochen.«

Alana ließ ihre Wimpern flattern. »Ach du armes Baby!«

»In Ordnung, Kinder«, mischte sich der Regisseur milde ein. »Machen wir die Großaufnahmen.«

Willig setzte sich Alana wieder hinter Amandas Schreibtisch. In diesem Moment bemerkte sie Fabian. Überraschung und Freude zeigten sich auf ihrem Gesicht, obwohl er nicht freundlich wirkte. Mit finsterer Miene, die Arme über einem lässigen schwarzen Pullover verschränkt, betrachtete er sie und erwiderte ihr Lächeln nicht, was sie auch gar nicht erwartete. Fabian DeWitt war kein Mann, der oft und leicht lächelte. Das machte sie nur umso entschlossener, ihn dazu zu drängen.

Alana hatte überraschend oft an Fabian DeWitt gedacht, obwohl sie gerade jetzt genug beruflich und privat um die Ohren hatte. Sie hatte überlegt, was hinter seiner hochmütigen Fassade wirklich vor sich ging. Sie hatte bei ihm Spuren von Wärme und Zugänglichkeit gefunden, und das genügte Alana, um tiefer zu graben.

Und dann gab es da noch diese Gefühlsregung in ihr, an die sie sich klar erinnerte, die sie wieder spüren und verstehen wollte.

Sie beendete die Aufnahmen und hatte eine Stunde frei bis zu ihrer großen Streitszene mit Stella in der Kulisse des Wohnraums der Lanes. »Jerry, ich habe ein Kätzchen für deine Tochter gefunden«, sagte sie zu einem der Techniker, während sie aufstand. »Ich kann es am Freitag mitbringen. Überlege es dir.« Sie ging an ihm vorbei auf Fabian zu. »Hallo! Möchten Sie Kaffee?«

»Gern.«

»Ich verstecke einen Mr. Röstfrisch in meinem Garderobenschrank. Das Zeug in der Kantine ist reinstes Gift.« Sie zeigte ihm den Weg, ohne nach dem Grund seines Besuches zu fragen. Ihre Tür stand, wie gewöhnlich, offen. Sie trat ein und ging sofort an die Kaffeemaschine. »Sie müssen mit Milchpulver zufrieden sein.«

»Ich trinke ihn schwarz.«

Ihre Garderobe war das reinste Chaos. Kleider, Zeitungen und Illustrierte bedeckten jeden verfügbaren freien Platz. Ihr Schminktisch war mit Tiegeln und Fläschchen und gerahmten Fotos ihrer Kollegen übersät. Es roch nach frischen Blumen, Make-up und Staub.

An der Wand hing ein Kalender für Februar, obwohl der April schon halb vorbei war. Eine elektrische Uhr war nicht an den Strom angeschlossen und stand auf fünf nach sieben. Fabian zählte dreieinhalb Paar Schuhe auf dem Boden.

Mittendrin stand Alana in Amandas sehr schicker Uniform

einer Krankenhausärztin, das schimmernde Haar zur Knotenfrisur zurückgekämmt. Sie duftete, wie er es von einer Frau bei Sonnenuntergang erwartete – sanft und verführerisch.

Als der Kaffee durch die Maschine zu tropfen begann, drehte sie sich zu ihm um. »Ich freue mich, dass Sie da sind.«

Ihre Feststellung klang so einfach, dass Fabian sie fast glaubte. Vorsichtshalber hielt er Abstand, während er sie beobachtete. »Die Aufnahme war interessant. Und Sie waren sehr gut, Alana. Sie haben in diese fünfminütige Szene alles hineingelegt, was hineinzulegen war.«

Auch jetzt kam es ihr mehr wie Kritik und nicht wie Lob vor. »Das ist in einer Seifenoper wichtig.«

»Ihre Rolle.« Er betrachtete sie eingehend. »Ich würde sagen, diese Frau ist sehr kontrolliert, nimmt ihren Beruf ernst und durchlebt im Moment eine persönliche Krise. Zwischen ihr und dem jungen Arzt sprangen eine Menge erotischer Funken über.«

»Sehr gut.« Lächelnd nahm Alana zwei unterschiedliche Tassen. »Das haben Sie gut erfasst.«

»Machen Sie eigentlich immer Unfug während der Aufnahmen, wenn Sie gerade nicht im Bild sind?«

Sie rührte Pulvermilch in ihren Kaffee, gab einen großzügig bemessenen Löffel Zucker dazu und reichte Fabian seinen Kaffee. »Zwischen Jack und mir läuft ein Wettbewerb, wer es schafft, den anderen aus der Fassung zu bringen. Das macht uns wacher und mindert die Spannung.« Sorglos nahm sie die Illustrierte von einem Stuhl und warf sie auf den Boden. »Setzen Sie sich.«

»Wie viele Seiten Dialog müssen Sie wöchentlich lernen?«

»Das schwankt.« Sie nippte an ihrem Kaffee. »Seit die Folgen eine Stunde lang sind, machen wir täglich etwa fünfundachtzig Seiten Drehbuch. An manchen Tagen habe ich zwanzig oder dreißig Seiten, wenn meine Rolle eingebaut ist. Meistens aber drehe ich an drei Tagen in der Woche. Wir machen nicht viele verschiedene Einstellungen.« Sie holte eine Handvoll Bonbons aus der Schublade ihres Schminktisches und schob sie sich nacheinander in den Mund.

Er nahm einen Schluck. »Es macht Ihnen wirklich Spaß.«

»Ja, ich habe mich mit Amanda sehr angefreundet. Gerade deshalb möchte ich auch etwas anderes machen. Eingefahrene Gleise sind eintönig, wenn auch bequem.«

Er sah sich in der Garderobe um. »Ich kann Sie mir nicht in einem eingefahrenen Gleis vorstellen.«

Lächelnd setzte sich Alana auf die Kante ihres Schminktisches. »Ein großes Kompliment, und Sie gehen sehr sparsam mit Komplimenten um.« Etwas an seiner hochmütigen, kühlen Miene brachte sie zum Lachen. »Möchten Sie mit mir zu Abend essen?«, fragte sie impulsiv.

Zum ersten Mal zeigte sich Überraschung in Fabians Gesicht. »Es ist ziemlich früh für Abendessen«, antwortete er sanft.

»Ich mag Ihre Art zu antworten.« Alana nickte ihm zu. »Die Unterhaltung mit Ihnen ist nie langweilig. Wenn Sie heute Abend frei sind, könnte ich Sie um sieben abholen.«

Sie bat ihn einfach so, nett und gar nicht verführerisch, um eine Verabredung. Wieder einmal fragte sich Fabian, welche Motive sie mit ihren Handlungen verfolgte. »Also gut, sieben Uhr.« Er zog einen Notizblock aus seiner Tasche und schrieb etwas drauf. »Hier ist die Adresse.«

Alana warf einen Blick auf das Blatt. »Mmm, Sie haben eine großartige Aussicht auf den Central Park.« Sie lächelte ihn auf eine Weise an, die ihn immer vermuten ließ, dass sie soeben für sich einen Scherz gemacht hatte. »Ich bin verrückt nach schönen Aussichten.«

»Das habe ich schon bemerkt.«

Fabian kam zu ihr, um seine Tasse abzusetzen. Versehentlich berührte er ihre Beine mit seinen Beinen. Alana wich nicht aus, sondern sah ihn mit klaren, neugierigen Augen an. Sie fand nichts Gefährliches in seinem Gesicht, nichts, was eine Frau warnen würde. Ihr Puls hatte sich beschleunigt, was sie faszinierend fand.

»Ich überlasse Sie wieder Ihrer Arbeit, Alana.«

Er unterbrach den Kontakt zwischen ihnen. Alana rührte sich nicht. »Ich bin froh, dass Sie vorbeigekommen sind«, sagte sie, obwohl sie nicht mehr so sicher war, ob das wirklich stimmte.

Mit einem Kopfnicken verließ er den Raum. Alana saß auf der Kante ihres überquellenden Schminktisches und fragte sich, ob sie nicht zum ersten Mal in ihrem Leben mehr abgebissen hatte, als sie kauen konnte.

Um den Sonnenuntergang zu genießen, verließ Alana das Taxi zwei Blocks vor Fabians Wohnhaus. Sie wollte auch über Scott nachdenken, den Sohn ihres Bruders.

Armer kleiner Kerl, dachte sie. So verletzlich, so erwachsen mit seinen vier Jahren. Wann würde das Gericht endlich entscheiden, ob er bei seinen Großeltern mütterlicherseits bleiben musste oder für immer zu ihr kommen durfte? Ihr kleiner Neffe hatte nicht nur seine Eltern verloren, sondern war bei seinen Großeltern auch noch sehr unglücklich.

Sie wollen ihn gar nicht, dachte sie. Zwischen Liebe und Pflichterfüllung lagen eben Welten.

Alana hatte über diese Sache strengstes Stillschweigen zu allen gehalten, damit bei der Verhandlung um das Sorgerecht niemand sagen konnte, sie wolle nur als Schauspielerin Kapital aus der Publicity um das Kind schlagen. In früheren Schreiben an ihren Anwalt hatten ihr Scotts Großeltern schon vorgeworfen, sie wolle das Kind nur aus Reklamegründen. Es durfte nicht den geringsten Hinweis geben, dass diese Verleumdung stimmen könnte, sonst durfte sie Scott nie zu sich nehmen.

Vielleicht hatte sie auch mit niemandem darüber gesprochen, weil sie unter all den Menschen, die sie kannte, keinen fand, dem sie so etwas Persönliches anvertrauen konnte. Jeden Tag sagte sie sich, Scott werde noch vor Ende des Sommers für immer zu ihr ziehen. Solange sie es sich vorsagte, konnte sie daran glauben.

Alana stand kurz nach sieben Uhr abends vor Fabians Wohnung auf der Park Avenue. Sie war fest entschlossen, den Abend mit ihm zu genießen, aber als sie die Hand nach dem Klingelknopf ausstreckte, spürte sie eine leichte Nervosität aufkommen.

Drinnen in der Wohnung stand Fabian am Fenster und blickte auf den Central Park hinunter. Zwei Mal an diesem Tag hatte er die Verabredung absagen wollen, aber er hatte es nicht getan, weil er ständig Alanas lächelndes Gesicht vor sich sah und auch den warmen Blick ihrer Augen.

Ein professioneller Trick. Liz hatte sie dutzendweise auf Lager gehabt, und wenn er sich nicht sehr täuschte, war diese Alana eine ebenso gute Schauspielerin wie Liz Hunter. Das sagte er sich zwar ständig vor, die Verabredung hatte er trotzdem nicht zurückgezogen.

Als der Türsummer anschlug, sah Fabian über seine Schulter zu der geschlossenen Tür. Es ist einfach nur ein Abend, entschied er für sich. Wenige Stunden, in denen er die Frau sorgsam beobachten konnte, die für eine Hauptrolle in einem wichtigen Film infrage kam. Er zweifelte nicht daran, dass sie im Laufe des Abends ihre Angel nach der Rolle auswerfen würde. Mit einem Achselzucken ging Fabian an die Tür. Warum sollte sie auch nicht, dachte er. *Es ist ihr Beruf.*

Dann, als er die Tür öffnete und Alana ihn anlächelte, erkannte er, dass er sie mit einer Intensität begehrte, die er seit Jahren nicht mehr gefühlt hatte.

»Hallo! Sie sehen gut aus«, sagte sie.

Sein Kampf gegen sein Verlangen brachte ihn dazu, sich noch zurückhaltender zu verhalten. »Kommen Sie herein«, bat er überbetont höflich.

Alana trat ein und sah sich mit offener Neugier um. Hübsch. Der erste Eindruck war peinlichste Ordnung. Fabian hatte Stil. Die Farben waren gedämpft, angenehm für die Augen. Die Möbel – zumeist antik – waren so angeordnet, dass ein optisches Gleichgewicht bestand. Alana roch weder Staub noch Reinigungsmittel, als wäre der Raum von sich aus immer sauber und selten bewohnt. Irgendwie passte ihrer Meinung nach der Raum nicht zu Fabians herbem, rauem Neunzehntes-Jahrhundert-Gesicht. Und auch nicht zu seinem Charakter und seiner Art, die Welt zu betrachten. Nein, hier war alles viel zu formell für einen Mann, der wie Fabian aussah und sich wie er bewegte.

Obwohl sie sich fast als unwillkommener Gast fühlte, genoss sie die Schönheit der Wohnung.

»Sie sind sehr anspruchsvoll«, murmelte sie und ging an das Fenster, um die Stadt von hier oben zu betrachten.

Sie trug ein Kleid in leuchtendem Rot. Auf der Vorderseite des weiten Rockteils war eine riesige, von der Taille bis zum Saum an ihren Füßen reichende Blüte in Rot- und Orangetönen aufgesteppt. Der obere Teil der Korsage wurde von einer breiten goldenen Borte gebildet. Eine solche Borte betonte auch ihre Taille. Farben, Muster und Borte setzten sich auf der Jacke fort. Fabian fragte sich, ob er deshalb den Eindruck hatte, als wäre seine Wohnung plötzlich mit Leben erfüllt. Er zog alles Ruhige, Gesetzte vor. Und doch gefiel es ihm zum ersten Mal, Wärme in seinem Heim zu verspüren.

»Ich habe mich nicht getäuscht«, sagte Alana. »Die Aussicht ist wunderbar. Wo arbeiten Sie?«

»Ich habe mir nebenan ein Arbeitszimmer eingerichtet.«

»Ich würde meinen Schreibtisch wahrscheinlich genau hier vor das Fenster stellen.« Lachend wandte sie sich so schnell um, dass die verschiedenen Farben ihres Kleides durcheinanderzuwirbeln schienen. »Allerdings würde ich kaum zum Arbeiten kommen.« Seine Augen wirkten sehr dunkel und blickten sehr ruhig, und sein Gesicht blieb so ausdruckslos, dass ihm keine Regung abzulesen war. »Starren Sie jeden so an?«, fragte sie lächelnd.

»Ich glaube schon. Möchten Sie einen Drink?«

»Ja, trockenen Wermut, wenn Sie welchen haben.«

Sie ging an ein Regal und betrachtete interessiert seine Bleikristallsammlung.

Fabian trat neben sie und bot ihr ein Glas an. »Mögen Sie Bleikristall?«

»Ich mag alles Schöne.«

Welche Frau tut das nicht, dachte er. *Ein Luchsmantel, ein birnenförmiger Diamant. Ja, Frauen lieben schöne Dinge, vor allem wenn ein anderer dafür bezahlt.* Und er hatte auf diesem Gebiet schon genug bezahlt.

»Ich habe mir heute Ihre Show angesehen.« Fabian wollte ihr eine Gelegenheit bieten, ihre Angel auszuwerfen, und abwarten, was sie daraus machte. »Sie wirken sehr gut als tüchtige Psychiaterin.«

»Ich mag Amanda.« Alana nippte an ihrem Wermut. »Sie ist eine sehr gefestigte Frau, die nur kleine Hinweise auf ihre Verletzbarkeit und Leidenschaft gibt. Ich achte genau darauf, wie unterschwellig ich diese Hinweise spielen kann, ohne dass sie ganz verschwinden. Wie hat Ihnen die Show gefallen?«

»Was für eine Menge Komplikationen und Intrigen gibt es da! Es hat mich nur überrascht, dass keine tödlichen Krankheiten oder Bettgeschichten vorkamen.«

»Sie sind nicht auf dem Laufenden.« Sie lächelte ihn über das Glas hinweg an. »Natürlich kommt so etwas in jeder Seifenoper vor, aber wir haben unsere Themen viel weiter gesteckt. Mord, Politik, soziale Probleme, sogar Science-Fiction. Im Rennen um die Einschaltquoten drehen wir auch ziemlich viel an Originalschauplätzen.« Sie nahm noch einen Schluck. Diesmal schimmerte ein milchig blauer Opal an ihrer Hand. »Letztes Jahr haben wir in Griechenland und Venedig gedreht.

Ich habe noch nie in meinem Leben so viel gegessen. Griff und Amanda hatten eine Romanze in Venedig, die aber sabotiert wurde. Sie müssen Stella gesehen haben. Sie spielt meine Schwester Vikki.«

»Typ Haifisch.« Fabian nickte. »Ich kenne den Typ.«

»Oh, das trifft auf Vikki zu. Sie intrigiert, lügt, betrügt und ist überhaupt recht eklig. Stella hat viel Spaß mit ihr. Vikki hatte schon ein Dutzend Affären, hat drei Ehen und die Karriere eines Senators zerstört. Erst kürzlich hat sie die Smaragdbrosche unserer Mutter versetzt, um Spielschulden zu bezahlen.« Seufzend nahm Alana den nächsten Schluck. »Sie hat den ganzen Spaß.«

Fabians Lächeln hielt sich in seinen Augen, als er Alana in die Augen sah. »Sprechen Sie jetzt von Stella oder Vikki?«

»Wahrscheinlich von beiden. Ich habe mich gefragt, ob es mir gelingen würde.«

»Was?«

»Sie zum Lächeln zu bringen. Sie lächeln nicht oft.«

»Nein?«

»Nein.« Sie fühlte einen Stich, scharf und sehr körperlich, ließ ihren Blick kurz zu seinem Mund schweifen und genoss das seltsame Kribbeln, das sie auf ihren eigenen Lippen empfand. »Wahrscheinlich sind Sie zu sehr damit beschäftigt, Menschen zu beobachten und sie und ihr Verhalten einzuordnen.«

Er leerte sein Glas und stellte es ab. »Tue ich das?«

»Ständig. Das ist vermutlich bei Ihrem Beruf normal. Jedenfalls hatte ich mir vorgenommen, Ihnen ein Lächeln zu entlocken, bevor der Abend vorüber ist.« Erneut fühlte sie sich von ihm angezogen. Sie kam näher. Sie konnte und wollte dieses Gefühl nicht verleugnen. »Sind Sie nicht neugierig?«, fragte sie ruhig. »Ich meine, ich könnte nicht den ganzen Abend durchhalten und mich ständig fragen, wie wäre es, wenn ...«

Sie legte eine Hand auf seine Schulter und beugte sich nur so weit vor, dass sich ihre Lippen berührten. Keiner von beiden drängte oder forderte etwas, und doch spürte Alana die leichte Berührung in ihrem ganzen Körper. Etwas tief in ihrem Inneren wurde ergriffen.

Sein Mund fühlte sich wärmer und fester an, als sie erwartet hatte. Ihre Körper drängten nicht zueinander, und der Kuss blieb oberflächlich.

Alana merkte, wie sie sich Fabian öffnete, und es überraschte sie ein wenig. Dann fühlte sie, wie ihre Knie zitterten, worüber sie erschrak. Langsam wich sie zurück, war sich nicht bewusst, wie schockiert sie aus geweiteten Augen dreinblickte.

Heftiges Verlangen erfüllte Fabian, aber er verstand es, seine Gefühle zu verbergen. Er wollte Alana, in der Rolle der Rae – und in seinem Bett. Seiner Meinung nach würde sie ihm bald das eine anbieten, um sich das andere zu sichern. Er war jünger gewesen, als Liz ihn für eine Rolle in ihr Bett gelockt hatte. Jetzt war er älter und kannte das Spiel.

»Nun ja...« Alana atmete tief aus, während Gedanken in ihrem Kopf herumwirbelten. Sie wünschte sich, fünf Minuten allein sein zu können, um über alles nachzudenken. Irgendwie hatte sie es schon immer erwartet, dass sie sich innerhalb eines Sekundenbruchteils verlieben würde, aber sie war nie so vermessen gewesen zu glauben, dass ihre Gefühle erwidert würden. Sie musste sich ihren nächsten Schritt überlegen. »Und jetzt, da die erste Neugierde gestillt ist, warum gehen wir nicht essen?«

Bevor sie sich abwenden konnte, hielt Fabian sie am Arm fest. Wenn sie schon diese Szene miteinander spielen sollten, dann hier und jetzt. »Was wollen Sie eigentlich?«

In seiner Stimme lag keine Spur jener Wärme, die sie in dem Kuss gefühlt hatte. Alana blickte ihm in die Augen, die ausdruckslos blieben. Es wäre unklug, diesen Mann zu lieben, dachte sie. »Essen gehen«, erwiderte sie.

»Ich habe Ihnen Gelegenheit gegeben, die Rolle zu erwähnen. Warum haben Sie es nicht getan?«

»Die Rolle ist Beruf, mein Besuch ist privat.«

Er lachte kurz auf. »In diesem Beruf ist alles beruflich«, entgegnete er. »Sie wollen die Rae spielen.«

»Wenn ich das nicht wollte, hätte ich nicht vorgesprochen. Und nach dem nächsten Vorsprechen werde ich die Rolle auch bekommen.« Es frustrierte sie, dass sie seine Gedanken nicht lesen konnte. »Fabian, warum sagen Sie mir nicht, worauf Sie hinauswollen? Das wäre für uns beide einfacher.«

Er zog sie ein Stück näher zu sich heran. »Wie viel sind Sie bereit, für diese Rolle zu tun?«

Seine Hintergedanken waren für Alana wie ein Schlag ins Gesicht. Wut stellte sich nicht ein, dafür aber ein schneidender Schmerz, der ihre Augen verdunkelte. »Ich bin bereit, die beste Vorstellung zu geben, die mir möglich ist.« Sie riss sich von ihm los und ging auf die Tür zu.

»Alana ...« Er war selbst erstaunt, dass er sie zurückrief, aber unter dem Blick ihrer Augen war er sich mies vorgekommen. Als sie nicht stehen blieb, durchquerte er den Raum, ehe er sich zurückhalten konnte. »Alana.« Er ergriff wieder ihren Arm und drehte sie zu sich herum.

Sie strahlte so viel echten Schmerz aus, dass Fabian gar nicht anders konnte, als ihr zu glauben. Sein Verlangen, sie an sich zu ziehen, war fast unerträglich. »Ich möchte mich entschuldigen.«

Sie starrte ihn an und wünschte sich, ihm sagen zu können, er solle sich zum Teufel scheren. »Ich nehme Ihre Entschuldigung an«, sagte sie stattdessen. »Vor allem bin ich sicher, dass Sie sich normalerweise für nichts entschuldigen. Ihre Exfrau hat schon einen gewaltigen Schaden angerichtet, nicht wahr?«

Er zog seine Hand von ihrem Arm. »Ich spreche nicht über mein Privatleben.«

»Vielleicht ist das ein Teil des Problems. Verachten Sie alle Frauen oder nur Schauspielerinnen?«

Er war zornig, das fühlte sie, aber nach außen hin blieb er gleichmütig.

»Drängen Sie mich nicht«, murmelte er.

»Ich bezweifle, dass Sie jemand drängen könnte.« Obwohl Alana seinen Ärger für ein gutes Zeichen hielt, fühlte sie sich ihm und ihren eigenen Gefühlen im Moment nicht gewachsen. »Es ist schade«, fuhr sie fort, als sie sich wieder der Tür zuwandte. »Wenn das, was in Ihnen eingefroren ist, einmal auftaut, werden Sie wahrscheinlich ein bemerkenswerter Mann sein. Bis dahin gehe ich Ihnen aus dem Weg.« Sie öffnete die Tür und drehte sich um. »Was die Rolle angeht, Fabian, so setzen Sie sich bitte mit meiner Agentin in Verbindung.«

4. Kapitel

»Nein, Scott, wenn du noch mehr Zuckerwatte isst, fallen deine Zähne aus.« Alana hob ihren Neffen hoch und presste ihn fest an sich. »Und dann wirst du mit Bananenbrei und püriertem Spinat vollgestopft.«

»Popcorn«, verlangte Scott und lächelte zu ihr hoch.

»Du bodenloser Schlund.« Sie presste ihr Gesicht an seinen Hals und ließ sich von Liebe überwältigen.

Der Sonntag war kostbar, nicht nur wegen des Sonnenscheins und der milden frühlingshaften Temperatur, nicht nur wegen der vielen Freizeit, sondern vor allem wegen des Nachmittags, den Alana mit dem wichtigsten Menschen in ihrem Leben verbringen durfte.

Er riecht sogar wie sein Vater, dachte Alana. War es möglich, einen Geruch zu erben? Scott hielt seine Beine um ihre Taille geschlungen, während sie sein Gesicht betrachtete.

Im Grunde sah sie in einen Spiegel. Zwischen ihr und ihrem Bruder Jeremy hatten nur zehn Monate Altersunterschied gelegen, und man hatte sie oft für Zwillinge gehalten. Scott hatte hellblondes gelocktes Haar, klare blaue Augen und ein Gesicht, das später einmal schmal und gut geschnitten sein würde. Im Moment war es mit rosa Zuckerwatte verklebt. Alana küsste ihn fest und schmeckte den süßen Zucker.

»Lecker, lecker«, murmelte sie und küsste ihn noch einmal, als er kicherte.

»Was ist mit deinen Zähnen?«, fragte er.

Stirnrunzelnd verlagerte sie seinen Körper in eine bequemere Haltung. »Wenn man den Zucker aus zweiter Hand bekommt, schadet er nicht.«

Der Kleine lächelte schlau und verriet, dass er später einmal ein Herzensbrecher sein würde. »Und wieso?«

»Das steht wissenschaftlich fest«, behauptete Alana. »Vielleicht verdunstet der Zucker, wenn er mit Luft und Haut in Berührung kommt.«

»Das hast du dir ausgedacht«, stellte Scott anerkennend fest und grinste sie an.

Sie kämpfte mit einem Lächeln und warf ihre Haare über die Schultern zurück. »Wer? Ich?«

»Du denkst dir immer die besten Sachen aus.«

»Das gehört zu meinem Job«, antwortete sie geziert. »Komm, wir sehen uns die Bären an.«

»Hoffentlich haben sie hier große Bären«, meinte Scott, während er sich zu Boden gleiten ließ. »Ganz toll große.«

»Ich habe gehört, dass es hier gigantische Bären geben soll«, erzählte sie. »Vielleicht sind sie sogar groß genug, um aus ihrem Gehege herauszuklettern.«

»Tatsache?« Seine Augen leuchteten auf, und Alana konnte förmlich sehen, wie er sich alles ausmalte, die Flucht der Bären, die Panik und die Schreie der Menschenmenge und seinen unbeschreiblichen Heroismus, mit dem er die riesenhaften geifernden Bären hinter Gitter trieb. Und dann natürlich auch noch, wie er ganz bescheiden den Dank der Zoobesitzer entgegennahm. »Los, gehen wir!«

Alana ließ sich von Scott zwischen den Leuten hindurchziehen, die ihren Sonntag im Zoo der Bronx verbrachten. Wenigstens das konnte sie ihm geben, die Freude seiner kostbaren Kindheit, die so kurz und so konzentriert war. Wie viele Jahre verbrachte man als Erwachsener mit Verpflichtungen, Verantwortung, Sorgen und Zeitplänen. Sie wollte ihm die Freiheit geben und ihm zeigen, welche Grenzen man überspringen konnte und welche man respektieren musste. Und vor allem wollte sie ihm Liebe schenken.

Sie liebte ihn von ganzem Herzen und wollte ihn nicht nur

wegen der Erinnerungen an ihren Bruder haben, die er in ihr auslöste, sondern um seinetwillen.

Obwohl sie stets nur nach der momentanen Eingebung gelebt hatte, brauchte sie jemanden, um den sie sich kümmern konnte und der ihr einen Teil ihrer Liebe wiedergab.

Hätte Alana die Gewissheit haben können, dass Scott bei seinen Großeltern glücklich war, hätte sie die Tatsache, dass er von ihnen großgezogen wurde, akzeptiert. Aber sie wusste, dass die Großeltern alles erstickten, was an ihm so besonders war.

Sie waren bestimmt keine schlechten Menschen, waren nur in ihrem strengen und altmodischen Denken gefangen: Ein Kind musste während seiner Erziehung nach gewissen Richtlinien geformt werden. Ein Kind war eine ernste Verpflichtung. Das war deren Überzeugung, nach der sie sich bei Scotts Erziehung richteten. Alana dagegen nahm zwar die Verpflichtung an, sah aber die Freude an erster Stelle.

Alles wäre einfacher gewesen, hätten Scotts Großeltern seinen Vater nicht so heftig abgelehnt. Die Großeltern sahen das Kind an und wurden daran erinnert, dass ihre Tochter gegen ihren Willen geheiratet hatte und zusammen mit ihrem Mann bei einem tragischen Unfall gestorben war. Alana dagegen sah in ihm ein Kind ... das Schönste, was das Leben überhaupt zu bieten hatte.

Scotty braucht mich, dachte sie und zerzauste sein Haar, während er mit großen Augen auf einen umhertrottenden Bären starrte. *Und ich brauche ihn.*

Ihr fiel Fabian ein.

Er braucht mich auch, dachte sie, während ein kleines Lächeln um ihre Lippen spielte. *Obwohl er es bis jetzt noch gar nicht weiß.* Ein Mann wie er brauchte Liebe und Lachen in seinem Leben, und sie wollte ihm beides bringen.

Warum? Sie lehnte sich gegen das Geländer und schüttelte den Kopf. Sie hatte keinen bestimmten Grund, aber das genügte ihr. Wenn man etwas sezierte, um Antworten zu finden, konnten es auch die falschen Antworten sein. Alana vertraute Instinkt und Gefühl viel mehr als dem Verstand. Sie liebte stürmisch, unüberlegt und schrankenlos.

Hätte sie Fabian das jetzt gesagt, hätte er gedacht, dass sie log oder verrückt sei. Es würde für sie nicht einfach sein, das Vertrauen eines so misstrauischen und zynischen Mannes wie Fabian DeWitt zu gewinnen. Lächelnd knabberte Alana von Scotts Popcorn. Nun ja, Herausforderungen machten das Leben erst aufregend, und ob Fabian es merkte oder nicht, sie war jedenfalls dabei, viel Aufregung in sein Leben zu bringen.

»Warum lachst du, Alana?«

Lächelnd nahm sie Scotty auf den Arm. »Weil ich glücklich bin. Bist du es nicht? Heute ist ein glücklicher Tag.«

»Ich bin immer glücklich bei dir.« Er schlang seine Arme um ihren Hals. »Kann ich nicht bei dir bleiben? Kann ich nicht immer bei dir wohnen?«

Sie presste das Gesicht gegen seine Schulter und konnte ihm nicht sagen, wie intensiv sie versuchte, genau das für ihn und sich selbst zu erreichen. »Wir haben den heutigen Tag zusammen«, sagte sie stattdessen. »Den ganzen Tag.«

Während sie ihn festhielt, roch sie die Mischung aus seiner Seife und seinem Shampoo, aus geröstetem Popcorn und Sonne. Lachend stellte sie ihren Neffen wieder auf die Erde. Das Heute, nahm sie sich vor, will ich ihm zeigen. »Gehen wir zu den Schlangen. Ich sehe sie so gern züngeln.«

Fabian hatte beschlossen, zwischen sich und Alana einen sicheren Graben der kühlen Geschäftsmäßigkeit zu ziehen. Er kannte sie kaum, und doch legte sie in ihm Gefühle frei, die er für immer verbannt hatte. Und er spürte, dass sie noch mehr freilegen konnte. Daher der sichere Graben.

Und doch konnte Fabian sich nicht ganz daran halten, während er zusah, wie Alana sich vor der Lesung mit Jack Rohrer unterhielt. Kam das daher, dass sie schön war und er für

Schönheit schon immer empfänglich gewesen war? Oder kam es von ihrer Einmaligkeit? Als Schriftsteller faszinierte ihn das Ungewöhnliche.

Nein, da war noch mehr. Er fühlte bei ihr eine unglaubliche Festigkeit und Beständigkeit, und das trotz ihres Stils, der irgendwo zwischen Herumtreiberin und Teenager angesiedelt war.

»Sie sehen gut zusammen aus«, murmelte Marshall.

Fabian wandte seinen Blick nicht von Alana. Hätte er sich nicht so gut an das erste Vorsprechen erinnert, hätte er sie für eine Fehlbesetzung gehalten. Ihr Lächeln war zu offen, ihre Bewegungen wirkten zu fließend. Man sah sie bloß an und fühlte ihre Wärme. Es gefiel Fabian gar nicht, dass sie ihn nervös machte. Er spürte Verlangen, und das gegen seinen Willen.

Er steckte sich eine Zigarette an und betrachtete Alana durch den Rauch hindurch. Vielleicht war es die Zeit wert – und zwar sowohl als Schriftsteller wie auch als Mann –, herauszufinden, wie viele Gesichter sie zeigen konnte und, vor allem, wie leicht ihr das fiel.

Er setzte sich auf die Kante von Marshells Schreibtisch. »Fangen wir an.«

Alana wandte den Kopf und begegnete seinem Blick. Er ist heute anders, dachte sie, kam jedoch nicht auf die Ursache. Er betrachtete sie noch immer eindringlich und ernst, und die Barriere, die er zwischen sich und der Außenwelt errichtet hatte, existierte auch weiterhin. Aber da war noch etwas ...

Alana lächelte ihm zu. Als er nicht reagierte, nahm sie die Kopie des Drehbuchs in die Hand. Sie wollte die allerbeste Vorstellung ihrer Karriere liefern. Für sich selbst – und aus irgendeinem seltsamen Grund auch für Fabian.

»Also, ich möchte, dass ihr da anfangt, wo die beiden von der Party nach Hause kommen.« Geistesabwesend stäubte Fabian seine Zigarette in einem Aschenbecher aus Kristall mit Goldrand ab. Hinter ihm knabberte Marshall an einer Magenpastille. »Wollt ihr es vorher noch einmal durchlesen?«

Alana blickte von ihrem Drehbuch auf. Er glaubt noch immer, dass ich es verpatze, durchzuckte es sie. »Nicht nötig«, antwortete sie und wandte sich zu Jack.

Zum zweiten Mal wurde Fabian Zeuge der Verwandlung. Wie kam es bloß, dass sogar ihre Augen heller wurden, wenn Alana in die Rolle der Rae schlüpfte? Er fühlte die sexuelle Anziehung und gleichzeitig diese heftige Abscheu, die seine Exfrau bei ihm immer hervorrief. Während die Zigarette zwischen seinen Fingern glomm, hörte Fabian Raes Zorn und Phils Ärger und erinnerte sich nur zu deutlich an die Szenen, die sich zwischen Liz und ihm abgespielt hatten.

Ein Vampir. Genau so hatte er sie genannt. Blutlos, herzlos, verführerisch. Alana schlüpfte in die Rolle wie in eine zweite Haut. Fabian wusste, dass er sie dafür bewundern und ihr sogar dankbar sein sollte, weil sie seine Suche nach der richtigen Schauspielerin beendete. Aber ihre Verwandlungsfähigkeit eines Chamäleons ärgerte ihn.

Zwischen Alana und Jack stimmte es, als ob sie schon lange aufeinander eingespielt wären. Sie warfen einander ihre eingeübten Sätze an den Kopf, während Wut und Sexualität funkelten. Es gab für Fabian keinen Ausweg, nicht einmal einen Fluchtversuch. Er war sicher, dass es beruflich eine gute Entscheidung war, Alana die Rolle zu geben – privat jedoch ein ernster Fehler.

»Das reicht.«

Kaum hatte Fabian die Szene abgebrochen, als Alana den Kopf in den Nacken warf und zu lachen anfing. Das plötzliche Schwinden der Spannung war unglaublich. Und so würde das bei einer solchen harten und kalten Rolle immer sein. Das merkte sie schon.

»Oh Himmel, sie ist so voll Hass, so völlig von sich eingenommen.« Mit blitzenden Augen und erhitztem Gesicht wirbelte Alana zu Fabian herum. »Sie verabscheuen diese Frau, und dennoch werden Sie von ihr angezogen. Sie sehen das Messer, das sie Ihnen zwischen die Rippen stoßen will, und können trotzdem kaum ausweichen.«

»Ja«, antwortete er scharf. Die Szene hatte ihn mehr als erwartet verwirrt. »Ich möchte, dass Sie die Rolle bekommen. Wir werden uns mit Ihrer Agentin in Verbindung setzen und die Details aushandeln.«

Alana seufzte, aber das Lächeln um ihre Lippen schwand nicht. »Offenbar habe ich Sie überwältigt«, stellte sie trocken fest. »Hauptsache ist, ich bekomme die Rolle. Sie werden es nicht bereuen. Mr. Marshell, Jack, ich werde gern mit Ihnen zusammenarbeiten.«

»Alana.« Marshell stand auf und ergriff ihre dargebotene Hand. Es war schon lange her, dass ihn eine Szene dermaßen aufgerührt hatte. »Wenn ich mich nicht irre, und das tue ich nie, werden Sie einen Volltreffer landen.«

Sie strahlte ihn an und fühlte sich wie auf Wolken schweben. »Darüber werde ich mich nicht beklagen. Danke.«

Fabian hielt sie am Arm fest, bevor sie sich abwenden konnte und bevor er überhaupt begriff, dass er sie berührte. Er wollte seinen Zorn loswerden, sich an irgendetwas oder irgendjemandem abreagieren, doch er unterdrückte diesen Impuls. »Ich bringe Sie hinaus.«

Sie fühlte die Spannung in seinen Fingern und kämpfte gegen den Impuls an, ihn zu besänftigen. Er war kein Mann, dem es gefallen würde, gestreichelt zu werden. »In Ordnung.«

Sie nahmen den gleichen Weg wie in der Woche davor, diesmal jedoch schweigend. Alana fühlte, dass Fabian das brauchte. Als sie den Ausgang erreichten, wartete sie darauf, dass er endlich das sagen würde, was er glaubte, sagen zu müssen.

»Sind Sie frei?«, fragte er.

Leicht verwirrt legte sie den Kopf auf die Seite.

»Für ein vorgezogenes Abendessen«, führte er genauer aus. »Ich finde, ich schulde Ihnen ein Essen.«

»Nun ja.« Sie schob ihr Haar aus dem Gesicht zurück. So wie die Dinge standen, befriedigte sie seine Einladung, was sie auch gar nicht verbergen sollte. »Allerdings. Aber warum wollen Sie tatsächlich mit mir essen gehen?«

Der bloße Anblick ihrer übermütig blitzenden Augen und lachenden vollen Lippen ließ ihn innerlich hin und her gerissen sein. *Geh ran, bevor du das verlierst! Zieh dich zurück, bevor es zu spät ist!* »Ich bin mir nicht ganz sicher.«

»Das soll mir gut genug sein.« Sie ergriff seine Hand und winkte einem Taxi. »Mögen Sie gegrillte Schweinekoteletts?«

»Ja.«

Lachend blickte sie über die Schulter zurück, bevor sie ihn in das Taxi zog. »Ein ausgezeichneter Start.« Nachdem sie dem Fahrer eine Adresse in Greenwich Village genannt hatte, lehnte sie sich zurück. »Als Nächstes müssen wir zu einer Unterhaltung kommen, in der kein einziges berufliches Wort fällt. Und vielleicht schaffen wir es auch, das länger als eine Stunde durchzuhalten.«

»In Ordnung.« Fabian nickte. Er hatte inzwischen beschlossen, Alana näher kennenzulernen, und damit würde er jetzt gleich beginnen. »Aber wir vermeiden auch Politik.«

»Einverstanden.«

»Wie lange leben Sie schon in New York?«

»Ich wurde hier geboren. Ich bin eine Eingeborene.« Breit lächelnd schlug sie die Beine übereinander. »Sie nicht! Ich habe irgendwo gelesen, dass Sie aus Philadelphia stammen, von ganz hoch oben mit einem Haufen einflussreicher Verwandter.« Sie warf nicht einmal einen Blick nach vorn, als das Taxi plötzlich schleuderte und schwankte. »Sind Sie glücklich in New York?«

Er hatte die Stadt nie mit Glücklichsein in Verbindung gebracht, aber jetzt, da er es tat, fiel ihm die Antwort leicht. »Ja. Ich brauche die Herausforderungen, die die Stadt mit ihren Menschen an einen stellt, jedenfalls für eine Zeit.«

»Und dann brauchen Sie wieder den Abstand dazu«, beendete sie für ihn den Satz. »Und Sie müssen allein sein, auf Ihrem Boot.«

Bevor ihm ihre Treffsicherheit unangenehm wurde, akzeptierte er sie eben. »Stimmt. Ich entspanne mich beim Segeln, und ich entspanne mich gern allein.«

»Ich male«, verriet sie ihm. »Schreckliche Bilder.« Lachend verdrehte sie die Augen. »Aber so werde ich einen Knacks los, wenn ich einen kriege. Ich drohe den Leuten immer mit einem original Kirkwood-Gemälde als Weihnachtsgeschenk, aber dann habe ich doch nie das Herz dazu.«

»Ich möchte ein Bild von Ihnen sehen«, murmelte er.

»Der Haken dabei ist, dass ich meine Stimmungen auf die Leinwand spritze und schmiere. Wir sind da.« Alana stieg aus dem Taxi und blieb am Randstein stehen.

Fabian betrachtete die winzigen Ladenfronten. »Wohin gehen wir?«

»Auf den Markt.« Sorglos hakte sie sich bei ihm unter. »Ich habe keine Schweinekoteletts daheim.«

Er blickte auf sie hinunter. »Daheim?«

»Meistens koche ich lieber, als dass ich essen gehe. Und heute Abend bin ich zu verspannt, um mich in ein Restaurant zu setzen. Ich muss mich beschäftigen.«

»Verspannt?« Kopfschüttelnd studierte Fabian ihr Profil. Durch die Bewegung fiel sein dunkles Haar ungeordnet in sein Gesicht. Ein Kontrast, fand Alana, zu seinem ziemlich formellen Erscheinungsbild.

»Ich würde sagen, Sie wirken bemerkenswert ruhig und überhaupt nicht verspannt, Alana.«

»Nein, nein! Aber ich hebe mir, so gut es geht, die volle Explosion auf, bis meine Agentin anruft und sagt, dass alles in Granit gehauen sei. Keine Angst.« Sie blickte lächelnd zu ihm auf. »Ich bin eine passable Köchin.«

Hätte ein Mann sie nur nach diesem schönen, zarten Gesicht beurteilt, hätte er ihr nie irgendwelche Kochkünste zugetraut. Doch Fabian kannte sich mit Gesichtern aus. Vielleicht, aber nur vielleicht wartete unter ihrer Oberfläche eine Überraschung. Trotz aller Vorsicht, zu der er sich selber mahnte, lächelte er. »Nur eine passable Köchin?«

Ihre Augen leuchteten voll Stolz. »Ich hasse Angeberei, aber genau genommen bin ich eine großartige Köchin.« Sie führte ihn auf einen kleinen, überfüllten Markt, auf dem es intensiv nach Knoblauch und Pfeffer roch, und begann mit einer wahllosen Suche nach den Zutaten für das Abendessen. »Wie sind heute die Avocados, Mr. Stanislowski?«

»Bestens!« Der Händler betrachtete aus den Augenwinkeln Fabian über ihren Kopf hinweg. »Für Sie nur das Beste, Alana.«

»Dann nehme ich zwei, aber Sie suchen sie aus.« Sie nahm abwägend einen Kopf Salat in die Hand. »Wie hat Monica bei der Geschichtsprüfung abgeschnitten?«

»Zweitbeste von der Klasse.« Seine Brust schwoll förmlich unter der Schürze, aber er beobachtete weiterhin den schweigend brütenden Mann in Alanas Begleitung.

»Großartig! Ich brauche vier wirklich schöne Koteletts.« Während Mr. Stanislowski sie aussuchte, betrachtete sie die Pilze, wobei sie sehr genau merkte, dass der Händler wegen Fabian vor Neugierde fast platzte. »Sie wissen doch, Mr. Stanislowski, Monica wünscht sich ein Kätzchen.«

Der Händler legte das Fleisch auf die Waage und warf ihr einen entrüsteten Blick zu. »Also wirklich, Alana …«

»Sie ist sicher alt genug, um selbst dafür zu sorgen«, fuhr Alana fort und drückte prüfend eine Tomate. »Sie hätte Gesellschaft und gleichzeitig eine Verantwortung. Und sie ist bei der Prüfung Zweitbeste von der Klasse geworden.« Sie schenkte ihm ein unwiderstehliches Lächeln.

Er errötete und trat von einem Fuß auf den anderen. »Also, vielleicht … Falls Sie eine Katze vorbeibringen würden, könnten wir darüber nachdenken.«

»Mache ich.« Noch immer lächelnd, griff sie nach ihrem Portemonnaie. »Wie viel bin ich schuldig?«

»Das war gut eingefädelt«, murmelte Fabian, als sie den Stand verließen. »Sie bringen schon zum zweiten Mal ein Kätzchen unter. Hat Ihre Katze geworfen?«

»Nein, ich kenne nur eine Reihe Kätzchen, die untergebracht werden müssen.« Sie neigte den Kopf zu ihm. »Falls Sie Interesse hätten ...«

»Nein.« Mit dieser festen, knappen Antwort nahm er ihr die Einkaufstasche ab.

Alana lächelte bloß und beschloss, ihn später zu bearbeiten. Im Moment war sie damit beschäftigt, die Düfte von Gewürzen und Backwaren aufzusaugen, die aus offenen Hauseingängen drangen. Ein paar Kinder tobten lachend an ihnen vorbei. Alte Männer saßen auf den Stufen vor den Häusern, um zu klatschen und zu tratschen. Hinter einer heruntergelassenen Jalousie hörte sie einige Takte von Beethovens Neunter und ein Stück weiter das Hämmern eines augenblicklichen Spitzenschlagers.

»Hallo, Mr. Miller, Mr. Zimmerman!«

Die beiden alten Männer, die auf den Stufen vor dem Backsteinhaus saßen, betrachteten zuerst Fabian, ehe sie Alana ansahen. »An Ihrer Stelle würde ich dem Kerl keine Chance geben«, riet Mr. Miller.

»Schick ihn zum Teufel.« Mr. Zimmerman lachte keuchend. »Such dir lieber einen Mann mit Rückgrat.«

»Ist das ein Angebot?« Sie küsste ihn auf die Wange, bevor sie die Stufen hinaufkletterte.

»Auf dem Nachbarschaftsfest habe ich einen Tanz bei dir frei?«, rief er ihr nach.

Alana zwinkerte ihm über die Schulter zu. »Mr. Zimmerman, Sie bekommen von mir so viele Tänze, wie Sie nur wollen.« Während sie die Treppe im Haus hinaufgingen, fischte

Alana in ihrer Tasche nach ihren Schlüsseln. »Ich bin verrückt nach ihm«, erklärte sie Fabian. »Er ist ein pensionierter Musiklehrer und unterrichtet nebenbei noch ein paar Kinder. Er sitzt auf den Stufen, damit er die vorbeigehenden Frauen beobachten kann.« Sie fand die Schlüssel mit einer großen lachenden Plastiksonne als Anhänger. »Er ist ein Beinfetischist.«

Automatisch sah Fabian noch einmal zurück. »Hat er Ihnen das gesagt?«

»Man braucht doch nur aufzupassen, wohin sein Blick wandert, wenn ein Rock vorbeigeht.«

»Auch Ihr Rock?«

Ihre Augen funkelten. »Ich falle in die Kategorie Nichte. Er findet, ich solle verheiratet sein und einen Haufen Kinder großziehen.«

Sie schob den Schlüssel in ein merkwürdiges Schloss, was Fabian für absolut einzigartig in ganz New York hielt, und öffnete die Tür.

Er hatte etwas Ungewöhnliches erwartet und wurde nicht enttäuscht.

Zentraler Blickfang im Wohnzimmer war eine lange, überbreite Hängematte, die an Messinghaken von der Decke baumelte. Das eine Ende der Matte war mit Kissen überhäuft, und daneben stand auf einem Waschtisch eine zu drei Vierteln heruntergebrannte dicke Kerze. Der Raum wurde von Farben beherrscht und war in einem undefinierbaren Stil gehalten.

Das alte, geschwungene Sofa war mit einem verblichenen Rosenbrokat überzogen, ein großer Weidenkorb diente als Kaffeetisch. Wie Alanas Garderobe, so war auch dieser Raum mit Büchern und Zeitungen übersät und enthielt ein Sammelsurium von Düften. Fabian roch Kerzenwachs, Kräuter und frische Blüten. Frühlingsblumen quollen aus verschiedenen Vasen, die von Ausverkaufsware bis Meißner Porzellan alles boten.

Ein Schirmständer in der Form eines Storchs war mit Straußen- und Pfauenfedern gefüllt. Ein Paar Boxhandschuhe hingen in der Ecke hinter der Tür.

»Ich schätze, Sie fallen in die Federgewichtsklasse«, stellte Fabian fest.

Alana folgte seinem Blick und lächelte. »Sie haben meinem Bruder gehört. Er hat in der Highschool geboxt. Wollen Sie einen Drink?« Bevor er antworten konnte, nahm sie ihm die Einkaufstasche ab, ging einen Korridor entlang und bog am Ende des Gangs in die Küche ein.

»Ein wenig Scotch und Wasser.« Als er sich umdrehte, wurden seine Sinne und seine Aufmerksamkeit von einer Wand voller Gemälde gefangen genommen. Es waren natürlich ihre Bilder. Wer sonst hätte mit solcher Energie, derartigem Schwung und unter völliger Missachtung aller Regeln gemalt? Es gab farbige Flecken, Bögen, Zickzacklinien. Fabian trat näher. Er konnte die Bilder nicht schrecklich finden, aber er wusste auch nicht, wie er sie überhaupt finden sollte. Lebhaft, exzentrisch, beunruhigend. Sicher konnte man sich beim Betrachten solcher Bilder nicht entspannen. Sie zeigten Flair und Sorglosigkeit, und sie passten, beabsichtigt oder unbeabsichtigt, perfekt in den Raum.

Während Fabian noch die Gemälde betrachtete, kamen drei Katzen in das Zimmer. Zwei waren noch ganz klein, pechschwarz mit bernsteinfarbenen Augen. Sie tollten ein Mal um seine Beine herum, ehe sie im Gänsemarsch in die Küche trotteten. Die dritte war eine riesige Tigerkatze, die mit steifer Würde auf drei Beinen ging. Fabian hörte Alana lachen und etwas zu den beiden kleinen Katzen sagen, die sie aufgestöbert hatten. Die Tigerkatze betrachtete Fabian mit unerschütterlicher Geduld.

»Scotch und Wasser.« Alana kam barfuß mit zwei Gläsern wieder.

Fabian nahm sein Glas entgegen. »Hier haben Sie wohl ein paar Mal einen Knacks abreagiert.«

Alana warf einen Blick auf die Bilder. »Sieht so aus, nicht wahr? Spart das Geld für einen Psychiater, obwohl ich das eigentlich nicht sagen sollte, weil ich ja eine Psychiaterin spiele.«

»Sie haben eine ganz besondere Wohnung.«

»Ich habe herausgefunden, dass ich im Durcheinander am besten gedeihe.« Sie lachte ihm zu und nahm einen Schluck. »Wie ich sehe, haben Sie Butch schon kennengelernt.« Sie bückte sich und strich mit der Hand über den Rücken der Tigerkatze, die daraufhin einen Buckel machte und laut schnurrte. »Keats und Shelley sind die zwei kleinen Wilden. Sie futtern jetzt ihr Abendessen.«

»Ach ja.« Fabian beobachtete, wie Butch sich an Alanas Bein rieb, bevor er zu dem Sofa hoppelte und auf ein Kissen sprang. »Finden Sie es nicht schwierig, bei Ihrem anstrengenden Beruf drei Katzen in einer Stadtwohnung zu halten?«

Alana lächelte nur. »Nein. Ich werfe jetzt den Grill an.«

Fabian hob eine Augenbraue. »Wo?«

»Na, wo schon? Auf der Terrasse.« Alana stieß eine Tür auf. Im Freien gab es einen Balkon von der Größe einer Briefmarke, kaum mehr als ein breiteres Fenstersims. Er war vollgestellt mit Geranientöpfen und einem winzigen Holzkohlengrill.

»Die Terrasse«, murmelte Fabian über ihre Schulter hinweg. Nur ein unheilbarer Optimist oder ein hoffnungsloser Träumer konnte auf diese Bezeichnung kommen. Und er war dankbar, dass sie es getan hatte. Lachend lehnte er sich gegen den Türpfosten.

Alana richtete sich von dem Grill auf. »Sieh mal an, das ist sehr hübsch. Wissen Sie, dass Sie zum ersten Mal richtig lachen und es auch ehrlich meinen?«

Achselzuckend nippte Fabian an seinem Scotch. »Ich glaube, ich bin ein wenig außer Übung.«

»Das kriegen wir bald hin.« Lächelnd hielt sie ihm die offene Hand hin. »Haben Sie ein Streichholz?«

Fabian fasste in seine Tasche, aber irgendetwas, vielleicht das humorvolle Funkeln in ihren Augen, änderte seine Meinung. Er hielt sie an den Schultern fest und senkte seinen Mund auf ihre Lippen.

Fabian überraschte sie völlig. Alana hatte nicht erwartet, dass er irgendetwas aus einem Impuls heraus tun könnte. Bevor sie sich richtig darauf einstellte, wurde sie von der Macht des Kusses gepackt, wurden ihre Gefühle und Sinne wie wild aufgerührt.

Diesmal war es nicht bloß eine Berührung der Lippen, sondern eine harte, uneingeschränkte Forderung. Als ihre Hände nach seinem Gesicht tasteten und sie ihm vorbehaltlos gab, wonach er suchte, war die Falle geschlossen.

Das Feuer entstand nicht langsam, sondern entflammte so schnell, als wären sie schon längst ein Liebespaar. Alana fühlte und verstand sofort die Vertrautheit zwischen ihnen. Ihr Herz gehörte ihm bereits. Also konnte sie ihm ihren Körper nicht verweigern.

Irgendwie nahm Fabian es mit Erleichterung auf, dass er sich seiner Leidenschaft überließ. Es war schon so lange her, seit er eine Frau wirklich begehrt hatte. Seine Leidenschaft war in diesem Moment fest und klar wie der Wind, der ihn beim Segeln ansprang. Sie befreite ihn von Fesseln, die er sich selbst angelegt hatte. Er stöhnte auf, als er Alana fester an sich zog.

Er atmete ihren Duft ein, diesen lockenden Wohlgeruch, der ihn verfolgt hatte, sooft er an sie gedacht hatte. Und er hatte den Geschmack ihrer Lippen noch in Erinnerung, so verlockend, so berauschend. Ihr Körper war schlank und doch weiblich rund und weich und wunderbar warm. Er brauchte die Wärme, brauchte sie schon seit Jahren, ohne es zu wissen. Vielleicht brauchte er auch Alana.

Und genau das war es, was ihn sich zurückziehen ließ, als er gerade mehr und mehr von dem begehrte, was sie ihm im Überfluss bot.

Alana öffnete langsam die Augen, als sich seine Lippen von

ihrem Mund lösten. Alana blickte Fabian offen und direkt an. Diesmal erkannte sie in seinen Augen Verlangen und Vorsicht und auch einen Hauch von Gefühl, der sie rührte.

»Ich wollte, dass du mich küsst«, murmelte sie.

Fabian zwang sich zur Ruhe, zwang sich zum Denken, obwohl Alana alle seine Sinne durcheinanderwirbeln ließ. »Ich habe dir nichts anzubieten.«

Das schmerzte, aber Alana wusste, dass es keine Liebe ohne Schmerzen gab. »Ich glaube, du irrst dich. Aber ich habe nun einmal den Hang, mich kopfüber in etwas zu stürzen, du dagegen nicht.« Sie holte tief Luft und trat einen Schritt zurück. »Warum zündest du nicht den Grill an, während ich einen Salat mache?« Ohne seine Antwort abzuwarten, wandte sie sich ab und ging in die Küche.

Ganz ruhig, befahl Alana sich. Sie musste ruhig sein, um mit Fabian und den Empfindungen, die er in ihr auslöste, fertigzuwerden. Er war nicht der Mann, der schlagartig eine Flut von starken Gefühlen annehmen würde, schon gar nicht die Forderungen, die damit einhergingen. Wenn sie ihn in ihrem Leben haben wollte, musste sie eine vorsichtige Gangart einschlagen und sich seinem Tempo anpassen.

Er war nicht annähernd so hart und kühl, wie er es gerne wollte. Mit einem leichten Lächeln begann sie das frische Gemüse vorzubereiten. Sie durchschaute Fabian. Sein Lachen und dieses vergnügte Aufblitzen in seinen Augen hatten ihn verraten. Und dann natürlich war sie auch sicher, dass sie sich niemals in einen Mann ohne Sinn für Humor hätte verlieben können. Es gefiel ihr, diesen Humor in ihm zu wecken. Je länger sie zusammen waren, desto leichter wurde es. Ob er das wohl weiß? fragte sie sich. Vor sich hin summend zerteilte sie eine Avocado.

Fabian betrachtete sie von der Tür her. Ein Lächeln spielte um ihre Lippen, und in ihren Augen stand jenes Leuchten, an das er sich schon zu sehr gewöhnte. Sie hantierte geschickt mit dem Küchenmesser, wie das nur jemand tat, der mit Hausarbeit vertraut war. In einer fließenden Bewegung warf sie ihr Haar über ihre Schultern nach hinten.

Warum übte eine so einfache Szene einen solchen Reiz auf ihn aus? Während er ihr zusah, wie sie an der Spüle das Gemüse unter fließendes Wasser hielt, um es zu waschen, entspannte er sich. Wieso erweckte sie in ihm den Wunsch, sich bequem und mit hochgelegten Beinen hinzusetzen? In seiner Fantasie sah er sich hinter Alana treten, die Arme um ihre Taille legen und ihren Hals küssen. Er musste verrückt sein.

Alana wusste, dass er da war. Ihre Sinne waren scharf und wurden sogar noch schärfer, wenn es sich um Fabian drehte. Ihm weiter den Rücken zuwendend, bereitete sie ungestört den Salat vor. »Probleme beim Anzünden?«

Er hob eine Augenbraue. »Nein.«

»Gut. Der Grill braucht nicht lange zum Vorheizen. Hungrig?«

»Ein wenig.« Er durchquerte die Küche. Er wollte sie nicht berühren, ihr nur ein wenig näher sein.

Lächelnd hielt sie ihm eine dünne Scheibe Avocado hin und sah die Vorsicht in seinen Augen, als er sich von ihr füttern ließ. »Ich bin nie ein wenig hungrig«, erklärte sie und schob den Rest der Scheibe in ihren Mund. »Ich bin immer am Verhungern.«

Er hatte sie nicht berühren wollen, und doch fuhr er mit dem Handrücken über ihre Wange. »Deine Haut«, murmelte er. »Sie ist schön. Sie sieht wie Porzellan aus, fühlt sich wie Satin an.« Sein Blick wanderte über ihr Gesicht, über ihren Mund, richtete sich auf ihre Augen, die er nicht losließ. »Ich hätte dich nie berühren dürfen.«

Ihr Herz hämmerte. Sanftheit. Damit hatte sie nicht gerechnet, und das untergrub ihre Selbstbeherrschung. »Warum nicht?«

»Das führt zu mehr.« Mit den Fingern strich er über ihr Haar, ehe er die Hand sinken ließ. »Ich will aber nicht mehr. Du möchtest etwas von mir.«

Zitternd atmete sie aus. Bisher hatte sie nie erfahren, wie schwer es war, ihre Gefühle zurückzuhalten. Sie hatte es nie versucht. »Ja, ich möchte etwas. Im Moment nur deine Gesellschaft beim Abendessen. Das sollte einfach sein.«

Als sie sich wieder der Spüle zuwenden wollte, hielt Fabian sie zurück. »Nichts zwischen uns wird einfach sein. Wenn ich länger mit dir zusammen bin, so wie jetzt, werde ich mit dir schlafen.«

Es wäre so einfach gewesen, sich auf der Stelle in seine Arme zu schmiegen, aber er hätte ihre Großzügigkeit nicht gewürdigt, und sie hätte die Leere nicht überlebt. »Fabian, ich bin eine erwachsene Frau. Wenn ich mit dir ins Bett gehe, dann nur, weil ich es mir ausgesucht habe.«

Er nickte. »Vielleicht. Ich möchte nur sichergehen, dass ich es mir auch aussuchen kann.« Er wandte sich um und ließ sie in der Küche allein.

Alana holte tief Luft. Ich werde mich damit nicht abfinden, entschied sie. Nicht mit seinen Launen und der ständigen Anspannung. Sie nahm die Platte mit den Koteletts und ging in den Wohnraum hinüber.

»Kopf hoch, DeWitt!«, befahl sie und fing die Überraschung in seinem Gesicht auf, als sie zu dem Grill marschierte. »Ich habe in jeder Fernsehfolge meiner Seifenoper mit Melodrama und Elend zu tun. Und ich lasse nichts davon in mein Privatleben eindringen. Nimm dir noch einen Drink, setz dich, und entspann dich.« Alana legte die Koteletts auf den Rost, streute frisch gemahlenen Pfeffer darüber und ging an die Stereoanlage. Sie stellte das Radio auf Jazz, weichen Blues.

Als sie sich umdrehte, stand er noch immer da und sah sie an.

»Ich meine es ernst«, versicherte sie ihm. »Ich habe möglichen Komplikationen gegenüber eine klare Einstellung. Sie kommen, ob man darüber nachdenkt oder nicht. Wozu also Zeit verschwenden?«

»Ist das für dich wirklich so leicht?«

»Nicht immer. Manchmal muss ich daran arbeiten.«

Nachdenklich holte er eine Zigarette hervor. »Wir zwei zusammen, das wäre nicht gut«, sagte er, nachdem er die Zigarette angesteckt hatte. »Ich will niemanden in meinem Leben haben.«

»Niemanden?« Sie schüttelte den Kopf. »Du bist zu intelligent, um zu glauben, dass jemand ohne einen anderen Menschen leben kann. Brauchst du keine Freundschaft, Kameradschaft, Liebe?«

Er stieß den Rauch aus und versuchte, den Stich zu ignorieren, den ihre Frage ihm versetzte. Er hatte mehr als zwei Jahre damit zugebracht, sich davon zu überzeugen, dass er niemanden brauchte. Weshalb sollte er ausgerechnet jetzt und so plötzlich einsehen, dass es falsch war? »Alles, was du aufgezählt hast, beruht auf Gegenseitigkeit, und ich bin nicht mehr bereit, etwas zu geben.«

»Du bist nicht dazu bereit.« Ihr Blick war nachdenklich. Ihr Mund lächelte nicht. »Wenigstens bist du ehrlich, was deine Ausdrucksweise angeht. Je länger ich mit dir zusammen bin, desto klarer wird mir, dass du nie jemanden belügst – dich selbst ausgenommen.«

»Du bist noch nicht lange genug mit mir zusammen, um zu wissen, wer oder was ich bin.« Er stieß seine Zigarette aus und steckte seine Hände in seine Taschen. »Und das ist für dich auch viel besser so.«

»Für mich oder für dich?«, konterte sie und schüttelte den Kopf, als er nicht antwortete. »Du lässt dich von deiner Exfrau zu einem Opferlamm machen«, murmelte sie. »Das überrascht mich.«

Seine grünen Augen wurden schmal und kalt. »Öffne keine Schränke, Alana, wenn du ihren Inhalt nicht kennst.«

»Es wäre zu sicher, das nicht zu tun.« Sie fühlte, dass er sich jetzt ganz einfach ärgerte, und das war ihr lieber als seine undurchsichtigen Überlegungen. Leise lachend ging sie zu ihm und legte ihre Hände auf seinen Arm. »Ohne Risiko gibt es im Leben keinen Spaß. Und ohne Spaß kann ich nicht leben.« Sie drückte ihn sanft. »Sieh mal, ich bin gern mit dir zusammen. Geht das in Ordnung?«

»Ich bin mir nicht sicher.« Er merkte, wie sie ihn schon wieder durch eine dermaßen leichte Berührung anzog. »Ich bin mir nicht sicher, ob das für jeden von uns in Ordnung ist.«

»Tu dir selbst einen Gefallen«, schlug sie aufmunternd vor. »Mach dir ein paar Tage lang darüber keine Sorgen, und warte ab, was inzwischen geschieht.« Sie stellte sich auf die Zehenspitzen und hauchte ihm einen freundschaftlichen und gleichzeitig intimen Kuss auf die Lippen. »Um die Drinks musst du dich kümmern«, fügte sie lachend hinzu. »Meine Koteletts verbrennen nämlich schon.«

5. Kapitel

»Nein, Griff, ich werde mit dir nicht über meine Ehe sprechen.« Amanda griff nach einer Gießkanne in Delfter Blau und versorgte gewissenhaft die Pflanzen am Fenster ihres Büros. Sonnenlicht, ein Produkt der schweißtreibenden Scheinwerfer, strömte durch die Scheibe herein.

»Amanda, in Kleinstädten gibt es keine Geheimnisse. Alle wissen schon, dass ihr beide, du und Cameron, nicht mehr zusammenlebt.«

Sie straffte ihre Schultern unter der streng geschnittenen Jacke. »Ob es alle wissen oder nicht, es ist allein meine Angelegenheit.« Mit dem Rücken zu ihm untersuchte sie eine Blüte der afrikanischen Veilchen.

»Du hast abgenommen, und du hast Ringe unter den Augen. Verdammt, Amanda, ich kann dich so nicht länger sehen.«

Sie wartete einen Moment, ehe sie sich langsam umdrehte. »Es geht mir gut. Und ich werde mit allem fertig.«

Griff lachte knapp auf. »Wer sollte das besser wissen als ich?«

Ihre Augen flammten auf, aber ihre Stimme klang kühl und entschieden. »Ich habe zu tun, Griff.«

»Ich möchte dir helfen.« Seine typische spontane Leidenschaft brach durch.

»Mehr habe ich nie gewollt.«

»Helfen?« Ihre Stimme wurde eisig, als sie die Gießkanne abstellte. »Ich brauche keine Hilfe. Meinst du, ich sollte mich dir anvertrauen? Nach allem, was du mir angetan hast? Der einzige Unterschied zwischen dir und Cameron ist der, dass du mein Leben um ein Haar ruiniert hättest. Ich begehe denselben Fehler nicht zwei Mal.«

Wütend packte er sie am Arm. »Du hast mich nie gefragt, was Vikki in meinem Zimmer getan hat. Damals nicht und in all den Monaten seither auch nicht. Du hast dich sehr schnell wieder erholt, Amanda, und hattest zuletzt den Ring eines anderen Mannes an deinem Finger.«

»Der Ring ist noch da«, sagte sie ruhig. »Und darum solltest du deine Hände von mir nehmen.«

»Glaubst du, der Ring hält mich auf, nachdem ich jetzt weiß, dass du Cameron nicht liebst?« Leidenschaft, Wut, Verlangen – das alles stand in seinen Augen, klang aus seiner Stimme und drückte sein Körper aus. »Ich blicke dich an und sehe, dass es so ist«, fuhr er fort, ehe sie es abstreiten konnte. »Ich kenne dich besser als jeder andere. Nun gut, werde mit allem fertig!« Er schob seine Finger in ihr Haar und zog die Haarnadeln heraus. Die Kamera fuhr näher heran. »Dann musst du aber auch damit fertigwerden.«

Griff zog Amanda an sich und presste seine Lippen auf ihren Mund. Sie wäre fast zurückgezuckt. Fast. Einen Herzschlag lang bewegte sie sich nicht. Dann hob Amanda die Hände an seine Schultern, um ihn wegzustoßen, klammerte sich jedoch stattdessen an ihn. Sie stöhnte sanft und unterdrückt, als ihre Leidenschaft aufflammte. Für einen Moment hielten sie einander umschlungen wie früher. Dann schob er sie von sich, hielt sie jedoch an den Armen fest. Funken von Verlangen und Zorn sprangen zwischen ihnen über, bei ihm offen, bei ihr verhalten.

»Diesmal läufst du mir nicht wieder davon«, erklärte er ihr. »Ich werde warten, aber nicht allzu lange. Du kommst zu mir, Amanda. Da gehörst du nämlich hin.«

Griff gab sie frei und stürmte aus dem Büro. Amanda fasste sich mit bebenden Fingern an die Lippen und starrte auf die geschlossene Tür. »Schnitt!«

Alana umrundete die Kulissenwand ihres Büros. »Du hast absichtlich Zwiebeln gegessen!«

Ihr Partner Jack zog sie an den aufgelösten Haaren. »Nur für dich allein, Süße.«

»Ferkel!«

»Lieber Himmel, wie ich es liebe, wenn du mich beschimpfst!«, rief Jack dramatisch, riss Alana in die Arme und beugte sie übertrieben weit zurück. »Lass dich von mir ins nächste Bett zerren, damit ich dir die wahre Bedeutung des Wortes Leidenschaft beibringen kann!«

»Nur wenn du vorher eine Tablette ›Atemfrisch‹ genommen hast, Junge.« Mit einem kräftigen Stoß befreite sich Alana von ihrem Kollegen und wandte sich an den Regisseur. Die Lichtflut der Scheinwerfer war schon gedämpft worden. »Neal, ist das für heute alles? Ich habe eine Verabredung am anderen Ende der Stadt.«

»Verschwinde schon! Wir sehen uns am Montag um sieben.«

In ihrer Garderobe streifte Alana die elegante Fassade Amandas ab und ersetzte sie durch einen weiten weißen Hosenanzug mit einem Dutzend goldener Knöpfe, einen breiten roten Plastikgürtel, ein T-Shirt mit schmalen waagerechten weißen und blauen Streifen und eine blaue Seemannsmütze mit einem goldenen Anker oberhalb des Schirms. Nachdem sie in flache Schuhe geschlüpft war, verließ sie das Studio.

Vor dem Gebäude wartete eine Gruppe von Fans, die Amanda-Alana mit Autogrammbüchern in den Händen umringten, über die Show redeten und sie mit Fragen bombardierten.

»Werden Sie zu Griff zurückkehren, Amanda?«

Alana sah zu dem Mädchen mit den leuchtenden Augen und lächelte. »Ich weiß es nicht so recht. Man kann ihm so schwer widerstehen.«

»Er ist super! Ich meine, seine Augen sind so irre grün.« Das Mädchen schob einen Kaugummi in den Mundwinkel und seufzte. »Ich würde sterben, wenn er mich so ansehen würde, wie er Sie ansieht!«

Alana dachte an ein anderes grünes Augenpaar und hätte beinahe auch geseufzt. »Wir müssen abwarten, wie es sich entwickelt. Freut mich, dass Ihnen die Show gefällt.« Sie bahnte sich einen Weg durch die Menge und hielt ein Taxi an, gab dem Fahrer die Adresse und ließ sich im Sitz zurückfallen.

Wahrscheinlich war sie wegen des bevorstehenden Treffens so erschöpft, obwohl sie auch nicht gut geschlafen hatte.

Fabian. Hätte nur Fabian in ihren Gedanken herumgespukt, wäre sie gut damit fertiggeworden. Doch da war noch Scott.

Die Vorstellung, seinen Großeltern gegenüberzutreten, jagte ihr keine Angst ein, belastete sie jedoch. Alana hatte schon früher mit ihnen gesprochen. Kaum anzunehmen, dass dieses Treffen anders verlaufen würde.

Sie erinnerte sich daran, wie Scott im Zoo gestrahlt und vor Glück geglüht hatte. Wie einfach und wie lebenswichtig ein solcher Besuch doch für ein Kind war.

Seufzend schloss sie die Augen. Hätte es nur eine andere Möglichkeit gegeben als das drohende Verfahren um die Vormundschaft, bei der Scott zwischen die Parteien geraten musste.

Wenn sie sich doch bloß bei jemandem Rat über die rechtliche Lage holen könnte! Aber sie hatte gute Gründe, mit niemandem über Scott zu sprechen. Fabian kam auch nicht infrage. Er war zwar klug und einfühlsam und erfahren, aber er hatte ihr deutlich erklärt, dass er niemanden in seinem Leben haben wollte – sie nicht und ein Problem wie Scott schon gar nicht. Selbst wenn sie ihn nur um Rat gefragt hätte, wäre es ihm wahrscheinlich wie eine Belästigung erschienen.

Alana bezahlte das Taxi und betrat das Haus, in dem das Büro ihres Anwalts untergebracht war. Auf dem Weg von der Halle in den dreißigsten Stock sammelte sie ihren ganzen Mut. Wahrscheinlich sprach sie jetzt zum letzten Mal mit Scotts Großeltern auf einer persönlichen Ebene. Sie musste ihre ganze Konzentration dafür einsetzen.

Das leichte Ziehen in der Magengegend war dem Lampenfieber eng verwandt. Alana kannte dieses Gefühl und konnte es gut beherrschen, als sie die Räume von Bigby, Liebowitz & Feirson betrat.

»Guten Tag, Miss Kirkwood.« Die Empfangsdame begrüßte sie mit einem strahlenden Lächeln. »Mr. Bigby erwartet Sie.«

»Hallo, Marlene. Wie entwickelt sich der Welpe?«

»Ach, wunderbar. Mein Mann wollte gar nicht glauben, dass so ein kleiner Wurm so schnell lernt. Ich bin Ihnen wirklich dankbar, dass Sie ihn mir besorgt haben.«

»Und ich bin froh, dass er ein gutes Zuhause gefunden hat.« Alana ertappte sich dabei, dass sie ihre Finger ineinander verkrampfte. Bewusst ließ sie die Hände sinken, während die Empfangsdame sie anmeldete.

»Miss Kirkwood ist hier, Mr. Bigby. Ja, Sir.« Sie stand auf, als sie den Hörer auflegte. »Sollten Sie vor dem Weggehen Zeit haben, Miss Kirkwood, meine Schwester hätte gern ein Autogramm. Sie lässt keine einzige Folge Ihrer Show aus.«

»Aber ja, gern.«

»Hallo, Alana!« Der dürre, bärtige Mann hinter dem massigen Schreibtisch erhob sich bei ihrem Eintreten. Im Raum roch es schwach nach Pfefferminz und Möbelpolitur. »Pünktlich auf die Minute.«

»Ich verpasse nie ein Stichwort.« Alana ging über den weichen Teppich mit ausgestreckten Händen auf ihn zu. »Sie sehen gut aus, Charlie.«

»Ich fühle mich auch gut, seit Sie mich dazu überredet haben, das Rauchen aufzugeben. Schon sechs Monate«, sagte er breit lächelnd. »Sechs Monate, drei Tage und ...« Er sah auf seine Uhr. »Viereinhalb Stunden.«

Sie drückte die Hände des Anwalts. »Machen Sie so weiter.«

»Wir haben ungefähr fünfzehn Minuten bis zum Eintreffen der Andersons. Kaffee?«

»Oh ja!« Alana ließ sich in einen cremefarbenen Ledersessel sinken.

Bigby schaltete das Sprechgerät ein. »Würden Sie bitte Kaffee bringen, Marlene?« Er sah Alana an und legte seine schmalen, unberingten Hände aneinander. »Wie kommen Sie mit allem zurecht?«

»Ich bin nervlich ein Wrack, Charlie.« Sie streckte die Beine aus und befahl sich Entspannung. Zuerst die Zehen, dann die Knöchel und so weiter. »Sie sind praktisch der Einzige, mit dem ich darüber sprechen kann. Ich bin nicht daran gewöhnt, etwas für mich zu behalten.«

»Wenn alles gut geht, ist das auch nicht mehr lange nötig.«

Sie warf ihm einen abschätzenden Blick zu. »Welche Chance haben wir auf eine gütliche Einigung?«

»Eine ganz gute.«

Leise seufzend schüttelte Alana den Kopf. »Das reicht nicht.«

Marlene brachte ein Tablett mit Kaffee. »Milch und Zucker, Miss Kirkwood?«

»Ja, danke.« Alana nahm die Tasse entgegen, stand sofort auf und begann, hin und her zu gehen. »Charlie! Scott braucht mich.«

Und Sie brauchen ihn, dachte er, während er sie beobachtete. »Alana, Sie haben einen guten Ruf, eine feste Arbeit und ein ausgezeichnetes Einkommen, obwohl man entgegenhalten wird, dass es nicht unbedingt stabil ist. Sie bezahlen Ihrer Schwester das College und verwenden sich für alle nur erdenklichen karitativen Einrichtungen.« Er freute sich, dass sie endlich lächelte. »Sie sind jung, aber kein Kind mehr. Die Andersons sind beide Mitte sechzig. Das sollte den Ausgang des Verfahrens beeinflussen. Und Sie haben vor allem die Sympathien auf Ihrer Seite.«

»Oh, wie ich die Vorstellung hasse, dass es hier Seiten gibt«, murmelte sie. »In Streitigkeiten und Kriegen gibt es Seiten.

Das hier ist doch kein Krieg, Charlie. Scott ist doch noch ein Kind.«

»So schwer es auch ist, aber Sie müssen praktisch denken.«

Sie nickte und nippte achtlos an ihrem Kaffee. Praktisch denken! »Aber ich bin alleinstehend, und ich bin Schauspielerin.«

»Es gibt also ein Pro und ein Kontra. Dieses Treffen heute war Ihre Idee«, fuhr er fort. »Es gefällt mir nicht, wie sehr Sie dadurch aufgewühlt werden.«

»Ich muss noch einen Versuch unternehmen, bevor wir uns vor Gericht wiederfinden. Die Vorstellung, dass Scotty womöglich auszusagen hätte ...«

»Es wäre doch nur eine zwanglose Unterhaltung mit dem Richter in seinem Büro, Alana. Nichts Traumatisches, das verspreche ich Ihnen.«

»Nicht für Sie, vielleicht auch nicht für Scott, aber für mich.« Sie wirbelte zu dem Anwalt herum. »Ich schwöre Ihnen, ich würde auf der Stelle aufgeben, könnte er bei seinen Großeltern glücklich sein. Aber wenn er mich ansieht ...« Kopfschüttelnd brach sie ab, die Hände um die Kaffeetasse gekrampft. »Ich weiß, dass ich nur gefühlsmäßig urteile, aber so habe ich immer am besten herausgefunden, was gut und was schlecht ist. Ich weiß, dass ihn die Großeltern gut versorgen und erziehen würden, aber ...« Sie starrte wieder aus dem Fenster. »Es ist nicht genug.«

Bigby räusperte sich. »Machen Sie sich nicht nervös, Alana. Es ist nur ein Gespräch mit den Andersons und deren Anwalt, Basil Ford. Sollte er Sie etwas fragen, antworten Sie ihm nicht. Ich übernehme das. Ansonsten sagen Sie, was Sie wollen, aber verlieren Sie nicht die Beherrschung. Wenn Sie schreien oder weinen wollen, warten Sie bis nachher.«

»Sie kennen mich schon sehr gut«, murmelte sie und ballte die Hände zu Fäusten, als der Summer auf dem Schreibtisch anschlug.

»Ja, Marlene, führen Sie sie herein. Und wir brauchen noch Kaffee.«

Alana konzentrierte sich darauf, ihre Hände stillzuhalten.

Als sich die Tür öffnete, stand Bigby auf. »Basil, schön, Sie zu sehen!« Er begrüßte den Gegenanwalt, einen hochgewachsenen Mann im grauen Anzug. Basil Fords Haare wurden bereits dünn. »Mr. und Mrs. Anderson, bitte, nehmen Sie Platz! Kaffee wird gleich gebracht. Basil Ford, Alana Kirkwood.«

»Hallo, Mr. Ford.« Alana fand seinen Händedruck angenehm fest und seinen Blick offen.

»Miss Kirkwood.« Der Gegenanwalt setzte sich und stellte seine Aktentasche neben den Sessel.

»Hallo, Mr. Anderson, Mrs. Anderson.«

Alana erhielt von Mrs. Anderson ein knappes Nicken und von Mr. Anderson einen kurzen Händedruck. Gut aussehende Leute. Solide Leute. Alana fühlte aber auch ihre Strenge. Beide hielten sich kerzengerade, ein Ergebnis ihres militärischen Trainings. Mr. Anderson war vor zehn Jahren als Colonel in den Ruhestand getreten, und seine Frau war in ihrer Jugend Sanitäterin bei der Armee gewesen.

Sie hatten einander während des Krieges kennengelernt, zusammen gedient und dann geheiratet. Man spürte die gegenseitige Nähe, die Vertrautheit der Gedanken und Wertvorstellungen. Vielleicht, dachte Alana, fällt es ihnen deshalb so schwer, einen anderen Standpunkt zu verstehen.

Gemeinsam setzten sich die Andersons auf ein weiches Zweiersofa. Beide waren konservativ gekleidet. Ihr eisgraues Haar war zurückgesteckt, sein schneeweißes Haar kurz geschoren. Alana musste angesichts der deutlich spürbaren Ablehnung durch die beiden ein Seufzen unterdrücken. Instinkt und Erfahrung sagten ihr deutlich, dass sie auf einer emotionalen Basis an diese Leute nie herankommen würde.

Während der Kaffee serviert wurde, führte Bigby eine unverbindliche Konversation. Die Andersons antworteten höflich und bemühten sich, Alana so weit wie möglich zu ignorieren. Auch Alana achtete darauf, sie nicht direkt anzusprechen. Sie würde sich die Leute noch früh genug zu Gegnern machen.

Sie wappnete sich, als Bigby sich hinter seinem Schreibtisch zurücklehnte und die Hände verschränkt auf die Tischplatte legte.

»Ich glaube, wir alle haben ein gemeinsames Ziel«, begann er. »Scotts Wohlergehen.«

»Deshalb sind wir hier«, erwiderte Rechtsanwalt Ford gelassen.

Bigby warf ihm einen flüchtigen Blick zu und konzentrierte sich auf die Andersons. »Ein derartiges formloses Treffen soll allen helfen, Standpunkte und Meinungen auszutauschen.«

»Natürlich ist das Hauptanliegen meiner Klienten das Wohl ihres Enkels.« Ford besaß eine schön klingende Stimme. »Wir sind über Miss Kirkwoods Absichten im Bild. Was die Vormundschaft betrifft, bestehen keine Zweifel bezüglich der Rechte und der Fähigkeiten von Mr. und Mrs. Anderson.«

»Das trifft auch auf Miss Kirkwood zu«, warf Bigby sanft ein. »Aber wir sprechen heute nicht über Rechte und Fähigkeiten, sondern über das Kind selbst. Ich möchte an dieser Stelle betonen, dass wir weder Ihre gute Absicht noch Ihre Eignung, ein Kind aufzuziehen, infrage stellen.« Er sprach wieder direkt zu den Andersons unter geschickter Umgehung seines Kollegen. »Es geht vielmehr darum, was für Scott als Einzelmensch am besten ist.«

»Mein Enkel gehört dahin, wo er im Augenblick auch ist«, begann Mr. Anderson mit seiner tiefen, rauen Stimme. »Er wird gut versorgt, anständig eingekleidet und ordentlich erzogen. Er wird in Ordnung aufwachsen. Und er wird auf die denkbar besten Schulen geschickt werden.«

»Wo bleibt die Liebe?«, fragte Alana, ehe sie sich zurückhalten konnte. »Das kann man nicht durch Geld ersetzen.« Sie beugte sich vor und richtete ihre Aufmerksamkeit auf Scotts Großmutter. »Wird er denn auch geliebt?«

»Eine abstrakte Frage, Miss Kirkwood«, warf Anwalt Ford schroff ein. »Wenn wir könnten ...«

»Nein, das ist nicht abstrakt«, unterbrach Alana und schoss ihm einen wütenden Blick zu, ehe sie sich wieder an die Andersons wandte. »Es gibt nichts Konkreteres als Liebe. Nichts kann man leichter geben – oder vorenthalten. Werden Sie ihn in den Armen halten, wenn er sich nachts vor Schatten fürchtet? Werden Sie immer zuhören, wenn er sich aussprechen muss?«

»Er wird nicht verzärtelt, wenn Sie das meinen.« Mr. Anderson stellte seine Kaffeetasse ab. »Die grundsätzliche Lebensrichtung wird bei einem Kind sehr früh festgelegt. Diese Fantastereien, die Sie fördern, sind nicht gesund. Ich habe nicht die geringste Absicht, meinem Enkel zu erlauben, in einer Traumwelt zu leben.«

»Eine Traumwelt.« Alana erkannte die Ablehnung, die von dem Ehepaar ausging und wie eine Felswand zwischen ihnen stand. »Mr. Anderson, Scott hat eine wunderschöne Vorstellungskraft. Er ist voll von Leben und Fantasien.«

»Fantasie.« Andersons Lippen wurden schmal. »Fantasien bringen ihn nur dazu, nach etwas zu suchen, das es nicht gibt, und etwas zu erwarten, das er nicht haben kann. Der Junge braucht eine feste Grundlage in der Realität, in Dingen, die wirklich sind. Sie leben davon, etwas vorzutäuschen, das nicht wirklich ist, Miss Kirkwood. Mein Enkel wird nicht in einer Märchenwelt leben.«

»Jeder Tag hat vierundzwanzig Stunden, Mr. Anderson. Gibt es da nicht so viel Realität, dass wir ein bisschen Zeit für Wunschträume verwenden können? Alle Kinder müssen an Wünsche glauben, besonders Scott, nachdem ihm so viel genommen wurde. Bitte ...« Ihr Blick glitt zu der Frau, die so gerade auf dem Sofa saß, als hätte sie einen Stock verschluckt. »Sie haben Kummer kennengelernt. Scott hat die beiden Menschen verloren, die für ihn auf dieser Welt Liebe, Sicherheit und

Normalität verkörpert haben. Alle diese Dinge müssen ihm zurückgegeben werden.«

»Durch Sie?« Mrs. Anderson saß ganz still, und ihre Augen blickten gelassen. »Das Kind meiner Tochter wird von mir großgezogen.«

»Miss Kirkwood«, warf ihr Anwalt Basil Ford ein und schlug lässig die Beine übereinander. »Um auf praktische Dinge zu kommen, Sie haben, soviel ich weiß, im Moment eine Schlüsselrolle in einer Fernsehserie. Das garantiert einen sicheren Job mit einem gleich bleibenden Einkommen. Für gewöhnlich ändern sich aber diese Dinge. Wie wollten Sie ein Kind versorgen, falls Ihr Einkommen plötzlich ausbleibt?«

»Mein Einkommen wird nicht ausbleiben.« Alana fing Bigbys Blick auf und hielt mit Mühe ihr Temperament im Zaum. »Ich habe einen Vertrag. Ich werde außerdem einen Film mit P. B. Marshell machen.«

»Das ist sehr beeindruckend«, entgegnete Ford. »Dennoch werden Sie zugeben müssen, dass Ihr Beruf für seine Unsicherheiten bekannt ist.«

»Wenn wir über finanzielle Sicherheit sprechen, Mr. Ford, so versichere ich Ihnen, dass ich Scott materiell alles geben kann, was er braucht. Sollte meine Karriere absinken, würde ich einfach eine zusätzliche Arbeit annehmen. Ich besitze Erfahrung sowohl im Einzelhandel als auch in der Gastronomie.« Mit einem angedeuteten Lächeln erinnerte sie sich an die Zeiten, in denen sie Parfüm und Puder verkauft und gekellnert hatte. Oh ja, Erfahrung war das richtige Wort dafür. »Aber ich kann nicht glauben, dass hier irgendjemand den Stand eines Bankkontos an die erste Stelle setzt, wenn wir über ein Kind sprechen.«

»Ich bin sicher, dass wir alle die Bedeutung der finanziellen Absicherung des Kindes kennen.« Bigbys Unterton warnte Alana. »Es steht außer Frage, dass beide Parteien – das Ehepaar Anderson und meine Klientin – Scott das Nötige an Essen,

Kleidung, Erziehung und so weiter zur Verfügung stellen können.«

»Dann ist da noch die Frage des Familienstandes.« Ford strich sich mit dem Zeigefinger über den Nasenrücken. »Wie viel Zeit wollen Sie, Miss Kirkwood, als allein lebende Frau, als allein lebende, berufstätige Frau, für Scott erübrigen?«

»So viel er braucht«, antwortete Alana einfach. »Ich weiß, was Vorrang hat, Mr. Ford.«

»Vielleicht.« Er nickte und legte seine Hand auf die Seitenlehne des Sessels. »Und vielleicht haben Sie diesen Punkt nicht bis zu Ende durchgedacht. Da Sie nie ein Kind großgezogen haben, könnte es Ihnen nicht ganz bewusst sein, wie viel Zeit dafür nötig ist. Sie führen ein aktives Privatleben, Miss Kirkwood.«

Seine Worte und seine Stimme klangen mild, aber die Folgerung des Gesagten war klar. Zu jedem anderen Zeitpunkt und bei jeder anderen Gelegenheit hätte Alana sich darüber nur amüsiert. »Nicht so aktiv, wie es in den Zeitungen dargestellt wird, Mr. Ford.«

Wieder nickte er. »Außerdem sind Sie eine junge Frau, attraktiv. Es ist wohl durchaus vertretbar, in nicht allzu ferner Zukunft ihre Verheiratung zu erwarten. Haben Sie bedacht, wie ein möglicher Ehemann sich dazu stellen könnte, die Verantwortung für die Erziehung eines Kindes, das nicht einmal Ihr eigenes ist, zu übernehmen?«

»Nein.« Sie verschlang ihre Finger ineinander. »Wenn ich einen Mann genug liebe, um ihn zu heiraten, akzeptiert er Scott auch als einen Teil von mir, von meinem Leben. Andernfalls wäre er kein Mann, den ich lieben könnte.«

»Wenn Sie die Wahl treffen müssten ...«

»Basil.« Bigby hob die Hand, und obwohl er lächelte, blickten seine Augen hart. »Wir sollten uns nicht in derartige Spekulationen verrennen. Niemand erwartet, dass wir heute die Frage der Vormundschaft lösen. Wir möchten nur ein klares Bild von den Gefühlen und Ansichten aller Beteiligten bekommen, was Ihre Klienten und meine Klientin für Scott wollen.«

»Sein Wohlergehen«, sagte Mr. Anderson knapp.

»Sein Glück«, murmelte Alana. »Ich möchte glauben, das ist dasselbe.«

»Sie sind nicht anders als Ihr Bruder.« Mr. Andersons Stimme war scharf und hart wie ein Peitschenschlag. »Glück! Er hat meiner Tochter Glück um jeden Preis vorgegaukelt, bis sie ihr Verantwortungsbewusstsein, ihre Erziehung und ihre Wertvorstellungen einfach weggeworfen hat. Mit achtzehn schwanger, heiratete sie einen mittellosen Studenten, der lieber Drachen steigen ließ, als sich um einen anständigen Beruf zu bemühen.«

Alanas Lippen zitterten, als der Schmerz sie packte. Nein, sie würde ihre Energie nicht dafür verschwenden, ihren Bruder zu verteidigen. Er brauchte keine Verteidigung. »Sie haben einander geliebt«, sagte sie bloß.

»Haben einander geliebt ...« Andersons Wangen bekamen Farbe, das erste und einzige Anzeichen von Emotionen, das Alana bei ihm je gesehen hatte. »Glauben Sie im Ernst, das würde genügen?«

»Ja. Sie waren glücklich miteinander. Sie hatten ein wunderschönes Kind. Und sie hatten gemeinsame Träume.« Alana schluckte die aufsteigenden Tränen hinunter. »Manche Leute haben nie so viel.«

»Barbara würde noch leben, hätten wir sie von ihm ferngehalten!«, stieß Mrs. Anderson hervor.

Alana blickte in die Augen der älteren Frau und sah dort mehr als Schmerz. Die kräftigen, knochigen Hände zitterten leicht, die Stimme klang brüchig in einer Mischung aus Gram und Wut, die Alana erkannte und verstand. »Jeremy ist auch tot, Mrs. Anderson«, sagte sie ruhig. »Aber Scott lebt.«

»Er hat unsere Tochter getötet!«

»Oh nein!«, rief Alana. Die Worte schockierten sie, aber der

Schmerz erweckte ihr Mitgefühl. »Mrs. Anderson, Jeremy hat Barbara angebetet. Er hätte nie etwas getan, um ihr zu schaden.«

»Er hat sie in diesem Flugzeug mitgenommen. Was hatte Barbara in einem dieser kleinen Flugzeuge zu suchen? Sie wäre nicht geflogen, hätte er sie nicht mitgenommen!«

»Mrs. Anderson, ich weiß, was Sie fühlen ...«

Sie missachtete Alanas Trost. Ihr Atem ging plötzlich flach und schnell.

»Sagen Sie mir nicht, Sie wüssten, was ich fühle! Barbara war mein einziges Kind. Mein einziges Kind.« Sie stand auf und blickte Alana mit Augen an, in denen Tränen schimmerten. »Mit Ihnen werde ich nicht über Barbara oder Barbaras Sohn sprechen.« Mit raschen, kontrollierten und auf dem Teppich unhörbaren Schritten verließ sie das Büro.

»Ich lasse nicht zu, dass Sie meine Frau dermaßen aufregen.« Mr. Anderson stand hoch aufgerichtet und unnachgiebig vor Alana. »Seit wir zum ersten Mal den Namen Kirkwood gehört haben, erleben wir nur noch Kummer.«

Obwohl ihre Knie zitterten, stand auch Alana auf. »Scotts Name ist Kirkwood, Mr. Anderson.«

Ohne ein weiteres Wort drehte er sich um und ging hinaus.

»Meine Klienten reagieren in dieser Angelegenheit verständlicherweise sehr emotional.« Fords Stimme war so ruhig und leise, dass Alana sie kaum hörte. Mit einem leichten Kopfnicken trat sie an das Fenster und starrte ins Freie.

Alana nahm die gedämpfte Unterhaltung der beiden Anwälte in ihrem Rücken nicht wahr. Stattdessen konzentrierte sie sich auf den Verkehr dreißig Stockwerke unter ihr. Sie wünschte sich, dort unten zu sein, umgeben von Autos und Bussen und Menschen.

Seltsam, wie sie sich beinahe selbst davon überzeugt hatte, dass sie sich mit dem Tod ihres Bruders abgefunden hatte. Jetzt wurde sie wieder von diesem hilflosen Zorn überschwemmt. Über diese eine Frage kam sie nicht hinweg: Warum musste er so früh sterben?

»Alana.« Bigby legte seine Hand auf ihre Schulter und musste ihren Namen wiederholen, ehe sie den Kopf drehte. Ford war ebenfalls gegangen. »Setzen Sie sich.«

Sie berührte seine Hand. »Nein, ich bin schon in Ordnung.«

»Den Teufel sind Sie.«

Mit einem knappen Auflachen lehnte sie die Stirn gegen die Scheibe. »Charlie, wieso glaube ich nie, wie hart oder wie hässlich alles sein kann, bis es dann passiert? Und sogar dann ... sogar dann kann ich es noch nicht ganz begreifen.«

»Weil Sie immer nach dem Besten suchen. Das ist eine schöne Gabe.«

»Oder ein Fluchtmechanismus«, murmelte sie.

»Jetzt seien Sie nicht ungerecht gegen sich selbst, Alana.« Seine Stimme klang schärfer, als er eigentlich wollte, aber dafür sah er zu seiner Erleichterung, wie sich ihre Schultern strafften. »Sie haben noch eine bemerkenswerte Gabe: Sie suchen immer mit ihren Gefühlen andere Menschen zu verstehen. Tun Sie das nicht bei den Andersons.«

Mit einem lang gezogenen Seufzer starrte sie weiterhin auf die Straße hinunter. »Die beiden leiden. Ich wünschte, wir könnten unseren Schmerz teilen, anstatt ihn einander auch noch vorzuwerfen. Aber ich kann in ihrem Fall nichts machen«, flüsterte sie und schloss für einen Moment fest ihre Augen. »Charlie, Scott gehört nicht zu ihnen. Er bedeutet mir alles. Nicht ein Mal, nicht ein einziges Mal, hat einer der beiden seinen Namen genannt. Er war immer ›der Junge‹ oder ›mein Enkel‹, nie Scott. Es ist so, als könnten sie ihm seine eigene Persönlichkeit nicht zugestehen, vielleicht weil sie zu dicht an die von Jeremy herankommt.« Sie legte ihre Hände auf das Fensterbrett. »Ich möchte nur, was für Scott richtig ist, sogar wenn es für mich nicht gut wäre.«

»Die Sache geht vor Gericht, Alana, und es wird für Sie sehr hart werden.«

»Das haben Sie mir schon erklärt. Es spielt keine Rolle.«

»Ich kann Ihnen keine Garantien für den Ausgang geben.«

Sie befeuchtete ihre Lippen und drehte sich zu ihm um. »Auch das weiß ich. Ich muss daran glauben, dass am Ende das Beste für Scott herauskommt. Wenn ich verliere, dann sollte es eben so sein.«

»Lassen wir mal alle Sachlichkeit beiseite.« Er berührte flüchtig ihre Wange. »Wie steht es denn mit dem Besten für Sie?«

Lächelnd legte sie ihre Hand an sein Gesicht und küsste ihn auf die Wange. »Ich bin ein Stehaufmännchen, Charlie, und ein verteufeltes Stück härter, als ich scheine. Machen wir uns lieber Sorgen um Scott.«

Trotzdem galt seine Aufmerksamkeit im Moment ihr. Sie war noch immer blass, und ihre Augen schimmerten ein wenig zu hell. Von den ungeweinten Tränen? »Ich lade Sie auf einen Drink ein.«

Alana rieb ihre Knöchel an seinem Kinn. »Es geht mir gut«, erklärte sie entschieden. »Und Sie sind beschäftigt.« Sie griff nach ihrer Handtasche. Sie wollte an die frische Luft und ihre Gedanken klären. »Ich muss nur ein Stück zu Fuß laufen«, sagte sie halb zu sich selbst. »Wenn ich mir alles noch einmal durch den Kopf gehen lasse, fühle ich mich hinterher besser.«

An der Tür sah sie noch einmal zurück. Bigby stand noch am Fenster und betrachtete sie mit einem besorgten Stirnrunzeln.

»Charlie, haben wir eine Chance zu gewinnen?«

»Ja, so viel kann ich Ihnen versichern. Ich wünschte, ich könnte Ihnen mehr dazu sagen.«

Kopfschüttelnd zog Alana die Tür zum Vorzimmer auf. »Das genügt. Es muss einfach genügen.«

6. Kapitel

Fabian überlegte, ob er alles, was er an diesem Tag geschrieben hatte, wegwerfen sollte. Er lehnte sich auf seinem Stuhl zurück und betrachtete mit finsterer Miene das zur Hälfte vollgetippte Blatt sowie den Stapel fertiger Seiten neben seiner Maschine.

Er erinnerte sich nicht daran, wann er das letzte Mal bei seiner Arbeit das Gefühl gehabt hatte, gegen eine Mauer zu rennen. Es war, als würde er die Wörter in Granit meißeln, langsam, mühsam, und das fertige Produkt war weder klar formuliert noch scharf durchdacht. Muskeln und Augen schmerzten, er fühlte sich erschöpft.

Seit zehn Stunden beschäftigte er sich schon an diesem Tag mit seinem neuen Manuskript, für das er bei voller Konzentration nur halb so lange brauchte.

Es war völlig ungewöhnlich. Es war frustrierend ...

Es war Alana!

Was, zum Teufel, sollte er bloß machen? Fabian fuhr sich mit der Hand nervös über das Gesicht. Bisher hatte er jede Frau für einen längeren Zeitraum aus seinen Gedanken verbannen können, sogar Liz auf dem Höhepunkt ihrer katastrophalen Ehe. Aber diese Frau ...

Ärgerlich rutschte Fabian ein Stück von der Schreibmaschine weg. Diese Frau brach alle Regeln. Zumindest all seine Regeln, die er für sein persönliches Überleben erstellt hatte.

Das Schlimmste war, dass er einfach mit ihr zusammen sein wollte, ihr Lächeln sehen, ihrem Lachen lauschen und ihr zuhören wollte, wenn sie über etwas sprach, und wenn es auch noch so unwichtig war.

Am allerhärtesten war das Verlangen. Es regte sich und

zuckte, erfüllte seine Gedanken. Er besaß die segensreiche Gabe schriftstellerischer Fantasie, die gleichzeitig auch ein Fluch war. So machte es ihm keine Mühe, es förmlich zu fühlen, wie heiß ihre Haut unter seinen Händen sein würde, wie ihr Mund sich auf seine Lippen presste. Ebenfalls mühelos malte er sich aus, wie sie sein Leben ruinieren konnte.

Da sie zusammenarbeiten würden, konnte er sie nicht meiden. Es war unausweichlich, dass sie einander lieben würden. Ebenso unausweichlich war es, dass er die Folgen abwägen musste. Aber jetzt, in seiner stillen Wohnung und von Sehnsucht nach Alana wie gelähmt, konnte Fabian seine Gedanken nur bis zu diesem Moment bringen, in dem sie einander lieben würden. Alles hatte seinen Preis. Auch dafür würde er bezahlen müssen. Wer sollte das besser wissen als er?

Mit einem Blick auf seine Arbeit stellte Fabian fest, dass er den Preis bereits zahlte. Seine Schriftstellerei litt, weil er sich nicht konzentrieren konnte. Sein Schreibfluss war ins Stocken geraten. Dem Geschriebenen fehlte jener Glanz, der untrennbar zu seinem Stil gehörte.

Zu oft starrte er in die Luft, was Schriftsteller für gewöhnlich tun, aber nicht seine handelnden Personen beherrschten seine Gedanken. Zu oft erwachte er nach einer ruhelosen Nacht in der Morgendämmerung, aber nicht die Fortsetzung seiner Geschichte vertrieb seinen Schlaf.

Es war Alana.

Er steckte sich eine Zigarette an. Der Rauch brannte in seiner Kehle. Zu viele Zigaretten, gab er zu, während er den nächsten Zug nahm. Er starrte auf die halb beschriebene Seite und dachte an Alana.

Der Türsummer schlug schon zum zweiten Mal an, ehe Fabian aufstand. Wäre ihm die Arbeit gut von der Hand gegangen, hätte er jetzt nicht die Tür geöffnet.

»Alana!«

»Hallo!« Ein kurzes, etwas zu lautes Lachen. »Ich weiß, ich

hätte anrufen sollen, aber ich bin ein Stück zu Fuß gelaufen, und als ich hier vorbeikam, habe ich nur gehofft, dass du nicht gerade wie wild an einer monumentalen Szene schreibst.« Du plapperst, warnte sie sich selbst und ballte die Hände zu Fäusten.

»Ich habe in Stunden keine einzige monumentale Szene geschrieben.« Er fühlte, dass sich hinter ihrem Lächeln und ihrem munteren Geplauder Probleme verbargen. Noch vor einer Woche hätte er sie mit einer Ausrede weggeschickt. »Komm herein.«

»Ich muss dich in einem günstigen Moment erwischt haben«, bemerkte Alana, während sie seine Schwelle überschritt. »Sonst hättest du mich angeknurrt. Hast du gearbeitet?«

»Nein, ich hatte schon aufgehört.« Er sah ihr an, dass ihre nervliche Anspannung kurz vor der Entladung stand. Darüber täuschten die Lässigkeit und die witzigen Bemerkungen nicht hinweg. Es war an ihren Augen und ihren Bewegungen zu erkennen. Sie ballte die Hände in den Taschen ihres matrosenartigen weißen Hosenanzugs zu Fäusten. Spannungen? Das passte gar nicht zu ihr. Er wollte sie berühren, sie besänftigen und zwang sich, daran zu denken, dass er nicht die Probleme einer anderen Person gebrauchen konnte. »Willst du einen Drink?«

»Nein ... ja«, verbesserte sie sich. Vielleicht beruhigte sie das mehr als der zweistündige Fußmarsch quer durch die Stadt. »Was immer du auf Lager hast – Martini, Sherry. Ein schöner Tag, nicht wahr?« Alana stellte sich ans Fenster und erinnerte sich nur zu deutlich daran, wie sie in Bigbys Büro am Fenster gestanden hatte. Sie wandte der Aussicht den Rücken zu. »Es ist warm. Überall gibt es Blumen. Warst du schon draußen?«

»Nein.« Er gab ihr einen trockenen Wermut, ohne ihr einen Platz anzubieten. In dieser Stimmung würde sie keinen Moment still sitzen.

»Oh, du solltest das nicht versäumen. Perfekt schöne Tage kommen selten.« Sie trank und wartete darauf, dass sich ihre Muskeln lockerten. »Ich wollte durch den Central Park spazieren, auf einmal war ich hier.«

Er wartete einen Moment, während sie in ihr Glas starrte. »Warum?«

Langsam hob Alana ihren Blick zu seinen Augen. »Ich musste mit jemandem zusammen sein, und das warst eben du. Stört es dich?«

Es hätte ihn stören sollen. Der Himmel wusste, dass er das wollte. »Nein.« Ohne nachzudenken, kam Fabian einen Schritt auf sie zu, körperlich und gefühlsmäßig. »Willst du darüber sprechen?«

»Ja.« Sie seufzte. »Aber ich kann nicht.« Sie drehte sich von ihm ab und stellte ihr Glas auf einen Beistelltisch. Offensichtlich hatte sie sich noch immer nicht beruhigt. »Fabian, es kommt nicht oft vor, dass ich mit etwas nicht fertigwerde oder Davonlaufen für das Beste halte, weil mir etwas solche Angst einjagt. Aber wenn das passiert, brauche ich einen Menschen.«

Fabian berührte Alanas Haar, ehe er sich zurückhalten konnte, und drehte sie zu sich herum, ehe er die Pros und Kontras abwog. Und er nahm sie in die Arme, bevor es ihnen überhaupt klar wurde, wie einfach das war.

Alana legte die Arme um seinen Nacken und klammerte sich an ihn, während sie fühlte, wie eine Zentnerlast von ihr abfiel. Fabian war stark genug, um ihre innere Stärke zu akzeptieren und ihre Momente der Schwäche zu verstehen. Sie brauchte diese menschliche Unterstützung, ohne Fragen, ohne Forderungen.

Seine Brust war muskulös und drückte fest gegen ihre Brüste. Mit den Händen strich er sanft über ihren Rücken. Er sagte nichts. Zum ersten Mal nach Stunden kehrte ihr Gleichgewicht zurück. Güte und Freundlichkeit schenkten ihr Hoffnung. Sie war stets eine Frau gewesen, die allein dadurch hatte überleben können.

Was bedrückt sie? fragte sich Fabian. Wie sehr sie in Panik war, erkannte er an der Art und Weise, wie sie sich an ihn klammerte. Auch als sie sich zu entspannen begann, vergaß er nicht, wie verzweifelt sie ihn umarmt hatte. Ist es ihre Arbeit? überlegte er. *Oder etwas Privateres?* Wie auch immer, es hatte nichts mit ihm persönlich zu tun. Und doch ... So weich und verletzlich, wie sie in seinen Armen lag, fühlte er, dass alles mit ihm zu tun hatte.

Er sollte zurückweichen. Seine Lippen berührten ihr Haar, während er ihren Duft einatmete. Es war nicht sicher, die Barriere ganz fallen zu lassen. Er ließ die Lippen über ihre Schläfe streichen.

»Ich möchte dir helfen.« Die Worte formten sich in seinen Gedanken, und Fabian hatte sie ausgesprochen, ehe er sich dessen gewahr wurde.

Alanas Arme umspannten ihn fester. Dieser Satz bedeutete mehr, unendlich viel mehr als »Ich liebe dich«. Ohne es zu wissen, hatte Fabian ihr soeben alles gegeben, was sie brauchte. »Das hast du schon getan.« Sie neigte den Kopf zurück, um in sein Gesicht zu blicken. »Und du tust es noch.«

Sie hob die Hand und strich mit den Fingern über die langen, festen Linien seines Gesichts und über die von Bartstoppeln raue Haut. Liebe war für sie etwas so Starkes, und sie liebte diesen Mann. Liebte ihn so sehr, dass sie ihn berühren musste.

Sachte, langsam verringerte sie den Abstand zwischen ihnen und strich mit ihren Lippen über die seinen. Ihre Lider senkten sich, aber durch ihre Wimpern hindurch beobachtete sie den Ausdruck seiner Augen, wie er ihren beobachtete. Die Intensität seines Blicks ließ nicht nach. Alana wusste, dass er ihre Stimmung prüfte.

Ohne den Druck zu verstärken, ließ er spielerisch leicht seine Lippen über ihren Mund gleiten, nippte an ihrer weichen

Unterlippe und fuhr nur mit der Zungenspitze die Umrisse entlang, bis kleine Schauer Alana angenehm über den Rücken rieselten und ihre Brüste zu prickeln anfingen.

Fabian sehnte sich unendlich danach, Alana nicht nur als Frau, sondern auch als Mensch zu erfahren. Er wollte sie körperlich besitzen, vorher musste er aber die Windungen ihres Denkens verstehen.

Er war von der Stärke ihrer Gefühle betroffen, die sie ihm so unverhüllt zeigte. Er hatte noch nie eine Frau in den Armen gehalten, die so hemmungslos fühlen konnte. Ganz impulsiv wollte er ihr das zurückgeben, was sie ihm schenkte. Aber er hatte es schon immer ausgezeichnet verstanden, seinen Impuls zu bezähmen. Nur Narren ließen sich auf ein Risiko ein, das sie Liebe nannten, und er konnte es sich nicht leisten, zum zweiten Mal den Narren zu spielen.

Doch Mitgefühl – dem konnte er nachgeben. Wenn schon nichts anderes, konnte er Alana wenigstens für ein paar Stunden von dem Quälenden befreien. Er ließ seine Hände über ihre Arme streichen, nur um des herrlichen Empfindens willen. »Hast du nicht gesagt, dass es heute schön draußen ist?«, fragte er.

Alana lächelte. Ihre Finger lagen noch immer an seinem Gesicht, ihre Lippen waren nur wenige Zentimeter von den seinen entfernt. »Ja. Einmalig schön.«

»Dann gehen wir doch raus.« Fabian nahm ihre Hand und steuerte die Tür an.

»Danke.« Alana drückte kurz ihren Kopf gegen seine Schulter.

Der einfache Sympathiebeweis war ungewohnt für Fabian und machte ihn vorsichtig. »Wofür bedankst du dich?«

»Dafür, dass du keine Fragen stellst.« Alana betrat den Aufzug, lehnte sich gegen die Hinterwand und schloss aufseufzend die Augen.

»Ich mische mich für gewöhnlich nicht in die Angelegenheiten anderer Leute.«

»Wirklich?« Lächelnd öffnete sie die Augen. »Ich schon. Ich stecke dauernd meine Nase in anderer Leute Angelegenheiten. Das tun die meisten Menschen. Wir alle blicken gern in andere Leute hinein. Du machst es nur feiner als die meisten.«

Fabian zuckte die Achseln, als der Aufzug im Erdgeschoss hielt. »So persönlich war es nicht gemeint.«

Lachend trat Alana in die Halle, schwang ihre Handtasche über die Schulter und fiel in ihren gewohnten raschen Schritt. »Oh doch, du hast es persönlich gemeint.«

Er fing den Humor in ihren Augen auf. »Ja«, gab er zu. »Du hast recht. Aber als Schriftsteller kann ich anderer Leute Gedanken und Gefühle beobachten, sie sezieren und für meine Bücher benutzen, ohne mich den Menschen so weit zu nähern, dass ich mitempfinden, trösten oder auch nur vage Sympathie empfinden muss.«

»Du bist mit dir selbst zu hart, Fabian«, murmelte Alana. »Viel zu hart.«

Er zog verwirrt die Augenbrauen zusammen. Das hatte ihm noch niemand vorgeworfen. »Ich bin Realist.«

»Einerseits ja, andererseits bist du ein Träumer. Irgendwie sind alle Schriftsteller Träumer, so wie alle Schauspieler auf gewisse Weise Kinder sind. Das hat nichts damit zu tun, wie klug, praktisch oder erfahren du bist. Das kommt durch den Beruf.« Sie trat in den warmen Sonnenschein hinaus. »Ich bin gern ein Kind, und du bist gern ein Träumer. Du gibst es nur nicht gern zu.«

Ärger? Statt Ärger fühlte Fabian Freude. Soweit er sich zurückerinnerte, hatte ihn nie jemand verstanden, und es war ihm stets gleichgültig gewesen. »Du hast es dir nur eingeredet, mich sehr gut zu kennen.«

»Nein, sondern ich habe die Oberfläche ein wenig angekratzt.« Sie warf ihm einen herausfordernden Blick zu. »Und du hast eine sehr harte Oberfläche.«

»Und deine ist sehr dünn.« Unvermutet legte er seine Hand

an ihr Gesicht, um sie genau zu betrachten. »Oder sie scheint wenigstens dünn zu sein.« Wie konnte er sicher sein? Wie konnte ein Mensch überhaupt jemals eines anderen Menschen sicher sein?

Alana war zu sehr daran gewöhnt, betrachtet zu werden, und vor allem zu sehr an Fabian gewöhnt, um sich unbehaglich zu fühlen. »Unter meiner Oberfläche gibt es wenig, das nicht durchschimmert.«

»Vielleicht bist du deshalb eine gute Schauspielerin«, überlegte er. »Du nimmst sehr leicht einen Charakter an. Wie viel davon bist du, und wie viel davon ist die Rolle?«

Fabian ist noch weit davon entfernt, mir zu vertrauen, erkannte Alana, als er die Hand sinken ließ. »Das kann ich nicht beantworten. Vielleicht kannst du es, wenn der Film, den wir beide machen werden, abgedreht ist.«

Er nickte anerkennend. Das war eine gute Antwort, vielleicht die bestmögliche. »Du wolltest in den Park gehen.«

Alana hakte sich kameradschaftlich bei ihm unter. »Ja. Ich kaufe dir auch ein Eis.«

Fabian warf ihr einen Blick zu, während sie losgingen. »Welcher Geschmack?«

»Alles außer Vanille«, erklärte Alana überschwänglich. »Der heutige Tag hat nicht im Mindesten etwas mit Vanille zu tun. Findest du das nicht auch?«

Sie hat recht, fand Fabian. Es war ein großartiger Tag, kein durchschnittlicher. Das Gras leuchtete grün, die Blumen waren lebhaft bunt und dufteten stark. Es gab die üblichen Gerüche des Central Parks – eine Mischung aus Erdnüssen und Tauben. Begeisterte Jogger liefen vorbei mit bunten Schweißbändern und in Joggershorts. Schweißbäche liefen über ihre Rücken.

Unter den Bäumen lockte Schatten, während die Sonne auf Bänke und Wege herunterglühte. Fabian wusste, dass Alana die Sonne wählen würde.

Als Alana in ein mit Schokolade und Nüssen überzogenes

Eishörnchen biss, dachte sie an Scott. Aber jetzt war die Besorgnis weg. Sie hatte sich nur für einen Moment auf jemanden stützen und seine gefühlsmäßige Stärke in sich aufnehmen müssen, damit ihre Zuversicht zurückkehrte. Ihr Kopf war wieder klar, ihre Nerven hatten sich beruhigt. Lachend legte sie die Arme um Fabians Nacken und küsste ihn herzhaft auf den Mund.

»Das macht die Eiscreme«, erklärte sie lachend und ließ sich auf eine Schaukel fallen. »Und der Sonnenschein.« Sie lehnte sich weit zurück und stieß sich mit den Füßen ab. Als sie zurückschwang, ließ ihr volles leuchtendes Haar ihr schönes Gesicht frei. Ihre Haut rötete sich, wie sie sich so abstieß und sich dahinschweben ließ.

»Du scheinst im Schaukeln Expertin zu sein.«

Fabian lehnte sich gegen den Rahmen der Schaukel, als sie an ihm immer höher vorbeiflog.

»Ja, das bin ich. Willst du mitmachen?«

»Ich sehe lieber zu.«

»Aber es ist wunderbar.« Alana streckte die Beine weit von sich, um noch mehr an Höhe zu gewinnen, und genoss das Ziehen in ihrem Magen. »Wann hast du zum letzten Mal geschaukelt?«

Eine Erinnerung wurde wach: er mit fünf oder sechs und seine Nanny mit dem runden Gesicht und der strengen Kleidung. Sie schwang ihn auf einer Schaukel hin und her, während er quietschend noch höher verlangte. Damals hatte er gedacht, es könne im Leben nichts Schöneres geben als dieses Schwingen. Plötzlich verstand er, wieso Alana behauptete, gern ein Kind zu sein.

»Das ist schon hundert Jahre her«, antwortete er.

»Das ist zu lang.« Sie ließ die Füße über den Boden schleifen und bremste die Schaukel. »Steig herauf zu mir!« Sie blies ihre Haare aus den Augen und lachte über sein ungläubiges Gesicht. »Du kannst stehen, links und rechts von mir einen Fuß.

Die Schaukel ist stabil genug. Du hoffentlich auch«, fügte sie hinzu und entlockte Fabian mit ihrer Herausforderung einen finsteren Blick.

»Angewandte Psychologie?«

Ihr Lächeln verstärkte sich bloß. »Wirkt es?«

Auch jetzt lachte sie über ihn, und obwohl Fabian es wusste, nahm er ihre Herausforderung an. »Offenbar wirkt es.« Er trat hinter sie und packte die Ketten mit den Händen. »Wie hoch willst du?«

Alana lehnte sich mit dem Oberkörper nach hinten und schenkte ihm ein Lächeln. »So hoch, wie ich kann.«

»Aber nicht weinend nach dem Onkel schreien«, warnte Fabian, als er sie anschob.

»Ha!« Alana warf ihr Haar zurück. »Keine Angst, DeWitt!«

Sie spürte, wie er auf die Schaukel sprang. Als sie zu schwingen begannen, passte sie ihren Körper dem Rhythmus an. Der Himmel über ihr – blau und mit vereinzelten Wolken – glitt hin und her. Die Erde – braun und grün – schwankte. Alana lehnte den Kopf gegen Fabians festen, muskulösen Schenkel und ließ sich von Empfindungen davontragen.

Gras. Sie konnte es riechen, sonnengetränkt, gemischt mit dem staubigen Geruch nackter Erde. Kinderlachen, Taubengurren, Verkehrslärm – Alana hörte jedes Geräusch einzeln und in der gesamten Mischung.

Doch am meisten waren ihre Sinne auf Fabian gerichtet. Sie fühlte ihn fest in ihrem Rücken, hörte seinen Atem über allen anderen Geräuschen. Er duftete nach Seife und Tabak. Drehte sie ein wenig den Kopf zur Seite, konnte sie seine starken Hände an der Kette der Kinderschaukel sehen.

Alana schloss die Augen und nahm alles in sich auf. Es war wie Heimkommen. Zufrieden schob sie ihre Hände an den Ketten höher, bis sie seine Hände berührte. Der Kontakt genügte ihr.

Fabian hatte vergessen, wie es war, wenn man etwas ohne

bestimmten Grund tat. Und gleichzeitig hatte er vergessen, wie unschuldig Vergnügen sein konnte. Jetzt fühlte er dieses reine Vergnügen, ohne sich durch irgendwelche dummen Rechtfertigungen einzuschränken, wie er das so oft tat. Weil er wusste, dass Freiheit verletzbar macht, hatte er sie sich nur sehr sparsam zugeteilt. Nur wenn er ganz allein war, fern von seiner Verantwortung und seiner Arbeit, hatte er seinem Herzen mehr gehorcht als seinem Verstand. Jetzt überließ er sich so spontan seinem Gefühl, dass es ihm kaum bewusst wurde. Die Gefahren, die diesem Verhalten folgen konnten, ließ er diesmal außer Acht und genoss das Schaukeln.

»Höher!«, verlangte Alana atemlos lachend. »Noch höher!«

»Noch höher, und du landest auf deiner Nase!«

»Ich nicht! Ich lande auf meinen Füßen. Höher, Fabian!«

Als sie zu ihm hochblickte und ihn anlachte, verlor er sich in ihr. Schönheit – sie war da, aber nicht die kühle, entrückte Schönheit, die er vor der Kamera gesehen hatte. Jetzt sah er an ihr nichts von seiner Rae, nichts von ihrer Amanda. Da war nur Alana.

Zum ersten Mal seit unendlich langer Zeit fühlte er schwache Hoffnung. Es erschreckte ihn fast zu Tode!

»Schneller!«, schrie sie und ließ ihm keine Zeit, seinen Gefühlen nachzuhängen. Ihr Lachen war genauso ansteckend wie ihre Begeisterung. Sie schwangen zusammen, bis seine Arme schmerzten.

Als die Schaukel langsamer wurde, sprang Alana ab und tat ein paar unsichere Schritte.

»Oh, das war wunderbar.« Noch immer lachend, drehte sie sich mit ausgebreiteten Armen und zurückgeworfenem Kopf im Kreis. »Jetzt bin ich am Verhungern, absolut am Verhungern.«

»Du hast doch eben erst Eis gegessen.« Fabian sprang von der Schaukel, atemlos und mit jagendem Puls.

»Reicht nicht!« Alana wirbelte zu ihm herum und verschränkte die Hände hinter seinem Kopf. »Ich brauche einen Hotdog, unbedingt einen Hotdog mit allem drauf.«

»Einen Hotdog.« Weil es ihm so natürlich erschien, beugte er sich zu ihr und küsste sie. »Weißt du, was in diesen Dingern drin ist?«

»Nein, und ich will es auch nicht wissen.«

Fabian ließ seine Hände über ihren Rücken gleiten. »Du fühlst dich wunderbar an.«

Ihr Lächeln wurde weicher. »Das ist so ziemlich das Netteste, was du bisher zu mir gesagt hast. Küss mich gleich noch einmal, solange ich noch fliege.«

Fabian zog sie näher an sich und verschloss mit seinen Lippen ihren Mund. Flüchtig überlegte er, wieso ihn der sanfte Kuss genauso bewegte wie die Leidenschaft. Er wollte Alana. Und zusammen mit ihrem Körper wollte er diese Energie, diesen Schwung, die Lebensfreude. Er wollte Alana erforschen und auf ihre Echtheit testen. Fabian war noch weit davon entfernt zu glauben, irgendjemand könne so absolut ehrlich sein. Und doch wollte er es allmählich glauben.

Er schob sie ein Stück von sich. »Einen Hotdog«, wiederholte er. »Na bitte, es ist dein Magen. Ich esse keinen Bissen davon.«

»Ich wusste, dass du ein guter Kumpel bist, DeWitt.« Im Gehen schlang sie ihren Arm um seine Taille. »Vielleicht esse ich auch zwei.«

»Neigt deine Familie zu Masochismus?«

»Nein, nur zu Gefräßigkeit. Erzähl mir von deiner.«

»Ich neige nicht zu Masochismus.«

»Von deiner Familie.« Alana lachte leise. »Deine Leute müssen stolz auf dich sein.«

Die Andeutung eines Lächelns spielte um seinen Mund. »Das kommt darauf an. Ich sollte der Familientradition folgen und Jurist werden. Von zwanzig bis dreißig war ich das schwarze Schaf der Familie.«

»Tatsächlich?« Sie neigte den Kopf zur Seite und betrachtete ihn mit neu erwachtem Interesse. »Das kann ich mir gar nicht vorstellen. Ich habe schon immer für schwarze Schafe geschwärmt.«

»Darauf hätte ich wetten können«, sagte Fabian trocken. »Aber man könnte behaupten, dass ich in den letzten Jahren wieder in die Herde aufgenommen wurde.«

»Das hat der Pulitzer-Preis bewirkt.«

»Der Oscar hätte mir auch nicht wehgetan«, gab Fabian humorvoll zu. »Doch der Pulitzer hat bei den DeWitts aus Philadelphia mehr hergemacht.«

Alana roch den Hotdog-Stand und verfolgte mit Fabian zielbewusst die Spur. »Im nächsten Jahr wirst du einen Emmy gewinnen. Dein Stück ist so gut, dass es den Fernsehpreis für das beste Drehbuch bekommen muss.«

Er holte seine Brieftasche hervor, während Alana sich über den Stand beugte und tief einatmete. »Du bist sehr zuversichtlich.«

»Ist doch das Beste, was ich sein kann. Nimmst du auch einen?«

Der Duft war zu gut, um zu widerstehen. »Ja, vielleicht doch.«

Alana hob dem Verkäufer zwei Finger entgegen. Als ihr Hotdog in dem Brötchen lag, begann sie ihren Zug durch die Zutaten. »Weißt du, Fabian«, erklärte sie, während sie Relish über das Würstchen häufte. »›Die Rebellion‹ war brillant, klar, hart zupackend, mit hervorragend gezeichneten Charakteren, aber es war nicht so unterhaltend wie dein ›Nebliger Dienstag‹.«

Fabian sah zu, wie sie den ersten herzhaften Bissen nahm. »Ich schreibe nicht immer nur, um zu unterhalten.«

»Nein, das weiß ich.« Alana kaute nachdenklich und nahm einen Becher Sprudel entgegen, den Fabian ihr reichte. »Ich persönlich mag Unterhaltung lieber. Darum bin ich in diesem

Beruf. Ich möchte unterhalten werden, und ich will unterhalten.«

Er zierte seinen Hotdog mit einem konservativen Streifen Senf. »Und darum hast du dich mit einer Seifenoper zufriedengegeben.«

Sie schoss ihm im Weitergehen einen warnenden Blick zu. »Mach bloß keine spitzen Bemerkungen! Es kommt doch nur darauf an, dass es qualitativ perfekte Unterhaltung ist. Könnte ich gut mit Tellern jonglieren und auf einem Einrad fahren, würde ich das machen.«

Nach dem ersten Bissen stellte Fabian fest, dass der Hotdog das Beste war, was er seit Tagen, vielleicht sogar seit Monaten, gegessen hatte. »Du besitzt ein enormes Talent«, erklärte er Alana, ohne ihre Überraschung darüber zu bemerken, wie leicht ihm das Kompliment über die Lippen kam. »Ich kann nur schwer verstehen, wieso du keine großen Filme machst oder Theater spielst. Eine Serie, sogar eine wöchentliche, ist Knochenarbeit. Die Hauptrolle in einer Serie, die fünf Mal wöchentlich ausgestrahlt wird, muss ermüdend, unerfreulich und enttäuschend sein.«

»Ich mache es trotzdem gern.« Sie leckte Senf von ihrem Daumen. »Ich bin hier in Manhattan aufgewachsen. Das Tempo liegt mir im Blut. Hast du jemals darüber nachgedacht, wieso Los Angeles und New York an entgegengesetzten Enden des Kontinents liegen?«

»Ein glücklicher Zufall der Geografie.«

»Schicksal«, verbesserte sie ihn. »In beiden Städten steht das Showbusiness ganz oben, aber keine zwei anderen Städte könnten ein unterschiedlicheres Tempo haben. Ich würde in Kalifornien verrückt werden. Gemächlichkeit entspricht nicht meinem Tempo. Ich mag diese Seifenoper, weil sie eine tägliche Herausforderung ist. Sie hält mich hellwach. Und wenn ich Zeit und Gelegenheit finde, mach ich gern etwas wie ›Endstation Sehnsucht‹. Aber ...« Sie schluckte seufzend den letzten Bissen des Hotdogs hinunter. »Aber wenn man Abend für Abend dasselbe Stück spielt, wird es zu routiniert, und man wird zu bequem.«

Fabian nahm einen Schluck Cola. Den Geschmack hatte er schon fast vergessen. »Du spielst dieselbe Rolle schon seit fünf Jahren.«

»Aber nicht immer gleich.« Sie leckte sich den letzten Rest Relish von den Fingern. »Seifenopern stecken voller Überraschungen. Man weiß nie, welchen Knick eine Rolle macht, um die Einschaltquoten hochzutreiben oder einen neuen Handlungsabschnitt einzuleiten.« Sie lief um eine Matrone mittleren Alters mit einem Pudel herum. »Gerade jetzt steht Amanda vor einer zerbröckelnden Ehe und einem persönlichen Verrat, der Möglichkeit einer Abtreibung und dem Wiedererwachen einer alten Affäre. Ganz schön heiße Sachen. Und obwohl es noch topsecret ist, verrate ich dir, dass sie zusammen mit der Polizei an einem Fahndungsbild des Rippers von Trader's Bend arbeitet.«

»Von wem?«

»Die Geschichte lehnt sich an Jack the Ripper an. In Trader's Bend, wo Amanda lebt, geht ein Mörder um«, erklärte sie geduldig. »Ihr ehemaliger Liebhaber Griff ist der Verdächtige Nummer eins. Spannend, nicht?«

»Stört es dich denn nie, dass in einer so kleinen Stadt so viel Dramatisches passiert?«

Sie blieb stehen und warf ihre Serviette und den leeren Becher in einen Abfalleimer. »Man muss etwas nur glauben wollen. Mehr braucht man nicht auf dieser Welt. Wenn du glaubst, dass es geschehen könnte, dann kann es auch geschehen. Es muss nur glaubwürdig sein. Als Schriftsteller solltest du das wissen.«

»Vielleicht sollte ich das, aber ich habe mich immer mehr an die Realität angelehnt.«

»Wenn es bei dir so klappt, ist es okay.« Mit einem Schulterzucken deutete sie an, dass sie alles akzeptierte. »Aber manchmal ist es einfacher, an Zufälle oder Magie oder einfach Glück zu glauben. Nüchterne Realität ohne irgendwelche Umleitungen ist ein harter Weg.«

»Ich hatte ein paar Umleitungen«, murmelte er und erkannte, dass ihn Alana Kirkwood bereits von der gepflasterten Straße weggeführt hatte, an die er sich seit ein paar Jahren hielt. Fabian fragte sich, wohin ihr verschlungener Pfad sie beide führen würde. Er war so in Gedanken verloren, dass er erst, als sie stehen blieb, merkte, dass sie vor seinem Wohnhaus angekommen waren. Seine Arbeit wartete auf ihn, seine Abgeschiedenheit, seine Einsamkeit. Doch er wollte nichts davon in diesem Moment.

»Komm mit nach oben«, sagte er weich.

Die Bitte war einfach, die Bedeutung klar. Und Alanas Verlangen war riesig. Kopfschüttelnd berührte sie das Haar, das ihm in die Stirn gefallen war. »Nein, es ist besser, wenn ich es nicht tue.«

Er hielt ihre Hand fest, ehe Alana sie zurückziehen konnte. »Warum nicht? Ich will dich, du willst mich.«

Wäre es doch bloß so einfach, dachte sie, während der Wunsch, ihn zu lieben, wuchs und wuchs. Aber sie wusste instinktiv, dass es für keinen von ihnen einfach wäre. Auf seiner Seite war es zu großes Misstrauen, auf ihrer zu große Verletzbarkeit.

»Ja, ich will dich.« Alana sah die Veränderung in seinen Augen und wusste, dass es viel schwieriger sein würde, wegzugehen, als ihn zu begleiten. »Würde ich jetzt mit nach oben kommen, würden wir uns lieben. Aber keiner von uns ist dazu bereit, Fabian.«

»Wenn du ein Spiel spielst, damit ich dich mehr begehre, so ist es kaum nötig.«

Sie entzog ihm ihre Hand. »Ich spiele gern Spiele«, erwiderte sie ruhig. »Und in den meisten Spielen bin ich auch sehr gut. Aber das ist kein Spiel.«

7. Kapitel

Harte Arbeit stand bevor, lange Tage, kurze Nächte und pausenlose Anforderungen an Körper und Geist. Alana freute sich auf jede einzelne Minute.

Die Produzenten der Seifenoper arbeiteten voll mit Marshell zusammen. Das Vorgehen der Fernsehgesellschaft war für alle Beteiligten ein Vorteil. Das große Zauberwort hieß stets »Einschaltquoten«. An Alana blieb es hängen, die Zeit für beide Projekte aufzubringen und Hunderte Seiten Drehbuch als Amanda und als Rae zu lernen.

Unter anderen Umständen hätte man ihre Rolle einfach für ein paar Wochen aus »Unser Leben, unsere Liebe« herausgeschrieben, aber da sich die Beziehung zwischen Amanda und Griff wieder belebte und der Ripper von Trader's Bend seine tödlichen Streifzüge unternahm, war das nicht möglich. Amanda hatte in zu vielen lebenswichtigen Szenen eine Schlüsselrolle. Alana musste daher eine mörderische Anzahl von diesen Szenen in kurzer Zeit abdrehen, um sich hinterher drei Wochen voll auf den Film konzentrieren zu können. Sollte der Film dann länger als geplant dauern, musste sie das auffangen, indem sie ihre Zeit und Energie zwischen Amanda und Rae aufteilte.

Achtzehn-Stunden-Tage und Aufstehen um fünf Uhr früh konnten ihre Begeisterung nicht dämpfen. Das gnadenlose Tempo war für sie jedenfalls fast natürlich. Und es half ihr, nicht an das Vormundschaftsverfahren zu denken, das für den nächsten Monat angesetzt worden war.

Und dann war da noch Fabian. Die bloße Vorstellung, für längere Zeit mit ihm zu arbeiten, erregte sie. Der tägliche Kontakt würde stimulierend wirken. Konkurrenz und Zusammenarbeit auf beruflichem Gebiet würden sie auf Touren halten. Die Vorbesprechungen im Probeatelier zeigten ihr, dass Fabian mit dem Film genauso eng verbunden war wie jeder Schauspieler und jeder Angehörige des technischen Personals und dass er uneingeschränkte Autorität besaß.

Während der manchmal hektischen Zusammenkünfte blieb er ruhig und sagte wenig. Aber wenn er etwas sagte, wurde es selten infrage gestellt. Das hatte nichts mit Arroganz oder Unterdrückung zu tun, wie Alana es sah. Fabian DeWitt gab einfach erst dann einen Kommentar ab, wenn er wusste, dass er recht hatte. Außerdem besaß er eine natürliche Art von Autorität.

Vielleicht würden sie im Lauf des Films enger zusammenkommen, wenn es so sein sollte. Gefühl. Genau das wollte sie ihm geben, und das brauchte sie von ihm. Zeit. Sie wusste, dass dies der Hauptfaktor für alles war, was sich überhaupt zwischen ihnen abspielte. Vertrauen. Das war nötiger als alles andere, und vor allem das fehlte.

Manchmal fühlte Alana während dieser Vorbesprechungen, wie Fabian sie zu sachlich betrachtete und sich zu erfolgreich von ihr distanzierte.

Alana befand sich in einer Sackgasse. Je besser sie Rae spielte, desto energischer zog Fabian sich von ihr zurück. Sie verstand es, konnte es aber nicht ändern.

Die Kulisse war elegant, die Beleuchtung gedämpft und verführerisch. An einem kleinen Rokokotisch saßen Rae und Phil einander bei Hummerpastete und Champagner gegenüber.

Alanas Kostüm bestand aus einem bodenlangen, leicht schwingenden gelben Seidenrock und einer langärmeligen, streng geschnittenen schwarzen Samtjacke, auf Taille gearbeitet, sodass ihre schmale Taille und ihre Hüften besonders betont wurden. Der V-Ausschnitt reichte bis unterhalb der Brüste, und da sie unter der Jacke nackt war, lag das Tal zwischen ihren Brüsten frei und bot sich aufregend den Blicken ihres Partners – und Fabians dar.

Eng um ihren Hals schlang sich ein breites Halsband aus Diamanten und dunkelblauen, fast schwarzen australischen Saphiren. Lang herabhängende Ohrringe aus den gleichen Steinen glitzerten bei jeder Bewegung. Ein bewaffneter Wächter im Studio war der lebende Beweis dafür, dass in einer Marshell-Produktion kein Talmi verwendet wurde.

Das intime Mitternachtsessen fand in Wirklichkeit um acht Uhr morgens in Gegenwart der gesamten Mannschaft statt. Alana schlürfte lauwarmes Ginger Ale aus ihrem Sektkelch und beugte sich mit einem heiseren Lachen näher zu ihrem Partner Jack.

Sie wusste natürlich, was jetzt gefragt war – Sex, ursprünglich und ungezügelt unter einer dünnen schimmernden Schicht feiner Lebensart. Mehr durch Gesten, einen Blick oder ein Lächeln als durch Dialog musste sich der Sex auf dem Bildschirm entzünden.

Sie spielte eine Rolle innerhalb einer Rolle. Sie war Rae, und Rae trug ständig eine Maske. Heute Nacht zeigte sie Wärme, sanfte Fraulichkeit, die allerdings nichts anderes als Fassade war. Es war Alanas Aufgabe, diese Wärme und Fraulichkeit und zusätzlich das Geschick zu zeigen, mit dem Rae diese Rolle spielte. Wenn die von Alana dargestellte Schauspielerin nicht klug vorging, würde ihre Wirkung auf den Charakter des Phil verpuffen. Die Verbindungen zwischen den beiden waren lebenswichtig. Sie hielten die Spannung aufrecht, die die Zuschauer vor der Mattscheibe fesseln sollten.

Rae begehrte Phil, und die Zuschauer mussten wissen, dass sie ihn körperlich fast so sehr begehrte wie die beruflichen Beziehungen, die er für sie knüpfen konnte. Um ihn zu gewinnen, musste sie so sein, wie er sie wollte. Ehrgeiz und Befähigung wurden zusammen mit Schönheit zu einer tödlichen Kombination. Rae besaß diese Kombination und darüber hinaus die Fähigkeit, sie einzusetzen. Alana musste die Doppelschichtigkeit von Raes Charakter zeigen.

Die Szene sollte im Schlafzimmer enden. Dieser Teil des Films würde allerdings zu einem anderen Zeitpunkt gedreht werden. Jetzt mussten die Spannung und die Sexualität bis zu einem Punkt aufgeheizt werden, an dem Phil – und das Publikum – vollständig verführt wurden. »Schnitt!«

Chuck rieb sich schweigend den Nacken. Schauspieler und Mitglieder der Crew kannten diese Geste ihres Regisseurs und warteten angespannt. Die Szene gefiel ihm nicht, und er suchte nach der Ursache. Alana versuchte, sich nicht aus der Stimmung bringen zu lassen. Sie brauchte ihre Kraft, um das Image der Rae aufrechtzuerhalten. Der Anblick des Ginger Ales und der Geruch des Essens vor ihr ließen ihren Magen sich zusammenziehen. Das war schon der vierte Durchlauf gewesen. Teilnahmslos sah sie zu, wie ihr Glas gefüllt und ihr Teller durch einen neuen ersetzt wurde. Wenn das hier vorüber ist, dachte sie, sehe ich nicht einmal mehr ein Glas Ginger Ale an.

»Abstoßend, nicht wahr?«

Alana blickte hoch und sah, wie Jack Rohrer eine Grimasse schnitt. »Ich habe mich in meinem ganzen Leben noch nie so nach Kaffee und einem Hörnchen gesehnt«, sagte sie lächelnd.

»Bitte!« Er lehnte sich weit zurück. »Sprich nicht von richtigem Essen.«

»Katzenhafter«, sagte Chuck plötzlich und wandte sich an Alana. »So sehe ich Rae. Eine schlanke schwarze Katze mit manikürten Krallen.«

Alana lächelte über den Vergleich. Ja, das war Rae.

»Den Satz ›Eine Nacht wird nicht genügen, du machst mich gierig.‹ solltest du förmlich schnurren.«

Alana nickte. Ja, Rae würde diesen Satz schnurren. Alana sah vor ihrem geistigen Auge eine Katze, schimmernd, verführerisch, eine Sendbotin der Hölle.

Kurz bevor die Klappe für die nächste Einstellung fiel, fing Alana Fabians Blick auf. Er stand abseits der Kamera und betrachtete sie finster. Obwohl er die Hände lässig in die Hosentaschen geschoben hatte und sein Gesicht ruhig blieb, fühlte sie, dass er sich in einem Zustand der Spannung befand. Sie benutzte den Blickkontakt, um sich selbst wieder in ihre Rolle zu versetzen.

Als die Szene anlief, vergaß Alana den schalen Geschmack des abgestandenen Ginger Ales, vergaß die störenden Kameras und Leute. Ihre gesamte Aufmerksamkeit richtete sich auf den Mann, der ihr gegenübersaß und der nicht länger ein Schauspielerkollege, sondern ihr Opfer war.

Sie lächelte, als Phil etwas sagte, ein Lächeln, das Fabian nur zu gut erkannte. Verführerisch wie schwarze Spitze, kalt wie Eis. Kein Mann war dagegen immun.

Als Alana den Satz erreichte, den Chuck gemeint hatte, machte sie eine Pause, tauchte ihre Fingerspitze in Jacks Glas und berührte langsam mit dem feuchten Finger zuerst ihre, dann Jacks Lippen. Die verführerische Improvisation brachte die Temperatur auf dem Set zum Sieden. Obwohl Fabian die Geste und Alanas Intuition verstandesmäßig gut fand, verkrampfte sich sein Magen.

Sie kennt ihre Rolle, dachte er, fast so gut wie ich selbst. Alana verschmolz so sehr mit Rae, dass es ihm stets schwerfiel, die beiden auseinanderzuhalten. Zu welcher der beiden Frauen fühlte er sich hingezogen? Die Eifersucht, die ihn unerwartet packte, wenn die Frau am Set in die Arme eines anderen Mannes sank, gegen wen richtete sie sich eigentlich? Er hatte Wirklichkeit und Dichtung in diesem Drehbuch eng miteinander verwoben, und dann hatte er eine Schauspielerin ausgesucht, die durch ihre Fähigkeiten die Trennlinien verwischte. Jetzt fand er sich zwischen Fantasie und Tatsachen gefangen. War die Frau, die er begehrte, der Schatten oder das Licht?

»Schnitt! Schnitt und gestorben! Fantastisch!« Von einem Ohr zum anderen grinsend, betrat Chuck das Set und küsste Alana und Jack auf die Wangen. »Wir können von Glück sagen, dass uns bei dieser Szene die Kamera nicht durchgeschmort ist.«

Jack ließ in einem breiten Lächeln seine weißen Zähne blitzen. »Wir können von Glück sagen, dass ich nicht durchgeschmort bin. Alana, du bist verdammt gut.« Jack legte ihr eine Hand auf die Schulter. »So verdammt gut, dass ich einen Kaffee trinken gehe und meine Frau anrufe.«

»Zehn Minuten«, verkündete Chuck. »Alles vorbereiten für die Großaufnahmen der Reaktionen. Fabian, was halten Sie davon?«

»Ausgezeichnet.« Den Blick auf Alana gerichtet, kam Fabian näher. Sie hatte jetzt nichts mehr von einer Katze an sich, wirkte eher ausgelaugt. Nachdem seine Anspannung sich gelöst hatte, musste er jetzt den Wunsch unterdrücken, Alanas Wange zu streicheln. »Du siehst aus, als könntest du auch einen Kaffee brauchen.«

»Oh ja.« Alana zwang sich wieder, Raes Persönlichkeit wegzuschließen. Sie wünschte sich nichts mehr, als sich vollständig zu entspannen, durfte die Spannung jedoch nur um ein paar Grad lockern, weil es ja gleich weiterging. »Du auch?«

Er nickte und führte sie zu einem Servierwagen, der mit Kaffee, Donuts und belegten Schnitten gedeckt war. Alanas Magen revoltierte bei dem bloßen Gedanken an Essen, aber sie nahm einen dampfenden Plastikbecher in beide Hände.

»Dieser Drehplan ist hart«, bemerkte Fabian.

»Ach was.« Alana zuckte die Schultern und spülte den Nachgeschmack von Ginger Ale mit Kaffee hinunter. »Nein, der Drehplan ist nicht schwieriger als bei der Seifenoper, in mancher Hinsicht sogar leichter. Die Szene war schwierig.«

Er hob eine Augenbraue. »Wieso?«

Der Duft von Kaffee war köstlich. Alana konnte beinahe das schwammige Essen vergessen, von dem sie in den vergangenen zwei Stunden hatte naschen müssen. »Weil Phil klug und vorsichtig ist, kein Mann, den man leicht verführen oder zum Narren halten kann. Rae muss beides tun, und sie hat es eilig.« Sie blickte ihn über den Becherrand hinweg an. »Na ja, das weißt du ja selbst.«

»Ja.« Er hielt ihr Handgelenk fest, ehe sie wieder trinken konnte. »Du siehst müde aus.«

»Nur zwischen den Aufnahmen.« Sie lächelte über seine zurückhaltende Fürsorge. »Mach dir um mich keine Sorgen, Fabian. Hektik entspricht meinem natürlichen Tempo.«

»Da ist doch noch etwas.«

Sie dachte an Scott. Man darf es mir nicht ansehen, ermahnte sie sich selbst. *Sobald ich ein Studio betrete, darf man es mir nicht ansehen.* »Du hast einen Blick für Menschen«, murmelte sie. »Das erste Werkzeug eines Schriftstellers.«

»Du weichst aus.«

Alana schüttelte den Kopf. Hätte sie jetzt zu intensiv darüber nachgedacht, wäre ihre Selbstkontrolle ins Wanken geraten. »Es ist etwas, womit ich selbst fertigwerden muss. Es wird sich nicht auf meine Arbeit auswirken.«

Er legte seine Hand fest an ihr Kinn. »Wirkt sich überhaupt etwas auf deine Arbeit aus?«

Zum ersten Mal spürte Alana blanken Ärger in sich hochsteigen. »Verwechsle mich nicht mit einer Rolle, Fabian, oder mit einer anderen Frau.« Sie stieß seine Hand weg, wandte ihm den Rücken zu und kehrte auf das Set zurück.

Der Wutausbruch gefiel ihm, vielleicht weil man mit negativen Gefühlen leichter fertigwurde. Fabian lehnte sich gegen die Wand und traf im gleichen Augenblick eine Entscheidung. Er wollte Alana haben, heute Nacht noch. Es würde einen großen Teil seiner inneren Spannung von ihm nehmen und das Nachdenken erleichtern. Danach musste jeder von ihnen auf seine Weise mit den Folgen fertigwerden.

Alana fand den Ärger hilfreich. Rae war eine Frau, bei der ständig unter der Oberfläche Ärger kochte. Er kam noch zu ihrer Unzufriedenheit und ihrem Ehrgeiz hinzu. Anstatt sich von dem Ärger zu befreien, was ihr vielleicht gar nicht gelungen wäre, benützte Alana ihn, um einem bereits komplizierten Charakter noch mehr Tiefe zu verleihen. Solange sie sich an Raes unbeständige Persönlichkeit hielt, fühlte sie ihre eigene Erschöpfung oder Frustration nicht.

Ihre Sinne waren so geschärft, dass sie sogar mitten in einer Szene wusste, wo Fabian stand und worauf sich seine Aufmerksamkeit richtete. Darum musste sie sich später kümmern. Sie durfte sich nicht ablenken lassen. Nein, sie musste sich auf ihre Rolle konzentrieren. Je mehr er sie im Moment geistig und gefühlsmäßig bedrängte, desto entschlossener war sie, eine Sternstunde der Schauspielkunst zu liefern.

Als um sechs Uhr die letzte Klappe fiel, merkte Alana, dass Rae sie ausgelaugt hatte. Ihr Körper schmerzte von dem stundenlangen Stehen unter den Scheinwerfern. In ihrem Kopf drehte sich alles von dem Wiederholen der Texte, dem Nehmen und Geben von Gefühlen. Sie waren erst in der ersten Woche der Aufnahmen, und Alana fühlte schon die Anstrengungen des Marathons.

Niemand hat behauptet, dass es einfach sein würde, sagte sich Alana, als sie in ihre Garderobe schlüpfte, um ihre Straßenkleider anzuziehen. Das Problem war, dass sie ihren Erfolg in der Rolle mit ihrem Erfolg bei Fabian gleichzusetzen begann. Ließ sie das eine sausen, konnte sie das Gleiche mit dem anderen machen.

Kopfschüttelnd streifte Alana die Persönlichkeit der Rae genauso begierig ab wie die Kleider. Erleichtert schminkte sie das Bühnen-Make-up ab und ließ ihre Haut atmen. Sie setzte sich und legte die Beine auf den Schminktisch, sodass der kurze Kimono gerade ihre Schenkel bedeckte. Sie ließ sich Zeit, löste ihr Haar, lehnte ihren Kopf zurück, schloss die Augen und fiel in einen Halbschlummer.

So fand Fabian sie vor.

Die Garderobe war in ihrer üblichen Weise mit allem Möglichen übersät, sodass Alana wie eine Insel des Friedens zwischen allem anderen wirkte. Gerüche hingen in der Luft, Puder, Gesichtscreme, die gleiche Mischung wie bei ihr zu Hause, nur ohne den Duft von Veilchen. Die Lampen rund um ihren Spiegel leuchteten. Ihr Atem ging sanft und gleichmäßig.

Fabian schloss die Tür hinter sich und ließ seinen Blick über ihre langen schlanken Beine gleiten. Der Kimono war locker, fast sorglos gebunden, sodass er verlockend bis zu ihrer Taille aufklaffte. Ihr Haar hing hinter dem Sessel herunter und ließ den Hals frei.

Ohne Schminke war ihr Gesicht blass, wirkte zerbrechlich. Leichte Schatten lagen unter ihren Augen.

Fabian sehnte sich schmerzlich danach, sie zu lieben. Ohne lange nachzudenken, schloss er die Tür ab, setzte sich auf die Seitenlehne eines Sessels, steckte sich eine Zigarette an und begann zu warten.

Alana erwachte langsam. Noch bevor sie ganz zu sich kam, fühlte sie sich schon erfrischt. Der Schlummer hatte keine zehn Minuten gedauert. Nur eine Spur länger, und sie hätte sich erschlagen gefühlt, etwas kürzer, und sie wäre noch angespannt gewesen. Seufzend wollte sie sich strecken, als sie spürte, dass sie nicht allein war. Neugierig wandte sie den Kopf und entdeckte Fabian.

»Hallo!«, sagte sie.

Er fand in ihren Augen keine Spur von Ärger, und in ihrer Stimme lag kein Groll. Sogar die Erschöpfung, die er vorhin an ihr bemerkt hatte, war verschwunden. »Du hast nicht lange geschlafen.« Seine Zigarette war fast bis auf den Filter abgebrannt, ohne dass er es bemerkt hatte. Er drückte sie aus. »Ich kenne niemanden, der in dieser Stellung überhaupt schlafen könnte.«

»Für ein Zehn-Minuten-Nickerchen kann ich überall schlafen.« Sie reckte ihre Zehen, spannte alle Muskeln an und lockerte sie wieder. »Ich musste auftanken.«

»Ein anständiges Essen würde dir helfen.«

Alana legte eine Hand auf ihren Magen. »Wäre nicht schlecht.«

»Du hast mittags kaum etwas gegessen.«

Es überraschte sie nicht, dass er es bemerkt hatte, sondern dass er es erwähnte. »Die Hummerpastete im Morgengrauen hat meine Essenslust ziemlich unterbunden. Ein Hörnchen entspricht mehr meinem Stil.« Zögernd stellte sie ihre Füße auf den Boden. Der Spalt in ihrem Kimono verschob sich, und geistesabwesend zog sie an den Aufschlägen. »Wir haben für heute abgedreht, nicht wahr? Gibt es ein Problem?«

»Wir haben abgedreht«, stimmte er zu. »Und wir haben ein Problem.«

Ihre Hand mit der Bürste stockte auf halbem Weg. »Was für eines?«

»Ein persönliches.« Er stand auf und nahm ihr die Bürste aus der Hand. »An jedem Tag dieser Woche habe ich dich beobachtet und gehört. Und an jedem Tag dieser Woche habe ich dich begehrt.« Er zog die Bürste mit einem langen, weichen Strich durch das Haar, während sich ihre Augen in dem beleuchteten Spiegel trafen. Als Alana sich nicht bewegte, wiederholte er den Bürstenstrich und legte gleichzeitig seine freie Hand auf ihre Schulter. »Du hast mich gebeten, nicht zu viel nachzudenken. Das habe ich getan.«

Meine Gefühle liegen stets zu dicht unter der Oberfläche, warnte Alana sich selbst. Doch sie konnte nichts dagegen tun. »An jedem Tag dieser Woche«, begann sie mit bereits heiserer Stimme, »hast du mich beobachtet und gehört, während ich eine andere war. Vielleicht begehrst du auch eine andere.«

Fabians Augen ließen die ihren im Spiegel nicht los, als er seinen Mund zu ihrem Ohr senkte. »Ich sehe jetzt keine andere.«

Ihr Herz zog sich zusammen. »Morgen ...«

»Zum Teufel mit morgen.« Fabian ließ die Bürste fallen und zog Alana auf die Beine. »Und mit gestern.« Sein Blick wurde intensiv, seine Augen schimmerten so grün, dass ihre Kehle austrocknete. Sie fragte sich, wie das wohl wäre, wenn er seinen Gefühlen freien Lauf ließe. Die Kraft seiner Leidenschaft musste gewaltig sein.

Hätte sie ihn nur nicht geliebt ... Aber sie liebte ihn. Alle Bedenken wurden weggewischt, als ihre Lippen aufeinandertrafen. Es gab eine Zeit zum Nachdenken und eine Zeit für Gefühle. Es gab eine Zeit für Zurückhaltung und eine Zeit für Freigiebigkeit. Es gab eine Zeit für Vernunft und eine Zeit für Sinnlichkeit.

Was Alana besaß, fühlte, dachte und wünschte, drückte ihr Mund, mit dem sie seinen Mund berührte, aus. Und als ihr Körper ihren Sinnen folgte, umarmte sie Fabian und bot sich ihm bedingungslos an. Sie fühlte, wie der Boden unter ihr wankte und wie die Luft vibrierte, ehe sie sich in ihrem eigenen Verlangen verlor. Sie öffnete einladend ihre Lippen und lockte mit der Zungenspitze seine Zunge zum erotischen Spiel.

Ihr Körper war weich und nachgiebig. Als er seinen Griff um ihre Taille verstärkte, verschmolz sie mit ihm. Sie war eine Frau, von der jeder Mann nur träumen konnte, nur war sie kein Traum.

Fabian hatte nie eine Frau wie sie gekannt, deren Gefühle so frei strömten, bis er in ihnen zu ertrinken glaubte. Er hatte von ihr Leidenschaft erwartet, aber nicht so unglaublich heftige, süße und unwiderstehliche Empfindungen.

Vorhin auf dem Set hatte er sie begehrt. Als er sie in ihrer Garderobe schlafend vorgefunden hatte, war er von Verlangen gepackt worden. Doch jetzt, in all ihrer Verlockung und mit all ihren Emotionen, brauchte Fabian sie mehr, als er jemals jemanden gebraucht hatte. Und genau das hatte er nie gewollt.

Zu spät. Der Gedanke durchzuckte ihn, dass es zu spät war für sie und für ihn. Dann gruben sich seine Hände in ihr Haar, und er ließ sich nur noch von Gefühlen beherrschen.

Alana duftete schwach nach Zitrone von ihrer Gesichtscreme, während ihr Haar den vertrauten Duft verströmte, der schon allein genügte, Fabian erotisch zu stimmen. Das dünne Material ihres Kimonos öffnete sich, als er Alana mit den Händen zu ertasten suchte. Sie war weicher als ein Traum, und sie war so zart, dass er einen Moment lang fürchtete, ihr wehzutun. Dann bog sie ihm ihren Körper entgegen und drückte sich an seine Hand. Jetzt erregte ihn ihre Sinnlichkeit. Mit einem Stöhnen, das mehr der Hingabe als dem Triumph entsprang, vergrub er sein Gesicht an ihrem Hals.

Alana wollte seine Haut auf ihrer Haut fühlen. Langsam schob sie seinen Sweater hoch, weiter über seine Schultern, bis nichts mehr zwischen ihnen war.

Willig ließ sie sich von ihm auf das mit allen möglichen Dingen übersäte Sofa ziehen, legte ihre Hände an seinen Hinterkopf, damit er seine Lippen wieder auf ihren Mund presste. Sein Geschmack entfachte den nächsten Funken ihrer bereits angefachten Leidenschaft.

Nicht mehr passiv und nachgiebig, sondern fordernd und natürlich bewegte sie sich jetzt unter ihm und jagte seine Erregung höher. Er erwiderte das zärtliche Spiel ihrer Lippen und ihrer Zunge. Der Kuss dauerte an, wurde feuchter, tiefer, während er sie und sie ihn mit den Händen zu streicheln und zu erforschen begann.

Er fühlte den Schlag ihres Herzens unter seiner Handfläche. Als er mit dem Mund ihre Brustspitze umfasste, erschauderte Alana. Sein Verlangen wuchs schmerzhaft an, während er begann, ihren Körper mit Lippen und Zungenspitze zu erfühlen und zu kosten.

Wie sehr sie ihn doch beschenkte! Das allein ließ ihn schwindeln. Während Fabian sie berührte, schmeckte und eroberte, tat sie es ihm gleich. Wurde er fordernder, antwortete sie auf gleiche Weise. Mit ihren schlanken Fingern streichelte sie ihn so lange, bis er wusste, was es bedeutete, am Rand des Wahnsinns zu schweben und den Himmel vor sich zu sehen.

Sie wollte nicht mehr, als was er ihr gab. Seine zärtlichen Berührungen entzückten sie, waren Feuerzungen, die sie marterten. Sein Haar strich über ihre Haut, und das allein genügte schon, sie zu erregen. Ihre und seine Haut wurden feucht vom Ringen nach Verlängerung des Genießens. Genuss allein war für Alana immer schal gewesen, aber Genuss mit Liebe verbunden war alles.

Fabian und Alana erkannten gleichzeitig, dass sie nicht mehr warten konnten, zogen die letzten störenden Kleidungsstücke ungeduldig aus.

Alana öffnete sich für Fabian.

Wahnsinn und Himmel wurden eins.

Alana fühlte sich wunderbar. Sie wurde von unbeschreiblich vielen Empfindungen erfüllt. Sie lag unter Fabian, die Augen geschlossen, ihre Körper noch immer miteinander verbunden. Sie zählte seine Herzschläge.

Sie öffnete die Augen und lächelte. Seine Hand war fest mit der ihren verschlungen. Ob er sich dessen bewusst war?

Fabian hatte sie begehrt, nur sie.

Zufriedenheit? Fühlte er Zufriedenheit? Fabian war befriedigt und erschöpft und nahm nur Alanas warmen schlanken Körper unter sich wahr. Soweit er sich zurückerinnerte, hatte er nie etwas entfernt Vergleichbares erlebt. Totale Entspannung. Er hatte nicht einmal genug Energie, um seine Gefühle mit dem Verstand zu sezieren, und genoss sie stattdessen. Mit einem wohligen Laut presste er sein Gesicht gegen Alanas Hals. Er fühlte und hörte ihr unterdrücktes Lachen.

»Lustig?«, murmelte er.

Alana fuhr mit den Händen über seinen Rücken, hinauf zu den Schultern und wieder hinunter zu seinen Hüften. »Ich fühle mich gut, so gut.« Sie ließ ihre Fingerspitzen über seine Hüften gleiten. »Und du auch.«

Fabian drehte sich ein wenig und stützte sich auf einen Ellbogen, um sie betrachten zu können. Ihre Augen lachten. »Ich weiß noch immer nicht, was ich mit dir machen soll.«

Sie strich ihm die Haare aus der Stirn und sah zu, wie sie wieder in sein Gesicht fielen. »Musst du immer für alles einen Grund haben?«

»Ich habe immer einen.« Seine gespreizten Finger legten sich auf ihr Gesicht, als wäre er blind und müsste es sich einprägen.

Sie wollte seufzen, lächelte jedoch. Sie gab ihm einen Kuss. »Ich pfeife auf den Verstand.«

Weil er lachte, verlor er das Gleichgewicht, und sie konnte sich mit ihm herumdrehen. Während sie sich auf ihm ausstreckte, drückte sie ihr Gesicht gegen seine Schulter. Fabian fühlte unter sich knisterndes Papier und weichen Stoff. »Worauf liege ich?«

»Hm, dies und das.«

Er hob sich an und zog unter seiner linken Hüfte eine zerknitterte Broschüre hervor. »Hat schon einmal jemand erwähnt, dass du unordentlich bist?«

»Gelegentlich.«

Gedankenverloren warf er einen Blick auf die Broschüre über den Kampf für Seehundbabys. Unter seiner rechten Schulter holte er eine Druckschrift über ein Haus für geschlagene Frauen hervor.

»Alana, was ist das alles?«

Sie biss leicht in seine Schulter. »Das könntest du mein Hobby nennen.«

»Hobby? Was von den Sachen hier?«

»Alles.«

»Alles?« Fabian betrachtete die Schriften in seiner Hand und fragte sich, wie viele noch unter ihm liegen mochten. »Du meinst, du bist für alle diese Organisationen aktiv?«

»Ja, mehr oder weniger.«

»Alana, keine einzelne Person hätte so viel Zeit.«

»Das ist doch nur eine Ausrede.« Sie stützte sich mit ihren

Armen quer über seiner Brust auf. »Man schafft sich Zeit. Diese Robbenbabys, weißt du, was mit ihnen geschieht und wie?«

»Ja, aber ...«

»Und die misshandelten Frauen. Die meisten flüchten sich in die Frauenhäuser ohne jedes Selbstbewusstsein, ohne gefühlsmäßige und finanzielle Unterstützung. Dann ist da ...«

»Warte einen Moment!« Er ließ die Schriften auf den Boden fallen und ergriff ihre Schultern. Wie schmal sie doch waren, erkannte er plötzlich, und wie leicht Alana ihn vergessen ließ, wie zart sie gebaut war. »Ich verstehe das alles ja, aber wie kannst du dich gleichzeitig um alle diese Angelegenheiten kümmern, dein eigenes Leben führen und deine Karriere aufbauen?«

Sie lächelte. »Der Tag hat vierundzwanzig Stunden, von denen ich keine einzige Stunde verschwende.«

Als er erkannte, dass sie es völlig ernst meinte, schüttelte er den Kopf. »Du bist eine bemerkenswerte Frau.«

»Nein.« Alana küsste ihn auf das Kinn. »Ich habe nur viel Energie, die ich irgendwo unterbringen muss.«

»Du könntest alle Energie auf deine Karriere konzentrieren. Innerhalb von sechs Monaten würdest du ganz oben stehen.«

»Vielleicht, aber damit wäre ich nicht glücklich.«

»Warum nicht?«

Da waren sie wieder, die Zweifel, das Misstrauen. Seufzend setzte sich Alana auf, griff schweigend nach ihrem Kimono und zog ihn über. Wie schnell Wärme sich doch in Kälte verwandeln konnte. »Weil ich mehr brauche.«

Unzufrieden ergriff Fabian ihren Arm. »Mehr was?«

»Mehr von allem!«, erwiderte sie mit einer plötzlichen Heftigkeit, die ihn verblüffte. »Ich muss wissen, dass ich mein Bestes getan habe, und das nicht nur auf einem Gebiet meines Lebens. Glaubst du wirklich, ich wäre so begrenzt?«

Das Feuer in ihren Augen bezauberte ihn. »Ich wollte sagen,

dass du keine Einschränkungen kennst und daher beruflich nicht so vorankommst, wie du das könntest.«

»Beruflich«, wehrte sie ab. »Ich bin zuerst Mensch. Ich muss wissen, dass ich jemanden berührt, jemandem geholfen habe.« Sie fuhr sich mit beiden Händen enttäuscht durch das Haar. »Erfolg ist nicht nur eine kleine goldene Statue in meinem Trophäenschrank, Fabian.« Sie riss die Schranktüren auf und holte eine hautenge Hose, eine Weste mit tigerähnlichen Streifen und einen knöchellangen dünnen Stoffmantel mit großen Flecken in der gleichen Tigerzeichnung wie die Weste heraus.

Die Papiere raschelten, als Fabian sich aufsetzte. »Du bist wütend ...«

»Ja, ja, ja!« Mit dem Rücken zu ihm zog Alana ihren Schlüpfer an. Im Spiegel sah Fabian den Ärger in ihrem Gesicht.

»Warum?«

»Deine Lieblingsfrage.« Alana schleuderte den Kimono auf den Boden und schlüpfte in die Weste. »Nun, ich gebe dir die Antwort, und sie wird dir nicht gefallen. Du setzt mich noch immer mit ihr gleich!« Sie schleuderte ihm die Worte entgegen. »Nach allem, was vorhin zwischen uns geschehen ist, misst du mich noch immer an ihr!«

»Vielleicht.« Er stand auf und begann, sich ebenfalls anzuziehen. »Vielleicht tue ich es.«

Alana starrte ihn einen Moment an, ehe sie die Hose anzog. »Das tut weh.«

Fabian stockte, als ihn ihre Worte trafen. Er hatte nicht damit gerechnet, mit ihrer Direktheit und Ehrlichkeit. Und er hatte nicht mit seiner Reaktion gerechnet. »Es tut mir leid.« Er berührte ihren Arm und wartete darauf, dass sie zu ihm aufblickte. Der Schmerz stand in ihren Augen. »Ich war nie besonders fair, Alana.«

»Nein«, stimmte sie zu. »Aber ich kann nur schwer glauben, dass ein so intelligenter Mann so engstirnig ist.«

Er wartete auf seinen Ärger und schüttelte den Kopf, als er

ausblieb. »Vielleicht wäre es am einfachsten zu sagen, dass du in meinen Plänen nicht vorgesehen warst.«

»Ich glaube, das ist deutlich genug.«

Sie wandte sich ab und begann, ihr Haar gründlich zu bürsten. »Ich habe dir schon gesagt, dass ich mich immer in etwas hineinstürze. Ich weiß, dass nicht jeder mein Tempo hat. Aber ich finde, inzwischen hättest du erkennen müssen, dass ich nicht so bin wie die Rolle, die du geschaffen hast, oder wie die Frau, die dich dazu inspiriert hat.«

»Alana.« Er sah, wie sich ihre schlanken Finger um die Haarbürste pressten, als er sie an den Schultern festhielt. »Alana«, sagte er noch einmal und senkte seine Stirn auf ihr Haar. »Ich werde dich wieder verletzen«, sagte er ruhig. »Ich muss dich einfach wieder verletzen, wenn wir uns weiterhin treffen.«

Ihr Körper entspannte sich mit einem Seufzen. Warum kämpfte sie gegen das Unvermeidliche? »Ja, ich weiß.«

»Und obwohl ich weiß, was du mit meinem eigenen Leben anstellen kannst, möchte ich dich wiedersehen.«

Sie legte liebevoll ihre Hand auf seinen rechten Arm. »Aber du weißt den Grund dafür nicht.«

»Nein.«

Alana drehte sich in seinen Armen um und hielt ihn fest. Ihr Kopf ruhte an seiner Schulter, seine Hände lagen an ihrer Taille. »Lad mich zum Abendessen ein«, verlangte sie, legte den Kopf zurück und lächelte ihn an. »Ich verhungere. Ich will mit dir zusammen sein. Das sind zwei unumstößliche Tatsachen. Alles andere müssen wir eben nehmen, wie es kommt.«

Fabian dachte, dass er sie mit Recht bemerkenswert genannt hatte. Er presste seine Lippen auf ihre Stirn. »In Ordnung. Was möchtest du essen?«

»Pizza mit Pilzen«, antwortete sie sofort. »Und eine Flasche Chianti.«

»Pizza!«

»Eine riesige Pizza, mit Pilzen.«

Leise lachend verstärkte er den Druck seiner Arme. Er war sich in diesem Augenblick nicht mehr sicher, ob er sie wieder freilassen konnte. »Hört sich nach einem guten Anfang an.«

8. Kapitel

Um sieben Uhr morgens saß Alana auf einem Stuhl in der Maske. Ein riesiger weißer Umhang schützte ihr bodenlanges, weich fließendes und tief ausgeschnittenes Kleid.

Ein Assistent brachte eine knielange braune Pelzjacke, die Alana nur mit einem flüchtigen Blick streifte. »Das soll ein Scherz sein«, murmelte sie, aus dem Studium ihres Drehbuchs herausgerissen.

»Viel zu warm für die Jahreszeit, in der die Szene spielt. Hat da niemand darauf geachtet?«

Der Assistent kehrte mit dem Pelz um, während der Maskenbildner, ein kleiner Mann mit flinken Händen und dünnem Haar, Puder auf ihre Wangen auftrug. Sie hörte das aufgeregte Summen um sie herum, kümmerte sich jedoch nicht darum. Jemand rief nach Gel. Eine Kabelrolle knallte auf den Fußboden. Alana aber las weiter ihren Text.

Die bevorstehende Szene war schwierig und hatte in der Mitte fast einen Monolog, ein Selbstgespräch. Wenn sie Rhythmus und Betonung nicht richtig legte, würde sie die ganze Stimmung verderben.

Und ihre eigene Stimmung half nicht bei der Konzentration.

Sie hatte einen weiteren schönen Sonntag mit Scott hinter sich, der aber mit einer tränenreichen Trennung geendet hatte. Scott hatte sich an sie geklammert, und große, stumme Tränen waren über seine Wangen gelaufen, als sie ihn im Haus der Andersons in Larchmont abgeliefert hatte. Zum ersten Mal in all den Monaten seit dem Tod seiner Eltern hatte er am Ende ihres wöchentlichen Besuchs eine Szene gemacht. Die Andersons waren seinen Tränen grimmig, mit schmalen Lippen und ungeduldig begegnet und hatten Alana anklagende Blicke zugeworfen.

Nachdem sie Scotty beruhigt hatte, war ihr während der langen Rückfahrt die Frage nicht aus dem Kopf gegangen, ob sie unbewusst diese Szene ausgelöst hatte. Ermutigte sie ihn dazu, sich an sie zu klammern? Verwöhnte sie ihn? Tat sie zu viel des Guten aus ihrer Liebe zu seinem Vater und ihrem Schmerz über seinen Verlust heraus?

Alana wusste, dass sie jetzt ihre Privatangelegenheiten beiseitelassen musste. Ihre Rolle in dem Film war mehr als ein Job, sie war eine Verantwortung. Alle Kollegen hingen von ihr ab. Ihr Name unter dem Vertrag garantierte, dass sie alles von sich geben würde. Sie rieb sich die schmerzende Schläfe und ermahnte sich, dass es Scotty nicht half, wenn sie sich Sorgen machte.

»Meine Liebe, wenn Sie nicht still sitzen, verderben Sie, was ich schon gemacht habe.«

Alana nahm sich zusammen und lächelte dem Maskenbildner zu. »Tut mir leid, Harry. Bin ich schön?«

»Einfach exquisit.« Er spitzte die Lippen, während er ihre Brauen nachzog. »In dieser Szene sollten Sie wie eine Porzellanfigur aussehen. Nur noch hier ein wenig ...« Alana saß gehorsam still, während er mehr Farbe auf ihre Lippen auflegte. »Und ich muss darauf bestehen, dass Sie nicht mehr die Stirn runzeln. Sie ruinieren meine Arbeit.«

Alana sah ihn überrascht an. Sie war sicher gewesen, wenn schon nicht ihre Gedanken, so doch ihre Miene unter Kontrolle zu haben. »Kein Stirnrunzeln mehr«, versprach sie. »Ich kann doch nicht an der Zerstörung eines Meisterwerks schuldig sein.«

Eine Stimme meldete sich hinter ihr. »Also, nichts hat sich geändert! Sie büffelt noch immer in letzter Sekunde!«

»Stella!«

Alana blickte auf und lächelte zum ersten Mal an diesem Tag aufrichtig. »Was machst du hier?«

Stella ließ sich in einen Stuhl neben Alana fallen. »Ich habe deinen Namen und meinen Charme benutzt, um hereinzukommen. Stört es dich, wenn ich den Dreharbeiten zusehe?«

»Natürlich nicht. Wie läuft es in Trader's Bend?«

»Es spitzt sich zu, meine Liebe, es spitzt sich zu.« Mit einem verdorbenen Lächeln warf Stella ihre dichte Haarmähne über die Schultern nach hinten. »Seit Cameron Vikki wegen ihrer Spielschulden zu erpressen versucht und der Ripper sein drittes Opfer gefunden hat und es zwischen Amanda und Griff knistert, kommen die vom Sender gar nicht mehr mit der Fanpost und den Anrufen nach. Ich habe gehört, es soll ein zweiteiliger Bericht über die Schauspieler gedreht werden. Große Dinge tun sich!«

Alana hob überrascht eine Augenbraue. »Über uns alle?«

»Das habe ich gerüchteweise in dieser Woche gehört. Hey, ich bin gestern auf dem Markt angehalten worden. Eine gewisse Ethel Bitterman hat mir über die Gurken hinweg eine Lektion in Moral und Familienzusammenhalt verpasst.«

Lachend zog Alana den Schutzumhang weg und enthüllte das tief ausgeschnittene, sehr fraulich wirkende golden schimmernde Kleid. Diese Kameradschaft und Zusammengehörigkeit hatte sie gebraucht. »Ich habe dich vermisst, Stella.«

»Ich dich auch. Aber sag mal ...« Stellas Blick glitt über das Kleid, das so sexy war, dass es förmlich davon knisterte. »Wie fühlt man sich, wenn man zur Abwechslung einmal das böse Mädchen spielt?«

Alanas Augen leuchteten auf. »Es ist wunderbar, aber hart. Es ist die härteste Rolle, die ich je gespielt habe.«

Stella lächelte und polierte ihre Nägel an dem Ärmel ihrer Jacke. »Du hast immer behauptet, ich hätte als Böse den ganzen Spaß.«

»Vielleicht hatte ich recht«, entgegnete Alana. »Und vielleicht habe ich es zu einfach gesehen. Aber ich habe jedenfalls noch nie härter gearbeitet als jetzt.«

Stella stützte ihre Hand unter das Kinn. »Warum?«

»Vielleicht weil Rae immer eine Rolle spielt. Man muss in ein halbes Dutzend Persönlichkeiten schlüpfen und sie zu einer Person verschmelzen.«

»Und du kniest dich voll hinein«, bemerkte Stella.

Alana lehnte sich mit einem raschen Lachen zurück. »Ja, das tue ich. Den einen Tag fühle ich mich absolut ausgelaugt und am nächsten Tag so verspannt ...«

Achselzuckend legte sie ihr Script beiseite. Wenn sie ihren Text jetzt noch nicht beherrschte, war es schon zu spät, um ihn noch zu lernen. »Wenn ich jedenfalls nach dieser Arbeit die Wahl hätte, möchte ich eine Komödie machen, etwas Lustiges und Verrücktes, etwas Amüsantes.«

»Was ist mit Jack Rohrer?« Stella wühlte in ihrer Handtasche und fand ein Diätbonbon mit Zitronengeschmack. »Wie arbeitet es sich mit ihm?«

»Ich mag ihn.« Alana seufzte kläglich. »Aber die Arbeit mit ihm ist kein Picknick. Er ist Perfektionist, wie übrigens alle bei diesem Film.«

»Und was macht der erhabene Fabian DeWitt?«

»Er beobachtet alles«, murmelte Alana.

»Dich eingeschlossen.« Stella bewegte nur ihre Augen und blickte an Alana vorbei. »Das hat er zumindest in den letzten zehn Minuten getan.«

Alana brauchte sich nicht umzudrehen. Sie wusste, dass Fabian stets präsent war und allein dadurch alle unter Spannung hielt. Und sie wusste, dass er sie beobachtete, teils vorsichtig, teils ergeben. Mehr als alles andere wollte sie beides zu Vertrauen verschmelzen – und Vertrauen zu Liebe umwandeln.

Fabian beobachtete, wie sie über eine Bemerkung von Stella lachte. Ihre trübe Stimmung an diesem Morgen war verschwunden. Fabian fragte sich, was sie bedrückte und warum sie es für sich behielt, obwohl sie sonst alles so bereitwillig mitteilte.

Er steckte sich eine Zigarette an und sagte sich, dass er froh sein sollte, wenn sie es für sich behielt. Warum wollte er in irgendetwas verwickelt werden?

Man wurde nur verletzbar, wenn man sich um anderer Leute Probleme kümmerte.

In Fabians Nähe besprühte ein Studioarbeiter eifrig ein Arrangement frischer Blumen. Der Chefbeleuchter verlangte eine letzte Überprüfung der Lichtstärke. Ein Mikrofongalgen wurde an die richtige Stelle gesenkt. Und Fabian war bei der Frage angelangt, was Alana am Wochenende getan hatte.

Er hatte es mit ihr verbringen wollen, aber sie hatte abgelehnt, und er hatte nicht weiter gedrängt. Er wollte ihr keine Zwänge auferlegen, weil er sich damit selbst Grenzen gesetzt hätte. In diese Falle wollte er nicht tappen. Aber er erinnerte sich deutlich an den tiefen Frieden, den er mit ihr in seinen Armen in ihrer Garderobe gefühlt hatte, nachdem die Leidenschaft verklungen war.

Fabian konnte nicht behaupten, dass Alana einen beruhigenden Einfluss besaß. Dafür verströmte sie zu viel Energie. Dennoch besaß sie das Talent, ihn zu entspannen.

Er wollte wieder mit ihr sprechen. Er wollte sie wieder berühren. Er wollte sie wieder lieben. Und er wollte, trotz oder gerade wegen dieser Wünsche, seinem eigenen Verlangen entfliehen.

»Auf die Plätze!« Der Regieassistent ging noch einmal über den Set und kontrollierte alles.

Fabian lehnte sich gegen die Wand, die Daumen gedankenverloren in seine Hosentaschen eingehakt.

Sie wollten jetzt einen Teil einer langen Szene drehen. Die anderen Teile sollten später auf dem Rasen eines Besitzes auf Long Island gefilmt werden. Die elegante Gartenparty, die sie im Freien drehen würden, war Raes erster großer Versuch als Gastgeberin seit ihrer Heirat mit Phil. Und hinterher entwickelte sich in der Abgeschiedenheit des Hauses ihr erster großer Streit.

Rae sah aus wie ein Gebilde aus gesponnenem Zucker. Ihre Worte waren bösartig wie Schlangengift. Aber die ganze Zeit hatte sich kein Haar bei all ihrer Wut und all dem verspritzten Gift aus der eleganten Frisur gelöst. Die zarte Farbe ihrer Wangen wechselte nie. Es war Alanas Aufgabe, die Figur kaltblütig anzulegen und nur allein durch die Worte ihre Bösartigkeit zu verraten.

Ihre Augen drückten aus, was sie sonst verbarg. Raes Gesten waren Fassade. Ihr Lächeln war Lüge.

Mit einer ständigen gewaltigen Anstrengung musste Alana ihre eigenen Emotionen unter Kontrolle halten. Hätte sie selbst diesen Streit ausgefochten, hätte sie die Worte herausgeschrien und ihrem Partner lautstark an den Kopf geworfen, was sie von ihm hielt. Rae dagegen hauchte die zynischen Worte fast träge. Und Alana litt Höllenqualen.

Das ist Fabians Leben, dachte sie, oder ein Spiegelbild von seinem Leben, so wie es gewesen ist. *Das sind seine Schmerzen, seine Fehler, sein Elend.* Und sie war darin verstrickt. Wie fühlte er sich, wenn er sie beobachtete, wie sie verletzte, auch wenn es für sie nur eine Rolle war, die sie verkörperte?

Rae bedachte Phil mit einem gelangweilten Blick, als er sie an den Armen packte.

»Das lasse ich mir nicht gefallen!«, schrie er sie an. Seine Augen funkelten, während ihre kühl wie ein See blieben.

»Du lässt es dir nicht gefallen?«, wiederholte Rae abfällig. »Was lässt du dir nicht gefallen?«

»Dass du diese Scholle prielst.« Jack schloss die Augen und gab einen gurgelnden Laut von sich.

»Die Scholle prielst?«, wiederholte Alana belustigt. »Hast du ein bisschen Schwierigkeiten mit deiner Zunge?«

Sie fühlte die Spannung weichen, als die Szene geschnitten wurde, freute sich aber nicht darüber. Sie wollte es hinter sich bringen.

»Die Rolle spielen«, formulierte Jack überdeutlich. »Dass du diese Rolle spielst. Ich hab's.« Er schüttelte über sich selbst und die verpatzte Zeile den Kopf.

»Das ist gut, aber du musst wissen, dass ich diese Scholle prielen werde, wann immer ich kann und will.«

Jack grinste Alana an. »Schandmaul.«

Sie tätschelte ihm die Wange. »Ach Jack, du wirst es schon noch lernen. Nur nicht den Mut verlieren.«

»Auf die Plätze! Wir beginnen von vorne!«

Zum dritten Mal an diesem Morgen kam Alana schwungvoll und mit wehendem Kleid durch die Glastüren.

Sie spielten die Szene durch und versenkten sich in die Rollen, trotz der Unterbrechungen und der Wechsel des Kamerawinkels.

Am Ende der Szene sollte Rae lachen, das Glas Scotch aus Phils Hand nehmen, einen Schluck trinken und ihm dann den restlichen Inhalt ins Gesicht schütten. Ganz in der Rolle gefangen, nahm Alana das Glas, schmeckte den warmen, schwachen Tee und kippte mit einem eisigen Lächeln den Inhalt über das elegante Blumenarrangement.

Ohne sich durch die Änderung irritieren zu lassen, riss Jack ihr das Glas aus der Hand und schleuderte es gegen die Wand.

»Schnitt!«

Alana fand in die Wirklichkeit zurück und starrte den Regisseur an. »Oh Gott, Chuck, ich weiß gar nicht, wie ich darauf gekommen bin. Es tut mir leid!« Sie presste eine Hand gegen ihre Stirn und blickte auf das durchnässte Blumenarrangement hinunter.

»Nein, verdammt noch mal!« Lachend presste Chuck sie an sich. »Das war perfekt! Besser als perfekt. Ich wünschte nur, mir wäre das eingefallen.« Er lachte wieder und drückte sie so, dass Alana auf das Knacken ihrer Knochen wartete. »Sie hätte das getan. Sie hätte genau das getan!« Den Arm um Alanas Schultern geschlungen, wandte sich Chuck zu Fabian um. »Fabian?«

»Ja.« Fabian nickte steif. »Lasst es so.« Er schien Alana mit seinen kühlen grünen Augen durchbohren zu wollen, als er erkannte, dass er diese Szene so hätte schreiben müssen. Phil einen Drink ins Gesicht zu schütten war zu platt für Rae, vielleicht sogar eine Spur zu menschlich. »Du scheinst sie besser als ich zu kennen.«

Alana atmete stockend aus und drückte Chucks Hand, ehe sie auf Fabian zuging. »Wie hast du das gemeint? Soll das etwa ein Kompliment sein?«

»Eine Bemerkung. Jetzt kommen die Nahaufnahmen an die Reihe«, murmelte er und wandte seine Aufmerksamkeit wieder ihr zu. »Ich gebe dir nicht freie Hand, Alana, aber ich lasse dir bei der Charakterisierung ein wenig Spielraum. Chuck denkt offenbar auch so. Du verstehst Rae.«

Sie konnte sich darüber amüsieren oder auch ärgern. Wie immer, wenn sie diese Wahl hatte, entschied Alana sich für das Amüsieren. »Fabian, müsste ich einen Pilz spielen, würde ich den Pilz verstehen. Das ist mein Job.«

Er lächelte, weil sie es ihm leicht machte. »Das glaube ich dir gern.«

»Hast du nicht vor einiger Zeit den Werbespot gesehen, in dem ich eine reife, saftige Pflaume spiele?«

»Da war ich wohl gerade nicht in der Stadt.«

»Ich war ganz große Klasse, sogar noch viel besser als in der Duschszene für das Wilde-Woge-Shampoo. Obwohl natürlich bei beiden Spots Sinnlichkeit die Grundlage war.«

»Ich möchte heute Abend mit zu dir nach Hause«, sagte er ruhig. »Ich möchte heute Nacht bei dir bleiben.«

»Oh.« Wann würde sie sich daran gewöhnen, wie einfach er die gewaltigsten Dinge ausdrückte?

»Und wenn wir allein sind«, murmelte Fabian und beobachtete, wie sich ihr Atem beschleunigte, »möchte ich dich ausziehen, ein Kleidungsstück nach dem anderen, damit ich jeden Zentimeter deiner Haut berühren kann. Und dann möchte ich in dein Gesicht sehen, während wir uns lieben.«

»Alana!« Der Ruf kam von schräg hinten. »Die Nahaufnahmen!«

»Was?«, murmelte sie leicht benommen und starrte Fabian unverwandt an. Sie fühlte schon seine Hände an ihrem Körper und seinen Atem, der sich mit ihrem eigenen mischte.

»Jetzt können die anderen dein Gesicht haben.« Fabian wurde durch ihre Reaktion auf seine Worte stärker erregt, als er es für möglich gehalten hätte. »Heute Nacht gehört es mir.«

»Alana!«

In die Wirklichkeit zurückgerissen, wandte sie sich ab, um wieder auf das Set zurückzukehren, warf jedoch noch einen amüsierten und verwirrten Blick über ihre Schulter. »Du bist unberechenbar, Fabian.«

»Ist das ein Kompliment?«, entgegnete er.

Sie lächelte fröhlich. »Mein allerbestes.«

Stunde um Stunde, Satz um Satz, Szene um Szene verstrich der Vormittag. Obwohl der Film natürlich nicht in der richtigen Abfolge der Szenen gedreht wurde, begann er für Alana Gestalt anzunehmen. Weil sie für das Fernsehen arbeiteten, war das Tempo hoch. Es war Alanas Tempo. Weil sie für DeWitt und Marshell arbeiteten, waren die Erwartungen ebenfalls hoch, genau wie ihre eigenen.

Man schwitzte unter den Scheinwerfern, wechselte die Stimmung, die Kostüme, wurde gepudert, bekam neues Make-up, mehr oder weniger Farbe. Immer und immer wieder. Man saß da und wartete während des Szenenwechsels oder während einer Störung in der Technik. Und irgendwann zwischen Spannung und Langeweile war man an der Reihe.

Alana kannte das alles und wollte es. Sie verlor nie das grundsätzliche Vergnügen an der Darstellung, nicht einmal nach der zehnten Wiederholung einer Szene, in der Rae auf einem Trainingsfahrrad arbeitete und mit ihrem Agenten ein neues Script besprach.

Mit schmerzenden Muskeln schwang sie sich von dem Rad

und betupfte den Schweiß, den man gar nicht künstlich auf ihrem Gesicht erzeugen musste.

»Armes Baby.« Stella lächelte breit, als ein Assistent Alana ein Handtuch reichte. »Denk immer daran, Alana, bei ›Unser Leben, unsere Liebe‹ schinden wir dich nie so hart.«

»Rae muss eine Fitnessfanatikerin sein«, murmelte sie und reckte die Schultern. »Körperbewusst. Ich bin jetzt auch bewusst.« Mit einem leisen Stöhnen bückte sich Alana, um einen Krampf in ihrem Bein zu lindern. »Bewusst eines jeden Muskels in meinem Körper, der seit fünf Jahren nicht mehr benutzt wurde.«

»Die Szene ist gestorben. Wir packen für heute ein.« Chuck versetzte ihr im Vorbeigehen einen kameradschaftlichen Schlag auf den Po. »Such dir die nächste Badewanne.«

Alana unterdrückte kaum eine weniger freundliche Aufforderung. Sie schlang das Handtuch um den Hals, packte die beiden feuchten Enden und streckte ihm die Zunge heraus.

»Du hast noch nie Respekt vor Regisseuren gehabt«, bemerkte Stella. »Komm schon, Mädchen, ich leiste dir beim Umziehen Gesellschaft. Danach habe ich eine heiße Verabredung.«

»Ja, wirklich?«

»Ja, mit meinem neuen Zahnarzt. Ich bin nur zu einem Check-up gegangen und bin schließlich bei einem Spaghettiessen mit dazugehöriger Diskussion über Zahnhygiene gelandet.«

»Lieber Himmel!« Alana bemühte sich gar nicht, ihr Lachen zu verbergen, als sie die Tür ihrer Garderobe aufstieß. »Arbeitet der aber schnell.«

»Oh nein, ich bin diejenige, welche.« Mit einem gleichzeitig zufriedenen und nervösen Lachen betrat Stella den Raum. »Ach Alana, er ist so süß, so ernst, was seine Arbeit angeht. Und ...« Stella unterbrach sich und ließ sich auf Alanas vollgestopftes Sofa fallen. »Ich erinnere mich daran, was du vor ein paar Wochen über Liebe gesagt hast, dass sie ein klar erkennbares Gefühl ist oder so was in der Art.« Sie winkte mit beiden Händen, als wollte sie den genauen Satz wegscheuchen und sich auf das Wesentliche konzentrieren. »Jedenfalls, ich bin noch nicht wieder auf der Erde gelandet, seit ich mich auf den Behandlungsstuhl gesetzt und in diese himmelblauen Augen geblickt habe.«

»Wie schön.« Für einen Moment vergaß Alana die schmerzenden Muskeln und den Schweiß, der ihr über den Rücken floss. »Das ist wirklich schön, Stella.«

Stella suchte wieder ein Zitronenbonbon, doch ihr Vorrat war erschöpft. Da sie Alana kannte, ging sie an den Schminktisch, zog eine Schublade auf und stürzte sich auf Schokolinsen. »Ich habe einmal gehört, dass Verliebte andere Verliebte erkennen.« Sie warf Alana einen Seitenblick zu. »Um diese Theorie zu beweisen, tippe ich darauf, dass du dich in Fabian DeWitt verliebt hast.«

»Volltreffer.« Alana zog das Fitnesskostüm aus und schlüpfte in die weite Jogginghose und das Sweatshirt, mit denen sie in das Studio gekommen war.

Stirnrunzelnd zermahlte Stella Schokolinsen zwischen ihren Zähnen. »Du mochtest schon immer schwierige Rollen.«

»Ich neige dazu, ja.«

»Was empfindet er für dich?«

»Ich weiß es nicht.« Erleichtert entfernte Alana die letzten Make-up-Spuren mit Creme und ließ einen weiteren Teil von Rae im Abfalleimer verschwinden. »Ich glaube, umgekehrt weiß er es auch nicht.«

»Alana ...« Stellas Scheu davor, einen Rat zu geben, kämpfte mit Zuneigung und Loyalität. »Weißt du, was du tust?«

»Nein«, antwortete Alana sofort. »Wozu sollte ich das?«

Stella lachte und ging zur Tür. »Dumme Frage. Übrigens!« Sie blieb mit der Hand auf der Klinke stehen. »Ich sollte vielleicht noch sagen, dass du heute brillant warst. Ich arbeite mit dir seit fünf Jahren Woche für Woche, aber heute hast du mich aus den Socken gehauen. Wenn der Film über die Bildschirme flimmert, wirst du einen derartig kometenhaften Aufstieg erleben, dass nicht einmal du mitkommst.«

Erstaunt, erfreut und vielleicht zum ersten Mal ein wenig verängstigt, saß Alana auf der harten Kante ihres Schminktischs. »Danke.«

»Nicht der Rede wert.« Stella schlüpfte in die Rolle der Vikki und warf Alana einen kühlen Kuss zu. »Wir sehen uns in ein paar Wochen, große Schwester.«

Nachdem sich die Tür geschlossen hatte, blieb Alana eine Weile still sitzen. Sosehr es sich auch nach einem Klischee anhörte, aber die Rolle der Rae konnte aus ihr einen Star machen.

Alana ließ sich diese Aussichten durch den Kopf gehen.

Geld? Sie tat es mit einem Achselzucken ab. Durch ihre Erziehung war Geld für sie nur ein Mittel zum Zweck. Und in den letzten drei Jahren hatte sie genug Geld gehabt, um ihre Bedürfnisse und ihren Geschmack zu befriedigen.

Ruhm? Darüber konnte sie nur lächeln. Nein, sie war gegen Ruhm nicht immun. Sie schrieb gern ihren Namen in ein Autogrammbuch und plauderte mit einem Fan. Das änderte sich auch hoffentlich nie.

Aber Ruhm hatte verschiedene Stufen, und mit jedem Schritt nach oben wurde der Preis höher. Je mehr Fans, desto weniger Privatsphäre. Das musste sie sorgfältig bedenken.

Künstlerische Freiheit? Ja, das war der springende Punkt. Die Freiheit, eine Rolle zu wählen und nicht für die Rolle gewählt zu werden. Ruhm und ein dickes Bankkonto waren im Vergleich dazu nichts. Wenn die Rolle der Rae ihr dazu verhelfen konnte ...

Kopfschüttelnd stand sie auf. Tagträume änderten gar nichts. Im Moment musste sie ihre Karriere und ihr Leben von einem Tag zum nächsten vorantreiben. Dennoch war sie eine Frau, die gern alles vom Leben erwartete. Lieber war sie hinterher enttäuscht als vorher pessimistisch.

Lächelnd öffnete Alana die Tür und stieß fast mit Fabian zusammen.

»Du siehst glücklich aus.« Er hielt sie an den Armen fest, damit sie ihr Gleichgewicht wiederfand.

»Ich bin glücklich.« Alana küsste ihn fest auf den Mund. »Es war ein guter Tag.«

So zufällig der Kuss auch kam, wirkte er auf Fabian wie ein elektrischer Schlag. »Du müsstest eigentlich erschöpft sein.«

»Nein, nach dem New-York-Marathon müsste man erschöpft sein. Was hältst du von einem gigantischen Hamburger und einer riesigen Portion Pommes frites?«

Er hatte an ein stilles Restaurant gedacht, französisch und mit gedämpfter Beleuchtung. Nach einem Blick auf ihren Trainingsanzug und in ihr glühendes Gesicht änderte Fabian seine Meinung. »Hört sich perfekt an. Heute lädst du mich ein.«

Alana hakte sich bei ihm ein. »Abgemacht. Magst du einen Bananenmilchshake?«

»Ich hatte noch nie einen.«

»Du wirst verrückt danach sein«, versprach Alana.

Der Milchshake war nicht so schlimm, wie er befürchtet hatte, und der Hamburger war herzhaft und sättigend. Die Abenddämmerung senkte sich über die Stadt, als sie Alanas Apartment erreichten. Kaum öffnete sie die Tür, als die Kätzchen auch schon auf ihre Beine zujagten.

»Lieber Himmel, man könnte meinen, dass sie seit einer Woche kein Futter mehr bekommen haben.« Sie bückte sich, hob beide auf und drückte sie gegen ihr Gesicht. »Habt ihr mich oder euer Abendessen vermisst, ihr kleinen Süßen?«

Bevor Fabian erkannte, was sie beabsichtigte, hatte Alana ihm schon beide Kätzchen in die Arme gedrückt. »Pass auf sie auf, ja?«, bat sie leichthin. »Ich muss Butch füttern.« Sie schlenderte in die Küche, und der dreibeinige Butch hoppelte hinter ihr her. Sie ließ Fabian mit zwei miauenden Kätzchen zurück, sodass er keine andere Wahl hatte, als ihr zu folgen. Eines der

Kätzchen – Keats oder Shelley – kletterte auf seine Schulter.

»Ich wundere mich, dass du nicht auch einen Wurf junger Hunde hast.« Er zog die Augenbrauen zusammen, als das Kätzchen an seinem Ohr schnüffelte.

Alana lachte über das Kleine, das spielerisch mit der Pfote nach Fabians Haar tappte.

»Ich hätte auch Hunde, wenn der Vermieter nicht so streng wäre. Aber ich bearbeite ihn.« Sie stellte drei großzügig gefüllte Futternäpfe auf. »Leckerchen!«

Lachend nahm sie ihm die Kätzchen ab. Sekunden später schlugen alle drei Katzen eifrig zu. »Siehst du?« Sie putzte ein paar Katzenhaare von seinem Hemd. »Sie machen gar keine Probleme und sind wunderbare Gefährten, vor allem für jemanden, der die meiste Zeit zu Hause arbeitet.«

Fabian sah sie ernst an, legte seine Hände an ihr Gesicht und musste doch lächeln. »Nein!«

»Was heißt nein?«

»Nein, ich will keine Katze!«

»Nun, du kannst keine von meinen haben«, erklärte sie liebenswürdig. »Außerdem bist du mehr der Hundetyp.«

»Ach wirklich?« Er legte den Arm um ihre Taille.

»Mhm! Ein netter Cockerspaniel, der vor deinem Kamin schläft?«

»Ich habe keinen Kamin.«

»Du solltest aber einen haben. Bis du einen hast, könnte sich das Hündchen auf dem kleinen Fransenteppich vor dem Fenster zusammenrollen.«

Er hielt ihre Unterlippe mit seinen Zähnen fest. »Nein.«

»Niemand sollte allein leben, Fabian. Das deprimiert.«

Er fühlte ihre Reaktion an ihrem sich beschleunigenden Herzschlag und an ihrem abgehackten Atem. »Ich bin daran gewöhnt, allein zu leben. Es gefällt mir.«

Ihr gefiel, wie sich seine raue Wange gegen die ihre drückte. »Als Kind musst du doch ein Schoßtier gehabt haben.«

Fabian erinnerte sich an den goldenen Labrador mit der heraushängenden Zunge, den er heiß geliebt und an den er seit Jahren nicht mehr gedacht hatte. »Als Kind hatte ich Zeit und die Geduld für ein Haustier.« Langsam schob er seine Hände unter ihr Sweatshirt auf ihren Rücken. »Jetzt bevorzuge ich andere Arten von Freizeitvergnügen.«

Den Grundstein habe ich gelegt, dachte Alana mit einem kleinen Lächeln. Vorrücken und Zurückweichen waren das Geheimnis eines erfolgreichen Feldzuges. »Ich muss duschen«, erklärte sie und zog sich ein wenig zurück. »Ich klebe noch von der letzten Szene.«

»Ich habe dir begeistert zugesehen. Du hast faszinierende Beinmuskeln, Alana.«

Amüsiert hob sie die Augenbrauen. »Ich habe schmerzende Beinmuskeln. Und ich sage dir was. Sollte ich auf einem Fahrrad drei oder vier Meilen strampeln, so wie heute, dann wäre es nicht am Boden festgeschraubt.«

»Nein.« Er schlang ihr Haar um seine Hand, um ihren Kopf zu sich zu ziehen. »Du wärst nicht zufrieden, am selben Fleck zu bleiben.« Er presste seinen Mund verlockend gegen ihre Lippen, zog sich aber zurück, bevor sie den Kuss vertiefen konnte. »Ich wasche dir den Rücken.«

Ein Schauer jagte an ihrem Rückgrat hoch, als würde er es schon tun. »Hmmm, was für eine hübsche Idee. Ich sollte dich vielleicht warnen«, fuhr sie fort, während sie die Küche verließen. »Ich mag mein Duschwasser heiß, sehr heiß.«

Als sie das Bad betraten, schob er seine Hände unter ihr T-Shirt. Darunter war sie schlank und warm. »Glaubst du, ich werde es nicht ertragen?«

»Ich halte dich für ziemlich hart.« Ihre Augen lachten ihn an, während sie sein Hemd aufknöpfte. »Wenigstens für einen Filmautor.«

In einer überraschenden Bewegung riss Fabian Alana das Sweatshirt über den Kopf und biss sie in die Schulter. »Ich würde sagen, du bist ziemlich weich.« Er ließ seine Hände über ihre Seiten gleiten und legte sie an ihre Taille. »Wenigstens für eine Schauspielerin.«

»Treffer«, murmelte Alana atemlos, als er das Halteband ihrer Hose löste.

»Ich möchte dich fühlen«, murmelte er, und seine Hände streichelten sie, während sie ihn weiter entkleidete. »Deinen schönen, schlanken Körper.«

Seine Hände wanderten über ihren Rücken und tiefer. »Sehr weich und glatt.«

Als sie beide nackt waren, schauderte Alana, aber nicht vor Kälte. Sie wandte sich ab, regulierte den Wasserstrahl und betrat mit geschlossenen Augen die Duschkabine, um die Hitze des dampfenden Wassers und die Sinnlichkeit, die zwischen ihr und Fabian herrschte, ganz auszukosten.

Das faszinierte Fabian immer wieder an ihr, ihre Fähigkeit, etwas zu erfahren. Nichts wird für Alana jemals gewöhnlich, dachte er, als er hinter ihr die Kabine betrat und den Vorhang schloss. Langeweile kannte sie nicht. Was immer sie tat oder dachte, war einmalig, und da es einmalig war, war es aufregend.

Während das Wasser über sie beide floss, schlang er seine Arme um sie und zog sie wieder an seine Brust. Das ist Zuneigung, begriff er, jenes Gefühl, das er in seinem Leben so selten kennengelernt hatte. Für Alana empfand er es.

Alana hob ihr Gesicht den sprühenden Wasserstrahlen entgegen. Im Moment stürmten so viele Empfindungen auf sie ein, dass sie aufhörte, sie auseinanderzuhalten. Es genügte ihr, von Fabian in den Armen gehalten zu werden und ihn zu lieben. Vielleicht brauchten manche Menschen mehr, Sicherheit, Worte, Versprechungen. Vielleicht würde das eines Tages auch auf sie zutreffen. Aber jetzt, gerade jetzt, hatte sie alles, was sie wollte. Sie drehte sich um und presste ihren Mund auf seine Lippen.

Leidenschaft flammte diesmal so schnell in ihr auf, als hätte sie schon seit Stunden und Tagen geglüht. Vielleicht sogar seit

Jahren. Allein schon der Kuss ließ sie nach Luft ringen und nach mehr verlangen. Ohne dass es ihr bewusst wurde, stellte sie sich auf die Zehenspitzen, damit sich ihre Körper besser aufeinander abstimmten. Ihre Finger strichen unruhig durch seine Haare, während er seine Arme fest um sie gelegt hatte und mit dem Mund ihre Lippen suchte.

Himmel, er hatte nie eine Frau gekannt, die so viel von sich gab. Während er den Geschmack ihres Mundes erforschte, fragte er sich, wie eine Frau so voll Selbstvertrauen sein konnte, so zufrieden mit sich selbst, dass sie dermaßen großzügig schenken konnte. Ohne das geringste Zögern bot sie ihm ihren Körper an. Alle ihre Gedanken waren auf ihn gerichtet. Instinktiv wusste Fabian, dass sie mehr an seine Wünsche und an seinen Genuss dachte als an sich selbst. Und dadurch löste sie seine schon so lange nicht mehr geweckte Zärtlichkeit aus.

»Alana ...« Ihren Namen murmelnd, bedeckte er ihr Gesicht mit Küssen. »Durch dich sehne ich mich wieder nach Dingen, die ich schon vergessen hatte ... und an die ich beinahe wieder glaube.«

»Denk nicht nach.« Besänftigend rieb sie ihre Lippen an den seinen. »Denk diesmal überhaupt nicht nach.«

Ich werde trotzdem nachdenken, sagte sich Fabian. Er würde sie sonst zu schnell, vielleicht zu rau nehmen. Diesmal wollte er ihr einen Teil dessen wiedergeben, was sie ihm schon geschenkt hatte. Er schloss seine Hand um die Seife und rieb damit über ihren Rücken. Sie schnurrte wie eines ihrer Kätzchen. Es entlockte ihm ein Lächeln.

Ihre Sinne wurden schärfer. Sie konnte das Zischen der Wasserstrahlen hören, die auf die Kacheln trafen, und die aufsteigenden Dampfwolken fühlen. Seifige Hände glitten über sie, glatt, weich, feinfühlig. Seine Haut war feucht und warm unter dem Druck ihrer Lippen. Mit halb geschlossenen Augen sah sie den Schaum zuerst an sich, dann an ihm hängen, ehe er weggespült wurde.

Fabians Hand glitt zwischen ihre glitschigen Körper, um Alana zu finden und zu überraschen, und sie stöhnte überrascht und lustvoll auf. Dann wanderte seine Hand weiter, während seine Lippen heiß und feucht über ihre Schulter strichen.

»Schmerzen sie noch?«, fragte Fabian, als er ihre Schenkel massierte.

»Was?« Alana ließ sich treiben, lehnte sich gegen ihn, die Arme um seinen Rücken geschlungen, die Hände fest auf seinen Schultern. Wasser traf ihren Rücken in feinen, zischenden Strahlen. »Nein, nein, nichts schmerzt mehr.«

Lachend schob Fabian seine Zunge in ihr Ohr und fühlte, wie Alana erschauerte. »Dein Haar wird golden, wenn es nass wird.«

Sie roch das Shampoo und fühlte die kühle Berührung auf ihrer Kopfhaut, bevor Fabian zu massieren begann. Nichts hatte sie jemals stärker erregt.

Bewusst langsam wusch er ihr Haar, während der Schaum des Shampoos über seine Arme floss. Der Duft war ihm bereits vertraut, dieser frische, einladende Wohlgeruch, der ihn jedes Mal in Alanas Nähe umfing. Er genoss es, wie der Duft sie beide einhüllte und an ihrer Haut haftete. Er verlagerte sein Gewicht und schob sie beide unter den vollen Strahl der Dusche, sodass Wasser und Schaum an ihren Körpern hinunterströmten.

Und während sie nass, dampfend und eng umschlungen unter der zischenden Dusche standen, glitt er in sie. Es schien so natürlich, als wäre er seit Jahren ihr Liebhaber. Und es war so erregend, als hätte er sie noch nie berührt.

Er fühlte, wie sich Alanas Nägel in seine Schultern gruben, und hörte ihr hingebungsvolles, forderndes Stöhnen. Er nahm sie mit mehr Rücksicht, Lust und Verlangen als je eine Frau zuvor. Und er fühlte sich unglaublich frei.

9. Kapitel

Die nächsten zwei Wochen wurden für Alana zu einer Fahrt auf der Achterbahn. Ihre Zeit mit Fabian war eine wilde Jagd mit Talfahrten und Kurven, voll von Überraschungen und Tempo. Natürlich hatte sie eine solche Jagd immer geliebt, je schneller, desto besser.

Sie hatte Fabian gesagt, er sei unberechenbar, und sie behielt recht. Er war kein Mann, mit dem man leicht auskommen konnte.

Alana entschied, dass sie es nicht anders haben wollte.

Manchmal war er unglaublich zärtlich und verriet Romantik und Zuneigung in einem Maß, das sie nie von ihm erwartet hätte. Ein Wiesenblumenstrauß, der ihr vor Beginn der morgendlichen Dreharbeiten zugestellt wurde. Ein Picknick an einem Regentag in seinem Apartment, mit Champagner aus Pappbechern, während draußen der Donner rollte.

Und dann kamen Zeiten, in denen er sich zurückzog, sich so energisch in sich selbst verschanzte, dass sie ihn nicht erreichen konnte und auch instinktiv wusste, dass sie es nicht versuchen sollte.

Ärger und Ungeduld waren tief in ihm verwurzelt. Vielleicht war es das, zusammen mit den flüchtigen Momenten voll Humor und Sanftheit, was sie ihr Herz hatte verlieren lassen. Sie liebte den ganzen Mann, mochte er auch noch so schwierig sein. Und sie wollte ihm gehören. Auf diesen Mann hatte sie gewartet, diesen grüblerischen, zornigen und widerstrebend zauberhaften Mann.

Während der Film voranschritt, wurde ihre Beziehung trotz Fabians gelegentlicher Abschottung enger. Enger, ja, aber ohne jene Unkompliziertheit, die sie suchte, weil Liebe in ihrer Vorstellung etwas Unkompliziertes war.

Wenn er sich gegen Liebe stemmte, na gut, sollte er! Wenn er die Liebe dann endlich akzeptierte – und Alana zweifelte nicht daran, dass er es tun würde –, dann musste sie umso stärker sein. Alana brauchte uneingeschränkte Liebe, die bedingungslose Übergabe von Herz und Verstand. Sie konnte noch länger darauf warten.

Wenn sie etwas bedauerte, so war es der Umstand, dass sie sich ihm wegen Scott nicht anvertrauen konnte. Je näher der Verhandlungstermin rückte, desto größer wurde ihr Bedürfnis, mit Fabian darüber zu sprechen, seinen Trost zu suchen und Zuversicht von ihm zu erhalten. Doch Alana spielte nie ernsthaft mit diesem Gedanken. Fabians Standpunkt war sehr klar gewesen. Er wollte niemanden in seinem Leben. Das hatte er ihr am Anfang sehr deutlich auseinandergesetzt. Sie war gerade dabei, sich einen Platz in seinem Leben zu erobern. Wie konnte sie da über Scott sprechen!

Auch jetzt konnte sie an die Zukunft nur in drei voneinander getrennten Wegen denken. Fabian, Scott, ihre Karriere. Und sie benötigte ihre ganze Zuversicht, um daran zu glauben, dass sich am Ende diese drei Wege vereinigen würden.

Nach einem hektischen Vormittag betrachtete Alana die lange, durch einen technischen Defekt erzwungene Pause als Belohnung. Zum ersten Mal seit Wochen konnte sie »Unser Leben, unsere Liebe« sehen und den Faden von Amandas Leben mit den Leuten in Trader's Bend wieder aufnehmen.

»Du willst doch nicht in der nächsten Stunde fernsehen«, protestierte Fabian, als Alana ihn den Korridor entlangzog.

»Doch, das werde ich. Für mich ist das wie ein Besuch zu Hause.« Sie schüttelte die Tüte mit Brezeln in ihrer Hand. »Ich habe für Vorräte gesorgt.«

»Sobald das Tonmischpult wieder in Ordnung ist, hast du

einen höllischen Nachmittag vor dir.« Er knetete ihre Schulter im Gehen. Obwohl es sich nicht oft zeigte, hatte er doch Momente der Erschöpfung in ihren Augen bemerkt, einsame Momente, in denen sie ein wenig verloren wirkte. »Du solltest lieber die Beine hochlegen und ein Schläfchen machen.«

»Ich mache nie ein Schläfchen.« Als sie die Tür ihrer Garderobe aufstieß, warf sie einen Stapel Zeitschriften um, streifte sie mit einem flüchtigen Blick und ging zu dem kleinen tragbaren Fernseher in der Ecke.

»Wenn mich nicht alles täuscht, kam ich einst in diesen Raum und fand dich mit den Füßen auf dem Schminktisch und mit geschlossenen Augen – schlafend – vor.«

»Das war etwas anderes.« Sie spielte an einem Knopf, bis sie mit der Farbe zufrieden war. »Das war Wiederaufladen. Ich bin jetzt nicht auf Wiederaufladen eingestellt, Fabian.« Die Augen vor Aufregung geweitet, wirbelte sie herum. »Es läuft wirklich gut, nicht wahr? Ich fühle es. Sogar nach all diesen Wochen ist noch der Biss da. Das ist ein sicheres Zeichen dafür, dass wir etwas Besonderes machen.«

»Ich habe anfangs die Nase darüber gerümpft, einen Film für das Fernsehen zu machen.« Er nahm ein paar Flugblätter von dem Sofa und warf sie auf den Tisch. »Jetzt nicht mehr. Ja, es wird etwas Besonderes.« Er streckte ihr die Hand entgegen. »Du bist ganz besonders.«

Wie jedes Mal traf seine unerwartete sanfte Bemerkung voll in ihr Herz. Alana ergriff die dargebotene Hand und zog sie an ihre Lippen. »Ich werde mit Freuden zusehen, wie du deinen Emmy entgegennimmst.«

Fabian hob eine Augenbraue. »Und was ist mit deinem?«

»Vielleicht«, sagte Alana lachend. »Nur vielleicht.« Die Kennmelodie der Seifenoper lenkte sie ab. »Ah, es geht los. Daheim in Trader's Bend.« Sie ließ sich auf das Sofa fallen und zog Fabian mit sich, riss die Tüte mit den Brezeln auf und versenkte sich vollständig in die Show.

Sie sah nicht als Schauspielerin oder Kritikerin zu, sondern als Zuschauerin. Entspannt ließ sie sich von den Intrigen und Problemen gefangen nehmen. Sogar als sie sich selbst auf dem Bildschirm sah, suchte sie nicht nach Fehlern oder Perfektion. Es kam ihr gar nicht in den Sinn, dass sie Alana sah. Sie sah Amanda:

»Sag mir bloß nicht, was ich will, Griff!« Amandas Stimme vibrierte leicht. »Du hast kein Recht, mir unaufgefordert einen Rat zu erteilen, und du hast noch weniger das Recht, uneingeladen in mein Haus zu kommen.«

»Also, hör mal!« Griff hielt sie am Arm fest. »Du drängst dich selbst an den Rand eines Abgrundes. Ich sehe das klar und deutlich!«

»Ich mache meinen Job«, verbesserte sie ihn kühl. »Warum konzentrierst du dich nicht auf deinen Job und lässt mich in Ruhe? Hörst du? Lass mich allein!«

»Dich allein lassen? Kommt gar nicht infrage.« Als die Kamera näher auf Griff zufuhr, wurden die Zuschauer Zeugen eines Kampfes um Selbstbeherrschung. Als Griff weitersprach, klang seine Stimme ruhiger, besaß jedoch die typische Schärfe bei einer sich steigernden inneren Erregung. »Verdammt, Amanda, du bist diesem Ripper fast so dicht auf den Fersen wie die Cops. Du weißt, dass es Wahnsinn ist, allein in diesem Haus zu bleiben. Wenn du dir schon nicht von mir helfen lässt, dann zieh wenigstens für eine Weile zu deinen Eltern.«

»Zu meinen Eltern?« Ihre Fassung begann zu bröckeln, als sie sich durch das Haar strich. »Zu meinen Eltern, während Vikki bei ihnen ist? Was denkst du denn, wie viel ich noch ertragen kann?«

»Schon gut, schon gut.« Enttäuscht versuchte Griff, Amanda an sich zu ziehen, wurde jedoch von ihr zurückgestoßen. »Amanda, bitte, ich mache mir Sorgen um dich.«

»Nicht nötig. Wenn du mir wirklich helfen willst, dann lass mich für eine Weile allein. Ich muss noch einmal das psychologische Profil des Rippers durchgehen, bevor ich mich morgen Vormittag mit Lieutenant Reiffler treffe.«

Er schob die geballten Fäuste in die Taschen. »Okay, pass auf! Ich schlafe hier unten auf der Couch. Ich schwöre, dass ich dich nicht berühren werde. Ich kann dich ganz einfach hier draußen nicht allein lassen.«

»Ich will dich hier nicht!«, schrie sie und verlor ihre eiserne Selbstkontrolle. »Ich will hier niemanden, kannst du das nicht verstehen? Kannst du nicht verstehen, dass ich allein sein muss?«

Er starrte sie an, während sie mit aller Macht die Tränen zurückhielt. »Ich liebe dich, Mandy«, flüsterte er so leise, dass man es kaum hörte, aber seine Augen hatten es schon vorher ausgedrückt.

Als ihr Gesicht groß auf dem Bildschirm erschien, quoll eine einzelne Träne aus ihrem Auge und rollte über Amandas Wange. »Nein«, flüsterte sie und wandte sich ab, aber Griff schlang die Arme um sie und zog sie wieder an sich.

»Ja, und du weißt es. Für mich hat es nie eine andere Frau gegeben als dich. Es hat mich fast umgebracht, als du mich verlassen hast, Amanda. Ich brauche dich zum Leben. Ich brauche die gemeinsame Zukunft, die wir zusammen geplant haben. Wir haben noch eine zweite Chance. Wir müssen sie nur ergreifen.«

Amanda starrte ins Nichts, während sie eine Hand auf ihren Leib presste, in dem Camerons Baby heranwuchs, ein Baby, das Griff nie akzeptieren würde, das sie jedoch haben musste. »Nein, es gibt niemals eine zweite Chance, Griff. Bitte, lass mich allein.«

»Wir gehören zusammen«, murmelte er und vergrub sein Gesicht in ihrem Haar. »Oh Amanda, wir haben immer zusammengehört.«

Um seinetwillen und um ihretwillen musste sie ihn dazu bringen zu gehen. Schmerz erfüllte ihre Augen, bevor sie ihre

Miene beherrschte. »Du irrst dich«, sagte sie tonlos. »Das gehört der Vergangenheit an. Jetzt will ich nicht einmal mehr, dass du mich berührst.«

»Ich kann mich nicht noch mehr vor dir erniedrigen.« Griff riss sich von ihr los und ging zur Tür. »Ich werde mich auch nicht mehr erniedrigen.«

Als die Tür hinter ihm krachend ins Schloss fiel, sank Amanda auf die Couch und vergrub weinend ihr Gesicht in einem Kissen. Die Kamera schwenkte langsam auf das Fenster.

Hinter den geschlossenen Vorhängen zeichnete sich eine dunkle Gestalt ab …

»Na ja«, murmelte Fabian, als der Werbeblock begann. »Die Lady hat Probleme.«

»Und was für welche.« Alana streckte sich und lehnte sich gegen die Kissen. »So ist das eben in Seifenopern. Ein Problem wird gelöst, und drei andere entstehen.«

»Also, gibt sie Griff eine Chance und nimmt ihn wieder bei sich auf?«

Alana lächelte über die Beiläufigkeit seiner Frage. Er will es wirklich wissen, dachte sie erfreut. »Schalte morgen ein.«

Er musterte sie prüfend. »Du kennst die Story.«

»Meine Lippen sind versiegelt«, erklärte sie geziert.

»Wirklich?« Fabian legte seine Hand unter ihr Kinn. »Mal sehen!« Er presste seinen Mund auf ihre Lippen, aber sie blieben geschlossen. Er fühlte sich herausgefordert, rutschte näher und legte seine Finger leicht streichelnd an ihre Wange. Mit einer federleichten Berührung folgte er den Umrissen ihres Mundes und befeuchtete ihre Lippen, ohne Druck auszuüben. Als er erst an einem Mundwinkel, dann an dem anderen knabberte, hörte er den verräterischen leisen Seufzer. Ohne Anstrengung glitt seine Zunge zwischen ihre Lippen.

»Das gilt nicht«, murmelte Alana.

»Oh doch!« Himmel, wie gut er sich bei ihr fühlte! Er hatte

sogar fast schon aufgehört, sich zu fragen, wie lange es andauern würde. Das seiner Meinung nach unvermeidliche Ende ihrer Beziehung rückte für ihn mit jedem Tag weiter weg. »Ich habe noch nie etwas von fairen Spielen gehalten.«

»Nein?« Sie überraschte ihn mit ihrem plötzlichen Angriff. Er lag schon auf dem Rücken, bevor er es begriff, und sie schob ihren Körper auf ihn. »Dann sind alle Griffe erlaubt.«

Ihr gieriger Kuss verblüffte ihn dermaßen, dass sie schon sein Hemd für ihre forschenden Hände aufgeknöpft hatte, ehe er sich wieder unter Kontrolle hatte. »Alana ...« Halb belustigt, halb widerspenstig packte er ihr Handgelenk, aber ihre freie Hand glitt über seine Brust tiefer und legte sich auf seinen Bauch.

Belustigung, Widerspenstigkeit und Vernunft verschwanden.

»Ich bekomme nie genug von dir.« Er packte in ihr Haar und zerstörte den sauberen Knoten, den der Studiofriseur vor Stunden gelegt hatte.

»Ich werde darauf achten, dass du nie genug bekommen wirst.« Sie legte eine Spur von Küssen mit weit offenem Mund über seine Schulter und zog das Hemd immer weiter weg.

Sie riss ihn so schnell mit sich in den Strudel der Leidenschaft, dass er ihr nur folgen konnte. Soweit Fabian sich zurückerinnern konnte, hatte er in seinem Leben die Führung übernommen, in jeder Hinsicht, weil er nie einem anderen genug vertraut hatte, um ihm die Leitung zu überlassen. Aber jetzt konnte er es kaum mit Alanas Tempo aufnehmen. Ihre Energie und ihr Schwung, die er beide so sehr an ihr bewunderte, hatten seine Leidenschaft entzündet. Fabian kam noch gerade dazu, sich zu wundern, wieso es plötzlich so leicht war, noch eine Regel zu brechen. Dann hörte er zu denken auf.

Gefühle. Alana hatte so geduldig und so verzweifelt darauf gewartet. Endlich wurde Fabian von Emotionen gelenkt. Er gab sich Alana hin und folgte so ihrem Beispiel, sich in der

Liebe ganz aufzugeben, im anderen vollkommen aufzugehen. Für Alana war es ein Wunder, über das sie beinahe weinte.

Völlig außer Atem lag Fabian zuletzt still, während Alana sich wie eine Katze auf seiner Brust zusammenrollte. »Hast du das alles nur gemacht, damit ich dich nicht noch einmal nach der Story der Seifenoper frage?«

Sie lachte. »Wenn es darum geht, den Verlauf der Seifenoper durch Geheimhaltung zu gewährleisten, kenne ich keinerlei Grenzen.« Sie kuschelte sich enger an ihn. »Dann ist für mich kein Opfer zu groß.«

»Wenn das so ist, frage ich dich, wer der Ripper ist – heute Nacht.« Er zog sie höher und begann, sie zu erforschen. Die durchscheinende glänzende gelbe Bluse mit den weiten Ärmeln und der breiten Zierborte aus grünen und goldenen Perlen war aufgeknöpft und hing ihr über eine Schulter. Der knöchellange gelbe Rock mit dem seitlichen Schlitz bis hoch über das Knie lag ebenso wie die rosa Schärpe achtlos auf dem Fußboden. »Garderobe und Maske werden dir die Hölle heißmachen.«

»Das war es wert.« Alana schlüpfte wieder in die Bluse und begann, sie zu schließen. »Ich werde den Leuten erzählen, dass ich ein Schläfchen gemacht habe.«

Lachend setzte er sich auf und zog an ihren zerzausten Haaren. »Da gibt es keinen Zweifel, was du getan hast. Deine Augen verraten dich immer.«

»Tatsächlich?« Behutsam zog sie den eleganten und verführerischen Rock an. »Sonderbar.« Abwesend glättete sie die Falten und wandte sich ihm zu. »Du hast es in all den Wochen nicht bemerkt.« Während sie ihn beobachtete, zogen sich seine Augenbrauen zusammen. »Du bist ein empfindsamer und aufmerksamer Mann, und ich hatte nie ein starkes Talent oder den starken Wunsch, meine Gefühle zu verbergen.« Sie lächelte, als sein finsterer Gesichtsausdruck nicht schwand. »Ich liebe dich.«

Er erstarrte. Alana bemerkte es an seinem Gesicht und seiner Körperhaltung. Doch er sagte nichts.

»Fabian, du brauchst nicht so dreinzuschauen, als würde ich dir einen Revolver an die Stirn setzen.« Sie kam näher und legte ihre Hand an seine Wange. »Es ist leicht, Liebe zu nehmen, und ein wenig schwerer, Liebe zu geben, für einige Leute wenigstens. Bitte, nimm, was ich dir anbiete. Es ist gratis.«

Er war völlig verunsichert. Er wusste nur so viel: Was er jetzt fühlte, hatte er noch nie zuvor gefühlt. Gerade das Neue daran machte ihn doppelt vorsichtig. »Es ist nicht klug, etwas zu verschenken, vor allem nicht an jemanden, der noch nicht bereit ist, das Geschenkte anzunehmen.«

»Und es ist noch dümmer, etwas für sich zu behalten, das verschenkt werden muss. Fabian, kannst du mir nicht einmal jetzt so weit vertrauen, dass du meine Gefühle annimmst?«

»Ich weiß es nicht«, murmelte er. Als er aufstand, war er von den widerstreitendsten Empfindungen hin und her gerissen. Er wollte sich so schnell und so vollständig wie möglich zurückziehen. Zur gleichen Zeit aber wollte er Alana festhalten und nie wieder loslassen. Panik durchzuckte ihn, doch auch Freude und Lust.

»Meine Liebe für dich ist da, ob du sie annehmen willst oder nicht, Fabian. Ich konnte meine Emotionen noch nie gut kontrollieren, und das tut mir auch nicht leid.«

Bevor er etwas sagen konnte, klopfte jemand hart an die Garderobentür. »Alana, in fünfzehn Minuten zur Aufnahme!«

»Danke.«

Ich muss nachdenken, sagte sich Fabian, muss logisch überlegen, muss vorsichtig sein. »Ich schicke dir den Friseur.«

»Okay.« Ihr Lächeln erreichte fast ihre Augen. Als er gegangen war, starrte Alana nachdenklich ihr Spiegelbild an. Die Lampen rings um den Spiegel waren stumpf und dunkel. »Wer hat behauptet, es würde einfach sein mit uns beiden?«, fragte sie sich selbst.

Noch vor Ablauf der fünfzehn Minuten kehrte Alana auf das Set zurück. Sie sah haargenau so kühl und perfekt aus wie vor etwas mehr als einer Stunde. Trotz Fabians Reaktion, die sie ungefähr so und nicht anders erwartet hatte, fühlte sie sich leichter, nachdem sie ihm ihre Liebe gestanden hatte. Letztlich hatte sie nur eine Tatsache ausgesprochen, etwas, das nicht mehr geändert werden konnte. Alanas Grundregel war, dass Heimlichtuerei Zeitverschwendung sei. Ihr Gang war frei und leicht, als sie das Studio durchquerte.

Sie wusste, dass etwas geschah, bevor sie die Menschentraube sah und die erregten Stimmen hörte. Spannung lag in der Luft. Alana fühlte es und dachte sofort an Fabian. Aber nicht Fabian sah sie, als sie die Kulissenwand auf dem Set des Wohnzimmers passierte.

Elizabeth Hunter.

Eleganz. Eis. Geschmeidige Weiblichkeit. Hervorstechende Schönheit. Alana sah, wie sie leicht lachte und eine lange, schlanke Zigarette an ihre Lippen hob. Sie posierte mühelos, als wären laufende Kameras auf sie gerichtet. Ihr Haar schimmerte hell und kühl. Ihre Haut war so exquisit, als wäre sie eine Marmorstatue. Dazu das schwarze, leichte Chanel-Kostüm mit weißem Kragen, weißen Manschetten und Goldknöpfen. Die ganze Frau war beste Haute Couture!

Auf der Leinwand wirkte sie begehrenswert, unerreichbar. Alana fand kaum Unterschiede zu Elizabeth Hunter in natura. Es gab keinen Mann, der nicht davon träumen musste, diese Eisschichten abzutragen, um darunter einen heiß glühenden Kern zu finden. Wenn Elizabeth wirklich wie Rae war, würde jeder Mann enttäuscht werden. Es gab bei ihr keinen glühenden Kern. Neugierig ging Alana näher.

»Pat, wie hätte ich fernbleiben können?« Liz legte ihre zierliche Hand an Marshells Wange. An ihrem Ringfinger funkelten und blitzten Brillanten und Saphire. »Immerhin könnte man sagen, ich habe ein berechtigtes Interesse an diesem Film.«

Sie verzog ihre Lippen zu einem provozierenden Schmollen – ein Hunter-Markenzeichen. »Sagen Sie bloß nicht, dass Sie mich hier nicht haben wollen.«

»Natürlich nicht, Liz.« Marshell blickte unbehaglich und resigniert drein. »Keiner von uns hatte eine Ahnung, dass Sie in der Stadt sind.«

»Ich habe soeben die Dreharbeiten zu diesem Film in Griechenland beendet.« Sie zog wieder an der Zigarette und stäubte die Asche achtlos auf den Boden ab. »Ich bin sofort hierhergeflogen.«

Sie warf einen Blick über Marshells Schulter, den Alana als schlicht beutegierig bezeichnete.

Elizabeth hatte Fabian entdeckt.

Er stand etwas außerhalb der Gruppe um Elizabeth oder Liz, wie sie auch genannt wurde, und begegnete dem Blick seiner Exfrau mit gleichmütiger Gelassenheit.

»Ich durfte in das Drehbuch nicht hineinsehen.« Liz sprach weiterhin mit Marshell, obwohl ihre Augen auf Fabian gerichtet blieben. »Aber ein paar Kleinigkeiten sind zu mir durchgesickert. Ich muss schon sagen, ich bin fasziniert, aber auch ein klein wenig verstimmt, dass Sie nicht mich gebeten haben, die Hauptrolle zu spielen.«

Marshells Blick wurde hart, aber er blieb diplomatisch. »Sie waren nicht frei, Liz.«

»Und unpassend«, fügte Fabian sanft hinzu.

»Ah, Fabian! Immer das kluge letzte Wort.« Liz blies Rauch in seine Richtung und lächelte.

Dieses Lächeln kannte Alana. Sie hatte es auf der Leinwand in unzähligen Hunter-Filmen gesehen. Sie selbst hatte es als Rae nachgeahmt. Es war das Lächeln einer Hexe, bevor sie einer Fledermaus die Flügel abschnitt. Automatisch machte Alana eine Bewegung zu Fabians Seite hin.

Liz bemerkte es. Sie musterte Alana unverhohlen, abschätzend und kühl. Auch Alana ließ sich nichts von Liz entgehen.

Sie empfand Fabians Exfrau als schön, leer und kalt. Und sie empfand Mitleid.

»Ach ja ...« Liz hielt ihre Zigarette mit zwei Fingern von sich. Eine kleine Frau mit runzeligem Gesicht nahm sie ihr ab. »Leicht zu erraten, dass das hier Rae ist.«

»Nein.« Unbewusst lächelte Alana genauso eisig wie Liz. »Ich bin Alana Kirkwood. Rae ist meine Rolle.«

»In der Tat.« Dieses arrogante Heben der Augenbrauen war schon in unzähligen Szenen angewendet worden. »Ich nehme immer den Charakter an, den ich darstelle.«

»Und es funktioniert bei Ihnen brillant.« Alana meinte das Kompliment völlig ernst. »Ich beschränke die Identifizierung mit einer Rolle auf die Zeit vor der Kamera, Miss Hunter.«

Nur ein schwaches Flackern in ihren Augen verriet Ärger. »Müsste ich Sie noch in irgendetwas anderem gesehen haben, meine Liebe?«

Trotz des herablassenden Tonfalls empfand Alana erneut Mitgefühl. »Schon möglich.«

Fabian sah die beiden nicht gern zusammen. Es war für ihn reinstes Vergnügen gewesen, Liz wiederzusehen und nichts dabei zu empfinden. Das Fehlen jeglicher Gefühle war wie Balsam gewesen, bis Alana auf das Set gekommen war.

Wie sie einander gegenüberstanden, hätten sie Schwestern sein können. Die Ähnlichkeit wurde noch dadurch erhöht, dass Alanas Haar, Make-up und Kleidung nach Liz' Geschmack gestaltet waren. Fabian sah zu viele Ähnlichkeiten und bei genauerem Hinsehen auch zu viele Unterschiede. Er war nicht sicher, was ihn mehr ärgerte.

Ganz gleich, wie Alana gekleidet war, sie verströmte Wärme. Ihre innere Sanftheit drang nach außen. Sie war zart und stark zugleich und den Mitmenschen immer wohlgesinnt. Sogar auf diese Entfernung hin sah er – Mitleid. Ja, in ihren Augen stand Mitleid. Für Liz! Mit einer heftigen Bewegung steckte er sich eine Zigarette an. Du lieber Himmel, die eine war er losgeworden und wurde von der anderen eingefangen! Er fühlte, wie der Boden unter seinen Füßen nachgab wie Treibsand. Gab es eine passendere Gedankenverbindung zu Liebe als Treibsand?

»Fangen wir an«, befahl er knapp.

Liz schoss ihm noch einen Blick zu. »Lasst euch durch mich nicht aufhalten. Ich mache mich ganz klein.« Sie glitt an den Rand des Sets, nahm in einem Regiestuhl Platz und schlug die Beine übereinander. Ein bulliger Mann, die kleine Frau und ein ganz junger Mann, kaum mehr als ein Junge, stellten sich hinter ihr auf.

Dieses erlesene Publikum erhöhte nur noch Alanas Konzentration. Sie drehten jetzt die Szene, mit der sie vorgesprochen hatte. Sie enthielt mehr als jede andere Szene Raes Persönlichkeit, ihre Motive, ihr Grundwesen. Vermutlich würde sie Liz Hunter nicht gefallen, aber … Alana konnte vermutlich an Liz' Reaktion ablesen, wie erfolgreich ihre Vorstellung war.

Mit einem leicht gelangweilten Gesichtsausdruck lehnte sich Liz zurück und beobachtete den Ablauf der Szene. Der Dialog war zwar keine wörtliche Wiedergabe ihres Gesprächs mit Fabian vor etlichen Jahren, aber sie erkannte die Grundrichtung. Zum Teufel mit ihm, dachte sie mit hochschießendem Ärger, der sich durch nichts in ihrem wie gemeißelten Gesicht zeigte. *Das ist also seine Rache.*

Obwohl sie hoffte, dass der Film ein Reinfall wurde, war sie zu klug, um daran zu glauben. Mit ihrem Verstand und ihrer Erfahrung konnte sie allerdings dafür sorgen, dass der Film für sie und nicht gegen sie arbeitete. Wenn sie es richtig anstellte, bekam sie durch Fabians Arbeit eine gewaltige Publicity. Das wäre dann ein gewisser Ausgleich.

Sie war eine Frau mit wenigen Gefühlen, von denen das am stärksten entwickelte die Eifersucht war. Und Eifersucht nagte an ihr, als sie still dasaß und zusah. Alana Kirkwood, dachte sie, und sie begann mit einem ihrer rotlackierten Fingernägel auf die Armlehne zu klopfen. Liz war eitel genug, um sich selbst für schöner zu halten, aber der Altersunterschied war nicht zu übersehen, und die fortschreitenden Jahre machten ihr Angst.

Auch das Talent der anderen machte ihr Angst. Sie biss die Zähne aufeinander, um nicht zu schreien. Ihre eigenen Erfolge, Ehrungen und Preise waren ihr nie genug, besonders dann nicht, wenn sie eine schöne jüngere Frau mit gleichen Fähigkeiten vor sich sah. Zum Teufel mit beiden! Ihr Finger klopfte ein härteres Stakkato. Der junge Mann legte beruhigend seine Hand auf ihre Schulter. Sie schüttelte ihn mit einem Achselzucken ab.

Liz schmeckte den bitteren Neid, der sich allmählich in Wut verwandelte. Diese Rolle hätte mir gehören müssen, dachte sie und presste die Lippen zusammen. Hätte sie die Rae gespielt, hätte sie der Rolle noch ein Dutzend Dimensionen hinzugefügt. Sie besaß in ihrem kleinen Finger mehr Talent als diese Alana Kirkwood im ganzen Körper. Mehr Schönheit, mehr Ruhm, mehr Erotik. In ihrem Kopf begann es zu dröhnen, während sie zusah, wie Alana geschickt Sex und Eis in die Szene einwob.

Dann blickte sie auf Fabian, sah den Ausdruck seiner Augen, und sie erstickte fast an einer Verwünschung. Er lachte sie aus! Er lachte, obwohl sein Mund ernst und sein Gesicht ausdruckslos blieben. Dafür wird er bezahlen, sagte sie sich, während sie ihre Lider senkte. Dafür und für alles andere. Sie würde dafür sorgen, dass er und diese unbegabte Schauspielerin, die plötzlich aus dem Nichts auftauchte, dafür bezahlten.

Fabian kannte seine Exfrau gut genug, um zu wissen, was in ihrem Kopf vor sich ging. Es hätte ihm Vergnügen bereiten müssen und hätte es wahrscheinlich auch noch vor ein paar Wochen getan. Doch jetzt erweckte es bei ihm nur Widerwillen.

Er wandte seinen Blick von Liz ab und richtete seine Aufmerksamkeit auf Alana. Von allen Szenen in dem Stück war diese für ihn die härteste. Er hatte sich selbst mit wenigen scharfen, harten Sätzen zu klar in der Person des Phil kristallisiert. Und seine Rae war auch zu wirklich. Alana macht sie zu wirklich, dachte er und sehnte sich nach einer Zigarette. In dieser kurzen Sieben-Minuten-Szene war es fast unmöglich, Alana von Rae zu trennen – und Rae von Liz.

Alana hatte gesagt, dass sie ihn liebe. Während er sie beobachtete, kämpfte Fabian sein Unbehagen und die aufkeimende Panik nieder. War das denn überhaupt möglich? Er hatte schon einmal einer Frau geglaubt, die ihm diese Worte zugeflüstert hatte. Aber Alana … Es gab nichts und niemanden wie Alana.

Liebte er sie? Er hatte schon einmal zuvor geglaubt zu lieben. Doch was immer das für ein Gefühl gewesen war, Liebe war es nicht gewesen. Es hatte eher etwas mit Faszination für große Schönheit, großes Talent und kühlen Sex zu tun gehabt. Nein, er verstand Liebe nicht, falls es sie überhaupt gab. Nein, er verstand sie nicht, und er sagte sich, dass er sie auch nicht verstehen wollte. Was er wollte, waren seine äußere Abgeschiedenheit und sein innerer Friede.

Und während er hier stand und zusah, wie seine Szene gewissenhaft gefilmt wurde, besaß er weder das eine noch das andere.

»Schnitt! Schnitt und gestorben!« Chuck rieb sich den Nacken, um die Spannung zu beseitigen. »Verdammt gute Arbeit!« Tief ausatmend ging er zu Alana und Jack. »Verdammt gut, ihr beide. Wir hören für heute auf. Darüber geht nichts mehr.«

Erleichtert atmete Alana aus und fing an, sich zu entkrampfen. Sie wandte sich kaum um, als gedämpfter Applaus aufkam.

Liz stand anmutig aus dem Regiestuhl auf. »Großartige Leistung.« Sie schenkte Jack ihr berauschendes, eingeübtes Lächeln, ehe sie sich an Alana wandte. »Sie besitzen Fähigkeiten, meine Liebe«, sagte Liz. »Ich bin sicher, diese Rolle wird Ihnen einige Türen öffnen.«

Alana erkannte die Spitze, begegnete ihr aber nicht. »Danke,

Liz.« Bedächtig zog sie die Haarklammern heraus und ließ ihr Haar frei über die Schultern fallen. Sie brannte darauf, Rae abzuschütteln. »Die Rolle ist eine Herausforderung.«

»Sie haben das Beste herausgeholt, was Sie nur konnten.« Lächelnd tippte Liz ihr leicht auf die Schulter.

Ich muss fantastisch gewesen sein, dachte Alana und begann breit zu lächeln.

Liz hätte ihr am liebsten das dicke, zerzauste Haar ausgerissen. Sie wandte sich an Marshell. »Pat, ich möchte liebend gern mit Ihnen essen gehen. Wir haben eine Menge zu besprechen.« Sie hakte sich bei ihm unter und tätschelte seine Hand. »Ich lade Sie ein, Darling.«

Im Stillen fluchend, stimmte Marshell zu. So bekam er sie wenigstens ohne Szene aus dem Studio. »Ist mir ein Vergnügen, Liz. Chuck, ich möchte gleich morgen früh die heutigen Szenen als Erstes sehen.«

»Ach, übrigens.« Liz blieb neben Fabian stehen. »Ich glaube wirklich nicht, dass dieser kleine Film deiner Karriere sehr schaden wird, Darling.« Mit einem eisigen Lachen fuhr sie mit einem Finger über sein Hemd. »Und ich muss sagen, dass ich alles in allem ziemlich geschmeichelt bin. Keine bösen Gefühle, Fabian.«

Er blickte auf ihr schönes, herzloses Lächeln hinunter. »Keine Gefühle, Liz. Überhaupt keine Gefühle.«

Ihre Finger krampften sich kurz um Marshells Arm, ehe sie davonrauschte. »Oh Pat, ich muss Ihnen von dem wunderbaren jungen Schauspieler erzählen, den ich in Athen kennengelernt habe ...«

»Abgang links von der Bühne«, murmelte Jack und zuckte die Schultern, als Alana ihm einen Blick zuwarf. »Offenbar habe ich den Phil noch nicht ganz abgelegt. Aber ich sage dir etwas: Der Lady würde ich nicht den Rücken zuwenden.«

»Sie ist ziemlich traurig«, sagte Alana mehr zu sich selbst.

Jack gab ein schnaufendes Lachen von sich. »Sie ist eine Tarantel.« Mit einem weiteren Schnaufen legte er seine Hand auf Alanas Schulter. »Lass dir etwas von mir sagen, Mädchen. Ich bin schon seit vielen Jahren in diesem Geschäft und habe mit vielen Schauspielerinnen gearbeitet. Du bist erste Klasse. Und damit hast du sie gewaltig beleidigt.«

»Und das ist traurig«, wiederholte Alana.

»Spar dir dein Mitgefühl lieber, Mädchen«, warnte er. »Du verbrennst dich sonst.« Er drückte ihre Schulter und verließ das Set.

Erleichtert fiel Alana in einen Stuhl. Die Scheinwerfer waren jetzt ausgeschaltet, die Temperatur sank. Die meisten Studioarbeiter waren schon weg bis auf drei, die in einer Ecke kauerten und über ein Pokerspiel redeten. Sie legte den Kopf in den Nacken und wartete, als Fabian näher kam.

»Das war hart«, bemerkte sie. »Wie fühlst du dich?«

»Gut. Und du?«

»Ein wenig erschöpft. Ich habe nur noch ein paar Szenen vor mir, keine davon so schwierig wie die heutige. Nächste Woche kehre ich zu Amanda zurück.«

»Und wie denkst du darüber?«

»Die Leute bei der Seifenoper sind wie meine Familie. Ich vermisse sie.«

»Kinder verlassen die Familie«, erinnerte er sie.

»Ich weiß, und ich werde es auch machen, wenn die Zeit reif dafür ist.«

»Wir wissen beide, dass du deinen Vertrag bei der Seifenoper nicht verlängern wirst.« Er zündete sich eine Zigarette an und inhalierte den Rauch, ohne ihn zu schmecken. »Ob du es nun zugeben willst oder nicht.«

Sie fühlte seine Spannung. »Du verwechselst uns schon wieder«, sagte sie ruhig. »Wie lange wird es noch dauern, bis du mich als die siehst, die ich bin? Dich verfolgt noch immer der Schatten der anderen.«

»Ich weiß, wer du bist«, entgegnete Fabian. »Ich weiß nur nicht, was ich damit machen soll.«

Sie stand auf. Vielleicht war es die nachwirkende Spannung der Szene oder vielleicht Alanas Bedauern über Liz Hunters ganz persönliches Leid. »Ich werde dir sagen, was du nicht willst.« Ihre Stimme besaß eine Schärfe, die er bisher bei ihr nicht gehört hatte. »Du willst nicht, dass ich dich liebe. Du willst nicht die Verantwortung, die aus meinen oder deinen Gefühlen entsteht.«

Damit werde ich fertig, dachte Fabian und nahm noch einen Zug. *Mit einem Streit werde ich mühelos fertig.* »Vielleicht will ich die Verantwortung nicht. Ich habe dir von Anfang an gesagt, wie ich darüber denke.«

»Das hast du.« Mit einem ärgerlichen Auflachen wandte sie sich ab. »Sonderbarerweise bist du derjenige, der mir immer Veränderung predigt, bist aber dazu selbst unfähig. Ich sage dir noch etwas, Fabian.« Alana wirbelte mit funkelnden Augen und erhitztem Gesicht zu ihm herum. »Meine Gefühle gehören mir. Du kannst sie mir nicht vorschreiben. Du kannst dir nur selbst etwas vorschreiben.«

»Das ist keine Frage von Vorschreiben.« Die Zigarette schmeckte ihm nicht mehr. Halb zerdrückt ließ er sie schwelend in einem Aschenbecher liegen.

»Es hat vielmehr damit zu tun, dass ich dir nicht geben kann, was du haben willst.«

»Ich habe nichts von dir verlangt.«

»Du brauchst nichts zu verlangen.« Er war wütend, wirklich wütend, ohne bemerkt zu haben, wann er die Grenze überschritten hatte. »Du hast von Anfang an Dinge berührt und an ihnen gerüttelt, von denen ich nichts wissen wollte. Ich bin ein Mal eine Verbindung eingegangen. Ich will verdammt sein, wenn ich das noch einmal mache. Ich will meinen Lebensstil nicht ändern. Ich will nicht …«

»… noch einmal das Risiko eines Fehlschlags eingehen«, beendete Alana für ihn den Satz.

Seine Augen funkelten sie an, aber seine Stimme war sehr, sehr ruhig. »Du musst lernen aufzupassen, wohin du trittst, Alana. Dünne Knochen brechen leicht.«

»Und heilen wieder.« Schlagartig war sie zu erschöpft, um zu streiten oder überhaupt zu denken. »Du musst ganz für dich allein eine Lösung ausarbeiten, Fabian, genauso wie ich eine für mich finden muss. Es tut mir nicht leid, dass ich dich liebe oder dass ich es dir gestanden habe. Es tut mir nur leid, dass du kein Geschenk annehmen kannst.«

Nachdem sie gegangen war, schob Fabian die Hände in die Hosentaschen und starrte auf das dunkle Set. Nein, er konnte das Geschenk nicht annehmen. Und doch hatte er das Gefühl, soeben etwas weggeworfen zu haben, wonach er sein ganzes Leben gesucht hatte.

10. Kapitel

Die See ging rau, die Wellen waren mit Schaumkronen geziert. Direkt über Fabian strahlte der Himmel wie ein blauer Diamant, aber im Osten zogen dunkle Sturmwolken auf. Der Wind vom Atlantik brachte Regen mit sich. Fabian schätzte, dass er in spätestens einer Stunde an die Küste zurücksegeln musste.

An der Küste waren jetzt Hitze und Feuchtigkeit zum Schneiden dick. Hier draußen auf dem Wasser roch die Brise nach Sommer und Salz und Sturm.

Fabian trug nichts als Shorts und Deckschuhe. Seit zwei Tagen hatte er sich nicht rasiert.

Aufmunterung? Er segelte seit Tagen, solange es Sonne und Wetter erlaubten, und arbeitete nachts, bis ihm die Gedanken ausgingen, aber Aufmunterung hatte sich diesmal nicht eingestellt.

Flucht? Vielleicht traf dieses Wort besser zu. Er nahm einen Schluck Bier aus der Dose und ließ den Geschmack über seine Zunge rollen. Vielleicht war es eine Flucht, aber er wurde auf dem Set nicht mehr gebraucht, und er hatte endlich eingesehen, dass er nicht länger in der Stadt arbeiten konnte. Er brauchte ein paar Tage Abstand von den Filmaufnahmen, dem Druck der Produktion und von seinem eigenen Anspruch auf Perfektion.

Aber das war doch alles nur Lüge!

Nichts dergleichen hatte ihn aus Manhattan nach Long Island vertrieben. Er war Alana und ihrer Wirkung entflohen, noch mehr vielleicht seinen Gefühlen für sie. Doch die Entfernung löschte sie nicht aus seinen Gedanken. Es war mühelos, an sie zu denken, und mühevoll, nicht an sie zu denken.

Obwohl sie ihn verfolgte, war Fabian sicher, dass seine Flucht richtig war. Wenn schon die Gedanken an sie an ihm nagten, hätten ihn ihr Anblick und ihre Berührung zum Wahnsinn getrieben.

Ich will ihre Liebe nicht, sagte er sich heftig. Er konnte und wollte nicht verantwortlich sein für die Fülle von Emotionen, zu denen Alana fähig war. Er nahm noch einen Schluck Bier und blickte finster auf die Wasserfläche. Er konnte sie nicht lieben. Er besaß derartige Gefühle nicht. Alle seine Gefühle waren ausschließlich auf seine Arbeit gerichtet. Das hatte er sich selbst geschworen. Jener Teil seiner Seele, der die positiven Gefühle für einen anderen Menschen bewahrte, war bei ihm leer.

Er sehnte sich schmerzlich nach ihr – nach ihrem Körper, ihrem Verstand, ihrer Seele.

Zum Teufel mit ihr! dachte er und zerrte an der Takelage. Zum Teufel mit ihr, weil sie ihn drängte, weil sie ihn nicht in Ruhe ließ ... weil sie nichts von ihm verlangte. Hätte sie etwas erbeten, gefordert, erfleht, hätte er es ablehnen können. Es war so einfach, Nein zu einer Forderung zu sagen. Sie jedoch tat nichts anderes, als so lange zu geben, bis er von ihr so erfüllt war, dass er sich selbst verlor.

Als der Wind auffrischte, kehrte er an die Küste zurück. Er wollte arbeiten, bis er nicht mehr denken konnte. Und er wollte so lange hier bleiben und sich körperlich von Alana fernhalten, bis er sich auch geistig von ihr trennen konnte. Dann erst wollte er nach New York zurückkehren und sein Leben da wieder aufnehmen, wo er es vor Alana verlassen hatte.

Donner grollte drohend, als er das Boot festmachte.

Alana sah den Blitz über den Himmel zucken. Für einen Moment wirkte der Nachthimmel wie ein zerbrochener Spiegel, der im nächsten Moment wieder ganz war. Noch immer kein Regen.

Das Gewitter brütete schon den ganzen Abend über Manhattan. Alana trug deshalb nur ein leichtes weißes Leinenkleid mit goldenen Knöpfen, sonst nichts. Ihre Nachbarn hatten über die Hitze geklagt, doch sie genoss den Druck der Hitze und die Gewalten am Himmel.

Das Gewitter kam von Osten. Vielleicht hatte Fabian auf Long Island schon den Regen, auf den sie noch wartete. Arbeitete er? Oder beobachtete er wie sie das Wüten am Himmel? Wann kam er zurück – zu ihr?

Er wird zurückkommen, versicherte sie sich. Zuerst hatte sein Verhalten sie verletzt, dann geärgert, aber das war vorbei. Für einen Moment hatte sie vergessen, dass Liebe für Fabian kein so selbstverständliches Geschenk war wie für sie. Er hatte die damit verbundenen Beschränkungen, Risiken und Schmerzen erlebt.

Sie stützte die Hände auf das Fensterbrett, als die erste Brise in das Zimmer wehte.

Es hatte sie nicht überrascht, als Marshell erwähnte, Fabian sei in sein verstecktes Haus auf Long Island gefahren, um zu schreiben und zu segeln. Sie vermisste ihn schmerzlich und fühlte die Leere ohne ihn, aber Alana war zu unabhängig, um länger als ein paar Tage über seine Abwesenheit zu trauern. Er brauchte die Einsamkeit. Gut so. Sie verstand ihn so weit, dass sie sich nicht elend fühlte.

Hatte sie selbst nicht nach Liz Hunters überraschendem Besuch im Studio fast die ganze Nacht gemalt?

Alana drehte sich zu dem Bild mit den kobaltblauen und scharlachroten wilden Streifen um. Dieses Gemälde würde sie nicht lange in ihrem Wohnzimmer belassen. Es drückte Wut aus, war zu bedrückend. Sobald sie mit diesen Empfindungen vollständig ins Reine gekommen war, wollte sie das Bild in einen Schrank stellen.

So hatte eben auch Fabian seine Art, um mit sich ins Reine zu kommen. Irgendwie gab es immer eine Lösung. Sie musste nur eine Weile länger warten.

Das sagte sie sich auch, wenn sie an Scott dachte. Die Verhandlung würde Ende der Woche beginnen, und Alana wollte nur an eine positive Lösung denken. Scott musste zu ihr kommen! Je mehr Zeit verstrich, desto unglücklicher wurde er bei den Andersons. Während seiner Besuche bei Alana fiel er ihr immer wieder verzweifelt um den Hals und flehte darum, bei ihr bleiben zu dürfen.

Alana schloss die Augen, als der Regen vom Himmel stürzte. Oh Gott, wenn doch bloß die Nacht schon vorbei wäre!

Bereits vor Mitternacht musste Fabian zu schreiben aufhören. Er war wie ausgetrocknet.

Der Regen war vorüber, das Gewitter hatte die Luft geklärt.

Unruhig ging Fabian durch das Haus. Seltsam, dass ihm nie aufgefallen war, wie dicht Stille sein konnte. Vor der Zeit mit Alana hatte ihm die Stille nichts ausgemacht, hatte er sie sogar gesucht.

Sein Leben teilte sich in die Zeit vor und nach Alana auf. Dieses Eingeständnis fiel ihm nicht leicht.

Er hatte das Abendessen vergessen. Achtlos machte er sich ein Sandwich in der Küche zurecht, fand einen reifen Pfirsich und goss sich ein Glas Milch ein. Das Tablett trug er in sein Schlafzimmer. Er brauchte irgendetwas, das ihn ablenkte, ohne ihn anzustrengen. Fabian schaltete den Fernseher ein und spielte die Kanäle durch.

Normalerweise hätte er der Mitternachts-Talkshow einen alten Film vorgezogen, aber als ihm Liz' Lachen entgegenschlug, stockte er. Seine Neugierde war erwacht. Vielleicht war es eine interessante Ablenkung. Er stellte das Tablett auf den Nachttisch und streckte sich auf dem Bett aus.

Er selbst war schon ein paar Mal in der Talkshow aufgetreten. Der Gastgeber verstand sein Handwerk. Mit jungenhaftem Charme konnte er Berühmtheiten Unerwartetes entlocken und damit das Publikum daran hindern, den Kanal zu wechseln.

»Natürlich fand ich es wahnsinnig aufregend, in Griechenland zu filmen, Bob.« Liz lehnte sich etwas näher zu dem Gastgeber. Ihr eisblaues, leicht ausgestelltes Korsagenkleid glitzerte kühl in dem Scheinwerferlicht. Darüber trug sie eine Art Überwurf, ebenfalls eisblau mit abstrakten Silberstrichen und halblangen Ärmeln. Bis zur Taille klaffte dieser Überwurf blusig auf, sodass die Korsage sichtbar war. Ab dem breiten silbernen Gürtel fiel es wieder weit auseinander. Ihre großen Brillantohrringe funkelten mit einer besonders üppigen Brillantbrosche in Form eines Blütenstraußes auf ihrer rechten Schulter um die Wette. »Und die Arbeit mit Ross Simmeon war eine großartige Erfahrung.«

»Habe ich nicht gehört, Sie und Simmeon hätten einen ständigen Kampf miteinander gehabt?« Bob MacAllister warf ihr die Frage lächelnd zu, als wollte er sagen, komm schon, entspann dich, mir kannst du es erzählen. Das war seine beste Waffe.

»Einen Kampf?« Liz ließ ihre Wimpern unschuldig flattern. Sie war viel zu klug, um in einer solchen Falle gefangen zu werden. Sie schlug die Beine übereinander, sodass ihr Kleid schimmerte und glitzerte. »Also, nein! Ich kann mir gar nicht erklären, wie jemand auf diese Idee gekommen ist.«

»Das muss mit den drei Tagen zusammenhängen, an denen Sie sich geweigert haben, auf dem Set zu erscheinen.« Mit einem leicht geringschätzigen Achselzucken lehnte sich MacAllister in seinem Sessel zurück. »Eine Unstimmigkeit wegen der Anzahl Ihrer Sätze in einer Schlüsselszene.«

»Das ist Unsinn! Ich hatte zu viel Sonne abbekommen. Mein Arzt verordnete mir drei Tage lang Ruhe.« Ihr Lächeln strahlte mit den Brillanten um die Wette. »Natürlich gab es ein paar gespannte Momente wie bei jedem Film, aber ich würde schon morgen wieder mit Ross arbeiten.« Oder mit dem Teufel selbst, schien ihr Ton zu sagen. »Wenn nur das richtige Drehbuch vorliegt.«

»Also, was haben Sie jetzt vor, Liz? Sie hatten bisher ungebrochenen Erfolg. Es muss schwer sein, stets das richtige Drehbuch zu finden.«

»Es ist immer schwer, den richtigen Touch von Magie zu erlangen.« Sie führte eine grazile Handbewegung aus, sodass der Brillantring an ihrer Hand funkelte. »Das richtige Drehbuch, der richtige Regisseur, der richtige Hauptdarsteller. Ich hatte bisher dieses Glück, besonders seit ›Treffen um Mitternacht‹.«

Fabian legte sein halb gegessenes Sandwich weg und hätte beinahe laut gelacht. Er hatte das Drehbuch für sie geschrieben und sie damit zu einem führenden Star gemacht. Spitzeneinspielergebnisse hatten nichts mit Glück oder Magie zu tun gehabt.

»Die Rolle, mit der Sie den Oscar gewonnen haben«, stimmte Bob zu. »Und es war ein großartiges Drehbuch.« Er warf ihr ein schiefes Lächeln zu. »Stimmen Sie mir zu?«

Offenbar hatte sie darauf gewartet und war auch bewusst in diese Richtung gesteuert. »Oh ja, Fabian DeWitt ist möglicherweise, nein, ganz sicher der beste Drehbuchautor der achtziger Jahre. Ungeachtet unserer, nun ja, persönlichen Probleme, haben wir einander immer beruflich respektiert.«

»Über derartige persönliche Probleme weiß ich nur zu gut Bescheid«, sagte Bob zerknirscht und erhielt die Lacher. Seine drei Ehen waren durch die Presse gezerrt worden, ebenso seine Unterhaltszahlungen. »Was halten Sie von seiner letzten Arbeit?«

»Oh!« Lächelnd legte Liz eine Hand an ihre Kehle, ehe sie sie in den Schoß fallen ließ. »Ich nehme an, der Inhalt der Geschichte ist nicht gerade ein Geheimnis, oder?«

Wieder kamen die erwarteten Lacher der Zuschauer, diesmal angespannter.

»Ich bin sicher, Fabians Drehbuch ist wunderbar, wie alle seine Drehbücher. Wenn es, tja, einseitig ist«, erklärte sie vorsichtig, »dann ist das nur natürlich. Soviel ich weiß, ist es für einen Schriftsteller normal, Teile seines eigenen Lebens zu verarbeiten, und zwar auf seine eigene Weise«, fügte sie hinzu. »In der Tat habe ich letzte Woche das Set besucht. Pat Marshell ist der Produzent, müssen Sie wissen, und Chuck Tyler führt Regie.«

»Aber ...«, drängte Bob, als er ihr Zögern bemerkte.

»Wie ich schon sagte, es ist so schwierig, den richtigen Touch von Magie zu finden.« Sie warf die ersten Angelhaken mit einem Lächeln aus. »Und Fabian hat vorher noch nie für das Fernsehen gearbeitet. Das ist für jeden eine schwierige Umstellung.«

»Jack Rohrer spielt die männliche Hauptrolle.« Bereitwillig gab Bob ihr das nächste Stichwort.

»Ja, das ist eine Spitzenbesetzung. Ich habe Jack in ›Meinung im Widerstreit‹ absolut brillant gefunden. Das war ein Drehbuch, bei dem er voll seine Fähigkeiten zeigen und sich hineinknien konnte.«

»Aber dieses Drehbuch ...«

»Nun, ich bin zufällig ein großer Jack-Rohrer-Fan.« Liz wich offensichtlich der Frage aus. »Ich glaube, es gibt keine Rolle, aus der er nicht etwas machen kann.«

»Und die Hauptdarstellerin?« Bob verschränkte seine Hände vor sich auf dem Pult.

»Die Hauptdarstellerin ist ein reizendes Mädchen. Ich komme jetzt nicht auf den Namen, aber ich glaube, sie spielt in einer Seifenoper mit. Fabian liebt es manchmal, zu experimentieren, anstatt sich auf erfahrene Schauspieler zu verlassen.«

»Wie er das einst mit Ihnen gemacht hat.«

Ihre Augen verengten sich für einen Moment. Sie mochte weder den Ton noch die Richtung der Frage. »So könnten Sie das sehen«, erklärte sie hoheitsvoll. »Aber wirklich, bei derartigen Produktionskosten eines Projekts sollte man auf das beste verfügbare Talent zurückgreifen. Das ist natürlich eine persönliche Meinung. Ich habe immer gefunden, Schauspieler sollten aufgrund ihrer erworbenen Erfahrungen – und der Himmel weiß, dass ich Erfahrungen erworben habe – für Hauptrollen eingesetzt werden und nicht aufgrund einer ... sagen wir mal, einer persönlichen Neigung.«

»Finden Sie, dass Fabian DeWitt eine persönliche Neigung für Alana Kirkwood hat? Das ist doch der Name der Darstellerin, nicht wahr?«

»Also, ja, ich glaube schon. Was Ihre andere Frage betrifft, so kann ich sie schwer beantworten.« Sie lächelte wieder charmant. »Vor allem nicht, solange wir auf Sendung sind, Bob.«

»Miss Kirkwoods optische Ähnlichkeit mit Ihnen ist verblüffend.«

»Wirklich?« Liz schien zu erstarren. »Ich ziehe es vor, einmalig zu sein, obwohl es natürlich schmeichelnd ist, wenn jemand versucht, mir nachzueifern. Selbstverständlich wünsche ich dem Mädchen alles erdenklich Gute.«

»Das ist reizend von Ihnen, Liz, besonders da es heißt, dass die Handlung recht unfreundlich mit der Person ins Gericht geht, von der man sagt, sie würde Sie widerspiegeln.«

»Wer mich kennt, wird sich wenig um eine verzerrte Sicht kümmern, Bob. Alles in allem bin ich sehr gespannt auf das Endprodukt.« Diese Erklärung gab sie so gelangweilt von sich, als müsste sie gleich gähnen. »Das heißt, falls es überhaupt jemals ausgestrahlt wird.«

»Jemals ausgestrahlt? Sehen Sie da ein Problem?«

»Nichts, worüber ich sprechen kann«, sagte sie offensichtlich zögernd. »Aber Sie und ich, wir beide wissen, wie viel zwischen den Dreharbeiten und der Sendung passieren kann, Bob.«

»Beabsichtigen Sie zu klagen, Liz?«

Sie lachte, aber es klang hohl. »Das würde dem Film ganz sicher zu viel Bedeutung verleihen.«

Bob blickte in die Kamera. »Nun, an dieser Stelle legen wir eine kurze Pause ein. Wenn wir wiederkommen, gesellt sich

James R. Lemont zu uns und wird uns etwas über sein neues Buch, ›Die Geheimnisse von Hollywood‹, berichten. Davon wissen wir beide auch ein Lied zu singen, nicht wahr, Liz?« Nach seinem Augenzwinkern lief auf dem Bildschirm die erste Werbeeinschaltung an.

Fabian lehnte in seinem Kissen, hatte das Essen vergessen, zog an seiner Zigarette und blies den Rauch zur Decke. Er war wütend. Die Spitzen gegen den Film waren nicht einmal gekonnt gewesen. Oh, vielleicht führte Liz einen gewissen Prozentsatz der Zuschauer an der Nase herum, aber niemanden, der auch nur entfernt mit diesem Business zu tun hatte, auch niemanden, der nur ein wenig Einfühlungsvermögen besaß. Sie hatte sich bemüht, Giftpfeile abzuschießen, hatte sich letztlich aber, nach Fabians Meinung, nur selbst lächerlich gemacht.

Doch er war wütend über die Pfeile, die sie aus Eifersucht auf Alana abgeschossen hatte. Niemand hatte das Recht, Alana unter Feuer zu nehmen, und die Tatsache, dass der Beschuss nur seinetwegen erfolgte, machte es noch schlimmer.

Verbittert ging er an das Fenster. Er hörte die Brandung in der Ferne. Und er fragte sich, ob Alana auch die Mitternachts-Talkshow gesehen habe und, wenn ja, wie sie damit fertigwurde.

Alana lag in der Hängematte, knabberte Popcorn und schaltete den Ton des Fernsehers weg. Jetzt hörte sie die Regentropfen an der Fensterscheibe.

Falls Fabian die Talkshow gesehen hatte, war er jetzt bestimmt wütend. Falls er sie nicht gesehen hatte, würde er bald den Inhalt erfahren. Sie hoffte nur, dass er, sobald er sich wieder beruhigt hatte, einsehen würde, dass Liz Hunter dem Film mehr genutzt als geschadet hatte.

Das Telefon klingelte. Alana neigte sich aus der Hängematte und schwang gefährlich hin und her, aber jahrelange Übung bewahrte sie vor einem schlimmen Sturz. Sie packte das Telefon und zog es zu sich herauf. »Hallo.«

»Diese Hexe!«

Leise lachend ließ Alana sich in die Kissen zurücksinken. »Hallo, Stella!«

»Hast du die MacAllister-Show gesehen?«

»Ja, ich habe sie laufen.«

»Hör zu, Alana, Liz hat sich lächerlich gemacht. Das muss jeder begreifen, der auch nur zwei Gehirnzellen besitzt.«

»Worüber ärgerst du dich dann?«

Stella holte tief Luft. »Wünscht dir alles erdenklich Gute! Von wegen! Sie möchte sehen, wie du voll auf die Schnauze knallst. Sie möchte dir am liebsten ein Messer in den Rücken rammen!«

»Höchstens eine Nagelfeile.«

»Wie kannst du darüber noch Scherze machen?«, fragte Stella. »Wie kannst du es so ernst nehmen?«

»Hör zu, Alana! Ich kenne diese Art Frau. Ich spiele diesen Typ seit fünf Jahren. Es gibt nichts, absolut nichts, was sie nicht tun würde, um dir zu schaden. Verdammt, du vertraust aber auch jedem!«

»Manchen weniger als anderen.« Obwohl sie die Sorge und Treue ihrer Freundin rührten, lachte sie. »Stella, ich bin kein kompletter Dummkopf.«

»Du bist überhaupt kein Dummkopf«, entgegnete Stella heftig. »Aber du bist naiv. Wenn dich ein Kind auf der Straße um eine Spende bittet, glaubst du wirklich, dass es für ein Waisenheim sammelt.«

»Könnte doch sein«, murmelte Alana. »Außerdem, was hat das zu tun mit ...«

»Alles!«

Stella schrie fast schon am Telefon. »Ich mache mir eben Sorgen um dich, weil du mir etwas bedeutest. Du gehst doch sogar nachts munter die Straße entlang, ohne an die Verrückten auf dieser Welt zu denken.«

»Komm schon, Stella! Würde ich zu viel daran denken, würde ich gar nicht mehr ausgehen.«

»Aber denke daran, dass Liz Hunter eine mächtige, rachsüchtige Frau ist, die dich ruinieren möchte. Pass auf, was sich hinter deinem Rücken tut.«

Wer sollte das besser als ich wissen, dachte Alana schaudernd. Ich spiele seit Wochen ihre Rolle. »Wenn ich verspreche, vorsichtig zu sein, machst du dir dann keine Sorgen mehr?«

»Doch!« Stella seufzte ein wenig besänftigt. »Versprich es trotzdem.«

»Hiermit geschehen. Bist du jetzt beruhigt?«

Stella brummte leise. »Ich verstehe nicht, wieso du dich nicht ärgerst.«

»Warum sollte ich mir die Mühe machen, wenn du es für mich tust, noch dazu so gut?«

Stella seufzte ganz tief. »Gute Nacht, Alana.«

»Nacht, Stella. Danke.«

Alana legte auf und schwang leicht mit der Hängematte hin und her. Während sie zur Decke starrte, überlegte sie, wie glücklich sie war. Sie hatte Freunde wie Stella und einen Beruf, für den sie gut bezahlt wurde, obwohl sie ihn mit Freuden sogar umsonst ausgeübt hätte. Sie besaß die Liebe eines kleinen Jungen und, so Gott wollte, bald ihn selbst. Sie besaß so viel.

Alana dachte an Fabian und sehnte sich schmerzlich nach ihm.

Zwei Tage später hatte Alana zum ersten Mal frei, seit sie wieder die Rolle der Amanda spielte. Sie verbrachte ihre Zeit mit etwas, das sie selten begann und noch seltener beendete.

Hausputz.

In zerrissenen Shorts und einem verblichenen T-Shirt saß sie auf dem Fensterbrett im zweiten Stock, beugte sich hinaus und putzte die Außenseite der Fenster. Sie musste sich beschäftigen, um nicht nachzudenken. Am nächsten Tag begann die

Verhandlung über die Vormundschaft. Und sie hatte seit zwei Wochen nichts von Fabian gehört. Alana putzte die Scheiben, bis sie spiegelten.

Sie fühlte etwas zwischen den Schulterblättern, etwas wie eine leichte Berührung, drehte den Kopf und sah Fabian auf dem Bürgersteig unter sich. Ein Lächeln breitete sich auf ihrem Gesicht aus. »Hallo!«

Er blickte zu ihr hoch. Die Sehnsucht ließ seine Knie weich werden. »Was, zum Teufel, machst du da?«

»Ich putze die Fenster!«

»Du wirst dir den Hals brechen!«

»Nein, ich bin fest verankert. Kommst du herauf?«

»Ja!« Ohne ein weiteres Wort verschwand er aus ihrer Sicht. Während Fabian die Treppe hinaufstieg, erinnerte er sich an seinen Vorsatz. Er wollte Alana nicht berühren, nicht ein einziges Mal. Er wollte sagen, was er zu sagen hatte, tun, was er zu tun hatte, und dann gehen. Er wollte sie nicht berühren und dadurch wieder den endlosen Kreislauf von Verlangen und Sehnsucht und Träumen in Gang setzen. In den letzten zwei Wochen hatte er sich von Alana innerlich befreit.

Als er den Treppenabsatz erreichte, glaubte er fast daran. Dann öffnete Alana die Tür …

Sie hielt noch immer den feuchten Putzlappen in der Hand. Sie hatte kein Make-up aufgelegt. Ihre Wangen waren vor Anstrengung und Freude gerötet. Ihr Haar war nach hinten gekämmt und mit einem Band zusammengefasst. Es roch stark nach Putzmitteln.

Seine Finger zuckten vor Verlangen, sie nur ein Mal zu berühren, nur ein einziges Mal. Er ballte die Hände zu Fäusten und schob sie in die Hosentaschen.

»Schön, dich zu sehen.« Alana lehnte sich gegen den Türrahmen und betrachtete ihn eingehend. Er hatte Farbe von der Sonne bekommen, war aber noch derselbe. Sie fühlte sich von Liebe überschwemmt.

»Du bist gesegelt.«

»Ja, ziemlich viel.«

»Es hat dir gutgetan. Das sehe ich.« Sie trat zurück, als sie an seiner angespannten Haltung erkannte, dass er ihr nicht einmal die Hand schütteln wollte. »Komm herein.«

Er trat in das totale Chaos. Wenn Alana sauber machte, stellte sie alles auf den Kopf, und nichts war vor ihr sicher. Es gab kaum Platz zum Stehen, geschweige denn zum Sitzen.

»Tut mir leid«, sagte sie, als er sich umsah. »Ich bin mit dem Frühjahrsputz etwas spät dran.« Der Druck in ihrer Brust wuchs mit jeder Sekunde, als sie so direkt nebeneinanderstanden und doch Meilen voneinander getrennt waren. »Einen Drink?«

»Nein, nichts. Ich mache es schnell. Du hast die MacAllister-Show gesehen?«

»Das ist kalter Kaffee.« Alana setzte sich auf die Hängematte und ließ die Beine baumeln.

Die Hände noch immer in den Taschen vergraben, wippte Fabian auf den Füßen. »Wie denkst du darüber?«

Achselzuckend kreuzte Alana die Beine. »Sie hat ein paar Spitzen auf den Film abgeschossen, aber ...«

»Sie hat ein paar Spitzen auf dich abgeschossen«, verbesserte er sie.

Alana schätzte seine Stimmung ein und beschloss, es auf die leichte Schulter zu nehmen. »Ich blute nicht einmal.«

Er musste ihre Sorglosigkeit vertreiben. »Sie hat sich nicht damit begnügt, Alana.«

Er trat näher, um ihr Gesicht besser betrachten und ihren Duft aufnehmen zu können. »Sie hatte eine Besprechung mit dem Produzenten deiner Seifenoper und mit einigen Verantwortlichen von der Fernsehgesellschaft.«

»Mit meinem Produzenten?« Verwirrt legte sie den Kopf schief. »Warum?«

»Sie will, dass du gefeuert wirst.«

Betroffen sagte Alana gar nichts, aber ihr Gesicht wurde blass. Der Putzlappen glitt auf den Boden.

»Sie wäre mit einer Reihe von Gastauftritten in der Show einverstanden, falls du nicht mehr mitspielst. Dein Produzent hat sie höflich abgewiesen. Darum ist sie eine Etage höher gegangen.«

Alana drängte die Panik zurück. Nicht jetzt, dachte sie mit dröhnendem Kopf. Nicht während des Prozesses. Sie brauchte den sicheren Vertrag für Scott. »Und?«

Fabian hatte nicht damit gerechnet, dass sie kreidebleich werden könnte. Eine Frau mit ihrem Temperament hätte wütend werden, explodieren und mit Gegenständen um sich werfen sollen. Er hätte auch schallendes Gelächter und ein Achselzucken verstanden. Doch jetzt sah er in ihren Augen Existenzangst.

»Alana, was glaubst du, wie wichtig du für die Show bist?«

Sie musste schlucken, ehe sie antworten konnte. »Amanda ist populär. Ich bekomme den Löwenanteil an Post, und die meisten Briefe sind an Amanda und nicht an mich gerichtet. In meinem letzten Vertrag wurde meine Gage ohne große Verhandlungen erhöht.« Sie schluckte noch einmal und verkrampfte die Hände ineinander. Sie hätte schreien können. »Jeder kann ersetzt werden. Das ist Regel Nummer eins in einer Seifenoper. Werden sie mich feuern?«

»Nein.« Stirnrunzelnd trat er näher. »Es überrascht mich, dass du überhaupt fragst. Du bist ihr bestes Zugpferd bei den Einschaltquoten. Wenn im Herbst unser Film gesendet wird, wirkt sich das bestimmt gut auf die Show aus. Ganz praktisch gedacht, bist du für den Sender mit deiner täglichen Arbeit viel mehr wert als Liz mit Gastauftritt.« Als Alana tief aufatmete, musste er dagegen ankämpfen, sie in die Arme zu nehmen. »Bedeutet dir die Show so viel?«

»Ja, sehr viel.«

»Warum?«

»Es ist meine Show«, sagte sie einfach. »Meine Rolle.« Als die Panik nachließ, kam der Ärger. »Wenn ich gehe, dann nur, weil ich es will oder weil ich nicht mehr gut genug bin.« Sie ließ ihrem Zorn freien Lauf, packte eine kleine gelbe Vase samt Inhalt und schleuderte sie gegen die Wand. Glas splitterte, Blumen flogen herum. »Ich habe fünf Jahre meines Lebens dieser Show geopfert!« Als sie sich allmählich beruhigte, starrte sie auf die Scherben der Vase und die geknickten Stiele. »Die Show ist für mich wichtig«, fuhr sie fort und blickte Fabian wieder an. »Aus vielen Gründen im Moment lebenswichtig. Woher weißt du überhaupt Bescheid?«

»Von Marshell. Es gab eine ziemlich große Besprechung deinetwegen. Wir haben beschlossen, dich darüber privat zu informieren.«

»Ich weiß das zu schätzen.« Der Ärger schwand, Erleichterung durchflutete sie. »Nun ja, tut mir leid, dass Liz sich so unter Druck gesetzt fühlt, dass sie mich aus dem Job drängen will, aber wahrscheinlich wird sie sich jetzt zurückziehen.«

»Du bist doch nicht so dumm, dass du das glaubst.«

»Sie kann mir nichts antun. Und jedes Mal, wenn sie es versucht, macht sie es für sich nur noch schlimmer.« Langsam entspannte Alana ihre Hände. »Jedes Interview, das sie gibt, ist kostenlose Reklame für den Film.«

»Wenn es irgendeine Möglichkeit gibt, dich zu verletzen, wird sie es tun. Ich hätte daran denken sollen, bevor ich dir die Rolle der Rae gegeben habe.«

Lächelnd legte Alana ihre Hände leicht an seine Arme. »Machst du dir Sorgen um mich? Das würde mir gefallen. Nur ein wenig Sorgen?«

Er hätte spätestens jetzt zurückweichen sollen, aber er brauchte die Berührung, ersehnte sie. Bloß ihre Hände auf seinen Armen. Wenn er sehr vorsichtig war, konnte nichts passieren. »Ich bin für alle Schwierigkeiten verantwortlich, die sie dir macht.«

»Das ist eine bemerkenswert lächerliche Behauptung, außerdem auch arrogant und ziemlich egozentrisch.« Sie lächelte strahlend. »Und sie passt genau zu dir. Ich habe dich vermisst, Fabian. Ich habe alles an dir vermisst.«

Sie zog ihn näher zu sich heran. Als sie ihre Hand an sein Gesicht legte, senkte er seinen Mund auf ihre Lippen. Die erste Berührung ließ ihn alle Vorsätze vergessen, die er während seiner Abwesenheit gefasst hatte.

Alana stöhnte, als sich ihre Lippen trafen. Sie schien schon seit Jahren darauf gewartet zu haben. Verlangen durchzuckte sie, und sie zog ihn zu sich herunter. Die Hängematte schwang unter dem doppelten Gewicht.

Keiner von beiden fand jetzt die Geduld für Zärtlichkeit. Wortlos trieben sie einander zur Eile an. Beeil dich, und berühre mich! Es ist schon so lange her! Rasch entledigten sie sich ihrer Kleidung. Haut berührte Haut, und leidenschaftlich ergriffen sie voneinander Besitz.

Die Hängematte bewegte sich wie die See, und Fabian fühlte sich befreit. Schon allein in Alanas Nähe zu sein befreite ihn. Aus dem Gefühl der inneren Freiheit entstand Raserei. Er hungerte nach ihr und kümmerte sich nicht mehr darum, dass er sich zurückhalten wollte. Ihre Haut fühlte sich weich und warm unter seinen Händen an. Ihr Mund war heiß und nachgiebig. Sie schenkte sich ihm wieder maßlos.

Alana hatte in dem Moment zu denken aufgehört, in dem er sie küsste. Sie schmeckte seine salzige Haut, als sie sich in der feuchten Hitze des Nachmittags aneinanderklammerten. Wildes Verlangen tobte in ihm, mehr, als sie je an ihm gefunden hatte. Es ließ sie erbeben, dass sie mit einer solchen Wildheit begehrt wurde.

Ihr eigenes Verlangen schwoll im gleichen Maße an. Die Schnüre der Hängematte pressten sich gegen ihren Rücken, als sich sein Körper auf sie drückte. Seine Hände gruben sich in ihre Haare, während er ihren Mund voll auskostete. Sie hörte seinen abgehackten Atem, öffnete die Augen und sah, dass er sie beobachtete, die ganze Zeit.

Seine Augen blieben offen, als er sich in sie versenkte. Er wollte sie sehen, musste wissen, dass ihr Verlangen für ihn so groß war wie seines für sie, musste es sehen. Und er sah, wie ihr Mund bebte, als sie seinen Namen flüsterte, sah die unglaubliche Lust in ihren Augen. Und das alles konnte er ihr geben. Fabian vergrub sein Gesicht in ihrem Haar. Er wollte ihr alles geben.

»Alana ...«

Mit seinem letzten Funken klaren Verstandes erkannte er, dass sie beide kurz vor dem Höhepunkt standen. Er packte ihren Kopf und ließ ihre Lippen miteinander verschmelzen, sodass sich auf dem Gipfel ihre Lustschreie vereinigten.

Die Schwingungen der Hängematte ließen nach und wurden sanft wie die einer Wiege. Fabian und Alana hielten einander eng umschlungen. Ihr Kopf ruhte in der Beuge seiner Schulter. Ihre Körper waren feucht von der Hitze in der Luft und in ihnen selbst.

»Ich habe an dich gedacht«, murmelte Fabian. Seine Augen waren geschlossen. Sein Herzschlag beruhigte sich, aber seine Arme gaben sie nicht frei. »Ich habe ständig an dich gedacht.«

Alana lächelte mit offenen Augen. Sie hatte nichts anderes hören wollen. »Schlaf eine Weile bei mir.« Sie drehte den Kopf und küsste seine Schulter. »Nur ein kleines Schläfchen.«

Tage- und nächtelang hatte sie ständig an das Morgen gedacht. Jetzt war wieder die Zeit gekommen, um nur an das Jetzt zu denken.

Noch lange nachdem Fabian eingeschlafen war, lag Alana wach und fühlte das sanfte Wiegen der Hängematte.

11. Kapitel

Alana saß auf einer hölzernen Bank vor dem Gerichtssaal. Leute kamen und gingen, aber niemand kümmerte sich um die junge Frau in dem taubenblauen Kostüm mit taillenkurzer Jacke, den goldenen Knöpfen und der weißen Bluse, die halsnah von einer roten Schleife zusammengehalten wurde. Ein roter Gürtel war das einzig Auffällige, das Alana sich an diesem Tag erlaubt hatte.

Der erste Verhandlungstag war vorüber, und Alana fühlte eine seltsame Mischung von Erleichterung und Anspannung. Es hatte begonnen, jetzt gab es kein Zurück mehr. Weiter unten öffnete sich eine Tür, und eine Flut von Leuten quoll auf den Korridor heraus. Alana hatte sich noch nie in ihrem Leben so allein gefühlt.

Am ersten Tag war nur die Vorgeschichte aufgerollt worden, für Alanas Gefühl schrecklich trocken und nüchtern. Aber die Räder waren in Gang gekommen.

Es soll bloß schnell vorbeigehen, dachte sie. Die Anspannung kam von dem Gedanken an morgen, die Erleichterung von der absoluten Sicherheit, das Richtige zu tun.

Bigby verließ mit seiner dünnen Aktenmappe den Gerichtssaal. »Ich lade Sie auf einen Drink ein.«

Lächelnd ergriff Alana seine Hand und stand auf. »Einverstanden. Aber ich möchte Kaffee.«

»Sie haben sich da drinnen gut gehalten.«

»Ich habe nicht viel getan.«

Er wollte etwas sagen, überlegte es sich aber anders. Vielleicht war es das Beste, ihr gar nicht zu erklären, wie viel sie allein durch ihre Gegenwart getan hatte. Ihre Frische, die

Sorge in ihren Augen, der Klang ihrer Stimme, all das hatte einen lebhaften Kontrast dargestellt zu der Haltung und den steinernen Gesichtern der Andersons. Ein guter Richter in Vormundschaftsprozessen ließ sich von mehr als Fakten und Zahlen leiten.

»Machen Sie einfach so weiter«, riet Bigby und drückte ihre Hand, während sie den Korridor entlanggingen. »Verraten Sie mir, wie Ihr Leben demnächst verlaufen wird«, bat er und führte sie ins Freie. »Ich vertrete nicht jeden Tag eine strahlende Berühmtheit.« Keiner von beiden bemerkte den Mann in dem dunklen Anzug mit der Hornbrille, der ihnen folgte.

Alana lachte sogar noch, als sie den ersten vollen Schlag der Hitze auf der Straße abbekam. New York im Hochsommer war heiß und feucht und schweißtreibend. »Bin ich das wirklich? Eine Berühmtheit?«

»Ihr Bild war in ›Bildschirm‹, und Ihr Name wurde in der MacAllister-Show erwähnt.« Er grinste, als sie eine Augenbraue hob. »Ich bin beeindruckt.«

»Sie lesen ›Bildschirm‹, Charlie?« Sie erkannte, dass er sie beruhigen wollte, und er machte seine Sache gut. Kameradschaftlich hakte sie sich bei ihm unter. »Ich muss gestehen, dass die Reklame weder der Seifenoper noch dem Film oder mir schadet.«

»In dieser Reihenfolge?«

Alana lächelte und zuckte die Schultern. »Kommt auf meine Stimmung an.« Nein, sie war nicht frei von Ehrgeiz. Der Artikel in »Bildschirm« hatte ihr große Genugtuung verschafft. »Von der Shampoo-Werbung bis heute war es ein weiter Weg, und es wird mir nicht leidtun, wenn ich in der nächsten Zeit nicht drei Stunden lang mit Schaum auf dem Kopf posieren muss.«

Sie betraten gemeinsam einen Coffeeshop, in dem die Temperatur gleich um fünfzehn Grad niedriger lag. Alana schauderte kurz und atmete erleichtert auf.

»Dann läuft beruflich also alles gut?«, fragte Charlie.

»Keine Klagen.« Alana schob sich auf eine kleine Sitzbank und schlüpfte aus ihren Schuhen. »Nächste Woche werden die Rollen für ›Zweites Kapitel‹ besetzt. Ich habe schon viel zu lange nicht mehr Theater gespielt.«

Bigby schnalzte mit der Zunge, als er nach der Speisekarte griff. Der Mann in dem dunklen Anzug setzte sich mit dem Rücken zu Alana an den Nebentisch.

»Sie sitzen wohl nie still?«, fragte Bigby.

»Nicht länger als nötig. Ich habe ein gutes Gefühl wegen der Vormundschaftssache. Es wird sich alles regeln, Charlie. Scott wird bei mir sein, und Fabians Film wird ein großer Hit.«

Er betrachtete sie lächelnd. »Die Kraft des positiven Denkens.«

»Wenn es hilft.« Sie stützte die Ellbogen auf den Tisch und legte ihr Kinn in die Hände.

»Mein ganzes Leben habe ich mich auf gewisse Ziele zubewegt, ohne zu erkennen, dass ich sie mir gesteckt hatte. Jetzt sind sie fast in Reichweite.«

Bigby blickte zu der Kellnerin auf, ehe er sich wieder Alana zuwandte. »Wie wäre es mit Kuchen zum Kaffee?«

»Wenn Sie mich schon dazu zwingen. Blaubeeren.« Ihre Zungenspitze fuhr über ihre Lippen, weil sie den Kuchen fast schon schmecken konnte.

»Zwei Mal«, sagte Bigby zu der Servierein. »Da wir gerade von Fabian DeWitt sprechen«, fuhr er fort.

»Tun wir das?«

Bigby fing das amüsierte Glitzern in Alanas Augen auf. »Ich glaube, Sie haben DeWitt vor ein paar Wochen erwähnt. Ein Mann, der nicht viel von Schauspielerinnen und Beziehungen hält?«

»Sie haben vielleicht ein Gedächtnis, und Sie sind sehr scharfsinnig.«

»Ich habe einfach zwei und zwei zusammengezählt, vor allem nach Liz Hunters Vorstellung in der MacAllister-Show.«

»Vorstellung?«, wiederholte Alana mit einem leichten Lächeln.

»Ein Schauspieler durchschaut meiner Meinung nach einen anderen Schauspieler. Ein Anwalt hat viel von einem Schauspieler an sich. Liz Hunter hat DeWitt vor ein paar Jahren, bildlich gesprochen, durch den Wolf gedreht.«

»Sie haben sich gegenseitig verletzt. Wissen Sie, ich glaube, dass manche Menschen ausgerechnet solche Menschen anziehen, die für sie das Schlimmste sind.«

»Sprechen Sie aus persönlicher Erfahrung?«

Ihre Augen wurden sehr ernst, ihr Mund wurde sehr sanft. »Fabian ist der richtige Mann für mich. In vieler Hinsicht wird er mein Leben schwierig machen, aber er ist richtig für mich.«

»Was macht Sie so sicher?«

»Ich liebe ihn.« Als die Servierin das Bestellte brachte, ließ Alana erst einmal den Kaffee und stürzte sich auf den Kuchen. »Der Himmel segne Sie, Charlie«, murmelte sie nach dem ersten Bissen.

Er rümpfte die Nase über das gewaltige Kuchenstück. »Sie lassen sich leicht beeindrucken.«

»Und Sie sind ein Zyniker. Essen Sie lieber!«

Er griff nach einer Gabel und polierte sie gedankenverloren mit einer Papierserviette. »Auch auf das Risiko hin, in ein Fettnäpfchen zu treten: DeWitt ist nicht der Typ Mann, den ich mit Ihnen in Verbindung gebracht hätte.«

Alana nahm den nächsten Bissen in den Mund. »Hm?«

»Er ist sehr verbissen und ernsthaft. Seine Drehbücher haben das bewiesen. Und Sie sind ...«

»Flockig leicht?«, warf sie ein und spießte das nächste Kuchenstück auf.

»Nein.« Bigby öffnete einen kleinen Plastikbehälter mit Sahne, der in einer Schale auf dem Tisch stand. »Sie sind alles andere als das. Aber Sie stecken voll Lebensfreude. Es ist nicht so, dass Sie sich den Härten des Lebens nicht stellen, aber Sie erwarten sie nicht. Ich habe den Eindruck, dass DeWitt nach den Härten regelrecht sucht.«

»Vielleicht tut er das. Wenn man einen Schicksalsschlag erwartet und er sich einstellt, wird man gewöhnlich davon nicht so niedergeschmettert. Für manche Leute ist das eine Art der Selbstverteidigung. Ich glaube, Fabian und ich, wir können voneinander lernen.«

»Und wie denkt Fabian darüber?«

»Es ist schwer für ihn«, murmelte sie. »Er wollte in Ruhe gelassen werden. Sein Leben ist bisher in einer bestimmten Bahn verlaufen, und ich habe mich hineingedrängt. Er braucht Zeit, damit fertigzuwerden.«

»Und was brauchen Sie?«

Sie blickte auf und erkannte, dass ihn ihre Antwort nicht befriedigt hatte. Er sorgt sich um mich, dachte Alana bewegt. Sie berührte Bigbys Hand. »Ich liebe ihn, Charlie. Das genügt für den Moment. Es genügt nicht für immer, aber die Menschen können ihre Gefühle nicht wie eine Glühbirne ein- und ausschalten. Ich kann es jedenfalls nicht«, verbesserte sie sich.

»Soll das heißen, DeWitt kann es?«

»Bis zu einem gewissen Grad.« Alana setzte noch einmal zum Sprechen an, schüttelte jedoch den Kopf. »Nein, ich möchte ihn nicht einmal in dieser Hinsicht ändern. Ich brauche das Gleichgewicht, das er mir bringt, und ich möchte die Schatten aufhellen, die er mit sich herumschleppt. In gewisser Weise ist es mit Scott genauso. Ich brauche die Stabilität, die er in mein Leben bringt. Im Grunde brauche ich es, gebraucht zu werden.«

»Haben Sie Fabian von Scott erzählt? Von dem Vormundschaftsprozess?«

»Nein.« Alana rührte Zucker in ihren Kaffee, trank aber nicht. »Ich möchte ihn nicht mit einem Problem belasten, das schon bestanden hat, als wir uns kennenlernten. Mein Instinkt sagt mir, dass ich allein damit fertigwerden muss. Wenn alles gelöst ist, werde ich es Fabian sagen.«

»Vielleicht wird es ihm nicht gefallen«, gab Bigby zu bedenken. »In einem Punkt muss ich Ford recht geben. Manche Männer wollen sich nicht um das Kind eines anderen Mannes kümmern.« Alana schüttelte den Kopf. »Das kann ich mir von Fabian nicht vorstellen. Er hat zwar einmal gesagt, dass er von Frauen und Familie nichts wissen wolle, weil das alles nur auf den ersten Blick schön aussehe und doch nur Ärger und Schmerzen bringe. Aber wenn ich seine Meinung über Frauen und Bindungen ganz allgemein geändert habe, wird er auch über Familie und Kinder anders denken. Ich hoffe es wenigstens …«

»Und falls Sie eine Wahl treffen müssten?«

Sie schwieg, während sie gegen den Schmerz kämpfte, den ihr die bloße Vorstellung, von Fabian abzulassen, brachte. »Wenn man sich zwischen zwei Menschen entscheiden muss, die man liebt«, sagte Alana ruhig, »wählt man denjenigen, der einen am meisten braucht.« Sie blickte ihrem Anwalt in die Augen. »Scott ist ein Kind und braucht mich mehr als alle anderen, Charlie.«

Er beugte sich über den Tisch und tätschelte ihre Hand. »Das wollte ich von Ihnen hören. Noch eine unprofessionelle Bemerkung«, fügte er lächelnd hinzu. »Auf der ganzen Welt würde kein Mann Sie oder Scott ablehnen.«

»Sehen Sie, für so eine Bemerkung bin ich verrückt nach Ihnen.« Sie tippte mit ihrer Gabel gegen ihre Zungenspitze. »Charlie, würden Sie mich für gierig halten, wenn ich mir noch ein Stück Kuchen bestelle?«

»Ja.«

»Gut.« Alana hob eine Hand und winkte der Serviererin. »Gelegentlich muss ich ganz einfach dekadent sein.«

Amandas Leben glich einem Druckkochtopf. Arme Amanda, dachte Alana. Ihre Probleme würden nie ganz gelöst werden. Aber so war nun einmal das Leben in einer Seifenoper.

Die Studiobelegschaft war noch nicht von der Mittagspause

zurück. Alana lag allein auf dem Bett, in dem Amanda durch das Splittern von Glas geweckt werden sollte. Allein und schutzlos würde sich Amanda nur mit ihrem Verstand und ihren beruflichen Fähigkeiten gegen den geistig gestörten Ripper von Trader's Bend wehren müssen.

Alana war schon in ihrem Kostüm, einem einfachen blaugrünen Nachthemd, murmelte ihren Text vor sich hin und machte ein paar träge Bemühungen, um ihr schlechtes Gewissen wegen des zweiten Stücks Blaubeerkuchen zu beruhigen.

»Ja, ja, das ist also das atemberaubende Tempo des Frühstücksfernsehens.«

Völlig in die packende Szene zwischen Amanda und dem Psychopathen versunken, ließ Alana mit einem Aufschrei das Script fallen und griff sich an die Kehle. »Gütiger Himmel, Fabian! Hoffentlich bist du gut in Erster Hilfe. Mein Herz ist soeben stehen geblieben.«

»Ich bringe es wieder zum Schlagen.« Er legte seine Hände an ihren Kopf, beugte sich herunter und küsste sie sanft, ruhig und tief. Von seinem Kuss genauso überrascht wie von seinem plötzlichen Auftauchen, lag Alana still. Sie erkannte, dass etwas anders war, aber da ihre Gedanken durcheinanderwirbelten und ihr Herz hämmerte, konnte sie es nicht bestimmen.

Fabian wusste, was anders war, als er sich auf die Bettkante setzte, ohne den Kuss abzubrechen. Er liebte Alana. Er war allein in seinem Bett erwacht und hatte nach ihr getastet. Er hatte in der Zeitung etwas Komisches gelesen und automatisch daran gedacht, wie sehr sie darüber lachen würde. Er hatte ein kleines Mädchen mit einem Luftballon seine Mutter zum Central Park zerren sehen, und er hatte an Alana gedacht.

Und während er an sie gedacht hatte, war ihm plötzlich aufgefallen, wie schön blau der Himmel, wie hektisch und voll von Überraschungen die Stadt und wie freudvoll das Leben war. Was war er doch für ein Narr gewesen, sich ihr und ihrer Liebe zu widersetzen.

Alana war seine zweite Chance ... Nein, wenn er ganz ehrlich war, musste er zugeben, dass Alana seine erste Chance für echtes und vollständiges Glück war. Er ließ sich nicht mehr durch hässliche Erinnerungen von Alana und dem Glück trennen.

»Was macht dein Herzschlag?«, murmelte er.

Alana stieß langsam den Atem aus und öffnete die Augen. »Du kannst den Krankenwagen wieder abbestellen.«

Er blickte auf das zerwühlte Bett und ihr dünnes Kostüm für die Szene. »Hast du geschlafen?«

»Ich«, entgegnete sie geziert, »ich habe gearbeitet. Die anderen sind noch beim Essen. Ich bin erst um ein Uhr an der Reihe.« Sie zupfte an ihren Haaren, die ihr als Pony über die Augen fielen. Bloß keine Spannung, dachte sie sofort und lächelte. »Was machst du hier? Normalerweise watest du um diese Tageszeit knietief in brillanten Ideen.«

»Ich wollte dich sehen.«

»Das ist nett.« Sie setzte sich auf und schlang ihre Arme um seinen Nacken. »Das ist sehr nett.«

Wie sie wohl reagiert, dachte Fabian, wenn ich ihr sage, dass ich mich nicht mehr gegen sie wehre und dass mich nichts in meinem Leben glücklicher gemacht hat als dieser Entschluss? Heute Abend, dachte er und presste sein Gesicht an ihren Hals. *Heute Abend, wenn wir allein sind, sage ich es ihr. Und ich werde ihr die entscheidende Frage stellen.*

»Kannst du eine Weile bleiben?« Alana wusste nicht, warum sie sich so wunderbar fühlte, aber sie wollte die Gründe auch nicht erforschen.

»Ich warte, bis du mit der Arbeit fertig bist. Dann entführe ich dich und schleppe dich zu mir nach Hause.«

Sie lachte, veränderte ihre Haltung und zerknitterte das Script unter sich.

»Dein Text«, warnte Fabian.

»Ich kann ihn auswendig.« Sie warf den Kopf zurück. Ihre

Augen glitzerten. »Diese Szene ist ein absoluter Höhepunkt, dramatisch und voll Gefahr.«

Fabian betrachtete das Bett. »Auch voll Sex?«

»Nein!« Sie schob ihn von sich. »Amanda wirft sich in ihrem Bett von einer Seite auf die andere. Ihre Träume wurden gestört ... Ausblenden, eine Überblendung ... Sie wandert durch einen Nebel, verloren, allein. Sie hört Schritte hinter sich ... Großaufnahme ihr Gesicht ... Angst. Und dann ...« Ihre Stimme wurde schrill vor Dramatik. Sie warf ihr Haar nach hinten. »Vor sich sieht sie eine Gestalt im Nebel.«

Alana hob die Hand, als wollte sie einen Nebelvorhang verscheuchen. »Soll sie hinlaufen? Weglaufen? Die Schritte hinter ihr werden schneller. Ihr Atem beschleunigt sich. Ein Mondstrahl, bleich und unheimlich, bricht durch den Nebel. Das ist Griff vor ihr. Er streckt ihr eine Hand entgegen, ruft ihren Namen mit widerhallender, unwirklicher Stimme. Er liebt sie. Sie möchte zu ihm, aber die Schritte holen auf. Sie beginnt zu laufen. Und dann ... das scharfe, grässliche Blitzen eines Messers!«

Alana krallte sich an Fabians Schultern fest und ließ sich in einer gespielten Ohnmacht zusammensacken. Fabian lächelte. Er zog sie kurz an den Haaren, bis sie die Augen aufschlug. »Und dann?«

»Dieser Mann hier will doch tatsächlich noch mehr.« Alana richtete sich wieder auf und stieß das Script beiseite. »Ein Schrei bleibt ihr in der Kehle stecken! Bevor sie rufen kann, splittert Glas. Amanda fährt in ihrem Bett hoch. Ihr Gesicht glänzt von Schweiß. Ihr Atem kommt in heftigen Stößen.« Sie führte es vor, und Fabian fragte sich, ob sie ihre schauspielerischen Fähigkeiten wirklich voll erkannte. »Hat sie es nur geträumt, oder hat sie es wirklich gehört? Ängstlich, aber ungeduldig steigt sie aus dem Bett.«

Sie rutschte an die Bettkante, setzte die Füße auf den Boden, stand auf, sah stirnrunzelnd zu der Tür, wie Amanda es tun würde, strich geistesabwesend ihr Haar zurück.

»Vielleicht war es nur der Wind«, fuhr sie geheimnisvoll fort. »Vielleicht war es ein Traum. Doch sie weiß, dass sie nicht mehr schlafen kann, wenn sie sich nicht davon überzeugt ... Musik klingt auf, eine Menge Bässe. Dann öffnet sie die Schlafzimmertür ... Werbung!«

»Komm schon, Alana!« Aufgeregt packte Fabian ihre Hand und zog sie zu dem Bett zurück.

Sie gab nach und legte ihre Arme um seinen Nacken. »Jetzt erfährst du, wie du am besten deinen Boden zum Glänzen bringst, ohne zu bohnern.«

Er kniff sie. »Es ist der Ripper.«

»Vielleicht.« Sie flatterte mit den Wimpern. »Vielleicht auch nicht.«

»Es ist der Ripper«, sagte er entschieden. »Und unsere furchtlose Amanda geht die Treppen hinunter. Wie vermeidet sie es, Opfer Nummer fünf zu werden?«

»Sechs«, korrigierte Alana. »Also, sie wird angeblich ... Nein, ich weiß es, und du musst abwarten und es selbst herausfinden.« Mit einem Ruck zog Fabian sie herum, sodass sie lachend auf seinen Schoß fiel. »Vorwärts! Quäle mich! Tu alles, was du mit mir tun willst! Ich werde nie und nimmer sprechen!« Sie verschränkte ihre Hände in seinem Nacken und blickte lächelnd zu ihm auf. Und sie war so schön und so voll Leben, dass sie ihm den Atem raubte.

»Ich liebe dich, Alana.«

Fabian fühlte, wie sich ihre Finger in seinem Nacken lösten. Ihr Lächeln schwand, und ihre Augen weiteten sich.

Alana war, als wäre ihr Herz nun wirklich stehen geblieben. »Das ist so ziemlich das schwerste Geschütz, das du auffahren kannst, um die Fortsetzung einer Geschichte zu erfahren«, brachte sie nach einem Moment hervor. Hätte sie die Kraft gehabt, hätte sie sich aufgesetzt, um sich gegen den sanften Druck seiner Hand an ihrer Schulter zu stemmen.

»Ich liebe dich, Alana«, wiederholte er und vergaß alle Vorsätze, es ihr auf ganz besondere Weise und ganz privat zu gestehen. »Ich glaube, ich habe dich immer geliebt. Und ich weiß, dass ich dich immer lieben werde.« Er legte seine Hände an ihr Gesicht, als sich ihre Augen mit Tränen füllten. »Du bist alles, was ich je wollte. Ich habe mich nur nicht getraut, darauf zu hoffen. Bleib bei mir!« Er berührte ihren Mund mit seinen Lippen und fühlte, wie sie bebten. »Heirate mich!«

Alana klammerte sich an ihm fest, barg ihr Gesicht an seiner Schulter und holte tief Luft. »Du musst dir sicher sein«, flüsterte sie. »Fabian, du musst dir absolut sicher sein, weil ich dich nie wieder fortlassen werde. Bevor du mich noch einmal fragst, denk daran. Ich glaube nicht an unüberwindliche Abneigung oder unüberbrückbare Gegensätze oder andere Trennungsgründe. Mit mir ist es für immer, Fabian. Es muss für immer sein.«

Er hob ihren Kopf an. In seinen Augen sah sie Leidenschaft. Und Liebe. »Du hast verdammt recht«, flüsterte er atemlos. »Ich will schnell heiraten.«

Er unterstrich seine Worte mit einem Kuss. »Und in aller Stille. Wie schnell können sie Amanda für eine Weile aus der Serie herausschreiben, damit wir mehr als ein Wochenende für unsere Hochzeitsreise haben?«

Alana hätte nie gedacht, dass jemand sie an Tempo übertreffen könnte. Doch jetzt wirbelten ihr Gedanken durch den Kopf, während sie krampfhaft versuchte, Klarheit in die Situation zu bringen. Heirat! Fabian sprach schon von Heirat und Flitterwochen! »Also, ja, ich will sehen, wie das geht ... Nachdem Griff Amanda vor dem Ripper gerettet hat, verliert sie das Baby und fällt ins Koma. Die Krankenhausszenen könnten ...«

»Aha!« Mit einem selbstzufriedenen Lächeln küsste Fabian sie auf die Nase. »Griff rettet sie also vor dem Ripper, womit er aus der Liste der Verdächtigen ausscheidet.«

Alana kniff die Augen zusammen. »Du Ratte!«

»Sei bloß froh, dass ich kein Spion von einer anderen Fernsehgesellschaft bin. Du bist ein Umfaller.«

»Ich werde dir einen Umfaller zeigen!«, rief Alana und ließ sich mit ihm umkippen, dass er auf dem Rücken landete. Er liebte sie. Der Gedanke löste solche Heiterkeit in ihr aus, dass sie sich lachend auf ihn fallen ließ. Bevor er sich zurückziehen konnte, ertönte eine Stimme ...

»Alana! Alana, du solltest dir das ansehen und ...« Stella prallte vor Überraschung zurück, als sie Alana und Fabian lachend auf dem Bett liegen sah. Sie ließ blitzschnell die Zeitung in ihrer Hand hinter ihrem Rücken verschwinden und fluchte leise. »Hoppla! Also, ich hätte ja angeklopft, wenn einer von euch die Tür zugemacht hätte.« Sie zeigte mit der freien Hand auf die Kulissenwand. »Ich sollte wohl rausgehen und wieder reinkommen?« Gleich nachdem ich diese Zeitung verbrannt habe, dachte sie grimmig, lächelte und ging einen Schritt rückwärts.

»Bleib!« Alana setzte sich auf, hielt aber Fabians Hand fest. »Ich bin gerade dabei, dich mit einer einzigartigen, großartigen Ehre zu bedenken.« Sie drückte Fabians Hand. »Meine Schwester mag noch so verdorben sein, sie soll es als Erste erfahren.«

»Auf alle Fälle«, stimmte Fabian zu.

»Stella ...« Alana stockte. Ein genauer Blick in die Augen ihrer Freundin genügte, um zu wissen, dass etwas Unerfreuliches geschehen war. »Was ist los?«

»Nichts! Mir ist nur eingefallen, dass ich noch mit Neal über etwas sprechen muss. Also, ich suche ihn besser, bevor ...«

Aber Alana stand schon von dem Bett auf. »Was wolltest du mir zeigen, Stella?«

»Ach, nichts.« In Stellas Augen stand jetzt eine offene Warnung. »Es kann warten.«

Ohne ein Lächeln streckte Alana die Hand aus.

Stellas Finger schlossen sich fester um die Zeitung. »Alana, jetzt ist nicht der richtige Zeitpunkt. Ich finde, du solltest lieber ...«

»Ich möchte es jetzt sehen.«

»Verdammt.« Mit einem Blick auf Fabian gab Stella ihr die Zeitung.

»Star-Schaukel«. Alana fühlte einen ärgerlichen Stich. Das war von den Klatschzeitungen der absolute Bodensatz. Halb amüsiert überflog sie die schreierischen Schlagzeilen. »Wirklich, Stella, wenn du in deiner Mittagspause nichts Besseres zu tun hast, bin ich enttäuscht.«

Sie drehte die Zeitung herum und überflog den Teil unterhalb des Knicks.

Verzweifelter Kampf! Königin der Seifenoper: Gebt mir mein Kind der Liebe!

Darunter war ein grobkörniges Foto von Alana zu sehen, wie sie im Central Park im Gras saß und Scotts Gesicht zärtlich zwischen den Händen hielt. Plötzlich erinnerte sie sich wieder an einen Mann mit dunklem Anzug und Hornbrille, der ihr damals gefolgt war. Er war ihr zwar aufgefallen, aber sie hatte sich weiter nichts dabei gedacht. Sie hörte nicht, wie Fabian aufstand und zu ihr trat.

Fabian war, als bohrte sich eine Faust in seinen Magen. Nicht einmal die schlechte Qualität des Fotos verschleierte die verblüffende Ähnlichkeit zwischen Alana und dem lachenden Kind. Als ihm die Schlagzeile förmlich entgegenschrie, hätte er toben können.

»Was, zum Teufel, ist das?«

Verstört blickte Alana auf. Wie war das durchgesickert? Die Andersons? Nein. Sie hatten ihr – Alana – Publicity mithilfe des möglichen Zeitungsrummels um das Kind vorgeworfen. Umso weniger würden sie sich selbst an eine Zeitung wenden. Das traute sie ihnen nicht zu.

Offenbar war ihr ein Reporter gefolgt und hatte alles über

Scott und den Vormundschaftsprozess herausgefunden. Aber wer hatte ihr den Reporter an die Fersen geheftet?

Liz Hunter. Alanas Finger krampften sich um die Zeitung. Natürlich, das war es. Liz hatte ihr beruflich nicht schaden können und war daher einen Schritt weitergegangen.

»Alana, ich habe dich gefragt, was das, zum Teufel, zu bedeuten hat.«

Sie zuckte zusammen. »Ich möchte mit dir unter vier Augen in meiner Garderobe sprechen.«

»Tut mir leid, Alana«, sagte Stella, als Alana an ihr vorbeiging.

Alana schüttelte bloß den Kopf. »Schon gut.«

In ihrer Garderobe ging sie sofort an die Kaffeemaschine. Sie musste etwas tun. Hinter sich hörte sie, wie die Tür zufiel.

»Ich wollte nicht, dass es so läuft, Fabian.« Sie holte tief Luft. »Ich habe keine Publicity erwartet. Ich war so vorsichtig.«

»Ja, vorsichtig.« Er steckte die Hände in die Hosentaschen.

»Ich weiß, du hast Fragen. Wenn ich ...«

»Ja, ich habe Fragen.« Er riss die Zeitung von dem Schminktisch. »Bist du in einen Vormundschaftsprozess verwickelt?«

»Ja.«

Er fühlte wieder den Schmerz in seinem Magen. »So viel zur Frage des Vertrauens.«

»Nein, Fabian!« Sie wirbelte zu ihm herum. »Lass mich erklären.«

»Du hast mir nichts von diesem Kind gesagt.«

»Fabian, als wir uns kennengelernt haben, war das Verfahren schon in Gang gesetzt. Ich wollte dich nicht hineinziehen.«

»So, du wolltest mich nicht hineinziehen«, erwiderte er bitter. »Scheint so, als hättest du zwei verschiedene Normen für Vertrauen, eine für dich und eine für die anderen.«

»Das ist nicht wahr.« Ihre Stimme zitterte. »Fabian, ich hatte Angst. Du wolltest nichts von einer Familie und von Bindungen wissen. Und ich hatte Angst, etwas könnte durchsickern. Scotts Großeltern ...«

»Der Junge heißt Scott?«

»Ja, er ist erst vier Jahre alt.«

Er wandte sich ab. »Und sein Vater?«

»Jeremy. Er ist tot.«

Fabian fragte nicht, ob sie ihn geliebt hatte. Das war gar nicht nötig. Er sah es an dem Schmerz in ihren Augen, wie sehr sie ihn geliebt hatte. Sie hatte dem geliebten Mann ein Kind geboren. Könnte er damit fertigwerden? Ja, er dachte schon. Es änderte nichts an Alana oder an ihm. Und doch ... und doch hatte sie ihm nichts gesagt. Und das änderte etwas.

»Bei wem ist der Junge jetzt?«, fragte er kühl.

»Bei seinen Großeltern. Er ist nicht glücklich bei ihnen, Fabian. Er braucht mich, und ich brauche ihn. Ich brauche euch beide. Bitte!« Ihre Stimme senkte sich zu einem Flüstern. »Verlange nicht, dass ich eine Wahl treffe. Ich liebe dich. Ich liebe dich unbeschreiblich, aber Scott ist eben noch ein kleiner Junge.«

»Eine Wahl?« Fabian steckte sich eine Zigarette an. »Du hast es vor mir verborgen. Das steht fest. Aber ich könnte kaum ein Kind ablehnen, das ein Teil von dir ist. Doch du hast vom ersten Moment an Vertrauen von mir gefordert. Jetzt habe ich dir mein Vertrauen gegeben und muss entdecken, dass du mir nicht vertraut hast.«

»Für mich kam Scott an erster Stelle, Fabian. Er braucht jemanden, der ihn an die erste Stelle setzt. Ich muss die Vormundschaft bekommen! Das stand von Anfang an für mich fest. Erst danach wollte ich versuchen, mit dir darüber zu sprechen, wenn du nicht mehr so entschieden gegen Familie und Verpflichtungen bist. Du hättest dann nichts mehr mit dem Prozess zu tun gehabt und hättest unbelastet über das Ganze nachdenken können.«

»Das könnte ich ja alles verstehen, wenn du mir erklären könntest, warum du ihn jemals aufgegeben hast.«

»Aufgegeben?« Tränen verschleierten Alanas Blick. »Ich verstehe dich nicht.«

»Verdammt, Alana, du verstehst sehr genau. Wahrscheinlich hast du dir Sorgen gemacht, wie es sich auf deine Karriere auswirken könnte ...«

Sie holte tief Luft. »Ich habe nur an Scott gedacht«, antwortete sie mit erzwungener Ruhe. »Ein Vormundschaftsprozess könnte kaum meinem Ruf schaden, genauso wenig wie ein uneheliches Kind, obwohl Scott nicht mein Kind ist. Jeremy – Scotts Vater – war mein Bruder.«

Fabian starrte sie sprachlos an. Jetzt begriff er gar nichts mehr. Der Gedanke durchzuckte ihn, dass Tränen nicht in Alanas Augen passten. »Der Junge ist dein Neffe?«

»Jeremy und seine Frau sind im letzten Winter gestorben. Seinen Großeltern, den Andersons, wurde die Vormundschaft übertragen. Er ist nicht glücklich bei ihnen.«

Nicht Alanas Kind, dachte Fabian, aber ihr Neffe. Trotzdem war er noch verletzt und ärgerlich. Es war nicht darum gegangen, ob der Junge ihr Sohn war oder nicht. Ihre Vergangenheit betraf ihn nicht. »Ich denke, du solltest jetzt besser alles erzählen.«

Noch ehe Alana etwas sagen konnte, klopfte jemand an die Tür. »Telefon für dich, Alana! In Neals Büro! Dringend!«

Sie drängte Ärger und Enttäuschung zurück, verließ den Raum und lief zu Neals Büro, nahm den Hörer auf und massierte dabei ihre Schläfe. »Hallo.«

»Miss Kirkwood?«

»Ja, Mr. Anderson?«

»Scott ist verschwunden.«

12. Kapitel

Alana sagte gar nichts. Tausend Gedanken jagten ihr durch den Kopf.

»Miss Kirkwood, ich sagte, dass Scott verschwunden ist.«

»Verschwunden?«, wiederholte sie flüsternd. »Seit wann?«

»Offenbar seit elf Uhr. Meine Frau dachte, er sei bei Nachbarn. Als sie ihn zum Mittagessen rufen wollte, erfuhr sie, dass er gar nicht hingegangen war.«

Elf ... Entsetzt sah Alana auf ihre Uhr. Es war fast zwei. Seit drei Stunden also. »Haben Sie die Polizei verständigt?«

»Natürlich.« Mr. Andersons Stimme klang schroff, doch Angst mischte sich in seinen Ton. »Die Nachbarschaft ist durchsucht und die Leute sind befragt worden. Alles Mögliche ist getan worden.«

»Ja, natürlich.« Sie hörte ihre eigene Stimme wie aus weiter Ferne. In ihrem Kopf dröhnte es. »Ich komme sofort zu Ihnen.«

»Nein, die Polizei möchte, dass Sie nach Hause gehen und dort bleiben, falls Scott sich bei Ihnen meldet.«

Sie sollte nach Hause gehen und nichts tun? »Ich möchte zu Ihnen kommen. Ich könnte in einer halben Stunde da sein. Ich könnte ihn suchen helfen. Ich könnte ...«

»Miss Kirkwood«, unterbrach Mr. Anderson sie und holte tief Luft. »Scott ist ein intelligenter Junge. Er weiß, wo Sie wohnen, kennt Ihre Telefonnummer. Bitte, gehen Sie nach Hause. Wenn er bei uns auftaucht, rufen wir sofort an.«

»Also gut. Ich gehe nach Hause. Ich warte da.« Benommen starrte sie auf das Telefon und begriff nicht einmal, dass sie selbst aufgelegt hatte.

Fabian brütete noch über Alana und Scott, als sich die Tür der Garderobe öffnete. Seine Fragen waren noch nicht ausreichend beantwortet, aber er vergaß sie in dem Moment, in dem er in Alanas schneeweißes Gesicht sah.

»Alana!« Er war mit einem Schritt bei ihr. »Was ist los?«

»Fabian.« Sie legte ihre Hand an seine Brust. Sie fühlte sein Herz schlagen, nein, sie war in keinem Albtraum. »Scott ist verschwunden. Sie wissen nicht, wo er ist. Er ist weg.«

Er packte sie fest an den Schultern. »Wie lange schon?«

»Seit drei Stunden.« Die erste Welle der Angst durchbrach den Schock. »Mein Gott, seit drei Stunden hat ihn niemand gesehen. Niemand weiß, wo er ist!«

Er verstärkte seinen Griff an ihren Schultern, als sie zu zittern begann. »Polizei?«

»Ja, ja, sie sucht ihn.« Sie klammerte sich unwillkürlich an ihn. »Ich soll nicht zu ihnen kommen, sondern nach Hause fahren und warten, falls … Fabian!«

»Ich bringe dich nach Hause.« Er strich ihr besänftigend die Haare aus dem Gesicht. »Wir fahren nach Hause und warten auf den Anruf. Sie werden ihn finden, Alana. Kleine Jungs laufen oft weg.«

»Ja.« Sie fasste nach seiner Hand. Natürlich hatte er recht. »Scott träumt oft mit offenen Augen. Vielleicht ist er einfach nur immer weiter gegangen.«

»Ich bringe dich heim.« Fabian hielt sie fest, während sie ihn verwirrt ansah. »Du ziehst dich um, und ich sage Bescheid, dass du heute Nachmittag nicht drehen kannst.«

»Umziehen?« Verstört blickte sie an sich hinunter. Sie trug noch Amandas Nachthemd. »Ja, gut, ich beeile mich. Sie können jeden Moment anrufen.«

Sie wollte sich beeilen, aber ihre Finger gehorchten ihr kaum. Ihr Blick fiel auf die Zeitungen und Magazine auf dem Fußboden. Berichte über sie, die aufsteigende neue Berühmtheit! Fotos von früher. Sie hielt ihren Blick darauf gerichtet, während sie versuchte, ihr Kleid zu schließen. Was nützten ihr die Berichte, in denen sie gelobt und förmlich hochgejubelt wurde? Was sollten all die Fotos, die sie in silbergrauen Kleidern mit passender Pelzjacke und Mütze oder in einem roten oder schwarzen Jackenkleid mit einem fröhlichen roten Schal um den Hals zeigten? Sie hatte nie großen Wert auf solche Äußerlichkeiten gelegt. Jetzt wurde ihr noch klarer, wie unwichtig das alles war. Scott war verschwunden!

Fabian kehrte nach wenigen Minuten zurück. »Fertig?« Er fühlte, wie Panik sie im Griff hatte.

»Ja.« Sie nickte und ging mit ihm, einen Fuß vor den anderen setzend, während Bilder von Scott vor ihrem geistigen Auge einander abwechselten: Scott verloren, verängstigt oder, noch schlimmer, im Auto eines Fremden ... Sie wollte schreien, als sie in ein Taxi stieg.

Fabian hielt ihre eiskalte Hand fest. »Alana, es passt nicht zu dir, das Schlimmste anzunehmen. Denk doch nach! Es gibt hundert harmlose Gründe, warum er für ein paar Stunden untertaucht. Vielleicht hat er einen Hund gefunden oder ist einem Ball nachgelaufen. Vielleicht hat er einen faszinierenden Stein gefunden und untersucht ihn in einem Versteck.«

»Ja.« Sie versuchte, es sich vorzustellen. Das wäre typisch Scott. Trotzdem schwand das Bild von dem Auto und dem Fremden nicht. Scott hatte keine Angst vor Menschen, was sie bisher bei ihm bewundert hatte. Jetzt jagte es ihr Angst ein.

Sobald das Taxi hielt, fuhr sie hoch, riss die Tür auf und rannte die Stufen hinauf, bevor Fabian den Fahrer bezahlt hatte.

Stille. Alana starrte auf das Telefon in ihrer Wohnung und versuchte, es zum Klingeln zu zwingen. Sie sah auf die Uhr. Seit Andersons Anruf war keine halbe Stunde vergangen. Viel zu kurz, sagte sie sich und begann, hin und her zu gehen. Viel zu lang. Viel zu lang für einen kleinen Jungen allein.

Sie hörte, wie sich die Tür schloss, und drehte sich um. Hilflos hob sie die Hände und ließ sie wieder fallen.

»Fabian! Oh Gott, ich weiß nicht, was ich tun soll. Es muss doch etwas geben, irgendetwas.«

Wortlos kam er zu ihr und nahm sie in die Arme. Seltsam, dass erst etwas für sie so Furchtbares passieren musste, um ihn erkennen zu lassen, dass sie ihn genauso brauchte wie er sie. All sein Ärger und all seine Zweifel waren ausgelöscht. Liebe war einfacher, als er sich je vorgestellt hatte.

»Setz dich, Alana.« Er schob sie zu einem Stuhl. »Ich mache dir etwas zu trinken.«

»Nein, ich ...«

»Setz dich«, wiederholte er mit der Festigkeit, die sie jetzt brauchte. »Ich mache dir Kaffee. Ich besorge dir ein Beruhigungsmittel.«

»Ich brauche kein Beruhigungsmittel!«, fuhr sie auf.

Er nickte zufrieden. Solange sie ärgerlich war, brach sie nicht zusammen. »Dann also Kaffee.«

Ihre zitternden Hände zerknüllten den weiten Rock des sommerlichen, schwarz-weiß gepunkteten Kleides, zerdrückten die Stoffblume auf dem breiten Taillenband, ohne dass sie es merkte.

Kaum ging Fabian in die Küche, als sie schon wieder auf den Beinen war. Sie konnte nicht still sitzen. Von Ruhe war keine Rede. Als sie wieder auf ihre Uhr sah, stieg hysterisches Schluchzen in ihr hoch.

»Alana!« Fabian brachte den Kaffee und fand sie tränenüberströmt vor.

»Fabian, wo könnte er sein? Er ist doch fast noch ein Baby. Er hat keine Angst vor Fremden. Das ist mein Fehler, weil ...«

»Hör auf«, sagte er sanft und drückte ihr die Tasse in beide Hände. Alana zitterte so heftig, dass sie den Kaffee fast verschüttete. »Erzähl mir von ihm.«

Einen Moment starrte sie in die Tasse. »Er ist vier, fast fünf. Er möchte einen Pferdewagen zum Geburtstag, einen gelben, und er denkt sich gern etwas aus.« Ein Schluck des heißen Kaffees beruhigte sie ein wenig. »Scott besitzt eine wunderbare Fantasie. Gib ihm einen Pappkarton, und er sieht darin ein Raumschiff, ein Unterseeboot oder eine Höhle. Du weißt, was ich meine.«

»Ja.« Fabian setzte sich zu ihr und ergriff ihre Hand.

»Als Jeremy und Barbara starben, war er so verloren. Die drei waren zusammen eine schöne Familie gewesen. So glücklich.«

Ihr Blick wurde zu den Boxhandschuhen hinter der Tür gezogen. Jeremys Handschuhe. Sie würden eines Tages Scott gehören. Alana sprach hastig weiter. »Er ist seinem Vater sehr ähnlich, hat den gleichen Charme, die gleiche Neugierde. Die Andersons, Barbaras Eltern, mochten Jeremy nie. Nach Barbaras Heirat mit ihm haben sie ihre Tochter kaum noch gesehen. Nach … nach dem Unfall wurde er ihnen zugesprochen. Ich wollte ihn, aber es lag nahe, dass er zu ihnen kam. Ein Haus, eine Familie …« Sie unterbrach sich und warf einen verzweifelten Blick auf das Telefon.

»Aber?«, drängte Fabian.

»Sie verstehen Scott nicht. Er spielt Archäologe und gräbt ein Loch in ihren Rasen.«

»Und das verärgert sie.« Fabian entlockte ihr damit ein schwaches Lächeln.

»Er würde den Rasen nicht umgraben, wenn man ihn in einen Sandkasten setzt und sagt, das sei die Wüste. Aber nein, er wird für seine Fantasie bestraft.«

»Deshalb kämpfst du um ihn.«

»Ja.« Alana befeuchtete ihre Lippen. »Vor allem lieben sie ihn nicht. Sie fühlen sich nur für ihn verantwortlich. Ich ertrage die Vorstellung nicht, er könnte ohne all die Liebe aufwachsen, die er bekommen sollte.« Abrupt verstummte sie. Wo ist er? Wo ist er? hämmerte es in ihren Schläfen.

»Er wird nicht ohne Liebe aufwachsen.« Fabian zog Alana an sich und küsste die Tränen aus ihren Augenwinkeln weg. »Sobald du die Vormundschaft hast, kümmern wir uns darum.«

Behutsam beugte sie sich zurück, obwohl ihre Finger noch immer seine Schultern festhielten, um ihm in die Augen sehen zu können. »Wir?«

Fabian sah sie eindringlich an. »Gehört Scott zu deinem Leben?«

»Ja, er ...«

»Dann gehört er auch zu meinem Leben.«

Sie setzte zwei Mal an, ehe sie sprechen konnte. »Ohne Vorbehalte?«

»Ich habe viel Zeit damit verschwendet, Vorbehalte zu haben. Manchmal sind sie überflüssig.« Er zog ihre Finger an seine Lippen. »Ich liebe dich.«

»Fabian, ich habe solche Angst.« Ihr Kopf sank gegen seine Schulter. Der Damm brach.

Fabian ließ Alana weinen. Er streichelte ihr Haar, bis sie erschöpft in seinen Armen lag.

»Wie spät ist es?«, murmelte sie. Mit verquollenen Augen starrte sie auf das Telefon, das immer noch nicht geklingelt hatte.

»Fast vier.« Er fühlte, wie sie zusammenzuckte. Jedes Wort war überflüssig. »Ich mache noch einen Kaffee.«

Als es an der Tür klopfte, drehte Alana sich unwillig um. Sie wollte jetzt niemanden sehen. Nur das Telefon war wichtig. »Ich mache den Kaffee.« Sie zwang sich dazu, aufzustehen. »Ich will niemanden sehen, bitte!«

»Ich schicke die Leute weg.«

»Danke, Fabian.«

Fabian ging an die Tür, öffnete sie und sah eine junge Frau in einem mit Farbe verschmierten Overall vor sich. Dann sah er den Jungen. »Entschuldigen Sie, dieser kleine Junge lief ein paar Blocks von hier herum. Er hat mir diese Adresse gegeben. Ich möchte ...«

»Wer bist du?«, fragte der Junge. »Hier wohnt Alana.«

»Ich bin Fabian. Alana wartet schon auf dich, Scott.«

Scott lächelte und zeigte dabei kleine weiße Zähne. Babyzähne, dachte Fabian. *Er ist fast noch ein Baby.* »Ich bin nicht früher gekommen, weil ich mich ein wenig verlaufen habe. Bobbi hat mich hergebracht.«

Fabian legte seine Hand auf Scotts Kopf. Scotts Haare waren so weich wie Alanas Haar. »Wir sind Ihnen sehr dankbar, Miss ...«

»Freeman, Bobbi Freeman.« Lächelnd deutete sie auf Scott. »Er hat sich vielleicht ein wenig verlaufen, aber er weiß ganz bestimmt, was er will, nämlich Alana und ein Sandwich mit Erdnussbutter. Also, Leute, ich muss wieder an mein Treppengeländer. Bis später, Scott.«

»Auf Wiedersehen, Bobbi.« Er gähnte gewaltig. »Ist Alana hier?«

»Ich hole sie.« Fabian ging in die Küche, während Scott auf die Hängematte kletterte, und nahm Alana die Tassen aus der Hand. »Da ist jemand, der dich sehen will.«

Sie schloss die Augen. »Bitte, Fabian, nicht jetzt.«

»Der lässt sich aber nicht wegschicken.«

Etwas in seinem Ton ließ ihr Herz rasen. Sie stürmte an ihm vorbei in das Wohnzimmer, wo ein blonder Junge glücklich in der Hängematte schaukelte, zwei Kätzchen auf dem Schoß. »Mein Gott, Scotty!«

Er streckte ihr schon die Arme entgegen, als sie durch den Raum lief. Sie drückte ihn an sich. Wärme. Sie fühlte die Wärme seines kleinen Körpers und stöhnte vor Freude. Sein zerzaustes Haar strich über ihr Gesicht. Sie roch einen Hauch seiner Seife, gemischt mit den Gummidrops, die er stets in seinen Taschen versteckte. Weinend und lachend sank sie mit ihm auf den Boden.

»Scott! Scott! Ist dir auch nichts geschehen?« In plötzlicher Angst schob sie ihn ein Stück von sich, um ihn zu betrachten.

»Aber nein.« Ein wenig verschnupft über die Frage, wand er sich in ihrem Griff. »Ich habe Butch noch nicht gesehen. Wo ist Butch?«

»Wie bist du hergekommen?« Alana drückte ihn wieder an sich und küsste sein Gesicht. »Wo warst du?«

»Im Zug.« Sein Gesicht strahlte. »Ich bin allein mit dem Zug gefahren.«

»Du ...« Sie starrte ihn ungläubig an. »Du bist ganz allein von deinen Großeltern bis hierher gekommen?«

»Ich habe gespart.« Stolz holte er aus seiner Tasche die restlichen Cents und ein paar Gummidrops. »Ich bin auf den Bahnhof gegangen, aber es hat viel länger gedauert als mit einem Taxi. Und ich habe die Fahrkarte selbst gekauft. Du hast es mir gezeigt. Ich habe Hunger, Alana.«

»Augenblick.« Sie hielt ihn fassungslos an den Armen fest. »Du bist allein hierher gefahren?«

»Und ich habe mich nur ein wenig verlaufen, und dann hat Bobbi mir geholfen. Und ich habe auch gar keine Angst gehabt.« Seine Lippen zitterten. Er verzog das Gesicht und vergrub es an ihrem Hals. »Gar keine Angst.«

Was ihm alles hätte zustoßen können! »Natürlich hast du keine Angst gehabt«, murmelte sie und presste ihn an sich. »Du hast dir ja den Weg gemerkt! Aber Scott, es war nicht richtig, dass du allein gekommen bist.«

»Aber ich wollte dich sehen.«

»Ich weiß, und ich will dich auch immer sehen, aber du hast deinen Großeltern nichts gesagt. Sie haben sich Sorgen gemacht. Und ich habe mir Sorgen gemacht. Du musst mir versprechen, dass du das nie wieder tust.«

»Ich tue es nie wieder.« Seine Lippen bebten erneut, und er rieb seine Augen mit den Fäusten. »Es war so lang, und ich war hungrig, und dann habe ich mich verlaufen, aber ich habe keine Angst gehabt.«

»Ist ja jetzt alles gut, mein Kleiner.« Sie drückte ihn noch immer an sich, als sie aufstand. »Wir machen dir jetzt etwas zu essen, und dann kannst du in der Hängematte schlafen. Okay?«

Scott schniefte und drängte sich näher an sie. »Kann ich Toast mit Erdnussbutter haben?«

»Aber sicher.«

Fabian kam ganz in das Zimmer herein. Beide sahen ihn an. Er könnte ihr Kind sein, dachte Fabian. Es überraschte ihn, dass er selbst auch den Jungen im Arm halten wollte. »Ich habe vorhin ein Sandwich mit Erdnussbutter in der Küche gesehen. Ich glaube, das gehört dir.«

»Okay!« Scott befreite sich aus Alanas Armen und lief in die Küche.

Alana schwankte leicht und presste ihre Hand an die Schläfe. »Ich könnte ihn lebendig häuten. Oh Fabian«, flüsterte sie, als er seine Arme um sie legte. »Ist er nicht wunderbar?«

Draußen dämmerte es. Scott schlief, in der einen Hand einen abgewetzten Stoffhund, der einmal seinem Vater gehört hatte. Der dreibeinige Butch hielt auf dem Kissen neben ihm Wache.

Alana saß neben Fabian auf dem Sofa, Scotts Großvater gegenüber. Der Kaffee auf dem Tisch zwischen ihnen wurde kalt. Wie immer hielt sich Mr. Anderson kerzengerade. Seine Kleidung war makellos. Aber in seinen Augen sah Alana eine Müdigkeit, die sie vorher nie bemerkt hatte.

»Auf einem derartigen Ausflug hätte dem Jungen alles Mögliche zustoßen können«, stellte Mr. Anderson fest.

»Ich weiß.« Alana drückte Fabians Hand. »Er musste mir versprechen, so etwas nie wieder zu tun. Sie und Ihre Frau müssen sich schreckliche Sorgen gemacht haben. Es tut mir leid, Mr. Anderson. Ich fühle mich teilweise schuldig, weil ich Scott ein paar Mal die Fahrkarten habe kaufen lassen.«

Er schüttelte den Kopf. »Ein furchtloser Junge«, murmelte er. »Und klug. Wusste, welchen Zug er nehmen und wo er aussteigen musste.« Sein Blick richtete sich wieder auf Alana. »Er wollte unbedingt zu Ihnen.« Normalerweise hätte diese Feststellung sie erwärmt. Jetzt verkrampfte sich ihr Magen noch mehr. »Ja. Kinder verstehen oft die Folgen ihrer Handlungen nicht, Mr. Anderson. Scott hat nur daran gedacht, zu mir zu kommen, nicht aber an die Gefahren, denen er sich aussetzte. Er kam hier müde und verängstigt an. Ich hoffe, Sie werden ihn nicht bestrafen.«

Anderson holte tief Luft und legte seine Hände auf seine Knie. »Ich habe heute etwas erkannt, Miss Kirkwood. Ich lehne diesen Jungen ab.«

»Oh nein, Mr. Anderson …«

»Bitte, lassen Sie mich aussprechen. Ich nehme ihm alles übel, was unserer Tochter zugestoßen ist, obwohl er nichts dafür kann. Das gefällt mir selbst nicht.« Seine Stimme klang scharf und, wie Alana fand, alt. »Außerdem habe ich erkannt, dass seine Anwesenheit im Haus für meine Frau eine ständige Belastung ist. Er erinnert uns daran, was wir verloren haben. Ich werde meine Gefühle vor Ihnen nicht rechtfertigen«, fügte er schroff hinzu. »Der Junge ist mein Enkel, und daher bin ich für ihn verantwortlich. Aber ich bin ein alter Mann, und ich möchte mich nicht ändern. Ich will den Jungen nicht. Sie wollen ihn aber.« Er stand auf, während Alana ihn nur anstarren konnte. »Ich werde meinen Anwalt darüber informieren, wie ich in der Sache denke.«

»Mr. Anderson.« Alana stand erschüttert auf. »Sie wissen, dass ich Scott will, aber …«

»Und ich will ihn nicht, Miss Kirkwood.« Anderson straffte seine Schultern und sah sie unverwandt an. »So einfach ist das.«

Und so traurig, dachte sie. »Es tut mir leid.« Mehr konnte sie nicht sagen. Er nickte grüßend und ging.

»Wie …«, setzte Alana nach einer Weile an. »Wie kann jemand solche Gefühle für ein Kind haben?«

»Für das Kind?«, entgegnete Fabian. »Sind das nicht eher ihre Gefühle für sich selbst?«

Sie war nur einen Moment lang verwirrt. »Ja, das ist es, nicht wahr? Es sind egozentrische Gefühle.«

»Ich bin Experte auf diesem Gebiet.« Er zog sie wieder in seine Arme.

»Der Unterschied zwischen den Andersons und mir ist, dass sich jemand in mein Leben gedrängt und mir die Augen geöffnet hat.«

»Habe ich das getan?« Lachend nahm Alana den nächsten Looping dieses Tages, der wie eine Achterbahn verlaufen war. Scott schlief auf dem Bett, die Kätzchen zu seinen Füßen zusammengerollt. Er konnte jetzt bei ihr bleiben. Keine tränenreichen Abschiedsszenen mehr. »Habe ich mich in dein Leben gedrängt?«

»Du kannst sehr hartnäckig sein.« Er zog sie kurz an den Haaren und küsste sie. »Dem Himmel sei Dank, dass du es bist.«

»Soll ich dich warnen, dass ich mich aus deinem Leben nie mehr verdrängen lasse?«

»Nein.« Fabian zog sie so auf den Schoß, dass er ihr ins Gesicht sah. »Lass es mich doch selbst herausfinden.«

»Weißt du, es wird für dich nicht leicht sein.«

»Was?«

»Mit mir auszukommen, wenn du mich heiraten willst.«

»Wenn?«

»Ich gebe dir eine letzte Chance davonzulaufen.« Halb im Ernst legte Alana ihre Hand an seine Wange. »Ich mache fast alles impulsiv, essen, schlafen, Geld ausgeben. Ich lebe lieber im Chaos als in der Ordnung. In geordneten Verhältnissen kann ich gar nicht richtig funktionieren. Und ich werde dich irgendwie für tausend Organisationen einspannen.«

»Das bleibt noch abzuwarten«, murmelte Fabian.

Alana lächelte bloß. »Habe ich dich noch nicht verjagt?«

»Nein.« Er küsste sie, und als die Schatten im Zimmer immer länger wurden, merkte es keiner von beiden. »Und du kannst mich auch nicht verjagen. Ich kann ebenfalls sehr hartnäckig sein.«

»Denk daran! Ich nehme ein vierjähriges Kind zu mir, ein sehr aktives.«

»Du hast eine geringe Meinung von meiner Widerstandskraft und Ausdauer.«

»Oh nein.« Diesmal klang ihr Lachen heiser. »Ich werde dich mit meiner Unordnung zum Wahnsinn treiben.«

»Solange du aus meinem Arbeitszimmer draußen bleibst, kannst du alles andere in eine Baustelle verwandeln«, erwiderte er.

Sie schlang ihre Arme fester um seinen Nacken und drückte sich an ihn. Er meint es wirklich, sagte sie sich wie benommen. *Er meint alles genau so.* Sie hatte Fabian und Scott. Mit den beiden nahm ihr Leben die nächste Wende. Sie fieberte den Dingen entgegen, die auf sie warteten.

»Ich werde Scott verzeihen«, murmelte sie gegen Fabians Hals. »Und dem Rest unserer Kinder.«

Er schob sie langsam von sich. Ein Lächeln spielte um seine Lippen. »Wie viele werden diesen Rest ausmachen?«

Ihr Lachen klang frei und fröhlich. »Such dir eine Zahl aus.«

– ENDE –

Nora Roberts

Die Traumfängerin

Roman

Aus dem Amerikanischen von
Anke Brockmeyer

1. Kapitel

Er hatte eine schimmernde Kristallkugel erwartet, Pentagramme und Kaffeesatz, und auch unzählige Leuchter mit flackernden Kerzen und Räucherstäbchen hätten ihn nicht überrascht. Denn obwohl er es niemals zugeben würde – genau so stellte er es sich bei einer Wahrsagerin vor.

Als Produzent von Dokumentarfilmen zählten für David Brady eigentlich nur harte Fakten und akribische Recherchen. Jede Reportage, die er an einen Fernsehsender verkaufte, war von allen Seiten beleuchtet und mehrfach überprüft worden, um unanfechtbar und wasserdicht zu sein. Einzig und allein Tatsachen hatten Bedeutung in seinem Tagesgeschäft, und gerade deshalb freute er sich auf das Treffen mit dieser Hellseherin. Endlich einmal etwas anderes als nüchterne Drehbücher, Ablaufpläne und Finanzierungen.

Doch die Frau, die ihm die Tür des hübschen Bungalows in Newport Beach öffnete, hätte er eher bei einer Runde Bridge erwartet als bei einer Séance. Sie trug nicht einmal einen Turban. Ohne sich die Ernüchterung anmerken zu lassen, trat David näher. Er nahm einen angenehm leichten Duft nach Flieder und Puder wahr, keineswegs den schweren Geruch von Moschus und geheimnisvollen Kräutermixturen. So schnell wollte er die Hoffnung aber nicht aufgeben. Vielleicht war sie ja nur die Haushälterin.

»Hallo.« Sie reichte ihm eine schmale, gepflegte Hand und lächelte ihn offenherzig an. »Ich bin Clarissa DeBasse. Sie sind sehr pünktlich, Mr. Brady. Treten Sie ein.«

»Miss DeBasse!« In Sekundenschnelle begrub David seine unerfüllten Erwartungen und ergriff die dargebotene Hand.

Schließlich hatte er sich lange genug mit übersinnlichen Fähigkeiten auseinandergesetzt, um zu wissen, dass sich bei vielen Menschen dieses Talent hinter einer normalen, gutbürgerlichen Fassade verbarg. »Woher wussten Sie, wer ich bin? Hat Ihre Kristallkugel es Ihnen verraten?«

In dem kurzen Augenblick, während ihre Hände sich berührten, konzentrierte sich Clarissa auf die Aura des Mannes, der vor ihr stand. Sie ließ die Eindrücke auf sich wirken, um sie später in Ruhe einordnen zu können. Doch eines spürte sie sofort: Er war ein Mensch, dem sie vertrauen und auf den sie sich verlassen konnte. Das genügte für den Moment. »Natürlich könnte ich Ihnen jetzt etwas von Vorahnungen erzählen«, entgegnete sie lachend. »Tatsächlich aber ist es simple Logik. Ich habe Sie um halb zwei erwartet.« Um ehrlich zu sein, hatte ihre Agentin sie angerufen und sie an die Verabredung erinnert, sonst hätte sie jetzt noch bis zu den Knien in ihren Gemüsebeeten gesteckt. »Natürlich ist es auch möglich, dass Sie Vertreter für Bürsten und Besen sind und nur zufällig gerade jetzt hier auftauchen. Aber ich vermute, dass Sie Verträge und andere Unterlagen in Ihrer Aktentasche haben. Und ich muss auch nicht hellsehen, um zu ahnen, dass Sie nach der langen Fahrt von Los Angeles hierher gern einen Kaffee hätten.«

»Da haben Sie recht«, erwiderte David und folgte ihr in das gemütliche Wohnzimmer mit blauen Vorhängen und einem breiten, merklich durchgesessenen Sofa.

»Setzen Sie sich, Mr. Brady. Der Kaffee ist schon fertig.«

Da die Couch nicht gerade vertrauenerweckend aussah, nahm David lieber in einem der Sessel Platz. Clarissa schenkte Kaffee in zwei nicht zueinanderpassende Porzellanbecher, bot Milch und Zucker an und setzte sich dann entspannt ihm gegenüber. Diskret, aber dennoch genau beobachtete David sie. Er legte großen Wert auf den ersten Eindruck. Clarissa DeBasse wirkte wie jedermanns Lieblingstante: Sie war eine gepflegte, ein wenig rundliche Erscheinung. Ihr Gesicht war weich und hübsch und, obwohl sie die fünfzig schon überschritten hatte, fast faltenlos. Ihr blondes Haar war modisch geschnitten und zeigte keine Spur von Grau, was, wie David vermutete, ihrem Friseur zu verdanken war. Ein bisschen Eitelkeit schadet nicht, dachte er. Als sie ihm jetzt den Becher mit dampfendem Kaffee reichte, bemerkte er die zahlreichen Ringe an ihren Fingern. Wenigstens ein Klischee meiner Vorstellung, das sie erfüllt, stellte er schmunzelnd fest.

»Miss DeBasse, Sie entsprechen absolut nicht meinen Erwartungen«, gab er freimütig zu, während er dankend die Tasse annahm.

Äußerst zufrieden lehnte sie sich in ihrem Sessel zurück. »Lassen Sie mich raten: Sie hatten gehofft, ich würde Sie mit einer Kristallkugel in der Hand und einem Raben auf der Schulter empfangen.«

Die unverhohlene Belustigung in ihren Augen wäre manchem Besucher peinlich gewesen. Doch David grinste nur. »So in der Art«, gestand er ungerührt. Er nippte an seinem Kaffee und widerstand dem Impuls, sich zu schütteln. Das Gebräu war heiß. Das war aber auch schon das einzig Positive, was man darüber sagen konnte. »In den vergangenen Wochen habe ich einiges über Sie gelesen. Und ich habe mir Ihren Auftritt in der *Barrow Show* angesehen. Ihr Erscheinungsbild vor der Kamera ist ...«, kurz suchte er nach einem passenden Wort, das nicht verletzend wirkte, »... völlig anders als in Wirklichkeit.«

»Tja, so ist das Showgeschäft«, erwiderte sie so leichthin, dass er sich fragte, ob ihre Antwort sarkastisch gemeint sei. Aber sie sah ihn weiterhin freundlich und offen an. »Normalerweise trenne ich Geschäft und Privatleben sehr genau. Doch nachdem Sie mich überzeugt hatten, dass ein persönliches Gespräch unvermeidlich ist, habe ich mir gedacht, Sie sollten die wirkliche Clarissa DeBasse kennenlernen.« Als sie lächelte, entdeckte er kleine Grübchen auf ihren Wangen. »Nun habe ich Sie enttäuscht.«

»Nein, keineswegs!«, beeilte er sich zu versichern. Und er meinte es auch so. »Miss DeBasse ...« Behutsam stellte er die Tasse ab. Seine Höflichkeit ging nicht so weit, diesen Kaffee auszutrinken.

»Clarissa«, bot sie mit einem warmen Lächeln an, das er sofort erwiderte.

»Clarissa, ich möchte ehrlich zu Ihnen sein.«

»Ehrlichkeit ist immer die beste Basis«, stimmte sie mit ernster Stimme zu und beugte sich erwartungsvoll vor.

Das fast kindliche Vertrauen in ihren Augen brachte ihn für einen Moment aus dem Konzept. Falls sie eine habgierige und zielstrebige Verhandlungspartnerin war, wusste sie das geschickt zu verbergen. »Ich bin ein sehr nüchterner Mensch. Übersinnliche Phänomene, Wahrsagen, Telepathie und ähnliche Dinge gehören nicht zu meinem täglichen Leben.«

Voller Verständnis schaute sie ihn an. Sie gab nicht preis, was sie tatsächlich von seinem Geständnis hielt. Unruhig rutschte David auf seinem Stuhl hin und her. »Von der Serie über Parapsychologie, die wir planen, versprechen wir uns hauptsächlich einen Unterhaltungswert für unsere Zuschauer.«

»Dafür müssen Sie sich nicht entschuldigen.« Kaum merklich hob sie die Hand und ließ eine schwarze Katze auf ihren Schoß springen, die sich dort behaglich ankuschelte. Ohne sie anzusehen, streichelte Clarissa ihr seidiges Fell. »Wissen Sie, David, mir ist klar, dass viele Menschen von diesem Thema fasziniert sind und gleichzeitig an dem Wahrheitsgehalt zweifeln. Schließlich bin ich nicht weltfremd.« Ruhig und konzentriert sah sie ihn an, während sie weiterhin die Katze kraulte. »Ich bin ein ganz normaler Mensch, dem einfach eine besondere Gabe geschenkt wurde. Und damit verbunden ist auch eine große Verantwortung.«

»Verantwortung?«, wiederholte er erstaunt. Ruhelos suchte er in seiner Jackentasche nach Zigaretten, bis ihm auffiel, dass kein Aschenbecher auf dem Tisch stand.

»Ja, natürlich«, erwiderte sie. Gleichzeitig zog sie eine Schublade unter dem Tisch auf und nahm eine kleine Schale heraus. »Benutzen Sie das hier für Ihre Zigaretten«, sagte sie nebenbei, ehe sie fortfuhr: »Diese Begabung ist ähnlich wie ein ... Werkzeugkasten. Ein Junge, der Hammer, Nägel und Säge geschenkt bekommt, kann damit ganz unterschiedliche Sachen anstellen. Er kann Dinge bauen oder reparieren. Vielleicht sägt er aber auch die Tischbeine ab. Oder er legt das Werkzeug in den hintersten Winkel seines Zimmers und vergisst es ganz einfach. Viele von uns tun genau das mit ihrem außergewöhnlichen Talent, weil sie Angst haben. Ist Ihnen schon einmal etwas Übernatürliches geschehen?«

Er zündete sich eine Zigarette an. »Nein.«

»Niemals?« Aus jahrelanger Erfahrung kannte sie diese eindeutige, abwehrende Antwort. »Hatten Sie noch nie ein Déjàvu? Das Gefühl, eine Situation zu erleben, die Sie genau so schon einmal durchgemacht haben?«

Gespannt sah er sie einen Moment lang schweigend an, bevor er antwortete: »Vermutlich hat jeder schon einmal dieses Gefühl gehabt. Doch das lässt sich sicherlich logisch erklären.«

»Vielleicht. Zum Beispiel mit Intuition.«

»Würden Sie sagen, eine spontane Eingebung ist eine besondere Gabe?«

»Selbstverständlich!« Vor Begeisterung strahlte sie übers ganze Gesicht, und ihre Augen wirkten jung und lebhaft. »Natürlich kommt es darauf an, wie man mit diesem Gespür umgeht, wie man es entwickelt und in welche Bahnen es gelenkt wird. Die meisten Menschen nutzen nur einen Bruchteil ihrer übernatürlichen Begabung, weil sie den Kopf dafür nicht frei haben.«

»War es ein Impuls, der Sie zu Matthew Van Camp geführt hat?«

»Nein«, entgegnete sie knapp.

Ihre fast feindselige Reaktion verblüffte ihn. Schließlich war es der Fall Van Camp gewesen, der sie in der Öffentlichkeit bekannt gemacht hatte. Deshalb hatte David erwartet, sie werde ihm ausführlich und gern von diesem Ereignis erzählen. Tatsächlich aber schien ihr die Erwähnung des Namens eher unangenehm zu sein; plötzlich schien sie verschlossen und unnahbar. Nachdenklich zog er an der Zigarette und bemerkte, dass die Katze ihn unentwegt ansah. »Clarissa, der Fall Van Camp liegt zwar schon zehn Jahre zurück, und doch werden Sie gerade mit dieser Geschichte immer wieder in Zusammenhang gebracht.«

»Das stimmt. Matthew ist mittlerweile zwanzig und hat sich zu einem ausgesprochen netten jungen Mann entwickelt.«

»Noch immer sind viele Menschen überzeugt, dass Sie Matthews Leben gerettet haben. Wenn Mrs. Van Camp ihren Mann und die Polizei nicht hätte überzeugen können, Sie einzuschalten, wäre diese Entführung vielleicht nicht so glimpflich ausgegangen.«

»Mindestens genauso viele allerdings glauben, dass der Fall nur für die Öffentlichkeit inszeniert worden sei«, sagte sie ruhig, während sie einen Schluck Kaffee nahm. »Alice Van Camps nächster Film war ein Kassenschlager. Haben Sie ihn gesehen? Er war großartig.«

So schnell ließ sich David nicht ablenken. »Clarissa, wenn Sie an meiner neuen Dokumentation mitwirken, dann werden Sie auch über den Fall Van Camp sprechen müssen. Das wird von Ihnen erwartet.«

Verärgert runzelte sie die Stirn und tat so, als beschäftige sie sich intensiv mit der Katze. »Ich weiß nicht, ob ich Ihre Erwartungen in diesem Punkt erfüllen kann, David. Es war ein äußerst traumatisches Erlebnis für die Familie. All die Ereignisse wieder aufzuwärmen könnte sehr schmerzhaft für die Van Camps sein.«

Sein jahrelanger Erfolg beruhte auch darauf, zu wissen, wann er verhandeln musste. »Und wenn die Van Camps der Sache zustimmen?«

»Nun, das wäre natürlich etwas anderes.« Nachdenklich schwieg sie, und in der Stille hörte er das wohlige Schnurren der Katze. »Ja, ich denke, dann würde ich mitmachen«, beschloss sie schließlich. »Wissen Sie, David, ich bewundere Ihre Arbeit. Ihr Film über misshandelte Kinder war ergreifend. Das Schicksal dieser jungen Menschen hat mich erschüttert.«

»So sollte er auch wirken.«

Am liebsten hätte sie ihm erklärt, dass ein Großteil dessen, was in der Welt geschah, erschütternd war. Doch sie befürchtete, er würde sie nicht verstehen. »Was versprechen Sie sich von der geplanten Dokumentation über übersinnliche Phänomene?«, erkundigte sie sich deshalb.

»Eine gute Show. Begeisterte Zuschauer. Hervorragende Einschaltquoten.« Als er sie lächeln sah, wusste er, dass es richtig gewesen war, die Wahrheit zu sagen. »Ich möchte, dass die Menschen darüber nachdenken, ob es mehr gibt, als unser Verstand begreift. Die Telefone sollen heiß laufen nach der Sendung.«

»Wie wollen Sie das erreichen?«

Er drückte seine Zigarette aus. »Der Erfolg hängt zu einem großen Teil von Ihnen ab und davon, wie weit Sie sich – um es so zu sagen – in die Karten schauen lassen. Ich bin nur der Produzent.«

Seine entwaffnend ehrliche Antwort schien sie zu überzeugen. »Ich mag Sie, David. Und ich werde daran mitarbeiten, dass die Sendung alle Erwartungen übertrifft.«

»Das freut mich. Wenn Sie sich den Vertrag jetzt durchlesen möchten und …«

»Nicht nötig«, unterbrach sie ihn. »Darum wird sich meine Agentin kümmern. Ich habe für solche Details wenig Sinn.«

»Gut.« Ihm war sehr viel wohler bei dem Gedanken, den Vertrag mit einer professionellen Agentin zu besprechen. »Dann werde ich ihr die Papiere zuschicken. Mit wem arbeiten Sie zusammen?«

»Fields Agency, Los Angeles.«

Einmal mehr überraschte sie ihn. Diese freundliche, fast ein wenig naiv wirkende Dame ließ sich von der einflussreichsten Agentur der Westküste vertreten, die für ihre harten Verhandlungen bekannt war. »Die Unterlagen werden heute noch zur Post gebracht. Ich freue mich auf unsere Zusammenarbeit, Clarissa.«

»Zeigen Sie mir Ihre Hand«, bat sie.

Verblüfft sah er sie an. Nun, warum sollte er ihr den Gefallen nicht tun? Folgsam streckte er die Hand aus. »Werde ich demnächst eine Weltreise machen?«, erkundigte er sich amüsiert.

Doch sie reagierte nicht auf seine Bemerkung. Stattdessen betrachtete sie voller Konzentration seine Handinnenfläche. Ganz plötzlich veränderte sich ihr Gesichtsausdruck, sie wirkte wie entrückt, wie in einer anderen Welt.

Vor sich sah sie einen attraktiven Mann Anfang dreißig, elegant gekleidet und auf eine düstere Art unnahbar. Sein Gesicht war markant, mit hohen Wangenknochen und hellen grünen Augen, die kühl und eindringlich wirkten. David Brady hatte lange, kräftige Finger. Seine Hand war muskulös und zeugte davon, dass er viel Sport trieb. Aber Clarissa sah noch mehr. »Sie sind ein sehr aktiver, starker Mann, sowohl körperlich als auch geistig und emotional«, stellte sie fest.

»Vielen Dank für das Kompliment.«

»Es liegt mir fern, Ihnen zu schmeicheln, David«, wies sie ihn freundlich, aber bestimmt zurecht. »Sie haben niemals gelernt, Ihre Kraft zu bändigen. Deshalb preschen Sie manchmal viel zu sehr vor. Gleichzeitig lassen Sie keine Nähe zu, besonders in Liebesdingen. Ich schätze, das ist der Grund, warum Sie niemals geheiratet haben.«

Widerstrebend musste er zugeben, dass sie ins Schwarze getroffen hatte. Aber eigentlich war das nicht schwer zu erraten gewesen, schließlich trug er keinen Ring. Und möglicherweise hatte sie sich im Vorfeld über ihn erkundigt. »Vermutlich bin ich nie der richtigen Frau begegnet.«

»Vollkommen richtig. Sie brauchen jemanden, der Ihnen ebenbürtig ist. Eine Frau, die Ihrem starken Willen etwas entgegenzusetzen hat. Aber Sie werden diese Frau finden. Eher als Sie denken. Es wird nicht einfach, und Sie werden nur eine Zukunft mit dieser Frau haben, wenn Sie beide behutsam miteinander umgehen und sich nicht verletzen.«

»Dann werde ich also bald glücklich und zufrieden mit der Frau meiner Träume zusammenleben?«

»Ich sage niemals die weitere Zukunft voraus.« Unbeirrt sah sie ihn an. »Und ich lese grundsätzlich nur Menschen die Hand, die mich interessieren. Soll ich Ihnen verraten, was meine Intuition mir noch sagt, David?«

»Unbedingt.«

»Sie und ich werden eine lange und spannende Geschäftsbeziehung eingehen.« Noch einen kurzen Moment hielt sie seine Hand. »Und ich werde sie sehr genießen.«

»Das geht mir ebenso.« David stand auf. »Bis bald, Clarissa.«

»Such dir einen anderen Platz, Mordred.« Mit einem sanften Klaps scheuchte Clarissa die Katze auf und erhob sich ebenfalls.

»Mordred?« Irritiert sah David sie an.

»Der Name eines Helden aus einer uralten Geschichte«, erklärte sie. »Das Schicksal hat es nicht gut mit ihm gemeint. Aber wir alle können schließlich unserer Bestimmung nicht entfliehen, nicht wahr?«

Erneut fühlte David ihren durchdringenden, rätselhaften Blick auf sich ruhen. »Nein, wahrscheinlich nicht«, murmelte er verwirrt und folgte ihr zur Tür.

»Unser Gespräch hat mir sehr gefallen, David. Kommen Sie mal wieder vorbei!«

Als er aus dem Haus trat, hatte David das sichere Gefühl, dass er schon sehr bald hierher zurückkehren würde.

»Selbstverständlich ist er ein hervorragender Produzent, Abe. Ich bin nur nicht sicher, ob er der Richtige für Clarissa ist.«

Unruhig schritt A.J. Fields in ihrem Büro auf und ab, ein sicheres Zeichen dafür, dass ihre Nerven zum Zerreißen gespannt waren. An einem Bild hielt sie kurz inne, um es gerade zu hängen, und wandte sich dann wieder ihrem Kollegen zu.

Abe Ebbitt saß entspannt zurückgelehnt in seinem Chefsessel, die Hände über dem Bauch gefaltet. Er machte sich nicht einmal die Mühe, seine Brille, die ständig hinunterrutschte, wieder an ihren Platz zu schieben, sodass er jetzt über den Rand der Gläser schauen musste. Geduldig verfolgte er A.J. mit seinem Blick, dann strich er mit einer kurzen Handbewegung seinen ungebändigten Haarkranz glatt, der stets an beiden Seiten von seinem Kopf abstand.

»A.J., das Angebot ist unglaublich großzügig.«

»Aber sie braucht das Geld nicht.«

Eine solche Aussage ging gegen seine Ehre. Schließlich hatten sie den Ruf als eine der besten Agenturen des Landes, und die Vermittlung war ihr Geschäft. Dennoch blieb er ganz ruhig.

»Es wird sie in ganz Amerika berühmt machen.«

»Hat sie das nötig?«

»Du solltest aufhören, Clarissa ständig beschützen zu wollen, A.J.«

»Aber genau deshalb bin ich hier«, stellte sie fest. Abrupt hielt sie auf ihrer Wanderung durch das Büro inne und setzte sich auf die Kante ihres Schreibtisches. Stirnrunzelnd sah sie Abe an.

Seufzend gab er auf, denn er wusste, dass sie ihm schon aus Prinzip widersprach, wenn sie in dieser gereizten Stimmung war. Er respektierte und bewunderte sie, nur aus diesem Grund arbeitete er für die Fields Agency. Abe Ebbitt war in der Branche hoch geachtet, seit Jahrzehnten war er als Agent in Hollywood bekannt und hätte zweifellos auch mit einer eigenen Agentur großen Erfolg gehabt. Zudem hatte er auch kein Problem damit, dass A. J. die Chefin war, obwohl er dem Alter nach ihr Vater sein könnte. Wer wirklich gut in seinem Job ist, muss andere Profis nicht fürchten, das war sein Lieblingsspruch.

Erneut lehnte er sich zurück und wartete ab. Eine Minute verging, dann eine zweite.

»Sie hat sich in den Kopf gesetzt, mit ihm zu arbeiten«, murrte A. J. schließlich, doch Abe blieb weiterhin still. »Es ist nur, ich ...« Ich habe ein ungutes Gefühl, führte sie den Satz in Gedanken fort, sprach ihn allerdings nicht laut aus. Sie hasste solche Redensarten. »Ich hoffe nur, sie macht keinen Fehler. Wenn die Sendung nicht genau auf sie zugeschnitten ist, kann sie sich ganz schnell zum Narren machen. Das möchte ich vermeiden, Abe.«

»Du solltest Clarissa vertrauen. Sie schafft das schon.« Endlich schob er seine Brille hoch. »Und du bist lange genug im Geschäft, um dich nicht von deinen Gefühlen leiten zu lassen«, setzte er dann hinzu.

»Ja, du hast recht.« Schließlich war das der Grund, warum sie zu den Besten der Branche gehörte. Schon vor Jahren hatte sie gelernt, ihre Gefühle unter Kontrolle zu behalten. Das war notwendig gewesen – mehr noch, überlebenswichtig. Ihr Vater war gestorben, als sie noch ein Kind war, und ihre Mutter hatte die selbstverständlichsten Dinge vergessen. Wenn man schon als kleines Mädchen an Kreditzahlungen denken musste, lernte man früh, sich im Geschäftsleben zu behaupten. Sie war Agentin geworden, weil sie es genoss, zu verhandeln und den besten Preis zu erzielen. Und sie war, das konnte sie ohne falsche Bescheidenheit sagen, ausgesprochen gut darin. Ihr Büro im Herzen von Los Angeles, von dem man einen weiten Blick über die Stadt hatte, zeugte von ihrem Erfolg.

»Ich werde mich heute Nachmittag mit Brady treffen«, beschloss sie.

Abe bemerkte ihren siegessicheren Gesichtsausdruck und schmunzelte. »Wie hoch willst du den Preis treiben?«

»Zehn Prozent mehr sollten noch möglich sein.« Gedankenverloren nahm sie einen Stift von ihrem Schreibtisch und trommelte damit gegen ihren Handballen. »Aber vorher werde ich herausfinden, worum es in dieser Dokumentation genau geht – und auf welche Fallen Clarissa gefasst sein muss.«

»Man sagt, dieser Brady sei ein harter Brocken«, wandte er ein.

Sie schenkte ihm ein bittersüßes Lächeln, während ihre Augen vor Kampfgeist blitzten. »Das bin ich auch.«

»Der arme Kerl wird keine Chance haben gegen dich.« Ächzend stemmte Abe sich aus seinem Sessel hoch. »Ich habe eine Besprechung. Halte mich auf dem Laufenden.«

»Natürlich.« Als er die Tür hinter sich schloss, war sie bereits tief in Gedanken versunken.

David Brady. Er hatte einen guten Ruf in der Branche, und das machte ihre Entscheidung nicht einfacher. Normalerweise würde A. J. jedem Mandanten empfehlen, den Vertrag zu unterschreiben, denn die Gage war tatsächlich ausgesprochen großzügig. Doch Clarissa war ein ganz besonderer Fall. In A. J.s ersten mageren Jahren der Selbstständigkeit war Clarissa DeBasse ihre erste und einzige Klientin gewesen. Damals hatte sie noch keine gut gehende Agentur mit fünfzehn Angestellten gehabt, sondern nur ein Mobiltelefon und einen warmen Platz in einem Café. Sie war achtzehn Jahre alt gewesen, und niemand hatte ihr zugetraut, als Agentin erfolgreich zu sein. Niemand außer Clarissa. Kein Wunder, dass A. J. das Gefühl hatte, sie besonders gut beraten zu müssen. Zweifellos war David Brady ein namhafter Produzent. Trotzdem würde er A. J. erst von seinen ehrlichen Absichten überzeugen müssen, bevor Clarissa den Vertrag unterschrieb.

Seufzend massierte sie ihren verspannten Nacken. Clarissa ging mit traumwandlerischer Sicherheit durchs Leben, sie kümmerte sich nicht um Verträge, Anfragen und Gagen, sondern verließ sich blind auf A. J. und deren Verhandlungsgeschick.

A. J. war daran gewöhnt, dass sich andere Menschen auf sie verließen. Schon als kleines Mädchen hatte sie Verantwortung für ihre Mutter übernommen. Sie war eine liebevolle, warmherzige Frau, aber unfähig, die Dinge des Alltags zu organisieren. Oft war es A. J. so vorgekommen, als hätten sie die Rollen getauscht. Nicht sie, sondern ihre Mutter hatte streunende Hunde auf der Straße aufgelesen und voller Begeisterung heimgebracht, während A. J. sich fragte, wie sie das Hundefutter bezahlen sollten. Dennoch liebte sie ihre Mutter und hatte immer gewusst, dass diese sie niemals im Stich lassen würde.

Manchmal fragte sich A. J., ob sie selbst anders geworden wäre, wenn ihre Mutter anders gewesen wäre. Konnte man die Vorsehung in diesem Punkt überlisten? A. J. musste über sich selbst lachen. Es wäre spannend, das mit Clarissa zu diskutieren, dachte sie.

Sie reckte sich und stand auf, um sich in dem weitaus bequemeren Sessel niederzulassen. Er war riesig und unpraktisch. Doch sie hing an ihm, denn er war ein Geschenk ihrer Mutter. Sie hatte dieses Ungetüm aus kornblumenblauem Leder eines Tages angeschleppt, mit der Begründung, der Bezug habe dieselbe Farbe wie die Augen ihrer Tochter.

A. J. riss sich zusammen und konzentrierte sich auf Clarissas Vertrag. Schließlich war sie hier, um zu arbeiten, und nicht, um sich in Kindheitserinnerungen zu verlieren.

Wie diszipliniert A. J. war, bewies ein Blick auf ihren ordentlichen Schreibtisch. Kein Bilderrahmen, kein hübscher Briefbeschwerer störte den eigentlichen Zweck des Tisches: Hier sollte effektiv und ohne Ablenkung gearbeitet werden.

Sie hatte noch eine halbe Stunde Zeit, ehe sie sich mit David Brady traf. Bis dahin wollte sie jeden Absatz, jede Klausel des Vertrages kennen und genau wissen, welche Vereinbarungen nachgebessert werden mussten. Sie war gerade auf der letzten Seite angelangt, als die Gegensprechanlage summte. A. J. drückte den Knopf.

»Ja, Diane?«
»Mr. Brady ist hier.«
»Führen Sie ihn bitte herein. Und setzen Sie frischen Kaffee auf.«

Sie schloss die Akte und erhob sich erst, als der Produzent eintrat. »Mr. Brady.« Höflich reichte sie ihm die Hand über den breiten Tisch hinweg. Der Abstand signalisierte eine höfliche Distanz, die sofort deutlich machte, dass die Gesprächspartner auf verschiedenen Seiten standen. Aus ihrer jahrelangen Erfahrung wusste A.J., wie wichtig es war, schnell die Fronten zu klären. Während er durch den Raum auf sie zukam, hatte sie Zeit, ihn genau zu betrachten und sich ein erstes Urteil zu bilden. Er sah eher wie ein Schauspieler aus, weniger wie ein Produzent. Ja, diesen starken, männlichen Typ hätte sie erfolgreich vermitteln können. Sie stellte ihn sich als wortkargen, wagemutigen Detektiv in einer der Vorabendserien vor oder als einsamen Cowboy auf dem Ritt durch die endlose Wüste. Schade.

Auch David nutzte den Moment, um seine Gesprächspartnerin zu mustern. Er hatte nicht geahnt, dass sie so jung war. In ihrem strengen, gerade geschnittenen Hosenanzug wirkte sie sehr professionell und geschäftstüchtig. Sie war äußerst attraktiv, allerdings bevorzugte er weichere, weniger streng wirkende Frauen. Ihre überaus schlanke, durchtrainierte Figur verriet Disziplin. Nur durch ihre knallrote Bluse, die sie unter dem Blazer trug, wurde ihre Garderobe vor der völligen Unauffälligkeit gerettet. Das hellblonde kinnlange Haar war streng zurückgestrichen und gab den Blick frei auf ein ovales Gesicht, sonnengebräunt – oder hatte sie nachgeholfen? Ihr Mund war fast eine Spur zu breit, doch ihre Augen waren von einem faszinierenden Blau, das mit Mascara und Lidschatten gekonnt betont wurde. Selbst ihre große Brille konnte den Zauber der Augen nicht verbergen. Als er sie begrüßte, empfand er ihren Händedruck als wohltuend fest.

»Setzen Sie sich doch, Mr. Brady. Kann ich Ihnen einen Kaffee anbieten?«

»Nein, vielen Dank.« Zuvorkommend wartete er, bis sie hinter ihrem Schreibtisch Platz genommen hatte, ehe er sich setzte. Er bemerkte, dass sie die Hände schützend über dem Vertrag faltete. Sie trug keine Ringe, keinen Armreif, nur eine Uhr mit einem schmalen schwarzen Lederarmband. »Es scheint so, als hätten wir gemeinsame Bekannte, Miss Fields. Seltsam, dass wir uns noch nie begegnet sind.«

»Ja, nicht wahr?« Sie lächelte höflich und nichtssagend. »Aber Sie verstehen sicher, dass ich mich als Agentin überwiegend im Hintergrund halte. Sie haben sich mit Clarissa DeBasse getroffen?«

»Genau.« Nun, wenn sie erst eine Weile mit ihm Versteck spielen wollte, konnte sie das haben. Entspannt lehnte er sich zurück. »Eine sehr charmante Frau, muss ich zugeben. Ich hatte erwartet, sie sei weitaus sonderlicher.«

Dieses Mal war A. J.s Lächeln spontan und ehrlich. Es veränderte ihre bisher kühle und unnahbare Ausstrahlung vollkommen. »Clarissa ist niemals so, wie man es erwartet.« Sie öffnete den Ordner. »Ihr Projekt klingt ausgesprochen interessant, Mr. Brady, aber ich brauche noch weitere Informationen dazu. Können Sie mir genau erklären, was Sie vorhaben?«

»Wir planen eine Dokumentation über übersinnliche Phänomene wie Hellseherei, Parapsychologie, Handlinienlesen und Telepathie.«

»Was ist mit spiritistischen Sitzungen oder Spukhäusern, Mr. Brady?«, ergänzte sie spöttisch.

Erstaunt sah er sie an. »Für jemanden, der eine Wahrsagerin unter seinen Klienten hat, klingen Sie ausgesprochen zynisch.«

»Clarissa nimmt keinen Kontakt zu verlorenen Seelen auf, und sie liest auch nicht im Kaffeesatz.« Unbeirrt und voller Selbstbewusstsein lehnte A. J. sich in ihrem Stuhl zurück. »Sie ist eine Frau mit einer außergewöhnlichen Begabung, das hat sie mehrfach unter Beweis gestellt. Aber sie hat niemals behauptet, überirdische Kräfte zu besitzen.«

»Übernatürliche«, verbesserte er ruhig.

Sie atmete tief durch. »Sie haben Ihre Hausaufgaben gemacht, Mr. Brady. Stimmt, übernatürlich ist das richtige Wort dafür. Clarissa übertreibt nicht, sie weiß genau, was sie kann.«

»Und das ist der Grund, warum ich sie unbedingt für meine Reihe gewinnen möchte.«

A. J. fiel auf, wie selbstverständlich er *meine* Reihe sagte. Er schien sich tatsächlich persönlich für dieses Projekt einzusetzen. Umso besser, dachte sie. Dann würde er alles daransetzen, eine ernsthafte Dokumentation zu bringen. Schließlich hatte er einen Ruf zu verlieren. »Fahren Sie fort.«

»Ich habe mit einem Medium gesprochen, das Kontakt zu Toten aufnehmen kann, mit selbst ernannten Wissenschaftlern, mit Parapsychologen und mit Wahrsagerinnen, die aussahen, als kämen sie direkt vom Karneval. Sie würden sich wundern, was sich in dieser Branche alles tummelt.«

»Das kann ich mir lebhaft vorstellen«, stimmte sie zu.

Als er spürte, dass sie sich ein wenig entspannte, fuhr er fort: »Einige von ihnen sind echte Scharlatane, bei anderen handelt es sich um ernst zu nehmende Begabungen. Ich habe mit den wichtigsten Leuten der bekanntesten Institute im Bereich der Parapsychologie gesprochen. Jeder von ihnen nannte mir Clarissas Namen.«

»Clarissa ist sehr angesehen. Und trotzdem ist sie bescheiden geblieben.«

Er meinte, eine leichte Missbilligung in ihrer Stimme zu hören. Vermutlich fand sie, dass ihre Mandantin sich unter Wert verkaufte, und war deshalb so sehr an weiteren Verhandlungen interessiert. »In meiner Sendung geht es darum, Möglichkeiten aufzuzeigen und Fragen zu stellen. Auch die Zuschauer sollen zu Wort kommen. Wir werden fünf Folgen von je einer Stunde haben. Mir bleibt also Zeit genug, um über die unterschiedlichsten Phänomene zu berichten.«

Ungeduldig trommelte sie mit den Fingerspitzen auf dem Schreibtisch herum. »Und welche Rolle wird Miss DeBasse dabei spielen?«

Für ihn war sie das Ass im Ärmel. Doch diesen Gedanken wollte er noch nicht preisgeben. »Sie haben selbst gesagt, Clarissa sei sehr angesehen. Ihr Name ist bekannt und seriös. Und außerdem ist da noch der Fall Van Camp.«

Stirnrunzelnd spielte A. J. mit einem Stift. »Die Entführung ist zehn Jahre her.«

»Der Sohn eines Hollywoodstars wird entführt, vor den Augen seines Kindermädchens, das seit Jahren für die Familie arbeitet und ihr treu ergeben ist. Die Erpresser fordern eine halbe Million Dollar Lösegeld. Die Mutter ist am Boden zerstört, die Polizei reagiert vollkommen hilflos. Es vergehen drei Tage, in denen die Eltern verzweifelt versuchen, die Summe aufzutreiben. Von dem Kind fehlt jede Spur. Gegen den Willen ihres Ehemannes bittet die Mutter schließlich eine Wahrsagerin um Hilfe. Sie kommt und verschanzt sich im Zimmer des Jungen, umgeben von Baseballschlägern, Stofftieren und einem Schlafanzug. Eine Stunde später kann sie der Polizei eine genaue Beschreibung der Entführer liefern und den Ort nennen, wo der Junge gefangen gehalten wird. Noch in der gleichen Nacht wird das Kind befreit.«

David hielt inne, um sich eine Zigarette anzuzünden. Schweigend beobachtete A. J. ihn. »Auch nach zehn Jahren hat dieser Fall nichts von seiner Brisanz verloren, da bin ich sicher. Die Zuschauer werden heute noch ebenso fasziniert sein wie damals.«

Warum seine Ausführungen sie verärgerten, wusste A. J. selbst nicht. Sie versuchte, gegen ihr Missfallen anzukämpfen. »Viele Menschen hielten die ganze Geschichte damals für einen großen Schwindel. Sie jetzt wieder aufzuwärmen wird nur noch mehr Kritiker auf den Plan rufen.«

»Eine Frau in Clarissas Position muss sich täglich mit Kritik und Anfeindungen auseinandersetzen«, gab er zu bedenken. Doch sie schien noch nicht überzeugt zu sein.

»Das mag sein. Aber ich werde ihr ganz sicher nicht empfehlen, einen Vertrag zu unterschreiben, der ihr neuen Ärger garantiert. Es gibt keinen Grund, meine Mandantin einer Hetzjagd im Fernsehen auszusetzen.«

»Sie übertreiben.« David bewunderte sie dafür, wie sehr sie sich für Clarissa einsetzte, dennoch konnte er ihre Vorbehalte nicht nachvollziehen. »Jeder öffentliche Auftritt von ihr ist eine Belastungsprobe. Wenn ihre Fähigkeiten nicht ausreichen, um vor den Kameras zu bestehen, dann sollte sie ihren Job aufgeben. Sollten Sie als Agentin nicht mehr an die Überzeugungskraft Ihrer Mandantin glauben?«

»Das geht Sie nichts an.« Wütend stand A.J. auf, um David Brady samt seinem Vertrag aus ihrem Büro zu werfen, als das Klingeln des Telefons sie aus dem Konzept brachte. »Keine Anrufe, Diane«, fauchte sie in den Hörer. Dann schwieg sie kurz und gewann ihre Fassung wieder. »Ja, natürlich, verbinden Sie.«

»Entschuldige, dass ich dich bei der Arbeit störe.«

»Ich bin gerade in einer Besprechung.«

»Ja, ich weiß.« Clarissas Stimme klang freundlich und zerknirscht. »Mit dem netten Mr. Brady.«

»Das ist Geschmackssache.«

»Ich hatte schon befürchtet, dass ihr euch nicht auf Anhieb gut versteht.« Clarissa seufzte und streichelte ihren Kater. »Aber ich habe lange über dieses Angebot nachgedacht.« Ihren Traum der vergangenen Nacht erwähnte sie lieber nicht, denn sie ahnte, dass A.J. sich davon nicht umstimmen lassen würde. »Ich habe beschlossen, den Vertrag zu unterschreiben. Nein, nein, ich weiß, was du sagen willst«, fuhr sie fort, ehe A.J. auch nur eine Silbe einwenden konnte. »Du bist die Agentin, du regelst das Geschäftliche. Das ist richtig. Aber ich will diese Sendung mit David Brady machen.«

A.J. kannte Clarissa lange genug, um herauszuhören, dass sie eine Eingebung gehabt hatte. Und sie wusste, dass jede Diskussion zwecklos war, wenn Clarissa auf ihr Gefühl hörte. Dennoch gab sie nicht auf. »Lass uns in Ruhe noch einmal darüber reden.«

»Natürlich, meine Liebe, wie du wünschst. Besprich die Einzelheiten mit David, das kannst du viel besser als ich. Ich überlasse dir die Verhandlungen, aber ich werde diesen Vertrag auf jeden Fall unterschreiben.«

Am liebsten hätte A.J. voller Wut gegen ihren Schreibtisch getreten, nur Davids Anwesenheit hinderte sie daran, ihren Gefühlen freien Lauf zu lassen. »Gut. Aber du solltest wissen, dass auch ich Vorahnungen habe. Und sie stimmen bei diesem Geschäft ganz eindeutig nicht mit deinen überein.«

»Komm doch heute Abend zum Essen vorbei«, plauderte Clarissa munter weiter, als habe sie den Einwand nicht gehört.

Beinahe hätte A.J. laut gelacht. Typisch Clarissa! Sie liebte es, Streitigkeiten bei einem geselligen Dinner beizulegen. Schade nur, dass sie eine solch erbärmliche Köchin war. »Heute Abend bin ich schon verabredet.«

»Dann morgen«, schlug Clarissa unbekümmert vor.

»Einverstanden. Bis dann.«

Nachdem sie aufgelegt hatte, atmete A.J. tief durch und sah David prüfend an. »Entschuldigen Sie die Unterbrechung.«

»Kein Problem.«

»Außer dem Fall Van Camp gibt es an dem Vertrag nichts auszusetzen. Ob die Entführung tatsächlich angesprochen werden soll, müssen Sie unbedingt noch mit Miss DeBasse klären.«

»Natürlich. Wir haben schon darüber gesprochen.«

A.J. verkniff sich eine bissige Bemerkung. »Verstehe. Allerdings muss die Rolle, die Miss DeBasse in der Sendung übernehmen wird, noch genauer beschrieben werden.«

»Das werde ich veranlassen.« Sie wird den Vertrag also unterschreiben, frohlockte David, während er sich notierte, welche Änderungen sie noch forderte. Dabei hätte sie ihn liebend gern hinausgeworfen, ehe das Telefon geklingelt hatte. Er hatte es an ihrem vernichtenden Blick erkannt. Um zu ahnen, dass Clarissa die Anruferin gewesen war, musste er kein Hellseher sein.

»Ich werde den Vertrag überarbeiten und Ihnen morgen die neue Fassung zuschicken lassen.«

Warum die Eile, dachte sie mürrisch und lehnte sich zurück. »Wir werden uns sicherlich einigen können, Mr. Brady. Allerdings gibt es noch einen Punkt zu besprechen.«

»Und welchen?«, erkundigte er sich.

»Das Honorar.« Mit kühler Miene setzte A. J. die Lesebrille auf und schob den Vertrag von sich. »Es ist weit weniger, als Miss DeBasse normalerweise bekommt. Bieten Sie uns zwanzig Prozent mehr.«

Erstaunt zog David eine Augenbraue hoch. Natürlich hatte er erwartet, dass sie über die Gage verhandeln würde, aber bereits zu einem früheren Zeitpunkt. Doch ganz offensichtlich gehörte A. J. Fields auch deshalb zu den Besten ihrer Branche, weil sie nicht tat, was man von ihr erwartete. »Wir sind kein Privatsender, Miss Fields. Mehr als fünf Prozent sind nicht möglich.«

»Das ist inakzeptabel.« Entrüstet setzte A. J. die Brille ab und ließ sie an einem Bügel baumeln. Ohne die starken Gläser wirkten ihre Augen größer und ausdrucksvoller. »Mir ist klar, dass Ihr Budget begrenzt ist. Ich verstehe Ihr Problem.« Sie schenkte ihm ein charmantes Lächeln. »Fünfzehn Prozent.«

Immer das gleiche Spiel, dachte er, eher schicksalsergeben als verärgert. Er wusste, worauf es hinauslief. Sie wollte zehn Prozent mehr, und das war genau seine Schmerzgrenze. Aber das Handeln und Feilschen gehörte zum Geschäft. »Miss DeBasse bekommt sowieso schon eine höhere Gage als alle anderen Mitwirkenden.«

»Selbstverständlich. Schließlich ist sie Ihr größter Trumpf, und das wissen Sie«, gab sie unbeeindruckt zurück.

»Sieben Prozent mehr.«

»Zwölf.«

»Zehn.«

»Abgemacht.« A.J. stand auf. Normalerweise hätte dieser Abschluss ein Gefühl tiefster Befriedigung in ihr ausgelöst. Doch das ungute Gefühl blieb und verhinderte, dass sie ihren Sieg unbeschwert genießen konnte. »Senden Sie mir den geänderten Vertrag in den nächsten Tagen zu.«

»Ich werde gleich morgen einen Boten schicken. Das Telefonat eben ...« David schwieg, während er aufstand. »Sie wollten ursprünglich nicht mehr mit mir verhandeln, habe ich recht?«

Prüfend sah sie ihn an. Er hatte tatsächlich einen scharfen Verstand und ein untrügliches Gespür. Vielleicht war Clarissa bei ihm doch in guten Händen. »Unser Gespräch war eigentlich beendet«, gab sie unumwunden zu.

»Sagen Sie Clarissa herzlichen Dank, dass sie uns im richtigen Moment gestört hat.« Mit einem selbstzufriedenen Lächeln, das sie erneut in Rage brachte, reichte er ihr zum Abschied die Hand.

»Auf Wiedersehen, Mr. ...« Als ihre Hände sich berührten, erstarb ihre Stimme. Mit der Heftigkeit eines Stromschlags durchfuhr sie plötzlich eine verwirrende Mischung widerstreitender Gefühle. Dunkle Vorahnung und Verlangen, Wut und unbändige Lust ließen ihren Atem stocken und ihre Knie weich werden. Sie brauchte einen kurzen Moment, um sich zu sammeln, ehe sie David Brady zur Tür bringen konnte.

»Miss Fields?«

Sie starrte ihn an, als sei er ein Geist. Ihre Hand, die er noch immer hielt, war eiskalt. Besorgt nahm David ihren Arm. Sie schien einer Ohnmacht nahe. »Sie sollten sich besser hinsetzen.«

»Wie bitte?« Obwohl sie noch immer am ganzen Körper zitterte, zwang sich A.J. zur Konzentration. »Nein, nein, alles in Ordnung. Ich war nur gerade in Gedanken.« Gleichzeitig aber löste sie ihre Hand aus seiner und trat einen Schritt zurück. »Zu viel Kaffee und zu wenig Schlaf, vermute ich.« Und zu viel Nähe eines Mannes, der mir offensichtlich nicht guttut, fügte sie für sich hinzu, während sie sich aufatmend an den Schreibtisch lehnte. »Ich bin froh, dass wir uns einigen konnten, Mr. Brady. Morgen treffe ich Clarissa, dann werde ich sie über unsere Verhandlungen informieren.«

Langsam kam wieder Farbe in ihre Wangen, und ihr Blick wurde klar wie zuvor. Dennoch zögerte David, sie allein zu lassen. Schließlich wäre sie noch vor einer Minute beinahe zusammengebrochen. »Setzen Sie sich«, wiederholte er.

»Ich bitte Sie ...«

»Verdammt noch mal, jetzt ruhen Sie sich einen Augenblick aus!« Energisch nahm er wieder ihren Arm und drückte sie in den Stuhl. Ehe sie wusste, wie ihr geschah, hatte er sich über sie gebeugt und sah sie prüfend an. »Sie sollten Ihre Verabredung zum Dinner heute Abend absagen und lieber früh schlafen gehen.«

In einer abwehrenden Geste verschränkte sie die Arme vor der Brust, um jeden Kontakt mit ihm zu vermeiden. »Es gibt keinen Grund, sich Gedanken zu machen.«

»Ich sorge mich grundsätzlich, wenn eine Dame in meiner Gegenwart fast ohnmächtig wird«, gab er zurück.

Sein Tonfall, charmant und ironisch zugleich, sorgte für ein Kribbeln in ihrem Magen. »Oh ja, da bin ich mir sicher«, erwiderte sie lächelnd. Für einen kurzen Moment entspannte sie sich, doch als er fürsorglich über ihre Stirn strich, zuckte sie unweigerlich zurück. »Lassen Sie das.«

Ihre Haut war ebenso seidig und weich, wie sie aussah, doch er verbot sich diesen Gedanken. »Ich wollte Ihnen nicht zu nahe treten, Miss Fields. Seien Sie beruhigt – Sie sind nicht mein Typ.«

Kühl sah sie ihn an. »Das erleichtert mich sehr.«

Als er den unnahbaren Ausdruck bemerkte, mit dem sie ihn

musterte, musste er ein Lachen unterdrücken. Ebenso wie den plötzlichen Wunsch, sie zu küssen. »Nun gut«, murmelte er und erhob sich. »Keinen Kaffee mehr für heute«, empfahl er noch, ehe er ging. Denn wenn er sie jetzt nicht sofort verließ, würde er vermutlich noch eine Dummheit machen.

Sobald die Tür ins Schloss fiel, gab A. J. ihre würdevolle Haltung auf. Sie zog die Knie bis zur Brust, bettete den Kopf darauf und dachte nach. Was geschah gerade mit ihr? Und was, um Himmels willen, sollte sie jetzt nur tun?

2. Kapitel

A. J. überlegte ernsthaft, sich einen Hamburger zu holen, ehe sie zum Dinner zu Clarissa fuhr. Doch es wäre ihr wie ein Verrat erschienen. Und außerdem würde sie das Essen besser ertragen, wenn sie hungrig war. Vielleicht schaffte sie es dann sogar, Clarissa den Eindruck zu vermitteln, sie habe gut gekocht.

Es war ein sonniger Frühlingstag, und A. J. hatte das Verdeck ihres Cabrios geöffnet. Sie versuchte, die Fahrt aus der Stadt in den idyllischen Vorort zu genießen. Neben ihr lag eine schmale Aktentasche aus weichem Leder, in der die Unterlagen steckten, die Clarissa lesen und unterschreiben sollte. David hatte, wie versprochen, alle Änderungen eingearbeitet und ihr den neuen Vertrag schon am nächsten Tag zugeschickt. Nun gab es keinen nachvollziehbaren Grund mehr, dieser Vereinbarung nicht zuzustimmen. Das Einzige, was blieb, war ein ungutes Gefühl, das A. J. nicht abschütteln konnte.

Vermutlich bin ich einfach nur überarbeitet, beruhigte sie sich. Ich bin zu schnell aufgestanden, und deshalb war mir schwindlig. Mit David Brady persönlich hat das nichts zu tun.

Doch wenn sie ehrlich war, wusste sie es besser.

Und diese Erkenntnis brachte sie aus der Fassung.

Ehe sie in Newport Beach ankam, musste sie sich und ihre Gefühle unter Kontrolle haben, denn vor Clarissa konnte sie nichts verbergen. Sie musste es schaffen, sowohl den Vertrag mit ihrer Mandantin zu besprechen als auch über David Brady selbst unverfänglich zu plaudern. Wenn ihr das nicht gelang, würde Clarissa sofort Bescheid wissen.

Kurz dachte sie darüber nach, die Verabredung noch abzusagen. Doch das erschien ihr allzu unhöflich. Also versuchte sie, sich zu entspannen, und dachte an die Yoga-Übungen, die sie abends manchmal machte, um sich von einem stressigen Arbeitstag zu erholen. Es half tatsächlich, und als sie spürte, wie ihre Muskeln langsam entkrampften, schaltete sie das Radio an. Mit lauter Musik fuhr sie das letzte Stück, bis sie bei Clarissa ankam.

Gemeinsam hatten sie das gemütliche Haus vor einigen Jahren entdeckt, und noch immer fühlte A.J. Befriedigung, wenn sie den Kiesweg zur Eingangstür beschritt. Das Haus aus roten Ziegeln mit seinen akkurat geschnittenen Rasenflächen und den weiß gestrichenen Fensterläden passte perfekt zu Clarissa. Von den Gagen für ihre Bücher und Auftritte hätte sie sich ein Haus doppelter Größe in Beverly Hills leisten können, doch dort hätte sie sich nicht halb so wohlgefühlt.

A.J. nahm die Aktentasche vom Beifahrersitz, klemmte sich die Flasche Rotwein, die sie zum Essen besorgt hatte, unter den Arm und ging geradewegs ins Haus. Die Tür war wie immer nicht verschlossen. »Hallo! Ich bin bis zu den Zähnen bewaffnet, unbesiegbar und zu allem bereit. Geben Sie mir sofort all Ihren Schmuck!«, rief sie.

»Oje, habe ich wieder vergessen abzuschließen?« Lachend trat Clarissa aus der Küche und wischte sich die Hände an einer nicht mehr ganz sauberen Schürze ab. Ihre Wangen waren von der Hitze des Backofens gerötet. In der Küche, ahnte A.J., herrschte das übliche Chaos, das Clarissa stets hinterließ, wenn sie kochte.

»Wie immer! Du bist einfach zu leichtsinnig«, tadelte A.J. scherzhaft, umarmte sie herzlich und versuchte gleichzeitig herauszufinden, was es zu essen gab.

»Hackbraten«, verriet Clarissa. »Ich habe ein neues Rezept ausprobiert.«

»Oh.« A.J. zwang sich zu einem optimistischen Lächeln, während sie sich an den letzten, vollkommen vertrockneten

Hackbraten erinnerte. Schnell wechselte sie das Thema. »Du siehst hinreißend aus! Gib es zu, du warst in L. A. und hast dich in einem der Schönheitssalons verwöhnen lassen.«

»Ach was, für so etwas habe ich gar keine Zeit«, wehrte Clarissa unbekümmert ab. »Je mehr man sich über sein Aussehen ärgert, umso mehr Falten bekommt man. Das solltest du auch beherzigen.«

»Willst du damit sagen, ich sehe aus wie eine faltige alte Hexe?«, protestierte A. J., während sie ihre Mappe auf den Tisch legte und ihre Schuhe auszog.

»Keineswegs, und das weißt du auch. Aber du machst dir viel zu viele Sorgen.«

»Ich habe einen Bärenhunger«, stellte A. J. ausweichend fest. »Außer einem halben Sandwich habe ich noch nichts gegessen.«

»Es ist nicht gesund, wie du lebst. Komm mit in die Küche, in fünf Minuten ist das Essen fertig.«

Zufrieden, dass es ihr gelungen war, Clarissa abzulenken, folgte A. J. Doch sie hatte sich zu früh gefreut.

»Und jetzt erzähl mir, was dich tatsächlich bedrückt.«

Ergeben seufzte A. J. Doch die Türglocke erlöste sie von dem Verhör, das zweifellos gefolgt wäre.

»Kannst du bitte öffnen?«, bat Clarissa. »Ich muss den Rosenkohl abgießen.«

»Rosenkohl?«, wiederholte A. J. entsetzt. Doch Clarissa war schon wieder in der Küche verschwunden. »Schlimm genug, dass es Hackbraten gibt, aber Rosenkohl ist eine echte Strafe. Ich hätte doch vorher einen Hamburger essen sollen«, murmelte sie, während sie zur Tür ging. Als sie öffnete, erstarrte sie.

»Sie sind ja außer sich vor Freude, mich zu sehen.«

Die Hand noch auf der Türklinke, sah sie David fassungslos an. »Was machen Sie hier?«

»Ich bin zum Dinner eingeladen.« Ohne eine Aufforderung abzuwarten, trat David ein. »Sogar ohne Schuhe sind Sie erstaunlich groß für eine Frau.«

A. J. ließ die Tür zufallen. »Clarissa hat mir nichts davon gesagt, dass es sich um ein Geschäftsessen handelt.«

»Nun, ich denke, das soll es auch nicht sein.« Seit ihrem gestrigen Treffen waren seine Gedanken um A. J. Fields gekreist. Vielleicht würde er heute Abend herausfinden, was ihn so sehr an ihr faszinierte. »Wir können einfach einen angenehmen, entspannten Abend miteinander verbringen. Was halten Sie davon, A. J.?«

Höflich und verwirrt nickte A. J. »In Ordnung, David. Machen Sie sich auf ein abenteuerliches Essen gefasst.«

»Ich verstehe nicht …?«

Sie konnte sich ein Lächeln nicht verkneifen. »Es gibt Hackbraten.« Ohne weitere Erklärung nahm sie ihm den Champagner ab, den er mitgebracht hatte, und warf einen Blick auf das Etikett. »Nun, der könnte helfen. Haben Sie heute Mittag gut gegessen?«

Ihre Augen glitzerten schelmisch, was sie ausgesprochen anziehend machte. »Worauf wollen Sie hinaus?«

Verschwörerisch klopfte sie ihm auf die Schulter. »Manchmal ist es besser, vorher nicht alles zu wissen. Setzen Sie sich. Ich mache Ihnen einen Drink, damit Sie das Essen besser ertragen.«

»Aurora!«

»Ja?« Automatisch reagierte A. J. und hätte sich am liebsten auf die Zunge gebissen.

»Aurora?«, wiederholte David ungläubig. »Ist das A tatsächlich die Abkürzung dafür?«

Mit schmalen Augen sah A. J. ihn an. »Wenn auch nur ein einziger Mensch im Büro mich so nennt, werde ich genau wissen, wer diesen Namen verraten hat. Und meine Rache wird fürchterlich sein!«

Ernsthaft hob er zwei Finger zum Schwur, doch um seine Mundwinkel spielte ein Lachen. »Niemand wird etwas von mir erfahren.«

»Aurora, war das ...« Clarissa stand im Türrahmen, und ein Strahlen glitt über ihr Gesicht. »David, wie schön!« Prüfend sah sie von einem zum anderen und nahm die helle, klare Aura wahr, die beide umfing. »Ja, sehr schön«, bekräftigte sie. »Ich bin froh, dass Sie kommen konnten.«

»Vielen Dank für die Einladung!« Erneut war David hingerissen von Clarissas natürlichem Charme. Galant nahm er ihre Hand und führte sie zu seinen Lippen.

Sie errötete leicht. »Champagner, wie aufmerksam. Lassen Sie uns damit auf den Vertrag anstoßen.« Als ihr Blick A.J.s traf, bemerkte sie, wie diese die Stirn runzelte. »Versorgst du euch schon mit einem Drink? Das Essen ist sofort fertig.«

A.J. zögerte. Sie dachte an den Vertrag in ihrer Tasche und an ihre Bedenken. Doch dann fügte sie sich. Clarissa würde sowieso tun, was sie wollte. Sie konnte sie nicht länger schützen. »Was halten Sie von einem Wodka? Er ist gut, ich habe ihn selbst besorgt«, schlug sie vor.

»Gern. Wenn es keine Mühe macht, auf Eis.«

A.J. nickte und verschwand, dann kehrte sie mit zwei Gläsern und der Flasche zurück. »Sie hat tatsächlich daran gedacht, Eiswürfel zu machen«, bemerkte sie voller Erstaunen.

»Sie kennen Clarissa anscheinend sehr gut.«

»Allerdings.« A.J. füllte Wodka in die Gläser und reichte ihm eines. »Sie ist weit mehr für mich als eine Mandantin, David. Das ist auch der Grund, warum ich will, dass ihr keine Nachteile aus dem Vertrag entstehen.«

Er ging zu ihr und nahm sein Glas entgegen. Erst als sie direkt vor ihm stand, nahm er den leichten, unaufdringlichen Duft ihres Parfums wahr. Er fragte sich, ob sie nur den Hauch eines Parfums auftrug, um die Männer anzuziehen oder abzuhalten. »Was befürchten Sie?«

Vermutlich würden sie in der nächsten Zeit noch eng zusammenarbeiten müssen. Deshalb beschloss A.J., ehrlich zu sein. Mit einem kurzen Seitenblick in die Küche vergewisserte sie sich, dass Clarissa noch beschäftigt war. »Clarissa trägt ihr Herz auf der Zunge. Sie ist vertrauensselig, und das macht sie verwundbar«, erklärte sie mit gesenkter Stimme.

»Glauben Sie, dass Sie sie vor mir beschützen müssen?«

A. J. nippte an ihrem Drink. »Genau das versuche ich gerade herauszufinden.«

»Ich mag Clarissa sehr.« Ohne nachzudenken, nahm er eine Strähne ihres blonden Haares und wand sie spielerisch um seinen Finger. Seine Bewegung war so schnell, dass sie nicht zurückweichen konnte. »Sie ist eine liebenswerte, herzensgute Frau«, fuhr er fort, ließ die Hand sinken und ging ein paar Schritte durch das gemütliche Wohnzimmer. Er war selbst irritiert von seiner intimen Geste; es war eigentlich nicht seine Art, Geschäftliches und Privates zu vermengen. Noch dazu, wenn er seine Verhandlungspartnerin kaum kannte. Um sich zu sammeln, trat er ans Fenster und blickte hinaus. Im Garten hatte Clarissa ein Futterhäuschen aufgehängt, und David schaute den emsig hin und her fliegenden Vögeln zu. Auch die Katze war draußen, doch sie rekelte sich faul in der letzten Wärme der untergehenden Sonne und zeigte keinerlei Jagdinstinkt.

A. J. antwortete nicht gleich, sondern wartete, bis sie ihre Stimme wieder unter Kontrolle hatte. »Ich weiß es zu schätzen, dass Sie Clarissa mögen. Aber ich bin sicher, Ihre Sendung steht für Sie an erster Stelle. Schließlich sind Sie ein Profi. Sie wollen eine gute Show, und Sie werden zweifellos alles tun, um sie zu produzieren.«

»Das stimmt.« Mein Problem ist, überlegte er, dass sie heute längst nicht so glatt und unnahbar wirkt wie gestern im Büro. Sie trug eine weiche Seidenbluse in dem dunklen Rot wilden Mohns über einem eng anliegenden weißen Rock. Sie war barfuß. Ihr Haar war ungebändigt und vom Fahrtwind zerzaust. Nachdenklich gab er neues Eis in sein Glas und schenkte sich nach. Sie war noch immer nicht sein Typ. »Soweit ich weiß, habe ich nicht den Ruf, jemanden auszunutzen oder bloßzustellen, nur um gute Einschaltquoten zu erzielen. Ich mache meinen Job, A. J., und ich nehme ihn ernst. Genau das erwarte ich auch von jedem, der mit mir zusammenarbeitet.«

»Das ist nur fair.« Ungefragt hatte er ihr ebenfalls noch einen Drink gemixt, und sie nahm das Glas entgegen. »Auch ich mache meinen Job – und dazu gehört, Clarissa zu beraten und vor Fallstricken zu schützen.«

»Gut, dann sind wir uns ja einig.«

»Das Essen ist fertig«, unterbrach Clarissas fröhliche Stimme die angespannte Atmosphäre. Mit einem kurzen Blick erkannte sie, dass ihre Gäste nicht mehr nah zusammenstanden, sondern die gesamte Breite des Raumes zwischen sich gebracht hatten. Sofort spürte sie die gereizte Stimmung, die Verwirrung und das Misstrauen. Das ist normal für zwei sture, selbstbewusste Menschen, die unterschiedliche Interessen vertreten müssen, entschied sie und fragte sich, wie lange es wohl noch dauerte, bis sie erkannten, dass sie voneinander angezogen wurden. Und ob sie ihren Gefühlen eine Chance geben würden. »Ich hoffe, ihr seid hungrig.«

Mit einem leichten Lächeln stellte A. J. ihr Glas ab. »David hat gerade verkündet, dass er heute fast noch nichts gegessen hat. Du solltest ihm eine Extraportion gönnen.«

»Wunderbar!« Erfreut ging Clarissa voran ins Esszimmer. »Zu einem festlichen Essen gehört Kerzenlicht, nicht wahr?« Und daran hatte sie wahrlich nicht gespart. Auf dem langen Esstisch brannten Kerzen in zwei mehrarmigen silbernen Leuchtern, und auch auf der Anrichte standen hell leuchtende Kerzenhalter.

Das romantische Dämmerlicht erspart es uns, den Hackbraten näher zu betrachten, dachte A. J.

»Den Wein hat Aurora mitgebracht, und da sie sich sehr viel besser damit auskennt als ich, ist er sicher köstlich. Würden Sie uns einschenken, David? Ich verteile währenddessen das Essen.«

»Es sieht großartig aus«, lobte er und fragte sich, warum A. J. kaum ein Lachen unterdrücken konnte.

»Vielen Dank.« Clarissa schenkte ihm ein herzliches Lächeln. »Sind Sie eigentlich in Kalifornien geboren?«, plauderte sie weiter, während sie A. J. die Platte mit dem aufgeschnittenen Hackbraten reichte.

»Nein, ursprünglich komme ich aus Washington.« David schenkte der Gastgeberin von dem dunkelrot schimmernden Beaujolais ein.

»Es ist wunderschön dort«, fuhr Clarissa fort. »Aber unglaublich kalt.« Sie bot A. J. von ihrem selbst gemachten Kartoffelpüree an.

Tatsächlich erinnerte sich David mit einem Hauch Nostalgie an lange, stürmische Winterabende. »Das ist wahr«, stimmte er dennoch höflich zu. »Man gewöhnt sich schnell an das milde Klima hier in L. A.«

»Ich bin an der Ostküste aufgewachsen und vor dreißig Jahren mit meinem Mann hierhergezogen«, erzählte Clarissa. »Und ich muss zugeben, dass ich jedes Jahr im Herbst Heimweh nach Vermont bekomme, nach den Wäldern, die plötzlich in Rot- und Goldtönen erstrahlen, wenn sich die Blätter verfärben.« Unvermittelt sah sie A. J. besorgt an. »Nimm doch noch von dem köstlichen Gemüse. Du weißt, ich mache mir immer Sorgen, dass du nicht genug isst.«

Folgsam nahm sich A. J. etwas Rosenkohl und hoffte, Clarissa werde nicht merken, wenn sie ihn nicht aß. »Warum fährst du dieses Jahr nicht einmal wieder nach Vermont?«, schlug sie vor, während sie vorsichtig einen winzigen Bissen vom Hackbraten probierte und beschloss, keinen großen Appetit zu haben. Stattdessen trank sie einen Schluck Wein.

»Darüber habe ich auch schon nachgedacht«, pflichtete Clarissa ihr bei und wandte sich erneut an David. »Haben Sie Familie?«

»Verzeihung, ich habe gerade nicht zugehört«, bat er um

Entschuldigung. Tatsächlich hatte der Hackbraten seine volle Konzentration in Anspruch genommen. Er fragte sich, nach welchem Rezept Clarissa ihn zubereitet haben könnte. Bis heute hatte er nicht gewusst, dass einfacher Hackbraten nach altem Leder schmecken konnte.

»Ich habe mich erkundigt, ob Sie Familie haben«, wiederholte Clarissa freundlich.

»Ja.« Sein Hilfe suchender Blick traf A.J.s, und mit einem verschwörerischen Lächeln bedeutete sie ihm, dass nicht er allein mit diesem Essen kämpfte. »Zwei Brüder und eine Schwester. Sie leben alle in der Gegend von Washington und Oregon.«

»Wir waren auch viele Geschwister daheim. Ich habe meine Kindheit in einer großen Familie genossen«, erzählte Clarissa. Dann tätschelte sie tröstend A.J.s Hand. »Die arme Aurora ist leider ein Einzelkind.«

Lachend drückte A.J. ihre Hand. »Und ich habe meine Kindheit ohne Geschwister ebenfalls sehr genossen.« Als sie beobachtete, wie David mit dem klumpigen Kartoffelbrei kämpfte, bekam sie fast ein schlechtes Gewissen. Sie hätte ihn doch vorwarnen sollen. »Wie sind Sie auf die Filmbranche gekommen, David?«, wollte sie wissen.

»Dokumentationen haben mich immer schon fasziniert.« David griff nach dem Salzstreuer und würzte sein Püree großzügig nach. »Es ist eine große Herausforderung, ein Thema so spannend und vielseitig zu erzählen, dass die Zuschauer einerseits gut unterhalten werden, andererseits aber auch die Problematik verstehen und sich damit auseinandersetzen.«

»Ähnlich wie ein Lehrer?«

»Nein, das kann man nicht vergleichen.« Mutig schnitt er ein Stück von seinem Hackbraten ab. »Ich will in erster Linie einen guten Film machen, nicht die Menschen belehren.«

A.J. stellte fest, dass sie das misslungene Mahl besser ertrug, seit sie einen Leidensgenossen hatte. »Haben Sie nie davon geträumt, mal einen Kinohit zu produzieren?«

»Ich mag die Arbeit fürs Fernsehen«, gab er zurück und griff nach der Weinflasche, um allen nachzuschenken. So ließ sich das Essen wenigstens elegant hinunterspülen. »Wissen Sie, es gibt so viele schlechte Sendungen, so viel geistloses Geplapper. Ich möchte mit meinen Filmen dagegenhalten.«

»Geistloses Geplapper?«, wiederholte sie fragend und runzelte die Stirn.

»Das Fernsehen ist voll von Shows, bei denen es nur noch um die Einschaltquoten geht. Je mehr Zuschauer eine Sendung hat, umso mehr Müll wird dort gezeigt.«

»Nicht jeder findet nur solche Programme gut, in denen er aufgeklärt und belehrt wird. Das ist eine ziemlich hochmütige Einstellung, finde ich«, widersprach A. J. »Nach acht Stunden harter Arbeit, Staus im Feierabendverkehr und Kindern, die ihre Eltern für sich beanspruchen, möchten viele Menschen vor dem Fernseher einfach nur noch entspannen.«

»Richtig«, stimmte er zu. Er fand sie ausgesprochen attraktiv in dieser kämpferischen Stimmung; sie schien in diesem kleinen Streit zur Höchstform aufzulaufen. Er hatte nicht geahnt, wie temperamentvoll sie sein konnte. »Trotzdem sollten es sich die Zuschauer nicht gefallen lassen, dass sie vollkommen verdummen. Sie haben ein Anrecht auf intelligente Inhalte.«

»Ich schalte den Fernseher viel zu selten ein, um dazu etwas sagen zu können«, warf Clarissa ein und stellte zufrieden fest, dass ihre Gäste beherzt zugegriffen hatten. Die Platten und Schüsseln waren fast leer. »Allerdings mochte ich die Hauptdarstellerin der Serie *Empire* ausgesprochen gern. Wie hieß sie noch?«

»Audrey Cummings.« Nachdenklich schwenkte A. J. den Wein in ihrem Glas. »Eine sehr gute Schauspielerin, sowohl auf der Bühne als auch vor der Kamera. Wir haben sie gerade für die Neuverfilmung von *Die Katze auf dem heißen Blechdach* vermittelt.« Noch immer freute sie sich über diesen großartigen Erfolg. Nachdem sie einen Schluck Wein getrunken hatte, sah sie David an. »Es ist erstaunlich, dass ein Film voller Hitze, Schweiß und Alkohol zu einem solchen Klassiker werden konnte, oder? Schließlich hat *Die Katze auf dem heißen Blechdach* nicht gerade das Niveau einer Verdi-Oper.«

»Es muss auch nicht immer Verdi sein«, widersprach er. »Genau das ist ja der Anspruch des Fernsehens: vielschichtig zu sein. Haben Sie zufällig die Dokumentation über Taylor Brooks gesehen? Meiner Meinung gibt es nur wenige Filme, die so viele gut recherchierte Informationen und Hintergründe über einen Rockstar zeigen wie dieser.« Mit einem wissenden Lächeln erhob er das Glas und nickte ihr zu. »Haben Sie noch Kontakt zu Brooks?«

»Nein.« Ihr war klar, dass er sie mit dieser Frage in die Enge treiben wollte. Doch das sollte ihm nicht gelingen. »Wir haben uns ein paarmal getroffen, aber das ist Jahre her. Ich trenne grundsätzlich mein Privatleben vom Beruf.«

»Sehr vernünftig.« David nippte an seinem Wein.

»Außerdem habe ich keinerlei Vorurteile dem Fernsehen gegenüber, auch wenn Sie das Gegenteil annehmen. Wenn es so wäre, säßen Sie jetzt ganz sicher nicht hier mit einer meiner wichtigsten Klientinnen, um einen Vertrag zu unterschreiben«, fuhr sie fort.

»Möchte noch jemand Fleisch?«, erkundigte sich Clarissa fröhlich.

»Nein, danke. Ich werde keinen Bissen mehr hinunterbekommen«, entschuldigte sich A. J. und wandte sich mit einem Lächeln an David. »Vielleicht nimmt Mr. Brady noch eine Portion.«

»Vielen Dank, dass Sie so aufwendig für uns gekocht haben, Clarissa! Es war wunderbar, aber ich bin wirklich satt.« Während er sich erhob, versuchte er, sich seine Erleichterung nicht zu sehr anmerken zu lassen, dass er ablehnen durfte, ohne unhöflich zu erscheinen. »Ich werde Ihnen dabei helfen, den Tisch abzuräumen.«

»Oh nein.« Energisch stand Clarissa auf. »Die Bewegung wird mir guttun. Aurora, ich hatte den Eindruck, David war bei unserem ersten Treffen ein wenig enttäuscht von mir. Was hältst du davon, ihm meine Sammlung zu zeigen?«

»Eine gute Idee.« A.J. nahm ihr Weinglas und bedeutete David, ihr zu folgen. »Darauf dürfen Sie sich etwas einbilden«, verriet sie, als sie den Raum verließen. »Clarissa zeigt ihren Fundus längst nicht jedem.«

»Ich fühle mich geschmeichelt«, entgegnete er leichthin. Doch als sie durch den kleinen Flur gingen, blieb er plötzlich stehen und sah sie ernst an. »Ihnen wäre es lieber, Clarissa hätte mich heute Abend nicht zu diesem Essen eingeladen, nicht wahr?«

Nachdenklich betrachtete sie ihn über den Rand ihres Weinglases. Aus Gründen, die sie selbst nicht erklären konnte, wäre es ihr am liebsten gewesen, ihn auf Abstand halten zu können. Für Clarissa, aber noch viel mehr für sie selbst. »Clarissa sucht sich ihre Freunde selbst aus«, antwortete sie stattdessen kühl.

»Und Sie achten sehr genau darauf, dass niemand daraus einen Vorteil zieht.«

»Ganz genau. Hier geht es lang.« Sie wandte sich um und öffnete eine unscheinbare Tür. »Im Kerzenlicht wirkt dieser Raum sehr viel beeindruckender – und noch romantischer bei Vollmond. Aber Sie müssen mit ihm vorliebnehmen, wie er jetzt ist.« A.J. schaltete das Licht an und trat einen Schritt zurück.

Das Zimmer war nicht besonders groß, doch seine Wirkung war phänomenal. Die Fenster waren mit schweren Samtvorhängen verhüllt, um den Raum vor ungebetenen Blicken zu schützen. Er vermittelte einem das Gefühl, als befinde man sich in einem abgeschiedenen Turm – oder in einem unheimlichen Verlies.

Hier lag die Kristallkugel, die David bei seinem ersten Besuch vermisst hatte. Er konnte nicht widerstehen. Wie unter

Zwang trat er einen Schritt näher und betrachtete die Kugel, die auf einem blauen Samttuch lag. Das kunstvoll geschliffene Glas funkelte und spiegelte das Licht in unzähligen Facetten zurück. In einem verschlossenen Holzkästchen mit Glasdeckel lagen uralte, abgegriffene Tarotkarten. Als David sie genauer betrachtete, konnte er erkennen, dass sie handgemalt waren. In einem Bücherregal standen aufgereiht Schriften über Voodoo, Telekinese, Telepathie und vieles mehr. Am Ende des Bordes entdeckte er eine Kerze in der Form einer großen, schlanken Frau, die ihre Arme zum Himmel reckte.

Auf einem runden Holztisch, umrahmt mit kunstvoll geschnitzten Pentagrammen, lag ein Ouija. David erinnerte sich, von einem solchen Hexenbrett schon gehört zu haben. Es wurde genutzt, um mit Geistern in Kontakt zu treten. Fasziniert sah er sich weiter um. An einer Wand hingen unzählige Masken, getöpfert, geschnitzt und aus Pappmaché. Er entdeckte Wünschelruten und Pendel, afrikanische Holzschalen, indische Rasseln und Pyramiden in unterschiedlichen Größen.

»Und, werden Ihre Erwartungen erfüllt?«, erkundigte sich A. J. nach einem Moment des Schweigens.

»Um ehrlich zu sein, war ich auch ohne diese beeindruckende Ausstellung schon überzeugt von Clarissas Fähigkeiten.« Er nahm eine kleine Glaskugel auf und spürte, wie sie sich in seine Handfläche schmiegte.

Es war genau die richtige Antwort. Dennoch versuchte A. J., sich nicht anmerken zu lassen, wie sehr sie sich darüber freute. »Clarissa liebt es, all diese Gegenstände zu sammeln, die mit Hellseherei und Wahrsagerei in Verbindung gebracht werden.«

»Sie benutzt sie gar nicht?«

»Es ist nur eine Sammelleidenschaft. Ein Freund hatte ihr vor Jahren die Tarotkarten aus England mitgebracht. Und dann hat sich die Sache verselbstständigt.«

Noch immer spürte David das kühle, rund geschliffene Glas in seiner Hand. Prüfend sah er A.J. an. »Sie mögen es nicht, oder?«

Sie zuckte die Schultern. »Ich würde es nicht gutheißen, wenn sie diese Dinge ernst nähme.«

»Haben Sie das hier schon einmal ausprobiert?« Er zeigte auf das Ouija-Brett.

»Natürlich nicht.«

Es war eine Lüge. Er wusste selbst nicht, warum er so sicher war, dass sie nicht die Wahrheit sagte. »Sie glauben also nicht an die magische Wirkung dieser Gegenstände?«

»Ich glaube an Clarissas Fähigkeiten. Der Rest ist reine Show. Aber ich weiß, dass die Leute es erwarten.«

Dennoch spürte er den Zauber, der von diesen Hilfsmitteln ausging und Menschen seit Jahrtausenden in seinen Bann zog. »Sind Sie tatsächlich niemals der Versuchung erlegen, sich von Clarissa Ihr Schicksal aus der Kristallkugel vorhersagen zu lassen?«

»Clarissa braucht dafür keine Kugel, und sie sagt auch niemandem die Zukunft voraus.«

Nachdenklich öffnete er die Hand und blickte auf die kleine Glaskugel. »Glauben Sie nicht an Clarissas Fähigkeiten?«

»Ich habe nicht behauptet, dass sie die Zukunft nicht vorhersehen *kann* – aber sie sagt sie niemandem voraus.«

Er ließ die Kugel in seiner Handfläche kreisen und sah A.J. an. »Erklären Sie mir das genauer.«

»Clarissa glaubt fest an das Schicksal und daran, dass es großes Unglück bringt, seiner Vorsehung entgehen zu wollen. Deshalb sagt sie niemandem die Zukunft voraus.«

»Aber Sie behaupten, sie könnte es.«

»Genau. Und sie hat beschlossen, es nicht zu tun. Ihre besondere Fähigkeit bedeutet für Clarissa gleichzeitig eine immense Verantwortung. Niemals würde sie ihr Wissen missbrauchen. Dann verzichtet sie lieber auf ihre Begabung.«

»Darauf verzichten?«, wiederholte er ungläubig und legte die Kugel zurück. »Sie meinen, es sei möglich, nur einen Teil der Fähigkeiten zu nutzen und den Rest einfach auszublenden?«

Ihre Finger hatten sich um das Glas gekrampft. A.J. nahm es in die andere Hand. »Bis zu einem gewissen Punkt ist das möglich, ja. Schließlich ist sie nur der Überbringer, der Vermittler – das Maß, in dem sie sich darauf einlässt, kann sie selbst beeinflussen.«

»Sie scheinen viel darüber zu wissen.«

Er war gerissen, äußerst gerissen. Unbefangen lächelte sie und straffte die Schultern. »Ich arbeite seit Jahren mit Clarissa zusammen und weiß natürlich einiges von ihr. Wenn Sie in den kommenden Monaten viel Zeit mit ihr verbringen, wird es Ihnen ähnlich gehen.«

David betrachtete sie, während er auf sie zutrat. »Darf ich?«, fragte er, dann nahm er ihr Glas und trank einen kleinen Schluck. Der Wein war wärmer geworden und schmeckte kräftiger. »Warum nur habe ich das Gefühl, dass Sie sich in diesem Raum unwohl fühlen? Oder liegt es an meiner Gegenwart?«

»Ihr Eindruck täuscht. Wenn Sie wollen, gibt Ihnen Clarissa sicherlich gern ein paar Tipps, wie Sie Ihre Sinne schärfen können.«

»Ihre Handflächen sind feucht.« Mit zwei Fingern streifte er ihr Handgelenk. »Ihr Puls geht rasend schnell. Ich brauche keine Intuition, um das zu merken.«

A.J. zwang sich, ruhig zu bleiben. Äußerlich ungerührt hielt sie seinem Blick stand und hoffte, dass es ihr gelang, amüsiert zu wirken. »Vermutlich habe ich das Essen nicht vertragen.«

»Schon als wir uns das erste Mal begegnet sind, haben Sie unglaublich intensiv auf mich reagiert.«

Das erste Treffen hatte ihr eine schlaflose Nacht beschert. »Ich habe Ihnen erklärt ...«

»Zu wenig Schlaf, zu viel Kaffee«, wiederholte er spöttisch. »Das habe ich schon damals nicht geglaubt. Vielleicht liegt es daran, dass auch mir unsere Begegnung nicht mehr aus dem Kopf gegangen ist.«

Sie durfte jetzt keine Schwäche zeigen. Mit aller Kraft versuchte A.J., kühl und ungerührt zu wirken. Doch sie konnte sich seinem tiefgründigen, ruhigen Blick und der Wirkung seiner Worte nicht entziehen. Mit hoch erhobenem Kopf nahm sie ihr Weinglas zurück und leerte es in einem Zug. Was als entspannte Geste gedacht war, entpuppte sich als Fehler, denn bei jedem Schluck dachte sie daran, dass seine Lippen das Glas vor ihr berührt hatten. »Ich bin nicht Ihr Typ, David. Vergessen Sie das nicht.« Ihre Stimme klang schneidend. Dennoch wurde ihr schnell klar, dass dies die falsche Taktik war.

»Was macht das schon?«, gab er zurück, während er langsam durch ihr Haar strich.

Als er näher kam, überlegte sie fieberhaft, wie sie reagieren sollte. Zwei Möglichkeiten boten sich. Entweder stieß sie ihn fort und rannte davon, oder sie begegnete seinem Annäherungsversuch mit Gleichgültigkeit. Es schien ihr lächerlich, vor ihm zu flüchten, deshalb ließ sie seine zärtliche Geste über sich ergehen. Das war ihr zweiter Fehler.

Denn David wusste, wie man Frauen umschmeichelte und verführte. Als er mit seinen Lippen sanft ihren Mund berührte, war es nur der Hauch eines Kusses. Gleichzeitig aber fuhr er mit der Hand in ihren Nacken und streichelte ihre Haut. A.J. umfasste ihr Weinglas fester, unfähig, sich zu bewegen. Wieder küsste er sie, ganz kurz – fast glaubte sie, es sich nur eingebildet zu haben – spürte sie, wie er mit seiner Zungenspitze ihre Lippen liebkoste. Sie wagte kaum zu atmen.

Unwillkürlich schloss sie die Augen, ihre Knie wurden weich. Ohne ein Wort verließ er ihre Lippen und wanderte mit zahllosen kleinen Küssen hinauf zu ihren Wangenknochen. Keiner von ihnen bemerkte, dass das leere Weinglas aus ihrer Hand glitt und lautlos auf dem weichen Teppich landete.

Schon im Büro war ihm aufgefallen, dass sie ihr Parfum äußerst dezent dosierte. Nur wer ihr sehr nahe kam, konnte ihren Duft wahrnehmen. Fast schien das Aroma untrennbar zu ihr zu gehören, so perfekt passte die würzige, dunkle Note zu dieser Frau. Als er sie erneut küsste, wusste er, dass er diesen Augenblick nie vergessen würde. Und sie auch nicht.

Dieses Mal öffnete sie die Lippen und ließ ihn willig ein. Doch er blieb zurückhaltend und genoss es, sich ihr vorsichtig und langsam zu nähern. Sie war längst nicht so kühl und selbstbewusst, wie sie sich gab. Tatsächlich war sie eine weiche, warmherzige Frau, deren Verletzlichkeit sich ein Mann kaum entziehen konnte. Er war verwirrt und konnte keinen klaren Gedanken fassen, und das, obwohl er sie kaum berührt hatte und ihre Küsse wenig mehr waren als eine Ahnung dessen, was noch folgen mochte. Dennoch bebten sie beide vor Erregung.

»Wir wussten beide, dass so etwas passieren würde, nicht wahr, Aurora?«, murmelte er.

Alles in ihr stand in Flammen, und gleichzeitig erschauerte sie vor Kälte und Schwäche. Sie durfte jetzt nicht den Kopf verlieren. A. J. sammelte all ihre Kraft und straffte sich. »Wenn wir weiterhin Geschäfte miteinander machen wollen ...«

»Auf jeden Fall«, unterbrach er sie und erntete einen missbilligenden Blick.

»... dann solltest du die Regeln kennen«, fuhr sie unbeirrt fort. »Ich gehe grundsätzlich nicht mit Geschäftspartnern ins Bett. Weder Mandanten noch Kollegen.«

Ihre Zurückhaltung gefiel ihm. Er konnte selbst nicht erklären, warum. »Das schränkt die Auswahl ziemlich ein, oder?«, stichelte er trotzdem.

»Ich trenne mein Privatleben strikt vom Geschäft«, schoss sie prompt zurück.

»Das stelle ich mir in dieser Stadt äußerst schwierig vor, aber es ist bewundernswert. Allerdings ...« Spielerisch ließ er eine Strähne ihres Haars durch seine Finger gleiten. »Ich habe dich nicht gebeten, mit mir zu schlafen.«

Wütend griff sie nach seinem Handgelenk. Überrascht stellte sie fest, dass sein Puls ebenso schnell ging wie der ihre. »Du solltest meine Warnung ernst nehmen. Erspare dir und mir die Peinlichkeit, dir einen Korb einzuhandeln.«

»Würde ich das?« Er entwand seine Hand ihrem Griff und strich über ihre Wange. »Das Risiko gehe ich ein.«

»Lass das!«

Kopfschüttelnd musterte er sie. Zugegeben, sie war ausgesprochen attraktiv. Allerdings keine Filmschönheit, auch nicht glamourös. Dafür war sie viel zu störrisch und unnahbar. Warum also wünschte er, sie nackt zu sehen, ihre Haut an seinem Körper zu spüren? »Merkst du nicht, dass da etwas zwischen uns ist?«

»Tiefste Abneigung«, zischte sie.

Ungerührt und charmant lächelte er sie an. Am liebsten hätte sie ihn für seine Hartnäckigkeit umgebracht.

»Selbst das ist ein ungewöhnlich intensives Gefühl für zwei Menschen, die sich gerade erst kennengelernt haben«, gab er lässig zurück. »Ich frage mich, wie es wohl sein mag, mit dir zu schlafen. Und du kannst mir glauben, diese Frage stelle ich mir längst nicht bei jeder Frau.«

Wieder spürte sie, wie ihre Handflächen vor Anspannung und Nervosität feucht wurden. »Sollte ich mich deswegen etwa geschmeichelt fühlen?«

»Keineswegs. Ich denke nur, dass wir besser zusammen arbeiten können, wenn wir wissen, mit wem wir es zu tun haben.«

A. J. wünschte verzweifelt, sie könne sich losreißen und einfach flüchten. Doch sie zwang sich, diese Situation durchzustehen. »Du bist der Produzent, ich bin die Agentin. Mein Job ist es, die Interessen von Clarissa DeBasse durchzusetzen. Wenn du irgendetwas tun solltest, was ihr beruflich oder persönlich schaden kann, werde ich dich vernichten.« Kalt sah sie ihn an und hielt inne. »Und ansonsten haben wir beide nichts miteinander zu tun«, fügte sie dann hinzu.

»Das werden wir sehen.«

A.J. trat einen Schritt zurück und löschte das Licht.

»Ich habe morgen sehr früh eine Besprechung. Lass uns die Verträge unterschreiben, Brady, damit wir endlich beide unsere Arbeit machen können«, sagte sie noch, dann verließ sie den Raum.

Ein starker Abgang, dachte sie befriedigt, keineswegs eine Flucht.

3. Kapitel

Die Vorproduktion einer neuen Sendung brachte immer viel Unruhe mit sich. Wutentbrannte Diskussionen und Streitigkeiten unter den Mitarbeitern machten die Besprechungen endlos, Nervosität und gereizte Stimmung ermüdeten das Team. David dagegen blühte in dieser Atmosphäre auf. Er liebte es, einen roten Faden zu entwickeln, Rollen zu besetzen und zu erleben, wie aus einer ersten Idee konkrete Bilder entstanden. Diese Phase der Arbeit beflügelte seine Kreativität.

Er war dafür bekannt, seinen eigenen Kopf zu haben und die äußeren Umstände seinen Vorstellungen anzupassen – eine Eigenschaft, die sich nicht nur auf seinen Beruf, sondern auch auf sein Privatleben auswirkte. Als Produzent war er, so sagten zumindest die meisten Regisseure, ausgesprochen erfolgreich, aber auch ungerecht. Als Mann war er – glaubte man den Frauen, die ihn kannten – großzügig, aber egoistisch und wenig herzlich.

David billigte jedem Regisseur künstlerische Freiheit zu, allerdings nur, solange diese seiner Vorstellung entsprach. Er gab sich offen und kompromissbereit. Doch nicht selten stellte ein Regisseur schließlich fest, dass dieser Kompromiss letztendlich genau zu dem Ziel führte, das David von Anfang an vor Augen gehabt hatte.

Und auch in einer Beziehung ließ er sich oberflächlich stets auf die Bedürfnisse der Frau an seiner Seite ein. Sie liebte Rosen? Dann schickte er täglich einen Strauß. Sie genoss Wochenenden auf dem Lande? Er stand am Sonntag mit dem Cabriolet vor ihrer Tür und fuhr mit ihr ins Grüne. Auch hier gab er sich offen und anpassungsfähig. Doch jede Frau stellte irgendwann fest, dass sie diesem Mann niemals wirklich nahegekommen war. Sobald sie mehr forderte, als er zu geben bereit war, oder sogar über eine gemeinsame Zukunft sprach, beendete er die Affäre.

Trotz seines unbestrittenen Erfolges arbeitete kaum ein Regisseur ein zweites Mal mit David Brady. Die Frauen dagegen verzweifelten zwar an seiner Unnahbarkeit, doch sobald er sie anrief, schmolzen sie dahin.

Dabei war er keineswegs ein eiskalter Herzensbrecher. Er wusste nur ganz genau, was er wollte, und wich von seinem Weg keinen Millimeter ab.

Mittlerweile waren die Vorbesprechungen für seine neue Sendung abgeschlossen, das Konzept nahm konkrete Formen an, sogar das Studio war schon eingerichtet. Zu diesem Zeitpunkt wurde David unruhig, er verlangte erste Erfolge zu sehen. Zum Auftakt seiner neuen Serie wollte er unbedingt Clarissa DeBasse als Studiogast haben. Und diese Entscheidung hatte nichts mit ihrer Agentin zu tun, versicherte er sich selbst mehr als einmal.

Ursprünglich hatte er überlegt, Clarissa zu Hause zu interviewen. Doch eine kurze Nachricht von A.J. Fields hatte diesen Plan zunichtegemacht. Miss DeBasse sei nicht bereit, ihre Privatsphäre öffentlich darzustellen. Punkt. Und da David sich durch solche Formalitäten nicht von seinen Vorstellungen abbringen lassen wollte, hatte er kurzerhand das Studio so einrichten lassen, dass es der gemütlichen Vorstadtidylle in Clarissas Haus glich. Für das Gespräch hatte er den bekannten Journalisten Alex Marshall engagiert. Er war gefürchtet für seine kritischen Fragen, und wenn es jemand schaffen konnte, in diesem Interview Tatsachen und Aberglauben sauber voneinander zu trennen, dann Alex Marshall. Davon war David überzeugt.

Nun endlich war es so weit. David hielt sich im Hintergrund und ließ sein Team arbeiten. Mit Sam Cauldwell, dem Regisseur, hatte er bereits zwei Filme gedreht. Die Zusammenarbeit gestaltete sich nicht unkompliziert, aber sie hatten für beide Dokumentationen einen Preis bekommen – und das war entscheidend.

»Du musst einen anderen Filter auf den Scheinwerfer setzen«, wies Sam gerade den Beleuchter an. »Ich will eine gemütliche Atmosphäre, nicht das Flair eines Möbelhauses.« Ungeduldig wandte er sich an den Journalisten. »Alex, wenn du die Zuschauer begrüßt, kommst du von rechts und bleibst genau hier stehen.«

»Alles klar.« Genervt löschte Alex seine teure Zigarre und trat vor die Kamera. Unruhig schaute David auf die Uhr. Clarissa kam später als vereinbart, aber noch war genügend Zeit. Wenn sie in zehn Minuten nicht aufgetaucht war, würde er sie anrufen lassen. Er sah zu, wie Alex professionell seinen Text vortrug, und beobachtete den Aufnahmeleiter, der noch immer mit dem Licht unzufrieden war. David beschloss, dass er hier entbehrlich war, und ging hinaus, um Clarissa selbst anzurufen. Vielleicht ist es besser, A. J. darum zu bitten, überlegte er. Es konnte nicht schaden, sie ein wenig unter Druck zu setzen. Er nahm sein Handy aus der Jacketttasche und stieß die Studiotür auf.

»Oh, David, entschuldigen Sie bitte.«

In diesem Moment hastete Clarissa den Gang entlang. Heute sieht sie keineswegs aus wie die nette Tante, dachte er, als sie ihm die Hand zur Begrüßung reichte. Ihr Haar war streng zurückgebunden, was sie um Jahre jünger aussehen ließ. Sie trug ein Collier aus großen silbernen Gliedern mit einem überdimensionalen, kunstvoll gefassten Amethyst. Ihr Make-up betonte perfekt ihre klaren blauen Augen, und auch ihr Kleid spiegelte die intensive Farbe der Augen wider. Diese Frau hatte nichts mehr zu tun mit der Clarissa, die ihm missratenen Hackbraten vorgesetzt hatte.

»Clarissa, Sie sehen hinreißend aus!«

»Vielen Dank. Ich befürchte, uns bleibt nicht mehr viel Zeit für die Vorbereitung. Ich habe das Datum verwechselt, und als Aurora mich abholen wollte, war ich gerade dabei, Petunien zu pflanzen.«

Verstohlen blickte er suchend über ihre Schulter. »Ist A.J. mitgekommen?«

»Sie sucht noch einen Parkplatz.« Clarissa folgte seinem Blick und seufzte. »Ich bin eine echte Belastung für sie.«

»Sie macht nicht den Eindruck, als würde sie das so empfinden«, warf er ein.

»Das ist wahr. Aurora ist immer so freundlich.«

Er enthielt sich eines Kommentars. »Sind Sie schon bereit, oder möchten Sie erst einen Kaffee trinken, um sich zu sammeln?«

»Kein Alkohol oder Koffein, wenn ich arbeite. Es trübt die Sinne.« Sie hielt noch immer seine Hände umfasst und sah ihn prüfend an. »Sie wirken unruhig, David.«

Genau in diesem Augenblick entdeckte er A.J. »Vor einer Sendung bin ich immer aufgeregt«, erwiderte er abwesend, während er die Agentin betrachtete. Erst jetzt fiel ihm auf, wie energisch und gleichzeitig elegant ihr Gang war.

»Nein, das ist nicht der Grund«, widersprach Clarissa und drückte ein letztes Mal seine Hand. »Aber ich werde Sie nicht ausfragen. Das ist Ihre Privatsache.« Sie wandte sich um. »Ah, da kommt Aurora. Dann kann es losgehen.«

»Das ist es schon«, murmelte er und betrachtete A.J. fasziniert.

»Guten Morgen, David. Hoffentlich haben wir nicht den ganzen Ablaufplan durcheinandergebracht.«

Sie wirkte ebenso akkurat und professionell wie bei ihrem ersten Treffen. Und doch nahm er plötzlich Kleinigkeiten wahr, die er zuvor übersehen hatte. Nun wusste er, dass ihre Haut dort, wo der Kragen ihrer Bluse endete, samtweich und zart war. Ihre Lippen, die er sanft berührt hatte, waren ungeschminkt. Zu gern wäre er ihr näher gekommen, um festzustellen, ob sie das gleiche Parfum aufgetragen hatte wie an jenem Abend. Doch stattdessen nahm er höflich Clarissas Arm.

»Nein, alles läuft wie vorgesehen«, beruhigte er sie und wandte sich wieder an Clarissa. »Kommen Sie, dann können Sie sich die Vorbereitungen ansehen.«

»Sehr gern.«

»Treten Sie ein.« Er stieß die Tür auf und ließ den beiden Damen den Vortritt. »Darf ich Ihnen den Regisseur vorstellen, Sam Cauldwell?«

Es schien David nicht zu stören, dass er Sam aus einem Gespräch riss. A. J. bemerkte, dass er stehen blieb und wartete, bis der Regisseur zu ihm trat. So stellte man gleich klar, wer das Sagen hatte, das wusste sie aus eigener Erfahrung.

»Sam, das ist Clarissa DeBasse«, machte er die beiden miteinander bekannt.

Höflich, aber mit augenscheinlicher Ungeduld begrüßte Sam seinen Studiogast. »Es ist mir ein Vergnügen, Miss DeBasse. Ich habe Ihre Bücher gelesen, um mich möglichst gut auf die heutige Sendung vorzubereiten.«

»Das ist sehr aufmerksam von Ihnen. Hoffentlich haben sie Ihnen gefallen.«

»Ich bin nicht sicher, ob ›gefallen‹ der richtige Ausdruck ist.« Sam überlegte kurz. »Sie haben mich auf jeden Fall zum Nachdenken angeregt.«

»Wenn du möchtest, könnt ihr sofort anfangen«, mischte David sich ein.

»Wunderbar. Würden Sie bitte dort Platz nehmen, Miss DeBasse«, bat der Regisseur. »Dann können wir eine Tonprobe machen und sehen, ob das Licht ausreicht.«

Nachdem Sam und Clarissa gegangen waren, schaute David sich nach A. J. um. Schließlich entdeckte er sie abseits der Hektik, an einen Pfeiler gelehnt. Sie beobachtete ihn. »Du wirkst wie ein Raubvogel, der jederzeit bereit ist, auf einen armen Produzenten einzuhacken, der sich nicht an die Regeln hält, A. J.«

»Mir scheint, dass du dich dem Regisseur gegenüber ähnlich verhältst«, gab sie ungerührt zurück.

»Wahrscheinlich machen wir beide nur unseren Job«, räumte er friedfertig ein. »Komm hier rüber, dann kannst du besser sehen.«

»Danke.« Gemeinsam gingen sie auf die linke Seite des Studios und beobachteten, wie Clarissa Alex Marshall vorgestellt wurde. Der Moderator war groß, schlank und wirkte auf eine zurückhaltende Art höflich und vornehm. Ein Vierteljahrhundert im TV-Geschäft hatte Spuren in seinem scharf geschnittenen Gesicht hinterlassen, sein von grauen Strähnen durchzogenes volles Haar bildete einen schönen Kontrast zu seiner sonnengebräunten Haut. »Eine gute Wahl. Marshall genießt einen ausgezeichneten Ruf«, stellte A.J. leise fest.

»Das Gesicht, dem Amerika vertraut.«

»Das stimmt. Seine Fragen sind messerscharf. Eine halbseidene Wahrsagerin vom Sunset Boulevard würde er hier heute auseinandernehmen.«

»Mit Sicherheit.«

Warnend sah A.J. ihn an. »Es wird ihm nicht gelingen, Clarissa bloßzustellen.«

Er nickte zustimmend. »Genau das hoffe ich. Vergangene Woche habe ich mehrmals in deinem Büro angerufen«, fügte er übergangslos hinzu.

»Man hat es mir ausgerichtet.« A.J. sah, wie Clarissa über eine Bemerkung des Moderators lachte. »Konnte meine Assistentin dir weiterhelfen?«

»Ich wollte nicht mit deiner Assistentin telefonieren.«

»Tut mir leid, ich war sehr beschäftigt. Du hast tatsächlich Clarissas Wohnzimmer im Studio nachbauen lassen.«

»Nachdem du dem Interview in ihrem Haus nicht zugestimmt hast, blieb mir keine andere Wahl. Du weichst mir aus, A.J.« Mit einer kaum merklichen Bewegung nahm er ihr die Sicht auf Clarissa, sodass sie gezwungen war, ihn anzusehen.

Doch sie wich seinem Blick aus, ließ ihre Augen über seine lässigen Boots gleiten, betrachtete ausgiebig die verwaschenen Jeans und das Hemd, dessen obere Knöpfe offen waren. Erst dann sah sie ihn an. »Ich dachte, du hättest verstanden.«

»So einfach werde ich es dir nicht machen.« Mit dem Finger fuhr er über den Kragen ihrer Bluse. »Marshall wird sich die Zähne an ihr ausbeißen.« Er sah hinüber zu dem Moderator, der mit einer entspannten Clarissa plauderte. Sie schien sich perfekt vorbereitet zu haben.

Schon oft hatte A. J. einen Verehrer abwimmeln müssen. Doch in diesem Fall war es schwieriger, als sie gedacht hatte. »David, ich hatte eigentlich nicht den Eindruck, dass du zu den Männern gehörst, die es anspornt, abgewiesen zu werden.«

»Keineswegs«, stimmte er zu, während er sanft über ihren Nacken strich. »Und du scheinst keine der Frauen zu sein, die Desinteresse heucheln, nur um noch mehr umschmeichelt zu werden.«

»Ich heuchle gar nichts.« Zornig sah sie ihn an und hoffte, dass er nicht sah, wie unsicher sie war. »Ich bin tatsächlich nicht an dir interessiert. Und außerdem stehst du mir im Weg.«

»Vielleicht lasse ich das zur Gewohnheit werden«, konterte er. Doch er trat zur Seite.

Erst eine weitere Dreiviertelstunde später, in der Sitzpositionen geändert, Farbfilter getauscht, neue Tonproben genommen wurden, konnte endlich gedreht werden. A. J. hatte David schon seit längerer Zeit nicht mehr gesehen und glaubte, er sei beschäftigt. Deshalb blieb sie hinter den Kameras stehen und betrachtete das quirlige Treiben, wobei sie immer wieder auf die Uhr sah und sich fragte, wann endlich die eigentliche Show beginnen würde. Clarissa dagegen saß freudig erregt auf dem Sofa und nahm von Zeit zu Zeit einen Schluck aus ihrem Wasserglas. Doch immer, wenn sie in A. J.s Richtung sah, war ihre Agentin froh, sie begleitet zu haben.

Die Dreharbeiten begannen ohne Komplikationen. Entspannt saß Clarissa neben Alex und beantwortete ruhig und selbstsicher seine Fragen. Sie unterhielten sich über hellseherische Fähigkeiten, Vorahnungen und Clarissas Vorliebe für Astrologie. Clarissa hatte ein Talent dafür, schwierige Sachverhalte einfach und nachvollziehbar zu erklären, sodass das Thema für die Zuschauer interessant blieb.

Nicht ohne Grund war sie als Gast in Gesprächsrunden immer wieder gefragt. Sie schaffte es, die Hintergründe der Parapsychologie so zu erklären, dass auch Laien sie verstanden. Auf diesem Gebiet war Clarissa DeBasse unschlagbar. A. J. spürte, wie die Anspannung von ihr abfiel, und suchte in ihrer Tasche nach einer Packung Kekse. Schließlich hatte sie heute noch nichts gegessen.

Es wurde gedreht, verworfen, der Aufnahmewinkel der Kameras geändert, neu gedreht. Die Stunden vergingen, doch A. J. war zufrieden. Sie erlebte ein hoch professionelles Team, das gute Qualität versprach. Genau das hatte sie sich für Clarissa gewünscht.

Und dann tauchten plötzlich die Karten auf.

Instinktiv hatte sie zu Clarissa stürzen und die Aufnahme abbrechen lassen wollen, doch ein kurzer Blick ihrer Klientin hatte genügt, um sie aufzuhalten. Machtlos und innerlich tobend vor Zorn, beobachtete sie, was nun geschah.

»Gibt es ein Problem?«

Sie fuhr herum, denn sie hatte nicht gehört, dass David zurückgekehrt war. Schäumend vor Wut und voller Verachtung musterte sie ihn kurz, ehe sie ihre Aufmerksamkeit wieder dem Set zuwandte. »Das war nicht abgemacht.«

»Die Karten?« Überrascht von ihrer heftigen Reaktion, sah auch David zum Set. »Mit Clarissa war es abgesprochen.«

A. J. biss die Zähne zusammen. »Das nächste Mal, Brady, wird so etwas mit mir geklärt.«

Noch während David eine scharfe Erwiderung auf der Zunge lag, drang Alex Marshalls sonore Stimme klar und deutlich zu ihnen herüber. »Miss DeBasse, ist es allgemein üblich, die Karten zu benutzen, um außersinnliche Wahrnehmungen zu testen?«

»Gelegentlich greift man darauf zurück, das stimmt. Sie werden auch benutzt, um telepathische Fähigkeiten zu erforschen.«

»Sie haben an solchen Untersuchungen teilgenommen, sowohl in England als auch an Universitäten hier in den USA, beispielsweise an der Stanford University, an der Columbia University in New York und der University of California hier in Los Angeles.«

»Das ist richtig.«

»Können Sie den Zuschauern erklären, wie so etwas funktioniert?«

»Selbstverständlich. Die Karten, die für Forschungszwecke benutzt werden, haben grundsätzlich zwei Farben und normalerweise fünf verschiedene Symbole. Vierecke beispielsweise, Kreise, Wellenlinien. So lässt sich berechnen, wie groß die Wahrscheinlichkeit ist, Farbe und Symbol einer Karte zu erraten. Die Chance, die richtige Farbe zu nennen, liegt bei zwei Farben bei fünfzig Prozent. Erreicht jemand sechzig Prozent, liegt er schon über dem Durchschnitt.«

»Das klingt recht einfach.«

»Mit den Farben allein, ja. Doch die Symbole machen die Vorhersage schwieriger. Wenn, sagen wir, fünfundzwanzig Karten mit zwei Farben und fünf Symbolen im Spiel sind, und die Versuchsperson nennt fünfzehn Karten richtig, kann man davon ausgehen, dass ihre außersinnliche Wahrnehmung äußerst hoch ist.«

»Sie ist verdammt gut«, flüsterte David.

»Allerdings.« Verärgert verschränkte A.J. die Arme vor der Brust. Hatte David daran gezweifelt? Niemand war besser als Clarissa.

»Können Sie erklären, wie das funktioniert?« Scheinbar unbeteiligt mischte Alex die Karten, während er sprach. »Haben Sie ein Gefühl, wenn jemand eine Karte hochhält?«

»Ein Bild«, berichtigte Clarissa. »Man hat ein Bild vor Augen.«

»Sie haben also ein ganz genaues Bild von der Karte, die ausgesucht wurde.«

»Nein, Mr. Marshall. Das genaue Bild sehen *Sie*«, erklärte Clarissa geduldig und lächelte. »Ich vermute, Sie lesen viel?«

»Ja, natürlich.«

»Die Worte, die Sätze lassen in Ihrem Kopf ein Bild entstehen. Ganz ähnlich ist es mit den Karten.«

»Ich verstehe.« Sein Gesichtsausdruck ließ keinen Zweifel daran, dass er ihrer Antwort misstraute.

Perfekt reagiert, dachte David, der ihn genau beobachtete.

»Außersinnliche Wahrnehmung erfordert eine genaue Kontrolle der Vorstellungskraft und eine unglaubliche Konzentration«, fuhr sie unbeirrt fort.

»Gibt es wirklich Menschen, die diese Gabe haben?«

»Niemand weiß das genau, die Forschung liefert bisher keine eindeutigen Ergebnisse. Es gibt zwei Meinungen: Die einen glauben, außersinnliche Wahrnehmung könne erlernt werden, die anderen halten sie für eine angeborene Fähigkeit. Meine eigene Meinung liegt irgendwo dazwischen.«

»Das müssen Sie näher erklären.«

»Ich denke, jeder von uns hat die Fähigkeit, unerklärliche Dinge wahrzunehmen. Wie weit sie entwickelt ist, hängt von jedem Einzelnen ab. Die meisten Menschen ignorieren sie einfach, wieder andere spüren sie, wollen sie aber nicht zulassen.«

»Sie haben unter Beweis gestellt, dass Sie übersinnliche Fähigkeiten haben. Wenn Sie erlauben, möchten wir den Zuschauern eine Kostprobe geben.«

»Gern.«

»Wir haben hier ein handelsübliches Kartenspiel. Einer unserer Mitarbeiter hat es heute Morgen gekauft, und Sie hatten es noch nicht in der Hand, nicht wahr?«

»Das stimmt. Ich bin keine Spielernatur.« Halb entschuldigend, halb amüsiert lächelte sie. Der Regisseur war begeistert.

»Wenn ich jetzt eine Karte aus dem Stapel nehme...« Alex zog eine Spielkarte aus der Mitte und hielt sie verdeckt. »... können Sie mir sagen, welche es ist?«

»Nein.« Der Regisseur raufte sich die Haare, während Clarissa weiterhin freundlich lächelte. »Sie müssen sich die Karte ansehen, Mr. Marshall, und versuchen, sich ein Bild davon in Ihrem Kopf zu machen.«

Beflissen nickte Alex, blickte auf die Karte und prägte sie sich ein.

»Sie konzentrieren sich nicht genug, Mr. Marshall«, kritisierte Clarissa den Moderator. »Aber es ist auf jeden Fall eine rote Karte.« Dann strahlte sie ihn siegessicher an. »Die Karo Neun.«

Die Kamera schwenkte auf sein Gesicht, verharrte dort, um seine überraschte Miene einzufangen, ehe er die Karte aufdeckte. Karo Neun.

Alex mischte den Stapel, zog eine zweite Karte und ließ Clarissa erneut raten, dann ein drittes Mal.

Stirnrunzelnd sah sie ihn an. »Sie versuchen, mich zu verwirren, indem Sie an eine andere Karte denken als die in Ihrer Hand. Dadurch verwischt das Bild in Ihrem Kopf. Aber ich bin sicher, es ist die Kreuz Zehn.«

»Unglaublich«, murmelte Alex atemlos, als er die Kreuz Zehn umdrehte. »Einfach unglaublich.«

»Das ist nicht so schwierig«, widersprach Clarissa. »Ein guter Zauberer, der die Reaktionen seines Gegenübers abschätzen kann, schafft das auch.«

»Sie meinen, das ist nur ein Taschenspielertrick?«

»Nicht bei mir. Aber es kann ein Trick sein, eingebunden

in eine gute Show, sodass das Publikum den Schwindel nicht merkt.«

»Sie selbst haben Ihre Karriere mit Handlinienlesen begonnen.« Alex schob den Kartenstapel beiseite. Er war nicht wirklich zufrieden mit sich selbst.

»Das ist lange her. Theoretisch kann jeder Mensch Handlinien deuten.« Spontan streckte sie ihm ihre Handfläche hin. »Die Linien sagen einiges über Geld, Gefühle, Lebensdauer. In jeder Stadtbücherei finden Sie gute Lektüre darüber, wie Sie Handlinien lesen können. Es geht nicht so sehr darum, die Linien zu deuten, sondern die Sorgen und Hoffnungen zu erkennen.«

Freundlich, aber ohne Überzeugung reichte Alex ihr seine Hand. »Ich kann mir kaum vorstellen, dass Sie daraus Sorgen und Hoffnungen lesen können.«

»Sie selbst verraten sie mir«, erklärte Clarissa. »Das ist nicht schwierig. Ich kann mir Ihre Handlinien ansehen und erzählen, dass Sie ein ausgezeichneter Gesprächspartner sind und finanziell ausgesorgt haben. Doch das sind keine weltbewegenden Neuigkeiten. Aber wenn Sie erlauben ...« Sie zog seine Hand näher und betrachtete sie eine Weile. »Wenn ich mich intensiver damit beschäftige, kann ich Ihnen sagen ...« Sie hielt inne, blinzelte und starrte ihn an. »Oh.«

A. J. trat hastig vor, doch David hielt sie zurück. »Lass sie«, flüsterte er. »Wir können nicht die ganze Spannung aus dem Film nehmen. Im Notfall können wir die Szene immer noch herausschneiden.«

»Darauf werde ich dann auch bestehen.«

Scheinbar ruhig und entspannt hielt Clarissa die Hand des Moderators, doch ihr Blick verriet, dass sie um Fassung rang.

»Gibt es einen Grund, nervös zu werden?«, fragte er, um einen scherzhaften Ton bemüht.

»Nein, nein.« Clarissas Lachen klang gezwungen. »Nicht wirklich. Sie haben eine ausgesprochen starke Ausstrahlung.«

»Vielen Dank für das Kompliment.«

Konzentriert schloss Clarissa die Augen. »Sie sind Witwer, seit fünfzehn Jahren nun – oder sechzehn? Ihre Ehe war ausgesprochen harmonisch.« Sie öffnete die Augen und lächelte ihn an. Die Anspannung löste sich allmählich. »Und Sie sind ein guter Vater.«

»Das stimmt alles, Miss DeBasse. Doch auch das konnte man bereits in vielen Magazinen lesen.«

Ohne auf seinen Einwand einzugehen, fuhr sie fort: »Ihre Kinder führen mittlerweile ihr eigenes erfolgreiches Leben. Sie haben Ihnen nie viel Grund zur Sorge gegeben. Allerdings hatten Sie einige heftige Auseinandersetzungen mit Ihrem Sohn. Er muss damals etwa zwanzig gewesen sein. Nun, manche Menschen brauchen etwas länger, um ihren Weg zu finden, nicht wahr?«

Sein Lächeln erstarb, und er erwiderte ihren Blick mit der gleichen Intensität, mit der sie ihn ansah. »Offensichtlich.«

»Sie sind ein Perfektionist, im Berufsleben ebenso wie privat. Das hat es Ihrem Sohn vermutlich schwer gemacht, selbstständig zu werden. Er hat immer gespürt, dass er Ihre Erwartungen nicht erfüllen konnte. Es gab eigentlich keinen Grund, sich Sorgen um ihn zu machen, doch das tun wohl alle Eltern. Jetzt wird er selbst Vater, und Sie sind sich dadurch wieder nähergekommen. Der Gedanke, Großvater zu werden, gefällt Ihnen. Doch gleichzeitig werden Ihnen dadurch Ihr Alter, Ihre eigene Sterblichkeit bewusst. Aber ich bezweifle, dass es eine gute Entscheidung wäre, sich aus dem Berufsleben zurückzuziehen. Noch immer sind Sie auf dem Höhepunkt Ihrer Karriere, und Sie lieben die Hektik und Aufregung, die Ihr Job mit sich bringt. Ich glaube nicht, dass Sie die Beschaulichkeit auf einem alten Fischkutter lange genießen könnten. Sie sollten ...« Kopfschüttelnd hielt sie inne. »Entschuldigen Sie. Wenn mich jemand interessiert, werde ich häufig viel zu persönlich.«

»Kein Problem.« Langsam schloss er seine Hand. »Sie sind ausgesprochen amüsant, Miss DeBasse.«

»Schnitt!« Sam war begeistert. Alex Marshall dachte also tatsächlich darüber nach auszusteigen. Er hatte das bisher für ein Gerücht gehalten.

»Ich will das Band in einer halben Stunde sehen. Alex, vielen Dank. Das war ein großartiger Start der Serie. Miss DeBasse ...« Zu gern hätte er ihre Hand genommen, doch er befürchtete, sie könne auch in seinen Handlinien das eine oder andere Geheimnis lesen, das er lieber für sich behalten wollte. »Sie waren sensationell! Ich kann es kaum erwarten, die nächste Folge mit Ihnen zu drehen.«

Noch ehe er den Satz ausgesprochen hatte, war A.J. an Clarissas Seite. Sie wusste, was jetzt passierte, denn es geschah jedes Mal nach einem solchen Auftritt. Einer der Mitarbeiter würde auf Clarissa zustürzen und ihr erzählen, dass ihm »etwas ganz Merkwürdiges geschehen« sei. Wenig später würde jemand anders Clarissa bitten, aus seiner Hand zu lesen. Der Rest des Teams stände dabei, einige spöttisch lächelnd, andere fasziniert. Auf jeden Fall wäre Clarissa binnen weniger Minuten umringt.

»Wenn du fertig bist, bringe ich dich jetzt nach Hause«, bot A.J. an.

»Das hatten wir doch bereits geklärt«, widersprach Clarissa, während sie erfolglos nach ihrer Geldbörse suchte. »Es ist viel zu weit für dich, nach Newport Beach und wieder zurück zu fahren.«

»Ich bin deine Agentin, dieser Service gehört dazu.« Schmunzelnd reichte A.J. ihr das Portemonnaie, das Clarissa ihr vor den Filmaufnahmen in die Hand gedrückt hatte.

»Oh, danke, meine Liebe.« Erleichtert nahm Clarissa das Lederetui. »Ich hatte keine Ahnung, wohin ich die Börse gesteckt hatte. Lass mich einfach ein Taxi bestellen.«

»Einer unserer Fahrer wird Sie nach Hause bringen«,

mischte David sich ein. Ohne A. J. anzusehen, wusste er, dass sie schäumte vor Wut. »Auf gar keinen Fall werde ich es zulassen, dass unser Studiogast mit dem Taxi fahren muss.«

»Das ist sehr freundlich. Danke für das Angebot.«

»Aber es ist nicht notwendig«, warf A. J. ein.

»Vielleicht nicht.« Unvermittelt schaltete Alex sich ein und nahm Clarissas Hand. »Wenn Sie einverstanden sind, bringe ich Sie heim – vorausgesetzt, ich darf Sie vorher zum Dinner einladen.«

»Eine hervorragende Idee«, erwiderte Clarissa strahlend, ehe A. J. reagieren konnte. »Hoffentlich habe ich Sie nicht in Verlegenheit gebracht, Mr. Marshall!«

»Machen Sie sich darüber keine Gedanken. Ihr Auftritt war tatsächlich faszinierend.«

»Nett, dass Sie das sagen.« Lächelnd wandte sie sich an A. J. »Ich bin immer erleichtert, wenn du mich begleitest. Danke.« Herzlich küsste sie ihre Agentin auf die Wange. »Gute Nacht, David«, sagte sie dann.

»Gute Nacht, Clarissa. Alex.« Er blieb neben A. J. stehen und blickte den beiden nach, als sie aus dem Studio verschwanden. »Ein schönes Paar.«

Noch bevor er ausgesprochen hatte, sah A. J. ihn empört an. Ihre Augen blitzten wütend, und er war sicher, dass sie ihm am liebsten ihre Fingernägel in den Arm gekrallt hätte. »Du bist ein Narr!«, fauchte sie. Dann schwang sie herum und verließ die Bühne. Sie war schon fast hinaus, ehe er sie aufhalten konnte.

»Was ist eigentlich mit dir los?«

Vielleicht wäre sie zu einer kühlen Bemerkung fähig gewesen, wenn er sie nicht mit seinem bezaubernden Lächeln angesehen hätte. »Ich will die letzten fünfzehn Minuten der Aufzeichnung anschauen, Brady. Und wenn mir nicht gefällt, was ich sehe, wird diese Sendung niemals ausgestrahlt. Das schwöre ich dir«, zischte sie.

»Ich erinnere mich nicht, dass im Vertrag etwas von einem Widerspruchsrecht der Agentin steht, A.J.«

»Darin steht aber auch nicht, dass Clarissa dem Moderator aus der Hand liest.«

»Zugegeben, Alex hat das auf eigene Faust mit hineingenommen. Aber es hat doch wunderbar funktioniert! Was ist das Problem?«

»Du hast es doch selbst gesehen, verdammt!« Sie stürmte durch die schweren Türen des Studios, unfähig, ihre Wut im Zaum zu halten.

David nahm ihren Arm und versuchte, sie aufzuhalten. »Anscheinend habe ich nicht das Gleiche gesehen wie du.«

»Sie hat uns alle getäuscht.« Tief durchatmend strich A.J. ihr Haar zurück. »Als sie seine Hand nahm, war sie im ersten Moment fassungslos, weil sie irgendetwas gesehen hat, das sie nicht preisgeben wollte. Wenn du dir den Film ansiehst, wirst du erkennen, dass sie Alex fünf oder zehn Sekunden lang einfach nur anstarrt.«

»Das macht das Ganze nur noch spannender. Ein wunderbarer Effekt!«

»Deine Effekte können mir gestohlen bleiben.« Sie riss sich mit einer solchen Wucht los, dass sie ihn beinahe an die Wand geschleudert hätte. »Ich will nicht, dass Clarissa so vorgeführt wird. Schließlich bin ich für sie verantwortlich.«

»Also gut«, gab er nach, während sie vor ihm durch das Eingangsportal hastete. »Warte doch! Clarissa war zufrieden, als sie ging. Diese Szene scheint sie nicht beeinträchtigt zu haben.«

»Mir gefällt das alles nicht!« A.J. stürmte die breiten Stufen hinunter zum Parkplatz. »Erst der Trick mit den Karten. Dann das Handlinienlesen. Ich habe es satt, dass jeder Clarissas Fähigkeiten testen will.«

»A.J., die Karten sind eine ganz normale Prüfung. Clarissa hat diesen Test schon dutzende Male an verschiedenen Hochschulen über sich ergehen lassen.«

»Ich weiß. Und gerade deshalb finde ich es empörend, dass ihre Gabe immer und immer wieder auf die Probe gestellt wird.« Auf dem schmalen gepflasterten Weg durch die Grünanlage verlangsamte sie ihren Schritt. »Irgendetwas hat sie verwirrt. Und ich hatte keine Gelegenheit, mit ihr darüber zu sprechen, ehe sich dieser schleimige Kerl eingemischt hat.«

»Alex?« David versuchte, ein Lachen zu unterdrücken, um sie nicht erneut wütend zu machen, doch es gelang ihm nicht. »Mein Gott, du bist unglaublich!«

Mit schmalen Augen, bleich vor Zorn, sah sie ihn an. »Du findest das also witzig, ja? Eine naive, vertrauensselige Frau lässt sich von diesem Macho zum Essen einladen, und du lachst. Wenn ihr irgendetwas zustößt ...«

»Was soll ihr denn passieren?« Entnervt sandte David einen flehenden Blick gen Himmel. »Alex Marshall ist kein verrückter Triebtäter, A. J.! Er ist einer der angesehensten TV-Journalisten. Und Clarissa ist zweifellos alt genug, um selbst zu entscheiden, mit wem sie ausgeht.«

»Das ist keine normale Einladung.«

»Nun, mir schien es genau das zu sein.«

Sie öffnete den Mund für eine Erwiderung, doch wortlos schloss sie ihn wieder. Dann wandte sie sich ab und ging zu ihrem Wagen.

»Warte eine Minute. Warte doch, A. J.!« Wütend hielt er sie fest und drückte sie ans Auto. »Ich habe keine Lust, dich quer durch L. A. verfolgen zu müssen.«

»Geh wieder hinein, und sieh dir das Band an. Ich will es morgen auf meinem Schreibtisch haben.«

»Ich nehme keine Anordnungen von hysterischen Agentinnen entgegen. Wir werden das jetzt und hier klären. Ich weiß nicht, was mit dir los ist, A. J., aber ganz sicher bist du nicht wütend, nur weil deine Klientin mit einem Moderator ausgeht.«

»Sie ist nicht nur meine Klientin«, schleuderte sie ihm entgegen. »Clarissa ist meine Mutter.«

Ihr überraschendes Bekenntnis machte ihn sprachlos. Noch immer hielt er sie fest. Es hätte ihm auffallen müssen. Die Ähnlichkeit im Profil, die Augen. Ja, ganz besonders die Augen.

Ein wenig gelassener, als habe das Geständnis sie erleichtert, lehnte sie sich an den Wagen. »Die Öffentlichkeit geht das nichts an, verstanden?«

»Warum nicht?«

»Wir möchten beide, dass es ein Geheimnis bleibt. Das ist unsere Privatsache.«

»Versprochen«, willigte er ein. »Das erklärt, warum du dich so sehr um Clarissa sorgst. Aber ich finde, du gehst zu weit.«

»Es ist nicht so, wie du denkst.« Sie schloss die Augen und massierte ihre Schläfen. Das Blut pochte in ihrem Kopf. »Entschuldige mich jetzt. Ich möchte nach Hause.«

»Noch nicht.« Ruhig und bestimmt versperrte David ihr den Weg. »Man könnte den Eindruck bekommen, du mischst dich in das Leben deiner Mutter ein, weil dein eigenes so unerfüllt ist.«

Mit vor Wut blitzenden Augen sah sie ihn an. »Mein Leben geht dich nichts an, Brady!«

»Deines nicht«, gab er zu. »Aber Clarissas, zumindest während wir zusammen arbeiten. Gib ihr mehr Freiraum, A.J.«

Sie wusste, dass er recht hatte, und ihr Widerstand zerbrach. »Du verstehst das nicht«, machte sie einen letzten Versuch.

»Dann erkläre es mir.«

»Stell dir vor, Alex lädt sie nur ein, um sie auszuhorchen. Vielleicht will er nur ihre Schwachstellen finden.«

»Vielleicht will er nur einen netten Abend mit einer interessanten und gut aussehenden Frau verbringen«, wandte er ein. »Du solltest Clarissa mehr zutrauen.«

Trotzig verschränkte sie die Arme vor der Brust. »Ich will nicht, dass sie verletzt wird.«

Er ahnte, dass es keinen Sinn hatte, weiter mit ihr zu diskutieren. »Lass uns losfahren.«

»Was?«

»Wir fahren. Du und ich.« Er lachte verschmitzt. »Schließlich ist es mein Auto, das du gerade verbeulst.«

»Oh, entschuldige.« Sie trat einen Schritt vor. »Aber ich muss zurück ins Büro. Dort wartet noch ein Haufen Arbeit auf mich, schließlich bin ich heute zu nichts gekommen.«

»Das hat Zeit bis morgen.« David nahm den Autoschlüssel aus der Tasche und öffnete den Wagen. »Ich würde gern ein bisschen am Meer entlangfahren.«

Sie wusste, dass auch ihr ein wenig Entspannung guttun würde. Keine Frage – sie hatte völlig überreagiert. Etwas frische Luft, um den Kopf wieder freizubekommen, konnte nicht schaden. Aber sollte sie wirklich mit ihm ... »Wollen wir offen fahren?«

»Natürlich.« Schon versenkte er das Verdeck seines Cabrios.

Der Fahrtwind zauste ihr Haar, die Luft schmeckte nach Meerwasser, im Radio erklang leise Musik. David fuhr schweigend, er versuchte nicht, sie in ein Gespräch zu verwickeln. A. J. spürte, wie sie entspannte. Ein Luxus, den sie sich nur selten in Gesellschaft anderer erlaubte.

Wie lange war es her, seit sie einfach an der Küste entlanggefahren war, ohne Ziel, ohne Zeitdruck? Sie konnte sich nicht erinnern. Also auf jeden Fall zu lange, gab sie insgeheim zu. Plötzlich fühlte sie sich sorglos und unbeschwert, schloss die Augen und genoss die Fahrt.

Verstohlen betrachtete David sie von der Seite und bemerkte, wie sie nach und nach ausgeglichener wurde. Wie war diese Frau wirklich? War sie die kühle, zielstrebige Agentin, der nichts wichtiger war, als auch noch die letzten zehn Prozent für ihre Klienten aus einem Vertrag herauszuholen? Die einerseits mit ihren Vertragspartnern bis zum letzten Cent feilschte und sich andererseits beschwerte, ihre Klienten würden ausgebeutet? War sie die schützende, liebevolle Tochter, weich, warmherzig und ständig um das Wohl ihrer Mutter bemüht? Er wusste es nicht. Sie war unglaublich schwer zu durchschauen.

Dabei verfügte er eigentlich über eine ausgesprochen gute Menschenkenntnis. Ansonsten hätte er es in seiner Branche niemals so weit gebracht. Bei ihrem ersten Kuss war er davon ausgegangen, eine selbstbewusste, geschäftstüchtige Frau vor sich zu haben. Stattdessen war sie ihm unsicher und verletzlich erschienen. Spielte sie nur die Rolle der unbeirrbaren Geschäftsfrau? Was steckte unter der harten Schale? Er würde alles dafür geben, es herauszufinden.

»Hast du Hunger?«

Verträumt öffnete A.J. die Augen und sah ihn an. Es war erstaunlich, dass ihm die Ähnlichkeit mit Clarissa nicht sofort aufgefallen war. Sie hatten genau die gleichen Augen. Das intensive Blau, der scharfe Blick, die Tiefe. Vielleicht hat sie auch in anderer Hinsicht einiges von Clarissa geerbt, dachte er kurz, doch dann verwarf er den Gedanken sofort wieder.

»Entschuldige«, murmelte sie, »ich habe dir nicht zugehört.« Stattdessen hatte sie die ganze Zeit an ihn gedacht. Minutiös hätte sie sein scharf geschnittenes Profil beschreiben können, von den hohen Wangenknochen bis zu dem kleinen Grübchen im Kinn. Tief durchatmend riss sie sich zusammen. Eine kluge Frau hatte ihre Gedanken stets unter Kontrolle, ebenso wie ihre Gefühle.

»Ich hatte gefragt, ob du hungrig bist«, wiederholte er lächelnd.

»Und wie!« Sie reckte sich. »Wo sind wir gerade?«

Noch nicht weit genug. Der Gedanke schoss ihm unbewusst durch den Kopf. Längst noch nicht weit genug. »Wir sind ungefähr zwanzig Meilen gefahren.« Vor ihnen lag links ein kleines Restaurant, nur wenige Schritte weiter wies rechts ein Schild auf einen Hamburger-Stand am Straßenrand hin. David ging vom Gas. »Wo soll ich anhalten? Du hast die Wahl.«

»Ein Burger mit Blick aufs Meer«, entschied sie.

»Die preiswerten Einladungen sind mir die liebsten«, stimmte er scherzend zu.

»Du musst mich nicht einladen«, wehrte A. J. ab, während sie aus dem Wagen stieg.

»Natürlich nicht. Du bist eine Frau, die für sich selbst zahlen kann.« Als sie hell auflachte, sah er sie zärtlich an. Sie wirkte so gelöst, so weiblich wie nie zuvor. »Aber vielleicht darf ich dir trotzdem etwas mitbringen. Was nimmst du?«

»Den Jumbo-Burger, die größte Portion Pommes frites und einen großen Schokoshake.«

»Große Worte«, erwiderte er lachend.

Während sie warteten, blickten sie auf das glitzernde Wasser und beobachteten die vereinzelten Schwimmer. Über ihnen kreischten Möwen und warteten gierig darauf, ein paar Brocken von ihrem Essen zu ergattern. Erst als David sich den Imbiss in eine Papiertüte einpacken ließ, flogen sie wieder auf.

»Wohin jetzt?«, fragte er.

»Lass uns zum Strand hinuntergehen«, schlug A. J. vor. Schon hatte sie die Schuhe ausgezogen, lief durch den weichen, sonnenwarmen Sand und ließ sich schließlich direkt an der Wasserkante nieder, ohne einen Gedanken an ihren Leinenrock zu verschwenden. »Ich bin viel zu selten hier.«

Ihr Rock war hochgerutscht, als sie sich in den Sand gesetzt hatte, und David genoss den Blick auf ihre langen, schlanken Beine, ehe er neben ihr Platz nahm. »Das geht mir auch so«, stimmte er zu, während er sich fragte, wie sie in einem Bikini aussehen mochte.

»Ich glaube, ich habe vorhin etwas überreagiert.«

»Das könnte man so sagen.« Er reichte ihr einen Hamburger.

»Es tut mir leid«, entschuldigte sie sich, ehe sie herzhaft in das Brötchen biss. »Eigentlich stehe ich nicht in dem Ruf, streitsüchtig und aggressiv zu sein. Man sagt mir nach, ich sei kühl und berechnend. Nur wenn es um Clarissa geht, werde ich plötzlich unsachlich.«

Vorsichtig stellte David den Milchshake neben sie in den Sand. »Wenn man jemanden liebt, kann man nicht sachlich bleiben.«

»Sie ist so gut. Ich meine nicht nur ihre Arbeit. Clarissa ist ein herzensguter Mensch.« A. J. griff nach den Pommes frites, die er ihr anbot. »Dadurch ist sie viel angreifbarer und verletzlicher als andere, verstehst du? Und sie ist ausgesprochen großzügig. Wenn ich sie ließe, würde sie alles abgeben und selbst mit leeren Händen dastehen.«

»Und deshalb versuchst du, sie zu beschützen.«

»Genau.« Herausfordernd sah sie ihn an.

»Ich werde dir nicht widersprechen«, beteuerte er und hob beschwichtigend die Hand. »Im Gegenteil, ich verstehe dich sogar.«

Mit einem leichten Lächeln blickte sie auf das Meer, das sich in der untergehenden Sonne golden färbte. »Du hättest sie früher erleben müssen.«

»Erzähl mir von ihr. Wie war es, mit einer solchen Mutter aufzuwachsen?«

Noch nie hatte sie mit jemandem über ihre Kindheit gesprochen. Aber sie hatte auch noch nie mit einem Geschäftspartner im Sand gesessen und Hamburger gegessen. Vielleicht war heute ein ganz besonderer Tag. Der passende Moment für einen Neuanfang. »Sie war eine wundervolle Mutter. Und ist es noch. Warmherzig, rücksichtsvoll.«

»Und dein Vater?«

»Er starb, als ich acht war. Er war im Außendienst, deshalb war er oft tagelang fort. Er war sehr erfolgreich«, fügte sie hinzu. »Und auch nach seinem Tod hatten wir keine Geldsorgen. Wir hatten Ersparnisse und ein paar Aktien. Aber Clarissa war keine Geschäftsfrau. Sie vergaß ständig, Rechnungen zu bezahlen. Es konnte passieren, dass sie telefonieren wollte und die Leitung tot war, weil die Telefongesellschaft sie abgeklemmt hatte. Damals habe ich wohl begonnen, mich um sie zu kümmern.«

»Du warst noch ein Kind.«

»Das spielte keine Rolle.« Unbekümmert lachte sie ihn an. Sie hatte die gleichen kleinen Grübchen in den Wangen wie ihre Mutter.

»Ich hatte einfach den besseren Überblick als sie. Irgendwann hat sie angefangen, Handlinien zu deuten, und damit zusätzlich Geld verdient. Und ich erkannte, wie viel Spaß es ihr machte. Sie blühte förmlich auf, denn sie hatte das Gefühl, den Menschen helfen zu können, ihnen Hoffnung zu geben. Zunächst war es eine unbeschwerte Zeit. Wir hatten nette Nachbarn, sie gingen ständig bei uns ein und aus und suchten Rat bei Clarissa. Außerhalb des Hauses aber wurden sie immer zurückhaltender, beinahe abweisend. Clarissa gehörte nicht wirklich zu ihnen.«

»Das muss schlimm für dich gewesen sein.«

»Ja, das ist es bis heute. Für Clarissa ist es wie ein Zwang, sie kann nicht anders. Und sie scheint gar nicht wahrzunehmen, wenn Menschen sich von ihr distanzieren.« Sie lehnte sich zurück und genoss die letzten Sonnenstrahlen. »Irgendwann lernte sie die Van Camps kennen und freundete sich mit ihnen an. Ich muss damals zwölf oder dreizehn gewesen sein. Zum ersten Mal kamen echte Filmstars zu uns nach Hause, ich war tief beeindruckt. Die Van Camps führten sie in ihre Kreise ein, und mit der Zeit wurde es normal, dass Schauspieler Clarissa fragten, ehe sie eine Rolle annahmen. Dabei sagte sie ihnen immer das Gleiche: Sie sollten auf ihre Gefühle hören. Niemals würde sie jemandem eine Entscheidung abnehmen. Und dann wurde der kleine Sohn der Van Camps entführt. Nach dieser Geschichte hatten wir keine ruhige Minute mehr. Das Telefon läutete ununterbrochen, die Reporter bestürmten unser Haus und lauerten hinter jeder Hecke. Das war der Grund, warum wir das Haus in Newport Beach gekauft haben. Dort kann sie relativ ungestört leben.«

»Doch dann kamen die Ridehour-Morde.«

Abrupt stand sie auf und ging ein paar Schritte ins Wasser. David folgte ihr.

»Du kannst dir nicht vorstellen, wie schrecklich das für sie war.« Ihre Stimme zitterte. Als könne sie sich so vor der Erinnerung schützen, verschränkte sie die Arme vor der Brust. »Für jemanden wie Clarissa ist eine solche Sache eine Katastrophe. Ich hätte sie gern gebremst, doch ich wusste, dass es mir nicht gelingen würde.«

Seufzend schloss sie die Augen. David trat näher und legte ihr sanft einen Arm um die Schulter. »Warum wolltest du sie daran hindern, jemandem zu helfen?«

»Schon bevor man sie um Hilfe bat, durchlebte sie diesen Fall mit. Sie trauerte, sie war am Boden zerstört.« A. J. öffnete die Augen und wandte sich ihm zu. »Es war, als sei sie selbst betroffen, ehe sie überhaupt Kontakt zu den Familien hatte.«

»Das kann ich mir nicht vorstellen.«

»Nein, natürlich nicht.« Sie versuchte, es zu erklären. »Fünf junge Mädchen sind damals ermordet worden. Clarissa hat nie darüber gesprochen, aber ich bin sicher, sie hat jedes von ihnen vor ihrem inneren Auge gesehen. Und dann bat man sie um Hilfe. Natürlich sagte sie sofort zu. Meine Mutter empfindet ihre Gabe als Geschenk. Doch manchmal ist sie ein Fluch.«

»Wäre es denn überhaupt möglich gewesen, sie zu stoppen?«

A. J.s Lachen war bitter. Sie fuhr sich mit den Händen durch das windzerzauste Haar. »Vielleicht bei allen anderen, nicht aber bei Clarissa. Mir wurde klar, dass sie helfen *musste*. Ich konnte nur aufpassen, dass sie nicht ausgenutzt wurde.«

»Bist du deshalb Agentin geworden?«

Von einer Sekunde zur anderen erstarrte ihr weiches Gesicht zu einer eiskalten Miene. Doch dann fing sie sich wieder.

»Es war ein Grund. Aber meine Arbeit macht mir auch wirklich Spaß.« Offen sah sie ihn an. »Und ich bin gut.«

»Und was ist mit Aurora?« Sanft streichelte er ihre Arme.

Schon diese kleine Berührung ließ sie wohlig erschauern. Doch sie kämpfte dagegen an. »Aurora bin ich nur für Clarissa.«

»Warum?«

»Weil ich nicht nur meine Mutter schützen will, sondern auch mich selbst.«

»Wovor hast du Angst?«

Sie wich seinem Blick aus. »Es ist schon spät, David.«

»Stimmt.« Mit einer Hand fuhr er zärtlich über ihren Nacken. Ihre Haut war zart und sonnengebräunt. »Schon wieder ist ein Tag fast vorüber, und noch immer habe ich dich nicht richtig geküsst.«

Seine Hände waren groß und kräftig, das war ihr schon zuvor aufgefallen. »Bitte, es ist besser so«, wehrte sie ihn ab.

»Vielleicht wäre es wirklich besser. Aber ich will dich so sehr, Aurora«, murmelte er.

»Das geht vorüber.«

»Lass es uns ausprobieren.« Mit einem charmanten Lächeln sah er sie an. »Was kann schon passieren? Es ist noch hell, der Strand ist belebt. Wenn ich dich jetzt küsse, wird nichts weiter geschehen. Aber vielleicht wissen wir dann endlich, warum wir uns so zueinander hingezogen fühlen.« Als er sie an sich zog, versteifte sie sich. Doch ihr Widerstand reizte ihn nur noch mehr. »Hast du Angst vor mir?«, fragte er leise.

»Oh nein.« Fast glaubte sie es selbst. Schließlich kam sein Annäherungsversuch nicht überraschend, sie hatte damit gerechnet. Und sie würde zu verhindern wissen, dass er die Oberhand gewann. Mit einem bedeutungsvollen Lächeln legte sie die Arme um seinen Hals und zog ihn zu sich. Als sie spürte, wie er zögerte, stellte sie sich auf die Zehenspitzen und küsste ihn leidenschaftlich.

Er hätte schwören können, dass der Sand unter seinen Füßen nachgab. Und ganz ohne Zweifel schwoll das Tosen der Brandung an, brachen sich die Wellen lauter am Strand als zuvor. Ursprünglich hatte er mit kühlem Kopf ausprobieren wollen, wie weit er bei A. J. gehen konnte. Doch als ihre Lippen sich sanft auf seinen Mund legten, machte die intensive Berührung jeden ausgeklügelten Plan zunichte. Ihre Lippen waren kühl und heiß zugleich, ihr Kuss schmeckte süß und im nächsten Augenblick scharf. Konnte er seinen Sinnen nicht mehr trauen? Er musste es ausprobieren. Schon tauchte er ein in die Liebkosungen ihres Mundes, erwiderte ihren Kuss und riss sie in seinem Verlangen mit sich.

Zu schnell. Panik ergriff sie. Es ging alles viel zu schnell. Doch ihr Körper ignorierte die Warnung. Ohne nachzudenken, presste sie sich an ihn. Sie wollte ihn, und dieses Begehren war stärker als alles, was sie jemals zuvor empfunden hatte. Wie ein Schlag traf sie die Sehnsucht vollkommen unvermittelt. Aufstöhnend fuhr sie mit den Fingern durch sein volles Haar. Es war nicht richtig. Sie musste damit aufhören. Doch ihr Gefühl sagte etwas ganz anderes.

Kreischend flog eine Möwe über sie hinweg, aber sie nahmen sie nicht wahr.

Als sie sich endlich voneinander lösten, trat A. J. einen Schritt zurück. Sie fröstelte, doch nach der unerträglichen Hitze, die ihren Körper zuvor erfasst hatte, empfand sie die kühle Luft beinahe als angenehm. Wortlos wollte sie sich abwenden, doch er hielt sie zurück.

»Begleite mich nach Hause.«

Verwirrt sah sie ihn an. Die unverhohlene Leidenschaft ließ seine Augen dunkler wirken. Seine Stimme klang rau und leidenschaftlich. Und A. J. fühlte ... *Nein. Es darf nicht sein.* Wenn sie mit ihm ging, würde sie sich in ihm verlieren.

»David, ich möchte das nicht.« Ihre Stimme zitterte, doch der Ton war endgültig.

»Ich habe das auch nicht geplant.« Abrupt ließ er die Hände sinken. Tatsächlich hatte er nicht so weit gehen wollen. Niemals hatte er sich vorgestellt, dass die Gefühle ihn so übermannen würden. »Aber ich glaube nicht, dass das jetzt noch wichtig ist.«

»Wir allein entscheiden darüber, was wir tun möchten und was nicht.« Entschlossen straffte sie sich und blickte aufs Meer. Der Wind spielte in ihrem Haar und wehte es zurück, sodass ihr Gesicht klar und schutzlos vor ihm lag.

»Manchmal verändert sich das, was wir wollen.« Warum widersprach er ihr? Schließlich sagte sie genau das, was auch er dachte.

»Nur wenn wir es zulassen.«

»Und wenn ich sage, dass ich dich begehre? Dass ich diesen Abend mit dir verbringen möchte?«

Ihre Kehle war wie zugeschnürt, der Puls raste. Sie war nicht sicher, ob sie fähig war, überhaupt noch etwas zu erwidern. »Dann würde ich antworten, dass du einen großen Fehler machst. Du hattest recht, David: Ich bin nicht dein Typ. Man sollte sich immer auf sein erstes Gefühl verlassen, das trügt nicht.«

»In diesem Fall bin ich nicht sicher. Ich brauche viel mehr Informationen.«

»Lass uns fahren«, bat sie, ohne auf seinen Einwand einzugehen. »Ich möchte nach Hause und Clarissa anrufen, um zu hören, ob sie gut angekommen ist.«

Ein letztes Mal nahm er ihren Arm. »Du wirst sie nicht für den Rest deines Lebens als Alibi benutzen können, Aurora.«

Ihr Blick war kühl und unnahbar. »Ich benutze sie nicht«, betonte sie. »Das ist ein entscheidender Unterschied zwischen uns beiden.«

Damit ging sie anmutig durch den Sand zur Straße hinauf, ohne sich noch einmal umzusehen.

4. Kapitel

Das Mondlicht tauchte den Raum in einen silbrigen Schimmer. Ein leichter Luftzug trug ganz schwach den Duft von Hyazinthen mit sich. Von weit her kam das stete Rauschen von Wasser. Vor dem Fenster wiegten sich die Zweige einer Eiche anmutig im Wind und ließen ihre Schatten auf den breiten Holzdielen tanzen. Im Halbdunkel schien das großformatige Gemälde aus roten und violetten Linien auf weißer Leinwand Funken zu sprühen, es strahlte eine unbändige Energie aus, Spannung und Leidenschaft.

An der weiß getünchten Wand lehnte ein riesiger Spiegel, in dem A.J. sich nur schemenhaft erkannte, als sei sie ein Wesen aus einer anderen Welt, das nicht hierhergehörte. Fast schien es, als könne sie einfach in das matte Glas eintauchen und verschwinden. Sie erschauerte. Irgendetwas machte ihr Angst, doch sie konnte sich dieses Gefühl nicht erklären; es war ebenso nebulös wie ihr eigenes Spiegelbild. Instinktiv beschloss sie zu fliehen, ehe die Bedrohung Wirklichkeit wurde. Doch als sie sich umwandte, blockierte jemand ihren Weg.

Zwischen ihr und der rettenden Tür stand David und legte ihr fürsorglich die Hände auf die Schultern. Als sie ihn ansah, entdeckte sie den Ausdruck von Ungeduld in seinen dunklen Augen. Verlangen – ihres oder seines? – schien die Luft zu erfüllen und machte das Atmen zur Qual.

Ich will das nicht. Hatte sie es laut gerufen oder nur stumm gedacht? Sie musste es gesagt haben, denn er antwortete ihr, kurz und verzweifelt.

»Du kannst nicht davonlaufen, Aurora. Nicht vor mir, besonders aber nicht vor dir selber.«

Und plötzlich glitt sie in einen tiefen, dunklen Tunnel, an dessen Ende sie ein Licht sah. Nein, kein Licht. Es war Feuer, und in Sekundenschnelle brannte es um sie herum lichterloh.

Mit einem Schrei des Entsetzens erwachte A.J., atemlos und zitternd. Irritiert sah sie sich um. Durch die Vorhänge fielen die ersten zaghaften Strahlen der Morgensonne. Erleichtert strich sie sich das Haar aus dem Gesicht. Sie war in ihrem eigenen Schlafzimmer, allein. Kein Hyazinthenduft, keine Schatten, kein verstörendes Gemälde.

Es war nur ein Traum, stellte sie aufatmend fest. Allerdings ein sehr intensiver. Ihr war, als könne sie noch immer Davids Hände auf ihren Schultern spüren, und auch das Gefühl der Angst, gemischt mit einer unerklärlichen Erregung, verblasste nur langsam. Wie konnte sie nur von David Brady träumen!

Dafür gab es durchaus eine logische Erklärung. Schließlich hatte sie regelmäßig mit ihm in Kontakt gestanden, um die Verträge für Clarissa auszuhandeln. Und sie hatte viel und hart gearbeitet in der letzten Zeit, kein Wunder also, dass sie unruhig schlief. Die einzige Entspannung seit Wochen war jener Abend mit David am Strand gewesen.

Doch genau daran wollte sie nicht denken. Zwanghaft versuchte sie, die Erinnerung daran, was sie beinahe getan hätten, auszublenden. Es war weitaus besser, sich auf anstehende Termine, Aufträge und fällige Rechnungen zu konzentrieren.

Obwohl es noch nicht einmal sechs Uhr war, beschloss A.J. aufzustehen. Nach diesem aufwühlenden Traum würde sie sowieso nicht wieder einschlafen. Ein starker Kaffee und eine kalte Dusche würden ihre Lebensgeister wecken. Sie hatte viel zu viel zu tun, um ihre Zeit mit der Grübelei über einen Traum zu verschwenden.

Gähnend ging A.J. die zwei Stufen hinunter, die ihren Wohnraum von der Küche trennten. Sie war eher funktional als gemütlich. Die Fronten und Arbeitsflächen glänzten makellos – zum einen, weil sie eine fleißige und zuverlässige Haushälterin engagiert hatte, zum anderen, weil sie ihre Küche kaum benutzte. Das einzige Gerät, das sie hier regelmäßig bediente, war die Kaffeemaschine.

Mechanisch füllte A.J. Wasser auf, gab Kaffeepulver in den Filter und stellte die Maschine an. Als sie eine Viertelstunde später aus der Dusche trat, erfüllte der Duft frisch gebrühten Kaffees die Wohnung. Schon fühlte sie sich besser. Voller Tatendrang nahm sie einen Schluck der dampfenden, belebenden Flüssigkeit und spürte, wie die Müdigkeit nachließ. Wenn sie schon eine Stunde früher aufgewacht war als üblich, würde sie die Zeit nutzen und ins Büro fahren. Etwas so Albernes wie ein Traum würde sie ganz sicher nicht aus der Bahn werfen. Wie jeden Morgen löste sie eine Vitamintablette in Wasser auf, beobachtete, wie sie sprudelnd und zischend immer kleiner wurde, und leerte das Glas in einem Zug. Dann nahm sie ihre Kaffeetasse mit ins Schlafzimmer und überlegte, was sie anziehen sollte. Dabei ging sie in Gedanken ihren Terminkalender für den heutigen Tag durch.

Zum Brunch war sie mit einem sehr erfolgreichen, aber auch überaus reizbaren Klienten verabredet, der als Starbesetzung für eine Serie zur besten Sendezeit gehandelt wurde. Es kann nicht schaden, sich vor dem Treffen das Drehbuch für die erste Folge noch einmal anzusehen, überlegte A.J. Nach dem Essen war eine Konferenz mit allen Mitarbeitern in ihrem Büro anberaumt. Später traf sie sich mit Bob Hopewell, der einen neuen Dokumentarfilm plante und dafür noch Sprecher suchte. A.J. hatte zwei Klienten, die vermutlich genau Hopewells Vorstellungen entsprachen.

All diese Termine verlangten nach einer klassisch-eleganten Garderobe. Ohne lange nachzudenken, entschied sich A.J. für ein schmal geschnittenes Kostüm aus pfirsichfarbener Seide, zog sich rasch an und warf nach nicht einmal zwanzig Minuten einen letzten prüfenden Blick in den großen Spiegel. Eine Kleinigkeit fehlte noch: Sie nahm den kleinen Halbmond aus ihrer

Schmuckschatulle und steckte ihn an den Kragen ihres Blazers. Während sie das kleine, kunstvoll gearbeitete Schmuckstück anheftete, kehrte plötzlich die Erinnerung an den Traum zurück. Nachdenklich betrachtete sie ihr Spiegelbild. Bei Tageslicht war sie die selbstsichere, unnahbare Geschäftsfrau. Heute Nacht aber hatte sie weicher gewirkt, verletzlicher.

Langsam legte sie die Hand auf das Glas, als könne sie ihr Gesicht dort berühren. Doch die Oberfläche war kühl und glatt. Nur ein Spiegelbild, rief sie sich kopfschüttelnd zur Ordnung, genauso wie das Erlebnis heute Nacht nur ein Traum gewesen war. In Wirklichkeit konnte sie es sich nicht leisten, weich und verwundbar zu sein. Eine Agentin, die in dieser Stadt auch nur eine Schwäche zeigte, würde innerhalb von Sekunden von ihren Konkurrenten in der Luft zerrissen. Und auch als Frau wollte sie nicht zu verletzlich und nachgiebig erscheinen. Eine Frau, die einem Mann gegenüber zu sanft war, ging ein zu großes Risiko ein. A.J. Fields aber ging niemals Risiken ein.

Entschlossen strich sie den engen Rock glatt, musterte sich noch einmal von Kopf bis Fuß, nahm ihre Aktentasche und fuhr ins Büro.

Es war nicht ungewöhnlich für A.J., die Eingangstür selbst aufschließen zu müssen. Seit sie ihr erstes Büro gemietet hatte, saß sie fast immer vor ihren Mitarbeitern am Schreibtisch. In der ersten Zeit ihrer Selbstständigkeit hatte ihr Team aus einer Mitarbeiterin bestanden, die halbtags kam und von einer Karriere als Fotomodell träumte. Heute hatte sie zwei Empfangsdamen, eine Sekretärin und eine Assistentin, zudem einen ganzen Stab an Agenten, die ihr zuarbeiteten. A.J. schaltete die Beleuchtung an, und sofort erstrahlte die gesamte Etage in hellem Licht. Zufrieden schaute sie sich um. Es war eine gute Entscheidung gewesen, eine Innenarchitektin mit der Gestaltung der Räume zu beauftragen. Ihr war es gelungen, der Agentur Stil und unaufdringliche Eleganz zu verleihen und gleichzeitig wenige, aber geschickt platzierte Hinweise auf den Erfolg der Firma zu geben. A. J. selbst hätte wahrscheinlich nur ein paar Schreibtische und vielleicht noch die eine oder andere Designerlampe aufgestellt.

Mit einem Blick auf die Uhr fiel ihr auf, dass sie die frühe Stunde nutzen konnte, um mit verschiedenen Kunden an der Ostküste zu telefonieren, die zu erreichen wegen der Zeitverschiebung immer recht schwierig war. Sie ließ die Pendelleuchten über dem Empfangstresen brennen, ging in ihr Büro und schloss die Tür, um ungestört zu sein. Innerhalb einer halben Stunde hatte sie zugesagt, dass ihr reizbarer Kunde, mit dem sie zum Brunch verabredet war, für die ersten Filmaufnahmen an die Ostküste fliegen würde, den Vertrag eines anderen Klienten für eine täglich ausgestrahlte Serie verlängern lassen und einen Produzenten auf die Palme gebracht, weil sie dessen Angebot für einen Schauspieler, den sie unter Vertrag hatte, abgelehnt hatte.

Ein äußerst effektiver Arbeitsbeginn, dachte A. J. zufrieden und amüsierte sich königlich darüber, dass der erboste Produzent sie eine geldgierige Giftschlange ohne jedes Gespür für langfristige Geschäfte genannt hatte. Sie war lange genug in der Branche tätig, um zu wissen, dass er ihr in den nächsten Tagen ein besseres Angebot machen würde. Entspannt lehnte sie sich in ihrem Stuhl zurück und streifte die Pumps von den Füßen. Wenn ihre Rechnung aufging, verdiente der Schauspieler demnächst mehr, als er je zu hoffen gewagt hatte. Aber er wird hart dafür arbeiten müssen, überlegte A. J., während sie sich genüsslich reckte. Sie hatte das Drehbuch gelesen und wusste, dass die Rolle ihm sowohl körperlich als auch gefühlsmäßig viel abverlangen würde, denn er gehörte zu jenen Darstellern, die stets ihr Herzblut gaben. Deshalb versuchte sie auch, so viel Geld für ihre besten Klienten herauszuschlagen wie nur möglich. Auch wenn sie dafür manchmal die Beschimpfungen eines Produzenten ertragen musste.

Voller Tatendrang beschloss sie, noch in Ruhe ihren Schriftverkehr zu erledigen, ehe ihr Telefon zu klingeln begänne und für den Rest des Tages nicht mehr aufhören würde. In diesem Moment hörte sie Schritte.

Zunächst schaute sie nur auf die Uhr und fragte sich, wer so früh schon im Büro sei. Doch dann wurde ihr klar, dass keiner ihrer Mitarbeiter, so zuverlässig und fleißig sie auch sein mochten, eine halbe Stunde vor Arbeitsbeginn kam. Mit klopfendem Herzen stand A. J. auf, um nachzusehen, wer hier eingedrungen war. Natürlich hätte sie einfach rufen können, doch ein unbestimmtes Gefühl hielt sie zurück. In Sekundenschnelle gingen ihr unzählige spannende Filmszenen durch den Kopf. Immer fragte die Hauptdarstellerin vollkommen unbedarft, wer gekommen sei, und stand schon einem wahnsinnigen Eindringling gegenüber, der sie bedrohte. Eine Falle, in die sie nicht tappen würde. Entschlossen nahm sie einen metallenen Briefbeschwerer und ging zur Tür.

Wieder hörte sie die Schritte. Sie kamen näher. Noch näher. Verzweifelt versuchte A. J., tief und ruhig durchzuatmen. Beinahe lautlos schlich sie über den Teppich und stellte sich hinter die Tür. Die Schritte endeten direkt auf der anderen Seite. Beherzt hob A. J. den Briefbeschwerer, um sofort zuschlagen zu können, und öffnete ruckartig die Tür. Ehe sie das schwere Metall auf den Kopf des Eindringlings niedersausen lassen konnte, hatte der schon ihr Handgelenk gepackt.

Es war David.

»Begrüßt du alle deine Klienten so freundlich?«

»Verdammt!« Erleichtert ließ sie die Hand sinken. »Du hast mich zu Tode erschreckt, Brady! Warum schleichst du um diese Zeit hier herum?«

»Aus demselben Grund wie du vermutlich. Ich bin früh aufgewacht und wollte die Zeit nutzen.«

Ihre Knie zitterten so sehr, dass sie befürchtete, sich nicht mehr lange auf den Beinen halten zu können. Schnell ließ sie sich im nächsten Sessel nieder. »Der Unterschied ist, dass wir uns in meinem Büro befinden. Ich kann hier herumschleichen, wann immer ich will«, entgegnete sie kühl. »Was willst du hier?«

»Ich könnte behaupten, ich habe es nicht länger ohne dich und deine liebreizende Art ausgehalten.«

»Vergiss es.«

»Die Wahrheit ist, dass ich für ein paar Tage nach New York fliegen muss und dich bitten wollte, Clarissa etwas auszurichten.« Mühelos kam die kleine Lüge über seine Lippen. Er würde sich eher die Zunge abbeißen, als zuzugeben, dass er sie vermisst hatte und sie sehen wollte, ehe er abreiste. Als er heute Morgen aufgewacht war, hatte die Sehnsucht nach A. J. ihn übermannt. Deshalb war er hergekommen, in der Hoffnung, sie sei zu dieser Zeit schon im Büro. Doch einer Frau wie A. J. gegenüber gab man solche Rührseligkeiten besser nicht zu.

»Kein Problem.« Sie stand auf und griff nach einem Notizzettel. »Aber vergiss nicht, dass andere Menschen schnell ein Gewehr zur Hand haben, wenn sie einen Einbrecher vermuten. Nicht jeder wehrt sich nur mit einem Briefbeschwerer.« Wartend sah sie ihn an. »Was soll ich ihr ausrichten?«

»Die Tür war nicht abgeschlossen«, verteidigte er sich, ohne auf ihre Frage einzugehen. »Am Empfang war noch niemand. Deshalb beschloss ich, dich auf eigene Faust zu suchen, statt einfach eine Nachricht zu hinterlassen.«

Seine Erklärung klang plausibel, das musste A. J. zugeben. Doch es missfiel ihr, dass jemand sie vor neun Uhr bei der Arbeit störte. »Verrat mir endlich, was ich Clarissa sagen soll, Brady«, verlangte sie ungeduldig.

Er hatte keine Ahnung. Statt zu antworten, sah er sich in ihrem pedantisch aufgeräumten Büro mit den pastellfarben gestrichenen Wänden um. »Ein schöner Arbeitsplatz«, bemerkte er. Sogar die Akten, an denen sie gerade arbeitet, liegen ordentlich ausgerichtet aufeinander, stellte er fest. Nicht einmal eine einsame Büroklammer hatte sich auf dem Schreibtisch verirrt.

»Du scheinst ein sehr ordnungsliebender Mensch zu sein.«

»Das ist wahr.« Ungeduldig klopfte sie mit dem Stift auf den Notizblock. »Die Nachricht für Clarissa?«

»Wie geht es ihr eigentlich?«, versuchte er abzulenken.

»Sehr gut, danke.«

Er trat einen Schritt vor und betrachtete das großformatige Bild, das hinter ihrem Schreibtisch hing. Eine Steilküste, das Meer, am Horizont ein Krabbenkutter, der seine Netze ausgelegt hatte. Es wirkte beruhigend, friedlich. »Du hattest dir doch große Sorgen um sie gemacht, nachdem sie mit Alex essen gegangen war. Hast du sie seither gesprochen?«

»Es muss ein netter Abend gewesen sein«, gab A.J. widerstrebend zu. »Sie schwärmte von ihm und meinte, Alex Marshall sei ein perfekter Gentleman und ein kluger Kopf.«

»Ärgert dich das?«

»Clarissa sieht in jedem Menschen nur das Gute. Ich traue ihrem Urteil nicht unbedingt.« Sie hatte das Gefühl, sich lächerlich zu machen, wenn sie noch länger auf die angebliche Nachricht wartete. Deshalb legte sie den Stift zur Seite und trat ans Fenster.

»Magst du es nicht, wenn sie sich mit Männern trifft?«

»Nein, nein, das ist ihre Sache. Nur ...«

»Nur was, Aurora?«

Es ging ihn nichts an. Und doch antwortete A.J., ohne weiter darüber nachzudenken. Er war einer der wenigen Menschen, die überhaupt wussten, dass Clarissa ihre Mutter war. Und es tat gut, mit jemandem über sie sprechen zu können. »Sobald sie seinen Namen erwähnt, bekommen ihre Augen einen seltsamen Glanz. Andererseits erzählt sie kaum etwas von ihm. Am vergangenen Sonntag haben sie den Tag auf seinem Boot verbracht. Ich kann mich nicht erinnern, dass Clarissa jemals zuvor einen Fuß auf ein Schiff gesetzt hat.«

»Vielleicht will sie einfach mal etwas Neues ausprobieren.«

»Genau das befürchte ich«, gab sie zu. »Kannst du dir vorstellen, wie es ist, wenn man seine Mutter in blinder Verliebtheit erlebt?«

»Ehrlich gesagt, nein.« Er dachte an die unerschütterliche Ehe seiner eigenen Eltern.

»Es ist nicht besonders angenehm, das kann ich dir sagen. Ich weiß nichts über diesen Mann, mit dem sie ihre Zeit verbringt. Zugegeben, er ist äußerst charmant und ganz reizend – soweit ich weiß, ist er das zu allen Frauen an der gesamten Küste Kaliforniens.«

»Hast du das gehört?«, gab David amüsiert zurück, ehe er neben sie trat. »Du klingst wie eine besorgte Mutter, deren Tochter zum ersten Mal einen Jungen mit nach Hause bringt. Selbst wenn Clarissa eine durchschnittliche Frau in den besten Jahren wäre, hättest du wenig Grund zur Sorge. Doch die Tatsache, dass sie ist, wie sie ist, macht es noch einfacher. Ich glaube, sie hat eine sehr gute Menschenkenntnis.«

»Du verstehst das nicht. Wenn Gefühle ins Spiel kommen, setzt der Verstand manchmal aus.«

»Warum kümmerst du dich nicht lieber um deine eigenen Gefühle?« Sie fror. Er wusste es, ohne sie überhaupt angerührt zu haben; ohne zu fühlen, ob ihre Haut kühl oder warm war. Es war, als sende sie ein Signal aus, das nur er empfangen konnte. Dieser Gedanke faszinierte ihn. »Deine Fürsorge ehrt dich. Aber ich glaube, ein bisschen Abstand würde dir guttun. Vielleicht solltest du deine Emotionen einfach mal in andere Bahnen lenken.«

»Clarissa ist der einzige Mensch, bei dem ich eine solche Nähe zulasse.«

»Eine seltsame Art zu sagen, dass du Angst hast, Gefühle zu zeigen. Hast du jemals darüber nachgedacht, wonach du selbst dich sehnst? Welche Bedürfnisse du hast? In Herzensdingen«, murmelte er, während er sanft über ihr glänzendes Haar strich, »und im Bett.«

»Das geht dich gar nichts an.« Sie wollte sich abwenden, doch seine Hand ruhte fest auf ihrer Schulter.

»Vermutlich kannst du damit viele Männer auf Distanz halten.« Amüsiert nahm er wahr, dass sie wütend wurde. »Zweifellos bist du sehr überzeugend und schlägst sie alle in die Flucht. Aber bei mir«, er sah sie ernst an, »wird das nicht funktionieren.«

»Ich dachte, ich könnte offen mit dir sprechen. Schade, dass ich mich geirrt habe.«

»Du hast dich nicht geirrt. Warum gibst du nicht endlich zu, dass ich dir etwas bedeute?«

»Weshalb bedrängst du mich so?« Zornig funkelte sie ihn an. Es stimmte, sie wollte ihn auf Distanz halten. Noch immer war der Traum zum Greifen nah. Die Lust, die sie gespürt hatte, aber auch die Angst.

»Weil ich dich begehre.« Er stand so dicht vor ihr, dass er ihren leichten Duft wahrnahm und sah, wie sich Misstrauen und Zweifel in ihren Augen spiegelten. »Ich stelle mir vor, dass wir uns lieben. Eine wunderbare, lange Nacht an einem geheimen Ort, wo uns niemand stört. Vielleicht werde ich dann endlich wissen, warum der Gedanke an dich mir jede Nacht den Schlaf raubt.«

Ihre Kehle war wie zugeschnürt, die Hände waren eiskalt. »Ich habe dir gesagt, dass ich keine Frau für eine Nacht bin«, widersprach sie heiser.

»Sehr gut«, flüsterte er. »Denn ich glaube, wir werden länger Spaß miteinander haben als nur eine Nacht.« Er hörte, wie die Eingangstür resolut geöffnet wurde. »Klingt so, als würde dein Arbeitstag beginnen, A.J. Also lass uns zum geschäftlichen Teil dieses Morgens kommen.« Noch immer war er keinen Millimeter von ihr abgerückt. »Über Datum, Ort und Bedingungen lasse ich mit mir verhandeln. Aber fest steht, dass ich mehr von dir will als nur eine Nacht. Denk darüber nach.«

Nur mit Mühe konnte A.J. ihren Wunsch bezwingen, den

Briefbeschwerer aufzuheben und nach ihm zu werfen, als er ohne ein weiteres Wort ihr Büro verlassen wollte. Schließlich war sie eine kühle Geschäftsfrau, die stets alles unter Kontrolle hatte. »Brady!«, rief sie ihn zurück.

Lächelnd wandte er sich um, die Türklinke schon in der Hand. »Ja, Fields?«

»Du hast die Nachricht an Clarissa vergessen.«

»Ach, tatsächlich?« Zum Teufel mit der Scheinheiligkeit. »Richte ihr meine besten Grüße aus. Bis bald, meine Süße!«

Erschöpft schloss David die Tür zu seiner Hotelsuite auf. Er hatte keine Ahnung, wie spät es war. Die Filmaufnahmen hatten sich in die Länge gezogen, statt der geplanten zwei drehten sie nun schon seit drei Tagen. Obwohl er sich am liebsten auf dem breiten Sofa ausgestreckt hätte, musste er jetzt noch die gesamte Finanzierung neu berechnen und überlegen, was gestrichen werden konnte und was unverzichtbar war. Zum Glück hatte das Zimmermädchen sich an seine Bitte gehalten, seine Akten beim Aufräumen nicht anzurühren. Sie lagen noch genauso da wie heute Morgen – ein chaotischer Haufen von Bilanzen, Rechnungen und Notizen.

Zwölf Stunden lang hatte er mit seinem Team am Set gearbeitet und schließlich alle Mitarbeiter nach Hause geschickt, obwohl der Film noch immer nicht fertig war. Schließlich nützte es nichts, wenn sie morgen vollkommen übermüdet waren. Seufzend läutete David nach dem Zimmerservice und ließ sich eine Kanne Kaffee in die Suite bringen, ehe er sich an den Schreibtisch setzte und die Unterlagen durcharbeitete. Nach zwei Stunden hatte er endlich einen Weg gefunden, den Film trotz der höheren Kosten bezahlen zu können. Jetzt konnte er sich das Filmmaterial der ersten Tage ansehen.

Das Danjason Institut für Parapsychologie hatte ihn sehr beeindruckt, obwohl es sich auf den ersten Blick nicht von anderen öffentlichen Instituten unterschied. Es war erstaunlich, dass eine Forschungseinrichtung, die sich damit beschäftigte, wie man Löffel per Telepathie verbiegen konnte, so spießig sein konnte. Die Parapsychologen, mit denen sie zusammengearbeitet hatten, waren ebenso trocken, präzise und humorlos gewesen wie die meisten anderen Wissenschaftler. David fragte sich, ob sie die Zuschauer tatsächlich in ihren Bann ziehen oder eher ermüden würden. Er musste sich die Aufnahmen noch einmal ganz sorgfältig und kritisch ansehen.

Die ersten Szenen sind wirklich spannend, entschied er. Sie hatten nicht die Wissenschaftler, sondern zufällig ausgewählte Menschen auf der Straße gebeten, einige Tests zur Parapsychologie zu machen, und die Ergebnisse nach den strengen Regeln wissenschaftlicher Forschung auswerten lassen. Dann folgten eine Erklärung der mathematischen Formeln zur Wahrscheinlichkeitsrechnung und eine lange Abhandlung über die erfassten Daten. Alles klang äußerst kompliziert und hochtrabend. Wenig mitreißend, fand David ernüchtert.

Aber natürlich mussten sie in dem Film deutlich machen, dass die Forschungen ernsthaft und seriös geschahen, mit bester technischer Ausstattung und einem hoch qualifizierten Team. Die Parapsychologie stand kurz davor, nach jahrelangen Experimenten endlich als Wissenschaft ernst genommen zu werden. Auf diese Einspielung konnte man nicht verzichten.

Jetzt folgte das Interview mit dem Börsenmakler an der Wall Street, der seine hellseherischen Fähigkeiten erfolgreich nutzte, um mit Aktien zu spekulieren. Er hatte nie einen Hehl daraus gemacht, wie er sein Geld verdiente, und war mittlerweile mehrfacher Millionär. Seine Gabe bezeichnete er als ganz normale Fähigkeit, die man lernen konnte wie Lesen, Schreiben und Rechnen. Und er behauptete, dass einige Führungskräfte in den größten Unternehmen der Welt ihre Position nur mithilfe ihrer parapsychologischen Fähigkeiten erreicht hätten. Mehr noch – für ihn war übersinnliche Wahrnehmung in der Geschäftswelt ebenso wichtig wie ein Computer.

Mit dieser Einspielung zeigten sie die Parapsychologie aus drei verschiedenen Blickwinkeln: übersinnliche Wahrnehmung in der Wissenschaft, der harten Geschäftswelt und als besondere Gabe.

Davids Gedanken wanderten zu Clarissa. Sie hatte nicht mit mathematischen Formeln um sich geworfen oder sich mit Forschungsergebnissen wichtig gemacht. Marktanalysen und Börsenkurse spielten für sie keine Rolle. Sie hatte sich einfach auf ihn eingelassen, in einem Gespräch von Mensch zu Mensch. Unabhängig davon, welche Fähigkeiten sie besaß ...

Unwillig schüttelte David den Kopf, als könne er den Gedanken verbannen. Viel zu intensiv hatte er sich mit diesem Thema beschäftigt, ihm fehlte der nötige Abstand. Aus seinen eigenen Recherchen wusste er, dass auf jeden seriösen Wissenschaftler in diesem Bereich Dutzende von Karten lesenden, Pendel schwingenden Scharlatanen kamen, die ihr leichtgläubiges Publikum zum Narren hielten. Er nahm einen letzten, tiefen Zug aus seiner Zigarette, dann drückte er sie im Aschenbecher aus. Wenn er sich die Aufnahmen nicht endlich ohne eigene Gefühlsduselei ansah, würde daraus niemals ein packender Dokumentarfilm werden.

Doch selbst objektiv betrachtet, stand Clarissa für ihn eindeutig im Mittelpunkt der Sendung. Sie war das Zentrum, auf das alle anderen Themen zuliefen. Mit halb geschlossenen Augen stellte David sich die fertige Dokumentation vor. Zuerst das Interview in den sterilen Forschungslabors mit den Parapsychologen, aalglatt und mit wissendem, ernsthaftem Blick. Dann ein Schnitt. In der nächsten Szene Clarissa, die Alex in ihren einfachen, humorvollen Worten das Gleiche erzählte wie die hochtrabenden Wissenschaftler zuvor. Der Schwenk zu dem geschniegelten Börsenmakler in seinem riesigen Büro hoch über der Wall Street, dann wieder zurück zu Clarissa. Es war noch ein Dreh mit einem der bekanntesten Magier in Las Vegas geplant, der seine grellen, schnellen Zaubertricks zeigen würde. Dann wieder Clarissa, die ruhig und unaufgeregt die Symbole der Spielkarten erriet. Immer neue Blickwinkel, Kontraste, Spannungen – doch alles führte zurück zu Clarissa DeBasse. Sie war der Aufhänger des ganzen Films. Ob man von Instinkt sprach, Intuition oder übersinnlichen Kräften: Sie war die Hauptperson. Plötzlich sah David den fertigen Film perfekt vor sich.

Doch noch fehlte ein dramatischer Höhepunkt. Und wieder endeten seine Gedanken bei Clarissa. Er musste dieses Interview mit Alice Van Camp bekommen und nach Möglichkeit auch noch jemanden aufspüren, der direkt mit dem Fall Ridehour zu tun gehabt hatte. Mochte A.J. auch alles daransetzen, das zu verhindern, er musste es schaffen.

Oft hatte er in den vergangenen drei Tagen an sie gedacht. Viel zu oft. Viel zu häufig war die Erinnerung an ihren gemeinsamen Abend am Strand aufgetaucht. Und viel zu stark war sein Verlangen, sie in den Armen zu halten.

Aurora. Er wusste, dass es gefährlich war, an sie als Aurora zu denken. Aurora war sanft und umgänglich, leidenschaftlich, großzügig und ein klein wenig unsicher. Es war besser, an A.J. Fields zu denken, die harte, kompromisslose und streitlustige Geschäftsfrau. Doch es war schon spät, und er fühlte sich einsam. Und deshalb dachte er nicht an A.J., sondern an Aurora. Sie war die Frau, nach der er sich sehnte.

Einem Impuls nachgebend, griff David zum Telefonhörer. Ohne nachzudenken, wählte er ihre Nummer, dann hörte er es läuten. Dreimal, viermal.

»Fields.«

»Guten Morgen.«

»David?« A.J. musste das Badetuch festhalten, das sie um ihr feuchtes Haar geschlungen hatte.

»Wie geht es dir?«

»Ich bin nass.« Sie klemmte den Hörer zwischen Ohr und Schulter, während sie versuchte, sich anzuziehen. »Ich komme gerade aus der Dusche. Gibt es ein Problem?«

Allerdings, dachte er insgeheim. Das Problem war, dass er dreitausend Meilen entfernt war und deshalb nicht erfahren würde, wie sie aussah, wenn sie direkt aus der Dusche kam. Er griff nach der Zigarettenschachtel. Sie war leer. »Nein, alles in Ordnung.«

»Normalerweise ruft mich niemand um diese Zeit an, ohne einen triftigen Grund zu haben. Seit wann bist du zurück?«

»Ich bin noch nicht wieder in Los Angeles.«

»Rufst du aus New York an?«

Er lehnte sich in seinem Sessel zurück und schloss die Augen. Bis jetzt hatte er nicht geahnt, wie sehr er sie vermisste. »Soweit ich weiß, schon.«

»Es ist zehn Uhr in New York. Musst du nicht arbeiten?«

»Ich habe die ganze Nacht gearbeitet.«

Dieses Mal war sie nicht schnell genug, das Handtuch glitt von ihrem Kopf und landete auf dem Boden. A. J. drehte eine feuchte Haarsträhne zwischen ihren Fingern. »Gib's zu – du kostest das Nachtleben in Manhattan aus.«

Schmunzelnd öffnete er die Augen und ließ den Blick über Aktenberge, überquellende Aschenbecher und leere Kaffeetassen schweifen. »Genau, diese Stadt schläft nie.«

»Das kann ich mir vorstellen.« Mit finsterer Miene bückte sie sich und hob das Frotteetuch auf. »Nun, wenn du für einen Anruf die Partys in New York versäumst, muss er ja sehr wichtig sein. Also, was gibt's?«

»Ich wollte mit dir sprechen.«

»So viel habe ich bereits begriffen.« Energischer als notwendig begann sie, ihr Haar trocken zu rubbeln. »Worüber?«

»Nichts Besonderes.«

»Brady, hast du getrunken?«

David lachte kurz auf. Er konnte sich nicht mal erinnern, wann er das letzte Mal etwas gegessen hatte. »Keineswegs. Ist der Gedanke so abwegig, dass zwei Menschen einfach miteinander telefonieren möchten, A. J.?«

»Wenn es sich um eine Geschäftsbeziehung zwischen einer Agentin und einem Produzenten handelt, schon. Insbesondere wenn sie Tausende von Meilen trennen.«

»Hör damit auf«, bat er ungeduldig. »Wie geht es dir?«

Sie ließ sich auf das Bett fallen. »Danke, gut. Und dir?«

»Das ist doch schon mal ein Anfang für ein normales Gespräch.« Gähnend lehnte er sich zurück. Er hatte das Gefühl, sofort in diesem Sessel einschlafen zu können. »Ich bin ein wenig müde. Gestern haben wir fast den gesamten Tag damit zugebracht, Parapsychologen zu interviewen, die versucht haben, uns übersinnliche Phänomene mit Computern und mathematischen Formeln zu erklären. Danach habe ich mich mit einer Frau getroffen, die behauptet, mindestens ein halbes Dutzend außerkörperliche Wahrnehmungen gehabt zu haben. OBE nennen die Fachleute so etwas. Seelenreisen, verstehst du?«

Ein Lächeln huschte über ihr Gesicht. »Ja, ich weiß, was der Ausdruck bedeutet.«

»Angeblich ist sie auf diese Weise nach Europa gereist.«

»Dann hat sie sich den Flug gespart«, gab A.J. trocken zurück.

»Sehr umweltbewusst.«

Zum ersten Mal empfand sie echte Sympathie für David. Er hatte einen guten Sinn für Humor. »Fällt es dir schwer, für deinen Film die Spreu vom Weizen zu trennen, Brady?«

»So kann man es nennen. Auf jeden Fall sieht es so aus, als würde ich noch länger an der Ostküste bleiben. Es soll in Maryland einen ausgesprochen begabten Handlinienleser geben, und in einer verlassenen Villa in Virginia spuken die Geister eines jungen Mädchens und einer Katze. Dann muss ich noch nach Pennsylvania, wo sich ein Hypnotiseur auf Reisen in die Vergangenheit spezialisiert hat.«

»Spannend. Das hört sich an, als hättest du unglaublich viel Spaß.«

»Vermutlich hast du nicht zufällig demnächst hier in der Gegend zu tun?«

»Nein, warum?«

Er zögerte kurz. »Ich fände es nicht schlimm, dich hier irgendwo zu treffen.«

Der Gedanke gefiel ihr, doch sie versuchte, ihn zu verdrängen. »David, wenn du so etwas sagst, werden meine Knie ganz weich.« Es sollte ein Scherz sein, doch er gelang nicht wirklich.

»Ich bin nicht in der Stimmung, um Komplimente zu machen.« Das Gespräch verlief vollkommen anders, als er es geplant hatte. Obwohl – eigentlich hatte er es überhaupt nicht geplant. »Wenn ich direkt gesagt hätte, dass ich dich vermisse und an dich denke, hättest du wieder irgendetwas Boshaftes geantwortet. Also versuche ich es gar nicht mehr.«

»Und schließlich kannst du es dir nicht leisten, ein Risiko einzugehen«, entgegnete sie voller Ironie.

»Ich sehe, du verstehst mich.« Amüsiert lächelte er. »Lass uns ein Experiment machen. Ich habe den ganzen Tag wissenschaftliche Tests beobachtet und bin mittlerweile fast selbst Experte.«

Entspannt kuschelte sie sich in die Kissen. »Was für ein Experiment?«

»Du sagst etwas Nettes zu mir. Das ist die Grundvoraussetzung. Also, fang endlich an«, forderte er ungeduldig, nachdem sie eine ganze Weile geschwiegen hatte.

»Ich überlege gerade, was ich sagen könnte.«

»Sei nicht albern, A. J.!«

»Ja, mir fällt etwas ein: Deine Dokumentation über Frauen in der Politik war ausgesprochen informativ und vorurteilsfrei. Ich war überrascht, dass du überhaupt nicht aus männlicher Sicht kommentiert hast.«

»Nicht schlecht für den Anfang, aber gibt es nicht etwas Persönlicheres?«

»Persönlicher?«, überlegte sie und sah lächelnd an die Zimmerdecke. Wann hatte sie zum letzten Mal im Bett gelegen und einen Telefonflirt gehabt? Es war ihr egal, dass sie eigentlich schon auf dem Weg ins Büro sein wollte. Sie fühlte sich wie ein unbeschwerter, alberner Teenager. Immerhin drohte von ihrem Gesprächspartner keine Gefahr, schließlich war er am anderen Ende der USA. »Wie wäre es damit: Solltest du dich jemals entschließen, auf die andere Seite der Kamera zu wechseln, mache ich dich in kürzester Zeit zum Star.«

»Was für ein abgedroschenes Klischee!«, stöhnte David, musste sich aber ein Lachen verkneifen.

»Du bist sehr anspruchsvoll. Ich könnte zugeben, dass du vielleicht – nur vielleicht! – ein ganz angenehmer Begleiter bist. Du bist nicht extrem hässlich, und man merkt, dass du einen Funken Verstand hast.«

»Das war auch nur mäßig freundlich, A.J.«

»Nimm es als Kompliment, oder lass es.«

»Das Experiment erreicht jetzt die zweite Stufe. Du darfst einen Abend mit mir verbringen und dich selbst davon überzeugen, dass ich ein angenehmer Begleiter bin.«

»Wie stellst du dir das vor? Ich kann hier nicht alles stehen und liegen lassen, nur um in Pennsylvania einen Test zu machen.«

»Mitte nächster Woche bin ich zurück.«

A.J. zögerte, doch dann entschied sie, ihrem Gefühl zu vertrauen. »Nächste Woche feiert *Double Bluff* Premiere. Am Freitag. Der Hauptdarsteller, Hastings Reed, ist einer meiner Klienten. Er ist fest davon überzeugt, für den Oscar nominiert zu werden.«

»Sind wir schon wieder beim Geschäftlichen, A.J.?«

»Zufällig habe ich zwei Premierenkarten für Freitag. Du bist für das Popcorn zuständig«, fuhr sie fort, ohne auf seinen Einwand einzugehen.

Ihre Einladung überraschte ihn. »Ist das eine offizielle Verabredung?«, fragte er betont beiläufig, nachdem er den Hörer in die andere Hand genommen hatte.

»Übertreib's nicht, Brady!«

»Ist es dir recht, wenn ich dich Freitag abhole?«

»Um acht.« Insgeheim fragte sie sich, ob es ein Fehler war.

»Es ist spät. Ich denke, du solltest jetzt endlich schlafen gehen.«

»Aurora?«

»Ja?«

»Sag mir irgendetwas Nettes, an das ich denken kann, bevor ich einschlafe.«

»Gute Nacht, Brady.«

Kurzerhand beendete A. J. das Gespräch, doch dann saß sie noch lange regungslos da, das Telefon im Schoß. Was hatte sie sich nur dabei gedacht, sich mit ihm zu verabreden? Eigentlich hatte sie vorgehabt, die Premierenkarten zu verschenken und sich den Film erst anzusehen, wenn der erste Ansturm abgeebbt war. Der Presserummel auf Premierenfeiern war ihr ein Gräuel. Es war verrückt, einen Abend ganz offiziell mit David Brady zu verbringen. Verrückt und gefährlich.

Wann hatte sie es sich zum letzten Mal erlaubt, einen Mann nahe an sich heranzulassen? Vor mindestens einer Million Jahren, überlegte sie seufzend. Und es hatte ihr nichts eingebracht außer einer traurigen und verletzenden Enttäuschung. Aber schließlich war sie kein Teenager mehr, sondern eine erfolgreiche, selbstbewusste Frau, die es mühelos mit zehn David Bradys am Verhandlungstisch aufnehmen konnte. Doch war sie auch einem einzelnen gewachsen – noch dazu bei einem privaten Treffen? Wenn sie ehrlich war, hatte sie da große Zweifel.

Seufzend streckte sie sich wohlig, bis ihr Blick auf den Wecker fiel. Erschrocken sprang sie aus dem Bett und rannte ins Bad. Dieser verdammte David Brady! Seinetwegen kam sie jetzt hoffnungslos zu spät.

5. Kapitel

Am Freitagmorgen kaufte sie sich ein neues Kleid. A. J. sagte sich, sie als Agentin des Hauptdarstellers müsse schließlich bei der Premiere in Hollywood ein besonders schickes Outfit tragen und könne nicht auf ihre klassischen Kostüme zurückgreifen. Doch das Kleid, das sie aussuchte, passte nicht zu der strengen, kühlen A. J., sondern zu der weichen, weiblichen Aurora.

Fünf Minuten ehe David sie abholen wollte, stand sie vor dem Spiegel und musterte kritisch das Ergebnis ihres Einkaufsbummels. Kein bürotaugliches Kostüm mit Bleistiftrock und kurzem Blazer dieses Mal. Aber vielleicht hätte sie nicht ganz so extrem in die andere Richtung gehen sollen.

Zum Glück war es wenigstens schwarz. Schwarz war praktisch, unauffällig, nicht zu schrill und immer modern. Sie drehte sich nach rechts, dann nach links, betrachtete sich von Kopf bis Fuß. Vermutlich wäre es klüger gewesen, ein etwas klassischeres Modell zu wählen als dieses eng anliegende, schulterfreie Kleid aus schimmernder Seide, das praktisch keinen Zentimeter ihres Rückens bedeckte. Um es klar zu sagen: Dieses Kleid war aufreizend. Von der Seite betrachtet war es geradezu skandalös. Warum nur war ihr das nicht gleich in der Umkleidekabine der Boutique aufgefallen? Wenn sie ehrlich war, musste sie zugeben, dass sie es durchaus bemerkt hatte. Und es hatte ihr gefallen, endlich einmal nicht auszusehen wie eine Agentin auf einem Geschäftstermin. Sondern wie eine begehrenswerte, attraktive Frau. Was hatte sie nur getan?

Auf jeden Fall würde sie die kurze, mit Perlen bestickte Jacke dazu tragen. Probeweise legte sie sich die Jacke über die

Schultern und betrachtete ihr Spiegelbild erneut. Ja, das löste das Problem vorübergehend. Schnell griff sie noch nach dem schweren silbernen Collier und ließ den Verschluss einrasten, als es an der Tür läutete. A. J. schlüpfte in die schwarzen Pumps, nahm ihre Handtasche und atmete noch einmal tief durch. Der heutige Abend ist nur Teil eines Experiments, erinnerte sie sich, und dann öffnete sie David die Tür.

Sie hatte nicht erwartet, dass er ihr ganz traditionell Blumen mitbringen würde. Für eine solch romantische Geste schien er ihr nicht der Typ.

Als sie vor ihm stand, stockte ihm der Atem. Er hatte nie zuvor wahrgenommen, wie gut sie aussah. Zugegeben, sie war auf eine kühle, unnahbare Art immer durchaus attraktiv. Heute Abend aber war sie wunderschön. Ihr Kleid, schlicht und elegant, umschmeichelte in fließenden Bahnen ihren Körper. Es war nicht aufdringlich, sondern brachte seine Trägerin perfekt zur Geltung. Es war einfach vollkommen.

Als er einen Schritt auf sie zutrat, wich sie unwillkürlich zurück.

»Auf die Minute pünktlich«, begrüßte sie ihn und brachte ein kleines Lächeln zustande.

»Wenn ich dich so ansehe, wäre ich gerne viel früher gekommen.«

Verlegen nahm sie den Strauß entgegen und bemühte sich, David ihre Rührung nicht spüren zu lassen. Am liebsten hätte sie den Kopf in den Blüten vergraben und den Duft der Rosen tief eingeatmet. »Vielen Dank. Sie sind wunderbar!«, sagte sie stattdessen. »Willst du noch einen Moment hereinkommen, während ich sie ins Wasser stelle?«

»Nein, ich warte hier.« Es musste genügen, sie anzusehen.

»Gib mir eine Minute.«

Als sie sich umwandte, um eine Vase zu holen, ließ er seinen Blick über ihren Nacken wandern, weiter über die weiche Linie ihrer Schultern und hinunter zu dem tiefen Rückenausschnitt.

Bei jedem ihrer Schritte schmiegte sich die weiche Seide sanft an die Rundung ihrer Hüften. Beinahe hätte er sich die Einladung noch einmal überlegt.

Um sich abzulenken, sah er sich in ihrer Wohnung um. Ganz offensichtlich hatte sie einen gänzlich anderen Geschmack als Clarissa.

Das Apartment wirkte genauso kühl wie seine Bewohnerin und ebenso geradlinig. Die Wände waren in kühlen Tönen gehalten. David fragte sich, wer hier lebte – Aurora oder A.J. Ihre peinble Ordnung, die ihm schon im Büro aufgefallen war, setzte sich hier fort. Die Räume hatten Stil, aber keine Persönlichkeit. Die Einrichtung verriet nicht, wer hier lebte. Was war der Grund dafür, dass A.J. ihr Leben so sehr vor den Blicken anderer verbarg?

Mit den dunkelroten Rosen in einer schmalen, hohen Kristallvase kehrte sie schließlich zurück. »Wenn wir jetzt losfahren, sehen wir noch, wie die prominenten Gäste kommen und von den Fotografen belagert werden. Das ist spannender, als sie später beim Lunch zu erleben.«

»Du siehst aus wie eine Hexe«, murmelte er, »mit deiner schneeweißen Haut und dem pechschwarzen Kleid.«

Als sie nach ihrer Jacke griff, zitterten ihre Hände leicht. »Ein schlechter Scherz. Eine Urahnin von mir ist als Hexe verbrannt worden.«

Er nahm ihr die Jacke ab und hielt sie auf, obwohl er befürchtete, sie könne ihre atemberaubende Figur langfristig verhüllen. »Das wundert mich nicht.«

»Sie ist dem Hexenprozess in Salem zum Opfer gefallen.« Mit aller Macht versuchte A.J. zu ignorieren, dass er mit seinen Fingern sacht ihre bloßen Schultern streifte, als er ihr in die Jacke half. »Ganz sicher hatte sie nicht mehr magische Kräfte als Clarissa. Es gibt uralte Dokumente zu ihrem Fall. Sie war fünfundzwanzig und hatte ihre Nachbarn vor einem Feuer in der Scheune gewarnt, das zwei Tage später tatsächlich ausbrach.«

»Und dafür wurde sie verurteilt?«

»Die Menschen reagieren panisch auf Dinge, die sie sich nicht erklären können.«

»Für den Film haben wir mit einem Mann in New York gesprochen, der Millionen an der Börse verdient und behauptet, er könne ›sehen‹, welche Aktien steigen werden.«

»Die Zeiten ändern sich.« A.J. nahm ihre Tasche, doch an der Tür blieb sie noch einmal stehen. »Meine Urahnin starb vollkommen verarmt. Ihr Name war Aurora.« Ohne eine Miene zu verziehen, sah sie ihn an. »Wollen wir gehen?«

David ergriff ihre Hand. »Es scheint ein sehr wichtiges Kapitel in deinem Leben zu sein.«

Wortlos zuckte sie die Achseln, dann löste sie ihre Hand aus seiner und drückte auf den Liftknopf. »Nicht jeder hat eine Hexe in seinem Stammbaum.«

»Und?«

»Lass es mich so sagen: Mir ist bewusst, dass sich die öffentliche Meinung jederzeit ändern kann. Vom blinden Glauben bis zur blindwütigen Verurteilung ist alles möglich. Beide Seiten sind äußerst gefährlich.«

Der Fahrstuhl kam, und sie traten in die Kabine.

»Und du tust alles dafür, um Clarissa vor beiden Extremen zu schützen«, ergänzte er nachdenklich.

»Ganz genau.«

»Was ist mit dir selbst? Schirmst du dich ab, indem du nicht über deine familiäre Beziehung zu Clarissa sprichst?«

»Ich muss mich nicht davor schützen, sie als Mutter zu haben.« In diesem Moment hielt der Aufzug, und sie schritt hoch erhobenen Kopfes hinaus. »Nur für meine Arbeit als ihre Agentin ist es einfacher so.«

»Sehr einleuchtend. Du bist in allem, was du tust, äußerst vernünftig, A.J.«

Sie war sich keineswegs sicher, dass er es als Kompliment meinte. »Außerdem bin ich sehr hilfsbereit. Deshalb möchte ich mich selbst davor bewahren, dass meine Klienten mich bitten, meine Mutter zu fragen, wo sie ihren Diamantring verloren haben. Steht dein Wagen auf dem Parkplatz?«

»Nein, ich habe ihn gleich hier vorn abgestellt. Und, Aurora, ich wollte dich nicht kritisieren. Es war nur eine Frage.«

Ihre Wut verging ebenso schnell, wie sie gekommen war. »Schon gut. Ich bin ein bisschen empfindlich bei allem, was Clarissa betrifft. Wo ist denn dein Auto?« Suchend sah sie sich um.

Direkt vor ihr stieg ein Chauffeur aus einer silbergrauen Stretchlimousine und öffnete die Tür. »Wenn Sie bitte einsteigen möchten«, bat er.

Stirnrunzelnd sah sie David an. »Ich bin beeindruckt«, murmelte sie.

»Sehr gut«, gab er schmunzelnd zurück. »Genau das wollte ich erreichen.«

A. J. stieg ein. Sie war schon unzählige Mal in solchen Luxuswagen gefahren, um Klienten zum Flughafen zu bringen oder zum Set zu begleiten. Dennoch war es für sie ungewohnt, privat so unterwegs zu sein. Gerade als sie sich in den weichen Ledersitz lehnte und beschloss, die Fahrt zu genießen, bemerkte sie, dass David eine Flasche aus einem Sektkühler nahm.

»Rosen, eine Luxuslimousine und jetzt auch noch Champagner. Du verwöhnst mich, Brady, aber ...«

»Freu dich einfach«, fiel er ihr ins Wort, während er gekonnt den Korken aus der Flasche löste. »Denk daran, dass wir heute Abend testen, ob ich ein angenehmer Begleiter bin.« Lächelnd reichte er ihr ein Glas. »Wie schneide ich bisher ab?«

»Gar nicht schlecht.« Sie nahm einen Schluck und dachte nach. Wenn sie in einem Erfahrung hatte, dann darin, eine Beziehung oberflächlich und unverbindlich zu halten. »Es erschreckt mich ein bisschen, dass ich anscheinend eher daran gewöhnt bin, mich um jemanden zu kümmern, als selbst so umsorgt zu werden.«

»Und wie fühlst du dich dabei, verwöhnt zu werden?«

»Fast zu gut«, gab sie zu, schlüpfte aus ihren hochhackigen Pumps und vergrub die Füße in dem weichen Teppich. »Ich könnte stundenlang hier sitzen und einfach herumfahren.«

»Meinetwegen.« Sanft strich er mit dem Finger über ihren Nacken. »Wollen wir den Film schwänzen?«

Unwillkürlich erbebte sie und spürte, wie sie innerlich in Aufruhr geriet. Plötzlich wurde ihr klar, dass sie David Brady kaum kannte. »Natürlich nicht!« Mit einem Schluck trank sie den Champagner aus und reichte ihm das Glas, damit er es nachfüllen konnte. »Ich habe gedacht, du freust dich darauf.«

»Auf eine Premierenfeier?« Er schenkte die perlende Flüssigkeit ein. »Viel zu viele wichtige Leute aus Hollywood.«

»Tatsächlich?« Mit einem Blitzen in den Augen sah A. J. sich im Wagen um. »Angeberei ist nichts für dich, nicht wahr?«

»Dieser Abend ist eine Ausnahme.« Als er ihr zuprostete, fiel ihm auf, mit welch einer selbstverständlichen Eleganz sie im Wagen saß. Sie schien einfach hierherzugehören. Genau jetzt. Und mit ihm. »Als Agentin musst du vermutlich regelmäßig auf diese Veranstaltungen gehen, oder?«

»Wann immer es geht, versuche ich, sie zu vermeiden. Ich finde diese Feste unglaublich anstrengend.«

»Meinst du das ernst?«

»Todernst.«

»Was, um Himmels willen, machen wir dann dort?«

»Es gehört zu dem Experiment«, erinnerte sie ihn und stellte ihr Glas ab.

Der Wagen hielt direkt vor dem Eingang des Filmpalastes. Sobald sie ausstiegen, waren sie umringt von den Fotografen. Kameras klickten, Blitzlichter zuckten, und die Massen der wartenden Fans, die sich hinter der Absperrung drängten, versuchten, einen Blick auf die Ankommenden zu erhaschen, die jetzt über den roten Teppich in den Filmpalast schritten. Dass sie deren Gesichter noch nie gesehen hatten, schien niemanden zu interessieren. Das war Hollywood. A. J. musste die Augen schließen, als drei Fotografen gleichzeitig die Kameras auf sie hielten und das Blitzlicht sie unerträglich blendete.

»Unglaublich, oder?«, meinte David lachend, während er sie zielstrebig zum Foyer bugsierte.

»Jetzt weiß ich wieder, warum ich nur Agentin geworden bin und nicht Schauspielerin.« Sie wandte sich von den Fotografen ab und sah ihn an. »Lass uns eine dunkle Ecke suchen, wo wir ungestört sind.«

»Eine hervorragende Idee.«

Unweigerlich musste sie lachen. »Du gibst wohl nie auf!«

»A. J., meine Liebe!«

Ehe sie reagieren konnte, stieß sie schon gegen einen Busen unvorstellbaren Ausmaßes. »Merinda! Wie schön, dich zu sehen.«

»Ich kann es kaum fassen, dass du hier bist!« Merinda MacBride, Hollywoods derzeitiger Lieblingsstar, umarmte und küsste sie theatralisch. »Ein freundliches, bekanntes Gesicht unter all diesen falschen Schlangen. Auf diesen Veranstaltungen fühle ich mich immer, als werde man einem Rudel Wölfe zum Fraß vorgeworfen.«

Die Filmdiva glitzerte von Kopf bis Fuß, überdimensionale Diamanten baumelten an ihren Ohren, ihr hautenges Kleid war über und über mit Pailletten besetzt. Sie schenkte A. J. ein Lächeln, das Eisberge zum Schmelzen gebracht hätte. »Du siehst göttlich aus, meine Liebe.«

»Vielen Dank. Bist du allein hier?«

»Natürlich nicht. Brad begleitet mich ...« Kurz zögerte sie, dann huschte erneut ein breites Lächeln über ihr Gesicht. »Brad«, wiederholte sie, als seien Nachnamen vollkommen überflüssig, »besorgt mir gerade etwas zu trinken.« Mit einem schnellen Blick musterte sie David. »Und wer ist der Mann an deiner Seite?«

»Merinda MacBride, David Brady«, stellte A. J. höflich vor.

»Es ist mir ein Vergnügen.« David nahm die dargebotene Hand, doch obwohl Merinda darauf zu warten schien, sparte er sich einen Handkuss. »Ich kenne Ihre Filme und bin ein großer Bewunderer Ihrer Arbeit.«

»Danke für das Kompliment.« Innerhalb von Sekunden schien sie jeden Millimeter an ihm zu begutachten. »Sind Sie auch ein Klient von A. J.?«

»David ist Produzent.« Amüsiert bemerkte A. J., wie der Ausdruck von echtem Interesse in Merindas babyblaue Augen trat. »Er dreht Dokumentarfilme. Vielleicht hast du schon etwas von ihm gesehen.« Das Interesse in Merindas Augen erlosch.

»Selbstverständlich«, beteuerte Merinda, obwohl A. J. jede Wette eingegangen wäre, dass die Schauspielerin noch niemals eine Dokumentation im Fernsehen eingeschaltet hatte. »Ich bewundere Filmproduzenten. Insbesondere solch attraktive.«

»Mir sind einige Drehbücher angeboten worden, die dich interessieren könnten«, wechselte A. J. das Thema.

»Wirklich?« Von einer Sekunde auf die andere wurde Merinda wieder normal, denn sie wusste, dass sie sich auf A. J.s Geschmack verlassen konnte. »Würdest du sie mir zuschicken?«

»Gleich Montag sind sie in der Post«, versprach A. J.

»Sehr schön. Jetzt werde ich Brad suchen, er scheint mich in dem Gewimmel nicht wiederzufinden.« Sie schenkte David einen letzten glühenden Blick. Ob Dokumentationen oder nicht, er war Filmproduzent. Und noch dazu ein sehr gut aussehender. »Ich würde mich freuen, Sie wiederzusehen.« Dann hauchte sie A. J. einen Kuss auf die Wange. »Bis bald. Lass uns mal zusammen essen gehen.«

»Gern.«

Entgeistert sah David ihr nach. »Wie erträgst du das nur?«, fragte er, sobald Merinda außer Hörweite war.

»Psst.«

»Jeden Tag!«, fuhr er fort, während er beobachtete, wie Merinda ihre wohlgerundeten Hüften durch die Menge schob. »Es wundert mich, dass du nicht vollkommen verrückt bist.«

»Zugegeben, Merinda ist ein wenig überdreht. Aber sie ist ausgesprochen talentiert.«

»Ja, ihr Talent war nicht zu übersehen«, neckte er sie. Doch als sie ihn missbilligend ansah, zwang er sich zu einer ernsthaften Miene. »Als Schauspielerin, meine ich natürlich«, fuhr er dann fort. »In *Nur ein einziger Tag* hat sie mir besonders gut gefallen.«

Seine Worte zauberten ein Strahlen auf A.J.s eben noch finsteres Gesicht. Wochenlang hatte sie alles versucht, um Merinda die Hauptrolle in diesem Film zu verschaffen – letztendlich erfolgreich. »Du hast ihre Filme also gesehen?«

»Schließlich lebe ich nicht vollkommen von der Welt abgeschieden. Es war der erste Film, der sich nicht ausschließlich auf ihre – nun, sagen wir, äußeren Reize konzentrierte.«

»Es war der erste Film, den ich für sie ausgesucht habe«, ergänzte sie stolz.

»Dann scheint sie Glück gehabt zu haben mit der Wahl ihrer Agentin.«

»Danke für das Kompliment, aber zu einem großen Erfolg gehören immer zwei.«

»Das perfekte Motto für unseren heutigen Abend.«

Während sie sich durch das Gedränge im Kinofoyer kämpften, mussten sie noch mehrmals anhalten. A.J. traf Klienten, Bekannte und Mitarbeiter, grüßte hier, umarmte dort, verteilte Komplimente und erkundigte sich nach neuen Rollen.

»Du machst das sehr gut«, stellte David fest, der zwei komfortable Logenplätze ergattert hatte.

»Das ist Teil meiner Arbeit«, gab sie zurück. Dass sie Veranstaltungen wie diese genoss und liebte, erwähnte sie nicht, denn schließlich wusste sie, dass David ihre Meinung nicht teilte.

»Aber du bist ein bisschen abgestumpft, nicht wahr?«
»Was meinst du damit?«
»All der Glamour, die Stars, das scheint dich kaltzulassen. Du begrüßt die Größen der Filmszene und bleibst dabei völlig ungerührt.«
»Das ist für mich nicht mehr als ein Job«, wiederholte sie, als genüge das als Erklärung. »Ich bin hier, um Kontakte zu pflegen. Und außerdem bleibst du ebenso entspannt wie ich. Nur einmal hast du kurz die Kontrolle verloren – als du dieser langbeinigen Blondine gegenüberstandest, deren Dekolleté sich direkt vor deinen Augen befand.« Als er widersprechen wollte, legte sie schmunzelnd den Finger auf die Lippen. »Psst. Es geht los.«

Sobald die Lichter erloschen und das Stimmengewirr verstummt war, lehnte A. J. sich zurück und genoss die besondere Atmosphäre. Schon als Kind war sie leidenschaftlich gern ins Kino gegangen, war in ihrer Fantasie in die Rolle jeder Heldin, jeder Geliebten geschlüpft. Eine Flucht vor der Wirklichkeit? Nein, für sie war es einfach Begeisterung. Der Hauptdarsteller des jetzt gezeigten Films war einer ihrer Klienten. Aus ihrer beruflichen Beziehung hatte sich eine enge Freundschaft entwickelt, und A. J. hatte ihn durch zwei Scheidungen begleitet. Sie wusste die Geburtstage seiner drei Kinder, hörte sich seine Angebereien ebenso geduldig an wie seine Selbstzweifel. Doch in dem Moment, als sie ihn auf der Leinwand sah, war er nicht der Schauspieler, sondern genau der Held, den er spielte.

Innerhalb von fünf Minuten hatte sie vergessen, dass sie in einem überfüllten Filmpalast saß. Sie war in einem großen Haus in Connecticut mit verschachtelten Räumen und langen Gängen, und jeder Zuschauer ahnte, dass gleich ein Mord geschehen würde. Als im Film das Licht im Haus flackerte und im Hintergrund Donner grollten, rutschte sie tiefer in ihren Sitz und krallte ihre Finger in Davids Arm. Schützend legte er den Arm um ihre Schulter.

Er genoss diesen Moment. Es war lange her, dass er so mit einer Frau im Kino gesessen hatte. Erfolglos versuchte er, sich wieder auf den Film zu konzentrieren, doch der Duft ihres Parfums lenkte ihn ab. Es war nur ein Hauch, kaum wahrnehmbar, und doch schien das Aroma all seine Sinne zu durchdringen. Reglos starrte er auf die Leinwand, ohne das Geschehen zu erfassen. Jetzt rückte A.J. fast unmerklich näher. Seine Anspannung wuchs, und das hatte nur wenig mit dem Krimi zu tun. Als der Abspann lief und die Lichter wieder angingen, bedauerte er sehr, dass der Film keine Überlänge hatte.

»Ein großartiger Film, nicht wahr?« Mit vor Begeisterung glänzenden Augen sah sie ihn an.

»Ausgezeichnet«, stimmte er zu und wickelte eine Strähne ihrer blonden Haare um seinen Finger. »Und dem Applaus nach zu urteilen, wird er ein echter Kassenschlager.«

»Gott sei Dank.« Erleichtert atmete sie auf und setzte sich aufrecht, wobei sie die gerade entstandene Nähe unwillkürlich zerstörte. »Ich habe ihn überredet, die Rolle zu übernehmen. Wenn der Film kein Erfolg ist, wird er mich dafür verantwortlich machen.«

»Und wen macht er verantwortlich, wenn er sich zu einem echten Knüller entwickelt?«

»Dann liegt es natürlich an seinem schauspielerischen Talent«, erwiderte sie leichthin. »Womit er selbstverständlich recht hat.« Lachend sah sie ihn an. »Wollen wir schnell gehen, ehe der große Rummel beginnt?«

»Gern.« David stand auf, ließ A.J. vorgehen und reihte sich in den Strom der Zuschauer ein, die sich in den Gängen drängten. Sie waren erst wenige Schritte vorwärts gekommen, als jemand A.J.s Namen rief.

»Wohin gehst du? Willst du etwa flüchten?« Der Hauptdarsteller Hastings Reed, die Verkörperung von sexueller Energie und Männlichkeit, stand direkt hinter ihnen. Er überragte beinahe das gesamte Publikum um Hauptestänge. Hin- und hergerissen zwischen seinem triumphalen Erfolg und der Angst, die Reaktion des Publikums eventuell missgedeutet zu haben, brauchte er unbedingt eine Bestätigung seines Erfolges. »Hat es dir nicht gefallen?«

»Der Film war toll!« A. J. war bewusst, dass er auf ein Lob aus ihrem Mund wartete. »Du warst grandios, besser als je zuvor.« Sie stellte sich auf die Zehenspitzen und küsste ihn auf die Wange.

Erleichtert revanchierte er sich für das ehrliche Kompliment mit einer so kräftigen Umarmung, dass A. J. glaubte, alle Knochen in ihrem Körper knacken zu hören. »Hoffentlich sieht die Presse das ähnlich wie du.«

»Entspann dich, und genieß die Schlagzeilen, die du morgen in den Zeitungen finden wirst. Aber werd bloß nicht übermütig!«, lachte sie. Dann wandte sie sich zu ihrem Begleiter um. »Hastings, das ist David Brady«, stellte sie ihn vor.

»Brady?« Stirnrunzelnd sah der Schauspieler David an. »Der Filmproduzent?«

»Genau.«

»Ich kenne Ihre Filme. Sie leisten großartige Arbeit!« Überschwänglich schüttelte Hastings Davids Hand, bis dieser sie schmerzvoll zurückzog. »Ich bin Ehrenvorsitzender des Vereins *Hilfe für misshandelte Kinder*. Ihre Dokumentation zu diesem Thema hat viele Menschen aufgerüttelt. Auch ich selbst habe erst nach Ihrem Film begonnen, für den Verein zu arbeiten.«

»Das freut mich zu hören. Ich bin immer glücklich, wenn meine Filme ihr Ziel erreichen.«

»Ich habe selbst Kinder und war erschüttert, als ich von dem Schicksal der armen Kleinen hörte. Wenn Sie jemals eine Fortsetzung planen, können Sie auf mich zählen. Ich arbeite ohne Honorar für Sie.« Schmunzelnd sah er A. J. an. »Das hast du jetzt nicht gehört.«

»Was hätte ich denn hören können?«, machte sie sein Spiel sofort mit.

Er lachte und zog sie erneut an sich. »Diese Frau ist unglaublich! Ich weiß nicht, wo ich ohne sie stände. Sie hat mich förmlich gezwungen, diese Rolle zu übernehmen.«

»Ich zwinge niemanden«, widersprach sie fröhlich.

»Sie tyrannisiert ihre Klienten, nörgelt herum und nötigt sie, Angebote anzunehmen. Sie ist die Beste!« Lächelnd musterte er sie von Kopf bis Fuß. »Außerdem siehst du zum Anbeißen aus. Ich habe dich noch nie in so einem atemberaubenden Kleid gesehen.«

Um ihre Verlegenheit zu überspielen, zog sie seine Krawatte gerade. »Darf ich dich daran erinnern, dass du auch nicht jeden Tag einen Anzug trägst? Bei unserem letzten Treffen hattest du Jeans an, die intensiv nach Pferden gerochen haben.«

»Das gebe ich zu. Kommt ihr noch mit auf die Premierenfeier?«

»Eigentlich wollte ich ...«

»Keine Ausreden! Ich brauche noch eine halbe Stunde, weil die Presse auf ein paar Interviews wartet. Geht doch schon vor! Bis gleich.« Schon war er in der Menge verschwunden.

»Er ist eine ... überragende Persönlichkeit, in jeder Hinsicht«, meinte David trocken.

»Zweifellos.« A.J. sah auf die Uhr. »Es ist noch recht früh, und er rechnet damit, dass ich zu seiner Party erscheine. Ich kann mir später ein Taxi nehmen.«

»Hast du jemals von der Regel gehört, dass eine Frau ein Fest mit dem gleichen Mann verlässt, mit dem sie gekommen ist?«

»Wir sind hier nicht auf einem Ball der Landjugend«, widersprach A.J. »Ich kann verstehen, wenn du keine Lust hast mitzukommen.«

»Ich werde es überleben.«

»Wir müssen nicht lange bleiben.«

»Nicht lange« entpuppte sich schließlich als bis morgens um drei. Der Champagner floss in Strömen, es gab Berge von Kaviar und köstlichen Kanapees. Schauspieler, Kameraleute,

Drehbuchautoren hatten sich versammelt, um Reeds Erfolg zu feiern. A. J. und David kannten fast alle Gäste auf dem Fest, sodass die Zeit wie im Fluge verging.

»Lass uns tanzen«, schlug er irgendwann vor, und in seinen Armen fühlte sie sich wunderbar entspannt.

»Eine nette Party.«

»Nichts sorgt für so gute Stimmung wie Erfolg, gepaart mit Champagner«, murmelte er.

Sie blickte sich um. Es war schwierig, nicht beeindruckt zu sein von all den international bekannten Gesichtern. Und sie selbst war mittendrin – aber ohne sich völlig vereinnahmen zu lassen. »Eigentlich meide ich diese Art von Festen.«

Sanft strich er beim Tanzen mit der Hand über ihren Rücken. »Warum?«

»Ich kann es nicht erklären.« War es die Müdigkeit, der Wein oder die wohlige Entspannung, die sie ergriffen hatte? Ohne nachzudenken, schmiegte sie ihre Wange an seine. »Vielleicht gehöre ich zu den Menschen, die sich lieber im Hintergrund halten. Aber du passt wunderbar hierher.«

»Und du nicht?«

Wortlos schüttelte sie den Kopf. Wie kam es, dass Männer so ganz anders dufteten als Frauen? Und dass es sich so gut anfühlte, starke Arme zu spüren, die Halt gaben? »Du bist ein Teil dieser Filmszene. Ich dagegen bin nur für Verträge und Honorare zuständig.«

»Ist es denn das, was du willst?«

»Absolut. Ich liebe meinen Beruf.« Als sie spürte, wie seine Hand erneut über ihren Rücken wanderte, streckte sie sich der Berührung entgegen.

»Ich wäre gern allein mit dir«, murmelte er. Ihre Nähe machte ihn wahnsinnig. »In einem kleinen Raum mit romantischem Kerzenlicht und leiser Musik.«

»Hier bin ich sicherer«, versetzte sie. Doch als er mit den Lippen sanft über ihre Wange fuhr, ließ sie es zu.

»Wer braucht schon Sicherheit?«

»Ich. Bei mir geht nichts ohne Sicherheit, Ordnung und Zuverlässigkeit.«

»Jeder, der in dieser Branche arbeitet, wirft all diese Tugenden über Bord.«

»Ich nicht«, widersprach sie, dann lächelte sie ihn an, um ihren Worten die Schärfe zu nehmen. Es tat so gut, sich entspannt durch diesen Abend treiben zu lassen und sich mit David unbeschwert zur Musik zu bewegen. »Schließlich bin ich dafür zuständig, dass meine Klienten vernünftig bezahlt werden. Alles andere ist deren Sache.«

»Du interessierst dich nur dafür, dass du deine zehn Prozent Provision bekommst?«

»Ganz genau.«

»Vielleicht hätte ich dir das noch vor ein paar Wochen geglaubt. Mittlerweile aber habe ich dich mit Clarissa gesehen.«

»Das ist etwas anderes.«

»Zugegeben. Aber heute Abend habe ich dich mit Hastings beobachtet. Deine Klienten sind weit mehr für dich als ein Job. Du lebst für sie. Vielleicht kannst du dir selbst einreden, dass du nur Verträge aushandelst, doch ich weiß es besser. Du bist wie ein Marshmallow.«

Mit hochgezogenen Augenbrauen sah sie ihn missbilligend an. »Was für ein Vergleich! Das ist Unsinn. Marshmallows werden geschluckt, das wird mir nicht passieren.«

»Sie sind zäh und nachgiebig zugleich«, erklärte er schmunzelnd. »Genau wie du. Und dafür schätze ich dich sehr.« Ohne Vorwarnung hauchte er ihr einen Kuss auf die Lippen. »Mir wird klar, dass ich dich sogar ein bisschen bewundere.«

Noch ehe sie versuchen konnte, sich von ihm zu lösen, bewegte er sich schon wieder zur Musik, als sei nichts geschehen. »Ich trenne grundsätzlich Geschäftliches und Privatleben«, meinte sie kühl.

»Du lügst.«

»Mag sein, dass ich gelegentlich mit der Wahrheit spiele«, widersprach sie würdevoll, »aber ich lüge nicht.«

»Du hast so sehr mit Hastings gefiebert, dass du am liebsten durch das Kino gesprungen wärst, als du die Begeisterung des Publikums gespürt hast.«

Irritiert strich A.J. ihr Haar zurück. Es war ungewöhnlich für einen Mann, die Dinge so einfach zu erkennen und auf den Punkt zu bringen. »Ist dir klar, was wir mit diesem Film erreicht haben? Bei der nächsten Rolle werden wir mindestens eine Million für Hastings herausholen.«

»Du sagst ›wir‹ und nicht ›Ich werde herausholen‹. Schon deine Wortwahl entlarvt dich.«

»Du misst Kleinigkeiten eine Bedeutung bei, die sie nicht haben.«

»Nein, ich glaube eher, ich erkenne Dinge, die du nicht sehen willst.« Ernst sah er sie an. »Hast du ein Problem damit, dass ich dich mag?«

Sie geriet aus dem Takt, und David nutzte die Gelegenheit, sie noch enger an sich zu ziehen.

»Vermutlich käme ich besser damit klar, wenn wir uns immer noch gegenseitig auf die Nerven gingen«, gab sie zu.

»Du gehst mir auf die Nerven, das kannst du mir glauben.« Mit jedem Moment, den er sie im Arm hielt, wuchs sein Verlangen. »Um uns herum sind hundert Leute, und trotzdem kann ich an nichts anderes denken als daran, was sich unter diesem Kleid verbirgt.«

Ein wohliger Schauer rann über ihren Rücken, doch sie ignorierte ihn. »Das meine ich nicht, und das weißt du. Es wäre klüger, wenn du dich auf unsere Geschäftsbeziehung konzentrieren würdest.«

»Klüger, sicherer. Ich befürchte, wir erwarten verschiedene Dinge vom Leben, A.J.«

»Darauf können wir uns einigen.«

»Wir könnten uns noch auf viel mehr einigen, wenn wir unseren Gefühlen eine Chance gäben.«

Unwillkürlich lächelte A. J. Sie fühlte sich, als stehe sie im Hintergrund und beobachte ein anderes Paar. Diese Situation war so unwirklich. »David.« Mit einem liebevollen Blick schlang sie die Arme um seinen Hals. »Du bist ein netter Mann. In mancherlei Hinsicht mag ich dich sehr gern.«

»Das Kompliment gebe ich sofort zurück.«

»Lass es mich so ausdrücken: Erstens sind wir im Moment Geschäftspartner, und das schließt die Möglichkeit aus, eine private Beziehung zu beginnen. Zweitens arbeitest du an einem Dokumentarfilm mit Clarissa, und ihr Wohlbefinden ist für mich dabei das Wichtigste. Und drittens arbeite ich sehr viel und möchte meine knapp bemessene Freizeit auf meine Art gestalten – und zwar am liebsten allein. Und wenn dich das immer noch nicht überzeugt, kommt hier noch ein vierter Punkt: Ich bin nicht geschaffen für eine Partnerschaft. Ich bin selbstsüchtig, kritisch und wenig interessiert an meinen Mitmenschen.«

»Nicht schlecht.« Er küsste sie auf die Stirn. »War das alles?«

»Ja.« Verblüfft sah sie ihn an. Konnte es sein, dass ihre Worte ihn überhaupt nicht beeindruckt hatten?

»Lass uns gehen«, schlug er vor.

Erleichtert stimmte sie zu. Der Zauber des gemeinsamen Tanzes war verflogen, wortlos nahm sie ihre Jacke und folgte ihm aus der lauten, überfüllten Bar nach draußen, wo der Morgen schon dämmerte. Genüsslich atmete sie die kühle Nachtluft ein. »Gelegentlich machen solche Partys doch Spaß, man darf es nur nicht übertreiben«, gab sie zu.

»Bloß keine Höhen und Tiefen, Mäßigung als oberstes Ziel«, spottete er, während er ihr die Wagentür aufhielt. Die Trennscheibe zum Fahrer war geschlossen, nur mit einem kurzen Nicken begrüßte der Chauffeur sie.

»Es macht das Leben verlässlicher.« Müde lehnte A. J. sich in dem weichen Ledersitz zurück. Sie seufzte zufrieden und entspannt, doch plötzlich spürte sie, dass David näher rückte. Schon fühlte sie seine Hand sanft an ihrer Wange, als er ihren Kopf zu sich herumdrehte. »David ...«

»Erstens«, begann er, »bin ich der Produzent des Films, und du bist die Agentin lediglich einer – einer einzigen! – Interviewpartnerin. So gesehen, haben wir nur entfernt geschäftlich miteinander zu tun. Kein Grund also, Berufliches und Privates so streng voneinander zu trennen. Und außerdem gelingt uns das doch schon längst nicht mehr.«

Seine Augen waren dunkler als sonst. Sie spiegelten eine Glut, die A.J. nie zuvor gesehen hatte. »David«, wiederholte sie eindringlich.

»Ich habe dich ausreden lassen«, erinnerte er sie. »Jetzt bin ich an der Reihe. Zweitens: Während wir die Dokumentation drehen, kannst du Clarissa meinetwegen wie eine Glucke behüten, das hat nichts mit uns zu tun. Drittens haben wir beide viel zu tun, und wir sollten die Zeit, die uns bleibt, nicht mit albernen Ausreden verschwenden. Und viertens: Ob du nun glaubst, reif zu sein für eine Beziehung, oder nicht – du steckst schon mittendrin. Also finde dich lieber damit ab.«

Ihre Stimme klang schrill, als sie heftig antwortete. »Ich werde mich mit gar nichts abfinden!«

»Ach nein? Dann pass mal genau auf!«

Enttäuschte Liebe, unerfüllte Leidenschaft, glühenden Zorn – all das fühlte sie, als er seine Lippen sanft auf ihre senkte. Sie versuchte, sich von ihm zu lösen, denn sie wusste: Wenn es ihr nicht gelang, sich jetzt zu befreien, war sie verloren. Doch er schien zu spüren, dass sie es nicht wirklich ernst meinte. Es war ein Kampf gegen ihre eigene Angst, nicht gegen seine Zärtlichkeit.

Doch er hielt sie fest und küsste sie mit erwartungsvollem Verlangen. Und plötzlich, trotz ihrer Zweifel, trotz aller Befürchtungen, öffnete sie sich seinem Kuss.

Ohne weiter nachzudenken, erwiderte sie seine Umarmung,

strich mit den Fingern durch sein volles Haar und fühlte, wie ein ungeahntes Begehren von ihr Besitz ergriff. Sie spürte seinen kraftvollen, muskulösen Körper dicht an ihrem, genoss seine weichen, warmen Lippen auf ihrem Mund und spürte den sanften Hauch kühler Luft, der die Hitze ihrer Haut linderte.

Seine Lippen trugen noch das Aroma des Champagners, doch gleichzeitig nahm sie einen stärkeren, dunkleren Duft wahr – den Wohlgeruch seiner Leidenschaft, gepaart mit ihrer.

Langsam löste er sich von ihren Lippen, um andere, köstlichere Regionen zu erforschen. Mit der Zunge glitt er sanft über ihren Hals und liebkoste ihre nackten Schultern. Sie spürte, wie das Verlangen ihn übermannte, sein Griff fester wurde, seine Lippen fordernder. Ihr Herz schlug schneller, als sie sich vorstellte, er werde sie mit solch ungezügelter Kraft nehmen.

Aber sie konnte, wollte ihn nicht aufhalten. Wieder küssten sie sich, atemlos und hungrig. Doch sie wollte mehr. Sanft grub sie ihre Zähne in seine Lippe, und er reagierte prompt. Mit einem Stöhnen drückte er sie in den Sitz, bis sie gemeinsam in dem weichen Leder lagen.

Kurz sah sie ihn an und entdeckte die schier unbändige Lust in seinen Augen. Die Straßenlaternen zauberten einen mystischen Wechsel von Licht und Schatten. Hypnotisch. Erotisch. Lächelnd nahm sie sein Gesicht in ihre Hände und zog ihn zu sich hinunter.

David spürte, wie nachgiebig und weich sie geworden war. Liebevoll betrachtete er ihr schönes Gesicht, die leicht geröteten Wangen, das blonde Haar, das dieses Bild umrahmte. Die Berührung ihrer Fingerspitzen an seiner Wange war wie ein geflüstertes Versprechen und steigerte sein Verlangen noch.

»Das ist verrückt«, murmelte sie.

»Ich weiß.«

»Es hätte nicht passieren dürfen.« Doch von dem Moment

an, als sie ihm zum ersten Mal begegnet war, hatte sie gewusst, dass es geschehen würde. Sie setzte sich auf. »Es darf nicht passieren«, berichtigte sie sich.

»Warum nicht?«

»Frag mich nicht. Ich kann es selbst nicht erklären.« A. J.s Stimme war nur mehr ein Flüstern, aber ihre Hände straften ihre Worte Lügen. Sosehr sie sich auch bemühte, sie konnte nicht aufhören, ihn zu berühren. »Du würdest mich nicht verstehen.«

»Gibt es einen anderen?«

»Nein, niemanden.« Kurz schloss sie die Augen, dann sah sie ihn wieder an. »Es gibt keinen außer dir.«

Warum zögerte er? Sie war hier, sie war erregt, nur einen Wimpernschlag von der totalen Kapitulation entfernt. Wenn er den flehenden Ausdruck in ihren Augen ignorierte, würde es einfach sein, sie zu überzeugen. Doch er konnte nicht einfach über ihre Angst hinwegsehen. »Vielleicht nicht hier und jetzt, Aurora. Aber irgendwann wird es geschehen.«

Er hatte recht, sie wusste es. Und dennoch wollte sie es nicht wahrhaben. »Lass mich aussteigen, David.«

Es fiel ihm schwer, die Kontrolle über seine Gefühle wiederzugewinnen. »Was ist das für ein Spiel, das du spielst?«

Plötzlich fröstelte sie und spürte, wie ein Zittern durch ihren Körper lief. »Es heißt Überleben.«

»Verdammt, Aurora!« Sie war so schön. Warum fiel ihm das gerade jetzt auf? Warum musste sie plötzlich so verletzlich aussehen? »Was hat es mit dem Kampf ums Überleben zu tun, Aurora, mit mir zusammen zu sein, mit mir zu schlafen?«

»Nichts.« Sie sah, dass der Chauffeur an den Straßenrand fuhr und hielt. »Überhaupt nichts, wenn es so einfach wäre.«

»Warum machst du es so kompliziert? Wir wollen einander. Wir sind erwachsen. Jeden Tag finden Menschen zusammen, die sich begehren.«

»Andere Menschen, aber nicht ich. Wenn es so einfach wäre,

würde ich gleich hier über dich herfallen, auf dem Rücksitz dieser Limousine. Und ich kann nicht einmal behaupten, dass ich es nicht gern tun würde.«

Sie wandte ihm ihr Gesicht zu, und er sah die Verletzlichkeit in ihren Augen, begleitet von einem Ausdruck des Bedauerns.

»Eine heiße Nacht mit dir zu verbringen wäre ganz einfach. Doch dich wirklich zu lieben ist es nicht.«

Noch ehe er reagieren konnte, hatte sie schon die Tür geöffnet und war ausgestiegen.

»Aurora!« Innerhalb von Sekunden war er ihr gefolgt und versuchte, sie aufzuhalten, doch sie schüttelte seine Hand ab.

»Du kannst nicht so etwas sagen und dann einfach verschwinden.« Wieder griff er nach ihrem Arm.

»Oh doch, das kann ich.«

»Ich werde mitkommen.« Es fiel ihm schwer, geduldig zu bleiben, doch mit größter Willensanstrengung zwang er sich dazu.

»Lass mich in Ruhe.«

»Wir müssen reden.«

»Nein!« Verzweiflung schwang in ihrer Stimme, und sie bemerkte, wie er zurückzuckte. »Bitte, geh jetzt. Es ist spät, und ich bin so müde, dass ich nicht mehr klar denken kann.«

»Dann werden wir später darüber reden.«

»Einverstanden.« Sie hätte ihm alles versprochen, nur damit er sie in Ruhe ließ. »Aber bitte lass mich jetzt allein, David.« Als er sie nicht losließ, bat sie ihn mit bebender Stimme: »Gib mir Zeit. Ich kann mit diesem Problem jetzt nicht umgehen.«

Ihren Zorn hätte er ausgehalten, nicht aber ihre weiche Verletzlichkeit. »In Ordnung«, gab er nach.

David wartete, bis sie im Hauseingang verschwunden war. Dann lehnte er sich an den Wagen und griff nach einer Zigarette. Wir werden darüber reden, später, wiederholte er in Gedanken. Natürlich würde er diesen Abend nicht auf sich beruhen lassen. Tief durchatmend versuchte er, sich zu beruhigen.

Vielleicht war es wirklich besser, zu warten, bis sie beide wieder entspannter und vernünftiger waren.

Mit einem letzten Blick auf das Haus trat er die Zigarette aus und stieg wieder in die Limousine. Und er hoffte inständig, schlafen zu können, ohne die ganze Nacht an A. J. zu denken.

6. Kapitel

Sie wollte nicht still sitzen. Nur schwer konnte sie dem Bedürfnis widerstehen, im Zimmer auf und ab zu tigern. Ruhelos spielte sie mit ihrem Haar, zwang sich, im Sessel zu verharren, und beobachtete Clarissa, die Tee einschenkte.

»Ich freue mich so, dass du gekommen bist, Schatz. Wir haben so selten die Gelegenheit, uns mal einen Nachmittag zu sehen.«

»Im Büro läuft alles gut, Abe hat die Arbeit im Griff und kann heute auf mich verzichten«, erklärte A. J.

»Ein netter Mann. Wie geht es seinem kleinen Enkelsohn?«

»Er verwöhnt ihn nach Strich und Faden. Der Kleine ist Baseballfan, und am liebsten würde Abe ihm gleich das ganze Stadion der L. A. Dodgers kaufen.«

»Großeltern dürfen ihre Enkel verwöhnen, Eltern müssen sie erziehen«, erwiderte Clarissa voller Herzenswärme. Dabei hielt sie den Blick gesenkt, damit A. J. nicht die Sehnsucht in ihren Augen sehen konnte. Zu gern hätte sie selbst Enkelkinder gehabt, doch sie wollte ihre Tochter nicht unter Druck setzen. »Wie findest du den Tee?«, lenkte sie ab.

»Er schmeckt ... ungewöhnlich«, antwortete A. J., in der Hoffnung, Clarissa werde sich mit dieser Bemerkung zufriedengeben und sie vor einer echten Lüge bewahren. »Eine neue Sorte?«

»Hagebutte. Ich finde ihn nachmittags ungemein aufmunternd. Und du machst den Eindruck, als könntest du ein wenig Aufmunterung gebrauchen, Aurora.«

A. J. stellte ihre Tasse ab und stand auf. Sie konnte ihren Bewegungsdrang nicht länger bezwingen. Von vornherein hatte sie gewusst, dass sie zu Clarissa fahren würde, sobald es im Büro weniger hektisch war. Und es war ihr klar, dass sie ihre Mutter um Rat fragen würde, auch wenn sie sich selbst immer wieder gesagt hatte, dass sie keine Hilfe brauchte.

»Momma.« Unruhig setzte A. J. sich wieder, während Clarissa an ihrem Tee nippte und geduldig wartete. »Ich glaube, ich habe ein Problem.«

»Du bist viel zu streng mit dir selbst.« Clarissa nahm ihre Hand und tätschelte sie liebevoll. »Das warst du schon immer.«

»Was bringt mir die Zukunft?«

Voller Erstaunen lehnte Clarissa sich zurück und betrachtete ihre Tochter. Niemals zuvor hatte A. J. sie darum gebeten, ihr die Zukunft vorauszusagen. Und jetzt wollte sie unbedingt richtig auf diese Bitte reagieren. »Du hast Angst«, stellte sie fest.

»Entsetzliche Angst.« Wieder stand A. J. auf und wanderte herum. »Ich habe das Gefühl, die Kontrolle über mein Leben zu verlieren.«

»Aurora, es ist nicht notwendig, immer alles im Griff zu haben.«

»Für mich schon.« Mit einem schiefen Lächeln sah sie ihre Mutter an. »Das solltest du wissen.«

»Ja, natürlich. Selbstverständlich weiß ich es.« Wie oft schon hatte sie ihrer Tochter inneren Frieden gewünscht! »Du versuchst ständig, dich zu schützen, um nicht verletzt zu werden. Nur weil dir einmal in deinem Leben wehgetan worden ist. Damals hast du beschlossen, dass so etwas nie wieder geschehen wird, nicht wahr?« Ernst sah sie A. J. an. »Hast du dich in David verliebt?«

Natürlich wusste Clarissa es bereits längst, und A. J. konnte damit umgehen. »Ich versuche, dagegen anzukämpfen.«

»Wäre es so schlimm, jemanden zu lieben?«

»David ist nicht irgendjemand. Und genau das ist das Problem. Er ist zu stark, zu überwältigend. Außerdem ...« Sie musste kurz innehalten, um die Fassung wiederzuerlangen. »Ich habe schon einmal gedacht, jemanden zu lieben.«

»Damals warst du noch so jung, du hast Verliebtheit mit Liebe verwechselt. Doch das ist etwas ganz anderes. Wer verliebt ist, erwartet viel und gibt wenig zurück.«

Clarissa stand auf und nahm ihre Tochter liebevoll in den Arm. Schon als A. J. noch ein Kind war, hatte sie diese Nähe immer als tröstlich und beruhigend empfunden, und daran hatte sich nichts geändert.

Dennoch löste sie sich nach einem kurzen Moment rastlos aus den Armen ihrer Mutter. »Wie kann ich sicher sein, dass es dieses Mal nicht auch blinde Verliebtheit ist? Oder einfach nur Lust?«

Nachdenklich setzte Clarissa sich wieder, nippte an ihrem Tee und sah ihre Tochter stirnrunzelnd an. »Diese Frage kannst du dir nur selbst beantworten. Aber ich kann mir nicht vorstellen, dass du all deine Termine abgesagt hast und mitten in der Woche hierhergekommen bist, weil du dir Sorgen machst, nur weil du für einen Mann *Lust* empfindest.«

Mit einem befreiten Lachen setzte A. J. sich wieder neben sie. »Oh, Momma, du bist unvergleichlich!«

»Nichts war jemals einfach und normal für dich, nicht wahr?«

»Das stimmt.« Liebevoll lehnte sie ihren Kopf an Clarissas Schulter. »Ich hatte immer das Gefühl, nicht gut genug zu sein.«

»Weißt du, Aurora, dein Vater hat mich sehr geliebt. Und deshalb hat er mich einfach so akzeptiert, wie ich bin, auch wenn er mich längst nicht immer verstanden hat. Ich kann mir nicht vorstellen, wie mein Leben verlaufen wäre, wenn ich seine Gefühle nicht von ganzem Herzen erwidert hätte. Irgendwann muss man es wagen, die Kontrolle über sein Leben aufzugeben und jemandem ganz zu vertrauen.«

»Dad war ein ganz besonderer Mann«, erwiderte A.J. leise. »Nur wenige Männer sind wie er.«

Clarissa zögerte kurz, dann räusperte sie sich. »Auch Alex nimmt mich so, wie ich bin.«

»Alex?« Irritiert setzte A.J. sich aufrecht. Die leichte Röte, die Clarissas Wangen überzogen hatte, ließ keinen Zweifel daran, was ihre Mutter sagen wollte. »Du und Alex, seid ihr ...« Wie stellte man der eigenen Mutter eine solche Frage? »Bist du dir sicher?«

»Vor einigen Tagen hat er mich gebeten, ihn zu heiraten.«

»Was?« Ungläubig zuckte A.J. zusammen und starrte ihre Mutter an. »Heiraten? Ihr kennt euch doch kaum! Vor einigen Wochen seid ihr euch zum ersten Mal begegnet. Momma, du bist alt genug, um zu wissen, dass man über eine so wichtige Entscheidung länger nachdenken sollte.«

Unbeeindruckt strahlte Clarissa sie an. »Du wirst eines Tages eine wunderbare Mutter sein. Ich habe es nie geschafft, dir solche Standpauken zu halten.«

»Ich will mich nicht in dein Leben einmischen«, warf A.J. ein und griff verlegen nach ihrer Tasse. »Aber du solltest dich nicht auf etwas so Wichtiges einlassen, ohne dir wirklich sicher zu sein.«

»Genau das meine ich! Diese Charaktereigenschaft musst du von deinem Vater geerbt haben. In meiner Familie waren alle Frauen ein wenig flatterhaft.«

»Momma ...«

»Erinnerst du dich noch an die Szene, in der Alex und ich über das Handlinienlesen sprachen?«

»Natürlich.« A.J.s innere Unruhe wuchs, gleichzeitig wurde ihr klar, dass sie sich in das Unvermeidliche fügen musste. »Irgendetwas hast du damals gesehen.«

»Es lag ganz klar und stark vor mir. Zugegeben, es hat mich ein bisschen irritiert, dass sich nach all den Jahren wieder ein Mann für mich interessierte. Und bis zu diesem Moment war mir nicht bewusst, dass ich trotz meines Alters noch einmal bereit bin für große Gefühle.«

»Nimm dir Zeit. Ich zweifle nicht an deinen Gefühlen, das weißt du. Aber ...«

»Schatz, ich bin sechsundfünfzig.« Clarissa schüttelte den Kopf, als wundere sie sich selbst über ihre Worte und frage sich, wo die Zeit geblieben sei. »All die Jahre habe ich allein gelebt und geglaubt, mich damit abfinden zu müssen. Aber jetzt habe ich die Gelegenheit, noch einmal ganz neu anzufangen und den Rest meines Lebens mit einem geliebten Menschen zu teilen.« Beschwörend sah sie ihre Tochter an. »Du bist achtundzwanzig, und noch bist du zufrieden damit, allein zu sein. Aber du solltest keine Angst davor haben, jemanden in dein Leben zu lassen.«

»Das ist etwas anderes.«

»Keineswegs.« Wieder nahm sie A. J.s Hände in ihre. »Liebe, Zuneigung, Geborgenheit – danach sehnen wir uns doch eigentlich alle. Wenn David der Richtige ist, wirst du es erkennen. Und dann solltest du ihn nicht einfach ziehen lassen.«

»Und wenn er denkt, ich sei nicht gut genug für ihn?« Vertrauensvoll verschränkte sie ihre Finger mit denen ihrer Mutter. »Manchmal finde ich mich selbst nicht liebenswert.«

»Genau das ist dein Problem. Aurora! Ich kann dir keinen Rat geben, und ich kann für dich nicht in die Zukunft sehen. Vertrau einfach deinem Herzen. Zähl dir nicht die Risiken und Gefahren auf, sondern gib der Liebe eine Chance. Sieh genau hin.«

»Und wenn ich etwas sehe, was mir überhaupt nicht gefällt?«

»Ja, vielleicht passiert das.« Mit einem verschmitzten Lächeln lehnte Clarissa sich zurück. »Aber ich werde dir verraten, was *ich* sehe: David Brady ist ein guter Mann. Natürlich hat er auch seine Fehler, aber er ist aufrichtig und freundlich. Mit ihm zu arbeiten hat mir großen Spaß gemacht. Und als er heute Morgen anrief, habe ich mich ehrlich gefreut.«

»Anrief?« Alarmiert beugte A.J. sich vor. »David hat dich angerufen? Warum?«

»Es ging um seinen Dokumentarfilm, er wollte noch ein paar Ideen besprechen.« Sie wich A.J.s bohrendem Blick aus und faltete ihre Serviette. »Er ist heute nach Rolling Hills gefahren. Ein Stück außerhalb des Ortes liegt dieses alte Haus, in dem es niemand lange aushält. Er hat davon erzählt, erinnerst du dich?«

»Angeblich spukt es dort«, nickte A.J.

»Es ranken sich viele Gerüchte rund um diese verwunschene Villa. Ich glaube, Davids Film wird ein richtig großer Erfolg.«

»Was hast du denn mit dieser Geschichte in Rolling Hills zu tun?«

»Eigentlich nichts. Wir haben uns nur darüber unterhalten. Vermutlich dachte David, es würde mich interessieren.«

»Ach so.« Erleichtert begann A.J., sich zu entspannen. »Dann ist es ja gut.«

»Nebenbei haben wir noch ein paar Details für die Sendung besprochen. Nächste Woche bin ich mit ihm verabredet. Am Mittwoch, glaube ich.« Sie dachte kurz nach. »Ja, genau, am Mittwoch fahre ich ins Studio, um ein Interview über spontane Phänomene zu geben. Und irgendwann in der Woche darauf bin ich bei den Van Camps. Wir drehen in Alice' Salon.«

»Bei den Van Camps!« A.J. kochte vor Wut. »Das hat David alles mit dir ausgemacht?«

Unsicher verschränkte Clarissa die Hände. »Ja, natürlich. War das ein Fehler von mir?«

»Nicht von dir.« Hastig stand A.J. auf. »Aber David weiß genau, dass er nicht einfach den Plan ändern kann, ohne das mit mir zu besprechen. Du kannst niemandem trauen – erst recht keinem Produzenten.« Sie griff nach ihrer Tasche und ging zur Tür. »Bitte, triff dich nicht mit ihm am Mittwoch. Zumindest nicht, bis ich weiß, was er im Schilde führt.« Dann hatte sie sich wieder unter Kontrolle, kehrte um und umarmte Clarissa liebevoll. »Mach dir keine Sorgen, ich werde das klären.«

»Ich verlasse mich auf dich.« Als A.J. aus dem Haus stürmte, sah Clarissa ihr nach. Dann setzte sie sich wieder in ihren Sessel. Ein zufriedenes Lächeln spielte um ihre Mundwinkel. Sie hatte getan, was sie konnte, um Bewegung in die Sache zu bringen. Alles Weitere überließ sie dem Schicksal.

»Sagen Sie ihm, dass wir einen neuen Vertrag aufsetzen müssen. Nein, am besten trifft Abe sich direkt mit ihm!« A.J. drosselte das Tempo, als vor ihr ein Traktor vom Feld auf die Straße fuhr.

»Abe hat einen Termin um halb vier. Er kann Montgomery nicht um vier dazwischenschieben, das ist zu knapp«, erklärte ihre Assistentin am anderen Ende der Leitung.

»Verdammt!« Ungeduldig überholte sie den Traktor und scherte vor ihm wieder ein. »Wer hat um vier Uhr Zeit?«

»Nur Barbara.«

A.J. dachte kurz nach. »Nein, sie ist nicht die Richtige dafür. Wir müssen den gesamten Plan ändern, Diane. Sagen Sie Montgomery ... Sagen Sie ihm, es hat einen Unfall gegeben und wir müssen seinen Termin leider verschieben.«

»Einen Unfall? Nicht wirklich, oder?«, erkundigte Diane sich besorgt.

»Noch nicht. Aber ich lege nicht die Hand dafür ins Feuer, dass es heute keinen mehr gibt«, brummte A.J. missmutig.

»Das klingt nicht gut. Wie kann ich Sie erreichen?«

»Gar nicht. Ich schalte mein Handy jetzt aus, aber Sie können mir eine Nachricht hinterlassen.«

»Viel Erfolg.«

»Danke.« Mit zusammengebissenen Zähnen schaltete A.J. die Freisprechanlage ab.

Mit diesen Machtspielchen würde er bei ihr nicht durchkommen. A.J. kannte die Regeln, nach denen sie abliefen. Wütend griff sie nach der Straßenkarte und vergewisserte sich, dass sie auf dem richtigen Weg war. Sie musste David finden. Heute noch.

Als die ersten dicken Regentropfen auf die Windschutzscheibe prasselten, fluchte sie entnervt. Bis zu diesem Zeitpunkt hatte sie einmal die falsche Abfahrt genommen, dreimal gewendet, weil sie an einer Abzweigung vorbeigefahren war, und holperte jetzt über einen Schotterweg, der in ihrer Karte als Landstraße eingezeichnet war und aus unzähligen aneinandergereihten Schlaglöchern bestand. Zu allem Überfluss brach nun auch noch ein ausgewachsener Frühjahrssturm los. Wütend ließ A.J. eine ganze Kanonade von Schimpfwörtern los, und jedes davon war für David Brady bestimmt.

Plötzlich sah sie es. Als das Haus im sturmgepeitschten Regen vor ihr auftauchte, wusste sie sofort, was David daran so sehr fasziniert hatte. Es wirkte beinahe so, als habe er das Gewitter extra inszeniert, um die alte Villa noch düsterer zu machen. Schützend zog A.J. ihre Jacke über den Kopf, sprang aus dem Auto und landete in einer tiefen Pfütze, deren Schlamm ihr bis zu den Knöcheln spritzte. Wenn er nicht hier war, hatte sie die ganze Strapaze umsonst auf sich genommen.

David entdeckte sie durch das große Fenster an der Straßenseite. Im ersten Moment war er nur überrascht, doch dann beschlich ihn Verärgerung über diese weitere Störung an einem Tag, an dem nichts rund zu laufen schien. Seit einer Woche hatte er keine Nacht durchgeschlafen, seine Arbeit war bisher erfolglos gewesen, und A.J.s Auftauchen versetzte seinen überreizten Nerven den letzten Stoß. Als er die Haustür öffnete, war er ebenso streitlustig wie sie.

»Was, zum Teufel, machst du hier?«

Es regnete so stark, dass ihr Haar trotz der Jacke an ihren Wangen klebte, ihre gesamte Kleidung war vollkommen durchweicht, die teuren italienischen Schuhe ruiniert. »Ich muss mit dir reden, Brady.«

»Gut. Ruf meine Sekretärin an, und lass dir einen Termin geben. Im Moment arbeite ich.«

»Du wirst dir *jetzt* Zeit für mich nehmen.« Entschlossen schob sie ihn zur Seite und trat ein. »Wie kannst du es wagen, Absprachen mit meinen Klienten zu treffen, ohne vorher mit mir zu sprechen? Wenn du willst, dass Clarissa nächste Woche ins Studio kommt, besprichst du das mit mir! Verstanden?«

Unsanft fasste er sie am Handgelenk, das ebenfalls tropfnass war. »Für die Dauer meines Films habe ich Clarissa unter Vertrag. Ich muss keineswegs jeden Schritt von dir genehmigen lassen.«

»Vielleicht solltest du dir die Vereinbarung noch einmal durchlesen, Brady. Daten und Uhrzeiten sind mit Clarissas Vertreterin zu klären.«

»Einverstanden. Ich schicke dir den Ablaufplan. Wenn du mich jetzt entschuldigen würdest ...«

Unmissverständlich hielt er ihr die Tür auf, doch sie ging trotzig weiter ins Haus. Zwei Elektriker, die im Flur arbeiteten, sahen auf und beobachteten die Szene gespannt.

»Ich bin noch nicht fertig«, widersprach sie.

»Ich aber. Geh lieber, Fields, bevor ich dich hinauswerfe.«

»Pass auf, was du sagst. Sonst könnte es passieren, dass meine Klientin plötzlich eine chronische Kehlkopfentzündung bekommt und dir nicht mehr zur Verfügung steht.«

»Willst du mir drohen, A.J.?« Zornig packte er sie an den Schultern. »Clarissas Auftritt ist bis ins Detail geregelt. Wenn du mich sprechen willst, okay – morgen, in deinem Büro oder in meinem. Du hast die Wahl.«

»Mr. Brady, können Sie kurz nach oben kommen?«

Einen kurzen Augenblick hielt er sie noch fest. Ihre Blicke trafen sich; sie war ebenso wütend wie er. Gott, wie sehr er sie an sich ziehen wollte, nur ein wenig näher, um diesen unerträglich zornigen Ausdruck aus ihrem Gesicht zu wischen! Am liebsten hätte er sie geküsst, bis sie nicht mehr sprechen, nicht mehr kämpfen konnte. Sie sollte genauso leiden wie er. Doch er riss sich zusammen und ließ sie so abrupt los, dass sie taumelte.

»Verschwinde!«, befahl er, dann wandte er sich um und schritt die knarrende Holztreppe hinauf.

A. J. brauchte eine Minute, ehe sie wieder ruhig atmen konnte. Noch niemals war sie so zornig gewesen oder hatte sich einen solchen Gefühlsausbruch erlaubt. Jetzt aber konnte sie nicht mehr klar denken. Spontan folgte sie ihm, zwei Stufen auf einmal nehmend.

»Miss Fields! Wie schön, Sie zu sehen.« Alex stand auf dem Treppenabsatz vor einer baufälligen Wand, von der Tapete und Farbe abblätterten. Er schenkte ihr ein flüchtiges Lächeln, dann zog er wieder an seiner Zigarre, während er darauf wartete, zur nächsten Aufnahme vor die Kamera geholt zu werden.

»Mit Ihnen muss ich auch noch reden«, fuhr sie ihn an. Unbeeindruckt davon, dass er sie völlig verwirrt anstarrte, folgte sie David mit großen Schritten durch den Flur.

Der Gang war eng und düster. Spinnweben hingen von der Decke herab, doch sie nahm es nicht wahr. Dort, wo einst Bilder gehangen hatten, waren helle viereckige Flecken zurückgeblieben. Unbeirrt drängelte sie sich an den Tontechnikern und Kameraleuten vorbei und betrat dicht hinter David das Zimmer.

Sie hatte schon den Mund geöffnet, um ihn weiter anzugiften, doch plötzlich stockte ihr der Atem. Es traf sie wie ein Schock. Sie zitterte. Ein Schauer durchfuhr sie und ließ sie erstarren.

Der Raum war perfekt ausgeleuchtet für die Filmaufnahmen, doch sie nahm die Kameras und Kabel überhaupt nicht wahr. Sie sah nur die Tapete, hellrosa Rosenblüten auf einem cremefarbenen Untergrund, und ein Himmelbett mit schweren Vorhängen in demselben Muster. Die Daunendecken waren ordentlich glatt gestrichen, neben dem Bett stand ein zierlicher

Stuhl aus Mahagoni, der in der Mitte ziemlich durchgesessen war. Auf einer polierten Kommode aus dem gleichen Holz stand eine hohe Kristallvase mit einem üppigen Rosenstrauß. A.J. atmete den betörenden Duft ein. Doch sie sah noch viel mehr – und sie hörte Stimmen.

Du hast mich betrogen. Du hast mich mit ihm betrogen, Jessica.

Nein! Niemals! Ich schwöre es bei Gott. Bitte, ich flehe dich an, tu es nicht. Ich liebe dich. Ich ...

Lügen! Nichts als Lügen! Ich werde dich zum Schweigen bringen.

Schreie. Dann absolute Stille, hundertmal schlimmer.

A.J.s Handtasche fiel mit einem dumpfen Geräusch zu Boden.

»A.J.« David schüttelte sie, während alle anderen in ihrer Arbeit innehielten und sie irritiert anstarrten. »Was ist los mit dir?«

Panisch klammerte sie sich an seinem Hemd fest. Selbst durch den Stoff konnte er die Eiseskälte spüren, die sie ausströmte. Ihre Augen waren auf ihn gerichtet, doch sie sah ihn nicht an. »Das arme Mädchen«, murmelte sie tonlos. »Oh, Gott, die Arme!«

»A.J.!« Mit äußerster Willensanstrengung gelang es ihm, ruhig zu bleiben. Sie war leichenblass, doch am meisten beunruhigten ihn ihre dunklen, glasigen Augen, die durch ihn hindurchzusehen schienen. Starr blickte sie geradeaus, als sei sie in Trance. David nahm ihre eiskalten Hände in seine. »Welches Mädchen, A.J.?«, fragte er eindringlich.

»Er hat sie getötet. Hier, in diesem Raum. Auf dem Bett. Sie konnte nicht mehr schreien, weil er sie erwürgt hat. Mit seinen bloßen Händen hat er ihre Kehle zugedrückt. Und dann ...«

»A.J.« Er fasste sie am Kinn und zwang sie, ihn anzusehen. »Hier steht kein Bett. Dieser Raum ist leer.«

»Es ...« Sie rang nach Luft, dann schlug sie die Hände vor

ihr Gesicht. Übelkeit überkam sie. »Ich muss hier raus.« Mit letzter Kraft bahnte sie sich den Weg vorbei an den Technikern und dem Kameramann, erreichte die Tür und rannte hinaus. Sie taumelte durch den Regen und war schon an den Stufen zur Auffahrt, als David sie einholte.

»Wohin willst du?«, rief er. In diesem Moment durchbrach ein Donner das unablässige Rauschen des Regens, unmittelbar gefolgt von einem Blitz, der das Haus in ein gespenstisches Licht tauchte.

»Ich muss …« Verloren sah sie sich um. »Ich fahre in die Stadt zurück. Sofort.«

»Lass mich dich begleiten.«

»Nein.« Wie getrieben rannte sie vorwärts, doch sie strauchelte. David fing sie im letzten Moment auf. »Mein Wagen steht direkt hier.«

»In deinem Zustand wirst du nirgendwo hinfahren.« Energisch zog er sie zu seinem eigenen Auto, nur widerstrebend folgte A.J. »Setz dich rein, ich bin sofort zurück«, forderte er sie auf und schloss die Tür.

A.J. hatte nicht die Kraft zu widersprechen. Zitternd kauerte sie sich in den Sitz. Ich brauche nur eine Minute, versprach sie sich selbst. Nur eine Minute, um mich wieder zu fassen. Sie wusste nicht, wie lange David fort war. Doch als er zurückkehrte, bebte sie noch immer am ganzen Körper.

Wortlos legte er ihre Tasche auf den Rücksitz und wickelte fürsorglich eine warme Decke um A.J. »Ich habe jemanden aus dem Team gebeten, deinen Wagen zurück in die Stadt zu bringen«, erklärte er dann, während er den Motor startete und vorsichtig den Weg hinunterfuhr, darauf bedacht, die tiefen Schlaglöcher zu vermeiden.

Eine Weile schwiegen sie. A.J. kuschelte sich in die weiche Decke und spürte, dass das Zittern nachließ.

»Warum hast du mir nie davon erzählt?«, fragte er schließlich leise.

Statt einer Antwort atmete A. J. einmal tief durch. »Was hätte ich dir erzählen sollen?«, gab sie dann zurück.

»Die Tatsache, dass du die gleiche Gabe hast wie deine Mutter.«

Unter ihrer schützenden Decke machte A. J. sich ganz klein, bettete den Kopf in die Arme und begann leise zu weinen.

Wie, um Himmels willen, sollte er jetzt reagieren? Insgeheim verfluchte er sie und auch sich selbst, während er weiter durch den strömenden Regen fuhr und ihr gleichmäßiges Schluchzen hörte.

Als er sie kurz zuvor in dem Raum gesehen hatte, mühsam nach Luft ringend und leichenblass, hatte er den Schreck seines Lebens bekommen. Ihre Hände waren kalt und starr gewesen wie bei einem Toten. Was hatte sie nur gesehen? Was hatte sie derartig aus der Bahn geworfen?

Zugegeben, er hatte seine Zweifel, was die Aussagekraft von Labortests zum Thema Parapsychologie anging. Und auch mancher selbst ernannte Hellseher erschien ihm nicht sonderlich glaubwürdig. Doch er war absolut sicher, dass A. J. eine Erscheinung gehabt hatte, die niemand außer ihr hatte sehen können.

Aber wie sollte er sich jetzt verhalten?

A. J. konnte nicht aufhören zu weinen. Es gab keinen Grund, sich Vorwürfe zu machen; sie hatte immer gewusst, dass es eines Tages geschehen würde. Ganz gleich, wie vorsichtig sie war und wie sehr sie versuchte, ihre Hellsichtigkeit unter Kontrolle zu halten: Eines Tages musste sie sich verraten. Und heute war es passiert.

Irgendwann auf der endlos scheinenden Fahrt ließ der Regen nach und hörte schließlich auf. Die Sonne kämpfte sich durch den wolkenverhangenen Himmel und tauchte die Landschaft in ein milchiges Licht. Noch immer fest in die Decke gekuschelt, setzte A. J. sich aufrecht. »Entschuldige bitte.«

»Ich erwarte keine Entschuldigung, sondern eine Erklärung«, gab David zurück.

»Es gibt keine.« Mit dem Handrücken wischte sie sich die Tränenspuren von den Wangen. »Ich wäre dir sehr dankbar, wenn du mich nach Hause bringen würdest.«

»Zuerst müssen wir uns aussprechen.« Ernst sah er sie an. »Und das werden wir irgendwo tun, wo du mich nicht hinauswerfen kannst.«

Das Erlebte hatte sie so sehr erschöpft, dass sie nicht einmal mehr widersprechen konnte. Wortlos lehnte sie den Kopf an die kühle Scheibe und protestierte nicht einmal, als sie an der Abfahrt zu ihrer Wohnung vorbeifuhren.

Zielstrebig steuerte David den Wagen in die Berge, weit oberhalb der Stadt. Nach dem Regen war die Luft hier rein und klar, nur ein leichter Nebel hing über dem Tal. David bog von der Hauptstraße ab, fuhr einen schmalen Weg hinauf und hielt am Ende der Auffahrt vor einem kleinen, einsam gelegenen Haus mit großen Fenstern und hölzernen Fensterläden. In dem weiten Garten blühten die ersten Frühlingsblumen.

»Ich hatte vermutet, wir würden in der Stadt bleiben.«

»Das hatte ich eigentlich auch vor, aber ich habe das Bedürfnis, richtig tief durchzuatmen.« Er zog ihre Handtasche und einen Aktenordner vom Rücksitz. A. J. wickelte sich aus der Decke und stieg aus. Wie selbstverständlich gingen sie auf die Eingangstür zu. David schloss auf und ließ sie eintreten.

Innen wirkte das Haus keineswegs so ländlich, wie A. J. vermutet hatte. An den Wänden hingen Gemälde, auf dem Holzboden lagen dicke, weiche Teppiche. Einige Stufen führten hinunter in den Wohnbereich.

Schweigend machte David im Kamin Feuer an. Innerhalb weniger Minuten loderte ein gemütliches Feuer auf. »Du willst bestimmt die nassen Sachen ausziehen«, schlug er vor. »Das Bad ist oben, am Ende des Ganges. An der Tür hängt ein Bademantel.«

A. J. zögerte. Bisher hatte ihr Selbstbewusstsein stets geholfen, David auf Abstand zu halten. Doch heute fühlte sie sich der

Situation nicht gewachsen. Nervös fuhr sie sich mit der Zunge über ihre Lippen. »David, du musst das nicht ...«

»Ich koche uns in der Zwischenzeit einen Kaffee.« Ohne weiter auf sie einzugehen, verschwand er in der Küche.

Unschlüssig blieb sie stehen und schaute ins Kaminfeuer, in dem glänzendes Eichenholz knisternd Flammen schlug. Noch nie in ihrem Leben hatte sie sich so unwohl gefühlt. Sie spürte die hilflose Ablehnung, die David ihr entgegenbrachte, und wusste, dass die meisten Menschen so reagierten. Ihre Mutter hatte sie schon als Kind gelehrt, damit umzugehen.

Nur mit Mühe konnte sie die Tränen zurückhalten. Schließlich war sie eine starke, selbstbewusste Frau, die sehr gut allein durchs Leben kam. Dafür brauchte sie David nicht und auch keinen anderen Mann. Entschlossen straffte sie die Schultern und stieg die Treppe hinauf. Sie würde eine heiße Dusche nehmen, ihre Kleider trocknen lassen und verschwinden. Schließlich wusste A. J. Fields, wie man auf sich selbst achtgab.

Und tatsächlich linderte das warme Wasser wohltuend ihre Verzweiflung und vertrieb die Kälte, die bis in ihre Knochen gedrungen zu sein schien. Nach dem Duschen hüllte sie sich in den flauschigen Bademantel und versuchte Davids Duft zu ignorieren, der im weichen Frotteestoff hing. Es war besser, sich nur darauf zu konzentrieren, dass er warm und weich war.

Als sie wieder hinunterging, war der große Wohnraum leer. Mit neuem Mut machte sich A. J. auf die Suche nach David.

Das Haus war sehr verwinkelt. Zu einem anderen Zeitpunkt hätte A. J. den einzigartigen Details mehr Aufmerksamkeit geschenkt. Heute aber nahm sie kaum etwas wahr. Als sie die Tür zur Küche öffnete, empfing sie der Duft von frischem Kaffee. Einen Moment lang blinzelte sie, dann hatten ihre Augen sich an das helle Sonnenlicht gewöhnt, das durch die Fenster hereinflutete.

Mit dem Rücken zu ihr stand David an der breiten Fensterfront. Er hielt eine Tasse in der Hand, doch er trank nicht.

Irgendetwas kochte leise in einem Topf auf dem Herd vor sich hin. A.J. verschränkte die Arme vor der Brust und versuchte, ihre Hände zu wärmen. Plötzlich fröstelte sie wieder.

»David?«

Langsam wandte er sich um. Noch immer war er unschlüssig, wie er reagieren und welche Worte er wählen sollte, um das Unfassbare auszudrücken. Sie wirkte so zart, beinahe zerbrechlich. David konnte seine eigenen Gefühle nicht beschreiben, und er hätte alles dafür gegeben, ihre Gedanken erraten zu können. »Setz dich doch. Der Kaffee ist fertig.«

»Danke.« Sie zwang sich, so normal wie möglich zu wirken, und setzte sich auf einen Barhocker an die Küchentheke.

»Ich habe mir gedacht, du kannst etwas zu essen vertragen.« Er reichte ihr eine Tasse Kaffee. »Deshalb habe ich eine Suppe aufgewärmt.«

Eine unerklärliche Anspannung ergriff sie und ließ ihre Schläfen pochen. »Du hättest dir nicht solche Umstände machen sollen.«

Ohne etwas zu erwidern, hob er den Deckel vom Topf, rührte noch einmal um und füllte dann die dampfende Suppe auf einen großen Teller. »Meine Mutter hat immer behauptet, mit einer heißen Suppe könne man alles kurieren.«

»Sie duftet köstlich«, brachte A.J. heraus und fragte sich, warum sie schon wieder gegen die Tränen ankämpfen musste. »David …«

»Iss erst einmal in Ruhe.« Er nahm sich einen Stuhl und setzte sich ihr gegenüber.

Er zündete sich eine Zigarette an, nahm einen tiefen Zug und betrachtete A.J. nachdenklich, die mit dem Löffel in ihrer Suppe Spuren zog.

»Du solltest sie essen«, schlug er trocken vor, »nicht nur die Nudeln neu ordnen.«

»Warum fragst du nicht endlich?«, platzte sie heraus. »Mir wäre es lieber, wir brächten es hinter uns.«

Wie verletzt sie ist, dachte er erschüttert. So viel Schmerz. »Ich hatte nicht vor, eine peinliche Befragung zu beginnen, A. J.«

»Warum nicht?« Trotzig sah sie ihn an. »Schließlich willst du doch wissen, was in dem Raum mit mir geschehen ist, oder nicht?«

Er nahm einen letzten langen Zug von seiner Zigarette und drückte sie dann aus. »Natürlich möchte ich das. Aber ich befürchte, du bist noch nicht bereit dafür, zumindest nicht in allen Einzelheiten. Also lass uns über etwas anderes reden.«

»Nicht bereit?« Gern hätte sie laut gelacht, doch ihre Kehle war wie zugeschnürt. »Für das, was ich gesehen habe, wirst *du* niemals bereit sein. Aber gut, lass uns anfangen. Sie hatte dunkles Haar und leuchtend blaue Augen. Ihr Kleid war aus fester Baumwolle, durchgeknöpft bis zum Hals mit kleinen Knöpfen. Sie hieß Jessica. Und sie war gerade einmal achtzehn, als ihr Ehemann sie in rasender Eifersucht ermordet hat. Mit bloßen Händen hat er sie erwürgt, dann hat er nach dem Revolver gegriffen, der auf dem Nachttisch lag, und sich erschossen. Kannst du das für deine Dokumentation gebrauchen?«

Die kühle, scheinbar ungerührte Art, mit der sie ihm jedes Detail erzählte, ließ ihn erschauern. Wer war diese Frau, die hier vor ihm saß und die er noch vor kurzer Zeit voller Verlangen in den Armen gehalten hatte? »Was dir heute geschehen ist, hat nichts, aber auch gar nichts mit meinem Film zu tun. Mich interessiert viel mehr, wie sich dieses Erlebnis auf dich auswirkt.«

»Ich kann damit umgehen.« Abrupt schob sie den Teller beiseite, sodass die Suppe über den Rand schwappte. »Es war nicht das erste Mal. Vermutlich wäre es nicht geschehen, wenn ich nicht so aufgewühlt gewesen wäre, als ich den Raum betrat. Ich hatte mich nicht unter Kontrolle.«

»Du kannst es verhindern?«

»Normalerweise schon.«

»Warum tust du das?«

»Glaubst du im Ernst, diese Fähigkeit sei ein Geschenk?«, fragte sie heftig, während sie aufstand. »Vielleicht für jemanden wie Clarissa. Sie ist so selbstlos und gut und zufrieden.«

»Und du?«

»Ich verfluche den Tag, an dem ich es zum ersten Mal erlebt habe.« Unfähig, still zu stehen, durchschritt sie den Raum. »Du kannst dir nicht vorstellen, wie es ist, wenn die Leute dich anstarren und hinter deinem Rücken flüstern. Du wirst zum Außenseiter, und ich …« Sie brach ab und massierte ihre pochenden Schläfen. Als sie fortfuhr, war ihre Stimme ruhig und gefasst. »Ich wünsche mir nichts sehnlicher, als normal zu sein. Als Kind hatte ich Träume, Vorahnungen.« Sie presste die Hände vor ihr Gesicht. »Sie waren so wirklichkeitsnah, jedes Detail stimmte. Doch ich war noch klein und glaubte, jeder habe solche Träume. Ahnungslos habe ich meinen Freundinnen davon erzählt. ›Oh, deine Katze bekommt Junge. Darf ich das weiße Kätzchen haben, wenn sie geboren sind?‹ Wochen später bekam die Katze tatsächlich Junge, darunter ein weißes. Kleinigkeiten. Ich wusste, wo die Puppen waren, die sie vermissten. Kinder denken sich nichts dabei, aber die Eltern musterten mich mit unverhohlenem Misstrauen und fanden es am besten, wenn ihre Kinder sich von mir fernhielten.«

»Das tut weh«, murmelte er.

»Oh ja, und wie. Clarissa wusste, wie ich mich fühlte. Sie hat versucht, mich zu beschützen und wundervolle Dinge mit mir zu unternehmen, um mich zu trösten. Doch der Schmerz blieb. Und die Träume kamen wieder und wieder, aber ich sprach nicht mehr darüber. Dann starb mein Vater.«

Bewegungslos stand sie vor ihm, die Handballen auf die Augen gepresst, als hoffte sie, so ihre Gefühle zurückdrängen zu können. Als sie hörte, dass David seinen Stuhl zurückschob, um aufzustehen, schüttelte sie den Kopf, ohne ihn anzusehen. »Bitte nicht. Gib mir nur eine Minute.« Sie atmete tief durch und ließ die Hände fallen. »Ich wusste, dass er tot war. Er war auf einer seiner Geschäftsreisen, und plötzlich erwachte ich mitten in der Nacht. Da spürte ich es. Sofort sprang ich aus dem Bett und lief zu Clarissa. Auch sie saß hellwach im Bett, und ich erkannte, dass sie trauerte. Verstehst du, sie trauerte um meinen Vater, von dessen Tod wir offiziell noch nichts wussten. Voller Sorge kroch ich zu ihr ins Bett und kuschelte mich an sie. Dort lagen wir, bis das Telefon klingelte.«

»Du warst acht Jahre alt!«

»Ja, ich war ein kleines Mädchen von acht Jahren. Nach diesem Erlebnis habe ich meine hellseherischen Fähigkeiten immer abgeblockt. Ich habe quasi die Fühler eingezogen. Manchmal gelang es mir, monatelang – einmal sogar zwei Jahre – vollkommen normal zu leben. Immer wenn ich wütend werde oder aufgeregt, sobald ich also die Kontrolle über mich verliere, erwischt es mich wieder.«

David dachte daran, wie kämpferisch und aufgewühlt sie in das Zimmer gestürmt war. Als sie wieder hinausgegangen war, hatte sie dagegen gewirkt, als sei alles Leben aus ihrem Körper gewichen. »Du warst meinetwegen so außer dir.«

Zum ersten Mal, seit sie begonnen hatte zu sprechen, sah sie ihn direkt an. »Scheint so.«

David fühlte sich schuldig, verwirrt, doch er wusste nicht, wie er damit umgehen sollte. »Dann sollte ich mich wohl entschuldigen?«, fragte er hilflos.

»Wir können es beide nicht ändern. Wir können *uns* nicht ändern.«

»Aurora, ich verstehe, dass du nicht täglich damit konfrontiert werden willst. Du versuchst, ein ganz normales Leben zu führen. Gut. Aber warum bemühst du dich, deine hellseherischen Fähigkeiten komplett aus deinem Leben zu verbannen, als seien sie ein Fluch?«

Nicht mehr ganz so aufgewühlt wie zu Beginn des Gesprächs, lehnte sie sich wieder an den Tresen. »Mit zwanzig habe ich versucht, etwas aus meinem Leben zu machen«, fuhr sie fort. »Ich habe die Agentur gegründet und versucht, auf eigenen Beinen zu stehen. Dann traf ich diesen Mann. Er hatte einen kleinen Kiosk am Strand, vermietete Surfbretter und verkaufte Sonnenmilch, Strohhüte und so etwas. Es war so aufregend, zu sehen, dass jemand vollkommen frei von allen Zwängen und mit einer großen Leichtigkeit sein Leben meisterte, während ich mindestens zehn Stunden am Tag arbeitete, nur um halbwegs über die Runden zu kommen. Ich war noch nie ernsthaft verliebt gewesen, mir hatte einfach die Zeit gefehlt. Heute weiß ich, dass es nur der Reiz des Besonderen war, was mich mit ihm verband. Damals aber hielten wir es für Liebe. Er hat mir einen kleinen, billigen Ring geschenkt mit dem Versprechen, ihn gegen einen Diamantring einzutauschen, wenn wir erst reich seien. Ich glaubte, er meinte es ernst.« Als sie lachte, schwang Bitterkeit in ihrer Stimme mit. »Auf jeden Fall dachte ich, keine Geheimnisse haben zu dürfen vor dem Mann, mit dem ich meine Zukunft verbringen wollte.«

»Du hattest ihm zuvor nichts erzählt?«

»Nein.« Ihr Tonfall war kampflustig, als erwartete sie Widerspruch. Doch als David still blieb, senkte sie den Blick und fuhr fort: »Ich machte ihn mit Clarissa bekannt, und dann erklärte ich ihm, dass ... Ich hab es ihm gesagt.« Sie bemühte sich, das Unaussprechliche zu vermeiden. »Er hat geglaubt, ich mache einen Witz, um ihn zu testen. Tja, vielleicht hatte er recht und ich wollte ihn prüfen, ehe ich den Rest meines Lebens mit ihm verbrachte. Nur – es war kein Scherz. Als ihm das klar wurde, sah er mich ganz seltsam an ...« Sie schluckte und versuchte, den Schmerz nicht wieder aufleben zu lassen.

»Das tut mir leid.«

»Wahrscheinlich hätte ich damit rechnen müssen.« Mit einem Achselzucken versuchte sie, es abzutun, doch als sie nach dem Löffel griff und ihn gedankenverloren durch ihre Finger gleiten ließ, zitterte ihre Hand. »Danach habe ich ihn tagelang nicht mehr gesehen. Schließlich habe ich allen Mut zusammengenommen und bin zu ihm gefahren. Ich hatte vor, ihm mit einer großen Geste den Ring vor die Füße zu werfen. Im Nachhinein ist es beinahe lachhaft, wie er sich verhalten hat. Als ich vor ihm stand, hat er mich nicht einmal angesehen.« Mit einem zaghaften Lächeln schaute sie auf. »Es war unbeschreiblich.«

Sie war noch immer verletzt, das spürte er. Wie gern hätte er sie in die Arme gezogen und getröstet, doch er war nicht sicher, ob sie es zulassen würde. »Der falsche Mann zur falschen Zeit«, bemerkte er stattdessen.

Unwirsch schüttelte A.J. den Kopf. »Ich war die falsche Frau. Seither weiß ich, dass die Wahrheit nicht immer der beste Weg ist. Kannst du dir vorstellen, was es für meine Agentur bedeuten würde, wenn meine Klienten es wüssten? Diejenigen, die bei mir bleiben würden, würden mich fragen, welche Rollen sie erwarten. Einige würden mich wahrscheinlich sogar bitten, mit ihnen nach Las Vegas zu fliegen, um das große Geld zu machen.«

»Deshalb weiß niemand, dass Clarissa deine Mutter ist?«

»Genau.« Sie griff nach ihrem Kaffee, der mittlerweile kalt geworden war, und nahm den letzten Schluck. »Doch ich befürchte, seit heute ist meine Fähigkeit ein offenes Geheimnis.«

»Mach dir keine Gedanken über das Team«, beruhigte er sie. »Ich habe ihnen aufgetischt, dass wir uns über den Mord unterhalten haben und es dich einfach sehr aufgewühlt hat, den Raum zu betreten, in dem das Verbrechen geschehen ist.« Ohne zu fragen, schenkte er ihr Kaffee nach. »Vielleicht halten sie dich jetzt für ein wenig überdreht, aber das ist auch alles.«

Erleichtert schloss sie die Augen. Diese Fürsorge hatte sie von ihm nicht erwartet. Eigentlich hatte sie nicht einmal damit gerechnet, dass er Verständnis zeigen würde. »Danke.«

»Es wird dein Geheimnis bleiben, solange du es willst, A.J. Das verspreche ich dir.«

»Es *muss* für immer ein Geheimnis bleiben! Was hast du empfunden, als dir klar geworden ist, was mit mir los ist?«, wollte sie wissen. »War es dir unheimlich? Fühlst du dich unbehaglich in meiner Gegenwart? Ich habe das Gefühl, du fasst mich mit Samthandschuhen an.«

»Vielleicht hast du recht.« Er zog eine Zigarette aus der Packung, dann schob er sie unschlüssig wieder zurück. »Ja, ich fühle mich unbehaglich. Schließlich war ich noch nie in einer solchen Situation. Es ist eine seltsame Vorstellung, dass du mich durchschauen kannst. Damit kommt wohl jeder Mann nur schwer klar.«

»Natürlich.« Sie stand auf. »Zweifellos muss ein Mann sich vor einer solchen Frau schützen. Ich bin dir wirklich dankbar für alles, was du für mich getan hast, David. Meine Sachen sind bestimmt trocken. Würdest du mir ein Taxi rufen, während ich mich schnell anziehe?«

»Nein.« Er sprang auf und stellte sich ihr in den Weg, ehe sie aus der Küche gehen konnte.

»Bitte, mach es mir nicht noch schwerer – und auch dir nicht.«

»Das ist mir egal!«, stieß er hervor. »Ich kann es nicht ändern. Du machst mich verrückt. Seit ich dich kenne, kann ich keinen klaren Gedanken mehr fassen. Ich will dich, Aurora. Das ist alles, was zählt.« Er zog sie an sich.

»Es wird dir später leidtun.«

Lächelnd sah er sie an. »Siehst du meine Zukunft voraus?«

»Mach keine Witze darüber.«

»Vielleicht wird es Zeit, das endlich einmal locker zu sehen. Und wenn du gerade meine Gedanken liest, wirst du sehen, dass ich an nichts anderes denken kann, als dich nach oben zu bringen, in mein großes, gemütliches Bett.«

Ihr Herz klopfte bis zum Hals. »Aber was wird morgen sein?«

»Wen interessiert das?« Er küsste sie mit einem solch kraftvollen Verlangen, dass sie erschauerte. »Ich will dich, jetzt und hier. Und du willst mich auch. Das ist das Einzige, was mich interessiert. Bleib heute Nacht hier, Aurora.«

Zum ersten Mal ließ sie sich fallen. Sie würde das Risiko eingehen. »Ja, ich bleibe.«

7. Kapitel

Das Mondlicht tauchte die Umgebung in einen silbrigen Schimmer. Ein leichter Luftzug trug ganz schwach den Duft von Hyazinthen mit sich. Von weit her kam das stete Rauschen des kleinen Bachs, der in der Nähe des Hauses durch den Wald floss. Wie bei einem Tier, das Gefahr wittert, war jeder Muskel in A. J.s Körper angespannt, als sie Davids Schlafzimmer betrat.

Das großformatige Bild hing an der gegenüberliegenden Wand. Sie hatte es gewusst. Rote und violette Linien auf weißer Leinwand, lebendig, energiegeladen. Ein Schauer durchfuhr sie, als sie ihr Spiegelbild entdeckte, undeutlich und verzerrt in einer Glastür.

»Ich habe genau diese Szene geträumt.« Sie sprach so leise, dass ihre Worte kaum zu hören waren. Unwillkürlich trat sie einen Schritt zurück. In die Wirklichkeit? In den Traum? Oder vermischte sich gerade beides auf unerklärliche Weise? Voller Panik blieb sie stehen. War das alles vorbestimmt? Folgte sie einem unsichtbaren Pfad, der begonnen hatte, als David zum ersten Mal in ihr Büro gekommen war?

»Ich will das nicht«, flüsterte sie und drehte sich um. Sie wollte fliehen, doch David stand in der Tür und versperrte ihr den Weg. Es war, als würde er sie magisch anziehen. Sie konnte sich nicht rühren, und sie hatte gewusst, dass genau das passieren würde.

Sie blickte zu ihm auf, so wie sie es schon einmal getan hatte. Sein Gesicht lag im Schatten, sie konnte ihn nicht klar erkennen. Doch seine Augen schienen das Mondlicht direkt einzufangen, und auch seine Stimme war klar – und voller Verlangen.

»Du kannst nicht immer weglaufen, Aurora. Nicht vor mir und nicht vor dir selbst.«

Ungeduld klang in seinen Worten mit, und sie ließ auch nicht nach, als er sie küsste. Er hatte sich nicht eingestanden, wie sehr er sie begehrte. Und ihre Unsicherheit, ihre Zweifel fachten ein tiefes, ursprüngliches Verlangen in ihm an, von dessen Existenz er nichts geahnt hatte. Er wollte sie nehmen, wollte sie ganz besitzen. Bei ihr empfand er nicht die prickelnde, kontrollierbare Vorfreude wie bei anderen Frauen. Seit dem ersten Kuss brannte er lichterloh, er musste sich zurückhalten, um sich nicht gewaltsam zu nehmen, was er so sehr begehrte. Als er spürte, wie ihr Widerstand brach, konnte er sich kaum mehr beherrschen.

Sie spürte seinen Mund voller Verlangen auf ihren Lippen, seine Hände kraftvoll und unnachgiebig auf ihrer Haut. Er hielt sie mit solcher Macht an sich gepresst, als wolle er sich etwas nehmen, das ihm zustand – mit oder ohne ihre Einwilligung. Allerdings wusste sie, dass letztendlich sie entschied, worauf sie sich einließ. Was auch immer sie tat, es würde Spuren in ihrem Leben hinterlassen. Wie ein Stein, den man ins Wasser warf, schlug jedes Handeln kleine oder größere Wellen. Doch ob sie verebbten oder mit der Flut davongetragen wurden, konnte niemand vorhersehen. Sich jemandem ganz zu öffnen war immer ein Risiko, das wusste sie. Doch es war auch spannend. Und noch während sie darüber nachdachte, überwältigte sie die Leidenschaft, bis sie sich mit einem zustimmenden Seufzen seinen Zärtlichkeiten hingab.

Es ist nur Leidenschaft, sagte A. J. sich. Das Verlangen, das in ihr wuchs, hatte nichts zu tun mit ihren Träumen, Hoffnungen und Wünschen. Es war schlichtes Begehren, dem sie nicht widerstehen konnte. Und für heute Nacht, nur eine einzige Nacht, würde sie sich davon verführen lassen.

Er spürte, wie sie ihre Gegenwehr aufgab. Doch sie wurde nicht schwach und fügsam, sondern begegnete ihm mit einem

Hunger, der ebenso drängend war wie seiner. Dies würde keine langsame Verführung werden, kein behutsames Liebesspiel, sondern ein kraftvolles Kräftemessen voll ungezähmter Leidenschaft. Sie wussten es beide, und sie wollten es so.

Ungestüm öffnete er den Morgenmantel, der ihren Körper umhüllte, und ließ ihn über ihre nackten Schultern gleiten. Mit hungrigen Lippen fuhr er über ihre Wangen und glitt über ihren Hals. Er wollte sie quälen, wollte ihre Lust beherrschen, aber sie war ihm ebenbürtig. Warm und sanft spürte sie seine Zunge auf ihrer Haut, und sie erschauerte wohlig. Doch sie wollte ihm das Feld nicht überlassen, öffnete hastig die Knöpfe seines Hemdes und riss es ihm vom Körper.

Mit den Handflächen erforschte sie seinen breiten Brustkorb, fühlte die glatte, seidige Haut seines Rückens, das Spiel seiner Muskeln, männlich, stark, hart. Voller Genuss atmete sie seinen Duft, der wilde Leidenschaft versprach. Als sie merkte, wie er unter ihrer Berührung erzitterte, steigerte es ihr Verlangen noch. Sie wollte, dass er die Kontrolle verlor.

Das Bett war ihr Schlachtfeld. Die Decke war weich und warm, die Luft trug einen milden Hauch des Frühlings, aber sie nahmen es nicht wahr. Ihr Kampf war voller Lust und Kraft, rücksichtslos und besitzergreifend. Er zog sie ganz aus und hielt ihre Hände fest, damit sie ihn nicht länger reizen konnte. Doch sie benutzte ihre Lippen, ihre Zunge als Waffen und brachte ihn an den Rand der Selbstbeherrschung. Überall, wo David sie berührte, hinterließ er eine heiße Spur des Verlangens. Stöhnend bog sie sich ihm entgegen. Sie wollte ihn, dennoch konnte sie ihm nicht die Führung überlassen.

David hatte nicht geahnt, dass eine Frau ihn so sehr an seine Grenzen bringen konnte. Sie war schlank und biegsam und ebenso ausgehungert nach Liebe wie er. Sie war nackt, aber nicht verletzlich. Sie war leidenschaftlich, aber nicht stürmisch. Das Mondlicht ließ ihre Haut schimmern, ihr Haar glänzte golden. Mit sanften Händen glitt sie über seinen Körper, die Berührung ließ ihn erschauern; er wusste, sie wollte mehr. Als sie seine Hose öffnete, schien sein ganzer Körper zu pochen vor Verlangen. Ehe er reagieren konnte, war sie schon über ihm, und er genoss es.

Er hatte geahnt, dass sie eine leidenschaftliche Frau war, doch darauf war er nicht vorbereitet gewesen. Sie war verlockend, sinnlich, gierig. Aufstöhnend fuhr er mit den Händen durch ihr seidiges Haar, zog sie an sich und küsste sie.

Das ist kein Traum, dachte sie benommen, als sie seine Lippen auf ihren spürte und seine Hände erneut von ihrem Körper Besitz ergriffen. Kein Traum konnte jemals so intensiv sein. Noch während sie versuchte, die Kontrolle zu behalten, rollte er sich mit ihr auf die andere Seite des Bettes und drang mühelos in sie ein. Keuchend bog sie sich ihm entgegen, während eine Woge der Erregung sie mitriss. Ihre Kräfte und ihr Begehren vereinten sich, und sie stillten ihren Hunger aneinander.

Müde, wohlig und satt lagen sie später eng umschlungen beisammen. Sie waren beide besiegt.

A.J. war kurz eingeschlafen. Als sie wieder erwachte, schien der Mond direkt ins Zimmer. Sie fühlte sich ausgeruht, ihr Verstand war hellwach. Gerührt nahm sie wahr, dass David sein Gesicht in ihrem Haar vergraben hatte. Sein Atem ging gleichmäßig und ruhig. Im Schlaf hatte sie ihre Arme um ihn geschlungen und sich dicht an ihn gekuschelt. Kurz spielte sie mit dem Gedanken, sich von ihm zu lösen und sich ohne viele Worte aus dem Haus zu stehlen. Doch sie konnte sich nicht dazu überwinden.

Wir hatten eine leidenschaftliche Nacht zusammen, doch es bedeutet nichts, sagte sie sich. Nur Lust, keine Liebe. Und jetzt war es Zeit zu gehen. Aber ihr Wunsch, ihre Wange an seine zu schmiegen, ihm etwas Verrücktes ins Ohr zu flüstern, war größer als ihre Vernunft. Nur bis zum Morgengrauen, dachte sie. Dann konnte sie ihn immer noch verlassen. Während sie die Augen schloss, wehrte sie sich dagegen, sich zu sehr an diese

Situation zu gewöhnen. Wie gern hätte sie ihm noch viel mehr gegeben! Doch sie hatte gelernt, dass man verloren war, wenn man zu viel gab.

Und David? Niemals hatte eine Frau solch eine ungezügelte Begierde in ihm geweckt. Er hatte nicht gewusst, dass er so schwach werden konnte. Gut, er hatte geahnt, dass in A. J. eine verborgene Leidenschaft schlummerte, doch ein solches Feuer hatte er nicht erwartet. Noch immer fühlte er sich wie benommen. Und die Sache war noch längst nicht zu Ende.

Auf diese Heftigkeit der Gefühle war er nicht vorbereitet gewesen. Und auch jetzt, nachdem sein Verlangen befriedigt war, gab etwas in ihm noch keine Ruhe. Er wollte mehr, es war, als sei sein Begehren nicht gestillt, sondern gewachsen. Vielleicht war das der Grund, warum er sich wünschte, sie bliebe bei ihm. Ja, so musste es sein.

Als sie in seinen Armen zitterte, zog er sie dichter zu sich heran. »Ist dir kalt?«, murmelte er.

»Die Luft hat sich abgekühlt.« Die Antwort klang logisch. Wie hätte sie ihm erklären sollen, dass ihr Körper noch immer vor Hitze glühte und sich das nicht ändern würde, solange sie in seinen Armen lag?

»Soll ich die Fenster schließen?«

»Nein, lass sie offen.« Wieder konnte sie das Plätschern des Bächleins hören und den Duft der Hyazinthen wahrnehmen. Sie wollte nicht darauf verzichten.

»Dann nimm die Decke.« Fürsorglich hüllte er sie in das weiche, warme Oberbett. Plötzlich entdeckte er in der Dämmerung die hellroten Streifen, die sich an ihrem Arm entlangzogen. Fragend griff er nach ihrem Ellbogen und betrachtete die Stelle näher. »Offenbar war ich nicht vorsichtig genug.«

Beschämt senkte sie den Blick. Die Bestürzung in seiner warmen Stimme verwirrte sie. Sie sehnte sich nach seiner Nähe, gleichzeitig aber fürchtete sie sich davor. Deshalb zuckte sie nur die Schultern und zog ihren Arm zurück. »Nichts Schlimmes. Es würde mich nicht wundern, wenn du auch ein paar Blessuren abbekommen hättest.«

Liebevoll sah er sie an und lächelte, ein hinreißendes, charmantes Lächeln.

»Sieht so aus, als hätten wir unseren Gegner nicht geschont.«

Ohne nachzudenken, erwiderte A.J. sein Lächeln und biss ihm neckisch in die Schulter. »Du willst doch wohl nicht jammern, oder?«

Sie verblüffte ihn erneut. Vielleicht war es Zeit für ein paar Überraschungen in seinem Leben. Und in ihrem ebenso. »Wenn du deine Verletzungen so tapfer erträgst, werde ich das auch schaffen.«

Mit einer Bewegung, die so unvermittelt kam, dass sie nicht ausweichen konnte, hatte er sich auf sie gerollt und hielt ihre Arme mit einer Hand fest.

»Brady ...«

»Unser Kampf ist unentschieden ausgegangen. Wir müssen noch den Sieg aushandeln.« Zärtlich knabberte er an ihrem Ohrläppchen und sah zu, wie sie sich unter ihm wand.

»Denkst du wirklich, du hast eine Chance?«

Ihre Stimme war rau, eine leichte Röte hatte ihre Wangen überzogen. Unter dem Griff konnte er auf ihren Handgelenken spüren, dass ihr Puls sich beschleunigte. Mit der freien Hand zeichnete er die sanft geschwungene Linie ihres Körpers nach. Erneut flammte das Begehren in ihm auf.

»Ich glaube tatsächlich, dass ich dir überlegen bin, meine Süße! Und ich werde meinen Sieg genießen, die ganze Nacht lang.«

Sie wand sich zur einen, dann zur anderen Seite. Amüsiert sah er sie an, während sie ihn insgeheim verfluchte. Es war beinahe genauso schlimm, jemandem körperlich unterlegen zu sein wie geistig. »Ich kann nicht die ganze Nacht bleiben.«

»Du bist doch schon hier«, bemerkte er trocken, während

er seine Hand sanft von der Hüfte bis zu ihren Brüsten gleiten ließ.

»Ich kann nicht bleiben.«

»Warum nicht?«

Weil es etwas völlig anderes ist, schnellen Sex mit dir zu haben, als die ganze Nacht mit dir zu verbringen. »Weil ich morgen arbeiten muss«, erklärte sie ausweichend. »Und ...«

»Kein Problem. Ich kann dich morgen früh an deinem Apartment absetzen.« Unter der sanften Berührung seiner Handflächen richteten sich ihre Brustknospen auf. Zärtlich ließ er seinen Daumen darüber gleiten und sah, wie ihre Augen dunkel wurden vor Verlangen.

»Aber ich muss schon um halb neun im Büro sein«, machte sie einen neuerlichen Versuch.

»Dann müssen wir früh aufstehen.« Lächelnd senkte er den Kopf und küsste ihre rosigen Lippen. »Wir werden sowieso nicht viel Schlaf bekommen, befürchte ich.«

Alles in ihr sehnte sich nach seiner Berührung. Aber Sehnsucht macht schwach, rief sie sich ins Bewusstsein. Und Schwäche war etwas für Verlierer. »Ich verbringe meine Nächte grundsätzlich nicht mit Männern.«

»Mit mir wirst du es tun.« Wieder ließ er seine Hand über ihren Körper gleiten und fuhr mit den Fingerspitzen spielerisch über ihren Hals.

Wenn sie schon verlieren würde, dann wollte sie wenigstens bis zum Schluss kämpfen. »Warum sollte ich?«

Mühelos hätte er sie mit wortlosen, verlockenden Argumenten überzeugen können, das wusste er. Aber es machte ihm Spaß, sie zu reizen. »Wir sind noch nicht annähernd fertig miteinander, Aurora. Nicht annähernd«, wiederholte er.

Und er hatte recht. Längst hatte eine neue Welle der Leidenschaft von ihr Besitz ergriffen, und nichts wäre ihr lieber gewesen, als sich einfach treiben zu lassen. Aber sie wollte sich nicht so einfach umschmeicheln und verführen lassen. Diese

Nacht wird nach meinen Regeln ablaufen, beschloss A.J. Nur dann konnte sie sich darauf einlassen. »Lass meine Hände los, Brady.«

Energisch hatte sie ihr Kinn gereckt, der Ausdruck in ihren Augen duldete keinen Widerspruch, die Stimme war kühl und fest. Sie ist tatsächlich unberechenbar, dachte er amüsiert, während er den Griff um ihre Handgelenke lockerte und wartete, was sie als Nächstes tun würde.

Als sie die Hände hob und langsam über sein Gesicht strich, hielt sie seinen Blick fest. Kaum sichtbar huschte ein Lächeln über ihre Lippen. War es herausfordernd oder nachgiebig? Es spielte keine Rolle.

»Hast du etwa geglaubt, du machst heute Nacht überhaupt ein Auge zu? Da hast du dich geirrt, Brady!« Sie zog seinen Kopf zu sich hinunter und küsste ihn leidenschaftlich.

Es war noch dunkel im Zimmer, als A.J. erwachte. Nur ein leichter Lichtschein sickerte durch den Spalt zwischen den schweren Vorhängen. Wohlig reckte sie sich und dehnte ihre schmerzenden Muskeln, in denen die anstrengende Nacht ihre Spuren hinterlassen hatte. Im Halbschlaf tastete sie nach dem Wecker auf ihrem Nachttisch, um zu sehen, wie spät es war. Doch ihre Hand griff ins Leere.

Natürlich konnte sie den Wecker nicht finden! Schließlich war sie nicht in ihrer Wohnung, sondern meilenweit entfernt von der Stadt. Als sie sich umdrehte, sah sie, dass das Bett neben ihr leer war. Wo war David? Und wie lange hatte sie geschlafen? Entschlossen stand sie auf.

Es hätten Tage oder Wochen sein können, die sie hier verbracht hatte. A.J. hatte jegliches Zeitgefühl verloren. Aber jetzt war sie allein und musste endlich ihren Verstand wieder benutzen.

Sie hatten einander bis zur völligen Erschöpfung geliebt, wieder und wieder. A.J. hatte nicht geahnt, dass so etwas möglich war. Noch nie hatte sie sich so verzweifelt, so wild und hemmungslos einem Mann hingegeben. Es war wie ein Traum, und doch bewiesen die Spuren auf ihrer Haut, dass diese Nacht Wirklichkeit war. Noch immer spürte sie seine Hände, atmete seinen Duft. Aber jetzt musste sie das Erlebte abschütteln und wieder klar denken.

Sie bereute nichts, denn alles, was sie gegeben hatte, war freiwillig und voller Lust gewesen. Vielleicht hatte sie ihre eigenen Regeln gebrochen, aber das hatte sie ganz bewusst getan. Doch jetzt begann ein neuer Tag, und da war es wichtig, wieder kühl und geschäftsmäßig aufzutreten.

Suchend sah A. J. sich im Schlafzimmer um und griff, als sie kein anderes Kleidungsstück fand, nach Davids Bademantel. Diese Nacht würde sich nicht fortsetzen lassen. Sie hatten wunderbaren Sex gehabt, und sie hatten ihn beide genossen. Sich einzubilden, es sei mehr gewesen, wäre ein großer Fehler.

Einen Moment lang vergrub sie ihr Gesicht in dem weichen Stoff und sog den Duft von Davids Aftershave ein. Dann band sie den Gürtel, streckte sich entschlossen und ging die Treppe hinunter.

Das Wohnzimmer lag noch im Dunkeln, doch durch die großen Fenster sickerte das erste Tageslicht herein. Mit dem Rücken zu ihr stand David an der Glasfront und schaute hinaus. Er hatte bereits Feuer im Kamin gemacht, knackend verbrannten die duftenden Holzscheite. Als sie ihn sah, spürte A. J. sofort, dass die Nähe zwischen ihnen unwiederbringlich vergangen war. Es dauerte einen Moment, ehe sie sich erinnerte, dass sie genau das gewollt hatte. Wortlos nahm sie die letzten Stufen und blieb wartend stehen.

»Ich habe die großen Fenster gen Osten bauen lassen, um jeden Morgen den Sonnenaufgang sehen zu können.« Sie sah die Zigarette im Dämmerlicht aufglühen, als er einen tiefen Zug nahm. »Und egal, wie häufig ich ihn schon beobachtet habe – er ist jeden Tag anders.«

Sie hatte ihn nicht als Romantiker eingeschätzt. Aber sie hatte auch nicht geahnt, dass er überhaupt ein Haus in der Abgeschiedenheit der Berge bewohnte. Was wusste sie eigentlich von diesem Mann, mit dem sie die Nacht verbracht hatte? Stumm vergrub sie die Hände in den tiefen Taschen des Bademantels und fühlte festen Karton unter ihren Fingerspitzen. Als sie weiter tastete, entdeckte sie, dass es ein Streichholzbriefchen war. »Ich nehme mir nicht die Zeit für Sonnenaufgänge«, gab sie zu.

»Wann immer ich es schaffe, morgens diesen Moment zu genießen, tue ich es. Dieser Ausblick gibt mir Kraft selbst für einen Tag voller Krisen.«

Unschlüssig spielte sie mit dem Karton, klappte den Deckel hoch und wieder zurück. »Erwartest du heute einen solchen Tag?«, fragte sie schließlich.

Er wandte sich um und sah sie an, wie sie barfuß und ein wenig blass nach der anstrengenden Nacht vor ihm stand. Selbst ohne Schuhe war sie nur wenig kleiner als er. Und doch wirkte sie umgänglicher, weiblicher als zuvor. Trotzdem konnte er ihr kaum beichten, dass er sich gerade mitten in einer Krise befand, in einem Gefühlschaos namens Aurora J. Fields. »Weißt du ...«, begann er und steckte seine Hände in die Taschen seiner ausgewaschenen Jeans. »Wir hatten nicht viel Zeit zum Reden vergangene Nacht.«

»Das ist wahr.« Unwillkürlich versteifte sie sich. »Ich hatte nicht den Eindruck, als sei einer von uns an tiefsinnigen Gesprächen interessiert gewesen.« Und sie wollte sich auch jetzt auf gar keinen Fall über persönliche Dinge unterhalten. »Ich ziehe mich jetzt an. Du weißt, ich muss früh im Büro sein.«

»Aurora.« Er machte keine Anstalten, auf sie zuzugehen, sondern blieb am Fenster stehen. Und doch hielt sie in der Bewegung inne. »Was hast du gespürt, als wir uns das erste Mal in der Agentur begegnet sind?«

Sie atmete tief durch, dann sah sie ihn an. »David, über diesen Teil meines Lebens haben wir schon ausführlicher gesprochen, als mir lieb ist.«

Er wusste, dass sie recht hatte. Und doch hatte er so lange darüber nachgedacht, ohne eine Antwort auf seine Fragen zu finden. Sie hatte die Antworten. Und er würde nicht nachgeben, bis sie sich ihm geöffnet hatte. »Du hast nur im Zusammenhang mit anderen Menschen über deine Fähigkeiten gesprochen. Aber diese erste Begegnung geht uns beide an.«

»Ich komme zu spät ins Büro«, murmelte sie und drehte sich um.

»Es scheint eine Gewohnheit von dir zu werden, einfach davonzulaufen, Aurora.«

»Ich laufe nicht davon.« Entrüstet wirbelte sie herum, die Hände in den Taschen zu Fäusten geballt. »Es gibt nur keinen Grund, das alles wieder aufzuwärmen. Es ist meine persönliche Geschichte.«

»Aber sie betrifft auch mich«, wandte er ruhig ein. »Letzte Nacht hast du gesagt, dass du das alles schon geträumt hast. Stimmt das?«

»Es war ...« Im ersten Moment wollte sie es leugnen, doch sie war noch nie eine gute Lügnerin gewesen. »Ja. Die Träume lassen sich nicht so einfach kontrollieren wie bewusste Gedanken.«

»Was genau hast du geträumt?«

Das konnte sie ihm nicht sagen. Voller Anspannung krallte A.J. ihre Fingernägel in die Handflächen. »Ich habe dein Schlafzimmer vor mir gesehen. Schon bevor ich es zum ersten Mal betreten hatte, wusste ich genau, wie es eingerichtet ist.«

Er trat auf sie zu. »Du wusstest, dass wir uns verlieben würden.«

Ihr Gesichtsausdruck wurde kühl, beinahe desinteressiert. »Ja«, erwiderte sie schlicht.

»Damals warst du ärgerlich auf mich, wütend auf deine Mutter, und du hattest dich nicht unter Kontrolle. Du hast es in dem Moment gespürt, als unsere Hände sich berührt haben. Genau so, nicht wahr?« Entschlossen nahm er ihre Hand und hielt sie fest.

In ihrem Rücken spürte sie die kühle Wand, vor ihr stand David. Sie hasste es, sich in die Enge getrieben zu fühlen. »Was willst du beweisen? Brauchst du einen neuen Test für deinen Film?«

Wie würde sie reagieren, wenn er ihr verriet, dass er längst wusste, wann sie aggressiv und beleidigend wurde? Sobald sie an ihrem wundesten Punkt getroffen wurde, fuhr sie die Krallen aus. »Du wusstest es«, wiederholte er. »Und das hat dich erschreckt. Warum?«

»Mir wurde klar, dass ich mich in einen Mann verlieben würde, den ich abscheulich fand. Reicht das?«

»Um verärgert zu sein, vielleicht auch wütend. Aber du hattest Angst. Ich habe deine Furcht gespürt, schon damals im Wagen und auch gestern Nacht.«

Mit aller Kraft versuchte sie, ihren Arm aus seinem Griff zu lösen. »Du übertreibst.«

»Ach ja?« Er kam näher und legte eine Hand an ihre Wange. »Auch jetzt hast du Angst.«

»Das ist nicht wahr.« Vorsichtig entzog sie ihm auch die zweite Hand. »Ich bin sauer, weil du mich so sehr bedrängst. Wir sind zwei erwachsene Menschen, die eine Nacht miteinander verbracht haben. Das gibt dir noch lange nicht das Recht, dich in mein Privatleben einzumischen.«

Damit traf sie ins Schwarze. Wie oft hatte er einer Frau erklärt, dass eine gemeinsame Nacht nichts bedeutete, zu nichts verpflichtete? Und jetzt wollte ausgerechnet er diese ungeschriebene Regel außer Kraft setzen. »Zugegeben, du hast recht. Aber ich habe gesehen, in welchem Gemütszustand du warst, nachdem du gestern Nachmittag das Zimmer in der Villa betreten hattest.«

»Das ist vorbei«, erwiderte sie hastig. »Es gibt keinen Grund, diese Geschichte wieder aufzuwärmen.«

Wenig überzeugt beschloss er, die Sache auf sich beruhen zu lassen. »Und ich habe dir heute Nacht sehr gut zugehört«, ergänzte er stattdessen. »Ich will nicht dafür verantwortlich sein, dass dir so etwas noch einmal passiert.«

»Du bist nicht verantwortlich – das bin allein ich.« Ihre Stimme klang etwas ruhiger. Gefühle waren immer ein schlechter Ratgeber, das wusste sie seit Jahren. Deshalb bemühte sie sich, vernünftig mit David zu reden. »Du hast damit gar nichts zu tun. Es waren einfach unglückliche Umstände. Ich bin achtundzwanzig Jahre alt, David, und ich bin es gewohnt, mit solchen Situationen, solchen Bildern umzugehen – schon mein ganzes Leben lang.«

»Versuche, mich auch zu verstehen«, bat er lächelnd. »Ich bin sechsunddreißig und hatte bis vor ein paar Wochen noch keine Ahnung von diesen Dingen.«

»Natürlich verstehe ich dich.« Sie spürte, dass die Anspannung ein wenig von ihr abfiel. »Und es ist ganz normal, darauf mit Misstrauen und Neugier zu reagieren. Es ist wie bei einer Zaubershow im Zirkus.«

»Leg mir nicht solche Worte in den Mund!« Er war selbst erstaunt, wie wütend er auf das Gesagte reagierte. Und auch A.J. war so irritiert, dass sie nicht einmal protestierte, als er sie hart bei den Schultern packte. »Ich habe keinen Einfluss darauf, was andere Menschen denken. Aber du kannst das nicht verallgemeinern. Verdammt, ich habe eine wunderbare Nacht mit dir verbracht, und dabei weiß ich nicht einmal, wer du wirklich bist. Ich habe Angst davor, dich zu berühren, weil ich befürchte, damit etwas in dir auszulösen, und gleichzeitig kann ich meine Hände nicht von dir lassen. Heute Morgen bin ich aufgestanden, weil ich wusste, dass ich dich wieder verführen würde, wenn ich nur eine Minute länger neben dir gelegen hätte.«

Ohne nachzudenken, hob sie abwehrend die Hände. »Ich verstehe nicht, was du willst.«

»Ich auch nicht.« Er gewann seine Fassung wieder und lockerte den Griff. »Vielleicht ist es genau das. Ich brauche Zeit, um mir klar zu werden, was ich will.«

Zeit. Abstand. Das war es, was auch sie eigentlich immer gewollt hatte. Kraftlos ließ sie die Hände sinken und nickte. »Das klingt vernünftig.«

»Aber um ehrlich zu sein, graut mir davor, von dir getrennt zu sein.«

Ein Schauer – Angst? Freude? – rann über ihren Rücken. »David, ich …«

»Noch nie habe ich eine Nacht erlebt wie diese.«

Seine Worte rührten sie. »Das musst du nicht sagen.«

»Das ist mir klar.« Mit einem verlegenen Lächeln strich er über ihre Schultern, als wolle er sich für seinen harten Griff entschuldigen. »Es ist nicht leicht für mich, das zuzugeben, aber es ist ganz einfach wahr. Setz dich bitte.« Er zog sie mit sich hinunter und hockte sich auf die Treppenstufe. »In der vergangenen Nacht hatte ich nicht viel Zeit, über uns nachzudenken. Dafür war ich viel zu … benommen.« Als er den Arm um sie legte, spürte er, wie sich ihr Körper versteifte, doch sie wehrte sich nicht. »Deshalb habe ich heute Morgen versucht, mir über vieles klar zu werden. Du bedeutest mir viel mehr als jede Frau zuvor, A. J. Gib mir die Chance, dich kennenzulernen. Schließlich will ich noch viele Nächte wie diese mit dir verbringen.«

Prüfend sah sie ihn an. Doch seine Miene war verschlossen. Er wirkte kraftvoll und selbstbewusst, doch gleichzeitig hielt er sie unerwartet zärtlich im Arm. »Du scheinst dir sehr sicher zu sein.«

»Ja, das bin ich.«

»Das könnte ein großer Fehler sein.«

»Vielleicht aber auch nicht. Ich will dich – du willst mich. Das ist ein guter Anfang.«

Das klang unkompliziert, musste sie zugeben. »Keine Erwartungen«, verlangte sie.

Schon formte sich in seinem Kopf vehementer Widerspruch,

doch er bekämpfte ihn. »Keine Erwartungen«, stimmte er zu. Schließlich war auch das immer eine seiner wichtigsten Regeln gewesen.

Ihr war bewusst, dass sie sich darauf nicht hätte einlassen dürfen. Der Moment war perfekt dafür geschaffen, die Affäre jetzt und hier zu beenden. Nur eine Nacht voller Leidenschaft. Doch stattdessen lehnte sie sich an seinen warmen, muskulösen Körper. »Wir werden Geschäft und Privatleben strikt trennen.«

»Unbedingt.«

»Und wenn einer von uns die Beziehung beenden will, wird es keine Szene geben, keinen Streit oder böse Worte.«

»Einverstanden. Willst du einen Vertrag darüber abschließen?«

Mit einem leichten Lächeln sah sie ihn an. »Das wäre klug. Filmproduzenten sind dafür bekannt, nicht vertrauenswürdig zu sein.«

»Agenten sind grundsätzlich misstrauisch«, gab er zurück.

»Sie sind nur vorsichtig«, widersprach sie, während sie zärtlich mit einer Hand über seine unrasierte Wange strich. »Schließlich werden wir für alles verantwortlich gemacht. Und ganz nebenbei: Wir haben uns noch nicht über Clarissas Auftritt geeinigt.«

»Noch ist keine Arbeitszeit«, bremste er sie und küsste sanft ihre Handfläche.

»Versuch nicht, das Thema zu wechseln. Wir müssen das klären. Heute noch.«

»Bürozeit ist zwischen neun und fünf.«

»Gut. Lass dir einen Termin ... Oh, mein Gott!«

»Was ist los?«

»Die Nachrichten auf meinem Anrufbeantworter!« Entsetzt sprang sie auf und fuhr sich mit den Händen durchs Haar. »Ich habe sie nicht abgerufen.«

»Das scheint ein echter Notfall zu sein«, murmelte er und erhob sich ebenfalls.

»Ich war gestern höchstens zwei Stunden im Büro. Meine Sekretärin hatte die Anweisung, alle Termine zu verlegen. Kann ich dein Telefon benutzen?«

»Während der Arbeitszeit gern.«

»David, ich mache keine Witze.«

»Mir ist es auch ernst.« Ungerührt lächelte er sie an, glitt mit der Hand in den Ausschnitt des Morgenrocks und öffnete ihn.

A. J. fühlte, wie ihre Knie weich wurden. »David«, protestierte sie schwach und drehte den Kopf zur Seite, um seinem Kuss auszuweichen. Doch er küsste stattdessen ihren Hals und ihr Dekolleté. »Ich brauche nur eine Minute.«

»Du irrst dich.« Er zog den Frotteegürtel auf. »Ein bisschen länger wird es schon dauern.«

»Irgendwann heute Morgen habe ich auf jeden Fall eine Besprechung, das weiß ich genau.«

»Und *ich* weiß genau, dass du vor zwölf Uhr ganz bestimmt keine Termine wahrnehmen kannst.« Atemlos spürte er, wie sie mit sanften Händen unter sein Hemd fuhr und über seinen Rücken strich. Er fragte sich, ob ihr bewusst war, was sie gerade tat. »Und wir beide wissen genau, dass uns gerade ein heißes Abenteuer bevorsteht. In diesem Moment.«

»Nachdem ...«, begann sie, doch mit einem leidenschaftlichen Kuss stoppte er sie.

»Vorher«, widersprach er zärtlich.

Und der Mantel fiel mit einem leisen Rascheln zu Boden.

8. Kapitel

A.J. hätte glücklich und zufrieden sein können. Sie hätte entspannt sein können. Zehn Tage waren vergangen, seit sie diese erste wunderbare Nacht mit David verbracht hatte, und alles lief rund. Sobald es ihre Termine erlaubten, verbrachten sie den Abend miteinander. Manchmal liefen sie stundenlang am Strand entlang, an anderen Tagen trafen sie sich in eleganten Restaurants zum Essen oder blieben einfach zuhause. Noch immer empfanden sie eine Leidenschaft füreinander, deren Intensität sie beide überraschte. Mehr noch: Ihre Lust steigerte sich mit der Zeit sogar, und es gelang ihnen kaum einmal, sie ganz zu stillen. David wollte sie so sehr, wie ein Mann eine Frau nur begehren konnte, das spürte A.J. voller Freude immer wieder aufs Neue.

Sie hatte also allen Grund, entspannt zu sein. Tatsächlich aber fühlte sie sich unsicher und beunruhigend verletzlich.

Jeden Tag baute sie einen neuen Schutzpanzer auf, um David nicht zu nahe an sich heranzulassen. Doch sosehr sie sich auch bemühte, sich gegen ihn und ihre eigenen Gefühle zu wappnen, gelang es ihm jede Nacht, diese schützende Hülle einfach einzureißen. Sie konnte es nicht wagen, ihre Gefühle offen zu zeigen. Schließlich hatte sie mit David, das sagte sie sich immer wieder, nur eine unbedeutende Affäre. Ihre Beziehung dauerte so lange, wie sie beide es wollten. Und für den Zeitpunkt, an dem er ihr den Laufpass geben würde, wollte sie vorbereitet sein.

Es war wie ein Glück auf Zeit. Ohne Zweifel würde er sich früher oder später von ihr trennen. Die Flamme ihrer Leidenschaft loderte so hoch, dass sie schnell ausgebrannt sein würde.

Und außer ihrem Begehren hatten sie nichts, was sie miteinander verband. David las dicke, gesellschaftlich wertvolle Romane und Sachbücher. A.J. liebte blutige Krimis und romantische Bestseller. Einmal hatte er sie zu einem Filmfestival mitgenommen, auf dem höchst anspruchsvolle und kritische Filme gezeigt wurden. Schon nach wenigen Minuten hatte sie sich danach gesehnt, auf dem Sofa zu liegen und sich einen alten Liebesfilm anzusehen.

Je länger sie sich kannten, umso mehr Unterschiede entdeckte A.J. zwischen ihnen. Leidenschaft war ihr einziges Bindeglied, und sie ahnte, dass dieses Gefühl schnell verblassen würde. Deshalb war es überlebenswichtig für sie, auf das Ende ihrer Liebelei vorbereitet zu sein.

Auch beruflich war es schwierig für sie, mit dem Produzenten David Brady klarzukommen. A.J. war froh, auf diesem Gebiet so erfahren zu sein, dass ihr niemand mehr etwas vormachen konnte. Nachdem sie sich von David hatte erklären lassen, wie er Clarissas Rolle weiter ausbauen wollte, hatte sie den weiteren Filmaufnahmen zugestimmt. Doch ihr Einverständnis hatte seinen Preis: A.J. verhandelte nicht über mehr Geld, sondern rang David das Versprechen ab, für Clarissas im Sommer erscheinendes Buch Werbung zu machen.

Zwei Tage lang hatten sie erbittert gekämpft, Vorschläge gemacht und wieder verworfen und sich schließlich auf diesen Kompromiss geeinigt. Clarissa durfte ihr neues Buch direkt in der Sendung vorstellen und würde noch eine Besprechung in einer wöchentlichen Sendung über die aktuellen Neuerscheinungen bekommen. Dafür durfte David ein Exklusivinterview mit Clarissa und Alice Van Camp drehen. Letztendlich hatten beide den Verhandlungstisch mit dem befriedigenden Gefühl verlassen, besser abgeschnitten zu haben als der andere.

An Clarissa gingen diese Streitigkeiten spurlos vorüber. Sie arbeitete im Garten, probierte neue Rezepte aus und plante – sehr zu A.J.s stetig wachsendem Unbehagen – ihre bevorstehende Hochzeit. Als A. J. ihr begeistert erzählte, dass sie ihr Buch im Fernsehen vorstellen dürfe, überwand sich Clarissa kaum zu einem »Sehr schön, Schatz«, um gleich darauf laut zu überlegen, ob sie die Hochzeitstorte nicht am besten selbst backen sollte.

»Momma, ein Auftritt in dieser Sendung ist keineswegs nur ›schön‹.« Entnervt fuhr A. J. ihren Wagen in eine Parklücke vor dem Studio. Vierzig Minuten lang hatte sie mit ihrer Mutter im Auto zugebracht und war dabei das Gefühl nicht losgeworden, dass sie über vollkommen unterschiedliche Dinge gesprochen hatten.

»Oh, ich bin sicher, es wird wundervoll. Der Verleger hat mir zugesichert, ein Belegexemplar an die Moderatorin zu schicken. Aurora, hältst du eine Hochzeit im Garten für passend? Ich befürchte, meine Azaleen könnten leiden, wenn so viele Leute durch den Garten trampeln.«

Stirnrunzelnd stellte A. J. den Motor ab. »Wie viele Belegexemplare?«

»Das weiß ich nicht genau. Ich habe es mir bestimmt irgendwo aufgeschrieben. Was machen wir, wenn es regnet? Das Wetter ist im Juni so unbeständig.«

»Du musst sicherstellen, dass der Verlag mindestens drei Exemplare an den Sender schickt. Eins für die ... Im Juni?« Entgeistert starrte sie ihre Mutter an. »Das ist nächsten Monat.«

»Genau. Und es gibt noch unzählige Dinge, die ich erledigen muss.«

Scheinbar ruhig legte A. J. ihre Hände aufs Lenkrad. »Hattest du nicht was von einer Hochzeit im Herbst erzählt?«

»Ja, das stimmt. Im Oktober blühen die Chrysanthemen so wunderschön. Aber Alex ist ...« Sie errötete und räusperte sich verlegen. »... ein bisschen ungeduldig. Aurora, ich habe zwar keine Erfahrung im Autofahren, aber ich glaube, du hast den Schlüssel stecken lassen.«

Fluchend zog sie ihn aus dem Zündschloss. »Momma, wir

unterhalten uns über die Hochzeit mit einem Mann, den du seit nicht einmal zwei Monaten kennst.«

»Findest du, Zeit spielt dabei eine Rolle?«, fragte Clarissa mit einem herzlichen Lächeln. »Es geht doch um Liebe.«

»Gefühle können sich ändern.« Sie dachte an ihre Beziehung zu David.

»Es gibt keine Garantie im Leben, Schatz.« Beruhigend legte Clarissa ihre Hand auf die ihrer Tochter. »Nicht einmal für Menschen wie dich und mich.«

»Ich mache mir Sorgen.« Ich muss mit Alex Marshall reden und mir selbst ein Bild machen, beschloss A.J., als sie die Fahrertür öffnete. Clarissa benahm sich wie ein Teenager, der mit dem Footballstar der Highschool ging. Es war an ihr, einen klaren Kopf zu behalten und die Situation richtig einzuschätzen.

»Du musst dir keine Gedanken machen«, betonte Clarissa, als sie zum Studio gingen. »Ich weiß genau, was ich tue, verlass dich darauf. Aber meinetwegen kannst du gern mit Alex sprechen.«

»Momma.« Seufzend hakte A.J. ihre Mutter unter. »Natürlich mache ich mir Sorgen. Und außerdem ist es verboten, Gedanken zu lesen.«

»Das muss ich gar nicht, es steht auf deiner Stirn geschrieben. Sitzt meine Frisur?«

Lächelnd küsste A.J. sie auf die Wange. »Du siehst sehr gut aus.«

»Hoffentlich«, erwiderte Clarissa mit einem nervösen Lachen. »Schließlich möchte ich schön sein für ihn. Er ist ein gut aussehender Mann, nicht wahr?«

»Ja, das ist er«, stimmte A.J. zurückhaltend zu. Er war attraktiv, aufmerksam und sympathisch. Und doch würde sie keine Ruhe geben, bis sie seine Schwachstellen gefunden hatte.

»Clarissa!« Kaum dass sie das Studio betraten, kam Alex mit ausgebreiteten Armen auf sie zu, als hätte er Clarissa seit Wochen nicht gesehen und sich vor Sehnsucht nach ihr verzehrt. »Du siehst wundervoll aus!« Voller Freude nahm er ihre Hände in seine; am liebsten wollte er sie offenbar sofort aus den Fängen ihrer Tochter befreien.

»Mr. Marshall.« Mit kühler Stimme begrüßte A.J. ihn und streckte ihm höflich die Hand entgegen.

»Miss Fields.« Nur widerwillig löste er sich von Clarissa, um A.J.s Hand zu ergreifen. »Wie nett, dass Sie Clarissa hergebracht haben. Eigentlich hatte ich vorgehabt, sie mit meinem Wagen abholen zu lassen.«

»Oh, meine Tochter liebt es, mich ein bisschen zu bemuttern«, warf Clarissa ein und versuchte, die Atmosphäre zu entspannen. »Und ich bin zurzeit so zerstreut, dass A.J. die Zeit im Auto nutzen konnte, um die wesentlichen Punkte meines Interviews noch einmal mit mir durchzusprechen.«

»Setz dich noch einen Moment in Ruhe«, schlug A.J. vor. »Ich werde in der Zwischenzeit schauen, ob alles vorbereitet ist.« Ganz in Gedanken sah sie auf ihre Uhr und wollte gleichzeitig die schwere Tür zum Studio aufstoßen, als David ihr entgegenkam.

»Guten Morgen, Miss Fields!« Die förmliche Anrede wurde von seinen Händen Lügen gestraft, die kurz über ihre Taille strichen. »Hast du hier zu tun?«

»Ich begleite meine Klientin, Brady. Sie …« Als A.J. sich umwandte, um noch einmal nach ihrer Mutter zu schauen, blieben ihr die Worte im Hals stecken. Am Ende des langen Ganges stand Clarissa in einer leidenschaftlichen Umarmung mit Alex Marshall. Starr vor Entsetzen blieb sie stehen, während unzählige widerstreitende Gefühle sie übermannten.

»Sieht so aus, als würde sich bereits jemand um deine Klientin kümmern«, bemerkte David trocken. Als sie nicht reagierte, führte er sie in einen kleinen, abgeschirmten Raum. »Möchtest du dich einen Moment sammeln?«

»Nein. Danke, aber ich sollte …«

»Kümmere dich nicht darum.«
Entrüstet sah sie ihn an. »Aber sie ist meine Mutter!«
»Genau.« Er drückte den Knopf des Kaffeeautomaten. »Du bist ihre Tochter, ihre Agentin, aber nicht ihr Kindermädchen.«
»Ich werde nicht zusehen, wie sie, wie sie …«
»… Spaß hat?«, half er aus und reichte ihr einen Pappbecher.
»Sie kann nicht mehr klar denken.« Dankbar nahm A. J. einen großen Schluck Kaffee. »Sie lässt sich vollkommen von ihren Gefühlen leiten. Das ist kindisch. Und sie ist …«
»Verliebt.«
A. J. trank ihren Kaffee aus und warf den Becher gezielt in den Abfalleimer. »Ich hasse es, wenn du mich immer unterbrichst.«
»Das weiß ich.« Er lächelte verschmitzt. »Lass uns den Abend zusammen verbringen, bei dir. Wir könnten im Wohnzimmer anfangen, uns auszuziehen, dann entführe ich dich ins Schlafzimmer, und vielleicht fangen wir später noch einmal von vorne an.«
»David, Clarissa ist meine Mutter, und ich mache mir Sorgen um sie. Ich sollte …«
»Kümmere dich lieber um dich selbst.« Sanft legte er ihr die Hände auf die Hüften. »Und natürlich um mich.« Verheißungsvoll fuhr er mit den Fingerspitzen über ihren Rücken. »Tatsächlich solltest du dir große Sorgen um mich machen.«
»Ich will, dass du …«
»Es scheint so, als werde ich mit der Zeit ein Fachmann für deine Wünsche.« Zärtlich küsste er ihre Lippen, löste sich wieder und küsste sie erneut. »Weißt du eigentlich, dass dein Atem schneller geht, sobald ich dies tue?« Seine Stimme klang schmeichelnd und verlockend. »Dein ganzer Körper beginnt dann zu beben.«
Sehr viel weniger entschieden, als sie es sich gewünscht hätte, schob sie ihn von sich. »David, wir haben eine Vereinbarung. Jetzt ist Arbeitszeit.«

»Du kannst mich natürlich verklagen, weil ich unseren Vertrag breche.« Sein Kuss war verführerisch. Unbeirrt ließ er seine Hände unter ihre Jacke gleiten. »Ich möchte zu gern wissen, was du darunter trägst, A. J.«

»Das ist unwichtig.« Sie zwang sich, einen Schritt zurückzutreten. »David, ich meine das ernst. Wir haben uns geeinigt.« Mit der Zungenspitze liebkoste er ihre Unterlippe. »Geschäft und Privatleben ... ähm ... wir wollten ... Verdammt!« Sie vergaß die Arbeit und alle Vereinbarungen und schmiegte sich an ihn.

Sofort erfüllte sie eine wilde, lustvolle Sehnsucht, die nur David in ihr zu wecken vermochte. Sie wollte ihn spüren, brauchte seine Nähe. Voller Hingabe schob sie all ihre Bedenken beiseite und genoss einfach den Augenblick.

Er küsste sie so ausgehungert, als wäre es das erste Mal. Nein, ihre Leidenschaft füreinander war noch unverändert groß. Besitzergreifend und verlangend umarmte er sie, und A. J. spürte, dass seine Lust noch ebenso gewaltig war wie beim ersten Mal. Im Taumel der Leidenschaft vergaßen sie, dass der Raum klein und staubig war, die Luft nach kaltem Kaffee und Zigarettenrauch roch. Sie nahmen nichts wahr außer der Nähe des anderen. In ihrer Welt gab es nur den verführerischen Duft warmer Haut und das Aroma wilder Küsse.

Sie hatte die Arme um seinen Hals geschlungen und griff mit den Fingern in sein dichtes Haar. Gierig und hemmungslos genoss sie seinen endlosen Kuss.

»Oh, Entschuldigung.« Plötzlich stand Clarissa im Türrahmen und räusperte sich. Schnell senkte sie den Blick; sie wollte nicht, dass A. J. die heimliche Befriedigung in ihren Augen las. Clarissa spürte die Spannung, die alles im Raum beinahe zum Beben brachte. »Ich dachte, es interessiert dich vielleicht, dass alles vorbereitet ist.«

So würdevoll wie möglich zog A. J. ihre Jacke gerade. »Sehr gut. Ich bin so weit.«

Dezent zog Clarissa sich wieder zurück. Sobald die Tür geschlossen war, fluchte A.J. aufgebracht.

»Was willst du? Ihr seid quitt«, bemerkte David ungerührt. »Du hast sie erwischt und sie dich.«

Aufgebracht funkelte sie ihn an. »Das ist nicht witzig!«

»Weißt du, was ich in den vergangenen Tagen gemerkt habe, A.J.? Du nimmst dich selbst viel zu ernst.«

»Mag sein.« Um Fassung ringend nahm sie ihre Tasche vom Boden auf und spielte unruhig mit dem Verschluss. »Aber hast du auch nur einen Gedanken daran verschwendet, was geschehen wäre, wenn ein Mitarbeiter deiner Crew hier hereingeplatzt wäre?«

»Sie hätten ihren Produzenten mit einer äußerst attraktiven Frau erwischt.«

»Falsch. Sie hätten gesehen, wie ein Filmproduzent die Agentin einer Hauptdarstellerin küsst, ehe der Dreh beendet ist. Das ist absolut unprofessionell. Noch vor der nächsten Kaffeepause hätte es jeder gewusst.«

»Und?«

»Und?« Außer sich vor Wut starrte sie ihn an. »David, das ist genau die Situation, in die wir niemals kommen wollten. Niemand soll von unserer privaten Affäre erfahren.«

Stirnrunzelnd hörte er ihr zu. »Ich kann mich nicht erinnern, dass wir darüber so konkret gesprochen haben.«

»Natürlich haben wir das.« Entschlossen klemmte sie sich die kleine Tasche unter den Arm, doch schon im nächsten Moment bedauerte sie, nichts in der Hand zu haben. »Gleich am Anfang.«

»Ich weiß nur, dass wir beschlossen haben, unser Privatleben und den Job getrennt zu halten.«

»Genau das habe ich doch gesagt.«

»Mir war nicht klar, dass du damit meintest, unsere Beziehung solle ein Geheimnis bleiben.«

»Ich will nicht in der *Variety* auftauchen.«

Wortlos vergrub er seine Hände in den Hosentaschen. Er war verärgert, ohne genau sagen zu können, warum. »Für dich gibt es nie einen Mittelweg, nicht wahr?«

Sie hatte den Mund schon geöffnet, um ihm eine spitze Bemerkung entgegenzuschleudern, doch dann besann sie sich. »Nein«, sagte sie schließlich schlicht. Dann atmete sie tief durch und trat einen Schritt auf ihn zu. »Ich will nicht, dass die Leute über uns tuscheln. Und ich verzichte auch gern auf mitleidige Blicke, wenn unsere Affäre beendet ist.«

Es bedurfte keiner hellseherischen Fähigkeiten, um zu begreifen, dass sie von Anfang an auf ein mögliches Ende vorbereitet gewesen war. Diese bittere Erkenntnis schmerzte ihn. »Gut, dann machen wir es so, wie du es dir vorstellst.« David ging zur Tür und hielt sie ihr auf. »Also, auf in den Kampf.«

Er konnte nicht erklären, warum er so wütend war. Eigentlich gab es keinen Grund, denn A.J.s Erklärungen waren logisch, und ihre Ehrlichkeit hätte alles einfacher machen können. Sie stellte keine Forderungen, und sie wollte nicht unter Druck gesetzt werden. In jeder anderen Beziehung waren das auch seine Bedingungen gewesen. Sie trennte ihr Privatleben strikt von der Arbeit, Gefühle hatten im Job nichts verloren. Auch das war eine Regel, der er normalerweise sofort zustimmen würde.

Aber jetzt war plötzlich alles anders.

Als die Dreharbeiten unterbrochen werden mussten, um die defekten Birnen eines Scheinwerfers auszuwechseln, fand er Zeit nachzudenken. Es war sein persönliches Problem, dass er für A.J. mehr empfand als für andere Frauen. Er konnte ihre Regeln akzeptieren, oder er musste sie ändern.

David betrachtete A.J., wie sie durch das Studio auf Alex zuging. Ihr Gang war selbstbewusst und forsch, ihre Augen blickten kühl. Mit diesem Auftreten und in ihrem klassischen Kostüm war sie genau die erfolgreiche, zielstrebige Geschäftsfrau, die sie nach außen verkörpern wollte. Nachdenklich sah er sie an und erinnerte sich daran, wie sie war, wenn sie sich liebten – hingebungsvoll, glühend vor Leidenschaft, unwiderstehlich.

Er nahm eine Zigarette aus der Schachtel, riss ein Streichholz an und erschrak selbst über die Heftigkeit seiner Bewegung. Ja, er musste etwas an seiner Beziehung zu A.J. ändern, und zwar dringend.

»Mr. Marshall.« Entschlossen und mit einem eisigen Lächeln unterbrach A.J. sein Gespräch mit einem der Bühnenarbeiter. »Kann ich Sie einen Moment sprechen?«

»Selbstverständlich.« Er hatte ihre Bitte erwartet und nahm in der ihm eigenen galanten Art ihren Arm. »Lassen Sie uns einen Kaffee trinken.«

Scheinbar einträchtig steuerten sie auf den kleinen Raum zu, in dem A.J. erst vor Kurzem mit David gestanden hatte. Dieses Mal bediente sie selbst den Kaffeeautomaten und reichte Alex einen Becher. Doch noch ehe sie zu ihrer wohlformulierten Rede ansetzen konnte, die sie im Geiste längst einstudiert hatte, ergriff Alex das Wort.

»Sie wollen mit mir über Clarissa sprechen«, nahm er ihr den Wind aus den Segeln. Er wählte eine Zigarre aus seinem Etui, doch ehe er sie anzündete, sah er A.J. fragend an. »Stört es Sie, wenn ich rauche?«

»Nein, kein Problem. Sie haben recht, Mr. Marshall, ich möchte tatsächlich gern mit Ihnen über Clarissa reden.«

»Sie hat mir erzählt, dass Sie nicht gerade glücklich sind über unsere Hochzeitspläne.« Mehrmals zog er paffend an der Zigarre, dann begutachtete er die glühende Spitze und nickte zufrieden. »Am Anfang war ich etwas irritiert, warum Clarissas Agentin sich so in ihr Privatleben einmischt. Doch dann erklärte sie mir Ihre Familienverhältnisse.« Lächelnd sah er sie an. »Wollen wir uns nicht setzen?«

Unschlüssig wanderte A.J.s Blick zwischen dem Sofa und dem höflichen älteren Herrn hin und her. Das Gespräch verlief keineswegs so, wie sie es geplant hatte. Stirnrunzelnd nahm sie an einem Ende der Couch Platz, er setzte sich auf die andere Seite.

»Ich bin froh, dass Clarissa Ihnen alles erklärt hat«, begann A.J. »Das macht es einfacher für mich. Hoffentlich verstehen Sie jetzt, dass ich mir Sorgen mache. Meine Mutter bedeutet mir sehr viel.«

»Mir ebenfalls.«

Als er sich zurücklehnte, betrachtete A.J. sein Profil. Es war nicht schwierig zu erkennen, was ihre Mutter so sehr für diesen Mann einnahm.

»Sie wissen am besten, wie liebenswert Clarissa ist«, fuhr er fort.

»Allerdings.« Um Zeit zu gewinnen, nahm A.J. einen Schluck Kaffee und suchte nach den richtigen Worten. Keines, das sie sich zuvor zurechtgelegt hatte, schien zu passen. Entschlossen atmete sie tief durch und griff den Faden wieder auf. »Clarissa ist eine wundervolle, warmherzige Frau. Sie ist etwas ganz Besonderes. Aber es ist schwer für mich, mit dieser Situation umzugehen. Sie kennen sich doch erst seit so kurzer Zeit.«

»Um mich zu verlieben, habe ich keine fünf Minuten gebraucht.«

Seine Worte waren so schlicht und ehrlich, dass A.J. erfolglos nach einer passenden Antwort suchte.

»Miss Fields.« Er lächelte verbindlich. »A.J.«, verbesserte er sich dann. »Mir erscheint es seltsam, Sie ›Miss Fields‹ zu nennen. So, wie es aussieht, werde ich ja bald Ihr Stiefvater.«

Ihr Stiefvater? Diesen Aspekt hatte sie noch gar nicht bedacht. Wie vom Donner gerührt, hielt sie in ihrer Bewegung inne und starrte ihn an.

»Ich habe einen Sohn in Ihrem Alter«, erzählte er unbeirrt. »Und eine Tochter, sie ist etwas jünger. Deshalb kann ich mir durchaus vorstellen, was jetzt in Ihrem Kopf vorgeht.«

»Es geht, äh, es geht hier ja nicht um mich.«

»Doch, natürlich geht es auch um Sie. Schließlich liebt Clarissa Sie sehr, ebenso wie ich meine Kinder. Clarissa und ich werden auf jeden Fall heiraten. Aber sie wäre froh, wenn unsere Entscheidung Ihre Zustimmung fände.«

Nachdenklich blickte A. J. in ihren Becher, in dem der Kaffee dunkel glänzte. Dann stellte sie ihn abrupt ab. »Ich weiß nicht, was ich sagen soll.« Sie lachte unsicher. »Eigentlich habe ich geglaubt, ich wüsste es genau. Mr. Marshall, Alex, Sie sind seit mehr als zwanzig Jahren Journalist. Sie haben die ganze Welt bereist und dabei manchmal schreckliche Dinge gesehen. Clarissa aber ist trotz ihrer Fähigkeiten eine einfache Frau.«

»Sie ist ein Mensch, bei dem man sich sofort wohlfühlt, gerade wenn man, so wie ich, ein aufregendes Leben führt. Wissen Sie, ich hatte schon vorher geplant, meinen Job an den Nagel zu hängen und mich zur Ruhe zu setzen. Alles war mir zu anstrengend geworden.« Er lachte zufrieden auf, als er daran dachte, wie Clarissa in seinen Handlinien gelesen und ihm seine Ruhestandspläne auf den Kopf zugesagt hatte. »Niemand wusste davon, nicht einmal meine Kinder. Ich hatte es so satt, immer nur auf Schlagzeilen zu schauen und unter Termindruck zu stehen. Nachdem ich Clarissa kennengelernt hatte, wusste ich, dass ich nur auf sie gewartet hatte. Ich will den Rest meines Lebens mit ihr verbringen.«

Schweigend ließ A. J. die Worte auf sich wirken. Konnte man sich mehr wünschen, als so vorbehaltlos geliebt zu werden? Wie glücklich musste eine Frau sich schätzen, wenn sie genauso akzeptiert wurde, wie sie war – und zwar *wegen* und nicht *trotz* ihrer Persönlichkeit.

Nachdem sie eine Weile einfach nur dagesessen und auf ihre Hände gestarrt hatte, spürte A. J., wie ihre Anspannung sich langsam löste. Als sie aufblickte, brachte sie sogar ein kleines Lächeln zustande. »Alex, hat meine Mutter schon jemals für Sie gekocht?«

»Natürlich. Ich verstehe die Frage nicht.« Verwundert sah er sie an. »Mehrmals sogar. Heute Vormittag hat sie eine Spaghettisoße für den Abend vorbereitet. Ich finde, Clarissa kocht genauso ... einzigartig und ungewöhnlich, wie sie selbst ist.«

Mit einem befreiten Lachen streckte A.J. ihm die Hand hin. »Ich glaube, meine Mutter hat das ganz große Los gezogen.«

Voller Herzlichkeit ergriff Alex die dargebotene Hand und überraschte A.J. damit, dass er ihr einen Kuss auf die Wange drückte. »Danke.«

»Seien Sie gut zu ihr. Verletzen Sie sie nicht«, bat sie leise. Einen Moment lang hielt sie seine Hand fest umschlossen, dann erhob sie sich vom Sofa. »Wir sollten besser zurückgehen. Die anderen fragen sich bestimmt schon, wo wir bleiben.«

»Ich schätze, Clarissa hat eine gewisse Vorahnung«, scherzte er.

»Stört Sie das nicht?« An der Tür blieb sie stehen und wandte sich noch einmal zu ihm um. »Ich meine, die Tatsache, dass sie wahrsagen kann?«

»Warum sollte es? Das ist ein Teil von Clarissa, der sie zu dem Menschen macht, der sie ist.«

»Sie haben recht.« Sie versuchte, nicht über sich selbst nachzudenken, doch sie konnte nicht verhindern, leise zu seufzen. »Genauso muss man es sehen.«

Als sie das Studio betraten, traf A.J.s Blick den ihrer Mutter. Einen kurzen Moment sahen sie sich an, dann huschte ein verstehendes Lächeln über Clarissas Gesicht. Erleichtert trat A.J. auf sie zu und küsste sie auf beide Wangen. »Wenn ihr heiraten wollt, dann nur unter einer Bedingung«, sagte sie.

»Und welche?«

»Dass ich die Hochzeit ausrichten darf.«

Überraschung und Freude ließen Clarissas Gesicht aufblühen, dennoch protestierte sie schwach. »Schatz, was für eine wunderbare Idee! Aber das ist viel zu viel Arbeit.«

»Für die Braut ganz sicher. Du sorgst dafür, dass du das

schönste Brautkleid der Welt findest, und kümmerst dich um deine Aussteuer. Ich übernehme den Rest.« Voller Wärme umarmte sie ihre Mutter. »Bitte«, fügte sie hinzu.

»Wenn du das wirklich willst.«

»Unbedingt. Gib mir die Gästeliste, und ich werde die Feier organisieren. Du weißt, dass ich so etwas kann. So, und jetzt kommt dein Auftritt. Sie warten schon auf dich.« Noch einmal drückte sie Clarissa an sich, ehe der Kameramann sie heranwinkte. A. J. beobachtete die Aufnahmen im Hintergrund.

»Fühlst du dich jetzt besser?« Unbemerkt war David herangetreten.

»Ein bisschen.« Auf keinen Fall konnte sie zugeben, dass sie sich am liebsten verkrochen hätte, um zu weinen. »Sobald die Szene abgedreht ist, werde ich mich in die Hochzeitsvorbereitungen stürzen.«

»Morgen ist auch noch früh genug.« Als sie ihn fragend ansah, lächelte er nur. »Heute Abend hast du schon etwas anderes vor.«

Und er hielt Wort. Kaum war A. J. zu Hause eingetroffen, hatte ihre Jacke ausgezogen und das Telefonbuch nach den Adressen verschiedener Partyservice-Anbieter durchsucht, läutete die Türglocke. Noch mit dem Buch in der Hand öffnete sie.

»David.« Sie schob einen Finger zwischen die aufgeschlagenen Seiten und ließ ihn eintreten. »Hattest du nicht gesagt, du bist heute Abend beschäftigt?«

»Alles schon erledigt. Wie spät ist es?«

»Viertel vor sieben. Ich hatte nicht vor acht mit dir gerechnet.«

»Aber die Bürozeit ist zum Glück schon vorbei.« Mit einem verwegenen Lächeln spielte er mit dem obersten Knopf ihrer Bluse, dann öffnete er ihn langsam.

Sie musste lachen.

»Wird dein Telefon umgeleitet?«, erkundigte er sich.

»Ja, nach dem sechsten Klingeln, aber ich erwarte keine Anrufe.« Sie legte das Telefonbuch zur Seite und umarmte ihn.
»Hast du Hunger?«
»Und wie.« Ohne sie anzurühren, probierte er aus, wie lange er es schaffen würde, sie einfach nur anzusehen. Dreißig Sekunden, immerhin.

»Der Kühlschrank ist leer, im Eisfach ist nur ein gefrorenes Fischgericht«, murmelte sie, während er mit den Lippen sanft über ihre Wange strich.

»Dann werden wir unseren Appetit anders stillen müssen.« Er streifte ihren Rock ab, ließ ihn zu Boden fallen und glitt mit den Händen über ihre Hüften.

Sie tat es ihm gleich, zog sein Jackett aus und warf es an die Garderobe. »Ich bin sicher, uns fällt etwas ein.«

Sie spürte seine starken Muskeln unter ihren Händen. Wie sehr sie seinen kraftvollen männlichen Körper liebte! A. J. presste sich an ihn. Er sollte vor Verlangen brennen und nur den einen Gedanken haben, sie zu lieben. Als er sie hart und ungestüm an sich zog, keuchte sie.

Er spürte, wie ihre Knie schwach wurden und sie sich weich und nachgiebig an ihn lehnte. Doch ihm stand nicht der Sinn nach langen Zärtlichkeiten. Stundenlang hatte er sie im Studio beobachtet, ihre Bewegungen verfolgt, ihren Blick gesucht. Es war eine einzige Qual gewesen. Jetzt hatte er sie endlich für sich allein, und zum ersten Mal begegnete sie ihm nicht kämpferisch, sondern voller Hingabe.

Verwirrt und überrascht überließ sie sich seiner Führung, sank mit ihm auf den weichen Teppich im Flur. Er nahm sie voll entfesselter Leidenschaft, entführte sie in höchste Höhen und in dunkelste Tiefen. Sie wollte sich an ihm festklammern, doch selbst dafür fehlte ihr die Kraft.

Als er spürte, wie ein Zittern der Erregung durch ihren Körper ging, konnte er sich kaum mehr zurückhalten. Atemlos flüsterte sie seinen Namen. Er wollte ihn noch einmal hören, wieder und wieder. An nichts anderes sollte sie denken. Und gleichzeitig wusste er, dass ihr Name unauslöschlich in seinem Kopf eingebrannt war.

Obwohl er spürte, dass sie nach Erlösung verlangte, hielt er sich zurück. Während er sie nahm, liebkoste er sie mit den Händen und steigerte ihre Lust ins Unermessliche. Sie krallte ihre Finger in den weichen Teppich und spürte David hart und unerbittlich über sich, während er ihren Namen rief. Unter schweren Lidern öffnete sie ihre Augen und sah ihn über sich, seinen kraftvollen, starken Körper, fiebernd vor Begehren. Er beugte sich zu ihr und küsste sie, während sein Atem stoßweise ging, ebenso wie ihrer. Dann hörte sie nur noch ihr eigenes Stöhnen, als sie gemeinsam den Gipfel der Lust erreichten.

»Ich liebe es, wenn du nackt bist.« David hatte sich auf den Ellbogen aufgestützt und betrachtete sie lange. »Aber ich muss zugeben, ich bin fasziniert von diesen langen gestrickten Strümpfen.« Zur Demonstration fischte er sie vom Boden und hielt sie in die Höhe.

A. J. war viel zu entspannt, um verlegen zu werden. »Sie sind sehr praktisch und halten warm.«

Mit einem leisen Lächeln küsste er ihren Nacken. »Ja, genau das gefällt mir an dir. Du bist eine sehr praktische Frau.«

Kurz öffnete sie die Augen. »Das habe ich nicht gemeint«, widersprach sie. Doch sie fühlte sich viel zu wohl und befriedigt, um streitlustig zu sein. Stattdessen kuschelte sie sich eng an ihn.

Dies war eines der Dinge, die David am meisten liebte. Er fragte sich, ob sie sich sofort zurückziehen würde, wenn er ihr offenbarte, wie sehr er es genoss, dass sie nach dem Sex so anschmiegsam und liebevoll war. Wortlos hielt er sie fest und streichelte sie. Als er spürte, dass er schläfrig wurde, setzte er sich auf. »Lass uns unter die Dusche springen, bevor wir etwas essen.«

»Duschen?« Sie schmiegte den Kopf an seine Schulter. »Warum gehen wir nicht ins Bett?«

»Du bist unersättlich«, lachte er und nahm sie auf seine Arme.

»David, du kannst mich nicht tragen«, protestierte sie.

»Warum nicht?«

»Weil ...« Kurz dachte sie nach. »Es ist albern.«

»Stimmt. Es ist albern, eine nackte Frau herumzutragen.« Erst im Bad ließ er sie wieder herunter.

»Keine schlechte Angewohnheit«, neckte sie ihn, während sie den Wasserhahn aufdrehte.

Er schob sie weiter in die Dusche und stellte sich dazu, sodass das Wasser über ihre Gesichter strömte.

»Du ruinierst meine Frisur.« Erfolglos versuchte sie, den Wasserstrahl abzuhalten, dann sah sie David prüfend an. »Du wirkst so fröhlich heute Abend. Dabei dachte ich tagsüber, du bist böse auf mich.« Sie griff nach der Seife.

»Tatsächlich?« Es hatte einen Zeitpunkt gegeben, zu dem er sie am liebsten erwürgt hätte: den Moment, als er erkannte, dass sie ihrer Beziehung keine Zukunft zubilligte. Allerdings würde er das niemals zugeben. »Warum sollte ich?« Er nahm ihr die Seife aus der Hand und verteilte den Schaum sanft auf ihrer Haut.

»Als wir uns unterhalten haben ...« Genüsslich legte sie den Kopf in den Nacken und ließ sich von ihm verwöhnen. »Es spielt keine Rolle. Jedenfalls bin ich froh, dass du gekommen bist.«

Das war mehr, als er erwartet hatte. »Wirklich?«

Lächelnd schlang sie die Arme um seinen Hals und küsste ihn, während das Wasser warm und köstlich über ihre Haut rann.

»Ja, wirklich. Ich mag dich, David – wenn du nicht gerade als Produzent arbeitest.«

Er hatte nicht damit gerechnet, dass sie das sagen würde.

Und doch war es zu wenig. »Ich mag dich auch, Aurora. Jedenfalls dann, wenn du nicht die Agentin rauskehrst.«

Als sie aus der Dusche trat und zwei Handtücher aus dem Regal nahm, hörte sie die Türklingel. »Verdammt.« Hastig wickelte sie sich in eines der Frotteetücher.

»Ich geh schon.« Ehe A. J. widersprechen konnte, hatte er das Handtuch um seine Hüften geschlungen und verließ das Bad.

Seufzend nahm sie den Bademantel vom Haken. Falls es jemand aus dem Büro war, brauchte sie eine gute Erklärung, warum der Produzent David Brady ihre Wohnungstür öffnete, noch dazu nur mit einem Handtuch bekleidet. Kurz überlegte sie, ob sie ihm nachgehen sollte, doch sie beschloss, lieber abzuwarten.

Dann fielen ihr die Kleidungsstücke ein, die in der Diele verstreut waren. Entsetzt schloss sie die Augen und dachte an all die Details, die üppig auf dem Boden zur Schau lagen. Sie nahm allen Mut zusammen und ging aus dem Bad.

Im Flur war niemand mehr. Nervös betrat A. J. das Wohnzimmer.

Der Raum war in warmes Kerzenlicht getaucht. Auf dem Ebenholztisch am Fenster lag eine weiße Damastdecke, darauf standen ein silberner Kerzenleuchter, feinstes chinesisches Porzellan, funkelnde Weinkelche. In der Küche hörte sie David mit jemandem sprechen.

»Ich hoffe, es ist alles zu Ihrer Zufriedenheit, Mr. Brady.«
»Davon bin ich überzeugt.«
»Wir kommen später wieder, um alles abzuholen.«

A. J. warf einen Blick in die Küche, wo ein Mann in schwarzer Uniform sich gerade mit einem Kopfnicken verabschiedete. »David, was ist das?«

Schwungvoll nahm er eine silberne Haube von einer großen Platte. »Coq au vin.«

»Aber wann hast du ...«

»Ich hatte es für acht Uhr bestellt.« Ungerührt sah er auf die Uhr, dann griff er nach seiner Hose. »Sie waren äußerst pünktlich.« Ohne jegliche Verlegenheit legte er das Handtuch ab und zog sich an.

Zurück im Wohnzimmer, betrachtete A. J. entzückt den edel gedeckten Tisch. »Was für eine wundervolle Idee!« Erst jetzt entdeckte sie die einzelne rote Rose in der Vase vor ihrem Gedeck. Spontan wollte sie darüber streichen, doch sie hielt sich zurück. »Damit hatte ich nicht gerechnet.«

David zog seinen Pullover wieder an. »Irgendwann hast du erwähnt, dass du es liebst, verwöhnt zu werden.« Bei seinen Worten schien sie zu erstarren. Hatte er etwas Falsches gesagt? Unsicher trat er auf sie zu. »Und ich genieße es, ab und zu jemanden zu verwöhnen.«

Sie sah ihn an, doch ihre Kehle war wie zugeschnürt, ihre Augen füllten sich mit Tränen. »Ich ziehe mich schnell an«, brachte sie mühsam heraus.

»Nein.« Er hielt sie zurück. »Bleib so. Du siehst großartig aus.«

Noch immer gelang es ihr kaum, zu sprechen. Zum Glück stand sie mit dem Rücken zu ihm, sodass er ihr Gesicht nicht sehen konnte. »Gib mir eine Minute.«

Doch schon drehte er sie zu sich herum. »Was ist los?«, fragte er besorgt und wischte mit der Fingerspitze eine Träne von ihrer Wange.

»Nichts. Ich ... ich benehme mich kindisch. Bitte lass mich einen Moment allein.«

Die zweite Träne rollte, wieder wischte er sie fort. »Nein, ich glaube, das ist keine gute Idee.« Er hatte sie schon einmal weinen sehen, doch nicht auf diese leise, verzweifelte Weise. Plötzlich wirkte sie so weich und verletzlich, dass es ihn tief anrührte. »Weinst du immer, wenn ein Mann dich zum Dinner einlädt?«, versuchte er zu scherzen.

»Natürlich nicht. Es ist nur ... Ich hatte das von dir nicht erwartet.«

Lächelnd nahm er ihre Hand und küsste sanft ihre Fingerspitzen. »Nur weil ich Produzent bin, bedeutet das nicht, dass ich keinen Stil habe.«

»Das habe ich nicht gemeint.« Sie blickte zu ihm auf, sah sein liebevolles Lächeln und wusste, dass sie verloren hatte. Er hatte ihr Herz erobert, und sie wollte längst mehr als eine unverbindliche Affäre. »Das habe ich nicht gemeint«, wiederholte sie flüsternd und schlang ihre Finger um seine. »David, mach mir keine falschen Hoffnungen.«

Und jetzt verstand er. Wer viel erwartete, empfand viel für den anderen. Auch er hatte versucht, seine Gefühle im Griff zu behalten. Doch schon an jenem Abend am Strand hatte er begriffen, dass er machtlos war. »Glaubst du wirklich, wir können jetzt noch aufhören?«

Sie dachte daran, wie oft sie schon enttäuscht worden war. Freundschaft, Zuneigung, Liebe konnten schnell versiegen. In diesem Moment wollte David sie, und er verwöhnte sie. Das musste genügen. Lächelnd legte sie eine Hand an seine Wange.

»Lass uns den Abend genießen und nicht mehr darüber nachdenken.«

9. Kapitel

»Artikel fünfzehn, Punkt zwei. Die Formulierung hier ist viel zu schwammig. Wir haben darüber gesprochen, dass meine Klientin all ihre Rechte als junge Mutter wahrnehmen will. Es wird eine Nanny mit am Set sein, die sich um das Baby kümmert. Aber wir bestehen auf den regelmäßigen Stillpausen, und es muss ein Babybettchen besorgt werden und ...« Schon zum dritten Mal hatte A.J. den Faden verloren.

»Windeln?«, schlug Diane vor.

»Wie bitte?« Verwirrt sah A.J. ihre Sekretärin an.

»Das war nur ein Vorschlag. Soll ich Ihnen den Text noch mal vorlesen?«

»Ja, bitte.«

Während Diane den Vertrag noch einmal wiedergab, sah A.J. stirnrunzelnd auf das Blatt auf ihrem Schreibtisch. »Und ein Laufstall«, ergänzte sie den letzten Satz und lächelte Diane an. »Ich habe noch nie jemanden erlebt, der die Mutterrolle so ausfüllt.«

»Das passt eigentlich gar nicht zu ihr, nicht wahr? In den Filmen spielt sie immer die herzlose Sexbombe.«

»Der neue Film könnte ihr Image verändern. Okay, schließen Sie mit ›Wenn diese zusätzlichen Punkte berücksichtigt werden, wird meine Klientin den Vertrag umgehend unterschreiben.‹«

»Soll das heute noch raus?«

»Hmm?«

»Heute noch, A.J.?« Leicht genervt sah Diane ihre Chefin an. »Soll ich den Brief noch in die Post geben?«

»Ach so, ja. Das wäre am besten.« Sie sah auf die Uhr. »Entschuldigen Sie, Diane, es ist schon fast fünf Uhr. Das wusste ich nicht.«

»Kein Problem.« Diane klappte ihre Mappe zu und stand auf. »Sie machen einen etwas abgespannten Eindruck. Haben Sie Pläne für das lange Wochenende?«

»Langes Wochenende?«

»Montag ist doch Feiertag, A. J.« Kopfschüttelnd klemmte Diane sich den Kugelschreiber hinter das Ohr. »Drei freie Tage, das erste lange Wochenende des Sommers. Sonne, Sand und Surfen.«

»Nein.« Abwesend schob A. J. die Ordner auf ihrem Schreibtisch hin und her. »Ich habe noch keine Pläne.« Um Höflichkeit bemüht, sah sie Diane freundlich an. Abgespannt? Sie war vollkommen fertig und hatte das Gefühl, den Berg an Arbeit niemals schaffen zu können. Aber damit wollte sie ihre Sekretärin nicht belasten; sie hatte ein freies Wochenende verdient. »Machen Sie Feierabend, der Brief hat Zeit bis Dienstag. Wir können ihn per Boten schicken, das geht schneller.«

»Danke«, sagte Diane strahlend. »Ich habe nämlich tatsächlich ein vielversprechendes Wochenende vor mir. In einer Stunde werde ich abgeholt.«

»Dann gehen Sie los.« Mit einer Hand scheuchte A. J. ihre Sekretärin aus dem Büro, mit der anderen fischte sie einen Ordner aus dem Aktenberg. »Und passen Sie auf, dass Sie keinen Sonnenbrand bekommen.«

»Keine Sorge«, erwiderte Diane zwinkernd. »Ich habe nicht vor, viel in der Sonne zu sein.«

Als sie die Tür hinter sich geschlossen hatte, nahm A. J. ihre Brille ab und massierte sich den Nasenrücken. Was war nur los mit ihr? Kaum fünf Minuten konnte sie sich konzentrieren, dann schweiften ihre Gedanken wieder ab.

War sie tatsächlich so überarbeitet? Nein, das war nur eine Ausrede. Schließlich hatte sie immer viel zu tun und liebte ihre Arbeit. Aber sie schlief schlecht, und sie schlief allein. Das eine hat mit dem anderen nichts zu tun, sagte sie sich. Sie war eine selbstständige Frau, und es war kein Problem, dass David Brady seit ein paar Tagen nicht in der Stadt war, weil er beruflichen nach Chicago musste.

Aber sie vermisste ihn. Seufzend griff sie nach einem Stift, um weiterzuarbeiten, doch sie ließ ihn nur verspielt durch die Finger gleiten. Es war kein Verbrechen, ihn zu vermissen, oder? Sie war nicht von ihm abhängig, sondern hatte sich einfach an seine Gegenwart gewöhnt. Wenn er wüsste, dass sie so oft an ihn dachte, würde er sich vermutlich etwas darauf einbilden. Unwirsch zwang A. J. sich, ernsthaft zu arbeiten. Zwei Minuten lang.

Es war seine Schuld. Sie legte den Stift wieder zur Seite. Zuerst das perfekte romantische Dinner, das er arrangiert hatte, dann das bezaubernde kleine Bouquet mit Tausendschönchen in leuchtenden Farben am Tag seiner Abreise. Unwillkürlich strich sie über die zarten Blütenblätter. Der Strauß stand auf ihrem Schreibtisch, obwohl er seltsam fremd wirkte in der kühlen Atmosphäre des Büros. Offensichtlich versuchte David, eine alberne, verliebte Närrin aus ihr zu machen – und es war ihm gelungen.

Das musste aufhören! Energisch setzte A. J. die Brille auf, nahm den Stift und begann erneut, die Akte durchzulesen. An David Brady würde sie keinen Gedanken mehr verschwenden. Als es wenig später an ihrer Tür klopfte, blickte sie gerade verträumt aus dem Fenster. Fluchend riss sie sich aus ihren Träumereien. »Herein.«

»Machst du eigentlich niemals Feierabend?« Abe steckte den Kopf durch die Tür.

Feierabend? Sie hatte nicht einmal eine vernünftige Mittagspause gemacht. »Ich habe noch so viel zu tun, Abe. Der Forrester-Vertrag muss Anfang Juli verlängert werden und ...«

»Nach dem Wochenende kümmere ich mich sofort darum. Aber jetzt muss ich das Fleisch marinieren.«

»Ich verstehe nicht.«

»Wir veranstalten am Wochenende eine große Grillparty«, erklärte Abe. »Das ist der einzige Anlass, zu dem meine Frau mich kochen lässt. Sollen wir ein Steak für dich reservieren?«

Dankbar, dass er sie wieder auf den Boden der Tatsachen holte, lächelte sie. »Danke für die Einladung, aber dein letztes Barbecue ist noch nicht lange genug her.«

»Das Fleisch war nicht besonders gut«, gab er zu. »Ich habe den Metzger gewechselt.«

»Das sagen sie alle«, lachte sie und dachte an das verkohlte Steak beim letzten gemeinsamen Grillen. »Viel Spaß, Abe! Und kümmere dich bitte um Forrester.«

»Natürlich. Soll ich abschließen?«

»Nein, ich bleibe noch länger.«

»Und falls du meinen Grillkünsten doch noch eine Chance geben willst, komm einfach vorbei.«

»Danke.« Als er gegangen war, versuchte A. J. erneut, sich wieder auf die Arbeit zu konzentrieren. Aus den anderen Büros hörte sie, wie ihre Mitarbeiter nach und nach Feierabend machten. Türen öffneten und schlossen sich, kurze Gespräche und heiteres Lachen erklangen auf dem Flur.

Längere Zeit stand David schon in der Tür und beobachtete sie. Während alle anderen nach draußen drängten, um das Wochenende zu genießen, saß sie unermüdlich an ihrem Schreibtisch und arbeitete. Seine Müdigkeit, die ihn auf dem Flug von Chicago mehrmals fast übermannt hatte, war wie weggeblasen. Er betrachtete ihr schimmerndes Haar, das seidig über ihre Schultern fiel, und die schmale Kostümjacke, die so perfekt saß, dass sie keine einzige Falte warf. Schnell und gezielt machte sie ein paar Notizen, ihr Stift war edel, die schmalen Hände wirkten gepflegt. Auf dem Schreibtisch stand noch der Strauß, den er ihr vor seiner Abreise geschickt hatte. Das einzige Detail in ihrem Büro, das nichts mit der Arbeit zu tun hat, stellte er fest. Als er die kleinen, farbenprächtigen Blumen betrachtete, lächelte er leicht, doch sobald er den Blick wieder auf A. J. richtete, erfasste ihn eine Woge des Verlangens.

Am liebsten hätte er sie gleich hier, in ihrem akkuraten Büro, genommen. Unter dem maßgeschneiderten Kostüm verbargen sich ihre weiche, zarte Haut und ein Körper, den er begehrte. Er könnte einfach die Tür abschließen und sie lieben, bis seine Sehnsucht nach ihr, die ihn in den vergangenen Tagen schier verrückt gemacht hatte, gestillt war.

Ahnungslos brütete A. J. weiter über ihren Akten und zwang sich zur Konzentration, wenn ihre Gedanken wieder einmal abschweiften. Sie musste sich mit den Verträgen auseinandersetzen, so trocken sie auch sein mochten. Für heiße Fantasien war jetzt keine Zeit. Sie reckte sich, massierte ihren Nacken und fragte sich, woher die Anspannung rührte, die sie schon seit geraumer Zeit empfand. Fast hätte sie geschworen, erotische Schwingungen lägen in der Luft. Doch das war natürlich albern.

Plötzlich wurde es ihr klar. Sie wusste es, als wenn er etwas gesagt oder sie berührt hätte. Langsam legte sie den Stift zur Seite und blickte auf.

In ihren Augen lag keine Spur von Erstaunen, als sie ihn ansah. Eigentlich hätte es ihn beunruhigen müssen, dass sie seine Gegenwart wahrgenommen hatte, ohne dass er sich bemerkbar gemacht hatte. Doch darüber wollte er später nachdenken. Jetzt kreisten seine Gedanken nur um A. J., die kühl und frisch hinter ihrem Schreibtisch saß, und er stellte sich vor, dass er sie bald in den Armen halten würde, wild und voller Leidenschaft.

Wie gern wäre sie aufgesprungen und hätte sich in seine Arme gestürzt. Sie freute sich so sehr, ihn zu sehen! Aber natürlich gab sie der Versuchung nicht nach, es wäre kindisch gewesen. Stattdessen hob sie kaum merklich eine Augenbraue und setzte sich gerade. »Du bist zurück«, stellte sie fest.

»Ja, und ich hatte das untrügliche Gefühl, dich ganz sicher

hier zu finden.« Er widerstand dem Impuls, sie einfach aus ihrem Stuhl zu reißen und in seine Arme zu ziehen. Er wollte sie nur halten, ihren Körper spüren und wissen, dass sie da war. Doch er steckte die Hände in die Hosentaschen und lehnte sich lässig an den Türpfosten.

»Ein Gefühl?«, wiederholte sie lächelnd. »Vorahnung oder Telepathie?«

»Logik«, erwiderte er trocken und trat näher heran. »Du siehst gut aus, Fields. Ausgesprochen gut.«

Sie lehnte sich in ihrem Stuhl zurück und musterte ihn gründlich. »Du dagegen siehst ziemlich müde aus. War der Flug anstrengend?«

»Zu lang.« Er pflückte eine Blüte ab und drehte sie an ihrem dünnen Stängel hin und her. »Aber die Reise war erfolgreich.« Ohne sie aus den Augen zu lassen, ging er um den Schreibtisch herum, setzte sich halb darauf und steckte ihr die kleine Blume hinter das Ohr. »Hast du heute Abend schon was vor?«

Selbst wenn es so wäre, hätte sie alle Verabredungen, ohne mit der Wimper zu zucken, abgesagt. Stirnrunzelnd gab sie sich den Anschein, als sehe sie ihren Terminkalender durch. »Nein, hier ist nichts eingetragen.«

»Und morgen?«

Sie blätterte um. »Sieht nicht so aus.«

»Was ist mit Sonntag?«

»Selbst Agenten machen mal einen Tag frei.«

»Montag?«

Wieder ein Blick in den Kalender, dann zuckte sie die Achseln. »Feiertag, alle Büros sind geschlossen. Ich hatte vor, ein paar Drehbücher zu lesen und ganz in Ruhe meine Nägel zu machen.«

»Hast du schon bemerkt, dass längst keine Arbeitszeit mehr ist?«

Unweigerlich schlug ihr Herz schneller. Er verlor wirklich keine Zeit. »Ja, das ist mir bewusst.«

Wortlos reichte er ihr seine Hand. Sie zögerte kurz, dann ließ sie sich von ihm hochziehen.

»Komm mit zu mir.«

Bisher hatte sie diese Bitte immer abgelehnt. Doch als sie ihn jetzt ansah, wusste sie, dass es an der Zeit war. Ohne eine Antwort griff sie nach ihrer Handtasche und wollte ein paar Akten unter den Arm klemmen.

»Nicht heute Abend«, widersprach David und nahm ihr die Ordner ab.

»Ich muss noch ...«

»Nicht heute, Aurora.« Wieder nahm er ihre Hand und küsste sie leicht. »Bitte.«

Mit einem zustimmenden Nicken ließ sie die Akten und das Büro hinter sich.

Hand in Hand gingen sie durch die Eingangshalle. Auch im Fahrstuhl ließen sie sich nicht los, und plötzlich fand A. J. diese Geste nicht mehr albern, sondern wunderschön. Die Anspannung, die sie noch kurz zuvor ergriffen hatte, war durch diese kleine Berührung vergangen.

Sie ließ ihr Auto auf dem Parkplatz stehen, irgendwann in den nächsten Tagen würde es Gelegenheit geben, es abzuholen.

»Warst du noch gar nicht zu Hause?«, fragte sie erstaunt, als sie das Gepäck in seinem Wagen sah.

»Nein, ich bin direkt vom Flughafen zu dir gefahren.«

Bei der Vorstellung, dass er ebensolche Sehnsucht nach ihr gehabt hatte wie sie nach ihm, lächelte sie. Doch als sie eine der Reisetaschen genauer betrachtete, erstarb das Lächeln auf ihren Lippen. »Ich habe genau die gleiche Tasche«, bemerkte sie ahnungsvoll.

»Es ist deine«, gab er zurück.

»Meine?« Verblüfft wandte sie sich um und betrachtete das Gepäckstück näher. »Ich kann mich gar nicht erinnern, dass ich sie dir geliehen habe.«

»Das hast du auch nicht.« Vorsichtig fädelte er sich in den Wochenendverkehr ein. Ganz L. A. schien unterwegs zu sein.

»Und was macht sie dann in deinem Wagen?«

»Auf dem Weg zum Flughafen habe ich kurz an deiner Wohnung gehalten und deine Haushälterin gebeten, ein paar Sachen für dich zu packen.«

»Ein paar ...« Fassungslos starrte sie auf die große lederne Tasche. Dann wandte sie sich um und musterte David mit schmalen Augen. »Du hast wirklich Nerven, Brady! Wie kommst du dazu, meine Sachen zu packen und dir anzumaßen ...«

»Deine Haushälterin hat gepackt, nicht ich. Eine sehr nette Frau. Ich dachte, du brauchst ein paar persönliche Dinge, wenn wir übers Wochenende wegfahren. Ich finde zwar, dass es sehr reizvoll wäre, wenn du das ganze Wochenende nackt wärst, aber ich schätze, es wäre dir peinlich, wenn wir Ausflüge machen.«

Sie hatte die Zähne so fest aufeinandergebissen, dass es schmerzte. Deshalb zwang sie sich, sich zu entspannen. »Du hast überlegt? Oh nein, David Brady, du überlegst *nie!* Stattdessen kommst du einfach im Büro vorbei, sammelst mich ein und denkst, wenn du ein paar Sachen für mich mitnimmst, ist alles in Ordnung. Was wäre, wenn ich andere Pläne hätte?«

»Das wäre schade gewesen.« Gekonnt nahm er die Abfahrt, die in die Berge hinaufführte.

»Schade für wen?«

»Für deine Pläne.« Er setzte den Blinker und schenkte A. J. ein unschuldiges Lächeln. »Denn ich habe nicht vor, dich die nächsten drei Tage aus den Augen zu lassen.«

»Sehr interessant.« In der nächsten engen Kurve wurde sie gegen ihn gedrückt. »Und was ist mit mir? Vielleicht glaubst du, es sei ungeheuer männlich, eine Frau zu ... zu verschleppen und ein Wochenende mit ihr zu verplanen, ohne sie zu fragen. Aber lass dir gesagt sein, ich habe gern ein Mitspracherecht. Und jetzt halt an.«

»Das geht nicht.« David hatte mit dieser Reaktion gerechnet, insgeheim hatte er sich sogar schon darauf gefreut. Während er mit einer Hand weiter steuerte, nahm er den Zigarettenanzünder und hielt ihn an die Spitze seiner Zigarette. Seit Tagen hatte er sich nicht mehr so wohlgefühlt. Genauer gesagt – seit dem Moment, als er abgereist war.

Mit einem zischenden Laut atmete sie aus. »Ich finde eine Entführung nicht witzig.«

»Das habe ich auch immer gedacht.« Lässig blies er einen Rauchkringel aus. »Aber mittlerweile finde ich Gefallen daran.«

Die Strecke führte nun geradeaus und steil bergan, A. J. setzte sich wieder in ihrem Sitz zurecht und verschränkte die Arme. »Das wird dir noch leidtun!«

»Mir tut es leid, dass ich nicht schon eher auf diese Idee gekommen bin.« Er ließ das Fenster hinunter, stützte den Ellbogen auf und fuhr ungerührt weiter, während A. J. neben ihm vor Wut tobte. Sobald der Wagen hielt, sprang sie heraus, riss ihre Tasche vom Rücksitz und ging los. Als er sie zurückhalten wollte, schwang sie herum und funkelte ihn böse an. Die schwere Tasche hielt sie wie einen Schutzschild vor dem Körper.

»Du gibst nicht kampflos auf, was?«

»Diesen Triumph werde ich dir nicht gönnen.« Sie wand ihren Arm aus seinem Griff. »Ich werde zurückgehen.«

»Ach?« Genüsslich ließ er seinen Blick über ihren engen Rock wandern, die dünnen Seidenstrümpfe und die hochhackigen Pumps. »In diesen Schuhen?«

»Das ist mein Problem.«

Einen kurzen Moment dachte er nach, dann seufzte er theatralisch. »Es scheint so, als wäre ich noch nicht am Ziel.«

Und ehe ihr klar war, was er plante, hatte er sie schon gepackt und mit Schwung über seine Schulter geworfen.

Sie war so fassungslos, dass sie sich nicht einmal wehrte. »Lass mich runter!«, befahl sie nur.

»In ein paar Minuten«, versprach er, während er zum Haus ging.

»Jetzt!« Sie schlug mit der Handtasche auf seinen Rücken ein. »Das ist nicht lustig.«

»Stimmt, du bist ganz schön schwer.« Als er versuchte, den Schlüssel ins Türschloss zu stecken, begann sie zu zappeln. »Hör auf, A. J., sonst lasse ich dich noch fallen.«

»Damit wirst du nicht durchkommen.« Wütend versuchte sie, ihn zu treten, doch es gelang nicht. »David, das ist entwürdigend! Ich weiß nicht, was in dich gefahren ist, aber wenn du sofort aufhörst, vergesse ich das Ganze.«

»Ich verhandle nicht darüber.« Er schritt die Treppe hinauf.

»Vielleicht doch.« Vergeblich versuchte sie, sich am Geländer festzuhalten. »Wenn du mich jetzt loslässt, bringe ich dich nicht um.«

»Jetzt?«

»Genau jetzt.«

»Okay.« Mit einem schnellen Schwung ließ er sie fallen, und noch während sie ihn entsetzt ansah und auf den harten Aufprall wartete, landete sie schon auf dem Bett.

»Welcher Teufel hat dich geritten?«, fluchte sie.

»Du«, gab er schlicht zurück und sah sie mit einem Ausdruck an, der sie in ihrer abwehrenden Bewegung innehalten ließ. »Du«, wiederholte er und strich sanft über ihren Nacken. »Während ich fort war, habe ich nur an dich gedacht und mir gewünscht, du wärst bei mir – in Chicago, am Flughafen, hoch über den Wolken. Immer.«

»Du bist … das ist verrückt.«

»Vielleicht. Aber als ich im Flugzeug saß, wusste ich, dass ich das Wochenende ungestört mit dir hier verbringen wollte.«

Noch immer liebkoste er die zarte Haut unter ihrem dichten, schweren Haar, und sie öffnete sich unwillkürlich der Berührung. »Warum hast du mich nicht einfach gefragt, ob ich mitkommen will?«

»Ganz sicher hättest du einen Grund gehabt, die Einladung auszuschlagen. Vielleicht hättest du dich auf eine Nacht mit mir hier eingelassen.« Zärtlich wickelte er eine ihrer Haarsträhnen um seinen Finger. »Aber dir wären tausend Ausreden eingefallen, warum du nicht länger bleiben könntest.«

»Das stimmt nicht.«

»Ach nein? Und warum hast du dann bisher nicht ein einziges Wochenende mit mir verbracht?«

Verlegen verschränkte sie ihre Finger ineinander. »Dafür hat es immer gute Gründe gegeben.«

»Eben.« Er barg ihre Hände in seiner. »Und der Hauptgrund ist, dass du Angst davor hast, mehr als ein paar Stunden am Stück mit mir zusammen zu sein.« Als sie den Mund öffnete, um ihm zu widersprechen, schnitt er ihr mit einem energischen Kopfschütteln das Wort ab. »Du hast Angst, dass ich dir zu nahekommen könnte, wenn du länger mit mir zusammen bist.«

»Das ist Unsinn. Warum sollte ich mich vor dir fürchten?«

»Du fürchtest dich nicht vor *mir*, sondern vor *uns*.« Sacht zog er sie an sich. »Ehrlich gesagt, geht es mir ebenso.«

»David.« Ihre Stimme zitterte ganz plötzlich. Vor Verlangen, sagte sie sich, nicht etwa vor Rührung. Es war die pure Lust, die ihre Gedanken durcheinanderwirbelte und ihr Herz schneller schlagen ließ. Begehren. Nichts sonst. Sie fuhr mit den Händen über seinen Rücken. »Lass uns nicht darüber nachdenken.« Zärtlich küsste sie ihn, und obwohl sie wusste, dass er sie wollte, spürte sie einen Hauch von Distanz.

»Früher oder später werden wir darüber reden müssen.«

»Nein.« Langsam und genüsslich ließ sie ihre Zungenspitze über seine Lippen gleiten. »Es gibt kein Früher und kein Später.« Ihr Atem ging schneller. »Es gibt nur das Jetzt. Liebe mich.« Lockend glitt sie mit den Händen unter sein Hemd, während ihr Blick den seinen gefangen hielt. Mit sanften Lippen betörte sie ihn, bis sein Widerstand erlahmte. Innerlich fluchend zog er sie an sich und gab sich ihrem geschickten Spiel hin.

»Es tut dir gut.«

»Das tut Lebertran auch«, erwiderte A. J. atemlos und lehnte sich an den Stamm einer alten Eiche. »Und trotzdem mag ich ihn nicht.«

Sie waren dem kleinen Trampelpfad gefolgt, der hinter dem Haus begann. Eine kleine hölzerne Brücke führte über den Fluss, dann ging der Weg stetig bergauf. David trat neben sie und deutete mit einer ausladenden Handbewegung ins Tal. »Sieh dir das an!« Seine Augen leuchteten. »Ist das nicht ein wundervoller Ausblick?«

Unter ihnen lagen die dichten Wipfel der Bäume. Der Wald war erfüllt von Vogelgezwitscher. Wildblumen, die sie nie zuvor gesehen hatte, säumten den Weg und erkämpften sich im Unterholz ihren Platz an der Sonne. Selbst für ein Stadtkind wie sie war diese Aussicht unbeschreiblich schön.

»Ja, es ist fantastisch. In L. A. kommt man gar nicht auf die Idee, dass nur wenige Kilometer weiter eine solche Welt existiert.«

»Genau deshalb liebe ich es hierherzukommen.« Zärtlich legte er einen Arm um ihre Schulter. »Fast hatte ich schon vergessen, dass es noch ein Leben abseits der Hektik und des Lärms in der Stadt gibt.«

»Arbeit, Partys, Besprechungen, Geschäftsessen, Cocktails.«

»Ja, und jeden Tag geht es von vorn los. Hier wird mir bewusst, was wirklich wichtig ist. Selbst wenn ein Projekt völlig misslingt – die Sonne wird auch an diesem Abend untergehen, und die Erde dreht sich gleichmäßig weiter.«

Nachdenklich kuschelte sie sich an ihn. »Wenn bei mir etwas schiefgeht, fahre ich nach Hause, schließe mich ein, setze die Kopfhörer auf und lenke mich mit Rachmaninow ab.«

»Das ist auch keine schlechte Alternative.«

»Aber zuerst muss ich irgendwas in die Ecke feuern.«

Er lachte und küsste ihren Scheitel. »Hauptsache, es hilft. Warte ab, bis du den Ausblick vom Gipfel siehst.«

A. J. beugte sich hinunter, um ihre Waden zu massieren.

»Mach ein Foto für mich. Ich kehre um.«

»Die frische Luft tut dir gut. Ist dir klar, dass wir seit drei Tagen praktisch nicht aus dem Bett gekommen sind?«

»Dabei haben wir aber höchstens zehn Stunden Schlaf bekommen.« Vorsichtig reckte sie sich und dehnte ihre schmerzenden Muskeln. »Ich glaube, ich habe für heute genug Natur und frische Luft.«

Lächelnd sah er sie an. In Jeans, Wanderschuhen und einem schlichten T-Shirt entsprach sie nicht im Entferntesten dem Bild von A. J. Fields. Doch auch jetzt wusste er, wie er mit ihr umgehen musste. »Es ist okay, wenn du umkehren willst. Anscheinend bin ich in besserer körperlicher Verfassung als du.«

»Unsinn.« Energisch stieß sie sich vom Baum ab.

Entschlossen, den Aufstieg zu meistern, schritt sie neben ihm aus. Weiter und weiter schraubte sich der schmale, lehmige Weg hinauf. Ihre Muskeln pochten und erinnerten sie daran, dass sie seit einem Monat nicht mehr Tennis gespielt hatte. Schließlich ließ sie sich erschöpft auf einen Felsen sinken.

»Ich gebe auf.«

»Nur noch ein paar Meter.«

»Keinen einzigen.«

»A. J., wir nehmen zurück einen kürzeren Weg. Jetzt umzukehren ist Unsinn.«

Sie schloss die Augen und fragte sich, wie er es überhaupt geschafft hatte, sie zu dem Ausflug zu überreden. »Ich bleibe heute Nacht hier. Du kannst mir ein Kissen und etwas zu essen vorbeibringen.«

»Ich könnte dich auch tragen.«

Sie verschränkte die Arme. »Niemals.«

»Bist du bestechlich?«

»Ich bin immer offen für Verhandlungen«, gab sie nach kurzem Nachdenken zurück.

»Zu Hause wartet noch eine Flasche Cabernet Sauvignon, den ich für einen besonderen Moment aufbewahrt habe.«

Voller Konzentration versuchte sie, Schmutz von ihrer Hose zu kratzen. »Ein guter Jahrgang?«

»Absolut.«

»Gut, das wäre ein Anfang. Mit dieser Perspektive kann ich die nächsten hundert Meter schaffen.«

»Dann sind da noch die Steaks, die ich heute Morgen aus dem Eisschrank genommen habe. Ich habe vor, sie über würzigem Mesquiteholz zu grillen.«

»Das hatte ich vergessen.« Sie leckte sich mit der Zunge über die Lippen und glaubte fast, das Fleisch schon schmecken zu können. »Mit dieser Vorfreude schaffe ich den halben Weg hinunter.«

»Du bist eine harte Verhandlungspartnerin.«

»Danke für das Kompliment.«

»Dutzende der schönsten Blumen warten auf dich.«

Verächtlich hob sie eine Augenbraue. »Bis wir zurück sind, haben die Geschäfte geschlossen.«

»Du bist ein echter Stadtmensch«, meinte er seufzend. »Sieh dich um! Wo findest du hübschere Blumen?«

»Du willst einen Strauß für mich pflücken?« Erstaunt und mit fast kindlichem Entzücken schlang sie die Arme um seinen Hals. »Damit hast du mich überzeugt. Jetzt schaffe ich es auf jeden Fall bis zur Haustür.«

Mit einem Lächeln sah sie zu, wie er über die Wiese lief und die schönsten Blumen auswählte. »Ich liebe die blauen dort«, rief sie und lachte lauthals, als er stöhnend bergan stieg, um ihren Wunsch zu erfüllen.

Sie hatte nicht erwartet, dass das Wochenende so entspannt und vergnüglich verlaufen würde. Nicht im Traum hatte sie geahnt, dass sie es so genießen könnte, mit David so lange zusammen zu sein. Keine Besprechungen, keine Verhandlungen, kein Zeitdruck. Völlig sorglos hatten sie in den Tag hineingelebt. Es schien absurd, dass etwas völlig Selbstverständliches wie ein ausgedehntes Frühstück so viel Spaß machen konnte. A. J. hatte festgestellt, dass es einen besonderen Reiz hatte, den Tag so entspannt zu beginnen, statt gleich ins Büro zu hetzen. Allerdings nur in Gesellschaft. Als sie aus der Agentur aufgebrochen war, hatte sie alle Unterlagen dort gelassen. Und sie musste zugeben, dass sie es nicht vermisste, Drehbücher durchzuarbeiten oder Geschäftsbriefe zu beantworten. Ein simples Kreuzworträtsel zu lösen war die einzige Kopfarbeit gewesen, die sie in den vergangenen zwei Tagen gemacht hatte. Und selbst dabei, erinnerte sie sich zufrieden, bin ich unterbrochen worden.

Jetzt pflückte er Blumen für sie. Zierliche Wildblumen in prächtigen Farben. Sie würde sie ans Fenster stellen, damit die Sonne ihre Farbe zum Leuchten bringen konnte. Jeden Tag würde sie sich daran erfreuen.

Sie waren wunderschön.

Und tödlich.

Plötzlich stockte ihr Herzschlag. Die Vögel schienen zu verstummen, kein Windhauch war mehr zu spüren. David war nur noch ein kleiner Punkt, als schaue sie von der falschen Seite durch ein Fernglas. Das Licht, eben noch strahlend und hell, schien grau und düster. Ein scharfer Schmerz durchfuhr sie, als ihre Fingerknöchel über den Stein schrammten.

»Nein!« Sie glaubte zu schreien, doch es war nur ein Flüstern. Fast wäre sie von dem Felsen gestürzt, erst im letzten Moment fand sie Halt. Keuchend rief sie seinen Namen. »David! Hör auf!«

Verwundert richtete er sich auf und konnte sie gerade noch auffangen, als sie in seine Arme stürzte. Schon einmal hatte er diesen Ausdruck blanken Entsetzens in ihren Augen gesehen, damals, in der verfallenen Villa. Sie hatte etwas gesehen, das niemand außer ihr wahrnahm.

»Aurora, was ist los?« Beruhigend presste er sie an sich, doch sie bebte weiter, und er wusste nicht, wie er ihr helfen sollte. »Was ist geschehen?«

»Bitte, fass die Blumen nicht an.« Panisch krallte sie ihre Fingernägel in seinen Arm.

»Gut, aber warum nicht?« Ruhig und gefasst hielt er sie von sich ab, um sie genauer ansehen zu können.

»Irgendetwas stimmt nicht mit ihnen.« Noch immer hatte die Angst sie fest im Griff. Sie presste die Handballen gegen ihren Kopf, als könne sie die Furcht verdrängen. »Irgendetwas stimmt nicht«, wiederholte sie.

»Aber es sind doch nur harmlose Blumen.« Er zeigte ihr den Strauß, den er bisher gepflückt hatte.

»Die sind harmlos. Aber du wolltest gerade dort hinübergehen.«

Ratlos folgte er ihrem Blick zu einem breiten Felsen, an dessen Fuß sich ein wahres Meer von Glockenblumen erstreckte. Tatsächlich war er gerade dorthin unterwegs gewesen, als ihr gellender Schrei ihn aufgehalten hatte. »Lass sie uns wenigstens ansehen.«

»Nein.« Wieder griff sie nach seinem Arm. »Du darfst sie nicht anfassen.«

»Beruhige dich.« Er bemühte sich, gelassen zu klingen, obwohl auch er nervös wurde. Suchend sah er sich um, bis er einen langen Stock entdeckte. Er griff danach, legte den Blumenstrauß ins Gras und nahm A. J.s Hand. Gemeinsam gingen sie auf den Felsen zu. Mit dem Stock fuhr er mehrmals durch das dichte Feld der blauen Blüten, immer darauf bedacht, genügend Abstand zu den wild wuchernden Blumen zu halten, vor denen A. J. ihn so eindringlich gewarnt hatte. Und schon hörte er es. Gleichzeitig mit dem lauten Rasseln ging ein Ruck durch den Stock, und er sah die Schlange, die sich darum gewunden hatte. A. J. schrie auf.

Geistesgegenwärtig schob David sie zurück auf den Pfad und ließ den dicken Ast fallen. Er wusste, dass es hier in der Gegend Schlangen gab, und trug stets feste, knöchelhohe Schuhe. Doch wenn er die Blumen gepflückt hätte, wären seine Hände ungeschützt gewesen. Ein einziger Biss hätte tödlich sein können.

»Lass uns zurückgehen«, bat sie leise.

Sie war dankbar, dass er keine Fragen stellte oder versuchte, sie zu beruhigen. Wortlos schritten sie nebeneinander her. In diesem kurzen Augenblick hatte A.J. weit mehr gesehen als nur die Gefahr, in der David schwebte. Sie hatte erkannt, wie sehr sie ihn liebte. All ihre Regeln und Vorsichtsmaßnahmen hatten letztendlich keine Wirkung gezeigt. Sie liebte ihn, und das machte sie schutzlos und verletzlich.

Unsicher fragte sie sich, ob es ein erstes Zeichen der Zurückweisung war, dass er nicht sprach. Durch die Küchentür gingen sie zurück ins Haus. Ohne zu fragen, nahm David zwei Gläser aus dem Schrank, füllte sie mit Brandy und reichte A.J. eines. Er selbst trank einen großen Schluck, dann setzte er das Glas ab und atmete tief durch.

A.J. nippte an der scharfen Flüssigkeit und spürte, wie sie langsam ruhiger wurde. »Würdest du mich nach Hause bringen, bitte?«

David griff nach der Flasche und schenkte sich nach. »Wovon sprichst du?«

Bemüht, mit fester Stimme zu sprechen, umfasste A.J. das Glas mit beiden Händen, als könne sie dort Halt finden. »Den meisten Menschen ist es unangenehm, Zeuge einer solchen ... Situation zu werden. Sie brauchen Abstand, häufig wissen sie nicht, wie sie damit umgehen sollen.« Als David sie nur wortlos anstarrte, stellte sie ihr Glas ab und sammelte neuen Mut. »Ich könnte in fünf Minuten gepackt haben.«

»Wenn du noch einen einzigen Schritt machst, weiß ich nicht, was ich tue«, entgegnete er mit gefährlich ruhiger Stimme. »Setz dich, Aurora.«

»David, ich will mich nicht rechtfertigen, und ich will nichts erklären.«

Die Heftigkeit, mit der er sein Glas abstellte, ließ sie zusammenzucken. »Denkst du nicht, wir kennen uns mittlerweile gut genug, um offen miteinander zu sprechen?«, rief er wütend aus. »Glaubst du wirklich, wir haben keine Gemeinsamkeit außer unserem Job und ein bisschen Sex? Es muss doch möglich sein, dass wir miteinander reden.«

»Wir waren uns einig ...«

Mit einer unflätigen Bemerkung schnitt er ihr das Wort ab. »Du hast mir wahrscheinlich das Leben gerettet«, sagte er dann eindringlich. Er schaute auf seine Hand und stellte sich vor, was geschehen wäre, wenn A. J. ihn nicht gewarnt hätte. »Was soll ich jetzt sagen? Danke?«

Ihre Kehle war wie zugeschnürt, als sie etwas erwidern wollte. Sie schluckte und zwang sich zur Ruhe. »Mir wäre es lieb, du würdest gar nichts sagen.«

Er trat einen Schritt auf sie zu, doch ohne sie zu berühren. »Das kann ich nicht! Verstehst du, ich bin ziemlich fassungslos über das, was geschehen ist. Es ist schwer zu begreifen, fast ein wenig unheimlich. Aber das bedeutet nicht, dass ich nichts mehr mit dir zu tun haben will.« Als er ihren Blick suchte, sah er Unsicherheit und Angst in ihren Augen. Liebevoll streichelte er ihre Wange. »Ich bin dir unendlich dankbar. Aber ich weiß im Moment noch nicht, wie ich damit umgehen soll.«

»Kein Problem«, sagte sie, während sie spürte, dass sie sich ihm nicht entziehen konnte. »Ich habe nicht erwartet ...«

»Doch.« Spontan umfasste er ihr Gesicht mit beiden Händen und zwang sie, ihn anzusehen. »Doch, du sollst etwas erwarten. Sage mir, was du jetzt willst, was du jetzt brauchst.«

Wenn sie es tat, würde sie den Boden unter den Füßen verlieren, befürchtete A. J. Doch als sie seine Hände sanft auf ihrer Haut spürte, seine Augen fragend auf sich gerichtet sah, brach ihr Widerstand zusammen. »Halt mich einfach fest.« Mit geschlossenen Augen wiederholte sie: »Halt mich, nur für einen Moment.«

Behutsam schlang er die Arme um sie und zog sie dicht zu sich heran. Es war keine Leidenschaft in dieser Geste, kein Verlangen, nur Schutz. Er spürte, wie die Anspannung ganz langsam von ihr abfiel, und auch er selbst gewann seine Sicherheit wieder. »Willst du darüber reden?«

»Es war wie ein Blitz. Ich saß auf dem Felsen und genoss es, einfach nichts zu tun. Dann dachte ich an die Blumen und daran, dass ich sie in eine Vase am Fenster stellen wollte. Ich sah, wie du auf die Glockenblumen zusteuertest. Und plötzlich war es, als verdunkle sich der Himmel, und die Blumen wurden zu mörderischen Wesen.«

»Ich hatte sie noch nicht einmal berührt.«

»Aber im nächsten Moment hättest du es getan.«

»Das stimmt.« Er zog sie noch ein wenig näher. »Sieht so aus, als hätte ich den Vertrag noch nicht ganz erfüllt. Ich bin dir einen Strauß Blumen schuldig.«

»Das macht nichts.« Ganz leicht küsste sie seinen Hals.

»Ich werde es nachholen.« David trat einen Schritt zurück und nahm ihre Hände. »Aurora ...« Als er sie an die Lippen führen wollte, entdeckte er, dass ihre Fingerknöchel blutverkrustet waren. »Was, um Himmels willen, ist passiert?«

Verblüfft betrachtete sie ihre Hände. »Keine Ahnung. Aber es tut weh«, antwortete sie.

»Ich werde dich verarzten«, beschloss er und reinigte ihre Wunden vorsichtig mit klarem Wasser.

»Au!«, schrie sie auf und hätte die Hand weggezogen, wenn er sie nicht mit eisernem Griff festgehalten hätte.

»Entschuldige. Ich habe kein Talent dafür, besonders zartfühlend zu sein«, gab er zerknirscht zu.

Sie lehnte sich gegen die Spüle. »Das habe ich gemerkt.«

Betroffen sah er die tiefen Abschürfungen an ihren Händen

und begann, sie mit einem Handtuch trocken zu tupfen. »Lass uns ins Bad gehen, dort habe ich etwas zum Desinfizieren.«

»Das brennt«, protestierte sie.

»Sei kein Baby.«

»Das bin ich nicht«, widersprach sie. »Es sind nur Kratzer.« Widerstrebend ließ sie sich von ihm mitziehen.

»Aber sie können sich entzünden.«

»Du hast doch alles ausgewaschen.«

Er drängte sie ins Bad. »Ich will kein Risiko eingehen.«

Ehe sie ihn aufhalten konnte, hatte er bereits eine klare Flüssigkeit auf ihrem Handrücken verteilt. Ein brennender Schmerz durchfuhr sie. »Verdammt!«

»Es ist gleich vorbei«, tröstete er sie.

Und tatsächlich ließ der Schmerz schon nach.

»Lass uns das Abendessen vorbereiten, das wird dich ablenken«, schlug er vor.

»Oh nein! *Du* wirst das Abendessen vorbereiten. Das ist Teil unserer Abmachung«, erinnerte sie ihn.

»Stimmt.« Sanft küsste er sie auf die Stirn. »Ich bin in einer Minute zurück, dann werfe ich den Grill an.«

»Denk nur nicht, dass ich in der Zwischenzeit das Gemüse putze. Ich werde es mir in der Badewanne gemütlich machen.«

»Sehr gut. Sollte das Wasser noch heiß genug sein, wenn ich zurückkomme, werde ich dir Gesellschaft leisten.«

Sie fragte ihn nicht, was er vorhatte, obwohl es sie brennend interessierte. Stattdessen ging sie ins Schlafzimmer und beobachtete vom Fenster aus, dass er die Auffahrt hinunter zur Straße lief. Müde setzte sie sich auf das Bett und schnürte ihre Schuhe auf. Die Aufregung des Tages forderte ihren Tribut, körperlich, emotional. Doch sie wollte jetzt an nichts denken.

Aufatmend lehnte sie sich in die weichen Kissen zurück. Nur eine Minute wollte sie die Augen schließen. Nur eine einzige Minute.

Mit einem dicken Strauß purpurner Astern aus dem Garten seines Nachbarn kam David zurück. Er stellte sich vor, wie er die Blumen auf A. J. hinabregnen lassen würde, während sie in der Badewanne saß. Vielleicht konnte er so wieder ein Lächeln auf ihr Gesicht zaubern. Nie zuvor hatte er sie so oft und von Herzen lachen hören wie an diesem Wochenende. Das wollte er nicht wieder verlieren. Er wollte *sie* nicht verlieren.

Leise stieg er die Treppe hinauf und schlich durch den Flur, um sie zu überraschen. Als er an der geöffneten Schlafzimmertür vorbeiging, entdeckte er sie schlafend auf dem Bett. Sie hatte nur die Schuhe ausgezogen und ein Kissen unter ihren Kopf geschoben. Während er sie betrachtete, fiel ihm auf, dass er sie noch nie schlafend gesehen hatte.

Ihr Gesicht wirkte so zart und schutzlos. Ein paar Strähnen ihres hellen Haares bedeckten ihr Gesicht, ihre Lippen waren ungeschminkt. Wie konnte es sein, dass ihm noch nie aufgefallen war, wie fein und ebenmäßig ihre Gesichtszüge waren, wie schlank und biegsam ihre Handgelenke, wie elegant und weiblich die Linie ihrer Schultern.

Vielleicht habe ich sie noch nie so bewusst angesehen, gab David zu, als er auf Zehenspitzen zum Bett ging, um sie nicht zu wecken.

Wenn sie sich liebten, war sie feurig und leidenschaftlich. Als Geschäftsfrau kannte er sie zielstrebig und geradlinig. Und sie hatte eine Gabe, eine Fähigkeit, gegen die sie ihr Leben lang ankämpfte. Je länger er sie kannte, umso besser konnte er sie verstehen. Denn ihre Hellsichtigkeit machte sie verletzlich und brachte eine riesige Verantwortung mit sich. Sie wollte stark und unverwundbar sein, und es hatte ihm immer gefallen, sie in dieser Rolle zu sehen. Doch jetzt, während sie schlief und nichts von seiner Gegenwart ahnte, sah sie plötzlich zart und schutzlos aus und weckte in ihm das Bedürfnis, sie zu beschützen.

Er hatte nicht geahnt, dass er Gefühle für sie hatte, die über Verlangen und Lust hinausgingen. In dieser Weise hatte er über seine Beziehung zu Aurora noch nie nachgedacht. Lächelnd betrachtete er sie und konnte nicht widerstehen, ihr behutsam das Haar aus dem Gesicht zu streichen. Dabei spürte er ihren warmen Atem auf seiner Hand.

In diesem Moment erwachte sie und blickte ihn aus großen Augen an. Wenn er ehrlich war, hatte er genau das gehofft. »David?« Selbst ihre Stimme war weicher als sonst.

»Ich habe dir ein Geschenk mitgebracht.« Er setzte sich auf die Bettkante und legte den Strauß neben sie.

»Oh.« Sie sah ihn mit einem Ausdruck an, den er schon von ihr kannte. Diese Mischung aus plötzlicher Überraschung und Verwirrung legte sie stets an den Tag, wenn er etwas Verrücktes oder Romantisches tat. »Das wäre nicht nötig gewesen.«

»Doch, natürlich. Schließlich war es Teil unserer Vereinbarung.« Er beugte sich über sie und küsste sie sanft, mit der Zärtlichkeit, die sie in ihm geweckt hatte, als er sie im Schlaf betrachtet hatte.

»David?« Wieder sagte sie seinen Namen, doch dieses Mal waren ihre Augen dunkel und verhangen.

»Schsch.« Er strich mit der Hand durch ihr weiches Haar und beobachtete, wie das Licht die einzelnen Strähnen golden funkeln ließ. »Wunderschön.« Voller Zuneigung sah er sie an. »Habe ich dir jemals gesagt, wie wunderschön du bist?«

Verwirrt erwiderte sie seinen Blick. »Das musst du nicht.«

Er küsste sie sanft, nicht fordernd und leidenschaftlich wie sonst. Es verunsicherte sie, doch gleichzeitig wollte sie mehr. »Lass uns Liebe machen.« Sie zog ihn zu sich hinunter.

»Ja.« Wieder streifte er sacht ihre Lippen. »Vielleicht zum allerersten Mal.«

»Ich verstehe nicht«, begann sie, doch er zog sie einfach in die Arme.

»Wenn ich ehrlich bin, verstehe ich es selbst nicht.«

Langsam und zärtlich liebkoste er sie. Er ließ sich unendlich viel Zeit. Sanft glitt er mit seinen Lippen über ihre zarte Haut, küsste ihre Augenlider und widerstand dem Wunsch, sie auszuziehen. Das Licht wurde milder und ließ ihre Haut schimmern, als sei sie noch nie berührt, noch nie entzaubert worden. Er spürte, wie die Anspannung in ihrem Körper stieg, doch plötzlich war da noch mehr als nur Verlangen. Nachgiebigkeit, Hingabe, Wärme.

Sie fühlte sich schwerelos und frei. Leidenschaft durchströmte ihre Adern. Sie spürte seine Lippen auf ihren, seinen kraftvollen Körper neben sich. Gerade noch hatte sie ihn begierig zu sich gezogen, doch jetzt gab sie sich einfach seinen Zärtlichkeiten hin. Es gab so vieles zu entdecken – die Weichheit seiner Lippen auf ihren, den männlich-herben Duft seiner Haut, seine dunklen Augen, die ihren Blick suchten.

Noch immer wirkte sie verwundbar, fast zerbrechlich, wie zuvor im Schlaf. Und sie fühlte sich so ... Er hielt sich nicht länger zurück, sondern berührte ihre warme, weiche Haut und hörte, wie sie in einem langen Seufzer seinen Namen sagte, anders als jemals zuvor. Während er sie im Arm hielt, versanken sie gemeinsam in einer Zärtlichkeit, die neu war für jeden von ihnen.

Sie hatte nicht die Kraft, ihm zu widerstehen, und sie wollte es auch gar nicht. Zum ersten Mal gab sie sich ihm vollkommen hin, ließ ihren Gefühlen freien Lauf. Sie reagierte auf jede seiner Berührungen, gab alles, was er verlangte. Sie fühlte sich, als könne sie schweben, durch Wolken voller Leidenschaft und Genuss. Als er begann, sie auszuziehen, sah sie ihn an.

Das Sonnenlicht war einer sanften Abenddämmerung gewichen, die ihrer Haut einen goldenen Schimmer verlieh. Fasziniert betrachtete er sie und konnte die Augen nicht von ihr abwenden. Er wollte ihren Körper spüren, aber es lag keine Eile in seinen Berührungen. Als sie sich aufsetzte, um sein T-Shirt abzustreifen, half er ihr und küsste dann vorsichtig ihre verletzte Hand. Sacht ließ er die Lippen über ihre Fingerspitzen gleiten, dann über ihre Handflächen, bis er spürte, wie sie erschauerte. Er beugte sich zu ihr hinab und legte seine Lippen auf ihren Mund. Wieder flüsterte sie seinen Namen. Als er sich von ihr löste, sah sie ihn an. Und während er ihren Blick hielt, fuhr er fort, sie auszuziehen.

Langsam. Ganz langsam zog er die Jeans von ihren langen Beinen und liebkoste die zarte Haut ihrer Oberschenkel. Mit den Händen fuhr er über ihre Kniebeugen, ihre schlanken Fesseln. Dann zeichnete er mit der Zungenspitze eine Spur über ihre Waden, bis sie aufstöhnte. Noch einen kurzen Moment wartete er, dann streifte er seine eigenen Jeans ab und legte sich zu ihr.

Dieser Augenblick war mit nichts zu vergleichen, das sie jemals erlebt hatte. Die Gedanken wirbelten durch ihren Kopf, als David ihr einen kleinen Moment der Ruhe gönnte. Aber schon startete er einen neuen Angriff. Ihr Körper verlangte nach Leidenschaft und Erfüllung, doch er trieb mit Zärtlichkeit und sanfter Berührung ein völlig neues Spiel mit ihr.

Er war so stark. Sie hatte seine Kraft schon häufig gespürt, aber heute war er zart und dennoch unnachgiebig. Die Intensität seiner Berührung machte sie schwach, quälte sie und steigerte ihr Verlangen in unermessliche Höhen. Sie hatten sich schon oft geliebt, doch niemals so behutsam und rücksichtsvoll.

Erschauernd hörte sie, wie er leise ihren Namen sagte. Aurora. Es war wie ein Traum, den zu träumen sie niemals gewagt hatte. Er flüsterte Versprechungen in ihr Ohr, die sie vorbehaltlos glaubte. Egal, was morgen war, heute zählte nur seine Liebe. Sie nahm den Duft der Blumen wahr, die überall im Bett verteilt lagen, und genoss das Verlangen, das in einem Maße wuchs, wie sie es nie zuvor erlebt hatte.

Als sie sich vereinigten, war es, als seien sie nie getrennt gewesen. Sofort fanden sie den Rhythmus, ruhig, voller Hingabe und Leichtigkeit.

Es fiel ihm schwer, sich zurückzuhalten, doch er genoss es, zu sehen, wie sich ihre Lust noch steigerte. Alles geben, bedingungslos – genau das habe ich immer gewollt, wurde ihm plötzlich klar. Als sie sich ihm voller Erwartung entgegenbog, konnte er sich kaum mehr beherrschen. Aber er wollte mehr. Kraftvoll und verlangend küsste er sie. Das Blut rauschte in seinen Ohren, pochte in seinem Kopf, und dennoch hielt er sich zurück und bewegte sich langsam und bedächtig in ihr. Er konnte es kaum mehr ertragen. Ein letztes Mal flüsterte er ihren Namen.

»Aurora, sieh mich an.« Sie blickte ihn an, dunkel und voller Verlangen. »Ich will es in deinen Augen sehen.«

Und selbst auf dem Gipfel der Lust spürte sie, wie seine Zärtlichkeit sie umfing.

10. Kapitel

Alice Robbins war in den Sechzigerjahren als junge, außergewöhnliche Schauspielerin fürs Fernsehen entdeckt worden. Wie so viele Mädchen vor und nach ihr war sie vor dem engen, spießbürgerlichen Kleinstadtleben nach Hollywood geflüchtet, mit großen Träumen, Hoffnungen und Ehrgeiz im Gepäck. Ein Astrologe hätte vermutlich gesagt, ihre Sterne standen in einer perfekten Konstellation zueinander. Was sie anfasste, gelang.

Schon sehr früh hatte sie eine turbulente Ehe hinter sich, deren Scheidung niemanden überraschte. Sowohl im als auch außerhalb des Gerichtssaals hatte sie sich mit ihrem Mann heftige Szenen geliefert, die ihren Auftritten im Film ebenbürtig waren. Nachdem sie ihre Ehe glücklich hinter sich gebracht hatte und sich ganz auf ihre aufstrebende Karriere konzentrieren konnte, genoss sie die Vorzüge einer attraktiven jungen Frau in einer Stadt, die der Schönheit huldigte. Ihre wechselnden Bettgeschichten waren den Klatschkolumnen der Fotomagazine immer eine Schlagzeile wert, gleichzeitig überschütteten die Kritiker sie mit Lob für jede Rolle, die sie übernahm. Doch auf dem Höhepunkt ihrer Karriere, mit Ende zwanzig, entdeckte Alice Robbins etwas, das ihrem Leben einen ganz neuen Sinn gab – ihre Liebe zu Peter Van Camp.

Er war nahezu zwanzig Jahre älter als sie und hatte den Ruf eines hartgesottenen, erfolgreichen Geschäftsmannes. Zwei Wochen nachdem sie eine stürmische Affäre begonnen hatten, heirateten sie. Die Regenbogenpresse überschlug sich: Hatte sie ihn nur des Geldes wegen geheiratet? Liebte sie seine Macht? Hoffte sie, durch ihn gesellschaftliches Ansehen zu erlangen? Nichts davon traf den Kern. Es war einfach Liebe.

Völlig unerwartet nahm Alice sogar den Namen ihres Mannes an, ohne Rücksicht darauf, ob es ihrer Karriere schaden könnte. Ein Jahr nach der spektakulären Hochzeit kam ihr Sohn zur Welt, und sie gab ihren Beruf ohne Bedauern auf. Zehn Jahre lang kümmerte sie sich mit der gleichen Hingabe um ihre Familie, mit der sie zuvor als Schauspielerin gearbeitet hatte.

Dann sickerte durch, dass Alice Van Camp einen neuen Film drehen wollte. Die Zeitungen und Magazine überschlugen sich, eine Schlagzeile jagte die nächste. Das Gerücht von einer Millionengage machte die Runde, gleichzeitig wurde der Film schon vor seiner Fertigstellung als großer Erfolg gefeiert.

Vier Wochen vor dem Ende der Dreharbeiten wurde ihr Sohn Matthew entführt.

David hatte den Fall genau verfolgt und erinnerte sich noch gut daran. Alice Van Camp war ein Star, ihr Auftreten sorgte stets für Furore. Obwohl sie kaum auf der Leinwand zu sehen war, hatte dies nichts an ihrer Popularität geändert. Doch die Informationen über die Entführung und die glückliche Befreiung ihres Sohnes, die an die Öffentlichkeit gekommen waren, waren nur lückenhaft. Die Polizei wahrte eisernes Schweigen über den Fall, und auch Clarissa DeBasse hatte sich bisher über das, was damals wirklich geschehen war, bedeckt gehalten. Bis heute hatten weder Alice noch Peter Van Camp ein Interview zu diesem Thema gegeben. Und obwohl sie jetzt zum ersten Mal zugestimmt hatten, wusste David, dass er sehr behutsam vorgehen musste.

Er hatte beschlossen, nur eine kleine Crew zusammenzustellen, um die Van Camps nicht zu verschrecken. Ein eingespieltes Team, das wusste, wie es mit einer Schauspielerin umgehen musste, die Filmgeschichte geschrieben hatte.

Ihre Villa in Beverly Hills war mit Überwachungskameras ausgestattet, hohe Mauern schützten das Anwesen vor neugierigen Blicken und Eindringlingen. Am Tor wurden David und seine Mitarbeiter von einem Wachmann überprüft, der ihre Ausweise und ihre Drehgenehmigung sehen wollte. Von dort aus fuhren sie noch eine halbe Meile, bis sie das Haus endlich erreicht hatten.

Gerüchten zufolge hatte Peter Van Camp es als Geschenk für Alice bauen lassen, in Anlehnung an ihren letzten Film vor der Geburt ihres Sohnes. Es war eine rührende Liebesgeschichte gewesen, deren Melodramatik selbst Scarlett O'Hara in *Vom Winde verweht* in den Schatten stellte. Und so entsprach auch der Stil des Hauses der Südstaatenromantik: Weiße Säulen und breite Balkone prägten die Giebelfront des prächtigen Gebäudes. An beiden Seiten des Eingangs rankten Rosen in zarten Farben empor, die gerade in voller Blüte standen. Die Auffahrt wurde von japanischen Kirschen gesäumt, deren Duft sich mit dem fruchtigen Aroma von Orangen- und Zitronenbäumen vermengte. Als David sein Auto hinter dem Wagen des Kameramannes abstellte, schritt majestätisch ein Pfau über den Weg und schlug ein Rad.

Ich wünschte, A. J. könnte das sehen.

Unwillkürlich schoss ihm dieser Gedanke in den Kopf. Immer wieder in den vergangenen Tagen hatte er an sie gedacht, in den unterschiedlichsten Situationen. David wusste selbst nicht genau, was er davon halten sollte, doch er wehrte sich nicht dagegen.

Manchmal fragte er sich, was er eigentlich für sie empfand, doch er konnte sich die Frage nicht wirklich beantworten. Leidenschaft. Je länger er sie kannte, umso mehr begehrte er sie. Freundschaft. Er fand es selbst verwirrend, dass sie nicht nur ein Liebespaar waren, sondern dass er auch eine tiefe kameradschaftliche Zuneigung für sie empfand. Verständnis. Lange war es befremdlich für ihn gewesen, dass A. J. sich ihm so häufig entzog und nur wenig von sich preisgab. Doch mittlerweile wusste er, dass sich unter dem Selbstbewusstsein und der Energie, die sie offenbarte, Warmherzigkeit und Empfindsamkeit verbargen.

Sie war leidenschaftlich und unnahbar. Sie war patent und verletzlich. Und sie war eine Frau voller Geheimnisse, die David Stück für Stück lösen wollte.

Vielleicht war genau das der Grund, warum er von ihr so fasziniert war. Die meisten Frauen, die er kannte, waren genauso, wie sie schienen. Kultiviert. Ehrgeizig. Wohlerzogen. David bevorzugte einen ganz bestimmten Frauentyp. A. J. passte perfekt in dieses Schema. Aurora dagegen sprengte es vollkommen. Und gerade diese Gegensätze machten ihren ganz besonderen Reiz aus.

Er wusste, dass sie als Agentin äußerst zufrieden war, wie die Dreharbeiten bisher für Clarissa liefen. Auch das Van-Camp-Interview fand ihre Zustimmung. Als Tochter aber fürchtete sie die Auswirkungen, die dieser Film in der Öffentlichkeit auf ihre Mutter haben könnte.

Aber Vertrag ist Vertrag, sagte David sich, während er die halbrunden Stufen zum Portal hinaufschritt. Auch seine Gefühle in dieser Dokumentation waren zwiespältig. Als Produzent war er begeistert, wie reibungslos sich bisher alles gefügt hatte. Doch als Mann hätte er zu gern gewusst, wie er A. J.s Sorgen zerstreuen könnte. Schon wieder war er mit seinen Gedanken bei ihr angelangt. Sie reizte ihn, sie machte ihn neugierig. Und sie befriedigte ihn wie noch keine Frau zuvor. Mehr als einmal hatte er sich in der letzten Zeit gefragt, ob seine Gefühle für sie Liebe waren. Und falls ja, wie, zum Teufel, er damit umgehen sollte.

»Sind Sie noch unsicher?«, fragte Alex, als David vor der Tür zögernd stehen blieb.

Über sich selbst verärgert, zuckte David die Schultern und drückte energisch den Klingelknopf. »Sollte ich?«, gab er zurück.

»Clarissa ist sehr zufrieden damit, wie alles läuft.«

Unruhig trat David von einem Bein aufs andere. »Und das genügt Ihnen?«

»Ja, das ist das Wichtigste. Ich verlasse mich auf Clarissas Gespür.«

Stirnrunzelnd suchte David nach den richtigen Worten. »Alex ...«

Er hatte selbst nicht genau gewusst, was er sagen wollte. Deshalb war er erleichtert, als in diesem Moment die Tür geöffnet wurde und er nicht weitersprechen musste. Ein Hausmädchen, akkurat gekleidet mit schwarzem Kleid und weißer Spitzenschürze, öffnete ihnen und ließ sie eintreten. Gemeinsam mit dem Kamerateam schritten sie durch eine riesige Eingangshalle. Das Mädchen öffnete die Tür zu einem Salon und bat sie mit einem leichten französischen Akzent, dort zu warten.

Die Crew war nicht leicht zu beeindrucken, dafür waren alle Mitarbeiter schon zu lange im Filmgeschäft. Doch in diesem Moment hatte es allen die Sprache verschlagen. Das hier war reinstes Hollywood. Ausladende Möbel prägten den Raum, der in hellen Farben gestrichen war. In der Mitte stand ein schwarz glänzender Flügel, darauf ein wuchtiger silberner Kerzenleuchter, an dessen Armen kunstvoll geschliffene Prismen glitzerten. David erinnerte sich, dass der Leuchter aus dem Fundus zu einem von Alice' Filmen stammte.

»Nicht gerade ein bescheidenes Heim«, meinte Alex trocken.

»Nein, das kann man nicht sagen.« Fasziniert sah David sich um. Kostbare Brokatteppiche bedeckten den schimmernden Parkettboden, die Möbel glänzten frisch poliert. »Alice Van Camp ist zweifellos eine der wenigen in der Filmbranche, die sich ihren ganz eigenen Stil bewahrt hat.«

»Vielen Dank.« Würdevoll und leicht amüsiert stand Alice Van Camp an der Türschwelle. Sie war eine Frau, die wusste, wie sie auftreten musste. David, der sie bisher nur im Film gesehen hatte, war erstaunt, wie klein und zierlich sie war. Doch als sie näher trat, wirkte sie so kraftvoll und präsent, dass er keinen weiteren Gedanken daran verschwendete.

»Mr. Marshall.« Mit ausgestreckter Hand trat Alice auf Alex zu. Ihr pechschwarzes glänzendes Haar umrahmte ein blasses, ebenmäßiges Gesicht, das beinahe das eines Kindes zu sein schien. Wenn er es nicht besser gewusst hätte, wäre David nicht auf die Idee gekommen, sie älter als dreißig zu schätzen. »Es freut mich, Sie kennenzulernen. Ich weiß gute Journalisten zu schätzen – solange sie nichts Schlechtes über mich berichten.«

»Mrs. Van Camp.« Alex ergriff ihre schmale Hand voller Herzlichkeit. »Sie sind in Wirklichkeit noch schöner als auf der Leinwand.«

Sie lachte, ein rauchiger, lockender Klang, der Männer seit zwanzig Jahren in ihren Bann zog. »Ich weiß Ihr Kompliment zu schätzen. Und Sie müssen David Brady sein.« Als sie sich ihm zuwandte, war er in Sekundenschnelle ihrem Charme erlegen. »Ich habe viele Ihrer Dokumentationen gesehen. Mein Mann sieht nur Dokumentarfilme, er mag keine Spielfilme. Ich weiß gar nicht, warum er mich geheiratet hat.«

»Nun, ich kann es mir vorstellen«, erwiderte David, während er ihre Hand schüttelte. »Ich bin ein großer Fan von Ihnen.«

»Das freut mich, solange Sie nicht sagen, Sie haben meine Filme schon als Kind geliebt.« Anmutig lächelte sie ihn an, dann ließ sie den Blick zu den anderen des Kamerateams hinüberschweifen. »Wenn Sie mir jetzt Ihre Mitarbeiter vorstellen, können wir anfangen.«

Schon seit Jahren bewunderte David Alice Van Camp, und in ihrer Gegenwart wuchs seine Bewunderung noch. Freundlich reichte sie jedem Mitglied der Crew die Hand – vom Aufnahmeleiter bis zum Lichttechniker – und hatte für jeden ein verbindliches Wort. Dann wandte sie sich an Sam, den Regisseur, um mit ihm die weitere Vorgehensweise zu besprechen.

Sie hatte vorgeschlagen, auf der Terrasse zu drehen, und jetzt wartete sie geduldig, bis die Techniker die Scheinwerfer und Reflektorschirme aufgebaut hatten, die das Sonnenlicht abmildern sollten. In der Zwischenzeit brachte das Hausmädchen eisgekühlte Getränke und köstlich aussehende Häppchen. Alice selbst rührte keinen Bissen an, doch sie ermunterte das Team zuzugreifen. Entspannt ließ sie Tonproben und Beleuchtungstests über sich ergehen. Endlich war Sam zufrieden, und die Aufnahme begann. Erwartungsvoll sah Alice zu Alex, der ihr gegenübersaß.

»Mrs. Van Camp, seit mehr als zwanzig Jahren sind Sie eine der beliebtesten und talentiertesten Schauspielerinnen des Landes.«

»Danke, Alex. Mein Beruf ist einer der wichtigsten Teile meines Lebens.«

»Aber nicht der einzige, wie Sie selbst andeuten. Ihre Familie bedeutet Ihnen sehr viel, nicht wahr? Vor zehn Jahren wurde Ihr privates Glück von einem tragischen Erlebnis überschattet, als Ihr Sohn entführt wurde.«

»Das ist wahr.« Sie verschränkte die Hände und blickte geradeaus in die Kamera. »Es war eine schlimme Erfahrung, und ich war damals sicher, mich niemals davon zu erholen.«

»Dieses Interview ist das erste, das Sie zu diesem Thema geben. Was hat Sie bewogen, unserer Bitte nachzugeben?«

Mit einem kleinen Lächeln lehnte sie sich in dem verwitterten Korbsessel zurück. »Sie haben den richtigen Zeitpunkt abgepasst. Viele Jahre lang war ich nicht in der Lage, über die Entführung meines Sohnes zu sprechen. Und dann fand ich, es sei unnötig, die Geschichte wieder aufzuwärmen. Doch immer wieder werden Kinder entführt, und ich leide mit den betroffenen Eltern.«

»Denken Sie, dass dieses Interview den Eltern helfen kann?«

»Ihre Kinder zu finden? Sicher nicht.« Kurz flackerten Trauer und Zorn in ihren Augen auf. »Aber vielleicht kann dieses Gespräch helfen, Licht in einige der ungelösten Fälle zu bringen. Ich habe nie über meine Ängste während der Entführung meines Sohnes gesprochen. Und ich tue es auch jetzt nur im Zusammenhang mit Clarissa DeBasse.«

»Clarissa DeBasse hat Sie gebeten, uns dieses Interview zu geben?«

Mit einem herzlichen Lachen schüttelte Alice den Kopf. »Clarissa bittet nie um etwas. Aber als ich mit ihr sprach und merkte, dass sie von diesem Projekt überzeugt ist, habe ich zugestimmt.«

»Sie haben großes Vertrauen zu ihr.«

»Sie hat mir meinen Sohn zurückgebracht«, erwiderte Alice. Sie sagte es mit einer solchen Schlichtheit und Ernsthaftigkeit, dass Alex den Satz einen Moment im Raum stehen ließ. Irgendwo im Garten begann ein Vogel zu zwitschern.

»Genau darüber möchte ich gern mit Ihnen sprechen. Wie kamen Sie damals auf Clarissa DeBasse?«

Im Hintergrund stand David, die Hände in den Hosentaschen, und hörte zu. Er erinnerte sich, dass A.J. ihm erzählt hatte, Clarissa habe viele berühmte Freunde. Alice Van Camp hatte sie über eine gemeinsame Freundin kennengelernt. Nach einer Stunde war Alice hingerissen gewesen von Clarissas Freundlichkeit und Geradlinigkeit. Aus einer Laune heraus hatte sie Clarissa gebeten, ihrem Mann zum Hochzeitstag ein persönliches Horoskop zu erstellen. Nachdem Peter Van Camp es bekommen hatte, war auch er fasziniert gewesen von Clarissas Fähigkeiten.

»Sie hat mir Dinge über mich selbst erzählt«, fuhr Alice fort. »Nicht über meine Zukunft, verstehen Sie, sondern über meine Gefühle, über Erlebnisse, die mich nachhaltig beeinflusst haben. Nicht alles, was sie mir auf den Kopf zugesagt hat, gefiel mir. Wenn wir ehrlich sind, verschließen wir alle ganz gern die Augen vor einigen Wahrheiten. Aber ich bin immer wieder zu ihr gegangen, denn ich spürte, dass es mir hilft, was sie sagt. Und so hat sich eine tiefe Freundschaft entwickelt.«

»Haben Sie an ihre hellseherischen Fähigkeiten geglaubt?«

Alice überlegte kurz, ehe sie antwortete. »Am Anfang fand ich es einfach nur spannend. Ich hatte mich entschlossen, nach der Geburt meines Sohnes einige Jahre nicht zu arbeiten, doch trotzdem sehnte ich mich manchmal nach ein wenig Abwechslung. Nach besonderen Erlebnissen.« Als sie lächelte, hellte sich ihre ernsthafte Miene auf. »Und Clarissa ist ganz sicher etwas Besonderes.«

»Also hatte es für Sie eher Unterhaltungswert?«

»Ja, am Anfang stand das ganz sicher im Vordergrund, das muss ich zugeben. Zunächst glaubte ich, sie sei einfach geschickt. Doch je länger ich sie kannte, umso mehr wurde mir klar, dass sie wirklich eine außergewöhnliche Gabe besitzt. Das bedeutet keineswegs, dass ich jeden selbst ernannten Hellseher am Sunset Boulevard gutheiße. Und ich verstehe auch nichts von den wissenschaftlichen Untersuchungen zu diesem Thema. Ich bin einfach überzeugt, dass einige Menschen mehr sehen als andere oder dass ihre Sinne geschärfter sind.«

»Können Sie uns erzählen, was an jenem Tag geschehen ist, als Ihr Sohn verschwand?«

»Es war der 22. Juni. Vor fast zehn Jahren.« Einen Moment lang schloss Alice die Augen. »Mir scheint es noch immer, als sei es gestern gewesen. Haben Sie Kinder, Mr. Marshall?«

»Ja.«

»Und Sie lieben sie?«

»Sehr sogar.«

»Dann haben Sie eine vage Vorstellung davon, was es bedeutet, ein Kind zu verlieren – und sei es nur für kurze Zeit. Es ist entsetzlich. Man fühlt sich schuldig, und diese Schuld ist beinahe ebenso schmerzlich wie die Angst. Wissen Sie, ich war nicht bei ihm, als es passierte. Wir hatten ein Kindermädchen, Jenny. Sie war seit fünf Jahren bei uns und liebte Matthew sehr. Obwohl sie noch sehr jung war, konnten wir uns völlig auf sie verlassen. Nachdem ich beschlossen hatte, wieder zu arbeiten, war Jenny regelmäßig bei uns. Schließlich sollte Matthew nicht darunter leiden, dass ich häufig unterwegs war.«

»Ihr Sohn war fast zehn Jahre alt, als Sie zum ersten Mal wieder eine Rolle annahmen.«

»Das stimmt, und er war sehr selbstständig. Mein Mann und ich haben darauf geachtet, dass er nicht zu sehr verwöhnt wurde. Jenny kam gelegentlich mit ihm ins Studio, und sie ging regelmäßig nachmittags mit ihm in den Park. Wenn ich gewusst hätte, wie gefährlich solche gewohnten Tagesabläufe werden können, hätte ich das nicht zugelassen. Wir haben Matthew aus dem Starrummel herausgehalten, so gut es ging. Er sollte ganz normal aufwachsen. Allerdings gab es das eine oder andere Foto von ihm.«

»Waren Sie besorgt deswegen?«

»Nein.« Als sie lächelte, war sich jeder am Set ihrer unglaublichen Ausstrahlung bewusst. »Ich war es gewohnt, von Fotografen umlagert zu sein, und dachte mir nichts dabei. Peter und ich haben niemals versucht, unser Privatleben ganz aus der Presse herauszuhalten. Und ich habe mich seit der Entführung oft gefragt, ob es etwas geändert hätte, wenn wir Matthew noch mehr beschützt hätten. Ich bezweifle es.« Sie seufzte, als sei genau dies der Punkt, mit dem sie noch immer haderte. »Später haben wir erfahren, dass Matthews regelmäßige Ausflüge in den Park beobachtet worden waren.«

»Eine Zeitlang hatte die Polizei vermutet, Jennifer Waite, das Kindermädchen, habe mit den Entführern zusammengearbeitet.«

»Diese Idee war absurd. Nicht eine Sekunde habe ich an Jennys Zuverlässigkeit gezweifelt. Nachdem der Fall geklärt war, hat sich der Verdacht als haltlos erwiesen.« Beinahe trotzig sah sie Alex an. »Jenny arbeitet immer noch für mich.«

»Die Ermittler fanden ihre Geschichte nicht schlüssig.«

»An jenem Nachmittag, als Matthew entführt wurde, kam Jenny völlig aufgelöst zurück. Wir hatten ein sehr enges Verhältnis, Jenny betrachtete uns als ihre Familie, und sie machte sich bittere Vorwürfe. Matthew hatte mit einigen anderen Kindern Ball gespielt, und sie hatte zugesehen. Als eine junge Frau sie nach dem Weg fragte, war Jenny nur für einen Augenblick unaufmerksam. Das hatte genügt, um Matthew zu entführen. Als Jenny wieder zu den Kindern schaute, sah sie gerade noch, wie Matthew in einen Wagen am anderen Ende der Wiese gezerrt wurde. Sofort rannte sie hinterher, doch sie holte ihn nicht mehr ein. Zehn Minuten nachdem sie uns alles erzählt hatte, kam der erste Anruf der Erpresser.«

Sie schlug die Hände vor ihr Gesicht, und Alex bemerkte, dass sie zitterte. »Es tut mir leid. Können wir eine kurze Pause machen?«

»Schnitt. Fünf Minuten«, rief Sam.

Noch ehe Sam ausgesprochen hatte, war David schon bei Alice. »Brauchen Sie etwas, Mrs. Van Camp? Soll ich Ihnen etwas zu trinken holen?«

»Nein, danke.« Tief durchatmend blickte sie auf. »Es ist doch nicht so einfach, wie ich geglaubt hatte. Selbst nach zehn Jahren ist es nicht wirklich ausgestanden.«

»Ich könnte Ihren Mann anrufen.«

»Er fühlt sich immer unwohl inmitten von Kameras, deshalb habe ich ihn fortgeschickt. Das war keine gute Idee.«

»Sollen wir für heute aufhören?«

»Nicht nötig.« Langsam gewann sie ihre Fassung zurück. »Ich beende grundsätzlich, was ich angefangen habe. Matthew studiert mittlerweile am College.« Warmherzig lächelte sie David an. »Mögen Sie es, wenn Geschichten glücklich enden?«

Ohne nachzudenken, ergriff er ihre Hand. In diesem Augenblick war sie nicht die berühmte Filmdiva, sondern einfach eine Frau, eine Mutter. »Ich kann es kaum erwarten.«

»Er ist ein netter, gut aussehender junger Mann. Und zum ersten Mal richtig verliebt. Ich habe einen Moment gebraucht, um mir das bewusst zu machen. Es hätte …«

Wieder verschränkte sie die Hände ineinander, und der Rubin an ihrem Ringfinger glänzte wie Blut in der Sonne. »Es hätte auch ganz anders ausgehen können. Sie kennen Clarissas Tochter, nicht wahr?«

David geriet ein wenig aus der Fassung angesichts ihres abrupten Themenwechsels. »Ja, das stimmt.«

Seine offensichtliche Verwirrung amüsierte sie. »Clarissa und ich sind eng befreundet. Mütter sorgen sich ein Leben lang um ihre Kinder und wünschen sich, dass niemand sie verletzt. Haben Sie eine Zigarette für mich?«

Wortlos reichte er ihr die geöffnete Schachtel und gab ihr Feuer.

Alice zog an der Zigarette, blies den Rauch aus und spürte, wie die Anspannung von ihr abfiel. »Sie ist eine verdammt gute Agentin. Wussten Sie, dass ich sie gebeten habe, mich unter Vertrag zu nehmen, und sie mich abgelehnt hat?«

Entgeistert sah David sie an. »Wie bitte?«

Alice lachte über sein verblüfftes Gesicht. Jetzt hatte sie zu ihrer Form zurückgefunden. »Es war ein paar Monate nach der Entführung. A. J. vermutete, ich käme nur aus Dankbarkeit Clarissa gegenüber. Und vielleicht hatte sie recht. Auf jeden Fall hat sie mein Angebot abgelehnt, und das, obwohl ihre Agentur zu der Zeit noch sehr schleppend lief. Ich habe ihren Stolz sehr bewundert. So sehr, dass ich sie ein paar Jahre später wieder aufgesucht habe.« Verschmitzt lächelte sie und genoss es, dass David ihr gebannt zuhörte. Zweifellos lag Clarissa mit ihrer Vermutung, was David und A. J. anging, richtig – wie immer. »Zu jenem Zeitpunkt war sie schon sehr erfolgreich. Und sie wies mich erneut ab.«

Welche Agentin würde eine Schauspielerin mit diesem Ruf ablehnen? Einen Superstar der Filmbranche? »A. J. tut nie das, was man erwartet«, murmelte er.

»Clarissas Tochter will so akzeptiert werden, wie sie ist. Aber sie erkennt nie, wann das der Fall ist.« Noch ein letztes

Mal zog sie an der Zigarette. »Das hat gutgetan. Jetzt können wir weitermachen.«

Innerhalb weniger Augenblicke hatte Alice den Faden wieder aufgenommen. Versunken in ihre Geschichte, schien sie die Kameras gar nicht wahrzunehmen. Mitten in der Idylle des Frühsommertages, umgeben vom schweren Duft der Rosen, ließ sie die schrecklichen Stunden der Entführung wieder aufleben.

»Wir hätten jede Summe gezahlt. Jede. Die Kidnapper hatten uns verboten, Kontakt zu jemandem aufzunehmen, und Peter und ich haben lange mit der Entscheidung gerungen, ob wir die Polizei informieren sollen. Peter meinte – und er hatte recht –, wir brauchten Hilfe. Im Abstand von ein paar Stunden erhielten wir immer neue Lösegeldforderungen. Wir erklärten uns zur Zahlung bereit, aber immer wieder wurden die Bedingungen geändert. Sie wollten uns testen, es war grausam. Während wir auf neue Anweisungen warteten, machte sich die Polizei auf die Suche nach dem Wagen, den Jenny gesehen hatte, und nach der Frau, die sie im Park angesprochen hatte. Doch es war, als hätten sie sich in Luft aufgelöst. Nach achtundvierzig Stunden zermürbender Warterei waren wir Matthew nicht näher als am Anfang.«

»Deshalb haben Sie beschlossen, Clarissa DeBasse anzurufen?«

»Ich erinnere mich nicht mehr, wann mir die Idee kam, Clarissa um Hilfe zu bitten. Ich hatte seit zwei Tagen nicht geschlafen und keinen Bissen gegessen. Alles, wofür ich in diesen Momenten lebte, war das Klingeln des Telefons. Ich fühlte mich so hilflos. Plötzlich erinnerte ich mich, dass Clarissa mir irgendwann ganz genau gesagt hatte, wo meine Diamantbrosche lag, die ich seit Langem gesucht hatte. Peter hatte mir das Schmuckstück zur Geburt unseres Sohnes geschenkt, und ich hing sehr daran. Natürlich ist ein Kind keine Sache, aber ich dachte, vielleicht, mit ganz viel Glück, könnte Clarissa mir auch jetzt helfen. Ich brauchte eine winzige Hoffnung, an die ich mich klammern konnte.«

Sie machte eine kleine Pause und atmete tief durch. Alex sagte kein Wort, sondern wartete, bis sie sich erneut gesammelt hatte.

»Die Polizei hielt nichts von meinem Vorschlag, und ich glaube, Peter war auch nicht begeistert. Doch er wusste, dass ich das Gefühl brauchte, etwas tun zu können. Also rief ich Clarissa an und erzählte ihr, dass Matthew entführt worden war.« Ihre Augen füllten sich mit Tränen, doch sie machte keine Anstalten, sie aufzuhalten. »Ich fragte sie, ob sie mir helfen könne. Und sie antwortete schlicht, sie werde es versuchen. Als sie kam, brach ich zusammen. Eine Weile haben wir einfach nur zusammengesessen. Zwei Freundinnen. Zwei Mütter. Sie sprach mit Jenny, die noch immer vollkommen aufgelöst war. Die Polizisten im Haus versuchten gar nicht erst, ihr Misstrauen zu verbergen. Doch ich hatte das Gefühl, das interessierte sie nicht weiter. Irgendwann teilte sie ihnen mit, sie suchten in der völlig falschen Gegend.« Die Tränen liefen ihr über die Wangen, unwirsch wischte Alice sie mit dem Handrücken fort. »Sie können sich vielleicht vorstellen, dass das bei den Polizisten, die Tag und Nacht gearbeitet hatten, nicht besonders gut ankam. Clarissa erzählte ihnen, Matthew sei noch in der Stadt. Bisher waren alle davon ausgegangen, man habe ihn in den Norden gebracht. Dann bat sie mich um ein Kleidungsstück, das Matthew vor Kurzem getragen habe und das noch nicht gewaschen worden sei. Also gab ich ihr seinen Pyjama. Er war blau mit kleinen weißen Autos darauf.« In der Erinnerung lächelte sie. »Mit dem Schlafanzug in der Hand saß sie einfach nur da. Mir riss beinahe der Geduldsfaden, am liebsten hätte ich sie angeschrien, sie solle endlich etwas tun. Und plötzlich begann sie zu sprechen, ganz leise. Sie sagte, Matthew sei nur ein paar Meilen entfernt. Einen der Anrufe hatte die Polizei nach San Francisco zurückverfolgen können, deshalb glaubten alle, mein Sohn sei dort. Doch

Clarissa behauptete, er sei in Los Angeles. Sie konnte die Straße und das Haus genau beschreiben. Ein weißes Eckhaus mit blauen Fensterläden. Niemals werde ich vergessen, wie sie das Zimmer beschrieb, in dem Matthew gefangen gehalten wurde. Mittlerweile war es dunkel, und Matthew … Er war ein tapferer kleiner Kerl damals, aber er hatte Angst vor der Dunkelheit. Clarissa sagte, es seien nur zwei Menschen bei ihm im Haus, ein Mann und die Frau, die Jenny im Park abgelenkt hatte. In der Auffahrt stehe ein Wagen, grün oder grau, meinte sie. Und dann beruhigte sie mich, indem sie versicherte, Matthew gehe es gut.« Ihre Stimme zitterte kurz, doch sie fing sich schnell wieder. »Er sei zwar verängstigt, aber unverletzt.«

»Und die Polizei ging der Spur nach?«

»Zunächst hielten sie Clarissas Hinweise für Unsinn, verständlicherweise, doch dann schickten sie Streifenwagen los, um das Haus zu suchen, das sie beschrieben hatte. Ich weiß nicht, wer erstaunter war, als sie es tatsächlich fanden, Peter und ich oder die Polizisten. Sie konnten Matthew ohne großartige Gegenwehr befreien, denn die Entführer hatten nicht damit gerechnet, gefunden zu werden. Der dritte Komplize, der die Lösegeldforderungen gestellt hatte, wurde in San Francisco gefasst.« Nachdem die Geschichte erzählt war, entspannte Alice sich spürbar. »Clarissa blieb, bis Matthew wohlbehalten zurück war. Später beschrieb er mir den Raum, in dem er gefangen gehalten worden war. Es war exakt das Zimmer, von dem Clarissa erzählt hatte.«

»Mrs. Van Camp, viele Leute behaupteten später, die Entführung und die dramatische Befreiung seien nur inszeniert worden, um die Spannung auf Ihren neuen Film, den ersten nach Matthews Geburt, zu erhöhen.«

»Das hat mich nie interessiert.« Allein mit ihrer Stimme und dem Ausdruck ihrer Augen machte sie ihre Missbilligung deutlich. »Was auch immer die Leute sagten und dachten – ich hatte meinen Sohn zurück, das allein war wichtig.«

»Und Sie glauben tatsächlich, das sei Clarissa DeBasse zu verdanken?«

»Das glaube ich nicht, ich weiß es.«

»Schnitt«, sagte Sam leise zu seinem Kameramann, ehe er zu Alice trat. »Mrs. Van Camp, wenn wir noch ein paar Nahaufnahmen und Einstellungen drehen können, sind wir so gut wie fertig.«

Für David gab es jetzt nichts mehr zu tun. Die Aufnahmen waren im Kasten, um die Spezialeffekte kümmerte er sich nie. Und obwohl Alice Van Camp eine begnadete Schauspielerin war, hätte niemand ihr heute unterstellt, eine Rolle zu spielen. Sie war nur eine Mutter, die etwas durchgemacht hatte, vor dem jede Mutter sich fürchtete. Und noch während ihrer Erzählung hatte sie den Bogen perfekt zurück zu Clarissa geschlagen.

Nach dem Interview konnte er besser verstehen, warum A.J. nur mit gemischten Gefühlen zugestimmt hatte. Alice Van Camp hatte alles noch einmal durchlitten, während sie erzählt hatte. Und wenn sein Gefühl ihn nicht trog, würde auch Clarissa noch einmal alles intensiv erleben, wenn sie darüber sprach. Mitgefühl und Empfindsamkeit schienen sehr wichtige und persönliche Teile ihrer Gabe zu sein.

Eigentlich hätte er fahren können, doch er blieb hinter der Kamera stehen und wartete, bis auch die letzte Aufnahme beendet war. Alice schien müde und ein wenig kraftlos nach dem aufregenden Tag, dennoch brachte sie die Crew persönlich zur Tür, um sie zu verabschieden.

»Was für eine beeindruckende Frau!«, stellte Alex fest, während sie die breite Treppe am Portal hinunterschritten.

»Allerdings«, stimmte David zu. »Aber soweit ich mich erinnere, haben Sie selbst eine wundervolle Frau.«

»Das stimmt.« Ungeduldig zündete Alex sich eine Zigarre an, auf deren Genuss er mehr als drei Stunden verzichtet hatte. »Und wenn mich nicht alles täuscht, trifft das auf Sie ebenfalls zu.«

Stirnrunzelnd blieb David vor seinem Wagen stehen. »Nicht direkt. Es wäre zu viel gesagt, dass ich A.J. *habe*.« Noch während er es aussprach, wurde ihm klar, dass er sich diese Tatsache selbst noch nie so offen eingestanden hatte.

»Clarissa scheint das anders zu sehen.«

Abwartend lehnte David sich an seinen Wagen. »Und – billigt sie unsere Beziehung?«

»Sollte sie das nicht?«

David nahm eine Zigarette aus der Schachtel. Seine Nervosität wuchs. »Ich bin nicht sicher.«

»Als wir vorhin zum Haus gingen, wollten Sie mich etwas fragen. Jetzt haben Sie die Gelegenheit.«

Es hatte ihn die ganze Zeit beschäftigt. Nun fragte David sich, ob er es wirklich aussprechen sollte. Doch er fasste sich ein Herz. »Clarissa ist keine ... normale Frau. Stört Sie das?«

Nachdenklich zog Alex an seiner Zigarre. »Zweifellos beschäftigt es mich. Und ich würde lügen, wenn ich nicht zugäbe, dass es mich in einigen Situationen schon beunruhigt hat. Bei meinen Gefühlen für sie blende ich aus, dass ich die normalen fünf Sinne habe und sie noch über das verfügt, was man den sechsten Sinn nennt. Ja, manchmal fühlt man sich unwohl dabei.« Als David nichts erwiderte, lächelte er. »Clarissa mag es nicht, Geheimnisse zu haben. Deshalb spricht sie mit mir auch über ihre Tochter.«

»Ich bin nicht sicher, dass A.J. das gutheißen würde.«

»Nein, wahrscheinlich nicht. Wissen Sie, was das Fatale an Ihrem Alter ist, David? Sie fühlen sich nicht mehr jung genug, um sich einfach auf ein Abenteuer einzulassen. Aber gleichzeitig sind Sie noch zu jung, um sich auf Ihr Gefühl zu verlassen. Ich bin froh, nicht mehr dreißig zu sein.« Noch immer lächelnd, wandte er sich ab und bat Sam, ihn mit zurück in die Stadt zu nehmen.

Definitiv bin ich zu alt für ein leichtsinniges Abenteuer, dachte David, als er die Wagentür öffnete. Und ein Mann, der sich auf seine Gefühle verließ, landete ganz schnell unsanft wieder auf dem Boden der Tatsachen. Aber er wollte sie sehen. Und zwar jetzt.

A. J. wuchtete ihre schwere Tasche vom Beifahrersitz. Als sie ausstieg, toste der Feierabendverkehr um sie herum. Sie war schlecht gelaunt, weil sie sich so viele Akten mit nach Hause nehmen musste. Aber sie räumte ehrlicherweise ein, dass sie daran selbst schuld war. Wieder einmal hatte sie einen Bürotag gedankenverloren vertrödelt und würde nun bis in die Nacht arbeiten müssen. Immer wieder hatte sie an den Termin bei den Van Camps gedacht und sich nicht auf ihre Arbeit konzentrieren können.

Doch jetzt war es vorbei. Die Arbeiten zu Davids Dokumentarfilm waren abgeschlossen, nun galt es, sich um andere Projekte, Klienten und Verträge zu kümmern. Sie schlug die Autotür zu und klemmte die Tasche unter den Arm. Als sie sich umdrehte, wäre sie beinahe mit David zusammengestoßen.

»Ich liebe es, wenn du mich über den Haufen rennst«, scherzte er, während er seine Hände über ihre Hüften gleiten ließ.

Als sie sich nach Luft ringend an ihn lehnte, meinte sie, der scharfe Wind und die schwere Aktentasche hätten ihr den Atem genommen. Schließlich konnte es wohl kaum sein, dass es sie atemlos machte, ihn zu sehen. Über das Stadium waren sie längst hinaus. Dennoch ertappte sie sich dabei, dass sie glücklich war über sein Erscheinen und am liebsten laut gelacht hätte.

»Du kannst froh sein, dass ich dir nicht die Rippen gebrochen habe«, entgegnete sie und lächelte zu ihm auf. »Ich habe nicht damit gerechnet, dich heute Abend zu sehen.«

»Schlimm?«

»Nein.« Liebevoll fuhr sie mit den Fingern durch sein Haar.

»Ich denke, ich finde noch ein paar Minuten Zeit für dich. Wie ist das Interview gelaufen?«

Er kannte sie gut genug, um trotz ihres unbekümmerten Tonfalls herauszuhören, dass sie beunruhigt war. Aber er hatte keine Lust, sich den heutigen Abend verderben zu lassen. »Gut, wir haben alles fertig.« Sacht ließ er seine Lippen über ihren Hals gleiten. »Ich liebe deinen Duft.«

»David, wir stehen fast mitten auf der Straße.«

»Mmmhmm.« Er hatte ihr Ohr erreicht und knabberte leicht daran. Eine Welle der Erregung erfasste sie von Kopf bis Fuß.

»David.« Energisch drehte sie den Kopf zur Seite, doch zu spät. Schon spürte sie seine Lippen auf ihren und erwiderte seinen langen, zärtlichen Kuss.

»Den ganzen Tag musste ich an dich denken«, murmelte er, dann küsste er sie erneut. »Ich kann mich auf nichts anderes mehr konzentrieren. Manchmal frage ich mich, ob du mich mit einem Bann belegt hast. Das klassische Phänomen des Geistes, der den Körper beherrscht.«

»Rede nicht so viel, komm lieber mit mir hinein.«

»Wir reden sowieso schon zu wenig miteinander.« Sanft hob er ihr Kinn, damit sie ihn ansehen musste, doch ein Blick in ihre Augen machte ihn sofort wieder schwach. »Früher oder später werden wir uns ernsthaft unterhalten müssen«, murmelte er, ehe er seine Lippen erneut auf die ihren senkte.

Genau davor schreckte sie zurück. Wenn er das Gespräch suchte, dann ganz sicher, weil er ihre Beziehung beenden wollte. »Dann lieber später.« Zärtlich rieb sie ihre Wange an seiner. »Lass es uns jetzt einfach genießen, zusammen zu sein.«

Er spürte, wie sich Ernüchterung in sein Begehren mengte. »Ist das alles, was du willst?«

Nein. Nein, sie wollte mehr, viel mehr, alles. Doch wenn sie auch nur einen ihrer geheimsten Wünsche offenbarte, würde sie ihm sofort ihr ganzes Herz öffnen. »Das ist mehr als genug«, entgegnete sie fast verzweifelt. »Warum sonst bist du heute Abend gekommen?«

»Weil ich mich nach dir verzehre. Weil ich, verdammt noch mal, nicht ohne dich sein kann.«

»Das ist genau die Antwort, die ich hören wollte.« Wen wollte sie damit überzeugen, sich selbst oder ihn? Sie wusste es nicht. »Komm mit«, sagte sie schlicht.

Und weil sein Verlangen, sie zu lieben, größer war als der Wunsch, mit ihr zu reden, nahm er einfach ihre Hand und folgte ihr.

11. Kapitel

»Bist du sicher, dass du das wirklich willst?« A. J. fand es nur gerecht, David eine letzte Rückzugsmöglichkeit zu geben, ehe er sich verpflichtet fühlte.

»Natürlich bin ich sicher.«

»Ich will dir nicht den Abend verderben.«

»Möchtest du mich loswerden?«

»Keineswegs.« Zögernd lächelte sie. »Hast du schon jemals so etwas gemacht?«

Mit den Fingerspitzen fuhr er über den Kragen ihrer Bluse und fühlte den weichen, kühlen Stoff auf seiner Haut. Die praktische A. J. hatte eine Schwäche für völlig unpraktische Seide. »Nein, es ist mein erstes Mal.«

»Dann wirst du genau das tun, was ich dir sage.«

Er ließ seine Hand über ihren Hals gleiten. »Vertraust du mir nicht?«

Sie neigte den Kopf und schenkte ihm einen langen, vielsagenden Blick. »Das weiß ich noch nicht. Aber unter diesen Umständen werde ich dir eine Chance geben. Nimm dir einen Stuhl.« Sie deutete auf den Tisch hinter sich, auf dem ordentlich gestapelte Papiere lagen. Dann griff sie nach einem Bleistift, perfekt angespitzt, und reichte ihn David. »Zuerst kannst du die Namen ausstreichen, die ich vorlese. Das sind diejenigen, die mir schon eine Bestätigung geschickt haben. Unter jeden Namen schreibst du die Anzahl der Begleitpersonen. Dann habe ich schon einmal eine ungefähre Zahl der Gäste, denn bis zum Ende der Woche muss ich dem Partyservice Bescheid geben.«

»Das hört sich nicht schwierig an.«

»Du hast noch nie mit einem Caterer verhandelt«, gab A.J. mit verzweifelter Miene zurück und zog sich auch einen Stuhl heran.

»Was ist das hier?«, fragte er und zeigte auf einen zweiten Stapel.

»Den kannst du liegen lassen. Das sind die Leute, die schon ein Geschenk geschickt haben. Bring bitte nichts durcheinander. Wenn wir hier fertig sind, kümmern wir uns um die Gäste, die von außerhalb anreisen. Vielleicht kann ich morgen schon die ersten Hotelzimmer buchen.«

Erstaunt sah er sich die Papierberge an. »Ich dachte, es sollte eine kleine, schlichte Hochzeit werden.«

Sie schenkte ihm ein nachsichtiges Lächeln. »Klein und schlicht? Wohl kaum. Ich habe volle zwei Vormittage damit verbracht, den passenden Blumenhändler zu finden, und verhandle seit mehr als einer Woche mit verschiedenen Partyservices.«

»Und, was hast du daraus gelernt?«

»Vor dem ganzen Rummel fliehen und heimlich heiraten wäre die weiseste Entscheidung gewesen. Aber jetzt …«

»Würdest du gern?«

»Was?«

»Durchbrennen.«

Lachend griff A.J. nach einer weiteren Liste. »Wenn ich jemals so verrückt sein sollte, zu heiraten, würde ich vermutlich nach Las Vegas fliegen und mich in einer dieser kleinen Hochzeitskapellen trauen lassen.«

Seine Augen verengten sich, während er ihr zuhörte, als versuche er zu erkennen, ob sie es ernst meinte. »Nicht sehr romantisch.«

»Das bin ich auch nicht.«

»Wirklich nicht?« Sanft legte er eine Hand auf ihre. In seiner selbstverständlich anmutenden Geste lag etwas Beschützendes, das sie verwirrte.

»Nein.« Dennoch verschränkte sie ihre Finger mit seinen. »In meinem Job ist nicht viel Platz für Romantik.«

»Und wenn es anders wäre?«

»Romantik vernebelt den Blick auf die Tatsachen. Illusionen gehören auf die Leinwand, nicht in mein Leben.«

»Was erwartest du eigentlich von deinem Leben, Aurora? Das hast du mir noch nie erzählt.«

Warum wurde sie plötzlich so nervös? Es war verrückt, doch es irritierte sie, dass er sie so intensiv ansah. Und er stellte Fragen, denen sie bisher immer ausgewichen war. Denn die Antworten darauf waren längst nicht so einfach, wie sie einst geglaubt hatte. »Ich will erfolgreich sein«, entgegnete sie. Das war schließlich keine Lüge.

Er nickte zustimmend, während er mit dem Daumen sacht über ihre Hand streichelte. »Deine Agentur ist ausgesprochen erfolgreich. Das Ziel hast du also schon erreicht. Was noch?« Mit klopfendem Herzen wartete er auf ein winziges Zeichen, ein einziges Wort. Brauchte sie ihn? Zum allerersten Mal wünschte er sich, eine wichtige Rolle im Leben einer Frau zu spielen.

»Ich …« Unsicher suchte sie nach den richtigen Worten. Er war der einzige Mensch, der sie immer wieder aus der Reserve lockte. Was wollte er? Welche Antwort würde ihn zufriedenstellen? »Wahrscheinlich will ich mir einfach beweisen, dass ich meinen Weg mache und mein Leben im Griff habe.«

»Ist das der Grund, warum du Alice Van Camp als Klientin abgelehnt hast?«

»Hat sie dir das erzählt?« Bisher hatten sie nicht näher über das Interview gesprochen. Tagelang war A. J. dem Thema schon ausgewichen.

»Sie hat es nebenbei erwähnt.« Abrupt nahm sie ihre Hand fort. David fragte sich, warum sie sich ihm jedes Mal entzog, sobald sie ernsthaft miteinander redeten.

»Es war sehr nett von ihr, zu mir zu kommen, als mein Geschäft noch etwas ... holprig lief.« Achselzuckend griff sie nach dem Bleistift und ließ ihn spielerisch durch die Finger gleiten. »Es war ihre Art, sich bei meiner Mutter zu bedanken. Und ich wollte meine erste prominente Kundin nicht nur aus Dankbarkeit gewinnen.«

»Aber du hast sie noch ein zweites Mal abgewiesen.«

»Das Verhältnis war zu persönlich.« Nur mit Mühe unterdrückte sie den Drang, aufzustehen und den Raum zu verlassen. *Ihn* zu verlassen.

»Die berühmte Trennung von Beruf und Privatleben.«

»Genau. Soll ich einen Kaffee kochen, ehe wir anfangen?«

»Mit mir hast du dieses Prinzip auch über den Haufen geworfen.«

Er bemerkte, wie sie ihre Finger um den Stift krallte.

»Das stimmt.«

»Aus welchem Grund?«

Obwohl es sie äußerste Überwindung kostete, hielt sie seinem Blick stand. Wenn sie jetzt zu viel offenbarte, hatte er sie in der Hand. Sobald sie zugab, dass sie ihn liebte, war er der Stärkere. Das durfte sie nicht zulassen. Sie durfte ihm nicht die Wahrheit sagen, sondern musste die Worte finden, die er verstand – und nur die Gefühle zugeben, die auch er empfand.

»Weil ich dich wollte«, sagte sie und bemühte sich, ihrer Stimme einen lässigen Klang zu geben. »Du hast mich gereizt, und – ob schlau oder nicht – ich habe dieser Faszination nachgegeben.«

In seinem Innern fühlte er einen stechenden Schmerz. Ihre Antwort war nicht das, was er erhofft hatte. »Genügt dir das?«

Hatte sie nicht gewusst, dass er sie verletzen konnte? Nun tat er es, mit jedem Wort, das er sagte. »Natürlich. Warum nicht?« Scheinbar unbekümmert lächelte sie ihn an und wartete, dass der Schmerz verging.

»Ja, warum nicht«, murmelte er und versuchte, die Antwort zu akzeptieren. Nachdenklich nahm er eine Zigarette aus der Schachtel und begann vorsichtig ein neues Thema. »Du weißt, dass wir noch eine Einstellung über den Ridehour-Fall drehen?« Obwohl er ihr in die Augen sah, konnte er beobachten, wie sich ihr Körper anspannte. »Clarissa ist einverstanden.«

»Sie hat mir davon erzählt. Wollt ihr den Film damit enden lassen?«

»So ist es geplant.« Er spürte, wie sie sich von ihm zurückzog. Statt des kleinen Tischs, der zwischen ihnen stand, hätte auch eine tiefe Schlucht sie trennen können. »Es gefällt dir nicht.«

»Das stimmt. Aber mir ist klar geworden, dass Clarissa ihre eigenen Entscheidungen treffen muss.«

»A. J., für sie scheint es wirklich in Ordnung zu sein.«

»Du verstehst das nicht.«

»Dann erklär's mir.«

»Bevor ich sie überzeugen konnte, aus unserem früheren Haus auszuziehen und ihren neuen Wohnort geheim zu halten, hat sie jede Woche Waschkörbe voller Briefe erhalten.« Sie nahm ihre Brille ab und massierte die Schläfen. »Wildfremde Menschen baten sie um Hilfe. Manche wollten nur wissen, wo irgendwelche Dinge waren, die sie verlegt hatten. Andere aber erzählten von ihren Sorgen, die so ergreifend waren, dass sie meine Mutter um den Schlaf brachten.«

»Aber sie konnte natürlich nicht allen helfen.«

»Genau das habe ich versucht, ihr deutlich zu machen. Nachdem sie nach Newport Beach gezogen war, wurde es einfacher. Bis sie jenen Anruf aus San Francisco erhielt.«

»Wegen der Ridehour-Morde.«

»Genau.« Der pochende Schmerz in ihren Schläfen nahm zu. »Für sie war es selbstverständlich, in diesem Fall nicht auf mich zu hören. Ich konnte sagen, was ich wollte. Völlig unbeeindruckt packte sie, um loszufahren. Und als ich sah, dass ich sie nicht aufhalten konnte, habe ich sie begleitet.« Mit größter

Anstrengung schaffte sie es, ruhig zu atmen. Es gelang ihr sogar, das Zittern ihrer Hände zu verbergen. »Diese Geschichte war eine der schmerzlichsten Erfahrungen ihres Lebens. Sie sah es.« A.J. schloss die Augen und sprach aus, was sie noch niemandem erzählt hatte. »Und ich sah es auch.«

Erschüttert legte er seine Hände über ihre. Sie waren eiskalt. Er musste ihr nicht in die Augen sehen, um zu wissen, dass er nichts als Schrecken und Verzweiflung darin lesen würde. Wie konnte er ihr zeigen, dass er sie verstand und für sie da war? »Warum hast du mir nie davon erzählt?«

Tief durchatmend öffnete sie die Augen. Sie hatte die Kontrolle wiedererlangt, doch sie war trügerisch. »Ich erinnere mich nicht gern daran. Niemals zuvor und auch danach nie wieder habe ich etwas so deutlich, so unverkennbar klar vor mir gesehen.«

»Wir werden dort nicht drehen.«

»Was?«

»Wir lassen die Szene aus.«

»Aber warum?«

Schützend nahm er ihre Hände in seine. So gern hätte er es ihr erklärt, doch ihm fehlten die Worte. »Weil ich spüre, wie sehr es dich erschüttert. Das ist Grund genug.«

Stumm senkte sie den Blick. Seine Hände hatten ihre umfasst, so kraftvoll, so verlässlich. Niemand außer ihrer Mutter hatte jemals etwas für sie getan, ohne eine Gegenleistung zu verlangen. Und nun machte er ihr das Angebot, auf eine Schlüsselszene in seinem Film zu verzichten. Nur ihr zuliebe. »Ich weiß nicht, was ich sagen soll.«

»Dann sag nichts.«

Aus einem unerfindlichen Grund löste sich die Anspannung und wich einer weichen Wärme. »Wenn Clarissa zugestimmt hat, wird es ihr wichtig sein.«

»Wir sprechen jetzt nicht über Clarissa, sondern über dich. Aurora, ich habe mal gesagt, ich möchte niemals dafür verantwortlich sein, dass du so etwas noch einmal erleben musst. Und das meine ich ernst.«

»Das weiß ich.« Er ahnte gar nicht, wie wichtig ihr das war. »Dass du tatsächlich mir zuliebe darauf verzichten würdest, gibt mir das Gefühl, etwas Besonderes zu sein.«

»Das bist du auch. Vielleicht hätte ich dir das schon viel eher sagen sollen.«

Eine lang gehegte Sehnsucht ergriff von ihr Besitz. Kurz ließ sie sich davon übermannen, doch dann gewann die Vernunft wieder die Oberhand. »Du musst mir gar nichts sagen. Und ich weiß, dass ich mich schuldig fühlen würde, wenn du meinetwegen den Dreh absagst. Es ist schon so lange her, David. Vielleicht muss ich endlich lernen, damit umzugehen.«

»Vielleicht versuchst du genau das schon viel zu lange«, wandte er ein.

»Mag sein.« Sie lächelte ihn an. »Auf jeden Fall denke ich, du solltest die Szene drehen. Aber mach es gut.«

»Ich gebe mein Bestes. Willst du mitkommen?«

»Nein.« Wieder wich sie seinem Blick aus. »Alex wird sie begleiten.«

An ihrem Tonfall erkannte er, dass sie sich noch immer nicht damit abgefunden hatte, dass Alex Marshall eine wichtige Rolle im Leben ihrer Mutter spielte. »Er liebt sie sehr.«

»Ja, ich weiß.« Energisch schüttelte sie ihre trübe Stimmung ab und griff nach dem Stift. »Und ich werde für sie eine Traumhochzeit ausrichten.«

Mit einem zufriedenen Lächeln sah er sie an. Ihr Optimismus war eine der Eigenschaften, die er so sehr an ihr liebte. »Dann lass uns endlich anfangen.«

Fast zwei Stunden arbeiteten sie konzentriert Seite an Seite. Nach einiger Zeit ließ auch die Spannung, die zwischen ihnen entstanden war, nach. Sie lasen Listen, verwarfen sie, erstellten neue, überlegten, wie viel Champagner sie brauchen würden, und stritten, ob Räucherlachs besser war als Krabben.

Sie hatte nicht erwartet, dass er sich die Zeit nehmen würde, die Hochzeit ihrer Mutter mit ihr zu planen. Doch er ging sogar so weit, mit ihr die Sitzordnung minutiös durchzusprechen.

»Mit dir zu arbeiten ist eine spannende Erfahrung für mich, A.J.«, meinte er schließlich.

»Hmm?« Zum letzten Mal zählte sie die auswärtigen Gäste, für die sie Hotelzimmer buchen musste.

»Sollte ich jemals eine Agentin brauchen, würde ich auf jeden Fall dich nehmen.«

Unschlüssig sah sie auf. »Ist das ein Kompliment?«

»Nicht direkt.«

Jetzt lächelte sie. »Ich habe es auch nicht so aufgefasst. Nun, ich denke, wenn ich diese Pläne an den Partyservice weitergebe, sollte alles klappen. Und jeder Gast, der jemals bei Clarissa gegessen hat, wird glücklich sein, von ihren Kochkünsten verschont zu bleiben.« Sie nahm die Brille ab und legte die Liste aus der Hand. »Danke für deine Hilfe.«

Jedes Mal erstaunte es ihn aufs Neue, wie verletzlich sie ohne ihre Brille aussah. »Ich mag Clarissa sehr.«

»Das weiß ich. So, ich glaube, du hast dir eine Belohnung verdient.« Lächelnd beugte sie sich vor. »Hast du eine Idee?«

Natürlich hatte er eine Vorstellung davon, wie sein Lohn für die investierte Zeit aussehen könnte. Doch er schüttelte den Gedanken ab. »Wie wäre es mit einem Kaffee?«

»Kommt sofort.« Sie stand auf und schaute ganz aus Gewohnheit auf die Uhr. »Oh, Gott.«

Er griff nach einer Zigarette. »Was ist los?«

»*Empire* hat schon angefangen.«

»Das ist allerdings tragisch.«

»Ich darf diese Folge nicht verpassen.«

Als sie nach der Fernbedienung griff, um den Fernseher einzuschalten, schüttelte er den Kopf. »Ich hatte ja keine Ahnung, dass du nach Seifenopern süchtig bist, A.J. Es gibt gute Ärzte für Fälle wie dich.«

»Psst.« Mit dem Blick zum Bildschirm setzte sie sich auf das Sofa und stellte erleichtert fest, dass sie nur den Anfang verpasst hatte. »Ich habe eine Klientin ...«

»Das bringt dein Job mit sich.«

»Sie ist ausgesprochen talentiert«, fuhr A. J. fort. »Jetzt spielt sie ihre erste größere Rolle, vielleicht ist das der Durchbruch. Sie ist für vier Folgen bei *Empire* gebucht worden, und wenn sie gut ist, kann ich vielleicht eine Vertragsverlängerung erreichen.«

Schicksalsergeben ließ er sich neben ihr nieder. »Sind das nicht sowieso Wiederholungen?«

»Nein, diese nicht. Es ist der Pilotfilm für die Staffel, die im Sommer beginnt.«

»Noch eine Staffel? Gibt es nicht schon genug Sex und Verwicklungen im Fernsehen?«

»Der Durchschnittsbürger will sehen, dass auch die Reichen ihre Probleme haben«, belehrte sie ihn ungerührt und griff in eine Schale mit Mandeln, bevor sie ihn über die Familienverhältnisse aufklärte. »Das ist Dereck, das Familienoberhaupt. Er verdient Millionen mit einer Reederei – und mit dem Schmuggel. Er will unbedingt, dass seine Kinder die Firma weiterführen, zu seinen Bedingungen. Und das ist Angelica.«

»Die Frau im Whirlpool?«

»Genau. Sie ist seine zweite Frau. Sie liebt sein Geld und seine Macht. Aber sie hasst seine Kinder.«

»Und sie hassen ihre Stiefmutter ebenfalls.«

»Genau.« Zufrieden sah sie ihn an. »Und in dieser Folge wird die uneheliche Tochter von Angelica aus einer früheren Affäre auftauchen. Das ist meine Klientin.«

»Wie die Mutter, so die Tochter?«, mutmaßte er.

»Ja, sie spielt ein echtes Miststück. Ihr Name ist Lavendel.«

»Wie passend.«

»Angelica hat Dereck nie von ihrer Tochter erzählt. Und so wird es natürlich eine Menge Probleme aufwerfen, wenn sie plötzlich auftaucht. Und jetzt kommt Beau, Derecks ältester Sohn ...«

David gab auf. Er nahm sich ein paar Mandeln und lehnte sich im Sofa zurück. »Fieberst du bei all deinen Klienten so mit?«

»Normalerweise kümmert Abe oder einer meiner erfahrenen Mitarbeiter sich um die Betreuung.«

»Aber?«

»Sie ist anders. Schon als ich sie zum ersten Mal sah, wusste ich es. Nein, nein, nicht, was du denkst«, widersprach sie, als sie seinen prüfenden Blick sah. »Sie hat eine wundervolle Stimme und eine unbeschreibliche Ausstrahlung. Und sie hat einfach das gewisse Etwas. In den ersten Wochen hatte sie unzählige Termine zum Vorsprechen. Und ich wusste, wenn sie das übersteht, kann sie es schaffen.« Triumphierend warf sie einen Blick auf den Fernseher. »Und sie hat es geschafft.«

»Es gehört eine Menge Mut dazu, einfach in einer der besten Agenturen von Los Angeles aufzuschlagen.«

»Wer in dieser Stadt keinen Mut hat, geht unter.«

»Ist dies das Geheimnis deines Erfolges, A.J.?«

»Sicherlich ein Teil davon.« Sie lehnte ihren Kopf an seine Schulter. »Und du willst mir wohl nicht erzählen, dass du einfach nur Glück gehabt hast.«

»Nein. Wenn man anfängt, glaubt man noch, mit harter Arbeit könne man alles erreichen. Irgendwann wird dir klar, dass du etwas riskieren musst. Und selbst im größten Erfolg darf man nicht nachlassen, sondern muss jeden Tag beweisen, dass man gut ist.«

»Ein verrücktes Geschäft«, murmelte A.J. und kuschelte sich an ihn.

»Allerdings.«

»Warum hast du dich dafür entschieden?« Die Serie war vergessen. Gespannt sah A.J. ihn an.

»Ich liebe es, mich zu quälen.«

»Nein, gib mir eine ernsthafte Antwort.«

»Weil es mich glücklich macht, einen fertigen Film zu sehen und zu spüren, dass er gelungen ist. Es ist wie Weihnachten mit allen Geschenken, die auf dem Wunschzettel standen.«

»Ich verstehe, was du meinst.« Besser hätte er es nicht beschreiben können. »Vor ein paar Jahren haben gleich zwei meiner Klienten einen Oscar bekommen. Zwei!« Behaglich schloss sie die Augen, als sie sich wieder an seine Schulter lehnte. »Ich saß im Publikum und erlebte den aufregendsten Moment meines Lebens. Manche Leute sagen, sein Ziel zu erreichen sei ein Zeichen dafür, zu wenig verlangt zu haben. Aber ich finde, es ist genug – weit mehr als genug –, für eine solche Auszeichnung mit verantwortlich zu sein. Selbst wenn du selbst nicht berühmt wirst, ist es wunderbar, zu wissen, dass du Teil des Erfolges bist.«

»Nicht jeder will überhaupt, dass sein Name in aller Munde ist.«

»Deiner könnte es bald sein.« Wieder setzte sie sich auf, um ihn anzusehen. »Und ich sage das nicht nur, weil ...« *Weil ich dich liebe.* Fast hätte sie es gesagt, erst im allerletzten Moment bremste sie sich. Als er sie verwundert ansah, weil sie mitten im Satz verstummt war, suchte sie schnell eine passende Ergänzung. »Weil wir uns gut kennen. Mit dem richtigen Thema und der passenden Mannschaft kannst du ganz schnell zu den zehn besten Produzenten der Filmbranche gehören.«

»Vielen Dank für das Lob.« Ihr Blick war so aufrichtig und tiefgründig. Wenn er nur wüsste, warum. »Es ist mir besonders viel wert, weil du nicht gerade mit Komplimenten um dich wirfst.«

»Stimmt. Aber ich habe deine Arbeit gesehen und deine Art, die Dinge anzufassen. Und ich bin lange genug im Filmgeschäft, um es beurteilen zu können.«

»Trotzdem habe ich nicht vor, es mit den ganz Großen aufzunehmen. Die Leinwand ist für Träume da.« Sanft strich er über ihre Wange. Sie war zart und so greifbar nahe. »Ich bevorzuge die Wirklichkeit.«

»Dann drehe einen Film darüber. Keine Dokumentation, sondern einen Spielfilm.« Es war eine Herausforderung, das war ihr klar. Und als sie ihn ansah, erkannte sie, dass auch er es wusste.

»Woran denkst du dabei?«, wollte er wissen.

»Mir liegt ein Drehbuch vor.«

»A. J. ...«

»Lass mich bitte aussprechen, David.« Sie verlieh ihren Worten Nachdruck und schüttelte energisch den Kopf, als er sich zu ihr hinunterbeugen wollte, um sie zu küssen. »Hör mir nur eine Minute zu.«

»Lieber würde ich an deinem Ohrläppchen knabbern.«

»Erst hörst du mir zu.«

»Fängst du schon wieder an, Bedingungen zu stellen?« Er setzte sich auf und sah sie an. Ihre Augen leuchteten vor Begeisterung, ihre Wangen glühten voller Vorfreude auf das, was sie ihm verkünden wollte. »Was für ein Drehbuch?«, hakte er nach und bemerkte, wie ein Lächeln sich auf ihrem Gesicht ausbreitete.

»Ich hatte letztens beruflich mit George Steiger zu tun. Kennst du ihn?«

»Flüchtig. Ich weiß, dass er ein hervorragender Autor ist.«

»Er hat ein Drehbuch geschrieben, sein erstes. Zufällig ist es auf meinem Schreibtisch gelandet.«

»Zufällig?«

Tatsächlich hatte sie ihm schon früher den einen oder anderen Gefallen getan, und er hatte sie gebeten, sich die Geschichte anzusehen. Doch das wollte sie David gegenüber nicht zugeben, denn es passte nicht zu dem Image der harten Geschäftsfrau, jemandem ohne Gegenleistung einen Gefallen zu tun. »Das spielt jetzt keine Rolle«, winkte sie deshalb ab. »Die Story ist wirklich großartig, David. Sie handelt von den Cherokees und ihrem *Pfad der Tränen*, so nennen sie ihre Umsiedlung von Georgia in die Indianerreservate in Oklahoma. Die Erlebnisse werden aus der Sicht eines kleinen Jungen erzählt. Schon beim Lesen spürt man ihre Fassungslosigkeit, den Verrat, der an diesem Volk begangen wurde. Aber man erkennt auch die unglaubliche Hoffnung, die sie alle zusammengeschweißt hat. Es ist keiner dieser üblichen Western, in denen die Cowboys in die untergehende Sonne reiten, und es ist auch keine einfache Geschichte. Sie ist unglaublich wirklichkeitsgetreu. Und du könntest daraus einen großartigen Film machen.«

Sie versuchte, ihn zu überzeugen. Und er musste zugeben, dass sie ihre Sache ausgesprochen gut machte. Ihm war bewusst, dass es vermutlich das erste Mal war, dass A. J. ein Geschäft nicht in der kühlen Atmosphäre ihres Büros, sondern in einem privaten Rahmen einfädeln wollte. »Selbst wenn ich interessiert wäre – was macht dich so sicher, dass Steiger mich als Produzenten akzeptieren würde?«

»In unserem letzten Gespräch habe ich nebenbei erwähnt, dass ich dich kenne.«

»Ganz nebenbei und zufällig?«, neckte er sie.

»Genau.« Lächelnd ließ sie ihre Hände über seine Schultern gleiten. »Er kennt deine Arbeit und weiß, dass du einen guten Ruf genießt. David, er braucht einen Produzenten, und zwar den richtigen.«

»Und weiter?«

Als sei sie an dem Ausgang dieses Gespräch nicht wirklich interessiert, fuhr sie mit den Fingerspitzen verführerisch über seinen Rücken. »Er bat mich, sein Drehbuch zu erwähnen, natürlich ganz zwanglos.«

»Viel zwangloser geht es kaum«, gab er zu, während er sich an sie lehnte. »Willst du etwa Geschäft und Privatleben ganz gegen unsere Vereinbarung miteinander verknüpfen, A. J.?«

»Niemals.« Voller Ernst sah sie ihn an. »Das ist nur ein Gespräch unter Freunden.«

Liebevoller und sanfter als je zuvor berührte sie ihn. Einen Moment lang wusste er nicht, was er sagen sollte. »Jedes Mal, wenn ich glaube, dir auf der Spur zu sein, schlägst du einen Haken.«

»Wirst du es lesen?«

Behutsam nahm er ihr Gesicht in seine Hände und küsste sie auf die Wangen, wie ihre Mutter es manchmal tat. Die Geste bedeutete Zuneigung und Hingabe, und er fragte sich, ob A.J. sie verstand. »Wenn ich dich richtig verstehe, könntest du mir also eine Kopie besorgen?«

»Zufällig habe ich das Drehbuch zu Hause.« Lachend schlang sie die Arme um seinen Hals. »David, du wirst es lieben.«

»Ich will *dich* lieben.«

Er spürte, wie sie sich versteifte, doch es dauerte nur eine Sekunde. Wir haben nur eine Affäre, sagte sie sich. Und wenn er von Liebe sprach, meinte er Sex. Mehr konnte sie nicht von ihm erwarten, denn das war alles, was er von ihr wollte.

»Dann lieb mich jetzt«, murmelte sie und streichelte seinen Mund mit ihren Lippen. »Lieb mich jetzt sofort.«

Verführerisch zog sie ihn an sich, bereit für eine schnelle, heißblütige Befriedigung. Doch er bremste sie, fuhr langsam und zärtlich über ihre Lippen und entfachte genussvoll und behutsam ihre Leidenschaft. Als sie seine Hände sanft auf ihrer Haut spürte, seinen Mund vorsichtig und gleichzeitig voller Verlangen an ihren Lippen, konnte sie ein lustvolles Stöhnen nicht unterdrücken. Es war ein weicher, kaum hörbarer Ton, der sich ihrer Kehle entrang. Ganz leise sagte er ihren Namen, als sei es das einzige Wort, das jetzt wichtig war.

Ganz ohne Hast verschmolzen seine Bewegungen mit ihren. Sie genoss seine leichten, wie gehauchten Küsse, die ihre Seele ebenso ergriffen wie ihren Körper. Sie spürte, wie sie entspannte und unter seinen Berührungen schwach wurde. Und sie ließ es zu.

Sie wollte ihn spüren, wollte eine grenzenlose Einheit mit

ihm bilden. Zielstrebig knöpfte sie sein Hemd auf und glitt langsam mit den Handflächen über seinen muskulösen Rücken. Vom ersten Moment an hatte seine Stärke sie fasziniert. Doch trotz seiner Kraft war er zärtlich und vorsichtig.

War es ihr jemals wichtig gewesen, dass ein Mann behutsam mit ihr umging? Sie konnte jetzt nicht darüber nachdenken. Aber sie wusste, dass sie – da sie diese zärtliche Rücksichtnahme einmal erlebt hatte – nicht mehr darauf verzichten wollte. Dass sie auf *ihn* nicht mehr verzichten wollte.

»Ich will dich, David.« Während sie ihn näher heranzog, flüsterte sie ihm die Worte ins Ohr.

Sein Herz schlug schneller. Unzählige Male hatte er diese Worte gehört, doch selten von ihr – und noch niemals mit einer solchen Selbstverständlichkeit. Sanft löste er sich von ihr und sah sie an. »Sag das noch mal«, flüsterte er mit vor Leidenschaft rauer Stimme. »Sag das noch mal, und schau mir dabei in die Augen.«

»Ich will dich.«

Mit seinem Kuss erstickte er jedes weitere Wort, jeden Gedanken. Gleichzeitig spürte sie, dass er mehr wollte, ohne zu wissen, was es war. Sie gab sich seinem Kuss hin, hoffte, seinen Hunger stillen zu können. Und sie schenkte ihm ihren Körper voller Hingabe. Doch sie war nicht bereit, ihm ihr Herz zu schenken. Zu groß war noch immer die Angst, er könne es zerstören.

Ungeduldig rissen sie sich die Kleider vom Körper. Er wollte sie spüren, erzitterte, als er ihre weiche, nackte Haut berührte. Beinahe schmerzhaft stieg die ungestillte Lust in ihm auf, als er ihre Finger auf seinen Hüften spürte. Als er seinen Kopf an ihrem Hals vergrub, atmete er ihren Duft und folgte ihm bis zu der Fülle ihrer Brüste, bis zum Pochen ihres Herzens.

Voller Verlangen schmiegte sie sich an ihn, mit jeder Berührung stöhnte sie auf. Er kannte ihren Körper gut genug, um zu wissen, wie er ihre Leidenschaft noch mehr entflammen konnte. Und auch sie wusste genau, wie sich seine Lust steigern ließ.

Sein Verlangen wuchs ins Unermessliche. Jedes Mal, wenn sie sich liebten, wollte er mehr von ihr, als sie zu geben bereit war. Und er wusste, dass nicht sie schwach war, sondern er.

»Sag mir, was du willst«, bat er, als sie sich an ihn drängte.

»Dich. Ich will nur dich.«

Sie fühlte sich, als schwebe sie über allen Wolken, und doch schienen Blitz und Donner ihren Körper zu erschüttern. Die Luft war schwer, die Hitze erdrückend. Ihr Körper gehörte ihm, sie gab sich ihm ganz hin. Und ihr Herz, das sie so vehement versuchte, vor ihm zu schützen, gehörte ihm längst.

»David.« All die Liebe, all ihre tiefsten Gefühle legte sie in dieses eine Wort. »Lass mich niemals los.«

Eng aneinandergeschmiegt lagen sie zusammen, schläfrig und auf eine wunderbare Art zufrieden. Obwohl sie sein Gewicht auf ihrem Körper spürte, fühlte A. J. sich leicht und frei. Je stärker sie sich David verbunden fühlte, umso unabhängiger wurde sie – ein Gegensatz, den zu erklären sie sich nicht in der Lage sah. So genoss sie es einfach, still neben ihm zu liegen und seinen Herzschlag zu spüren.

»Der Fernseher ist noch an«, murmelte David.

»Mhmm.« Im Nachtprogramm lief ein Krimi, das ständige Geräusch der Polizeisirenen, unterbrochen von Schießereien, war unüberhörbar. Doch es kümmerte sie nicht. Entspannt verschränkte sie ihre Hände hinter seinem Rücken. »Egal«, flüsterte sie.

»Noch ein paar Minuten, und wir sind hier eingeschlafen.«

»Macht nichts.«

Mit einem zärtlichen Lachen küsste er ihren Nacken. Ihre Haut glühte noch immer. »Wenn du dich aufraffen könntest, dich nur ein bisschen zu bewegen, hätten wir beide es weitaus bequemer.«

»Im Bett«, stimmte sie zu, aber statt aufzustehen, schmiegte sie sich noch enger an ihn.

»Das wäre ein Anfang. Aber ich denke an einen längeren Zeitraum.«

Es war viel zu gemütlich, um ernsthaft nachzudenken. »Was meinst du?«, fragte sie faul.

»Wir müssen ständig Sachen packen und durch die halbe Stadt fahren, nur um einen Abend miteinander zu verbringen.«

»Stimmt. Aber das stört mich nicht.«

Ihn schon. Je mehr er ihre Beziehung genoss, umso mehr störte ihn die Tatsache, dass sie noch immer so taten, als hätten sie eine lockere Affäre. *Ich liebe dich.* Es könnte so einfach sein, diese Worte auszusprechen. Doch er hatte sie noch nie zu einer Frau gesagt. Und er hatte Angst, A. J. mit diesem Bekenntnis in die Flucht zu schlagen. Dieses Risiko wollte er nicht eingehen. Vorsichtig versuchte er, sachliche Argumente zu finden.

»Vielleicht könnten wir unser Zusammensein ein bisschen praktischer organisieren.«

Misstrauisch öffnete sie ihre Augen einen Spalt. Er entdeckte die strenge Linie zwischen ihren Brauen, die immer auftauchte, wenn sie auf der Hut war.

»An welche Art von praktischer Organisation hattest du gedacht?«

Das Gespräch lief nicht so, wie er es geplant hatte. Allerdings wusste er mittlerweile, dass Diskussionen mit A. J. meistens unvorhersehbare Wendungen brachten. »Dein Apartment liegt zentral in der Stadt, wo wir beide arbeiten.«

»Stimmt.«

Der wohlig-sanfte Ausdruck war aus ihren Augen verschwunden und hatte hellwacher Aufmerksamkeit Platz gemacht.

»Aber wir arbeiten nur fünf Tage in der Woche. Mein Haus ist perfekt, um am Wochenende dem Rummel zu entfliehen und wirklich zur Ruhe zu kommen. Deshalb wäre es äußerst sinnvoll, deine Wohnung in der Woche zu nutzen und mein Haus am Wochenende.«

Während er sie erwartungsvoll ansah, schwirrten unzählige Gedanken durch ihren Kopf. Er hatte nicht von Liebe gesprochen, nicht von Bindung, sondern nur von praktischen Gründen.

Als er schon glaubte, das Schweigen nicht mehr ertragen zu können, reagierte sie endlich. »Du meinst, wir sollten zusammenziehen.«

Er hatte sich mehr erhofft, ein kurzes Aufflackern freudiger Überraschung, etwas mehr Gefühl. Doch ihre Stimme klang kühl und vernünftig. »Eigentlich handhaben wir es doch jetzt schon so«, fuhr er fort.

»Nein.« Sie versuchte, sich von ihm zu lösen, doch er hielt sie fest. »Bisher schlafen wir nur miteinander.«

Also war es alles, was sie wollte. Er bezwang den Drang, sie zu schütteln, bis sie endlich erkannte, was er für sie empfand und wie sehr er sich wünschte, mit ihr zusammen zu sein. Stattdessen setzte er sich auf und begann, sich anzuziehen.

Plötzlich fühlte sie sich nackt und schutzlos. »Du bist verärgert.«

»Sagen wir es so – dies ist etwas, das ich gern spontan beschlossen und nicht am Verhandlungstisch besprochen hätte.«

»David, du hast mir nicht einmal fünf Minuten gegönnt, um in Ruhe über deinen Vorschlag nachzudenken.«

Er schwang herum, und der Zorn in seinen Augen ließ sie erschauern. »Wenn du darüber erst lange nachdenken musst«, sagte er mit äußerster Ruhe, »sollten wir das Ganze besser vergessen.«

»Du bist nicht fair.«

»Nein, das ist wahr.« Abrupt stand er auf. Er musste fort, ehe er noch mehr sagte. »Vielleicht habe ich es einfach satt, immer fair zu sein.«

»Verdammt, David!« Sie streifte ihre Bluse über und sprang auf. »Du schlägst aus heiterem Himmel vor, dass wir zusammenziehen, und plusterst dich auf, nur weil ich nicht sofort zustimme. Das ist lächerlich.«

»Das scheine ich mir bei dir abgeguckt zu haben.« Er hätte längst gehen sollen, jetzt war es zu spät. Er packte sie an den Armen und riss sie an sich. »Ich will mehr von dir als Sex und ein Frühstück. Ich will mehr als eine schnelle Nummer, wenn deine Termine es gerade zulassen.«

Empört riss sie sich los. »Das klingt ja, als wäre ich …«

»Nein, nicht du. Wir beide.« Müde senkte er den Kopf und unternahm keinen weiteren Versuch, sie zu halten. Er wollte nicht mehr kämpfen. »Ich habe nur ausgesprochen, welche Art von Beziehung wir haben.«

Sie hatte gewusst, dass es irgendwann vorbei sein würde. Und immer wieder hatte sie sich vorgegaukelt, sie sei darauf vorbereitet. Doch jetzt wollte sie schreien und weinen. Mit einem letzten Rest Stolz richtete sie sich auf. »Ich verstehe nicht, was du willst.«

Lange sah er sie nur an, bis sie kaum mehr die Tränen zurückhalten konnte. »Nein, du verstehst mich nicht«, wiederholte er leise. »Das ist unser größtes Problem, nicht wahr?«

Und dann wandte er sich um und ging. Denn er wusste, wenn er sie jetzt nicht verließ, hätte er sie angefleht.

Sie ließ ihn gehen. Denn sie hatte immer gewusst, dass dieser Moment kommen würde.

12. Kapitel

Aufgeregt verfolgte A. J. die letzten Hochzeitsvorbereitungen im Garten ihrer Mutter. Noch einmal zählte sie die aufgestellten Klappstühle durch, dann ging sie weiter und kontrollierte, ob jeder der Tische mit Sonnenschirmen ausgestattet war. Das Team vom Partyservice arbeitete emsig in der Küche, die Floristin und ihre Mitarbeiterinnen legten letzte Hand an die prächtigen Blumengestecke. Riesige Vasen mit Lilien und breite Kübel mit Rosen waren so auf der Terrasse platziert worden, dass ihr üppiger Duft mit jenem aus Clarissas Beeten verschmolz und zu einem betörenden, märchenhaften Arrangement wurde.

Alles schien perfekt. Die Hände in den Hosentaschen vergraben, betrachtete A. J. die Szenerie und wartete darauf, einen Fehler zu entdecken, an dem sie ihre schlechte Laune auslassen konnte.

In Kürze würde ihre Mutter den Mann heiraten, den sie liebte. Der Himmel war strahlend blau, A. J.s gesamte Planung funktionierte reibungslos. Und doch hatte sie sich nie schlechter gefühlt. Am liebsten wäre sie nach Hause gefahren, hätte die Wohnungstür abgeschlossen, alle Vorhänge zugezogen und den Kopf unter den Kissen vergraben. War es David gewesen, der ihr irgendwann gesagt hatte, Selbstmitleid sei wenig attraktiv?

Nun, das spielte jetzt keine Rolle mehr. David war aus ihrem Leben verschwunden, seit fast zwei Wochen schon. Es ist das Beste so, sagte sich A. J. immer wieder. Endlich konnte sie sich wieder voll auf ihre Agentur konzentrieren, ohne dass jemand ein Gefühlschaos in ihr auslöste. Im Moment war sie so erfolgreich, dass sie ernsthaft überlegte, neue Mitarbeiter einzustellen. Vermutlich musste sie sogar ihren geplanten Urlaub in Saint Croix absagen. Sie war persönlich verantwortlich für zwei millionenschwere Aufträge und konnte sich keinen Fehler leisten.

Sie fragte sich, ob er kommen würde.

Noch im gleichen Moment tadelte sie sich dafür, überhaupt an ihn zu denken. Schließlich war er es gewesen, der sich nicht an ihre Abmachungen gehalten hatte und schließlich einfach gegangen war. Und das nur, weil sie nicht bereit war, alle Vereinbarungen über den Haufen zu werfen. Nicht ein einziges Mal hatte er seither versucht, sie zu erreichen. Und sie würde ihn niemals zuerst anrufen.

Ehrlich gesagt, hatte sie es ein Mal versucht. Doch er war nicht daheim gewesen. Natürlich nicht, schließlich war es nicht seine Art, Trübsal zu blasen. Und auch sie hatte viel zu viel Arbeit, um lange um ihre Beziehung zu trauern.

Aber sie träumte von ihm. Immer wieder tauchte er in ihren Träumen auf, und wenn sie erwachte, war der Gedanke an ihn voller Schmerz.

Dieser Teil meines Lebens ist vorüber, sagte sie sich erneut. Schließlich war es nur eine ... Episode gewesen. Nicht jede Liebelei endete mit Blumen, strahlendem Sonnenschein und schönen Worten. Während sie den Blick über den Garten schweifen ließ, entdeckte A.J., dass eine ungeschickte Aushilfskraft einige der Stühle umgestoßen hatte. Dankbar für die Ablenkung, machte sie sich daran, sie wieder aufzustellen.

Als sie ins Haus zurückkam, schob der Koch gerade eine große Quiche in den Ofen. Neben ihm saß Clarissa, noch im Morgenrock, und schrieb das Rezept auf.

»Momma, solltest du dich nicht langsam anziehen?«

Mit einem leichten Lächeln sah Clarissa auf und streichelte die Katze, die es sich in ihrem Schoß bequem gemacht hatte. »Wir haben noch viel Zeit, mein Schatz.«

»Eine Frau hat nie zu viel Zeit, um sich an ihrem Hochzeitstag schön zu machen.«

»Es ist ein wundervoller Tag, nicht wahr? Ich weiß, es ist Unsinn, das als gutes Omen zu sehen. Aber ich tue es trotzdem.«

»Warum auch nicht?« Abwesend nahm A.J. sich eine Tasse und wollte sich einen Kaffee einschenken, doch dann entschied sie sich dagegen. Einer plötzlichen Laune nachgebend, öffnete sie den Kühlschrank und zog eine Flasche Champagner heraus. Schließlich erlebte nicht jede Tochter die Hochzeit ihrer Mutter. »Lass uns hinaufgehen. Ich helfe dir«, schlug sie vor und griff nach zwei Sektkelchen.

»Ich glaube, es ist keine gute Idee, jetzt schon etwas zu trinken. Schließlich möchte ich gleich einen klaren Kopf haben«, wandte Clarissa ein.

»Nur ein Schluck, gegen die Nervosität«, widersprach A.J. Im Schlafzimmer ihrer Mutter ließ sie sich auf das weiche Bett fallen, wie sie es als Kind immer getan hatte.

Clarissas glückliches Lächeln war hinreißend. »Ich bin nicht aufgeregt.«

Ungerührt lockerte A.J. den Korken und ließ ihn aus der Flasche schnellen. »Jede Braut ist nervös. Selbst ich bin es, und dabei bin ich nur Gast auf deiner Feier.«

»Aurora.« Clarissa nahm ihr ein Glas ab und setzte sich neben ihre Tochter auf den Bettrand. »Hör endlich auf, dir Sorgen um mich zu machen.«

»Das kann ich nicht.« Liebevoll küsste sie ihre Mutter auf beide Wangen. »Du bist der wichtigste Mensch für mich.«

Gerührt umfasste Clarissa ihre Hand und drückte sie. »Du bist die größte Freude meines Lebens. Nicht ein einziges Mal hast du mir Kummer gemacht.«

»Ich möchte, dass du glücklich bist.«

»Ich weiß. Und das wünsche ich mir auch für dich.« Sie lockerte den Griff, doch sie ließ A.J.s Hand nicht los. »Sprich mit mir.«

A. J. wusste sofort, dass ihre Mutter auf David anspielte. Energisch stellte sie ihr unberührtes Glas ab und stand auf. »Dafür haben wir jetzt keine Zeit. Du musst ...«

»Ihr habt gestritten, nicht wahr? Du bist sehr verletzt.«

Mit einem langen Seufzer ließ sich A. J. wieder auf dem Bett nieder. »Ich wusste von Anfang an, dass es so kommen würde.«

»Warum?« Kopfschüttelnd stellte Clarissa ihr Glas beiseite und nahm A. J.s Hände liebevoll in ihre. »Weshalb fällt es dir so schwer, zuzulassen, dass dich jemand wirklich mag? Mir scheint, als sei ich der einzige Mensch, der dir nahekommen darf. Woran liegt das? Ist es meine Schuld?«

»Nein, das hat nichts mit dir zu tun«, wehrte A. J. ab. »David und ich ... Wir hatten einfach eine intensive Affäre, die sich nun abgekühlt hat. Es war nur eine Frage der Zeit.«

Nichts, was Clarissa gesehen und empfunden hatte, wann immer sie A. J. und David zusammen sah, deckte sich mit den Worten ihrer Tochter. Mühsam unterdrückte sie einen Seufzer. »Aber du liebst ihn.«

Jedem anderen gegenüber hätte sie es abgestritten. Sie hätte gelogen und wäre überzeugend dabei gewesen. »Das geht nur mich etwas an, oder?« Selbst in ihren eigenen Ohren klang ihre Entgegnung zu brüsk. »Ich komme schon damit klar«, fügte sie deshalb hastig hinzu, ehe eine neue Welle des Selbstmitleids sie erfassen konnte. »Heute ist dein Tag. Wir sollten nicht über meine Probleme reden, sondern nur über schöne Dinge.«

»Gerade heute möchte ich meine Tochter glücklich sehen. Glaubst du, er hat deine Gefühle erwidert?«

Wieder einmal hatte A. J. unterschätzt, wie stur ihre Mutter sein konnte. »Vermutlich hat es ihn gereizt, dass ich nicht so einfach zu haben war. Ich bin selbstbewusst genug, um ihm Kontra zu geben, und beruflich sind wir einander ebenbürtig.«

Clarissa wusste, dass ihre Tochter es perfekt beherrschte,

ausweichende Antworten zu geben. »Meine Frage war, ob er deine Gefühle erwidert.«

»Ich weiß es nicht.« A.J. strich ihr Haar zurück und stand auf. »Er ist scharf auf mich – oder war es zumindest. Wir hatten eine tolle Zeit. Und dann ... Ich glaube, er erwartete mehr. Er stellte unangenehme Fragen und mischte sich ein.«

»Und das wolltest du nicht.«

»Bitte, Momma, ich komme mir vor wie in einem Verhör.«

Ungerührt beobachtete Clarissa ihre Tochter, die unruhig im Zimmer auf und ab lief. So viele aufgestaute Gefühle, dachte sie. Warum begriff A.J. nicht endlich, dass sie nur glücklich werden konnte, wenn sie keine Angst mehr vor der Liebe hatte? »Bist du sicher, dass es das war, was ihn an dir interessierte?«

»Ich bin mir in keiner Hinsicht sicher. Aber ich weiß, dass David ein sehr vernunftbegabter Mensch ist. Einer von denen, die alles, was ihr Interesse weckt, genau ergründen wollen.«

»Hast du jemals in Betracht gezogen, dass du es warst, die ihn interessierte, und nicht deine Hellsichtigkeit?«

»Mag sein, dass er mich attraktiv fand und meine Fähigkeiten ihn zu sehr verunsichert haben.« Wie sehr sie sich wünschte, Gewissheit zu haben. »Aber es spielt keine Rolle mehr, es ist vorbei. Wir haben beide begriffen, dass eine engere Beziehung überhaupt nicht zur Debatte stand.«

»Warum nicht?«

»Weil es nicht das war, was er ... was *wir*«, verbesserte sie sich hastig, »wollten. Von Anfang an war klar, dass es nur eine lockere Affäre geben würde.«

»Worüber habt ihr gestritten?«

»Er schlug vor, dass wir zusammenziehen könnten.«

»Oh.« In dieser Hinsicht war Clarissa altmodisch. Für sie wäre es niemals infrage gekommen, ohne Trauschein zusammenzuleben. Gleichzeitig aber wusste sie, dass solche Regeln in der heutigen Zeit nicht mehr entscheidend waren. »Findest du nicht, dass er sich mit einem solchen Vorschlag zu seinen Gefühlen für dich bekannt hat?«

»Nein, ich glaube, er fand es nur bequemer so.« War es das, was sie so sehr verletzt hatte? Bisher hatte sie diesen Gedanken beiseitegeschoben. »Als ich ihn bat, mir Bedenkzeit zu geben, wurde er wütend. Ausgesprochen wütend.«

»Du hast ihm wehgetan.« Als A.J. den Mund öffnete, um ihr zu widersprechen, brachte Clarissa sie mit einem Kopfschütteln zum Schweigen. »Glaub mir. Ihr habt es geschafft, euch gegenseitig tief zu verletzen, nur um euren eigenen Stolz zu retten.«

So hatte A.J. es noch gar nicht gesehen. Sie spürte, wie sie schwach wurde. »Ich wollte ihn nicht verletzen, sondern nur ...«

»... dich selbst schützen«, ergänzte Clarissa. »Manchmal geht das eine nicht ohne das andere. Wenn du jemanden liebst, wirklich liebst, dann musst du bereit sein, ein Risiko einzugehen.«

»Denkst du, ich sollte noch einmal mit ihm reden?«

»Ich denke, du solltest auf dein Herz hören.«

Ihr Herz. Sie fragte sich, ob niemand sah, wie sehr sie litt. »Das klingt so einfach.«

»Und gleichzeitig ist es die schwierigste Sache der Welt. Wir können psychische Phänomene analysieren, wir können die modernsten Versuchslabore bauen. Aber niemand außer den Dichtern kann erklären, was Liebe ist.«

»Und du bist eine der großartigsten Poetinnen, Momma.« Wieder ließ sich A.J. neben ihrer Mutter nieder und lehnte den Kopf an ihre Schulter. »Aber was, um Himmels willen, mache ich, wenn er mich nicht liebt?«

»Dann hast du allen Grund, zu weinen und verletzt zu sein. Und danach sammelst du die Scherben ein und beginnst von vorn. Du bist stark genug.«

»Und ich habe eine kluge und wundervolle Mutter.«

Lächelnd griff A. J. nach den beiden Gläsern, reichte Clarissa eines und stieß mit ihr an. »Worauf trinken wir?«
»Auf die Hoffnung. Denn sie ist das Wichtigste.«

In dem kleinen Schlafzimmer, das immer für sie hergerichtet war, zog A. J. sich um. Obwohl sie nur selten hier übernachtete, hatte ihre Mutter entschieden, es solle ein Zimmer in ihrem Haus geben, das ihrer Tochter gehörte. Heute Nacht wollte sie hier bleiben, nachdem die Gäste gegangen waren und sich das Brautpaar in die Flitterwochen verabschiedet hatte. Eventuell konnte sie hier in Ruhe nachdenken – besser als in ihrer Wohnung, wo so vieles an David erinnerte. Und vielleicht fand sie morgen den Mut, dem Ratschlag ihrer Mutter zu folgen und auf ihr Herz zu hören.

Aber was würde sie tun, wenn er sie abwies? Wenn er sich längst mit einer anderen Frau getröstet hatte? Seufzend trat A. J. vor den Spiegel, warf einen kurzen Blick hinein und schloss dann die Augen. Jedes *Was wäre, wenn* ließ sie mehr verzagen. Es gab nur eines, was sie sicher wusste: Sie liebte ihn. Und wenn das bedeutete, ein Risiko eingehen zu müssen, hatte sie keine Wahl.

Sie straffte die Schultern, öffnete die Augen und betrachtete ihr Spiegelbild. Ihr Kleid war aus blauer Seide und am Mieder mit Spitze besetzt. Unter einer breiten Schärpe fiel es in einen weiten, schwingenden Rock. Ihre Mutter liebte diese romantischen Sachen, ihr selbst war es eigentlich viel zu weiblich.

Tatsächlich entsprach das Kleid überhaupt nicht ihrem Stil, und doch konnte sie sich der Wirkung des figurbetonten Schnitts und dem Charme der aufwendig gearbeiteten Spitze nicht entziehen. Sie nahm das kleine Bouquet aus weißen Rosen, das mit einem schimmernden Seidenband gebunden war, und fühlte sich fast selbst wie eine Braut. Kindisch, schalt sie sich. Wie mochte es sein, sich auf die eigene Hochzeit vorzubereiten? Zu wissen, dass man so sehr geliebt wurde? Vermutlich hatte man Schmetterlinge im Bauch. Aber die spürte A.J. auch jetzt schon. Sicherlich war man so aufgeregt, dass man kaum einen Ton herausbekam. Gedankenverloren legte sie eine Hand an ihre Kehle, die sich wie zugeschnürt anfühlte. Fühlte man sich schwindlig vor Angst und Aufregung? A.J. hielt sich an dem Garderobenständer fest, um das Gleichgewicht zu halten.

Eine Vorahnung? Entschlossen schüttelte sie den Gedanken ab und trat vom Spiegel zurück. Schließlich war es ihre Mutter, die gleich das Eheversprechen abgeben würde, und nicht sie. A.J. sah auf die Uhr und erschrak. Womit hatte sie so viel Zeit vertrödelt? Wenn sie sich nicht beeilte, schaffte sie es nicht mehr, die Gäste zu begrüßen, ehe die Trauzeremonie begann.

Zuerst kamen Alex' Kinder an. Gestern beim Dinner hatte A.J. sie zum ersten Mal gesehen, und ihr Umgang war noch ziemlich förmlich. Doch als ihre künftige Stiefschwester anbot, ihr zu helfen, nahm A.J. dankbar an. Ohne Unterlass trafen jetzt die Gäste ein, und sie konnte jede Hilfe gebrauchen.

»A.J.« Freudestrahlend trat Alex auf sie zu, als sie gerade weitere Besucher in den Garten führte. »Du siehst bezaubernd aus!«

Er selbst wirkte ein wenig blass unter seiner sonst so strahlenden Sonnenbräune. Die Tatsache, dass er nicht so selbstsicher auftrat wie sonst, nahm sie für ihn ein. »Warte ab, bis du die Braut siehst«, entgegnete sie lächelnd.

»Ich wünschte, es wäre schon so weit.« Nervös nestelte er an seiner Krawatte. »Ehrlich gesagt, würde ich mich wohler fühlen, wenn ich sie an meiner Seite hätte. Weißt du, vor einem Millionenpublikum bleibe ich locker, aber jetzt ...« Mit einem Anflug von Verzweiflung schaute er sich im Garten um. »Das hier ist etwas ganz anderes.«

»Deine Einschaltquoten waren noch nie so gut wie heute«, scherzte sie und strich ihm beruhigend über die Wange. »Warum genehmigst du dir nicht einen Bourbon, bevor es losgeht?«

»Eine gute Idee.« Dankbar klopfte er ihr auf die Schulter. »Das werde ich tun.«

Eine Weile sah A.J. ihm nach, wie er zum Haus ging, dann kümmerte sie sich wieder um die Gäste. Plötzlich setzte für einen Moment ihr Herz aus. Am Rande des Gartens stand David. Eine leichte Brise strich ihm durchs Haar. Atemlos fragte sie sich, warum sie seine Anwesenheit nicht gespürt hatte.

Ihre Blicke trafen sich, doch David kam nicht auf sie zu, sondern blieb dort stehen, wo sie ihn entdeckt hatte. Aufgeregt umklammerte A.J. die Blütenstängel ihres Rosenbouquets. Ihr war bewusst, dass sie den ersten Schritt machen musste.

Sie war so schön! Fast meinte er, eine Traumgestalt vor sich zu sehen. Der leichte Wind, der den Duft der unzähligen Blumen herübertrug, bauschte den Rock ihres Kleides. Als sie auf ihn zukam, dachte er an die endlosen Stunden, die er ohne sie verbracht hatte.

»Wie schön, dass du gekommen bist.«

Noch bis vor wenigen Stunden war er überzeugt gewesen, nicht zur Hochzeit zu fahren. Doch dann hatte er auf einmal nicht schnell genug hier sein können. Ob es die Macht ihrer Gedanken gewesen war, die ihn hierhergetrieben hatte, oder seine eigenen Gefühle, spielte keine Rolle. »Du hast hier alles gut unter Kontrolle.«

Gar nichts hatte sie unter Kontrolle. Sie wollte ihn umarmen, ihm sagen, wie leid es ihr tat, aber er war kühl und abweisend. »Stimmt, es kann gleich losgehen«, pflichtete sie ihm dennoch bei. »Sobald die letzten Gäste Platz genommen haben, werde ich Clarissa holen.«

»Ich kann die Plätze anweisen.«

»Das musst du nicht. Ich ...«

»Ich nehme dir die Arbeit wirklich gern ab«, schnitt er ihr das Wort ab.

Widerspruchslos nickte A. J. »Danke. Dann entschuldige mich jetzt bitte.« Mit geradem Rücken schritt sie zum Haus und rannte die Treppe hinauf in ihr Zimmer. Sie musste sich erst sammeln, ehe sie ihrer Mutter gegenübertreten konnte.

Verdammt! Wütend schwang er herum, sich selbst, sie und alle Anwesenden verfluchend. Als er sie gesehen hatte, wäre er am liebsten vor ihr auf die Knie gesunken. Sie hatte so liebenswert ausgesehen, so frisch und rein, und einen Moment lang – nur einen kurzen Augenblick – hatte er geglaubt, jene Gefühle in ihren Augen zu erkennen, auf die er so sehnlich gewartet hatte. Doch dann hatte sie ihn so höflich angelächelt, als sei er einfach nur einer der Gäste ihrer Mutter.

So kann es nicht weitergehen, beschloss David, während er freundliche Worte mit den anderen Besuchern wechselte und sie bat, Platz zu nehmen. Noch heute würden A. J. Fields und er eine Lösung finden. Seine Lösung. Es war höchste Zeit.

Auf einer kleinen hölzernen Bühne, umrahmt von Blumenspalieren, begann ein Orchester leise zu spielen. A. J. hatte mindestens ein Dutzend Musiker vorspielen lassen und daraus dieses Quartett ausgewählt, wusste David. In diesem Moment sah er sie zurückkommen. Ehe sie ihren Platz einnahm, lächelte sie ihm kurz zu. Dann trat Clarissa, umhüllt von einem traumhaften Kleid in roséfarbener Seide, aus dem Haus.

Sie sieht aus wie eine Königin, dachte A. J. voller Stolz. Alle Gäste erhoben sich von ihren Plätzen, doch Clarissa hatte nur Augen für Alex. Und er schaute seine Braut an, als existiere kein anderer Mensch auf der Welt. Hand in Hand standen sie vor dem Pfarrer, als sie ihr Ehegelübde sprachen.

Die traditionell gehaltene Trauzeremonie war kurz. Als Clarissa die feierlichen Worte sprach, mischte sich in A. J.s freudige Rührung ein Hauch Verlorenheit. Die einfachen Worte, die seit unzähligen Generationen Bestand hatten, wogen so schwer, sie waren uralt und dennoch zeitlos.

Mit Tränen in den Augen und einem Kloß im Hals umarmte

sie ihre Mutter nach der Trauung voller Liebe und Herzlichkeit. »Ich wünsche dir, dass du glücklich wirst, Momma.«

»Ich bin es schon jetzt, und ich werde es bleiben.« Clarissa schob ihre Tochter um Armeslänge von sich und sah sie mit warmem Lächeln an. »Und du wirst es auch.«

Ehe A.J. etwas erwidern konnte, war die Braut schon von weiteren Gratulanten umringt, ließ sich von ihren Stiefkindern und Freunden feiern und war schließlich in der Menge verschwunden.

Die Gäste mussten mit kleinen Snacks und Getränken versorgt werden, und A.J. kümmerte sich dankbar darum, denn sie merkte, dass die Ablenkung ihr guttat. In ein paar Stunden würde der Trubel beendet sein, und sie war allein, dann konnte sie sich um ihr Gefühlschaos kümmern. Jetzt aber lachte sie mit den Gästen, umarmte Verwandte, die sie lange nicht gesehen hatte, trank auf das Hochzeitspaar und fühlte sich innerlich taub und leer.

»Clarissa.« Rücksichtsvoll hatte David gewartet, bis der erste Ansturm verflogen war, ehe er sie ansprach. »Sie sehen wundervoll aus.«

»Vielen Dank, David. Ich bin sehr froh, dass Sie gekommen sind. A.J. braucht Sie.«

Als sie den Namen erwähnte, schien er zu erstarren. Dann senkte er zweifelnd den Kopf. »Glauben Sie wirklich?«

Seufzend nahm Clarissa seine Hände in die ihren. Die persönliche Geste war fast mehr, als er ertragen konnte, dennoch widerstand er dem Impuls, sich dem Griff zu entziehen.

»Manchmal sind Pläne und Vereinbarungen unwichtig«, sagte sie ernsthaft. »Was zählt, sind Gefühle.«

David zwang sich zur Ruhe. »Sie sind nicht neutral, Clarissa.«

Lächelnd nickte sie. »Sie ist meine Tochter. In mehr als einer Hinsicht.«

»Ich weiß, was Sie meinen.«

Einen kurzen Augenblick sah sie ihn prüfend an, dann glitt ein heiteres Strahlen über ihr Gesicht. »Ja, Sie verstehen mich. Und Sie sollten es sie wissen lassen. Aurora ist eine Expertin, wenn es darum geht, Gefühle zu verschleiern. Aber sie ist eine hervorragende Zuhörerin. Werden Sie mit ihr reden?«

»Das habe ich vor.«

»Sehr gut.« Zufrieden ließ Clarissa seine Hände los. »Ich schlage vor, Sie essen erst einmal etwas. Die Quiche müssen Sie unbedingt probieren. Ich habe dem Koch das Rezept abgeschwatzt. Sie muss großartig sein.«

»Ebenso wie Sie.« Dankbar beugte David sich hinunter und küsste sie auf die Wange.

A.J. verausgabte sich. Sie ging von Gruppe zu Gruppe, nippte an ihrem Champagner und rührte die Köstlichkeiten vom Buffet kaum an. Die Hochzeitstorte, dekoriert mit geeisten Schwänen und Herzen, war bereits angeschnitten und fast bis auf den letzten Krümel verteilt. Wein und Champagner flossen in Strömen, elegant gekleidete Paare drehten sich auf der weiten Rasenfläche zur Musik.

»Ich dachte, es interessiert dich vielleicht, dass ich Steigers Drehbuch gelesen habe.« Unbemerkt war David zu ihr getreten. Doch er sah sie nicht an, sondern schien die Tänzer zu beobachten. »Es ist wirklich außergewöhnlich.«

Berufliches, dachte sie erleichtert. Es war am besten, wenn sie sich darüber unterhielten. »Kannst du dir vorstellen, es zu verfilmen?«

»Vorstellen ja. Doch bis zur Umsetzung ist es ein langer Weg. Montag habe ich ein Gespräch mit Steiger.«

»Das ist ja wunderbar!« Es fiel ihr schwer, geschäftsmäßig zu klingen. Und noch schwerer, ihm nicht zu zeigen, wie sehr sie sich freute. »Mit diesem Film wirst du Aufsehen erregen.«

»Und wenn dieses Drehbuch es tatsächlich schafft, verfilmt zu werden, ist das dir zu verdanken.«

»Ein schönes Gefühl.«

»Ich habe seit Ewigkeiten keinen Walzer mehr getanzt«, sagte er und glitt mit seiner Hand unter ihren Ellbogen. In stummem Einverständnis führte er sie auf die Tanzfläche. »Als ich dreizehn war, hat meine Mutter mich gezwungen, mit meiner Kusine zu tanzen. Damals fand ich Mädchen schrecklich. Mittlerweile habe ich meine Meinung geändert.« Er legte seine Hand auf ihre Taille. »Du bist sehr angespannt.«

Konzentriert zählte sie den Takt mit, richtete ihre Aufmerksamkeit auf die Schritte und versuchte, nicht daran zu denken, wie wundervoll es war, seine Nähe zu spüren. »Ich wünsche so sehr, dass sie glücklich wird.«

»Darüber musst du dir keine Sorgen mehr machen.«

Voller Hingabe tanzte ihre Mutter mit Alex, sie schienen die anderen Paare kaum wahrzunehmen. »Nein, so wie es aussieht, muss ich das nicht.« Sie konnte ein Seufzen nicht unterdrücken.

»Du darfst ruhig ein bisschen traurig sein.« Ihr Duft war noch ebenso leicht und unaufdringlich, wie er ihn in Erinnerung hatte.

»Nein, das ist selbstsüchtig.«

»Es ist normal«, widersprach er. »Geh nicht so hart mit dir ins Gericht.«

»Ich fühle mich so allein, als hätte ich sie verloren.« Nur mit Mühe konnte sie die Tränen zurückhalten.

»Aber das hast du nicht.« Ganz leicht fuhr er mit den Lippen über ihre Schläfe. »Es ist nur ungewohnt, sie teilen zu müssen.«

Er war so freundlich und liebevoll, dass ihr Widerstand in sich zusammenbrach. »David.« Sie verstärkte ihren Griff an seiner Schulter. »Ich habe dich so sehr vermisst.« Es kostete sie unendliche Überwindung, es auszusprechen. Doch kaum dass sie die erlösenden Worte gesagt hatte, brachen alle Dämme.

»Aurora.«

»Sag jetzt nichts, bitte.« Sie wusste, dass sie die schützende Kontrolle wiedererlangen musste. »Ich wollte nur, dass du es weißt.«

»Wir müssen uns endlich aussprechen.«

Als sie gerade zustimmen wollte, endete die Musik, und über das Mikrofon ertönte die Ansage: »Alle unverheirateten Damen werden gebeten, sich für den Brautstrauß aufzustellen.«

»Los, komm schon, A.J.« Lachend fasste ihre neue Stiefschwester sie am Arm und zog sie mit. »Wir müssen doch erfahren, wer die nächste Braut sein wird.«

Sie hatte kein Interesse an kichernden jungen Mädchen oder daran, den Brautstrauß zu fangen. Schließlich war sie mit ihrem Leben zufrieden. Es verlief in geordneten Bahnen, und das sollte auch so bleiben. Gedankenverloren suchte A.J. Davids Blick, sodass sie erst im letzten Moment schützend die Arme hochwerfen konnte, als der Strauß direkt auf sie zuflog. Instinktiv griff sie zu. Vollkommen verwirrt nahm sie die Glückwünsche und Neckereien der anderen Gäste entgegen.

»Ein weiteres Zeichen?«, meinte Clarissa zwinkernd, als sie ihre Tochter küsste.

»Ein Zeichen dafür, dass meine Mutter am Hinterkopf Augen hat und ziemlich gut zielen kann.« Verlegen barg A.J. ihr Gesicht in den üppigen Blüten. Sie dufteten wie ein süßes Versprechen. »Du solltest den Strauß behalten! Er ist so schön.«

»Bloß nicht! Das bringt Pech, und ich werde das Schicksal nicht herausfordern.«

»Ich werde dich vermissen, Momma.«

Sie verstand, wie sie ihre Tochter immer verstanden hatte, doch sie lächelte nur. »In zwei Wochen bin ich zurück.«

Es blieb kaum Zeit für eine letzte Umarmung, denn schon verschwanden Clarissa und Alex unter einem Schauer von Reiskörnern und unzähligen Glückwünschen in die Flitterwochen.

Die ersten Gäste gingen, andere setzten sich noch einmal zusammen. Als die Sonne langsam unterging, packten die Musiker ihre Instrumente zusammen.

»Es war ein langer Tag.«

Verwirrt wandte sie sich um und sah David hinter sich stehen. In einer längst vertrauten Geste reichte sie ihm ihre Hand, ehe sie darüber nachgedacht hatte. »Ich dachte, du bist schon fort.«

»Nein, ich habe mich nur aus dem Rummel zurückgezogen. Du hast gute Arbeit geleistet. Das Fest war ein voller Erfolg.«

»Kaum zu glauben, dass es schon vorbei ist.« Träge schaute sie zu, wie die letzten Stühle zusammengeklappt und im Lieferwagen verstaut wurden.

»Ich könnte jetzt einen Kaffee gebrauchen.«

Sie lächelte und fühlte sich erleichtert, dass der Trubel tatsächlich vorüber war. »Ist noch Kaffee in den Kannen?«

»Nein, aber ich habe frischen gekocht, bevor ich in den Garten gekommen bin.« Gemeinsam gingen sie zum Haus. »Wo verbringen sie eigentlich ihre Hochzeitsreise?«

Das Haus erschien A. J. seltsam leer. Jetzt erst wurde ihr bewusst, wie sehr Clarissa es normalerweise mit Leben füllte. »Sie gehen segeln.« Mit einem verzweifelten Lachen sah sie sich in der Küche um. »Ich kann mir Clarissa nicht wirklich vorstellen, wie sie den ganzen Tag Segel hisst.«

»Hier.« David zog ein Taschentuch aus seinem Jackett. »Setz dich, und lass deinen Tränen freien Lauf. Ich finde, du hast das Recht dazu.«

»Ich freue mich so sehr für sie.« Doch kaum hatte sie den Satz ausgesprochen, begannen tatsächlich die Tränen zu fließen. »Alex ist ein wundervoller Mann, und ich weiß, dass er sie wirklich liebt.«

»Aber du befürchtest, sie brauche dich jetzt nicht mehr, weil sie jemand anders hat, der sich um sie kümmert«, brachte er ihre Sorge auf den Punkt, ehe er ihr einen Becher mit Kaffee reichte. »Trink erst mal.«

Während sie daran nippte, nickte sie. »Bisher hat sie mich immer gebraucht.«

»Das wird sie auch weiterhin.« Fürsorglich nahm er ihr das

zerknüllte Taschentuch aus der Hand und wischte die letzten Tränenspuren ab. »Nur anders als früher.«

»Ich bin kindisch, nicht wahr?«

»Das Problem ist, dass du es einfach nicht hinnehmen kannst, hin und wieder ein bisschen kindisch zu sein.«

Empört und wenig damenhaft schnäuzte sie ihre Nase. »Ich hasse es.«

»Das überrascht mich nicht. Hast du dich ausgeweint?«

»Ich denke schon«, sagte sie, ehe sie noch ein letztes Mal aufschluchzte. Dann riss sie sich zusammen und nahm noch einen Schluck Kaffee.

»Ich möchte gern noch einmal hören, dass du mich vermisst hast. Kannst du es wiederholen?«

»Das war in einem Anflug von Schwäche«, grummelte sie in ihren Kaffeebecher und senkte verlegen den Blick.

Entschlossen nahm er die Tasse aus ihren Händen. »Keine weiteren Ausflüchte, Aurora! Du sagst mir jetzt sofort, was du von mir erwartest und was du für mich empfindest.«

»Komm zurück.« Sie schluckte und wünschte, er möge etwas erwidern, statt sie einfach nur stumm anzusehen.

»Weiter.«

»David, das ist nicht einfach für mich.«

»Ja, ich weiß.« Reglos schaute er sie an. Ihr kleines Geständnis genügte ihm noch nicht. »Es fällt uns beiden schwer.«

»Nun gut.« Sie atmete tief durch, um sich zu beruhigen. »Als du vorgeschlagen hast, wir könnten zusammenziehen, kam das für mich völlig überraschend. Ich wollte gern in Ruhe darüber nachdenken, aber du bist sofort wütend geworden. Seit du gegangen bist, hatte ich Zeit, mir über vieles klar zu werden. Und ich finde deine Argumente überzeugend.«

Bis zum letzten Augenblick bleibt sie sachlich und geschäftsmäßig, dachte er. Sie hat nicht den Mut, mit offenen Karten zu spielen. »Auch ich hatte Zeit, noch einmal darüber nachzudenken. Und ich bin zu einem anderen Ergebnis gekommen.«

Entsetzt starrte sie ihn an. Es war, als habe er ihr einen heftigen Schlag versetzt. Natürlich war es immer schmerzhaft, abgelehnt zu werden. Doch noch nie hatte sie eine Zurückweisung mit solcher Wucht erlebt. »Ich verstehe«, erwiderte sie tonlos. Ihre Hände zitterten so stark, dass sie die Tasse abstellen musste.

»Bei dieser Hochzeit hast du gute Arbeit geleistet, A. J.«

Die Situation war so verrückt, dass sie am liebsten laut gelacht hätte. »Danke für das Kompliment.«

»Ich könnte mir vorstellen, dass du so etwas noch einmal machen möchtest.«

»Ja, natürlich.« Sie ballte die Hände und drückte die Fäuste gegen ihre brennenden Augen. »Vielleicht sollte ich einen Beruf daraus machen.«

»Nein, ich habe eigentlich nur an eine weitere Hochzeit gedacht. Unsere.«

Sie hatte sich so sehr darauf konzentriert, nicht wieder zu weinen, dass sie ihm nicht genau zugehört hatte. »Unsere was?«, fragte sie verwirrt.

»Unsere Hochzeit.«

Langsam sah sie auf und blickte ihn an. In seinen Augen entdeckte sie einen Hauch von Belustigung. »Wovon sprichst du?«

»Du hast den Brautstrauß gefangen. Und ich bin sehr abergläubisch.«

»Das ist nicht witzig.« Mit weichen Knien stand sie auf und wollte die Küche verlassen.

»Da hast du allerdings recht. Es ist nicht witzig, elf Tage und zwölf Nächte voller Verzweiflung nur an dich zu denken. Es ist nicht witzig, dass du jedes Mal, wenn ich auf dich zugehe, einen Schritt zurückweichst. Immer, wenn ich etwas für uns plane, machst du es in wenigen Augenblicken zunichte.«

»Du änderst nichts, indem du mich anschreist.«

»Solange du mir nicht endlich einmal zuhörst, ohne anzunehmen, du wüsstest schon alles, wird sich sowieso nichts ändern. Ich habe das alles genauso wenig gewollt wie du. Denn ich war mit meinem Leben bisher sehr zufrieden.«

»Ich auch.«

»Dann haben wir beide jetzt ein großes Problem. Denn nichts wird mehr so bleiben, wie es war.«

Atemlos sah sie ihn an. »Was meinst du damit?«

»Denk einfach nach.« Er zog sie an sich und presste seine Lippen auf ihre, hart und zornig. Doch seine Wut hielt nur den Bruchteil einer Sekunde, dann wurde sein Kuss zärtlich, sein Griff sanft. Und er spürte, dass sie den Widerstand aufgab und sich an ihn schmiegte. »Warum versuchst du nicht, meine Gedanken zu lesen, Aurora? Nur dieses eine Mal. Öffne dich dafür, du kannst es doch.«

Als sie den Kopf schütteln wollte, küsste er sie erneut. Im Haus war es ganz still. In der Dämmerung schien es nichts zu geben außer diesem einen Raum, diesem einen Moment. Und plötzlich brandeten Gefühle in ihr auf, die sie noch vor wenigen Augenblicken gefürchtet hätte. Jetzt aber waren sie eine Chance, eine Offenbarung, und sie erkannte, dass ihre geheimsten Wünsche in Erfüllung gehen konnten.

»David.« Sie schlang die Arme um ihn. »Sag es mir. Ein einziges Mal. Ich könnte es nicht ertragen, wenn ich mich irre.«

Hatte er nicht auch Gewissheit haben wollen, ebenso wie sie? Wie sehr hatte er darauf gehofft, sie werde sich ihm offenbaren. Vielleicht war es an der Zeit, endlich auszusprechen, was er empfand. »Als ich deine Mutter zum ersten Mal getroffen habe, sagte sie, ich müsse in der Liebe viel mehr Nähe zulassen. Am ersten Wochenende, das wir beide gemeinsam verbracht haben, kam ich irgendwann heim und entdeckte dich schlafend im Bett. Ich sah dich an, und plötzlich wurde mir klar, dass ich dich liebe. Aber ich wusste nicht, wie ich es schaffen konnte, dass auch du mich liebst.«

»Damals liebte ich dich längst. Aber ich dachte nicht ...«

»Doch. Genau das war unser Problem. Du dachtest viel zu

viel.« Behutsam schob er sie ein Stück von sich, um sie ansehen zu können. »Und ich ebenso. Ich bemühte mich, immer höflich zu sein, dafür zu sorgen, dass es dir an nichts fehlte. Das war unsere Art, miteinander umzugehen, nicht wahr?«

»Es schien der richtige Weg zu sein«, wandte sie ein. Dann schmiegte sie sich erneut an ihn. »Aber es genügte mir nicht. Ich spürte, wie sehr ich dich liebe. Aber gleichzeitig befürchtete ich, alles zu zerstören, wenn ich zu viel verlangte.«

»Und ich hatte Angst, dich in die Flucht zu schlagen, wenn ich dir meine Gefühle gestanden hätte.« Zärtlich strich er mit seinen Lippen über ihre Stirn. »Wie viel Zeit haben wir vergeudet, indem wir nachgedacht haben, anstatt einfach unseren Gefühlen zu folgen.«

Normalerweise wäre sie bei seinen Worten auf der Hut gewesen. Doch sie fühlte sich so leicht, erfüllt von einem inneren Frieden, dass sie alle Bedenken fortwischte und es einfach genoss, in seinen Armen zu liegen. »Ich hatte solche Angst, dass du niemals mit … meiner Fähigkeit, Dinge zu sehen, leben könntest.«

»Das hatte ich anfangs auch befürchtet.« Liebevoll küsste er ihre Wange. »Und wir haben uns beide geirrt.«

»Bist du dir wirklich sicher? Ich muss das genau wissen.«

»Aurora, ich liebe alles an dir. Ich weiß nicht, wie ich es dir anders sagen soll.«

Erleichtert schloss sie die Augen. Wie weise es gewesen war, mit Clarissa auf die Hoffnung anzustoßen. Sie war tatsächlich das Wichtigste im Leben. »So, wie du es gesagt hast, war es wunderschön.«

»Aber da ist noch etwas.« Er wartete, bis sie ihn ansah. In ihren Augen erkannte er all ihre Liebe, und ihm wurde klar, wie sehr er sich nach diesem Moment gesehnt hatte. »Ich will mein Leben mit dir verbringen, eine Familie gründen. Keine andere Frau hat jemals diesen Wunsch in mir geweckt.«

Sanft nahm sie sein Gesicht in ihre Hände. »Ich werde dafür sorgen, dass sich das niemals ändert.« Lächelnd küsste sie ihn.

»Sag mir ein einziges Mal, was du für mich empfindest.«
»Ich liebe dich.«
Glücklich hielt er sie in seinen Armen. »Und was wünschst du dir von mir?«
»Ein ganzes Leben voller Liebe. Wenn es möglich ist, sogar zwei.«

– ENDE –